Léon Tols

Guerre et Paix

Volume II

Le code de la propriété intellectuelle du 1er juillet 1992 interdit en effet expressément la photocopie à usage collectif sans autorisation des ayants droit. Or, cette pratique s'est généralisée dans les établissements d'enseignement supérieur, provoquant une baisse brutale des achats de livres et de revues, au point que la possibilité même pour les auteurs de créer des œuvres nouvelles et de les faire éditer correctement est aujourd'hui menacée. En application de la loi du 11 mars 1957, il est interdit de reproduire intégralement ou partiellement le présent ouvrage, sur quelque support que ce soir, sans autorisation de l'Éditeur ou du Centre Français d'Exploitation du Droit de Copie , 20, rue Grands Augustins, 75006 Paris.

ISBN : 978-3-96787-187-6

10 9 8 7 6 5 4 3 2 1

Léon Tolstoï

Guerre et Paix

Volume II

Table de Matières

DEUXIÈME PARTIE
L'INVASION (1807 – 1812)

CHAPITRE PREMIER

I

En 1808, l'Empereur Alexandre se rendit à Erfurth pour avoir avec Napoléon une nouvelle entrevue, dont la pompe solennelle défraya longtemps les conversations des cercles aristocratiques de Pétersbourg.

En 1809, l'alliance des « deux arbitres du monde », comme on appelait alors les deux souverains, était si intime, qu'au moment où Napoléon déclara la guerre à l'Autriche, l'Empereur Alexandre décida qu'un corps d'armée russe passerait la frontière pour soutenir Bonaparte, son ennemi d'autrefois, contre son ex-allié l'Empereur d'Autriche, et le bruit courut qu'il était question d'un mariage entre Napoléon et une sœur de l'empereur.

En dehors des combinaisons et des éventualités de la politique extérieure, la société russe se préoccupait vivement à cette époque des réformes décrétées dans toutes les parties de l'administration. Cependant, malgré ces graves préoccupations, l'existence de tous les jours, la vraie existence individuelle, avec ses intérêts matériels de santé, de maladie, de travail, et de repos, ses aspirations intellectuelles vers les sciences, la poésie, la musique, ses passions, ses haines, ses amours, et ses amitiés, n'en suivait pas moins son cours habituel, sans s'inquiéter outre mesure du rapprochement ou de la rupture avec Napoléon, ni des grandes réformes entreprises.

Tous les projets philanthropiques de Pierre, qui, par suite de son manque de persévérance, étaient jusqu'à présent restés sans résultat, avaient été mis à exécution par le prince André, qui n'avait pas quitté la campagne, et cela, sans qu'il en fît grand étalage ou y trouvât grande difficulté. Doué de ce qui manquait essentiellement à son ami, c'est-à-dire d'une ténacité pratique, il savait donner, sans secousse et sans effort, l'impulsion à l'ensemble d'une entreprise : les trois cents paysans d'une de ses terres furent inscrits comme agriculteurs libres (un des premiers faits de ce genre en Russie) ;

sur ses autres terres, la corvée fut remplacée par la redevance ; à Bogoutcharovo, il avait établi à ses frais une sage-femme, et le prêtre recevait un surplus d'émoluments, pour apprendre à lire aux enfants du village et de la domesticité.

Il partageait son temps entre Lissy-Gory, où son fils était encore entre les mains des femmes, et son ermitage de Bogoutcharovo, comme l'appelait son père. Malgré l'indifférence qu'il avait témoignée devant Pierre pour les événements du jour, il en suivait la marche avec un vif intérêt et recevait beaucoup de livres. Il remarquait avec surprise que des personnes arrivant en droite ligne de Pétersbourg pour faire visite à son père ; c'est-à-dire venant du centre même de l'action, où elles étaient à portée de tout savoir, aussi bien comme politique intérieure que comme politique étrangère, étaient de beaucoup moins bien informées que lui, qui vivait cloîtré sur sa terre.

Malgré le temps que lui prenaient la régie de ses propriétés et ses lectures variées, le prince André trouva encore moyen d'écrire une analyse critique de nos deux dernières campagnes, si malheureuses, et d'élaborer un projet de réforme de nos codes et de nos règlements militaires.

À la fin de l'hiver de 1809, il fit une tournée dans les terres de Riazan qui appartenaient à son fils, dont il était tuteur.

Assis, par un beau soleil de printemps, dans le fond de sa calèche, la pensée flottant dans l'espace, il regardait vaguement à droite et à gauche, et sentait s'épanouir tout son être, sous le charme de la première verdure des jeunes bourgeons des bouleaux, et des nuées printanières, qui couraient sur l'azur foncé du ciel. Après avoir laissé derrière lui le bac, où il avait passé l'année précédente avec Pierre, puis un village de pauvre apparence, avec ses granges et ses enclos, une descente vers le pont où un reste de neige fondait tout doucement, et la montée argileuse qui traversait des champs de blé, il entra dans un petit bois qui bordait la route des deux côtés. Grâce à l'absence de vent, il y faisait presque chaud ; aucun souffle n'agitait les bouleaux, tout couverts de feuilles naissantes, dont la sève poissait la couleur vert tendre. Par ci par là, la première herbe soulevait et perçait de ses touffes, émaillées de petites fleurs violettes, le tapis de feuilles mortes qui jonchaient le sol entre les arbres, au milieu desquels quelques sapins rappelaient désagréablement l'hiver par leur teinte sombre et uniforme. Les chevaux s'ébrouèrent : l'air était si doux qu'ils étaient couverts de sueur.

Pierre, le domestique, dit quelques mots au cocher, qui lui répondit affirmativement ; mais, l'assentiment de ce dernier ne lui suffisant pas, il se tourna vers son maître :

« Excellence, comme il fait bon respirer !

– Quoi ? Que dis-tu ?

– Il fait bon, Excellence !

– Ah oui, se dit le prince André à lui-même… Il parle sans doute du printemps ?… C'est vrai… comme tout est déjà vert, et si vite ?… Voilà le bouleau, le merisier, l'aune qui verdissent, et les chênes ?… Je n'en vois pas… Ah ! en voilà un ! »

À deux pas de lui, sur le bord de la route, un chêne, dix fois plus grand et plus fort que ses frères les bouleaux, un chêne géant, étendait au loin ses vieilles branches mutilées, et de profondes cicatrices perçaient son écorce arrachée. Ses grands bras décharnés, crochus, écartés en tous sens, lui donnaient l'aspect d'un monstre farouche, dédaigneux, plein de mépris, dans sa vieillesse, pour la jeunesse qui l'entourait et qui souriait au printemps et au soleil, dont l'influence le laissait insensible :

« Le printemps, l'amour, le bonheur ?… En êtes-vous encore à caresser ces illusions décevantes, semblait dire le vieux chêne. N'est-ce pas toujours la même fiction ? Il n'y a ni printemps, ni amour, ni bonheur !… Regardez ces pauvres sapins meurtris, toujours les mêmes… Regardez les bras noueux qui sortent partout de mon corps décharné… me voilà tel qu'ils m'ont fait, et je ne crois ni à vos espérances, ni à vos illusions ! »

Le prince André le regarda plus d'une fois en le dépassant, comme s'il en attendait une mystérieuse confidence, mais le chêne conserva son immobilité obstinée et maussade, au milieu des fleurs et de l'herbe qui poussaient à ses pieds : « Oui, ce chêne a raison, mille fois raison. Il faut laisser à la jeunesse les illusions. Quant à nous, nous savons ce que vaut la vie : elle n'a plus rien à nous offrir !… » Et tout un essaim de pensées tristes et douces s'éleva dans son âme. Il repassa son existence, et en arriva à cette conclusion désespérée, mais cependant tranquillisante, qu'il ne lui restait plus désormais qu'à végéter sans but et sans désirs, à s'abstenir de mal faire et à ne plus se tourmenter !

II

Le prince André, obligé, par suite de ses affaires de tutelle, de se rendre chez le maréchal de noblesse du district, qui n'était autre que le comte Élie Andréïévitch Rostow, fit cette course dans les premiers jours de mai : la forêt était toute feuillue, et la chaleur et la poussière si fortes, que le moindre filet d'eau donnait envie de s'y baigner.

Préoccupé des demandes qu'il avait à adresser au comte, il s'était déjà engagé, sans s'en apercevoir, dans la principale allée du jardin qui menait à la maison d'Otradnoë, lorsque de joyeuses voix féminines se firent entendre dans un des massifs, et il vit quelques jeunes filles accourir à la rencontre de sa calèche. La première, une brune, qui avait la taille très mince, les yeux noirs, une robe de nankin, avec un mouchoir de poche blanc jeté négligemment sur sa tête, d'où s'échappaient des mèches de cheveux ébouriffés, s'avançait vivement en lui criant quelque chose ; mais, à la vue d'un étranger, elle se retourna brusquement sans le regarder, et s'enfuit en éclatant de rire !

Le prince André éprouva une impression douloureuse. La journée était si belle, le soleil si étincelant, tout respirait un tel bonheur et une telle gaieté, jusqu'à cette fillette, à la taille flexible, qui tout entière à sa folle mais heureuse insouciance, semblait songer si peu à lui, qu'il se demanda avec tristesse : « De quoi se réjouit-elle donc ? À quoi pense-t-elle ? Ce n'est sûrement ni le code militaire ni l'organisation des redevances qui l'intéressent. »

Le comte Élie Andréïévitch vivait à Otradnoë comme par le passé, recevant chez lui tout le gouvernement, et offrant à ses invités des chasses, des spectacles, et des dîners avec accompagnement de musique. Toute visite était une bonne fortune pour lui : aussi le prince André dut-il céder à ses instances et coucher chez lui.

La journée lui parut des plus ennuyeuses, car ses hôtes et les principaux invités l'accaparèrent entièrement. Cependant il lui arriva à plusieurs reprises de regarder Natacha qui riait et s'amusait avec la jeunesse, et chaque fois il se demandait encore : « À quoi peut-elle donc penser ? »

Le soir, il fut longtemps sans pouvoir s'endormir : il lut, éteignit sa bougie, et la ralluma. Il faisait une chaleur étouffante dans sa chambre, dont les volets étaient fermés, et il en voulait à ce vieil imbécile (comme il appelait Rostow) de l'avoir retenu, en lui assurant que les papiers nécessaires manquaient ; il s'en voulait encore plus à lui-même d'avoir accepté son invitation.

Il se leva pour ouvrir la fenêtre ; à peine eut-il poussé au dehors les volets, que la lune, qui semblait guetter ce moment, inonda la chambre d'un flot de lumière. La nuit était fraîche, calme et transparente ; en face de la croisée s'élevait une charmille, sombre d'un côté, éclairée et argentée de l'autre ; dans le bas, un fouillis de tiges et de feuilles ruisselait de gouttelettes étincelantes ; plus loin, au delà de la noire charmille, un toit brillait sous sa couche de rosée ; à droite s'étendaient les branches feuillues d'un grand arbre, dont la blanche écorce miroitait aux rayons de la pleine lune qui voguait sur un ciel de printemps pur et à peine étoilé. Le prince André s'accouda sur le rebord de la fenêtre, et ses yeux se fixèrent sur le paysage. Il entendit alors, à l'étage supérieur, des voix de femmes… On n'y dormait donc pas !

« Une seule fois encore, je t'en prie ! dit une des voix, que le prince André reconnut aussitôt.

– Mais quand donc dormiras-tu ? reprit une autre voix.

– Mais si je ne puis dormir, ce n'est pas de ma faute ! Encore une fois… » Et ces deux voix murmurèrent à l'unisson le refrain d'une romance.

« Dieu, que c'est beau ! Eh bien, maintenant allons dormir.

– Va dormir, toi. Quant à moi, ça m'est impossible. »

On distinguait le léger frôlement de la robe de celle qui venait de parler, et même sa respiration, car elle devait s'être penchée en dehors de la fenêtre. Tout était silencieux, immobile ; on aurait dit que les ombres et les rayons projetés par la lune s'étaient pétrifiés. Le prince André avait peur de trahir par un geste sa présence involontaire.

« Sonia ! Sonia ! reprit la première voix, comment est-il possible de dormir ? Viens donc voir, comme c'est beau ! Dieu, que c'est beau !… éveille-toi ! » Et elle ajouta avec émotion : « Il n'y a jamais eu de nuit aussi ravissante, jamais, jamais !… ! » La voix de Sonia murmura une réponse. « Mais viens donc, regarde cette lune, mon cœur, ma petite âme, mais viens donc !… Mets-toi sur la pointe des pieds, rapproche tes genoux… on peut s'y tenir deux en se serrant un peu, tu vois, comme cela ?

– Prends donc garde, tu vas tomber. »

Il y eut comme une lutte, et la voix mécontente de Sonia reprit : « Sais-tu qu'il va être deux heures ?

– Ah ! tu me gâtes tout mon plaisir ! va-t'en, va-t'en ! »

Le silence se rétablit, mais le prince André sentait, à ses légers mouvements et à ses soupirs, qu'elle était encore là.

« Ah ! mon Dieu, mon Dieu ! dit-elle tout à coup. Eh bien, allons dormir, puisqu'il le faut !… » Et elle ferma la croisée avec bruit.

« Ah oui ! que lui importe mon existence ! » se dit le prince André, qui avait écouté ce babillage, et qui, sans savoir pourquoi, avait craint et espéré entendre parler de lui… toujours elle, c'est comme un fait exprès ! Et il s'éleva dans son cœur un mélange confus de sensations et d'espérances, si jeunes et si opposées à sa vie habituelle, qu'il renonça à les analyser ; et, se jetant sur son lit, il s'endormit aussitôt.

III

Le lendemain matin, ayant pris congé du vieux comte, il partit sans voir les dames.

Au mois de juin, le prince André, en revenant chez lui, traversa de nouveau la forêt de bouleaux. Les clochettes de l'attelage y sonnaient plus sourdement que six semaines auparavant. Tout était épais, touffu, ombreux : les sapins dispersés çà et là ne nuisaient plus à la beauté de l'ensemble, et les aiguilles verdissantes de leurs branches témoignaient d'une manière éclatante qu'eux aussi subissaient l'influence générale.

La journée était chaude, il y avait de l'orage dans l'air : une petite nuée arrosa la poussière de la route et l'herbe du fossé : le côté gauche du bois restait dans l'ombre ; le côté droit, à peine agité par le vent, scintillait tout mouillé au soleil : tout fleurissait, et, de près et de loin, les rossignols se lançaient leurs roulades.

« Il me semble qu'il y avait ici un chêne qui me comprenait, » se dit le prince André, en regardant sur la gauche, et attiré à son insu par la beauté de l'arbre qu'il cherchait. Le vieux chêne transformé s'étendait en un dôme de verdure foncée, luxuriante, épanouie, qui se balançait, sous une légère brise, aux rayons du soleil couchant. On ne voyait plus ni branches fourchues ni meurtrissures : il n'y avait plus dans son aspect ni défiance amère ni chagrin morose ; rien que les jeunes feuilles pleines de sève qui avaient percé son écorce séculaire, et l'on se demandait avec surprise si c'était bien ce patriarche qui leur avait donné la vie !

« Oui, c'est bien lui ! » s'écria le prince André, et il sentit son cœur inondé de la joie intense que lui apportaient le printemps et cette nouvelle vie. Les souvenirs les plus intimes, les plus chers de son existence, défilèrent devant lui. Il revit le ciel bleu d'Austerlitz, les reproches peints sur la figure inanimée de sa femme, sa conversation avec Pierre sur le radeau, la petite fille ravie par la beauté de la nuit, et cette nuit, cette lune, tout se représenta à son imagination : « Non, ma vie ne peut être finie à trente et un ans ! Ce n'est pas assez que je sente ce qu'il y a en moi, il faut que les autres le sachent ! Il faut que Pierre et cette fillette, qui allait s'envoler dans le ciel, apprennent à me connaître ! Il faut que ma vie se reflète sur eux, et que leur vie se confonde avec la mienne ! »

Revenu de son excursion, il se décida à aller en automne à Pétersbourg, et s'ingénia à trouver des prétextes plausibles à ce voyage. Une série de raisons, plus péremptoires les unes que les autres, lui en démontra la nécessité : il n'était pas même éloigné de reprendre du service ; il s'étonnait d'avoir pu douter de la part active que lui réservait encore l'avenir. Et pourtant un mois auparavant il regardait comme impossible pour lui de quitter la campagne, et il se disait que son expérience se perdrait sans utilité, et serait un véritable non-sens, s'il n'en tirait pas un parti pratique. Il ne comprenait pas comment, sur la foi d'un pauvre raisonnement dénué de toute logique, il avait pu croire jadis que ce serait s'abaisser, après tout ce qu'il avait vu et appris, de croire encore à la possibilité d'être utile, à la possibilité d'être heureux et d'aimer. Sa raison lui disait à présent le contraire : il s'ennuyait, ses occupations habituelles ne l'intéressaient plus, et souvent, seul dans son cabinet, il se levait, s'approchait du miroir, se regardait longuement ; repor-

tant ensuite les yeux sur le portrait de Lise, avec ses cheveux relevés à la grecque en petites boucles sur le front : il lui semblait que,
sortant de son cadre doré, et oubliant ses mystérieuses et suprêmes
paroles, elle le suivait des yeux avec une affectueuse curiosité et un
gai sourire. Souvent il marchait dans la chambre, les mains croisées derrière le dos, fronçant le sourcil, ou souriant à ses visions
confuses et décousues, à Pierre, à la jeune fille de la fenêtre, au
chêne, à la gloire, à la beauté de la femme, à l'amour qui avait manqué à sa vie ! Lorsqu'on venait à le déranger pendant ses rêveries,
il répondait d'une façon sèche, sévère, désagréable, mais avec une
logique serrée, comme pour s'excuser envers lui-même du vague
de ses pensées intimes, ce qui faisait dire à la princesse Marie que
les occupations intellectuelles desséchaient le cœur des hommes.

IV

Le prince André arriva à Pétersbourg au mois d'août 1809. La
gloire du jeune Spéransky, ainsi que son énergie dans l'exécution
des réformes, y étaient à leur apogée. À cette même époque, l'Empereur s'était foulé le pied en faisant une chute de voiture, et, obligé par suite de garder pendant trois semaines un repos absolu, il
travaillait tous les jours avec lui. C'est alors que s'élaborèrent les
deux célèbres oukases qui devaient révolutionner la société. L'un
supprimait les rangs de cour, et l'autre réglait les examens à subir pour être nommé assesseur de collège et conseiller d'État ; de
plus, il créait toute une constitution gouvernementale, qui devait
changer de fond en comble l'ordre établi jusqu'alors dans les ad-
ministrations financières, judiciaires et autres, depuis le conseil
de l'empire jusqu'au conseil communal. Les vagues rêveries libé-
rales que l'Empereur nourrissait en lui depuis son avènement au
trône prenaient corps peu à peu, et se réalisaient avec l'aide de ses
conseillers, Czartorisky, Novosiltsow, Kotchoubey et Strogonow,
qu'il appelait en riant : le comité de Salut public.

En ce moment, Spéransky les remplaçait tous pour la partie civile,
et Araktchéïew pour la partie militaire. Le prince André, en qualité
de chambellan, parut à la cour, et l'Empereur, sur le passage duquel
il se trouva à deux reprises, ne daigna pas l'honorer d'une parole.
Il avait toujours cru remarquer que ni sa personne ni sa figure
n'étaient sympathiques à Sa Majesté. Son soupçon fut confirmé par

le regard froid et sec qui l'enveloppa, et il apprit bientôt que l'Empereur avait été mécontent de lui voir prendre sa retraite en 1805.

« Nos sympathies et nos antipathies ne se commandent pas, se dit le prince André ; aussi vaudra-t-il mieux ne pas lui présenter mon mémoire sur le nouveau code militaire, mais le lui faire passer, et lui laisser faire son chemin tout seul ! » Il le soumit pourtant à un vieux maréchal ami de son père, qui le reçut très affectueusement et lui promit d'en parler au souverain.

Dans le courant de la semaine, le prince André fut appelé chez le ministre de la guerre, le comte Araktchéïew.

À neuf heures du matin, au jour fixé, le prince André entra dans le salon de réception du comte ; il ne le connaissait pas personnellement, ne l'avait jamais vu, et tout ce qu'il avait appris sur lui ne lui inspirait ni respect ni estime :

« Il est le ministre de la guerre, il a la confiance de l'Empereur… peu importent donc ses qualités personnelles !… Il est chargé d'examiner mon mémoire et lui seul peut le lancer, » se disait le prince André.

À l'époque où il remplissait ses fonctions d'aide de camp, il avait assisté aux audiences données par différents personnages haut placés, et il avait remarqué que chacune avait son caractère particulier. Ici, elle en avait un complètement exceptionnel. Sur toutes les figures de ceux qui attendaient leur tour, on lisait indistinctement un sentiment général d'embarras, auquel se mêlait un air de soumission de commande. Ceux qui étaient les plus élevés en grade dissimulaient, sous des manières dégagées, et en plaisantant sur eux-mêmes et sur le ministre, le malaise qu'ils éprouvaient. D'autres restaient soucieux, d'autres riaient en chuchotant, et en répétant tout bas le sobriquet de « Sila[1] Andréïévitch », que l'on avait donné au ministre. Un général, visiblement offensé d'attendre aussi longtemps, regardait autour de lui, en se croisant négligemment les jambes, et en souriant avec dédain.

Mais dès que la porte s'ouvrit, tous les visages prirent la même expression, celle de la crainte. Le prince André avait demandé à l'officier de service de l'annoncer : celui-ci lui répondit ironique-

1 Sila, force : jeu de mots. (*Note du traducteur.*)

ment que son tour viendrait. Un militaire dont l'air effaré et malheureux avait frappé le prince André entra dans le cabinet du ministre, après que quelques personnes qui y avaient été introduites en furent sorties reconduites par l'aide de camp. Son audience fut longue : on entendit les éclats violents d'une voix désagréable, et l'officier, pâle, les lèvres tremblantes, en sortit et traversa le salon, la tête dans ses mains.

Ce fut le tour du prince André.

« À droite vers la fenêtre, » lui murmura-t-on à l'oreille.

Il entra dans un cabinet proprement tenu, mais sans luxe, et il vit devant lui un homme de quarante ans environ, dont le buste trop long supportait une tête d'une longueur également disproportionnée. Ses cheveux étaient coupés court, ses rides fortement accusées, et ses sourcils épais se fronçaient au-dessus de deux yeux éteints d'un vert glauque, et d'un nez rouge qui retombait sur sa bouche. Ce personnage tourna la tête de son côté, mais sans le regarder :

« Que demandez-vous ?

– Je ne demande rien, Excellence, » dit tranquillement le prince André.

Les yeux d'Araktchéïew se levèrent :

« Asseyez-vous, vous êtes le prince Bolkonsky ?

– Je ne demande rien, mais Sa Majesté l'Empereur a daigné envoyer mon mémoire à Votre Excellence.

– Je vous ferai observer, mon très cher, que j'ai lu votre mémoire, dit Araktchéïew en l'interrompant, et ne prononçant avec politesse que les deux premiers mots, pour reprendre immédiatement après son ton méprisant et grondeur. Vous proposez de nouvelles lois militaires ? Il y en a beaucoup d'anciennes, et personne ne les exécute… Aujourd'hui on ne fait qu'en écrire, c'est plus facile.

– C'est d'après la volonté de Sa Majesté l'Empereur que je suis venu demander à Votre Excellence ce qu'elle compte faire de mon mémoire.

– Je l'ai envoyé au comité, en y ajoutant mon opinion… je ne l'approuve pas, poursuivit-il en se levant ; et, prenant un papier sur la table, il le remit au prince André : – Voilà ! »

En travers de la feuille était écrit au crayon, sans orthographe, et sans ponctuation aucune : « Pas de base logique, copié sur le code militaire français, diffère sans motif du règlement militaire ! »

« Dans quel comité va-t-il être examiné ?

– Dans le comité chargé de la révision du code militaire, et j'ai présenté Votre Noblesse pour y être inscrite comme membre, mais sans appointements. »

Le prince André sourit :

« Je n'aurais pas accepté autrement.

– Membre sans appointements, vous entendez bien… j'ai l'honneur… Eh ! qu'y a-t-il là-bas encore ? » cria-t-il en le congédiant.

V

En attendant la nouvelle officielle de sa nomination comme membre du comité, le prince André renouvela connaissance avec les personnes au pouvoir qui pouvaient lui être utiles. Une curiosité inquiète et irrésistible, analogue à celle qui s'emparait de lui la veille d'une bataille, l'entraînait vers les sphères élevées, où se combinaient les mesures qui devaient avoir une si grande influence sur le sort de millions d'êtres ; il devinait, à l'irritation des vieux, aux efforts de ceux qui brûlaient du désir de savoir ce qui se passait, à la réserve des initiés, à l'agitation soucieuse de tous, au nombre infini de comités et de commissions, qu'il se préparait à Pétersbourg, dans cette année 1809, une formidable bataille civile, dont le général en chef était Spéransky, lequel avait pour lui tout l'attrait de l'inconnu et du génie.

La réforme, dont il n'avait qu'une vague idée, et le grand réformateur lui-même le préoccupaient si vivement, que la destinée de son mémoire n'eut plus pour lui qu'un intérêt secondaire.

Sa position personnelle lui ouvrit les cercles les plus différents et les plus élevés de la société. Le parti des réorganisateurs l'accueillit avec sympathie, d'abord à cause de sa réputation de haute intelligence et de grand savoir, et ensuite du renom de libéral que lui avait valu l'émancipation de ses paysans. Le parti des mécontents, opposé aux réformes, crut trouver en lui un renfort ; on supposa qu'il partageait les idées de son père. Les femmes et le monde virent en lui un parti riche et brillant, une nouvelle figure entourée d'une auréole romanesque, due à sa mort supposée et à la fin tragique de sa femme. Ceux qui l'avaient connu jadis trouvèrent que le temps avait singulièrement amélioré son caractère, qu'il s'était adouci, qu'il avait perdu une bonne partie de son affectation et de son orgueil, et qu'il avait gagné le calme que les années seules peuvent donner.

Le lendemain de sa visite à Araktchéïew, il alla à une soirée chez le comte Kotchoubey, lui raconta son entrevue avec « Sila Andréïévitch », dont Kotchoubey parlait également avec cet air de vague ironie qui l'avait frappé dans le salon d'attente du ministre de la guerre :

« Mon cher, vous ne pourrez, même une fois là dedans, vous passer de Michel Mikaïlovitch, c'est le grand faiseur. Je lui en parlerai, il m'a promis de venir ce soir…

– Mais en quoi les codes militaires peuvent-ils regarder Spéransky ? demanda le prince André, dont la réflexion fit sourire le comte Kotchoubey, qui secoua la tête, comme s'il était étonné de sa naïveté. »

– Nous avons causé de vous, de vos agriculteurs libres…

– Ah ! c'est donc vous, prince, qui avez donné la liberté à vos paysans ? s'écria d'un ton déplaisant un vieux du temps de Catherine.

– C'était un tout petit bien qui ne donnait aucun revenu, répondit le prince André, cherchant à pallier le fait pour ne pas irriter son interlocuteur.

– Vous étiez donc bien pressé ? continua celui-ci en regardant Kotchoubey. Je me demande seulement qui labourera la terre, si on donne la liberté aux paysans ?… Croyez-moi, il est plus facile de faire des lois que de gouverner, et je vous serais aussi bien obligé, comte, de me dire qui l'on nommera maintenant présidents des différents tribunaux, puisque tous doivent passer des examens ?

– Mais ceux qui les subiront, je pense, répliqua Kotchoubey.

– Eh bien, voilà un exemple : Prianichnikow, n'est-ce pas, est un homme précieux, mais il a soixante ans… faudra-t-il donc qu'il subisse aussi des examens ?

– Oui, c'est sans doute une difficulté, d'autant mieux que l'instruction est fort peu répandue, mais… » Kotchoubey n'acheva pas, et, prenant le prince André par le bras, il s'avança avec lui à la rencontre d'un homme de haute taille qui venait d'entrer dans le salon. Bien que son front énorme et chauve ne fût couvert que de quelques rares cheveux blonds, il ne paraissait âgé que de quarante ans. Sa figure allongée, ses mains larges et potelées se faisaient remarquer par cette blancheur mate de la peau, qui rappelle la pâleur maladive des soldats après un long séjour à l'hôpital. Il portait un frac bleu.

André le reconnut aussitôt et ressentit comme un choc à sa vue. Était-ce respect, envie, ou curiosité ? Il ne pouvait s'en rendre compte. Spéransky offrait en effet un type original. Jamais André n'avait vu à personne un aussi grand calme et une aussi grande assurance, avec des mouvements aussi gauches et aussi nonchalants, un regard aussi doux et en même temps aussi énergique, que dans ces yeux à demi fermés et légèrement voilés, jamais enfin autant de fermeté dans un sourire banal ! Tel était Spéransky, le secrétaire d'État, Spéransky, le bras droit de l'Empereur, qu'il avait accompagné à Erfurth, où plus d'une fois il avait eu l'honneur de causer avec Napoléon.

Il promena son regard sur les personnes présentes, sans se hâter de parler. Assuré d'avance qu'on l'écouterait, sa voix, dont le timbre calme et mesuré avait agréablement frappé le prince André, ne s'élevait jamais au-dessus d'un certain diapason, et il ne regardait que celui auquel il s'adressait.

Le prince suivait chacun de ses gestes, chacune de ses paroles. Le connaissant de réputation, il s'attendait, comme il arrive souvent à ceux qui portent d'habitude un jugement prématuré sur leur prochain, à trouver en lui toutes les perfections humaines.

Spéransky s'excusa auprès de Kotchoubey de n'être pas venu plus tôt, mais il avait été retenu au palais. Il avait évité de dire : « retenu par l'Empereur », et le prince André prit note de cette affectation de modestie. Lorsque Kotchoubey le présenta à Spéransky, celui-ci tourna lentement les yeux sur lui, et le regarda en silence, sans cesser de sourire :

« Je suis charmé de faire votre connaissance, j'ai entendu beaucoup parler de vous. »

Kotchoubey lui fit en peu de mots le récit de la réception d'Araktchéïew.

Le sourire de Spéransky s'accentua davantage :

« M. Magnitsky, le président de la commission pour les règlements militaires, est mon ami, et je puis, si vous le désirez, vous aboucher avec lui. »

Il articulait nettement chaque mot, chaque syllabe, et, après s'être arrêté à la fin de la phrase, il continua :

« J'espère que vous trouverez en lui de la sympathie et le désir de contribuer à tout ce qui est utile. »

Un petit cercle se forma autour d'eux.

Le prince André fut surpris du calme dédaigneux avec lequel Spéransky, obscur séminariste peu de temps auparavant, répondait au vieillard qui déplorait les nouvelles réformes, et semblait condescendre à l'honorer d'une explication ; mais, son interlocuteur ayant élevé la voix, il se borna à sourire, et déclara qu'il n'était en aucune façon juge de l'utilité ou de l'inutilité de ce qu'il plaisait à l'Empereur de décider.

Après quelques instants de conversation générale, il se leva, s'approcha du prince André et le prit à part à l'autre bout du salon : il entrait dans son programme de causer avec lui.

« J'étais tellement subjugué par la conversation animée de ce respectable vieillard, que je n'ai pas eu le temps, mon prince, d'échanger deux mots avec vous, » dit-il en souriant d'une façon un peu méprisante, comme pour lui faire sentir qu'il voyait bien que lui aussi comprenait toute la futilité des personnes avec lesquelles il venait de causer.

Le prince André se sentit flatté.

« Je vous connais depuis longtemps, continua Spéransky, d'abord par la libération de vos paysans, premier exemple qu'il serait désirable de voir imiter, et puis, parce que vous êtes le seul des chambellans qui ne soit pas offensé du nouvel oukase concernant le rang à la cour, qui a soulevé tant de mécontentement et tant de récriminations.

– C'est vrai, mon père n'a pas désiré me voir profiter de ce droit, et j'ai commencé mon service en passant par les rangs inférieurs.

– Votre père, bien qu'il soit un homme du siècle passé, est cependant bien au-dessus de ceux de nos contemporains qui critiquent cette mesure ; elle n'a d'autre but, après tout, que de rétablir la justice sur ses véritables bases.

– Je crois pourtant que ces critiques ne sont pas dénuées de fondement, répliqua le prince André, essayant de se soustraire à l'influence de cet homme, qu'il lui était désagréable d'approuver sans restriction. Il tenait même à le contredire, mais, absorbé par son travail d'observation, il ne pouvait s'exprimer avec sa liberté d'esprit habituelle.

– C'est-à-dire qu'elles ont pour fondement l'amour-propre personnel, reprit Spéransky avec tranquillité.

– En partie peut-être, mais aussi, à mon avis, les intérêts mêmes du gouvernement.

– Comment l'entendez-vous ?

– Je suis un disciple de Montesquieu, dit le prince André, et sa maxime : « que l'honneur est le principe des monarchies » me semble incontestable, et certains droits et privilèges de la noblesse me paraissent être des moyens de corroborer ce sentiment. »

Le sourire disparut de la figure de Spéransky, et sa physionomie ne fit qu'y gagner. La réponse du prince André avait excité son intérêt :

« Ah ! si vous envisagez la question sous ce point de vue ! dit-il en conservant son calme et en s'exprimant en français avec une certaine difficulté et plus de lenteur que lorsqu'il parlait le russe :

– Montesquieu nous dit que l'honneur ne peut être soutenu par des privilèges nuisibles au service lui-même ; l'honneur est donc, ou l'abstention d'actes blâmables, ou le stimulant qui nous pousse à conquérir l'approbation et les récompenses destinées à en être le témoignage. Il en résulte, ajouta-t-il en serrant de plus près ses arguments, qu'une institution, qui est pour l'honneur une source d'émulation est une institution pareille en tous points à celle de la Légion d'honneur du grand Empereur Napoléon. On ne saurait dire, je pense, que celle-ci est nuisible, puisqu'elle contribue au bien du service et qu'elle n'est pas un privilège de caste ou de cour.

– Je le reconnais volontiers, mais je crois aussi que les privilèges de cour atteignent le même but, car tous ceux qui en jouissent se tiennent pour obligés de remplir dignement leurs fonctions.

– Et pourtant vous n'avez pas voulu en profiter, prince, dit Spéransky en terminant par une phrase aimable une conversation qui aurait certainement fini par embarrasser son jeune interlocuteur. – Si vous me faites l'honneur de venir chez moi mercredi soir, comme j'aurai vu Magnitsky d'ici là, je pourrai vous communiquer quelque chose d'intéressant, et j'aurai de plus le plaisir de causer plus longuement avec vous… » Et, le saluant de la main, il se glissa, à la française, hors du salon, en évitant d'être remarqué.

VI

Pendant les premiers temps de son séjour à Pétersbourg, le prince André ne tarda pas à sentir que l'ordre d'idées développé en lui par la solitude se trouvait relégué au second plan par les soucis puérils qui ne cessaient de l'occuper.

Tous les soirs, en rentrant chez lui, il inscrivait dans un agenda quatre ou cinq visites indispensables, et autant de rendez-vous pris pour le lendemain. L'emploi de sa journée, combiné de façon à lui permettre d'être exact partout, prenait la plus grosse part des forces vives de sa vie : il ne faisait rien, ne pensait à rien, et les opinions qu'il émettait parfois avec succès n'étaient que le résultat de ses méditations de la campagne.

Il s'en voulait à lui-même lorsqu'il lui arrivait, dans la même journée, de répéter les mêmes choses dans des sociétés différentes ; mais, entraîné par ce tourbillon, il n'avait même plus le temps de s'apercevoir qu'il ne savait plus penser.

Spéransky le reçut le mercredi suivant ; un long et intime entretien produisit sur lui une profonde impression.

Dans son désir de trouver chez un autre cet idéal de perfection vers lequel il tendait lui-même, il crut aisément voir en Spéransky le type de vertu et d'intelligence qu'il avait rêvé. Si ce dernier avait appartenu au même milieu que lui, s'ils avaient eu la même éducation, les mêmes habitudes, la même manière de juger, il aurait sans doute découvert bientôt ses côtés faibles, humains et prosaïques, mais cet esprit, si bien équilibré et si étonnamment logique, lui inspirait d'autant plus de respect, qu'il ne s'en rendait pas entièrement compte. Le grand homme, de son côté, posait un peu devant lui. Était-ce parce qu'il avait apprécié ses capacités, ou parce qu'il croyait nécessaire de se l'attacher ? Le fait est qu'il ne négligeait aucune occasion de le flatter adroitement, et de lui faire entendre discrètement que son intelligence le rendait digne de s'élever jusqu'à lui, et qu'il était seul capable de comprendre la profondeur de ses conceptions et l'absurdité d'*autrui*.

Il lui avait répété plus d'une fois des phrases de ce genre :

« *Chez nous* tout ce qui sort de la routine, tout ce qui dépasse le niveau habituel, etc… » ou bien : « *nous* voulons que les loups soient protégés et nourris à « l'égal des brebis… » ou enfin : « *ils* ne peuvent nous comprendre… », et il les accompagnait d'une expression de physionomie qui voulait dire : « Nous comprenons, vous et moi, ce qu'ils valent, *eux*, et ce que nous sommes, *nous* ! »

Ce nouvel entretien, plus intime, ne fit qu'accroître l'impression première qu'avait produite sur lui Spéransky, en qui il voyait un homme d'une intelligence supérieure et un penseur profond, arrivé au pouvoir par une force indomptable de volonté, et en usant au profit de la Russie. Il était bien le philosophe qu'il cherchait, le philosophe qu'il aurait voulu être lui-même, expliquant les phénomènes de la vie par le raisonnement, n'admettant comme vrai que ce qui était sensé, et soumettant toute chose à l'examen de la raison. Ses pensées se formulaient avec une telle clarté, que le prince André se rangeait, malgré lui, en toutes choses à son avis, et n'élevait de faibles objections que pour faire acte d'indépendance. Tout était bien en lui, tout était parfait, sauf son regard froid, brillant, impénétrable, sauf ses mains blanches et délicates. Ces mains fixaient l'attention du prince André, il ne pouvait s'empêcher de les regarder, comme il nous arrive souvent de regarder les mains des gens au pouvoir, et elles lui causaient une irritation sourde, dont il ne se rendait pas compte. Le mépris ou le dédain qu'il affectait pour les hommes lui était aussi particulièrement désagréable, ainsi que la variété de ses procédés d'argumentation. Toutes les formes du raisonnement lui étaient familières, la comparaison surtout ; mais il lui reprochait de passer sans aucune transition de l'une à l'autre. Se posant en réformateur pratique, il jetait la pierre aux rêveurs ; tantôt il accablait de sa mordante ironie ses adversaires ; tantôt, employant une logique serrée, il s'élevait à la métaphysique la plus abstraite (une de ses armes oratoires favorites). Transporté sur ces hauteurs, il se plaisait alors à définir l'espace, le temps, la pensée, il y puisait de brillantes réfutations, ensuite il ramenait le sujet sur le terrain de la discussion.

CHAPITRE PREMIER

Un signe caractéristique de ce puissant esprit était une foi inébranlable dans la force et dans les droits de l'Intelligence. On voyait
que le doute, si habituel au prince André, lui était inconnu, et que
la crainte de ne pouvoir exprimer toutes ses pensées, ou de douter,
même un moment, de l'infaillibilité de ses croyances, ne l'avait jamais troublé.

Aussi éprouvait-il pour Spéransky une exaltation passionnée, la
même qu'il avait ressentie pour Napoléon. Spéransky était fils de
prêtre ; c'était, pour le vulgaire, une raison de le mépriser ; aussi, le
prince André, sans le savoir, réagissait contre sa propre exaltation,
et par cela même ne faisait qu'en accroître l'intensité.

À propos de la commission chargée de l'élaboration des lois,
Spéransky lui raconta, en la raillant, qu'elle existait depuis cent
cinquante ans, qu'elle avait coûté des millions sans rien produire,
que Rosenkampf avait collé des étiquettes sur tous les articles de la
législation comparée, et que c'était là l'unique résultat des millions
dépensés :

« Nous voulons donner au sénat un nouveau pouvoir judiciaire et
nous n'avons pas de lois ! Aussi est-ce un crime, mon prince, pour
des personnes comme vous, de se retirer dans la vie privée. »

Le prince André lui fit observer que pour ce genre d'occupations il
était nécessaire d'avoir reçu une éducation spéciale.

« Montrez-moi ceux qui la possèdent ? c'est un cercle vicieux,
dont on ne peut sortir qu'en le bridant. »

Une semaine plus tard, le prince André fut nommé membre du
comité chargé de l'élaboration du code militaire et, de plus, au moment où il y songeait le moins, chef d'une des sections de cette
commission législative. Il consentit, à la prière de Spératisky, à s'occuper du code civil, et, s'aidant des codes Napoléon et Justinien, il
travailla à la partie qui avait pour titre : « Le droit des gens ».

VII

Deux ans auparavant, en 1808, Pierre, revenu de son voyage dans
l'intérieur, se trouva, sans s'y attendre, à la tête de la franc-maçonnerie de Pétersbourg. Il organisa « des loges de table », constitua
des loges régulières, en leur procurant leurs chartes et leurs titres de

fondation ; il fit de la propagande, donna de l'argent pour l'achève-
ment du temple, et compléta de ses deniers les aumônes produites
par les quêtes, au sujet desquelles les membres se montraient en
général avares et inexacts. Il entretint aussi à ses frais la maison des
pauvres fondée par l'ordre, et, se laissant aller aux mêmes entraînements, il employait sa vie comme par le passé. Il aimait à bien
manger, à bien boire, et ne pouvait s'abstenir des plaisirs de la vie
de garçon, tout en les jugeant immoraux et dégradants.

Malgré l'ardeur qu'il avait apportée au début de ses différentes occupations, il sentit, à la fin de l'année, que la terre promise de la
franc-maçonnerie se dérobait sous ses pas. Il éprouva la sensation
d'un homme qui, mettant avec confiance le pied sur une surface
unie, sent qu'il s'enfonce dans un marais ; y posant l'autre pied, afin
de bien se rendre compte de la solidité du terrain, il s'y embourba
jusqu'aux genoux, et maintenant il y marchait malgré lui.

Bazdéïew, complètement éloigné de la direction des loges de
Pétersbourg, ne quittait plus Moscou. Les frères étaient des
hommes que Pierre coudoyait chaque jour dans la vie ordinaire,
et il lui était à peu près impossible de ne voir que des frères dans
la personne du prince B. ou de monsieur D., qu'il connaissait pour
des gens faibles et sans valeur. Sous leurs tabliers de francs-maçons, sous leurs insignes, il voyait poindre leurs uniformes et leurs
croix, qui étaient le véritable objet de leur existence. Souvent,
lorsqu'il ramassait les aumônes et qu'il inscrivait vingt ou trente
roubles à l'actif, souvent même au passif d'une dizaine de membres
plus riches que lui, Pierre se rappelait leur serment de donner leur
avoir au prochain, et il s'élevait dans son âme des doutes qu'il essayait en vain d'écarter.

Ses frères se partageaient pour lui en quatre catégories : à la première appartenaient ceux qui ne prenaient aucune part active ni
aux affaires de la loge, ni aux affaires de l'humanité, exclusivement
occupés à approfondir les mystères de leur ordre, à rechercher le
sens de la Trinité, à étudier les trois bases générales, le soufre, le
mercure et le sel, ou la signification du carré et des autres symboles
du Temple de Salomon. Ceux-là, Pierre les respectait, c'étaient les
anciens et Bazdéïew lui-même ; mais il ne comprenait pas quel
intérêt ils pouvaient prendre à leurs recherches, et ne se sentait
nullement porté vers le côté mystique de la franc-maçonnerie.

CHAPITRE PREMIER

La seconde catégorie, dans laquelle il se rangeait, se composait d'adeptes qui, vacillants comme lui, cherchaient la véritable voie, et qui, ne l'ayant pas encore découverte, ne perdaient pas néanmoins l'espoir de la trouver un jour.

La troisième comprenait ceux qui, ne voyant dans cette association que les formes et les cérémonies extérieures, s'en tenaient à la stricte observance, sans se préoccuper du sens caché ; tels étaient Villarsky et le Vénérable lui-même.

La quatrième enfin était formée des gens, très nombreux à cette époque, qui, ne croyant à rien, ne désirant rien, ne tenaient à l'ordre que pour se rapprocher des riches et des puissants, et mettre à profit leurs relations avec eux.

L'activité de Pierre ne le satisfaisait pas : il reprochait à leur association, telle qu'il la voyait à Pétersbourg, de n'être qu'un pur formalisme, et il se disait, sans attaquer toutefois les fondements de l'institution, que les maçons de Russie faisaient fausse route en s'éloignant ainsi des principes sur lesquels elle était fondée ; aussi se décida-t-il à aller à l'étranger pour se faire initier aux mystères les plus élevés.

Il en revint dans le cours de l'été de 1809. Les maçons de Russie avaient appris par leurs correspondants que Besoukhow, ayant su gagner la confiance des hauts dignitaires de l'ordre, avait été, par suite de son initiation à la plupart de leurs mystères, promu au grade le plus élevé, et qu'il rapportait avec lui beaucoup de projets ; ils vinrent le voir dès son arrivée, et crurent remarquer qu'il leur ménageait une surprise.

On décida de tenir une assemblée générale jusqu'au grade d'apprenti, afin que Pierre leur remît le message dont il était chargé. La loge était au grand complet, et, une fois les formalités remplies, Pierre se leva :

« Chers frères, dit-il en bégayant et en tenant à la main d'un air embarrassé son discours écrit, chers frères, il ne suffit pas d'accomplir nos mystères dans le secret de la loge, il faut agir... agir... ! Nous nous sommes engourdis, et il faut se mettre à l'œuvre, poursuivit-il, en se décidant enfin à lire son manuscrit après ces quelques mots d'introduction.

– Pour répandre la vérité, pour amener le triomphe de la vertu, nous devrons détruire les préjugés, établir des règles conformes à l'esprit du temps, nous donner pour tâche l'éducation de la jeunesse, nous unir par des liens indissolubles à des esprits éclairés, afin de vaincre ensemble et hardiment la superstition, le manque de foi, la bêtise humaine, et former, parmi ceux qui sont dévoués à la cause, des ouvriers liés entre eux par l'unité du but, ayant en leurs mains force et pouvoir. Pour en arriver là, il faut faire pencher la balance du côté de la vertu, il faut que l'homme de bien reçoive même en ce monde la récompense de ses bonnes actions ; mais, dira-t-on, les institutions politiques actuelles s'opposent à l'exécution de ces nobles aspirations. Que nous reste-t-il donc à faire ? Fomenter des révolutions ? Bouleverser tout, et chasser la force par la force ? Non, nous sommes loin de prêcher les réformes violentes et arbitraires ! Elles méritent au contraire le blâme, car elles ne sauraient déraciner le mal, si les hommes restent les mêmes. La vérité doit s'imposer sans violence !

« Lorsque notre ordre sera parvenu à tirer les gens de bien de l'obscurité où ils végètent, alors seulement il aura le droit de faire de l'agitation, et de la diriger insensiblement vers le but qu'il se propose. En un mot, il faut établir un mode de gouvernement universel, sans chercher pour cela à rompre les liens civils et les conditions administratives, qui nous permettent, à l'heure qu'il est, d'atteindre le résultat que nous avons en vue, c'est-à-dire le triomphe de la vertu sur le vice. Le christianisme le voulait également, lorsqu'il enseignait aux hommes à être bons et sages, et à suivre, pour arriver au bien, l'exemple des âmes vertueuses.

« Lorsque le monde était encore plongé dans les ténèbres, la prédication était suffisante : la nouveauté de la vérité annoncée lui donnait une force qui s'est affaiblie ; maintenant il nous faut recourir à des moyens plus énergiques. Il est indispensable que l'homme, guidé par ses sensations, trouve dans la vertu un charme saisissant. Les passions ne se déracinent pas : il faut savoir les diriger, les élever, il faut que chacun puisse les satisfaire dans les limites de la vertu, il faut que nous lui en fournissions les moyens.

« Lorsque dans chaque pays il se sera formé un noyau d'hommes remarquables, chacun d'eux en formera d'autres à son tour ; liés fortement entre eux, ils ne connaîtront plus d'obstacles, et tout deviendra possible à un ordre qui a déjà réussi à faire en secret tant de bien à l'humanité !... »

Ce discours produisit une immense impression et révolutionna la loge. La majorité, y entrevoyant de dangereuses tendances à l'illuminisme, l'accueillit avec une froideur qui étonna Pierre. Le Vénérable en personne le prit à partie, et l'amena à développer, avec une chaleur croissante, les opinions qu'il venait d'émettre. La séance fut orageuse, des partis se formèrent ; les uns accusaient Pierre d'illuminisme, les autres le soutenaient, et pour la première fois il fut frappé de cette diversité infinie inhérente à l'esprit humain, qui fait qu'aucune vérité n'est jamais considérée sous le même aspect par deux personnes. Même parmi les membres qui semblaient être de son avis, chacun apportait aux idées qu'il avait exprimées des changements et des restrictions qu'il se refusait à admettre, convaincu que son opinion devait être intégralement adoptée.

Le Vénérable lui fit observer, d'un air ironique, que dans l'entraînement de la discussion il lui paraissait avoir fait preuve de plus d'emportement que d'esprit de charité. Pierre, sans lui répondre, lui demanda brièvement si sa proposition serait acceptée ; le Vénérable dit catégoriquement que non. Pierre quitta la loge, sans avoir même rempli les formalités d'usage, et rentra chez lui.

VIII

Pierre passa les trois journées qui suivirent cet incident, étendu sur un canapé, sans sortir, sans voir âme qui vive, et en proie au spleen le plus violent.

Il reçut une lettre de sa femme, qui le suppliait de lui accorder une entrevue, lui dépeignait le chagrin qu'elle éprouvait de leur séparation, lui exprimait le désir de lui consacrer toute sa vie, et lui annonçait qu'elle reviendrait prochainement de l'étranger à Pétersbourg.

Bientôt après, un des frères les moins respectés de l'ordre, força violemment sa porte, et, amenant la conversation sur la vie conjugale, reprocha à Pierre son injuste sévérité envers sa femme, sévérité contraire aux lois maçonniques qui commandent de pardonner au repentir.

Sa belle-mère lui fit aussi demander de venir la voir, ne fût-ce que pour un instant, afin de causer de choses graves. Pierre devinait un complot, mais dans la situation morale où il se trouvait sous l'influence de son ennui, le rapprochement qu'il pressentait lui devenait assez indifférent, car rien dans la vie ne lui paraissait avoir grande importance, et il sentait qu'il ne tenait plus guère soit à rester libre, soit à infliger à sa femme une plus longue punition.

« Personne n'a raison, personne n'a tort ; ainsi donc, elle non plus n'est pas coupable » pensait-il. N'était-ce pas chose indifférente pour lui, qui avait des intérêts si différents, de vivre ou de ne pas vivre avec elle ? Secouant son apathie, qui seule retenait son consentement, il se décida pourtant, avant de leur répondre, à aller à Moscou consulter Bazdéïew.

FRAGMENTS DU JOURNAL DE PIERRE :

« *Moscou, 17 novembre.* – Je reviens de chez le Bienfaiteur, et j'écris à la hâte tout ce que j'y ai ressenti. Il vit pauvrement, et voilà trois ans qu'il souffre d'une douloureuse maladie de vessie : jamais une plainte, jamais un murmure. Depuis le matin jusque bien avant dans la nuit, à part quelques instants consacrés à ses repas, d'une extrême frugalité, il se livre à des travaux scientifiques. Il m'a reçu affectueusement, m'a fait asseoir sur le lit où il était couché. Je l'abordai avec les signes maçonniques du grand Orient et de Jérusalem ; il y répondit, et me demanda, avec un doux sourire, ce que j'avais appris dans les loges de Prusse et d'Écosse. Je lui racontai, tout en lui communiquant les propositions que j'avais faites à celle de Pétersbourg, le mauvais accueil que j'y avais trouvé, et ma rupture avec les frères. Il garda longtemps le silence et m'exposa ensuite son opinion, qui éclaira aussitôt mon passé et mon avenir ; je fus frappé de sa question : « Vous souvenez-vous des trois buts de l'ordre : 1° la conservation et l'étude des mystères ; 2° la purification et le perfectionnement de soi-même, afin de pouvoir y participer ; 3° le perfectionnement de l'humanité par le désir de la purification ? Quel est le principal but des trois ? Sans doute le perfectionnement moral, car nous pouvons y tendre toujours, quelles que soient les circonstances, mais c'est aussi celui qui exige le plus d'efforts, et nous risquons de pécher par orgueil, en nous tournant vers l'étude des mystères que notre impureté nous rend indignes de comprendre, ou en prenant à tâche l'amélioration du genre humain, en restant nous-mêmes un exemple de perversité et d'indignité. L'illuminisme a perdu de sa pureté et s'est entaché d'orgueil pour s'être laissé entraîner par le courant de l'amour du bien public. » À ce point de vue, il a blâmé mon discours et tout ce que j'ai fait. Je lui ai donné raison. À propos de mes affaires de famille, il m'a dit que, le devoir du vrai maçon étant le perfectionnement de soi-même, nous croyons souvent y parvenir plus vite en nous débarrassant de toutes les difficultés à la fois, tandis que c'est le contraire : nous ne pouvons progresser qu'au milieu des luttes de la vie, par la connaissance de nous-même, où l'on ne peut parvenir que par la comparaison. Il ne faut point oublier non plus la vertu principale, l'amour de la mort. Les vicissitudes peuvent seules nous en démontrer toute la vanité et contribuer à nourrir en nous cet amour, c'est-à-dire la croyance à une nouvelle vie. Ces paroles me frappèrent d'autant plus que, malgré son terrible état de maladie, Bazdéïew ne se sent point fatigué de vivre. Il aime la mort, pour laquelle, malgré sa pureté et son élévation, il ne se reconnaît pas encore suffisamment préparé. En m'expliquant le grand carré de la création, il me dit que les chiffres 3 et 7 étaient la base de tout ; il me donna le conseil de ne pas me détacher de mes frères de Pétersbourg, de rester au second grade, et d'user de mon influence pour les préserver de l'entraînement de l'orgueil, et les soutenir dans la voie de la vérité et du progrès. Il me conseilla pour moi-même une stricte surveillance, et me donna ce cahier pour y tenir registre de toutes mes actions.

« *Pétersbourg, 23 novembre.* – Je vis de nouveau avec ma femme ; ma belle-mère arriva chez moi en larmes me dire qu'Hélène me suppliait de l'écouter, qu'elle était innocente, malheureuse de mon abandon… etc… Je sentais que si je la laissais venir, je n'aurais pas la force de résister à sa prière. Je ne savais que faire, ni à qui demander conseil. Si le Bienfaiteur eût été ici, il m'aurait secouru. Je relus ses lettres, je me rappelai nos causeries, et j'en conclus que je ne devais point refuser à celui qui demande, mais tendre la main à tous, et à plus forte raison à celle qui est liée à moi, et qu'il me fallait porter ma croix ! Mais si mon pardon a pour mobile le bien, que du moins ma réunion avec elle n'ait qu'un but spirituel ! J'ai dit à ma femme que je la suppliais d'oublier tout le passé, que je la priais de me pardonner si j'ai eu des torts, mais que, de mon côté, je n'avais aucun pardon à lui accorder. J'étais heureux de le lui dire. Qu'elle ne sache jamais combien il m'a été pénible de la revoir ! Je me suis établi dans l'étage d'en haut de la grande maison, et j'éprouve l'heureux sentiment de la régénération. »

IX

La haute société, qui se réunissait soit à la cour, soit dans les grands bals, se divisait alors comme toujours en quelques cercles, dont chacun avait sa nuance particulière. Le plus nombreux était le cercle français, celui de l'alliance franco-russe, celui de Roumiantzow et de Caulaincourt. Aussitôt après sa réconciliation avec son mari, Hélène y occupa une des premières places. L'ambassade française et beaucoup de gens connus par leur esprit et leur amabilité fréquentèrent son salon.

Elle avait été à Erfurth pendant la mémorable entrevue des deux Empereurs, et y avait connu tout ce que l'Europe contenait de remarquable et qui entourait alors Napoléon. Elle y eut un succès éclatant. Napoléon lui-même, frappé au théâtre par sa beauté, voulut savoir qui elle était. Ses succès comme jeune femme belle et élégante n'étonnèrent point son mari, car elle avait encore embelli ; mais il fut surpris de la réputation qu'elle s'était acquise, pendant ces deux dernières années, d'une femme charmante, aussi spirituelle que belle. Le célèbre prince de Ligne lui écrivait des lettres de huit pages. Bilibine gardait ses meilleurs mots pour les lancer devant la comtesse Besoukhow ; être reçu dans son salon équivalait à un diplôme d'esprit. Les jeunes gens lisaient avant de se rendre à ses soirées, pour avoir quelque chose à dire. Les secrétaires d'ambassade et les ambassadeurs lui confiaient leurs secrets, si bien qu'Hélène était devenue, dans son genre, une véritable puissance. Pierre, qui la savait très ignorante, assistait parfois à ces réunions et à ces dîners, où l'on causait politique, poésie et philosophie, avec un sentiment étrange de stupéfaction et de crainte. Il éprouvait le sentiment que doit avoir un joueur de gobelets, s'attendant chaque fois à voir ses escamotages découverts ; mais personne n'y voyait rien. Ce genre de salon était-il un terrain d'élection pour la bêtise humaine, ou bien les dupes trouvaient-elles du plaisir à être dupées ? Le fait est que sa réputation de femme d'esprit fermement établie permettait à la comtesse Besoukhow de dire les plus grandes sottises : chacune de ses paroles excitait l'admiration, et on se plaisait à y découvrir un sens profond, qu'elle n'y avait pas soupçonné elle-même.

Cet original distrait, ce mari grand seigneur, qui ne gênait personne et ne nuisait pas à l'effet général produit par le ton distingué, de rigueur dans ce milieu, Pierre en un mot, était bien le mari qu'il fallait à cette brillante beauté, toute faite pour le monde, et servait au contraire à mettre en relief l'élégance et la tenue parfaite de sa femme. Les occupations de ces deux dernières années, qui, par leur nature abstraite, avaient fini par lui faire prendre en dédain tout ce qui était en dehors de ce cercle, lui avaient donné une manière d'être, teintée d'indifférence et de bienveillance banale, qui, par sa sincérité même, lui attirait une déférence involontaire. Il entrait dans le salon de sa femme comme il entrait au théâtre. Il connaissait tout le monde, accueillait chacun également bien, en restant à égale distance de tous. Si la conversation l'intéressait, il y prenait part, exposait ouvertement son avis, qui n'était peut-être pas toujours dans le ton voulu du moment, sans se préoccuper en rien de la présence des messieurs de l'ambassade. Mais l'opinion était si bien fixée sur cet original, mari de la femme la plus distinguée de Pétersbourg, qu'on ne songeait guère à prendre ses sorties au sérieux.

Parmi les jeunes gens qui fréquentaient assidûment la maison d'Hélène, on voyait Boris Droubetzkoï, dont la carrière était des plus brillantes. Hélène l'appelait « mon page », le traitait en enfant, et lui souriait comme à tout le monde, mais cependant ce sourire blessait Pierre. Boris affectait envers lui un respect plein de dignité et de compassion, qui ne faisait que l'irriter davantage. Ayant violemment souffert trois ans auparavant, il essayait de se soustraire à une seconde humiliation du même genre, d'abord en n'étant pas le mari de sa femme, et ensuite en ne se permettant pas de la soupçonner.

« Maintenant qu'elle est devenue bas-bleu, elle aura sans doute renoncé à ses entraînements d'autrefois. Il n'y a pas d'exemple qu'un bas-bleu ait jamais eu des entraînements de cœur, » se répétait-il à lui-même, en puisant, on ne sait où, cet axiome devenu pour lui une vérité mathématique. Et pourtant, chose étrange, la présence de Boris agissait sur lui physiquement, lui coupait bras et jambes, et paralysait en lui toute liberté de gestes et de mouvements. « C'est de l'antipathie, » se disait-il.

Ainsi, aux yeux du monde, Pierre passait pour un grand seigneur, mari un peu aveugle et même comique d'une femme charmante ; pour un original intelligent, qui ne faisait rien, ne gênait personne ; un bon enfant dans toute l'acception du mot ; tandis que dans le fond de son âme s'accomplissait le travail ardu, difficile, du développement intérieur, qui lui découvrait beaucoup et lui procurait de grandes joies, sans lui épargner cependant de terribles doutes ?

X

FRAGMENTS DU JOURNAL DE PIERRE :

« *24 novembre.* – Levé à huit heures ; lu l'Évangile, assisté à la séance (Pierre, selon le conseil de Bazdéïew, avait accepté de faire partie d'un comité) ; revenu pour dîner seul. La comtesse a du monde qui m'est désagréable. Bu et mangé avec modération, copié après dîner des documents nécessaires aux frères. Le soir, descendu chez la comtesse ; j'y ai raconté une anecdote sur B., et me suis aperçu trop tard, aux éclats de rire qui ont accueilli mon récit, qu'il ne fallait pas la conter.

« Je me couche heureux et tranquille. Seigneur tout-puissant, aide-moi à marcher dans ta voie !

« *27 novembre.* – Levé tard, resté longtemps et paresseusement étendu sur mon lit… Seigneur, soutiens-moi !… Lu l'Évangile sans le recueillement exigé. Le frère Ouroussow est venu causer avec moi des vanités de ce monde et des plans de réforme de l'Empereur. J'allais les critiquer, mais je me suis rappelé nos règles et les exhortations du Bienfaiteur : un vrai maçon, instrument actif dans le gouvernement, doit, lorsqu'on lui demande son concours, rester spectateur passif de ce qui ne le regarde pas. Ma langue est mon ennemie. Les frères V., G., O., sont venus me parler de la réception d'un nouvel adepte. Puis on a passé à l'explication des sept colonnes et des sept marches du Temple, des sept sciences, des sept vertus, des sept vices et des sept dons du Saint-Esprit. Frère O. très éloquent. Ce soir a eu lieu la réception. La nouvelle organisation du local a contribué à la beauté du spectacle. Boris Droubetzkoï a été reçu, j'ai été son parrain. Un étrange sentiment me bouleversait pendant notre tête-à-tête, et les mauvaises pensées m'assaillaient : je l'accusais, en se faisant affilier à notre ordre, de n'avoir d'autre but que d'obtenir la faveur de nos frères puissants dans le monde. Il m'a demandé à plusieurs reprises si N. et S. étaient de notre loge (ce à quoi je n'ai pu répondre). Je l'ai observé, je le crois incapable de ressentir du respect pour notre saint ordre. Il est trop occupé, trop satisfait de l'homme extérieur, pour désirer le perfectionnement intérieur. Je crois qu'il manque de sincérité et je me suis aperçu qu'il souriait avec mépris à mes paroles. Pendant que nous étions seuls, dans l'obscurité du Temple, je l'aurais volontiers percé du glaive nu que je tenais devant sa poitrine. Je n'ai pas été éloquent et je n'ai pu faire partager mes doutes aux frères et au Vénérable. Que le grand Architecte de l'Univers me guide dans les voies de la vérité et me fasse sortir du labyrinthe du mensonge !

« *3 décembre.* – Réveillé tard, lu l'Évangile avec froideur. Sorti de ma chambre, marché dans la salle, impossible de penser. Boris Droubetzkoï est venu, et a raconté un tas d'histoires ; sa présence m'a agacé, je l'ai contredit. Il m'a répondu, je me suis fâché, et je lui ai répliqué par des choses désagréables et grossières. Il s'est tu, et je ne me suis rendu compte de ma conduite que trop tard. Je ne sais jamais me contenir avec lui ; la faute en est à mon amour-propre, car je me regarde comme au-dessus de lui, ce qui est mal ; il est indulgent pour mes faiblesses, tandis que moi, je le méprise. Mon Dieu, fais en sorte qu'en sa présence je voie toute mon iniquité et qu'elle puisse lui profiter également !

« *7 décembre.* – Le Bienfaiteur m'est apparu en rêve ; son visage rajeuni brillait d'un éclat surprenant. Reçu aujourd'hui même une lettre de lui sur les devoirs du mariage. Viens, Seigneur, à mon secours ; je périrai par ma corruption, si tu m'abandonnes ! »

XI

La fortune des Rostow n'était pas en équilibre, malgré les deux années passées à la campagne.

Nicolas, fidèle à sa promesse, continuait à servir sans bruit dans le même régiment, ce qui n'était pas de nature à lui ouvrir une brillante carrière. Il dépensait peu, mais le genre de vie qu'on menait à Otradnoë, et surtout la façon dont Mitenka régissait la fortune de la famille, faisaient faire la boule de neige aux dettes. Le vieux comte ne voyait qu'une issue à cette triste situation : obtenir pour lui un emploi du gouvernement ; et il se rendit à Pétersbourg avec tous les siens, pour quêter une place, et, comme il disait, pour amuser une dernière fois les jeunes filles.

Peu après leur arrivée, Berg fit sa déclaration à Véra et fut accepté.

À Moscou, la famille Rostow faisait tout naturellement partie de la plus haute société, mais ici leur cercle fut assez mêlé, et ils furent reçus en provinciaux par ceux-là mêmes qui, après avoir ouvertement profité à Moscou de leur hospitalité, daignaient à peine les reconnaître à Pétersbourg.

Ils tenaient table ouverte, et leurs soupers réunissaient les personnages les plus divers et les plus étranges : quelques pauvres vieux voisins de campagne, leurs filles avec la demoiselle d'honneur Péronnsky à leur côté, Pierre Besoukhow et le fils d'un maître de poste du district, employé à Pétersbourg. Les intimes de la maison étaient Droubetzkoï, Pierre Besoukhow, que le vieux comte avait rencontré dans la rue et qu'il avait amené chez lui, et Berg, qui y passait des journées entières à témoigner à la comtesse Véra les attentions exigées de la part d'un jeune homme à la veille de faire sa proposition.

Il montrait avec orgueil sa main droite blessée à Austerlitz, et tenait sans nécessité aucune son sabre de la main gauche. Sa persévérance à raconter cet incident, et l'importance qu'il y donnait, avaient fini par faire croire à son authenticité, et il avait obtenu deux récompenses.

Quand vint la guerre de Finlande, il s'y distingua également : ramassant un éclat de grenade, qui venait de tuer un aide de camp aux côtés du commandant des troupes, il le remit à son chef. Ce fait, raconté par lui à satiété, fut accepté avec la même facilité que son premier exploit, et Berg fut de nouveau récompensé. En 1809, il était donc capitaine dans la garde, décoré, et il occupait à Pétersbourg une place très avantageuse, pécuniairement parlant.

Quelques jaloux, il est vrai, dénigraient bien un peu ses mérites, mais on était forcé de convenir que c'était un brave militaire, exact au service, très bien noté par ses chefs, d'une moralité irréprochable, en train de parcourir une carrière brillante, et jouissant d'une position assurée dans le monde.

Quatre ans auparavant, un soir qu'il était au théâtre à Moscou, Berg y aperçut Véra Rostow, et, la désignant à un de ses camarades, Allemand comme lui, il lui dit : « Voilà celle qui sera ma femme. » Après avoir mûrement pesé toutes ses chances, et comparé sa position à celle des Rostow, il se décida à faire le pas décisif.

Sa proposition fut accueillie tout d'abord avec un sentiment de surprise peu flatteur pour lui : « Comment le fils d'un obscur gentillâtre de Livonie osait-il aspirer à la main d'une comtesse Rostow ? » Mais le trait distinctif de son caractère, son naïf égoïsme, lui aplanit encore une fois toutes les difficultés ; il était si convaincu de bien faire, que cette conviction se communiqua peu à peu à toute la famille, et l'on finit par trouver la combinaison parfaite. La fortune des Rostow était très dérangée, le futur ne l'ignorait certes point. Véra comptait vingt-quatre printemps, et, malgré sa beauté et sa sagesse, personne ne s'était encore présenté !… Le consentement fut donc accordé.

« Voyez-vous, disait Berg à son camarade, qu'il appelait son ami, parce qu'il était de bon ton d'avoir un ami, j'ai tout disposé, tout arrangé, et je ne me marierais pas si la moindre chose clochait dans mes plans. Mon papa et ma maman sont à l'abri du besoin, depuis que je leur ai fait obtenir une pension, et moi, je pourrai fort bien vivre à Pétersbourg, grâce aux revenus de ma place, à mon savoir-faire et à la dot de ma fiancée. Je ne l'épouse pas pour son argent… non, ce serait malhonnête, mais il faut que chacun, la femme comme le mari, apporte son contingent dans le ménage. À mon avoir j'inscris mon service, ce qui vaut bien sans doute quelque chose ; au sien, ses relations, sa petite fortune, toute médiocre qu'elle peut être, et avec le tout je pourrai parfaitement marcher. Et puis, elle est belle, d'un caractère solide, elle m'aime, ajouta-t-il en rougissant, je l'aime aussi, car elle a beaucoup de bon sens… c'est tout l'opposé de sa sœur, dont le caractère est désagréable et l'esprit insignifiant…, on dirait qu'elle n'est pas de la famille…, c'est une perle que ma fiancée…, vous la verrez, et j'espère que vous viendrez souvent…, il allait dire : « dîner, » mais après réflexion il se reprit et dit : « … prendre le thé, » et d'un coup de langue il lança vivement un petit anneau de fumée bien réussi, emblème parfait du bonheur qu'il rêvait.

Le premier moment d'indécision une fois passé, la famille prit l'air de fête qui est de règle en pareille circonstance, mais on y sentait une affectation, mélangée d'un certain embarras, qui provenait de la joie que l'on éprouvait de se débarrasser de Véra, et que l'on craignait de ne pas suffisamment déguiser. Le vieux comte, fort gêné par-dessus le marché, ne pouvait parvenir, par suite de ses nombreuses dettes, à fixer le chiffre de là dot ; huit jours seulement le séparaient de la noce, et il n'en avait rien dit à Berg, fiancé depuis un mois. 300 âmes représentaient la fortune de chacune de ses filles à leur naissance, mais depuis lors elles avaient été engagées et vendues ; de capital, il n'y en avait point, et il ne savait comment résoudre la difficulté. Donnerait-il à sa fille la propriété de Riazan ? Vendrait-il une forêt, où emprunterait-il de l'argent contre une lettre de change ? Il y songeait encore, lorsque Berg, entrant chez lui un matin, lui demanda carrément, un aimable sourire sur les lèvres, de vouloir bien lui déclarer quelle serait la dot de la comtesse Véra. Le comte, troublé par cette question, qu'il ne pressentait et ne redoutait que trop, lui répondit par des lieux communs :

« Tu seras content de moi, mon cher... mais j'aime à voir que tu t'occupes de tes intérêts, c'est bien, très bien !... » Et, frappant sur l'épaule de son futur gendre, il se leva pour rompre ce pénible entretien ; mais ce dernier, sans cesser de sourire, lui dit, avec le plus grand calme, que s'il ne savait au juste à quoi s'en tenir sur la fortune de sa fiancée, et que s'il n'en touchait pas une partie au moment même du mariage, il se verrait contraint de se retirer :

« Vous serez de mon avis, comte ; ce serait une vilaine action de me marier sans connaître les ressources dont je disposerai pour pourvoir à l'entretien de ma femme. »

Le comte, emporté par un mouvement généreux, et désireux d'éviter de nouvelles demandes, mit fin à la conversation en lui promettant formellement de lui signer une lettre de change de 80 000 roubles. Berg baisa son futur beau-père à l'épaule pour lui exprimer sa reconnaissance, en ajoutant qu'il lui en faudrait présentement 30 000 pour monter son ménage, ou tout au moins 20 000, et que, dans ce cas, la lettre de change ne serait que de 60 000.

« Oui, oui, c'est bien, dit le vieux vivement... Seulement, excuse-moi, mon cher, si je te donne les 20 000 en plus des 80... Tu peux y compter, mon cher, ce sera ainsi, n'en parlons plus ! »

XII

Natacha venait d'avoir seize ans dans cette même année 1809 qu'elle s'était assignée comme le terme de son attente, après le baiser donné à Boris quatre ans auparavant ; depuis lors elle ne l'avait point revu. Lorsqu'on parlait de lui devant la comtesse, Natacha ne témoignait aucun embarras : pour elle, cet amour avait été un enfantillage sans portée, et rien de plus ; cependant, tout au fond de son cœur, elle se demandait avec inquiétude si sa promesse d'enfant ne constituait pas une obligation sérieuse, qui la liait à lui.

Boris n'était plus revenu les voir depuis son premier départ pour l'armée, bien qu'il fût allé plus d'une fois à Moscou et qu'il eût même passé à une petite distance d'Otradnoë.

Natacha en tirait la conclusion qu'il l'évitait, et les réflexions chagrines de ses parents à son sujet confirmaient ses suppositions :

« De nos jours, disait la comtesse, on oublie les vieux amis ! »

Anna Mikhaïlovna se montrait aussi plus rarement, et avait adopté dans son maintien une certaine affectation de dignité, jointe à un enthousiasme exubérant pour les mérites de son fils et pour sa brillante carrière. À l'arrivée des Rostow à Pétersbourg, Boris alla leur faire sa visite, sans la moindre émotion. Son roman avec Natacha n'étant plus à ses yeux qu'un poétique souvenir, il désirait leur faire comprendre que ces relations d'enfance n'entraînaient à leur suite aucun engagement, ni pour elle ni pour lui. Il avait su d'ailleurs se conquérir une fort agréable position dans le monde par son intimité avec la comtesse Besoukhow ; son rapide avancement, dû à la protection et à la confiance que lui témoignait une personne influente, demandait, comme complément à sa fortune, un beau mariage avec une riche héritière, et ce rêve pouvait facilement se réaliser ! Natacha n'était pas au salon lorsqu'il y entra ; mais, prévenue aussitôt, elle accourut toute rougissante, et un sourire plus qu'affectueux rayonna sur son visage.

Boris, qui se rappelait la fillette d'autrefois avec ses jupes courtes, ses yeux noirs et brillants, ses boucles en désordre et ses francs éclats de rire, fut stupéfait à la vue de la jeune fille d'aujourd'hui, et ne put dissimuler le sentiment d'admiration qui s'empara spontanément de lui. Elle s'en aperçut et lui en sut gré.

« Reconnais-tu ton espiègle petite amie de jadis ? » lui demanda la comtesse.

Boris baisa la main de Natacha, en exprimant sa surprise :

« Comme vous avez embelli !

– Je crois bien ! » lui répondirent ses yeux mutins.

Natacha ne prit aucune part à la conversation : elle examinait en silence, jusque dans ses moindres détails, le fiancé de ses jeunes années. Celui-ci sentait peser sur lui tout le poids de ce regard scrutateur, mais amical, et le lui rendait à la dérobée.

Elle remarqua aussitôt que l'uniforme, les éperons, la cravate, la coiffure de Boris, tout était à la dernière mode et du plus pur « comme il faut ». Assis de trois quarts dans un fauteuil, de sa main droite il tendait sur la main gauche un gant blanc, à peau fine et souple, qui l'emprisonnait étroitement. Dépeignant, d'un air légèrement dédaigneux, les plaisirs de la haute société de Pétersbourg, il passait en revue, non sans y mettre une pointe d'ironie, le Moscou du temps passé et leurs connaissances communes. Natacha ne fut pas dupe du ton dégagé dont il parla, en passant, du bal chez un des ambassadeurs et de ses invitations à deux autres soirées. Son regard et son silence prolongé finirent par le troubler ; il se tournait souvent de son côté et s'interrompait au milieu de ses récits. Au bout de dix minutes, il se leva et prit congé, tandis que les yeux gais et moqueurs de Natacha suivaient chacun de ses mouvements. Boris dut s'avouer qu'elle était tout aussi séduisante, peut-être même plus, qu'auparavant, mais qu'il ne devait point songer à l'épouser, car la médiocrité de sa fortune deviendrait un obstacle à sa carrière à lui ; se laisser aller au charme qu'il lui reconnaissait et renouer avec elle ses relations d'autrefois, c'était aussi impossible qu'indélicat ; il résolut donc d'éviter de la rencontrer à l'avenir, et peu de jours cependant après cette sage résolution il reparut chez les Rostow et y passa la plus grande partie de son temps. Il se disait parfois qu'une explication était nécessaire, afin qu'elle comprît bien que le passé devait être oublié de part et d'autre, et que malgré tout... elle ne pouvait devenir sa femme ; mais il ne réussissait jamais à aborder ce sujet embarrassant, et il se laissait entraîner sans réfléchir. Natacha, de son côté, semblait, au dire de Sonia et de sa mère, se préoccuper de nouveau vivement de lui. Elle lui chantait ses romances favorites, lui montrait ses albums, le forçait à y écrire des vers, ne lui permettait pas de rappeler le passé, mais lui donnait à entendre combien le présent était beau et radieux ; aussi la quittait-il chaque soir en laissant tout dans le vague, sans lui avoir dit un mot de ce qu'il voulait lui dire, et ne sachant lui-même comment cela finirait. Il négligeait même la belle Hélène et en recevait journellement des billets pleins d'amers reproches, qui ne l'empêchaient pas de retourner le lendemain auprès de Natacha.

XIII

Un soir que la vieille comtesse, débarrassée de ses fausses boucles, en camisole et coiffée d'un bonnet de nuit qui ne recouvrait qu'à moitié une touffe de cheveux blancs, geignait et gémissait, en faisant force signes de croix et de *mea culpa* devant ses images, le front contre terre : la porte de la chambre s'ouvrit brusquement, et Natacha, nu-pieds, également en camisole et en papillotes, entra comme un ouragan. Sa mère, qui marmottait sa dernière prière : « Si cette couche devait être mon tombeau, » etc., etc., fronça le sourcil en se retournant et sortit de son recueillement. Natacha, rouge, animée, la voyant en prières, arrêta brusquement, tira la langue, comme une vraie gamine déconcertée, et attendit. Voyant que le silence de sa mère se prolongeait, elle courut vers le lit et, laissant glisser ses pantoufles, se blottit sous les draps de cette couche, qui inspirait, paraît-il, des craintes si lugubres à la comtesse. C'était un lit élevé, avec un édredon et cinq étages d'oreillers de différentes grandeurs. Natacha y disparut tout entière ; attirant à elle la couverture, elle se fourra dessous, s'y enroula, s'y recoquilla et passa la tête sous le drap, qu'elle soulevait de temps à autre pour voir ce que faisait sa mère. La comtesse, ayant terminé ses génuflexions, s'approcha de sa fille avec un air sévère, qui fit aussitôt place à un tendre sourire :

« Eh bien, eh bien, dit-elle, tu te caches ?

– Maman, peut-on causer, peut-on ? demanda Natacha… Encore un petit baiser, maman, là, là, sous le menton. » Et elle enlaça sa mère de ses deux bras avec sa brusquerie habituelle ; mais elle y mettait une telle adresse et elle savait si bien s'y prendre, que jamais elle ne lui faisait le moindre mal.

« Qu'as-tu à me dire ce soir ? » lui demanda sa mère en s'enfonçant à son tour bien à son aise dans ses oreillers, pendant que Natacha, roulant sur elle-même comme une balle, se rapprochait et s'étendait à ses côtés de l'air le plus sérieux du monde.

Ces visites nocturnes de sa fille, visites qui avaient toujours lieu avant que le comte fût revenu du Club, étaient pour la mère une douce jouissance.

« Voyons, raconte, moi aussi j'ai à te parler... »

Natacha posa sa main sur la bouche de sa mère.

« De Boris ? dit-elle. Je sais ; c'est pour cela que je suis venue. Dites, maman, dites, il est très bien, n'est-ce pas ?

– Natacha, tu as seize ans ; et à ton âge j'étais mariée ! Tu demandes s'il est bien ? Certainement, il est bien, et je l'aime comme un fils ; mais que désires-tu ? À quoi penses-tu ? Je ne vois qu'une chose : c'est que tu lui as tourné la tête, et après ?... » La comtesse jeta un coup d'œil à sa fille : immobile, elle fixait ses regards sur un des sphinx en acajou qui ornaient les quatre coins du grand lit ; l'expression grave et réfléchie de sa physionomie frappa sa mère, elle écoutait et pensait. « Et après, répéta la comtesse... pourquoi lui as-tu tourné la tête ? Que veux-tu de lui ? Tu ne peux pas l'épouser, tu le sais bien.

– Mais pourquoi donc ? reprit Natacha sans bouger.

– Parce qu'il est jeune, parce qu'il est pauvre, parce qu'il est ton proche parent, et parce que tu ne l'aimes pas.

– Qui vous l'a dit ?

– Je le sais, et cela n'est pas bien ; ma chérie.

– Et si je le voulais ?

– Écoute-moi ; je te parle sérieusement... »

Sans lui donner le temps d'achever, Natacha saisit la large main de sa mère, en baisa d'abord le dessus, puis le dessous, puis la paume, puis les doigts, qu'elle pliait l'un après l'autre en murmurant :

« Janvier, février, mars, avril, mai. Eh bien, maman, parlez ! »

Sa mère s'était tue et, la regardant, s'abandonnait au plaisir de contempler son enfant bien-aimée.

« Oui, tu as tort ; personne ne se souvient aujourd'hui de vos relations d'enfance, et son intimité avec toi peut te compromettre aux yeux des autres jeunes gens... et puis il est inutile de le tourmenter !... Il aurait trouvé un parti riche, c'est ce qu'il lui faut, tandis qu'à présent il a perdu la tête !

– L'a-t-il perdue ? demanda Natacha.

– Je vais te citer un exemple, et un exemple qui me concerne : j'avais un cousin…

– Oui, je sais, Cyrille Matvéévitch, n'est-ce pas ? mais c'est un vieux !

– Oh ! il ne l'a pas toujours été !… Je parlerai à Boris ; il faut qu'il cesse de venir aussi souvent !

– Pourquoi, si cela l'amuse ?

– Parce que cela ne mènera à rien.

– Comment pouvez-vous en être sûre ? Ne lui dites rien, maman, je vous en prie, s'écria Natacha du ton offensé de quelqu'un à qui l'on veut enlever son bien… Soit, je ne l'épouserai pas, mais pourquoi l'empêcher de venir, puisque cela lui plaît et à moi aussi ? Pourquoi ne pas continuer ainsi ?

– Comment « ainsi », ma chérie !

– Mais oui, « ainsi » ; la belle affaire que je ne l'épouse pas !… Eh bien, cela restera « ainsi ».

– Oh, oh ! reprit sa mère, prise d'un fou rire, « Ainsi, » « ainsi, » répétait-elle.

– Voyons, ne riez donc pas tant, maman ; le lit en tremble ! Comme vous me ressemblez, vous êtes aussi rieuse que moi !… attendez !… » Et, saisissant de nouveau la main de sa mère, elle reprit ses baisers et ses calculs interrompus : « Juin, juillet, août !… Maman, il est très amoureux ! Qu'en pensez-vous ? L'a-t-on été autant de vous ? Il est bien, très bien ! Seulement pas tout à fait à mon goût : il est étroit, comme la caisse de la pendule de la salle à manger. Vous ne me comprenez pas ?… il est étroit, il est gris clair…

– Quelles absurdités !

– Comment ne me comprenez-vous pas ? Nicolas m'aurait donné raison. Besoukhow, lui, est bleu, gros bleu et rouge ; il me fait l'effet d'un carré.

– Je crois que tu fais aussi la coquette avec celui-là !… »

Et la comtesse ne put s'empêcher de rire.

« Pas du tout ; l'autre est un franc-maçon, je l'ai découvert : il est bon, parfaitement bon, mais je le vois toujours gros bleu et rouge ;

comment vous faire comprendre cela ?...

– Petite comtesse, tu ne dors pas ? » cria au même moment le comte de l'autre côté de la porte.

Natacha bondit hors du lit, saisit ses pantoufles et s'élança dans sa chambre par la sortie opposée.

Elle fut longtemps à s'endormir : elle pensait à mille choses à la fois, et elle en arrivait toujours à conclure que personne ne pouvait deviner, ni tout ce qu'elle comprenait, ni tout ce qu'elle valait. « Et Sonia me comprend-elle ? » Elle regarda sa cousine, qui dormait, gracieusement pelotonnée, ses belles et épaisses nattes enroulées autour de la tête. « Oh ! pas du tout ! Elle est si vertueuse ; elle aime Nicolas, tout le reste lui est indifférent. Maman non plus ! C'est vraiment étonnant ! Je suis très intelligente, et comme... elle est jolie ! » ajoutait-elle en mettant cette réflexion à son adresse dans la bouche d'un tiers créé par son imagination et qui devait être le phé-nix des hommes, un esprit supérieur ! « Elle a tout, tout pour elle, disait cet aimable inconnu, jolie, charmante, adroite comme une fée ; elle nage, elle monte à cheval dans la perfection, et quelle voix, une voix surprenante !... » Et Natacha fredonna aussitôt quelques mesures de son passage favori de la messe de Cherubini, puis, se jetant joyeuse et souriante sur son lit, elle appela Douniacha et lui commanda d'éteindre la bougie. Douniacha n'avait pas encore quitté la chambre, que Natacha s'était envolée dans le monde heu-reux des songes, où tout était aussi beau, aussi facile que dans la vie réelle, mais bien plus attrayant, car ce n'était pas la même chose.

Le lendemain, la comtesse eut un long entretien avec Boris qui, dès lors, cessa ses visites.

XIV

Le 31 décembre 1809, il y avait un grand bal chez un personnage considérable du temps de Catherine. Le corps diplomatique y était invité, et l'Empereur même avait promis d'y venir.

Une brillante illumination éclairait de mille feux la façade de l'hôtel, qui était situé sur le quai Anglais. L'entrée était tendue de drap rouge, et depuis les gendarmes jusqu'aux officiers et au grand-maître de police, tous attendaient sur le trottoir. Les voitures arri-vaient et repartaient, et la file des laquais en livrée, de gala et des chasseurs aux plumets multicolores se succédait sans interruption. Les portières s'ouvraient, les lourds marchepieds s'abaissaient avec bruit ; militaires et civils en grand uniforme, chamarrés de cordons et de décorations, en descendaient, et les dames, en robe de satin, enveloppées dans leurs manteaux d'hermine, franchissaient à la hâte et sans bruit le passage recouvert de drap rouge.

Dès qu'un nouvel équipage s'arrêtait, un murmure courait par la foule, qui se découvrait : « Est-ce l'Empereur ?... Non, c'est un ministre... un prince étranger... un ambassadeur, tu vois bien le plumet, » se disait-on. Et un individu, mieux habillé que ceux qui l'entouraient, leur nommait à haute voix les arrivants et semblait les connaître tous.

Le tiers des invités était déjà réuni, que chez les Rostow on en était encore à se presser et à donner aux toilettes le dernier coup de main. Que de préparatifs n'avait-on pas faits, que de craintes n'avait-on pas eues, à cause de ce bal ! Recevrait-on une invitation ? Les robes seraient-elles prêtes à temps ? Tout s'arrangerait-il à leur gré ?

La vieille demoiselle d'honneur, Marie Ignatievna Péronnsky, jaune et maigre, parente et amie de la comtesse, et de plus, le chaperon attitré de nos provinciaux dans le grand monde, devait les accompagner, et il était convenu qu'on irait la chercher à dix heures chez elle, au palais de la Tauride ; mais dix heures venaient de sonner, et les demoiselles n'étaient pas encore prêtes.

C'était le premier grand bal de Natacha ; aussi ce jour-là, levée dès huit heures, avait-elle passé la journée, dans une activité fiévreuse ; tous ses efforts n'avaient qu'un but : c'était qu'elles fussent habillées toutes les trois dans la perfection, labeur difficile, dont on lui avait laissé toute la responsabilité. La comtesse avait une robe de velours massaca, tandis que de légères toilettes de tulle, garnies de roses mousseuses, et doublées de taffetas rose, étaient destinées aux jeunes filles, uniformément coiffées à la grecque.

Le plus important était fait : elles s'étaient parfumé et poudré le visage, le cou, les mains, sans oublier les oreilles ; les bas de soie à jour étaient soigneusement tendus sur leurs petits pieds, chaussés de souliers de satin blanc, et l'on mettait la dernière main à leur coiffure. Sonia avait même déjà passé sa robe et se tenait debout au milieu de leur chambre, attachant un dernier ruban à son corsage et pressant de son doigt, jusqu'à se faire mal, l'épingle récalcitrante qui grinçait en perçant le ruban. Natacha, l'œil à tout, assise devant la psyché, un léger peignoir jeté sur ses épaules maigres, était en retard :

« Pas ainsi, pas ainsi. Sonia ! dit-elle en lui faisant brusquement tourner la tête et en saisissant ses cheveux, que la femme de chambre n'avait pas eu le temps de lâcher. Viens ici ! » Sonia s'agenouilla, pendant que Natacha lui posait le nœud à sa façon.

« Mais, mademoiselle, il m'est impossible… dit la femme de chambre.

– C'est bien, c'est bien !… Voilà, Sonia…, comme cela !…

– Serez-vous bientôt prêtes ? leur cria la comtesse du fond de sa chambre. Il va être bientôt dix heures !

– Tout de suite, tout de suite, maman ! Et vous ?

– Je n'ai que ma toque à mettre.

– Pas sans moi, vous ne saurez pas la mettre !

– Mais il est dix heures ! »

Dix heures et demie était l'heure fixée pour leur entrée au bal, et cependant Natacha n'était pas habillée, et il fallait encore aller au palais de la Tauride chercher la vieille demoiselle d'honneur.

Une fois coiffée, Natacha, dont la jupe courte laissait voir les petits pieds chaussés de leurs souliers de bal, s'élança vers Sonia, l'examina, et, se précipitant dans la pièce voisine, y saisit la toque de sa mère, la lui posa sur la tête, l'ajusta, et, appliquant un rapide baiser sur ses cheveux gris, courut presser les deux femmes de chambre, qui, tranchant le fil de leurs dents, s'occupaient à raccourcir le dessous trop long de sa robe, tandis qu'une troisième, la bouche pleine d'épingles, allait et venait de la comtesse à Sonia, et qu'une quatrième tenait à bras tendus la vaporeuse toilette de tulle.

« Mavroucha, plus vite, ma bonne !

– Passez-moi le dé, mademoiselle.

– Aurez-vous bientôt fini ? demanda le comte sur le seuil de la porte. Voici des parfums, la vieille Péronnsky est sur le gril !

– C'est fait, mademoiselle, dit la femme de chambre en relevant bien haut la robe, qu'elle secoua en soufflant dessus, comme pour en constater la légèreté et la blancheur immaculée.

CHAPITRE PREMIER

– Papa, n'entre pas, n'entre pas ! s'écria Natacha en passant sa tête dans ce nuage de tulle. Sonia, ferme la porte ! » Une seconde après, le vieux comte fut admis ; lui aussi s'était fait beau ; parfumé et pommadé comme un jeune homme, il portait l'habit gros bleu, la culotte courte et des souliers à boucles : « Papa, comme tu es bien ! tu es charmant ! lui dit Natacha pendant qu'elle l'examinait dans tous les sens.

– Un moment, mademoiselle, permettez, disait la femme de chambre agenouillée, tout occupée à égaliser les jupons et à manœuvrer adroitement avec sa langue un paquet d'épingles qu'elle faisait passer d'un coin de sa bouche à l'autre.

– C'est désespérant, s'écria Sonia, qui suivait de l'œil tous ses mouvements ; le jupon est trop long, trop long ! »

Natacha, s'éloignant de la psyché pour se voir plus à l'aise, en convint aussi.

« Je vous assure, mademoiselle, que la robe n'est pas trop longue, dit piteusement Mavroucha, qui se traînait à quatre pattes à sa suite.

– Positivement, elle est trop longue, mais nous allons faufiler un ourlet, » assura Douniacha avec autorité.

Et, tirant aussitôt l'aiguille qu'elle avait piquée dans le fichu croisé sur sa poitrine, elle recommença à coudre.

À ce moment, la comtesse, en robe de velours, sa toque sur la tête, entra timidement dans la chambre.

« Oh ! qu'elle est belle !... Elle vous enfonce toutes ! » s'écria le vieux comte en s'avançant pour l'embrasser ; mais, de crainte de voir sa toilette froissée, elle l'écarta doucement en rougissant comme une jeune fille.

« Maman, la toque plus de côté, je vais vous l'épingler... »

Et d'un bond Natacha se jeta sur sa mère, en déchirant par ce brusque mouvement, à la grande consternation des ouvrières qui n'avaient pu la suivre, le tissu aérien qui l'enveloppait.

« Ah, mon Dieu ! vrai, ce n'est pas ma faute !

– Ce n'est rien, reprit Douniacha résolument ; on n'y verra rien !

– Oh ! mes beautés, mes reines ! s'écria la vieille bonne, qui était entrée à pas de loup pour les admirer... et Sonia aussi... quelles beautés ! »

Enfin, à dix heures un quart, on monta en voiture, et on se dirigea vers la Tauride.

Malgré son âge et sa laideur, Mlle Péronnsky avait passé par les mêmes procédés de toilette, avec moins de hâte, il est vrai, vu sa grande habitude ; sa vieille personne, bichonnée, parfumée et vêtue d'une robe de satin jaune ornée du chiffre de demoiselle d'honneur, excitait également l'enthousiasme de sa femme de chambre. Elle était prête et accorda de grands éloges aux toilettes de la mère et des filles. Enfin, après force compliments, ces dames, tout en prenant bien soin de leurs robes et de leurs coiffures, s'installèrent dans leurs équipages respectifs.

XV

Natacha n'avait pas eu de la journée un seul moment de liberté, pas une seconde pour réfléchir à ce qu'elle allait voir ; mais elle en eut tout le loisir pendant le long trajet qu'elles eurent à faire par un temps froid et humide, et dans la demi obscurité de la lourde voiture où elle était emboîtée, serrée et balancée à plaisir. Son imagination lui représenta vivement le bal, les salles inondées de lumière, l'orchestre, les fleurs, les danses, l'Empereur, toute la brillante jeunesse de Pétersbourg. Cette attrayante vision s'accordait si peu avec l'impression que lui faisaient éprouver le froid et les ténèbres, qu'elle ne pouvait en croire la réalisation prochaine ; aussi ne s'en rendit-elle bien compte que lorsque, après avoir frôlé de ses petits pieds le tapis rouge placé à l'entrée et ôté sa pelisse dans le vestibule, elle se fut engagée avec Sonia, en avant de sa mère, sur le grand escalier brillamment éclairé. Alors seulement elle pensa à la façon dont elle devait se conduire, et s'efforça de se composer ce maintien réservé et modeste qu'elle tenait pour indispensable à toute jeune fille dans un bal ; mais elle sentit aussitôt, heureusement pour elle, que ses yeux ne lui obéissaient point, qu'ils couraient dans tous les sens, que l'émotion lui faisait battre le cœur à cent pulsations par minute et l'empêchait de voir clair autour d'elle ! Il lui fut donc impossible de se donner le maintien désiré, qui l'aurait d'ailleurs rendue gauche et ridicule, et elle dut se borner à contenir et à cacher son trouble : c'était, à vrai dire, la tenue qui lui seyait le mieux. Les Rostow montaient l'escalier au milieu d'une

48

foule d'invités en grande toilette, qui échangeaient aussi quelques mots entre eux. Les grandes glaces appliquées sur les murs reflétaient l'image des dames en robes blanches, roses, bleues, avec des épaules et des bras ruisselants de diamants et de perles.

Natacha jeta sur les glaces un regard curieux, mais ne put parvenir à s'y voir, tellement tout se confondait et se mêlait dans ce chatoyant défilé ! À son entrée dans le premier salon, elle fut tout assourdie et ahurie par le bourdonnement des voix, le bruit de la foule, l'échange des compliments et des saluts, et aveuglée par l'éclat des lumières. Le maître et la maîtresse de la maison se tenaient à la porte et accueillaient depuis une heure leurs invités avec l'éternelle phrase : « Charmé de vous voir, » que les Rostow durent, comme tous les autres, entendre à leur tour.

Les deux jeunes filles, habillées de la même façon, avec des roses dans leurs cheveux noirs, firent ensemble la même révérence, mais le regard de la maîtresse de la maison s'arrêta involontairement sur la taille déliée de Natacha, et elle lui adressa un sourire tout spécial, différent du sourire stéréotypé et obligatoire avec lequel elle accueillait le reste de ses invités. Peut-être le lointain souvenir de son temps de jeune fille, de son premier bal, lui revint-il tout à coup à la mémoire, et, suivant des yeux Natacha, elle demanda au vieux comte laquelle des deux était sa fille. – « Charmante ! » ajouta-t-elle, en baisant le bout de ses doigts.

On se pressait autour de la porte du salon, car on attendait l'Empereur, et la comtesse Rostow s'arrêta au milieu d'un des groupes le plus en vue. Natacha sentait et entendait qu'elle excitait la curiosité ; elle devina qu'elle avait plu tout d'abord à ceux qui s'inquiétaient de savoir qui elle était, et sa première émotion en fut un peu calmée. « Il y en a qui nous ressemblent, il y en a qui sont moins bien, » pensa-t-elle.

La vieille Péronnsky leur nomma les personnes les plus marquantes.

« Voyez-vous là-bas cette tête grise avec des cheveux bouclés ? c'est le ministre de Hollande, » dit-elle en indiquant un homme âgé et entouré de dames, qu'il faisait pouffer de rire.

« Ah ! voilà la reine de Pétersbourg, la comtesse Besoukhow, ajouta-t-elle en désignant Hélène, qui faisait son entrée. Comme elle est belle ! Elle ne le cède en rien à Marie Antonovna ! Regardez comme jeunes et vieux s'empressent à lui faire leur cour... Elle est belle et intelligente ! On dit que le prince en est amoureux fou... et celles-là, voyez, elles sont laides, mais encore plus recherchées, si c'est possible, que la belle Hélène ; ce sont la femme et la fille d'un archimillionnaire ! – Là-bas plus loin, c'est Anatole Kouraguine, » continua-t-elle, en leur désignant un grand chevalier-garde, très beau garçon, portant haut la tête, qui venait de passer à côté d'elles sans les voir. « Comme il est beau, n'est-ce pas ? On le marie avec l'héritière aux millions. Votre cousin Droubetzkoï la courtise aussi... – Mais certainement, c'est l'ambassadeur de France en personne, c'est Caulaincourt, répondit-elle à une question de la comtesse. Ne dirait-on pas un roi ? Ils sont du reste fort agréables tous ces Français ; personne n'est plus charmant qu'eux dans le monde... Ah ! la voilà enfin, la belle des belles, notre délicieuse Marie Antonovna ; quelle simplicité dans sa toilette !... ravissante !... – Et ce gros en lunettes, ce franc-maçon universel, Besoukhow, quel pantin à côté de sa femme ! »

Pierre se frayait un passage dans la foule en balançant son gros corps, en saluant de la tête, de droite et de gauche, avec sa bonhomie familière, et aussi à son aise que s'il traversait un marché ; il semblait chercher quelqu'un.

Natacha aperçut avec joie cette figure connue, « ce pantin, » comme disait Mlle Péronnsky, qui lui avait promis de venir à ce bal et de lui amener des danseurs.

Il était déjà tout près d'elle, lorsqu'il s'arrêta pour causer avec un militaire en uniforme blanc, de taille moyenne et d'une figure agréable, qui s'entretenait avec un homme de haute taille, chamarré de décorations : c'était Bolkonsky, que Natacha reconnut aussitôt. Elle le trouva plus animé, rajeuni, embelli :

« Maman, encore une connaissance ! dit-elle ; il a passé la nuit chez nous à Otradnoë ; le vois-tu ?

– Comment, vous le connaissez ? demanda la vieille Péronnsky, je ne puis le souffrir ! Il fait à présent la pluie et le beau temps ; c'est un orgueilleux, comme son père. Il s'est lié avec Spéransky et compose toutes sortes de projets de loi. Regardez un peu sa manière d'être avec les dames ; en voici une qui lui parle, et il se détourne ! Je lui aurais nettement dit ma façon de penser, s'il m'avait traitée ainsi ! »

XVI

Soudain un frémissement parcourut tous les groupes, on se porta en avant, on recula, on se sépara, l'orchestre éclata en une bruyante fanfare, et l'Empereur, suivi du maître et de la maîtresse de la maison, fit son apparition. Il s'avança rapidement entre les deux haies vivantes qui s'étaient formées sur son passage, saluant de tous les côtés, et visiblement pressé de s'affranchir au plus vite de ces démonstrations inévitables. L'Empereur entra dans le salon voisin, la foule se précipita sur ses pas, puis, refoulée en arrière, elle démasqua la porte, auprès de laquelle Sa Majesté causait avec la maîtresse de la maison, aux sons de la polonaise du jour commençant par ces paroles : « Alexandre, Élisabeth excitent notre enthousiasme. » Un jeune homme tout effaré supplia les dames de se reculer ; mais plusieurs d'entre elles, oubliant toute convenance, oubliant même leur toilette, jouèrent des coudes, afin de gagner le premier rang, car les couples commençaient à se former pour la danse.

On fit place. L'Empereur souriant, donnant la main à la maîtresse de la maison et marchant à contre-mesure, ouvrit le cortège. Le maître de la maison le suivit avec la belle Marie Antonovna Naryschkine ; puis venaient des ambassadeurs, des ministres, des généraux. La majorité des dames avait été engagée et s'était jointe à la polonaise, pendant que Natacha, sa mère et Sonia faisaient tapisserie avec la minorité. Ses bras pendants le long de sa mignonne personne, et sa gorge, à peine naissante, se soulevant doucement, elle regardait devant elle, de ses yeux brillants et inquiets, et l'expression de sa petite figure variait, indécise, entre une grande joie et une grande déception. Ni l'Empereur ni les gros bonnets ne l'intéressaient ; une seule pensée la tourmentait. « Personne ne s'approchera-t-il donc de moi pour m'inviter ? se disait-elle. Ne danserai-je donc pas de la soirée ? Tous ces hommes semblent ne pas me voir, ou, s'ils me voient, ils s'imaginent sans doute que ce serait temps perdu de s'occuper de moi. Ils ne savent certainement pas que je brûle du désir de danser, que je danse dans la perfection et qu'ils s'amuseraient beaucoup avec moi. » La musique, qui ne cessait pas, la rendait encore plus triste et lui donnait envie de pleurer.

Mlle Péronnsky les avait abandonnées, et son père était à l'autre bout de la salle ; isolées, perdues toutes trois dans cette cohue étrangère, elles n'inspiraient d'intérêt à personne, et personne ne s'inquiétait d'elles. Bolkonsky, conduisant une dame, les effleura sans les reconnaître. Le bel Anatole, souriant et causant avec sa danseuse, laissa en passant glisser son regard sur Natacha avec autant d'indifférence que si elle avait fait partie intégrante du mur. Boris défila deux fois devant elles, et deux fois détourna la tête. Berg et sa femme, qui ne dansaient pas, se réunirent aux pauvres délaissées.

Natacha fut profondément humiliée de la formation en plein bal de ce groupe de famille. N'avait-on pas son chez-soi pour causer de ses affaires ? Aussi ne fit-elle pas la moindre attention aux paroles de Véra, ni à sa toilette d'un vert éclatant.

Enfin l'Empereur acheva son troisième tour. Il avait changé trois fois de dame, et la musique se tut. Un aide de camp empressé se précipita vers les dames Rostow, les engageant à reculer encore, quoiqu'elles fussent déjà acculées à la muraille, et les premiers accords d'une valse au rythme doux et entraînant se firent entendre. L'Empereur, un sourire sur les lèvres, passait en revue la société ; personne ne s'était encore lancé dans le cercle. L'aide de camp ordonnateur s'approcha alors de la comtesse Besoukhow et l'engagea ; elle lui répondit en posant doucement le bras sur son épaule ; le danseur, passant aussitôt le sien autour de sa taille, l'entraîna dans l'espace laissé libre ; ils glissèrent ainsi jusqu'au bout opposé de la salle : là, s'emparant de la main gauche de sa dame, l'adroit cavalier la fit tourner sur elle-même, et ils s'élancèrent de nouveau avec une vitesse croissante, aux sons de la musique qui précipitait la mesure, au bruit des éperons qui s'entrechoquaient, pendant que la robe de velours de sa belle danseuse se gonflait comme une voile en suivant en cadence la mesure à trois temps. Natacha ne les quittait pas de ses yeux envieux et aurait volontiers pleuré de ne pas avoir été choisie pour ce premier tour.

Le prince André, vêtu de son uniforme blanc de cavalerie, avec épaulettes de colonel, en bas de soie et en souliers à boucles, gai et en train, causait, à quelques pas des Rostow, avec le baron Firhow, de la première séance du conseil de l'empire, qui venait d'être fixée au lendemain. Le baron, qui connaissait son intimité avec Spéransky et ses travaux législatifs, recueillait auprès de lui

CHAPITRE PREMIER

des renseignements précis sur un sujet qui donnait lieu à une foule de commentaires. Mais le prince ne prêtait qu'une oreille distraite à ses paroles, et il portait ses regards tantôt sur l'Empereur, tantôt sur le groupe des cavaliers qui se préparaient à la danse, sans pouvoir se décider à suivre leur exemple.

Il examinait avec curiosité ces hommes intimidés par la présence du souverain, et ces femmes qui se pâmaient du désir d'être invitées.

Pierre s'approcha de lui en ce moment :

« Vous qui dansez toujours, allez donc engager ma protégée, la jeune comtesse Rostow.

– Où est-elle ?… Mille excuses, baron, nous reprendrons et achèverons une autre fois cette conversation, mais ici il faut danser, » ajouta-t-il, et il suivit Besoukhow. La petite figure désolée de Natacha le frappa ; il la reconnut, devina ses impressions de débutante, et, se souvenant de sa causerie au clair de la lune, il s'approcha gaiement de la comtesse.

« Permettez-moi de vous présenter ma fille, lui dit-elle en rougissant.

– J'ai l'honneur de la connaître, mais je ne sais si elle se souvient de moi, répondit le prince André, en la saluant avec une politesse respectueuse qui démentait la sévère critique de la vieille Péronnsky. Lui proposant un tour de valse, il passa son bras autour de la taille de Natacha, dont la figure s'éclaira subitement ; un sourire radieux, reconnaissant, débordant de joie, illumina sa bouche, ses yeux, et en chassa les larmes prêtes à jaillir. « Je t'attends depuis une éternité, » semblait-elle lui dire ; heureuse et émue, elle se pencha doucement sur l'épaule de son cavalier, qui passait à bon droit pour un des premiers danseurs du moment ; elle aussi dansait à ravir, et, de ses pieds mignons, elle effleurait le parquet sans la moindre hésitation. Sans doute ses épaules et ses bras grêles et anguleux, sa gorge à peine formée, ne pouvaient être comparés avec les épaules et les bras d'Hélène, sur lesquels s'étendait pour ainsi dire le lustre qu'y avaient laissé les milliers de regards fascinés par sa beauté. Quant à Natacha, ce n'était qu'une petite fille, décolletée pour la première fois et qui certainement en aurait eu honte, si on ne lui avait assuré qu'il devait en être ainsi.

Le prince André aimait la danse ; cette fois cependant, pressé de mettre fin à d'ennuyeuses conversations politiques, et de se dérober à la contrainte causée par une auguste présence, il n'avait choisi Natacha que pour obliger son ami et parce qu'elle était la première jolie figure qui avait attiré ses yeux. Mais à peine eut-il entouré de son bras cette taille si flexible, si fine, à peine l'eut-il sentie se pencher et se balancer contre sa poitrine, à peine eut-il répondu à ce sourire, si voisin de ses lèvres, que les charmes de sa fraîche beauté lui montèrent à la tête et le grisèrent comme un vin généreux. Son tour de valse achevé, essoufflé, hors d'haleine, il lui rendit la liberté, et s'accorda quelques instants de repos, en regardant danser les autres, heureux de sentir poindre en lui ce regain de jeunesse et de vie.

XVII

Boris, l'aide de camp qui avait ouvert le bal, et plusieurs autres cavaliers vinrent ensuite engager Natacha, qui, ne pouvant répondre à ces nombreuses invitations, les passa à Sonia ; elle dansa toute la soirée, le teint animé, tout entière à son bonheur, ne remarquant rien de ce qui se passait autour d'elle, ni le long entretien de l'Empereur avec l'ambassadeur de France, ni son amabilité avec Mme C…, ni la présence d'un prince de sang étranger, ni l'énorme succès d'Hélène, ni enfin le départ de Sa Majesté. Elle le devina seulement à l'entrain croissant des danseurs. Le prince André fut de nouveau son cavalier pendant le cotillon qui précéda le souper : il lui rappela leur première entrevue dans l'allée d'Otradnoë, son insomnie au clair de la lune, et comment il avait entendu toutes ses exclamations. Natacha rougit à ces souvenirs et essaya de se justifier, comme si elle éprouvait une certaine honte à s'être ainsi laissé surprendre.

Le prince André, à l'exemple de tous ceux qui ont beaucoup vécu dans la société, trouvait du plaisir à rencontrer sur sa route un être qui se détachait de la foule et ne portait pas l'empreinte de l'uniformité mondaine. Telle était Natacha, avec ses étonnements naïfs, sa joie sans bornes, sa timidité et jusqu'à ses fautes de français. Assis à ses côtés, causant de choses et d'autres, les plus simples et les plus indifférentes, il s'adressait à elle avec une douce et affectueuse délicatesse, charmé par l'éclat de ses yeux et de son sourire, qui ne se rapportait point à ce qu'elle disait, mais au bonheur dont elle débordait. Il admirait sa grâce ingénue, pendant qu'elle exécutait, toute souriante, la figure pour laquelle le cavalier venait la choisir ; à peine revenait-elle, haletante, à sa place, qu'un autre danseur se proposait de nouveau ; fatiguée, essoufflée, sur le point de refuser, elle repartait pourtant, ayant sur les lèvres un sourire à l'adresse du prince André :

« J'aurais préféré me reposer, rester avec vous, car je n'en peux plus, mais ce n'est pas ma faute, on m'enlève, et j'en suis si heureuse, si heureuse… j'aime tout le monde ce soir, et vous me comprenez, n'est-ce-pas, et… »

Que de choses encore ne lui disait-elle pas dans ce sourire ? Natacha traversa la salle, pour engager à son tour deux dames à faire la figure avec elle.

« Si elle s'approche de sa cousine en premier, se dit le prince André presque malgré lui, elle sera ma femme. » Elle s'arrêta devant Sonia ! « Quelles folies me traversent parfois la cervelle ! ajouta-t-il ; ce qui est certain, c'est qu'elle est si gentille, si originale, que d'ici à un mois elle sera mariée, elle n'a pas ici sa pareille !… » et il regarda Natacha, qui en s'asseyant redressait la rose un peu froissée de son corsage.

À la fin du cotillon, le vieux comte s'approcha d'eux, invita le prince André à venir les voir, et demanda à sa fille si elle s'amusait. Elle lui répondit par un sourire rayonnant. Une pareille question était-elle possible ?

« Je m'amuse tant ! Comme jamais ! » dit-elle, et le prince André surprit le mouvement involontaire de ses deux petits bras fluets qu'elle levait pour embrasser son père, mais qu'elle abaissa aussitôt. C'est qu'en vérité son bonheur était complet ; il était parvenu à ce degré qui nous rend bons et parfaits, car, lorsqu'on est heureux, on ne croit plus ni au mal, ni au chagrin, ni au malheur !

Pierre éprouva pour la première fois ce soir-là un sentiment d'humiliation : la position de sa femme dans ces hautes sphères le blessa au vif. Sombre et distrait, une ride profonde plissait son front ; debout à une fenêtre, ses yeux fixes regardaient sans voir.

Natacha, en allant souper, passa à côté de lui ; l'expression morne et désolée de sa figure la frappa ; elle eut envie de le consoler, de lui donner un peu de son superflu :

« Comme tout cela est amusant, comte, n'est-ce pas ? »

Pierre sourit machinalement et répondit au hasard :

« Oui, j'en suis bien aise. »

Peut-on être triste ce soir, se dit Natacha, et surtout un brave garçon comme Besoukhow ? Car, aux yeux de la jeune fille, tous ceux
qui étaient là étaient bons, s'aimaient comme des frères, et tous par
conséquent devaient être heureux.

XVIII

Le lendemain matin, le bal revint pour une seconde à la mémoire
du prince André. « C'était beau et brillant, se disait-il… et la petite
Rostow, quelle charmante créature ! Il y a en elle quelque chose de
si frais, elle est si différente des jeunes filles de Pétersbourg… » Et
ce fut tout ; sa tasse de thé une fois bue, il reprit son travail.

Pourtant, était-ce fatigue ou suite de son insomnie ? Il ne pouvait
rien faire de bon, trouvait à redire à sa besogne, sans parvenir à
l'avancer ; aussi fut-il enchanté d'être interrompu par la visite d'un
certain Bitsky. Employé dans plusieurs commissions, reçu dans
toutes les coteries de Pétersbourg, admirateur fervent de Spéransky,
de ses réformes, et colporteur juré des bruits et des commérages
du jour, ce Bitsky était de ceux qui suivent la mode, dans leurs opinions comme dans leurs habits, et passent, grâce à cette façon de
faire, pour de chaleureux partisans des nouvelles tendances. Ôtant
son chapeau à la hâte, il se précipita vers le prince André et lui
conta les détails de la séance du conseil de l'empire, qui avait eu
lieu le matin même et qu'il venait d'apprendre. Il parlait avec enthousiasme du discours prononcé à cette occasion par l'Empereur,
discours digne en tous points d'un monarque constitutionnel : « Sa
Majesté a dit ouvertement que le conseil et le sénat constituaient
les corps de l'État ; que le gouvernement devait avoir pour base
des principes solides et non l'arbitraire ; que les finances allaient
être réorganisées et les budgets rendus publics. « Oui, ajouta-t-il,
en accentuant certains mots et en roulant les yeux, cet événement
marque une ère nouvelle, une ère grandiose dans notre histoire. »

Le prince André, qui avait attendu l'ouverture du conseil de l'empire avec une impatience fébrile et qui y avait vu un acte d'une

importance capitale, s'étonna de se sentir tout à coup froid et indifférent devant le fait accompli ! Il répondit par un sourire railleur à l'exaltation de Bitsky, et il se demandait que pouvait lui faire, à Bitsky ou à lui, que l'Empereur se fût ou non exprimé ainsi au conseil, et en quoi cela le rendrait plus heureux ou meilleur.

Cette réflexion effaça subitement de son esprit l'intérêt qu'il avait porté jusqu'alors aux nouvelles réformes. Spéransky l'attendait ce jour-là à dîner « en petit comité », selon ses propres paroles ; cette réunion intime, composée des quelques amis de celui pour qui il éprouvait la plus vive admiration, aurait dû cependant offrir un grand attrait à sa curiosité, d'autant plus qu'il ne l'avait jamais encore vu chez lui, au milieu des siens ; mais à présent il ne se rendit qu'avec ennui, à l'heure indiquée, au petit hôtel de Spéransky, situé près du jardin de la Tauride. Le prince André, un peu en retard, arriva à cinq heures et trouva tous les invités déjà réunis dans la salle à manger de la maison, dont il remarqua l'exquise propreté et l'aspect un peu monastique. La fille de Spéransky, une enfant, et sa gouvernante y demeuraient avec lui. Les invités se composaient de Gervais, de Magnitsky et de Stolipine, dont les voix bruyantes et les éclats de rire s'entendaient de l'antichambre. Une seule voix, celle sans doute du grand réformateur, articulait avec netteté le « ha, ha, ha, » d'un rire clair et aigu qui frappait pour la première fois les oreilles du prince André.

Groupés près des fenêtres, ces messieurs entouraient une table chargée de zakouska[1]. Spéransky portait un habit gris, orné d'une plaque, un gilet blanc et une cravate montante : c'était dans ce costume qu'il avait siégé à la fameuse séance du conseil de l'empire ; il paraissait très gai et écoutait, en riant d'avance, une anecdote de Magnitsky, dont les paroles, à l'entrée du dernier arrivant, furent couvertes par une explosion d'hilarité générale. Stolipine riait franchement de sa grosse voix de basse en mâchonnant un morceau de fromage, et Gervais à tout petit bruit, comme le vin qui pétille, tandis que le maître de la maison lançait à leurs côtés les notes perçantes de sa voix claire et grêle.

« Enchanté de vous voir, cher prince, dit-il, en tendant au prince André sa main blanche et délicate. Un instant... » et s'adressant à Magnitsky : « Rappelez-vous nos conventions : le dîner est un dé-

---

1 Hors-d'œuvre qu'on sert en Russie avant le dîner. (*Note du traducteur.*)

lassement, pas un mot d'affaires !... » et il se reprit à rire.

Le prince André, déçu dans son attente, en fut agacé, il lui sembla que ce n'était plus là le vrai Spéransky ; que le charme mystérieux qui l'avait attiré vers lui se dissipait ; qu'il le voyait maintenant tel qu'il était, et ne se laissait plus séduire.

La conversation marcha sans interruption, et ce ne fut qu'un chapelet d'anecdotes. À peine Magnitsky en finissait-il une, qu'un autre convive disait la sienne ; le plus souvent, elles mettaient en scène les fonctionnaires de tout rang, et leur nullité était, dans ce cercle, tellement hors de doute, que les révélations comiques sur ces personnages leur semblaient à tous être le seul parti à en tirer. Spéransky lui-même conta comment, à la séance du matin, un des membres du conseil, affligé de surdité, ayant été invité à faire connaître son opinion, répondit à celui qui l'interrogeait qu'il était de son avis. Gervais se complut dans le long récit d'une inspection remarquable par la stupidité qui y avait été déployée. Stolipine, tout en bégayant, tomba à bras raccourcis sur les abus de l'administration précédente. Redoutant, à cette sortie, que la conversation ne devînt par trop sérieuse, Magnitsky s'empressa de le railler sur sa vivacité, et, Gervais ayant lancé une plaisanterie, la gaieté reparut de plus belle, sans nouvel incident.

Il était facile de voir que Spéransky aimait à se reposer après le travail au milieu de ses amis, qui, se prêtant à son désir, s'amusaient eux-mêmes, tout en l'amusant à l'envi. Ce ton de gaieté déplut au prince André, il lui parut lourd et factice. Le timbre aigu de la voix de Spéransky lui fut désagréable : ce rire perpétuel sonnait faux à son oreille et lui blessait le tympan. Ne se sentant pas disposé à s'y joindre franchement, il craignit de laisser paraître ses impressions et essaya à différentes reprises de se mêler à la causerie, mais ce fut peine perdue, et il ne tarda pas à sentir que, malgré tous ses efforts, il ne pouvait se mettre à l'unisson ; chacune de ses paroles semblait rebondir hors du cercle, comme le bouchon de liège hors de l'eau. Cependant il ne se disait rien de répréhensible, rien de déplacé, mais les saillies spirituelles et plaisantes manquaient de ce tour délicat qu'ils semblaient ne pas même soupçonner et qui est le vrai sel de la gaieté.

Le dîner terminé, la fille de Spéransky et sa gouvernante se levèrent de table ; le père, attirant à lui son enfant, la couvrit de caresses : ces caresses parurent affectées aux yeux prévenus du prince André.

On resta attablé à l'anglaise autour du vin de Porto, et on causa de la guerre d'Espagne, chacun approuvant la conduite de Napoléon dans cette circonstance. Le prince André ne put résister au désir d'émettre un avis diamétralement opposé. Spéransky sourit et raconta aussitôt une anecdote qui n'avait aucun rapport avec le sujet, et dans l'intention évidente de faire une diversion ; tous se turent pendant quelques secondes.

Le maître de la maison profita de ce moment de silence pour reboucher une bouteille de vin, la tendit au domestique, et se leva en disant : « Le bon vin ne court pas les rues…, » et tous les invités, reprenant gaiement leurs propos interrompus, le suivirent au salon, où deux grandes lettres, apportées par un courrier du ministère, lui furent remises. Il passa dans son cabinet. À peine avait-il disparu, que l'entrain de ses invités tomba subitement, et ils se mirent à causer sérieusement et sans bruit : « Déclamez-nous quelque chose, dit Spéransky en revenant et en s'adressant à Magnitsky. C'est un vrai talent, » ajouta-t-il en se tournant vers le prince André. Magnitsky, cédant à la volonté qui venait de lui être exprimée, prit la pose obligée et récita une parodie en vers français composée par lui, où figuraient quelques personnalités connues à Pétersbourg ; de vifs applaudissements l'interrompirent à différents endroits. Dès qu'il eut fini, le prince André s'approcha de son hôte pour prendre congé.

« Déjà ! Où allez-vous donc de si bonne heure ? lui dit ce dernier.

– J'ai promis ma soirée. »

Ils se turent tous deux, et le prince André put examiner à son aise ces yeux de verre, ces yeux impénétrables. « Comment avait-il pu attendre tant de choses de cet homme, de son activité, et y attacher une si grande valeur ? C'était tout simplement ridicule ! » Voilà ce qu'il pensait, et le rire affecté de Spéransky continua à résonner ce soir-là dans ses oreilles.

Rentré chez lui, il se prit à réfléchir, et, jetant un coup d'œil en arrière, il s'étonna de voir ses quatre mois de séjour à Pétersbourg lui apparaître sous un nouvel aspect. Il se rappela ses soucis, ses efforts, toute la longue filière par laquelle avait dû passer son projet de code militaire, reçu au comité pour y être discuté, et mis ensuite de côté, parce qu'un autre travail, fort au-dessous du sien, avait été déjà présenté à l'Empereur ! Il se rappela les séances de ce comité dont Berg était membre, et les discussions qui n'attaquaient que la forme, sans tenir le moindre compte du fond ; il se souvint aussi de son mémoire sur les lois, de ses laborieuses traductions du code, et il en eut honte. Se transportant en pensée à Bogoutcharovo, à ses occupations de là-bas, à sa course à Riazan, à ses paysans, et leur appliquant en pensée « le droit des gens », qu'il avait si savamment divisé en paragraphes, il fut confondu d'avoir consacré tant de mois à un travail aussi stérile !

XIX

Dans la journée du lendemain, le prince André alla faire quelques visites, une entre autres aux Rostow, avec lesquels, à l'occasion du dernier bal, il avait renouvelé connaissance ; sous cet acte de pure politesse se cachait le désir de voir dans son intérieur la vive et charmante jeune fille qui avait produit sur lui une si agréable impression.

Elle fut la première à le recevoir, et il lui sembla que sa robe gros-bleu faisait encore mieux ressortir sa beauté que sa toilette de bal. Il fut traité par elle et les siens en vieil ami ; l'accueil fut simple et cordial, et cette famille, qu'il avait sévèrement jugée autrefois, lui parut aujourd'hui composée uniquement de braves et excellents cœurs, pleins d'aménité et de bonté. L'hospitalité et la parfaite bienveillance du comte, plus frappantes encore à Pétersbourg qu'à Moscou, ne lui laissèrent aucun moyen de refuser son invitation à dîner. « Oui, ce sont de bien braves gens, se disait-il ; mais, on le voit, ils ne peuvent apprécier le trésor qu'ils ont en Natacha, cette jeune fille en qui la vie déborde et dont la silhouette lumineuse se détache si poétiquement sur le fond terne de sa famille. »

Il se sentait prêt à trouver des joies inconnues dans ce monde étranger pour lui jusqu'alors, dans ce monde pressenti par lui dans l'allée d'Otradnoë, et plus tard, la nuit, à la fenêtre ouverte devant la douce clarté de la lune, et il s'irritait alors d'en être resté aussi longtemps éloigné ; maintenant qu'il s'en était rapproché, qu'il y était entré, il le connaissait et y trouvait des jouissances toutes nouvelles.

Après le dîner, Natacha se mit, à sa prière, au piano, et chanta ; assis près d'une fenêtre, il l'écoutait en causant avec des dames. Soudain il s'arrêta, la phrase qu'il avait commencée resta inachevée sur ses lèvres, quelque chose le serra à la gorge, il sentit monter des larmes à ses yeux, de vraies et douces larmes, alors qu'il ne se croyait plus capable d'en verser. Il regarda Natacha, et il y eut dans son âme une explosion de joie, de bonheur ! Heureux et triste, il se demandait ce qui pouvait ainsi le faire pleurer, ou de son passé, avec la mort de sa femme, ses illusions perdues, ses espérances d'avenir…, ou de la révélation subite de ce sentiment, qui contrastait si étrangement avec le besoin de l'infini dont son cœur débordait, et ce cadre étroit et matériel, où leurs deux êtres se confondaient en une même et vague pensée. Ce contraste accablant le tourmentait et le réjouissait à la fois.

À peine Natacha eut-elle fini de chanter, qu'elle vint lui demander si elle lui avait fait plaisir et se troubla aussitôt, dans la crainte de lui avoir adressé une question déplacée. Il sourit et lui répondit que son chant lui avait plu comme tout ce qu'elle faisait.

Le prince André les quitta fort avant dans la soirée. Il se coucha par pure habitude ; mais, le sommeil ne venant pas, il se leva, alluma sa bougie, marcha dans sa chambre, et se recoucha sans que cette insomnie le fatiguât. À le voir, on aurait dit qu'il venait de quitter une atmosphère chargée de lourdes vapeurs et qu'il se retrouvait, heureux et léger, sur la terre libre du bon Dieu, respirant à pleins poumons ! Il ne pensait guère à Natacha, ne se figurait nullement en être amoureux, mais il la voyait constamment devant lui, et cette image donnait à sa vie une énergie toute nouvelle. « Que fais-je ici ? À quoi bon mes démarches ? Pourquoi se meurtrir dans ce cadre resserré, lorsque l'existence entière est là devant moi avec toutes ses joies ? » se disait-il. Pour la première fois depuis longtemps, il fit des projets et en vint à conclure qu'il lui fallait s'occuper de l'éducation de son fils, lui trouver un instituteur, quitter le service et voyager en Angleterre, en Suisse, en Italie… « Il faut profiter de ma liberté, et de ma jeunesse ! Pierre avait raison : pour être heureux, me disait-il, il faut croire au bonheur, et j'y crois à présent ! Laissons les morts enterrer les morts ; tant que l'on vit, il faut vivre et être heureux ! »

XX

Le colonel Adolphe de Berg, que Pierre connaissait comme il connaissait toute la ville à Moscou et à Pétersbourg, tiré à quatre épingles dans un uniforme irréprochable, portant des favoris courts, à l'exemple de l'Empereur Alexandre, lui fit un matin sa visite :

« Je viens de chez la comtesse votre épouse, qui n'a pas daigné accéder à ma requête ; j'espère avoir meilleure chance auprès de vous, comte, ajouta-t-il en souriant.

– Que désirez-vous, colonel ? Je suis à vos ordres.

– Je suis complètement installé dans mon nouveau logement, reprit Berg, comme s'il était convaincu du plaisir que cette intéressante communication devait procurer à chacun. Je désirerais y donner une petite soirée et y inviter nos amis communs, les miens et ceux de ma femme. Je suis venu prier la comtesse, ainsi que vous, de nous faire l'honneur d'accepter une tasse de thé et... à souper. »

Un sourire épanoui couronna la fin de ce petit discours.

La comtesse Hélène, trouvant les « de Berg » au-dessous d'elle, avait, malheureusement pour eux, répondu par un refus à ce séduisant programme. Berg détailla si clairement à Pierre pourquoi il désirait voir se réunir chez lui une société choisie, pourquoi cela lui serait agréable, et pourquoi lui, qui ne jouait jamais et ne gaspillait jamais son argent, était tout prêt à faire de fortes dépenses lorsqu'il s'agissait de recevoir le grand monde, que force fut à ce dernier d'accepter l'invitation.

« Pas trop tard, comte, n'est-ce pas» ?... à huit heures moins dix minutes, si j'ose vous en prier... Notre général y sera... il est très bon pour moi ; il y aura une table de jeu, comte, et nous souperons ; ainsi je compte sur vous. »

Pierre, qui arrivait toujours en retard, fut ce soir-là de cinq minutes en avance sur l'heure indiquée.

Berg et sa femme, après avoir fini avec tous leurs préparatifs, attendaient leurs invités dans leur salon, éclairé à giorno et décoré de statuettes et de tableaux. Assis à côté de Véra, vêtu d'un uniforme non moins neuf que son salon et boutonné avec soin, il lui expliquait comme quoi il était indispensable d'avoir des relations sociales avec des personnes plus haut placées que soi et comment

alors seulement on retirait quelque profit de ses connaissances :
« On trouve toujours quelque chose à imiter et à demander ; c'est
ainsi que j'ai vécu depuis que j'ai obtenu mon premier grade (Berg
ne comptait jamais par années, mais par promotions). Voyez mes
camarades, ils sont encore des zéros, et moi, me voilà à la veille de
commander un régiment, et j'ai le bonheur d'être votre mari ! » Se
levant pour baiser la main de Véra, il arrangea le tapis, dont un
coin s'était relevé : « Et comment y suis-je parvenu ? Surtout par
mon tact dans le choix de mes connaissances... Il faut aussi, bien
entendu, se conduire convenablement et être exact à remplir ses
devoirs. »

Berg sourit, avec la conscience de sa supériorité sur une faible
femme, car la sienne, toute charmante qu'elle put être, était, après
tout, aussi faible que ses pareilles et aussi incapable de comprendre
la valeur de l'homme, le véritable sens de « ein Mann zu sein »
(être un homme). Elle souriait aussi, de son côté, et exactement
pour les mêmes motifs, car elle se reconnaissait une supériorité
incontestable sur ce bon et excellent mari, qui, comme la plupart
des hommes, jugeait la vie tout de travers et s'attribuait impertur-
bablement une intelligence hors ligne, tandis qu'ils n'étaient tous
que des sots et d'orgueilleux égoïstes.

Berg, entourant de ses bras sa femme avec précaution, pour ne
pas déchirer un certain fichu de dentelle qu'il avait payé fort cher,
lui appliqua un baiser bien au milieu des lèvres.

« Il ne faudrait pas non plus que nous eussions des enfants de
sitôt ? dit-il, en donnant, à sa manière, une conclusion à ses idées.

– Oh ! je ne le désire pas non plus, répondit Véra. Il faut avant tout
vivre pour la société !

– La princesse Youssoupow en avait une toute pareille. »

Et Berg toucha la pèlerine de sa femme d'un air satisfait.

On annonça le comte Besoukhow ; mari et femme échangèrent
un coup d'œil enchanté, chacun s'attribuant de son côté l'honneur
de sa visite.

« Je t'en prie, dit Véra, ne viens pas m'interrompre à tout propos
lorsque je cause ; je sais fort bien ce qui peut intéresser, et ce qu'il
faut dire, selon les personnes avec lesquelles je me trouve.

– Mais, répliqua Berg, les hommes aiment parfois à causer entre eux de choses sérieuses, et... »

Pierre venait d'entrer dans le petit salon, et il paraissait impossible de s'y asseoir sans en déranger la savante symétrie. Cependant Berg fut obligé, bon gré mal gré, de la rompre ; mais, après avoir magnanimement avancé un fauteuil et reculé un canapé en l'honneur de leur hôte, il en éprouva un tel regret, que, lui laissant le choix entre les deux meubles, il finit par s'asseoir tout simplement sur une chaise. Berg et sa femme, enchantés dans leur for intérieur de l'heureux début de leur soirée, s'employèrent à l'envi, et en s'interrompant mutuellement, à entretenir de leur mieux leur invité.

Véra ayant décidé, dans sa haute sagesse, qu'il fallait avant tout parler de l'ambassade française, aborda ce thème de prime abord, tandis que Berg, convaincu de la nécessité de traiter un plus grave sujet, lui coupa la parole pour mettre sur le tapis la guerre avec l'Autriche, et passa, tout doucement, de la guerre, envisagée à un point de vue général, à ses combinaisons personnelles, à la proposition qu'on lui avait faite de prendre une part active à cette campagne, et aux motifs qui la lui avaient fait refuser. Malgré le décousu de leur causerie et le dépit que Véra ressentait contre son mari pour s'être permis de l'interrompre, le ménage rayonnait de joie, en voyant que leur soirée, bien lancée, ressemblait comme deux gouttes d'eau, avec son brillant éclairage, sa table à thé et ses conversations à bâtons rompus, à toutes les réunions du même genre.

Boris arriva sur ces entrefaites : une nuance de supériorité et de protection perçait dans sa façon d'être avec eux. Peu après, un colonel et sa femme, un général et les Rostow firent leur apparition ; la soirée s'élevait donc au rang d'une vraie soirée ! Les allées et venues causées par ces nouveaux invités, par l'échange des saluts, des phrases sans suite, et le froufrou des robes, remplirent de bonheur le ménage Berg. Tout se passait chez eux comme partout : le général, qui ressemblait, à s'y méprendre, à tous les généraux, accorda de grands éloges à l'appartement, tapa amicalement sur l'épaule de Berg, et, s'occupant aussitôt, avec une tyrannie toute paternelle, d'organiser la partie de boston, s'assit à côté du comte Rostow, le plus marquant des invités. Les vieux se réunirent aux vieilles ; les jeunes filles et les jeunes gens se groupèrent ensemble. Véra s'installa à la table de thé, tout couverte de corbeilles d'argent pleines de pâtisseries identiquement semblables à celles qu'on avait mangées

CHAPITRE PREMIER

l'autre soir chez les Panine ; en un mot, la soirée des Berg était, à leur satisfaction manifeste, semblable en tous points à toutes les autres soirées.

XXI

Pierre eut l'avantage d'être désigné pour la partie de boston avec le vieux comte, le général et le colonel. Il se trouva, par hasard, placé en face de Natacha et fut frappé du changement survenu en elle depuis le bal ; elle ne disait mot et aurait été presque laide, sans l'expression de douceur et d'indifférence répandue sur ses traits. « Qu'a-t-elle ? » se demanda-t-il. Assise à côté de sa sœur, elle répondait à Boris du bout des lèvres, sans le regarder. Pierre venait de jouer toute sa couleur et de compter cinq levées, lorsqu'il entendit, en relevant ses cartes, un bruit de pas suivi d'un échange de compliments, et son regard, se portant involontairement sur Natacha, il resta stupéfait : « Qu'est-ce que cela veut dire ? » se demanda-t-il.

La tête relevée, rougissante, et retenant avec peine sa respiration, elle parlait au prince André, qui, debout devant elle, la regardait d'un air doux et tendre. La flamme du feu qui couvait dans son cœur l'avait de nouveau transfigurée, et elle avait retrouvé toute la beauté qu'elle semblait, un moment auparavant, avoir perdue… C'était bien la Natacha du bal !

Le prince André s'approcha de Pierre, qui, découvrant en lui une expression toute nouvelle de bonheur et un air de jeunesse qu'il ne lui connaissait pas, employa le temps que dura la partie à les examiner l'un et l'autre. « Il se passe quelque chose de grave entre eux, » se dit-il, et un mélange de regret et de joie l'émut au point de lui faire oublier son propre malheur.

Les six robs terminés, il reprit toute sa liberté d'action, le général lui ayant déclaré qu'il n'était pas permis de jouer aussi mal que lui. Natacha causait avec Sonia et Boris, Véra avec le prince André. Elle avait remarqué ses assiduités auprès de Natacha et jugea nécessaire de profiter de la première occasion favorable pour lui lancer des allusions transparentes sur l'amour en général et sur sa sœur en particulier. Le sachant très intelligent, elle tenait à expérimenter sur lui sa fine diplomatie ; aussi était-elle enchantée d'elle-même et tout entière aux plus éloquents développements, lorsque Pierre vint leur demander la permission de se mêler à leur conversation, à moins qu'il ne s'agît entre eux d'un grave mystère, et remarqua avec surprise l'embarras de son ami.

« Que pensez-vous, prince, vous dont la clairvoyance pénètre et apprécie du premier coup la différence des caractères, que pensez-vous de Natacha ? Croyez-vous qu'elle puisse, comme d'autres femmes (et elle pensait à elle-même), rester à tout jamais fidèle à celui qu'elle aurait aimé ? Car c'est là le véritable amour. Qu'en dites-vous, prince ?

– Je la connais trop peu, répondit le prince André, cachant son embarras sous un sourire railleur, pour résoudre une question aussi délicate, et puis, vous l'avouerai-je, j'ai toujours remarqué que moins une femme plaît, plus elle est fidèle.

– Vous dites vrai… mais c'était bon, prince, de notre temps, » reprit Véra, qui aimait à parler de « son temps » comme tous les esprits bornés qui sont persuadés que la nature des personnes se transforme avec les années, et qui s'imaginent savoir à quoi s'en tenir mieux que personne sur les singularités de leur époque… « Aujourd'hui, la jeune fille a tant de liberté, que le plaisir d'être courtisée étouffe souvent chez elle le sentiment vrai ! Et, dois-je le dire, Nathalie y est très sensible. » Ce retour à Natacha fut désagréable au prince André, qui tenta de se lever ; mais Véra le retint, en lui souriant avec plus de grâce encore : « Elle a été courtisée plus que personne ; mais jusqu'à ces derniers temps, personne n'était parvenu à lui plaire. Vous le savez bien, comte, continua-t-elle en s'adressant à Pierre ; et même Boris, soit dit entre nous, Boris, le charmant cousin, était aussi parti pour le pays du Tendre… Vous êtes bien avec lui, n'est-ce pas, prince ?

– Oui, je le connais.

– Il vous aura sans doute confessé son amour d'enfant pour Natacha ?

– Ah oui ! un amour d'enfant !… dit le prince André en devenant écarlate.

– Mais, vous savez, entre cousin et cousine, cette intimité mène quelquefois à l'amour ; « cousinage, dangereux voisinage, » n'est-ce pas ?

– Oh ! sans contredit, » répondit le prince André.

Et il se mit à plaisanter Pierre, avec un feint enjouement, sur la prudence qu'il devait apporter, à Moscou, dans ses rapports avec ses cousines de cinquante ans, puis il se leva et l'emmena à l'écart.

« Que veux-tu ? lui dit Pierre, surpris de son émotion et du regard qu'il avait jeté sur Natacha.

– Il faut que je te parle, tu sais, nos gants de femme... (il parlait de la paire de gants que tout franc-maçon devait offrir à celle qu'il jugerait digne de son amour). Je... eh bien, non, plus tard ! » et, les yeux brillant d'un éclat étrange, laissant percer dans ses mouvements une secrète agitation, il alla s'asseoir près de Natacha.

Berg, heureux au possible, ne cessait de sourire ; sa soirée, reproduction fidèle de toutes les autres soirées, était un vrai succès : les conversations avec les dames tournaient sur la pointe d'une aiguille ; le général élevait la voix pendant le jeu, et le samovar et les pâtisseries s'y retrouvaient comme ailleurs. Il manquait à ce parfait ensemble un détail qui l'avait frappé dans les autres réunions : une discussion animée entre hommes, sur un sujet grave et intéressant. Pour son bonheur, le général ne tarda pas à en mettre un sur le tapis, et il appela Pierre à la rescousse dans un débat qui venait de s'engager, entre son chef et le colonel, sur les affaires d'Espagne !

XXII

Le lendemain, sur l'invitation du comte, le prince André se rendit chez les Rostow ; il y dîna et y passa la soirée.

Chacun avait d'autant plus facilement deviné pourquoi et pour qui il restait, qu'il ne s'en cachait en aucune façon. Natacha, transportée d'un bonheur exalté, se sentait à la veille d'un événement solennel ; et toute la maison partageait cette impression. La comtesse étudiait Bolkonsky d'un regard mélancolique et sérieux, pendant qu'il causait avec sa fille, et se mettait bien vite à parler de choses et d'autres lorsque leurs yeux se rencontraient. Sonia craignait de laisser Natacha seule ou de la gêner en restant, et Natacha pâlissait d'angoisse lorsqu'il lui arrivait pendant une seconde de se trouver en tête-à-tête avec lui. Sa timidité l'étonnait : elle devinait qu'il avait une confidence à lui faire et qu'il ne pouvait s'y décider.

Lorsque le prince André les eut quittés, sa mère s'approcha d'elle :
« Eh bien ? lui dit-elle tout bas.

– Maman, au nom du ciel, ne me demandez rien à présent, je ne puis rien dire !... » Et cependant ce même soir, émue et terrifiée, les yeux fixes, couchée auprès de sa mère, elle lui conta tout au long, et ce qu'il lui avait dit de flatteur et d'aimable, et ses projets de voyages, et ses questions sur Boris et sur l'endroit où elle et les siens avaient l'intention de passer l'été : « Jamais, jamais, je n'ai éprouvé rien de pareil à ce que je sens maintenant... seulement, devant lui, j'ai peur ! Qu'est-ce que cela veut dire ? sans doute que cette fois c'est... c'est cela, c'est le vrai ! Maman, vous dormez ?

– Non, mon ange, j'ai peur aussi... Mais va dormir.

– Comment, dormir ?... quelle absurdité ! Maman, maman, cela ne m'est jamais arrivé, poursuivit-elle, surprise et effrayée de ce sentiment qu'elle éprouvait pour la première fois... Aurions-nous jamais pu prévoir cela ? »

Natacha, bien qu'elle fût fermement convaincue qu'elle s'était subitement éprise du prince André, lors de sa visite à Otradnoë, ne pouvait cependant surmonter une certaine appréhension que lui causait ce bonheur étrange et en réalité si inattendu :

« Et il a fallu qu'il vînt ici, et nous aussi... il a fallu que nous nous rencontrassions à ce bal, où je lui ai plu !... Ah oui ! c'est bien le sort qui l'a voulu... c'est clair, cela devait être ainsi... Alors même que je venais à peine de l'entrevoir, j'ai ressenti là quelque chose de tout particulier.

– Que t'a-t-il dit ? Quels sont ces vers ? répète-les, dit la mère, qui restait pensive et se rappelait un quatrain écrit par le prince André sur l'album de sa fille.

– Maman, n'est-ce pas honteux d'épouser un veuf ?

– Quelle folie ! Natacha, prie le bon Dieu : les mariages sont écrits dans le ciel.

– Ah ! maman, chère petite maman, comme je vous aime ! comme je suis heureuse ! » s'écria Natacha, en l'embrassant et en pleurant de joie et d'émotion.

Ce même soir, le prince André faisait à Pierre la confidence de son amour et de sa résolution d'épouser Natacha.

Il y avait un grand raout chez la comtesse Hélène : l'ambassadeur de France, le prince étranger, devenu depuis peu l'hôte assidu de la maîtresse de la maison, y brillaient en compagnie d'un grand nombre de femmes et de personnages de distinction. Pierre fit le tour des salons, et chacun remarqua son air sombre et distrait. Depuis le bal, et surtout depuis que, grâce sans doute aux longues visites du prince étranger chez la comtesse, il avait été nommé chambellan, il était sujet à de continuels accès d'hypocondrie. Depuis ce moment, un sentiment inexprimable d'embarras et de honte ne le quitta plus, et ses tristes pensées d'autrefois sur le néant des choses humaines lui revenaient plus sombres que jamais, ravivées par la vue des progrès de l'amour entre Natacha, sa protégée, et le prince André, son ami, et par le contraste entre leur situation et la sienne. Il s'efforçait de ne penser ni à eux ni à sa femme, et revenait toujours, malgré lui, aux questions qui l'avaient déjà si fort tourmenté ; de nouveau, tout lui paraissait puéril, comparé à l'éternité, et de nouveau il se demandait : « À quoi tout cela mène-t-il ? » Nuit et jour il s'acharnait à ses travaux de franc-maçon, afin de chasser le mauvais esprit qui l'obsédait. Un soir, après avoir quitté entre onze heures et minuit l'appartement de sa femme, il venait de remonter dans son cabinet imprégné de l'odeur du tabac ; enveloppé d'une robe de chambre usée et sale, il copiait les constitutions des loges écossaises, lorsque le prince André entra inopinément chez lui.

« Ah ! c'est vous ! dit Pierre d'un air distrait ; je travaille, vous voyez, » ajouta-t-il du ton des malheureux qui s'efforcent de trouver dans une occupation quelconque un remède aux infortunes de la vie.

Le prince André, la figure rayonnante et transfigurée par la joie, ne remarqua point la tristesse de son ami, et s'arrêta en souriant devant lui :

« Écoute, mon cher ; hier j'étais sur le point de te raconter tout, et aujourd'hui j'y suis décidé ; c'est pour cela que me voici. Je n'ai jamais éprouvé rien de pareil. Je suis amoureux, mon ami ! »

Pierre poussa un soupir et se laissa tomber, de tout le poids de sa lourde personne, sur le canapé à côté du prince André :

– De Natacha Rostow ? Est-ce cela ?

– Sans doute, de qui donc serait-ce ? Je ne l'aurais jamais cru, mais cet amour est plus fort que moi. Hier je souffrais, je me torturais, et pourtant ces souffrances m'étaient chères ! Jusqu'ici je ne vivais pas : aujourd'hui je vis ; mais il me la faut, elle, et pourra-t-elle m'aimer ?... Je suis trop âgé !... Voyons, parle, tu ne dis rien !

– Moi, moi, que voulez-vous que je vous dise ? répondit Pierre, en se levant et en marchant dans la chambre. Cette jeune fille est un vrai trésor, un trésor qui... c'est une perle ! Mon cher ami, je vous en prie, ne raisonnez pas, ne doutez pas, et mariez-vous au plus vite, et il n'y aura pas d'homme plus heureux que vous, j'en suis convaincu !

– Mais elle ?

– Elle vous aime.

– Pas de folies ! répliqua le prince André en souriant et en le regardant dans les yeux.

– Elle vous aime, je le sais, s'écria Pierre avec dépit.

– Écoute, il faut que tu m'écoutes ! lui dit le prince André en le prenant par le bras. Tu ne peux pas te figurer ce qui se passe en moi, et il faut que j'épanche le trop-plein de mon cœur.

– Parlez, parlez, j'en suis fort aise, je vous assure. »

Et l'expression du visage de Pierre changea du tout au tout ; son air maussade fit place à une satisfaction réelle, tandis qu'en écoutant le prince André il le voyait devenu un autre homme. Où étaient son marasme, son mépris de la vie, ses illusions perdues ? Pierre était le seul avec qui il pût parler à cœur ouvert : aussi son effusion fut-elle complète ; il lui confia tout, ses plans pour l'avenir, qu'il envisageait désormais sans aucune crainte, l'impossibilité de sacrifier le bonheur de son existence aux caprices de son père, son espoir de l'amener à approuver son mariage et à aimer Natacha, et, en cas de refus, sa résolution bien arrêtée de se passer de son consentement... Il ne tarissait pas sur ce sentiment si violent, si étrangement nouveau, qui l'avait envahi tout entier et dont il n'était plus le maître :

« Je me serais moqué de celui qui m'eût assuré, il y a quelques jours encore, que j'aimerais comme j'aime ; ce n'est pas ce que j'ai ressenti avant : l'univers se partage aujourd'hui en deux moitiés pour moi : l'une qu'elle remplit toute seule, et là est le bonheur, la lumière, l'espérance ; l'autre où elle n'est pas, et là règnent la désolation et les ténèbres...

– Ténèbres et nuit profonde, oui, je comprends cela ! dit Pierre.

CHAPITRE PREMIER

– Je ne puis m'empêcher d'aimer la lumière, c'est plus fort que moi ; et je suis si heureux ! Me comprends-tu ? Oui, je sais que tu t'en réjouis !

– Oui, oh oui ! »

Et Pierre le regarda de ses bons yeux attendris et tristes. À mesure que s'éclairait l'avenir de son ami, le sien se dressait devant lui de plus en plus sombre et désolé.

XXIII

Le mariage du prince André ne pouvant se faire sans la permission de son père, il partit le lendemain même pour la campagne.

Le vieux prince reçut la communication de son fils avec une apparente tranquillité, qui ne faisait que cacher une irritation intérieure des plus violentes. Il ne pouvait admettre que son fils désirât changer d'existence, y introduire un élément nouveau, lorsque sa vie, à lui, s'approchait de sa fin : « On aurait pu me laisser la terminer à ma guise… Après moi, qu'on fasse ce qu'on voudra, » se disait-il. Il employa pourtant envers le prince André sa tactique habituelle dans les cas particulièrement graves ; il examina la question avec calme et essaya de lui prouver : premièrement, que son choix n'offrait rien de brillant, quant à la famille et à la fortune ; secondement, que, n'étant plus de la première jeunesse, et sa santé exigeant des soins (le vieux appuya sur ce dernier mot), cette fillette était trop jeune pour lui ; troisièmement, il avait un fils, et que deviendrait-il entre les mains de sa nouvelle femme ? quatrièmement enfin : « Je te supplie, ajouta-t-il en le regardant d'un air railleur, de remettre le tout à un an ! Va à l'étranger, rétablis ta santé, cherches-y un gouverneur allemand pour le prince Nicolas, et, une fois l'année écoulée, si ton amour, ta passion, ton entêtement persistent encore, eh bien alors, marie-toi ! C'est mon dernier mot, mon dernier ! » dit-il d'un ton péremptoire, qui témoignait de son inébranlable détermination. Il espérait que l'épreuve exigée serait trop forte, et que ni l'amour de son fils, ni celui de la jeune fille ne résisteraient à une année d'attente. Le prince André devina sa pensée et se décida à se soumettre à sa volonté.

Trois semaines environ s'étaient écoulées depuis sa soirée chez les Rostow, lorsqu'il retourna à Pétersbourg avec l'intention bien arrêtée de se déclarer.

Natacha avait, le lendemain des confidences faites à sa mère, passé sa journée à attendre le prince André ; il ne vint pas, et les jours se succédèrent sans qu'il donnât signe de vie. Ne sachant rien de son départ, elle ne pouvait comprendre ce que cela voulait dire. Pierre aussi avait disparu.

À mesure que les journées s'écoulaient ainsi, elle refusait de sortir, errait de chambre en chambre, comme une ombre oisive et désolée. Plus de confidences à sa mère et à Sonia ; rougissant et s'irritant au moindre mot, il lui semblait que chacun connaissait ses déceptions et qu'elle était devenue pour tous un objet de risée ou de pitié. Une douleur sincère ne tarda pas à se joindre à celle de l'amour-propre froissé et augmenta l'intensité de sa déception.

Un jour, au moment de parler, elle fondit en larmes et pleura comme un enfant qui ne sait pas pourquoi on le punit. La comtesse essaya de la calmer. Natacha l'interrompit avec colère : « Plus un mot, maman, je n'y pense plus et ne veux plus y penser ! Il est venu parce que cela l'amusait, et maintenant qu'il en a assez, il ne vient plus... voilà tout !... Je ne veux plus me marier, reprit-elle, en cherchant à maîtriser le trouble de sa voix. J'en avais peur ; à présent, je suis redevenue tranquille... je suis calme ! »

Le lendemain, Natacha reparut avec une vieille robe qu'elle aimait plus que toutes les autres et qui, d'après elle, lui portait bonheur chaque fois qu'elle la mettait ; dès le matin elle reprit ses occupations habituelles, après les avoir complètement négligées depuis le bal. Ayant pris sa tasse de thé, elle alla dans la grande salle, qui était d'une excellente sonorité, et se remit à ses études de solfège. Au bout d'un moment, elle se plaça juste au milieu de la pièce, et répéta un de ses passages favoris, en s'écoutant elle-même et en jouissant du charme imprévu qu'elle trouvait à ses notes sonores et perlées, qui s'élançaient une à une dans l'espace, l'emplissaient d'harmonie et revenaient mourir tout doucement sur ses lèvres. « Pourquoi tant penser au reste ? se dit-elle gaiement. Il fait si bon vivre quand même !... » et elle se mit à marcher de long en large sur le parquet du salon, en posant le talon d'abord et en faisant ensuite retomber les pointes de ses petits souliers. Le bruit de ses talons et le craquement de ses souliers paraissaient lui causer autant de satisfaction que son chant. En passant devant une glace, elle s'y regarda. « Voilà comme je suis, semblait-elle se dire, c'est bien comme cela, je n'ai besoin de personne, » Elle renvoya un domestique qui venait arranger l'appartement, et elle reprit sa promenade, en s'abandonnant à un retour d'admiration pour sa petite personne, ce qui lui était du reste fort habituel et très agréable. « Natacha est une créature ravissante, se disait-elle, en prêtant ses paroles à un être masculin de pure fiction, sa voix est superbe, elle est jolie, jeune, et ne fait de mal à personne, laissez-la donc en paix !... » Mais elle s'avouait tout bas qu'on aurait beau la laisser en paix, elle ne retrouverait plus cette paix demandée, et elle en fit aussitôt l'expérience.

La porte du vestibule s'ouvrit, et une voix demanda : « Y sont-ils ? » Cette voix l'arracha à la contemplation de sa charmante personne ; l'oreille tendue, attirée par le bruit, elle ne se voyait plus dans la glace qu'elle regardait encore. C'était *lui* ! Elle en était sûre, quoique les portes fussent fermées et que l'on perçût le bruit des pas qui se rapprochaient.

Pâle, hors d'elle-même, elle se précipita dans le salon : « Maman, Bolkonsky est arrivé ; maman, c'est affreux, c'est insupportable ! je ne veux pas... souffrir ! Que dois-je faire ? » La comtesse n'avait pas encore eu le temps de répondre, que le prince André entra, sérieux et ému. La vue de Natacha le transfigura ; baisant la main à la mère et à la fille, il s'assit. « Il y a longtemps que nous n'avons eu le plaisir de vous voir, » dit la comtesse ; mais elle fut interrompue aussitôt par le prince André, qui avait hâte de présenter ses excuses et ses explications.

« Je suis allé voir mon père ; j'avais besoin de lui parler d'une affaire très grave, et je ne suis revenu que cette nuit... Je désirerais, ajouta-t-il après une seconde de silence et en regardant Natacha, causer avec vous, comtesse ? »

Celle-ci baissa les yeux et soupira. « Je suis à vos ordres, » dit-elle.

Natacha comprenait qu'elle devait se retirer, mais elle n'en avait pas la force ; quelque chose lui serrait le gosier, et ses grands yeux restaient obstinément fixés sur le prince André : « Quoi, maintenant, tout de suite, non, c'est impossible, » se disait-elle. » Il la regarda de nouveau, elle comprit qu'elle avait deviné juste et que son sort allait se décider !

« Va, Natacha, je t'appellerai, » lui dit tout bas sa mère.

Natacha lui adressa ainsi qu'à Bolkonsky un dernier regard suppliant et effaré…, et elle sortit.

« Je suis venu, comtesse, vous demander la main de votre fille. »

La comtesse rougit et resta un moment sans répondre.

« Votre proposition, commença-t-elle d'un ton grave et avec embarras… votre proposition… nous est agréable, et je l'accepte : j'en suis charmée, et mon mari aussi, je l'espère ; mais c'est elle, elle seule qui doit décider.

– Je lui parlerai lorsque vous l'aurez acceptée… puis-je compter… ?

– Oui ! » et la comtesse lui tendit la main.

Pendant qu'il s'inclinait pour la baiser, elle appliqua ses lèvres sur son front avec un mélange d'affection et d'appréhension ; bien qu'elle fût prête à l'aimer comme un fils, cet étranger lui inspirait pourtant une certaine crainte.

« Mon mari fera comme moi, mais votre père ? dit-elle.

– Mon père, auquel j'ai fait part de mon projet, a exigé pour condition à son consentement que le mariage n'eût lieu que dans un an. C'est ce que je tenais à vous dire.

– Il est vrai que Natacha est bien jeune ; mais un an d'attente, c'est un peu long !

– Impossible autrement, reprit le prince André avec un soupir.

– Je vais vous l'envoyer, » et la comtesse quitta le salon. « Seigneur, Seigneur, ayez pitié de nous, » répétait-elle en cherchant sa fille. Sonia lui dit qu'elle s'était retirée dans sa chambre. Natacha, assise sur son lit, pâle, les yeux secs et fixés sur les images, se signait rapidement et murmurait une prière. À la vue de sa mère, elle s'élança à son cou :

« Eh bien, maman, qu'y a-t-il ?

– Va, il t'attend, il demande ta main, lui répondit la comtesse d'un ton qui lui parut sévère… Va ! »

Et ses yeux, pleins de tristes et muets reproches, suivirent sa fille, qui s'enfuyait, elle, avec joie !

Natacha ne put jamais se rappeler plus tard comment elle était entrée dans le salon ; elle s'y arrêta immobile à la vue du prince

CHAPITRE PREMIER

André. « Est-ce possible que cet étranger, soit devenu tout pour moi ? » se demanda-t-elle, et elle se répondit instantanément à elle-même : « Oui, tout ! il m'est plus cher, à lui seul, que tout en ce monde ! » Le prince André s'avança vers elle, les yeux baissés :

« Je vous ai aimée du premier jour où je vous ai vue. Puis-je espérer ?... »

Il la regarda et fut frappé de l'expression sérieuse et passionnée de son visage, qui semblait lui dire : « Pourquoi douter de ce que l'on ne peut ignorer ? Pourquoi parler, lorsque les paroles sont insuffisantes à exprimer ce que l'on sent ? »

Elle se rapprocha et s'arrêta. Il lui prit la main et la baisa.

« M'aimez-vous ? lui demanda-t-il.

– Oui, oui, » murmura-t-elle presque avec dépit, et, aspirant l'air avec effort comme si elle allait étouffer, elle éclata en sanglots.

« Qu'avez-vous ? Pourquoi pleurez-vous ?

– Ah ! c'est de bonheur, » dit-elle en souriant à travers ses larmes.

Se penchant vers lui, elle s'arrêta indécise une seconde, en se demandant si elle pouvait l'embrasser, et... elle l'embrassa.

Le prince André tenait ses deux mains dans les siennes, la pénétrait de son regard, et cependant son amour pour elle n'était plus le même : le poétique et mystérieux attrait du désir avait fait place dans son cœur à une tendre pitié pour sa faiblesse d'enfant et de femme, à la crainte de ne pouvoir répondre à ce confiant abandon et au sentiment à la fois joyeux et inquiet sur les obligations qui le liaient à elle et que lui imposait ce nouvel amour, moins lumineux peut-être et moins exalté que le premier, mais plus fort et plus profond : « Votre mère vous a-t-elle dit que cela ne pourrait avoir lieu avant un an ? » lui demanda-t-il, en continuant à plonger ses regards dans les siens.

« Est-ce bien moi qu'on traitait tout à l'heure encore de petite fille, pensait Natacha, qui suis devenue tout à coup l'égale et la femme de cet étranger si intelligent et si bon, de cet homme que mon père même respecte ? Est-ce donc vrai ? Est-ce vrai aussi qu'à dater d'aujourd'hui il me faut prendre la vie au sérieux, que je suis une grande personne, que désormais je dois répondre de chaque parole, de chaque action ?... Mais que m'a-t-il demandé ? »

« Non, dit-elle tout haut, sans trop bien comprendre sa question.

– Vous êtes si jeune, reprit le prince André, tandis que moi j'ai passé par tant d'épreuves dans la vie ! J'ai peur pour vous : vous ne vous connaissez pas vous-même. »

Natacha l'écoutait avec attention, mais sans pouvoir saisir le sens de ses paroles.

« Cette année sera lourde à supporter, car elle retarde mon bonheur, continua-t-il ; mais elle vous donnera le temps de vous interroger ; dans un an, je viendrai vous demander de me rendre heureux ; soyez libre jusque-là, nos arrangements resteront secrets ; peut-être en arriverez-vous à voir que vous ne m'aimez pas... et vous en aimerez un autre ! » Et il s'efforça de sourire.

Natacha l'interrompit :

« Pourquoi me dire tout cela ? Vous savez bien que je vous ai aimé du premier jour où je vous ai vu à Otradnoë... Je vous aime ! répéta-t-elle avec la conviction de la vérité.

– Le délai d'une année... poursuivit-il.

– Une année, toute une année ! s'écria Natacha, qui venait seulement de se rendre compte du retard apporté à son mariage. Mais pourquoi cela ? » Le prince André lui en expliqua les motifs. Elle l'écoutait à peine : « Et l'on ne peut rien y changer ? » Il ne lui répondit pas, mais on ne lisait que trop sur son visage l'impossibilité de satisfaire à son désir.

« C'est affreux, c'est affreux ! s'écria Natacha, en fondant en larmes. J'en mourrai ! Attendre un an ! c'est impossible, c'est affreux ! » Elle leva les yeux sur son visage, qui exprimait un mélange de sympathie et de surprise : « Non, non, je consens à tout ! dit-elle, en cessant de pleurer ; je suis si heureuse ! » Son père et sa mère entrèrent à ce moment et bénirent les deux fiancés.

XXIV

Il n'y eut point de cérémonie de fiançailles, et nul n'eut connaissance de leur engagement ; tel était le désir du prince André, qui allait tous les jours chez les Rostow. Puisqu'il était seul la cause du retard, il devait, disait-il, en porter seul tout le poids, et répétait à tout propos que Natacha était libre, mais que lui se considérait comme irrévocablement engagé par sa parole, et que si, dans six mois elle changeait d'intention, elle en avait absolument le droit.

Il revenait constamment là-dessus ; mais ni Natacha ni ses parents n'admettaient que cela fût possible. Le prince André ne se conduisait pas, non plus en fiancé, il continuait à dire vous à sa fiancée et se bornait à lui baiser la main. À voir leurs rapports simples, naturels et confiants, on aurait dit que leur connaissance ne datait que du jour de la demande en mariage, et ils aimaient tous deux à se rappeler comment ils se jugeaient mutuellement lorsqu'ils n'étaient encore que des étrangers l'un pour l'autre ! « Alors, se disaient-ils, ils posaient bien un peu, maintenant ils étaient sincères et vrais. » La présence du futur causa tout d'abord une grande gêne dans la famille, qui le considérait comme un homme appartenant à un milieu différent du leur, et Natacha eut fort à faire pour familiariser les siens à le voir. Elle leur assurait avec fierté qu'elle n'en avait aucune peur, et qu'eux non plus ne devaient point le craindre, qu'il était comme tout le monde, et que son extérieur seul avait quelque chose de particulier. Enfin on s'habitua à lui : au bout de quelques jours, leur vie reprit sa tranquille allure, et il y prit tout naturellement part, en causant agronomie avec le vieux comte, chiffons avec la comtesse et Natacha, tapisserie et albums avec Sonia. Souvent, entre eux ou devant lui, on s'étendait avec étonnement sur les incidents qui avaient amené leur rapprochement et sur les nombreux présages qui l'avaient annoncé : l'arrivée du prince, André à Otradnoë, celle des Rostow à Pétersbourg, la ressemblance entre Natacha et son fiancé (remarquée par la vieille bonne lors de sa première visite), l'altercation de Nicolas Rostow et du prince André en 1805, et plusieurs autres phénomènes de même importance.

Il régnait dans cet intérieur l'ennui poétique et silencieux qui entoure généralement les fiancés : de longues heures s'écoulaient parfois sans qu'une parole fût échangée entre eux, même en tête-à-tête. Ils causaient peu de leur avenir ; le prince André redoutait ce sujet et se faisait scrupule d'en parler ; Natacha partageait ce sentiment, car elle devinait d'instinct tout ce qui se passait dans son cœur. Un jour, elle le questionna sur son fils : il rougit, ce qui lui arrivait souvent et ce qui ravissait Natacha, et lui répondit que son fils ne demeurerait pas avec eux.

« Pourquoi ? lui dit-elle effrayée.

– Je ne saurais l'enlever à son grand-père, et puis…

– Je l'aurais tant aimé, reprit-elle ; mais je comprends, ajouta-t-elle, vous tenez à nous épargner tout motif de blâme. »

Le vieux comte s'approchait fréquemment de son futur gendre, l'embrassait, et lui demandait conseil à propos de Pétia ou du service de Nicolas. La comtesse soupirait en regardant les deux amoureux. Sonia craignait toujours de les gêner et s'étudiait à trouver des raisons plausibles pour les laisser seuls, sans qu'eux-mêmes en témoignassent un violent désir. Lorsque le prince André contait quelque chose, et il parlait bien, Natacha l'écoutait avec fierté et remarquait à son tour, avec un mélange de joie et d'anxiété, de quelle attention soutenue, de quel œil scrutateur il suivait tout ce qu'elle disait ; « Que cherche-t-il en moi ? se demandait-elle avec inquiétude. Que veut-il y découvrir ? Que sera-ce s'il ne trouve pas ce qu'il cherche ? » Parfois, dans un de ses accès de folle et joyeuse humeur, elle aimait à l'entendre rire, parce qu'il se laissait aller d'autant plus franchement, que c'était pour lui chose rare et que ces explosions de gaieté enfantine le ramenaient à son niveau. Son bonheur eût été complet si l'approche de leur séparation ne l'eût remplie d'effroi.

La veille de son départ, le prince André leur amena Pierre, qui depuis quelque temps n'avait plus reparu chez les Rostow. Il avait l'air confus et égaré. Pendant que la comtesse causait avec lui, Natacha et Sonia se mirent à jouer aux échecs.

« Connaissez-vous Besoukhow depuis longtemps ? demanda le prince André subitement. Avez-vous de l'amitié pour lui ?

– Oui, c'est un brave garçon, mais il est si comique, répondit Natacha, qui s'empressa d'appuyer cette appréciation par une kyrielle d'anecdotes sur sa distraction proverbiale.

– Je lui ai confié notre secret, car je le connais depuis l'enfance. C'est un cœur d'or ! Je vous en supplie, Natacha, – et le prince André prit un ton grave, – promettez-moi !… je vais partir, Dieu seul sait ce qui peut arriver ! Vous cesserez peut-être de m'aimer… oui, je sais bien, j'ai tort de le dire, mais enfin promettez-moi, quoi qu'il vous arrive pendant mon absence…

– Que peut-il arriver ?

– En cas de malheur, adressez-vous à lui, à lui seul, je vous en prie, pour demander aide et conseil. Il est distrait, étrange, mais c'est un

CHAPITRE PREMIER

cœur d'or ! »

Personne dans la famille, pas même le prince André, n'aurait pu prévoir l'effet que cette séparation produisit sur Natacha. Agitée, les joues en feu, les yeux secs et brillants, elle erra ce jour-là dans l'appartement, en s'occupant de choses insignifiantes et en ayant l'air de ne point comprendre ce qui allait se passer. Lorsqu'il lui baisa la main pour la dernière fois, elle ne versa pas une larme. « Ne partez pas, » murmura-t-elle seulement avec une telle angoisse qu'il hésita une seconde, et longtemps, longtemps après, il se rappelait le son de sa voix en ce moment. Lui parti, elle ne pleura pas, mais elle passa plusieurs jours dans sa chambre, sans prendre intérêt à rien et répétant par intervalles : « Pourquoi m'a-t-il quittée ? »

Au bout de quinze jours, à la grande surprise des siens, elle sortit aussi brusquement de cette torpeur qu'elle y était tombée ; et reprit sa vie et sa gaieté habituelles, mais comme les enfants dont une longue maladie change les traits : cette violente secousse lui avait donné une nouvelle physionomie morale.

XXV

La santé et le caractère du vieux prince Bolkonsky ne firent qu'empirer pendant l'absence de son fils. De plus en plus irritable, ses explosions de colère, sans rime ni raison, retombaient le plus souvent sur sa pauvre fille. On aurait dit qu'il se faisait un vrai plaisir de chercher et de découvrir dans son cœur les endroits sensibles et douloureux, pour la torturer bien à son aise. Deux passions, par conséquent deux joies, remplissaient la vie de la princesse Marie : son petit neveu et la religion. Aussi étaient-ce là les deux thèmes favoris des plaisanteries de son père, qui ramenait toujours la conversation sur les vieilles filles et leurs superstitions, ou sur sa trop grande indulgence pour les enfants : « Si ça continue, tu feras de lui (du petit Nicolas) une vieille fille comme toi… un joli résultat, ma foi ! Le prince André a besoin d'un fils, et non pas d'une fille ! » Et, s'adressant parfois à Mlle Bourrienne, il lui demandait ce qu'elle pensait de nos prêtres, de nos images, etc., et ses railleries continuaient de plus belle.

Il blessait cruellement et à tout propos la pauvre princesse Marie, qui ne songeait même pas à lui en vouloir. Comment aurait-il pu avoir des torts envers elle ? Comment aurait-il été injuste, lui qui, malgré tout, avait certainement de l'affection pour elle ?... Et puis qu'était-ce d'ailleurs que l'injustice ? Jamais la princesse n'avait eu le moindre sentiment d'orgueil. Tout le code des lois humaines se résumait pour elle en une seule loi simple et précise : celle de la charité et du dévouement, telle que nous l'a enseignée Celui qui, étant Dieu, a souffert par amour pour les hommes. Que lui importait après cela la justice ou l'injustice d'autrui, lorsqu'elle ne connaissait d'autre devoir que d'aimer et de souffrir ?... et ce devoir, elle le remplissait sans se plaindre !

Le prince André passa pendant l'hiver quelques jours à Lissy-Gory ; sa gaieté et sa tendresse affectueuse, si rares dans le passé, firent pressentir à sa sœur une cause à cette transformation ; mais, sauf un long entretien qu'elle avait surpris entre le père et le fils au moment du départ de ce dernier, et qui lui avait paru les laisser tous deux mécontents, elle n'en sut pas davantage.

Peu de temps après, elle envoya à son amie Julie Karaguine, qui était en deuil de son frère, tué en Turquie, une longue lettre. Comme toutes les jeunes filles, elle avait toujours caressé un rêve, celui de voir Julie devenir sa belle-sœur. Cette lettre était ainsi conçue :

« Chère et tendre amie, les chagrins sont, je le vois, la part de chacun en ce monde. Votre perte est si cruelle que je ne puis la comprendre autrement que comme une grâce particulière du Seigneur, qui, dans son amour pour vous et votre excellente mère, tient à vous éprouver ! Ah ! chère amie, la religion, la religion seule, peut, je ne dis point nous consoler, mais nous sauver du désespoir ; elle peut seule nous expliquer ce qui sans son aide reste impénétrable à l'homme ; pourquoi Dieu appelle-t-il justement à lui des êtres bons, nobles, heureux, et qui font le bonheur des autres, tandis que les êtres méchants, nuisibles, continuent à vivre et à être un fardeau pour tous ? La première mort que j'ai vue a été celle de ma chère belle-sœur... elle produisit sur moi une impression profonde, et je ne l'oublierai jamais ! Comme vous, qui demandez aujourd'hui au sort pourquoi votre charmant frère vous a été enlevé, je me demandais aussi alors pourquoi Lise, ce pauvre ange, dont toutes les pensées étaient la pureté même, nous avait quittés. Et que vous dirai-je, mon amie ? Cinq ans se sont écoulés depuis lors,

CHAPITRE PREMIER

et ma faible intelligence commence seulement à pénétrer le mystère de sa mort ; j'y vois un témoignage manifeste de la miséricorde infinie de Dieu, dont tous les actes, trop souvent incompris, sont les preuves constantes de l'amour sans bornes qu'il porte à sa créature. Il me semble que dans son angélique pureté elle aurait manqué de la force nécessaire pour remplir dignement ses devoirs de mère, tandis, que comme épouse elle a été irréprochable. Elle aura sans doute obtenu là-haut une place que je n'ose espérer pour moi et, nous a laissé, à mon frère surtout, le plus tendre regret et le plus doux souvenir. Sans parler de ce qu'elle y aura gagné, cette mort si précoce, si effrayante, a eu, malgré son amertume, la plus bienfaisante influence sur le prince André et sur moi ! Ces pensées, que j'aurais chassées avec terreur à cette époque fatale, ne se sont développées en moi que plus tard, et à présent leur clarté a dissipé le doute dans mon cœur. Je vous écris tout cela, chère amie, pour qu'à votre tour vous ouvriez vos yeux et votre âme à la vérité évangélique, qu'est devenue la règle de ma vie. Il ne tombe pas un cheveu de notre tête sans la volonté de Dieu, et sa volonté est guidée par un amour sans limites, qui ne veut que notre bien dans toutes les circonstances de notre vie.

« Vous voulez savoir si nous passons l'hiver prochain à Moscou ? Je ne le pense pas, et, malgré toute la joie que j'aurais à vous voir, je ne le désire point : Buonaparte en est la cause ! Vous voilà bien étonnée, mais voici l'explication : la santé de mon père faiblit visiblement ; il ne peut supporter la moindre contradiction, et son irascibilité naturelle est surtout excitée par la politique. Il ne peut admettre que Buonaparte soit devenu l'égal de tous les souverains de l'Europe et du petit-fils de la grande Catherine en particulier. Je suis, comme toujours, fort indifférente à ce qui se passe dans le monde, mais les conversations de mon père avec Michel Ivanovitch m'ont mise au courant de la politique et des honneurs rendus à Buonaparte, auquel Lissy-Gory seul me paraît persister à refuser le titre de grand homme et d'Empereur des Français. Aussi, grâce aux opinions de mon père, grâce à son franc parler qui ne s'embarrasse de personne, grâce aux violentes discussions qui en seraient l'inévitable conséquence, prévoit-il qu'il aurait à Moscou des désagréments qui lui en rendraient le séjour difficile. Le bon résultat du traitement qu'il a entrepris se trouverait détruit, je le crains, par sa haine contre Buonaparte. Du reste, tout se décidera sous peu. Rien n'est changé dans notre intérieur, sauf que l'absence de mon frère s'y fait vivement sentir. Je vous ai déjà écrit qu'il était devenu tout autre. Repris son malheur, il n'est pour ainsi dire revenu à la vie que maintenant ; bon, tendre, affectueux, c'est un cœur d'or, et je ne lui connais point d'égal. Il a compris que sa vie ne pouvait être finie, mais, d'un autre côté, sa santé s'est affaiblie au profit du moral, qui s'est relevé. Il est maigri, nerveux… et je m'en inquiète ! Aussi ai-je fort approuvé son voyage, et j'espère qu'il se rétablira. Vous me dites qu'il a fait sensation à Pétersbourg, qu'il y est cité comme un des jeunes gens les plus distingués, les plus intelligents et les plus travailleurs. Je n'en ai jamais douté, et vous excuserez cet orgueil de sœur, justifié par le bien qu'il a su répandre autour de lui, tant parmi ses paysans que parmi la noblesse de notre district : ces éloges lui revenaient donc de droit. Je suis fort étonnée des inventions qui ont cours chez vous et qui parviennent de là à Moscou, sur son mariage, par exemple, avec la petite Rostow. Je ne crois pas qu'André se décide jamais à se marier ; en tout cas, ce n'est pas la petite Rostow qu'il choisirait. Je sais, quoi qu'il n'en parle point, que le souvenir de sa femme est profondément enraciné dans son cœur, et il ne voudra jamais remplacer sa chère défunte, ni donner une belle-mère à notre petit ange ; la jeune fille en question n'est pas de celles qui pourraient lui plaire et lui convenir comme femme ; à vous dire vrai, je ne le désire pas. Mais j'ai honte de mon bavardage ; me voilà à la fin de la seconde feuille. Adieu, chère amie ; que Dieu vous ait en sa sainte et puissante garde ! Mon aimable compagne Mlle Bourrienne vous embrasse.

« Marie. »

XXVI

La princesse Marie reçut dans le courant de l'été une lettre de son frère, datée de Suisse ; André lui faisait part de la nouvelle imprévue et surprenante de son engagement avec la jeune comtesse Rostow. Cette lettre respirait l'amour le plus exalté et témoignait la confiance la plus affectueuse et la plus tendre envers Natacha. Il lui avouait n'avoir jamais aimé comme il aimait à présent, n'avoir jamais compris la vie jusque-là, et terminait en lui demandant pardon de lui avoir fait un mystère de ses intentions, lors de son séjour à Lissy-Gory, bien qu'il en eût parlé à son père ; mais il avait craint, disait-il, de la voir user trop tôt de son influence sur ce dernier, pour en obtenir son consentement, car dans ce cas l'irritation causée pas ses tentatives infructueuses serait inévitablement retombée de tout son poids sur elle seule.

« La chose à cette époque, écrivait-il, n'était pas encore aussi mûrement décidée que maintenant, car mon père m'avait fixé le terme d'un an ; six mois se sont écoulés, et ma décision reste inébranlable. Si les médecins et leurs traitements ne me retenaient aux eaux, je serais revenu auprès de vous, mais mon retour est remis à trois mois. Tu connais les rapports qui existent entre mon père et moi. Je ne lui demande rien, j'ai été et serai toujours indépendant, mais agir contrairement à sa volonté, mériter par là sa colère lorsqu'il lui reste peut-être si peu de temps à vivre, m'enlèverait la moitié de mon bonheur. Je lui écris de nouveau ; choisis donc, je t'en supplie, l'instant favorable, remets-lui ma lettre, et informe-moi comment il l'aura acceptée, ce qu'il en pense, et s'il y a quelque espoir de lui voir avancer le terme de trois mois. »

Après bien des hésitations et bien des prières au bon Dieu, la princesse Marie fit ce qu'il lui demandait.

« Écris à ton frère, lui répondit son père après avoir pris connaissance de la lettre et sans se fâcher, qu'il patiente jusqu'à ma mort… ce ne sera pas long, et cela lui déliera les mains ! »

La princesse Marie essaya une timide objection ; mais il l'interrompit en haussant la voix :

« Marie-toi, marie-toi, mon cher… belle parenté, ma foi ! Sont-ils des gens d'esprit ? hein !… riches ? hein !… Une jolie belle-mère à donner à Nicolouchka ! Écris-lui de l'épouser demain s'il en a tellement envie, et moi j'épouserai la Bourrienne !… ha, ha ! Alors lui en aura une aussi… de belle-mère ! Seulement, comme j'ai assez de femmes dans la maison, il me fera le plaisir d'aller vivre ailleurs, tu déménageras chez lui… à la grâce de Dieu, par la gelée, par la gelée !… »

Il ne fut plus jamais question de ce sujet après cette violente sortie, mais le dépit causé par la faiblesse de son fils se trahissait à tout moment dans les relations du père avec sa fille ; un nouveau thème d'inépuisables plaisanteries s'était ajouté aux anciens : le thème de la belle-mère et de son penchant personnel pour la jeune Française. « Pourquoi ne l'épouserais-je pas ? disait-il souvent. Elle fera une charmante princesse !... »

Et Marie s'aperçut enfin avec stupeur que les attentions de son père envers Mlle Bourrienne avaient pris un nouveau caractère, et qu'il trouvait du plaisir à passer de longues heures auprès d'elle. Elle rendit compte à son frère du triste résultat de sa démarche, en lui faisant toutefois espérer qu'elle réussirait à obtenir le consentement du vieux prince.

Le petit Nicolas, André et la religion étaient les seules joies, les seules consolations de la princesse Marie ; mais, ayant, comme chacun ici-bas, besoin d'aspirations toutes personnelles, elle caressait dans le fin fond de son cœur un rêve, une espérance mystérieuse qui la soutenait dans la vie et que les pèlerins qu'elle recevait à l'insu de son père avaient contribué à développer en elle. Plus elle vivait, plus elle étudiait la vie, et plus elle s'étonnait de l'aveuglement de ceux qui cherchent sur la terre la satisfaction de leurs désirs, de ceux qui souffrent, qui travaillent, qui luttent, qui se font mutuellement du mal à la poursuite de ce mirage insaisissable, imaginaire et plein de tentations coupables, qu'on appelle le bonheur ! Ne voyait-elle pas son frère, qui avait aimé sa femme, essayer de l'atteindre en aimant une autre femme, et son père s'opposer avec colère à ce choix qui lui paraissait trop modeste ?... Tous souffraient les uns par les autres, et ils perdaient leur âme immortelle pour obtenir des jouissances qui passent comme un éclair. Non seulement nous ne le savons que trop par nous-mêmes, mais Jésus-Christ, le Fils de Dieu descendu sur la terre, nous a démontré que la vie n'est qu'un passage, une épreuve, et cependant nous nous y acharnons après le bonheur ! Personne n'a donc compris cette vérité, se disait la princesse Marie, personne, excepté ces pauvres créatures du bon Dieu qui, la besace sur le dos, viennent à moi par l'escalier dérobé pour éviter mon père, non par crainte des mauvais traitements, mais afin de ne pas l'induire en tentation ! Abandonner famille et patrie, renoncer aux biens de ce monde, ne s'attacher à rien ni à personne, errer de lieu en lieu sous un nom d'emprunt, vêtu de la bure du pèlerin, ne point faire de mal, mais prier, prier toujours pour ceux qui persécutent comme pour ceux qui protègent : voilà le vrai, voilà la vie dans sa plus haute acception !

CHAPITRE PREMIER

Parmi les femmes vouées à cette existence errante, il y en avait une qui inspirait à la princesse Marie un intérêt tout particulier. C'était une certaine Fédociouchka, petite, grêlée, âgée de cinquante ans environ, et qui depuis trente ans marchait toujours pieds nus et portait un cilice. Un soir que, à la faible lueur de la lampe des images, elle écoutait le récit des pérégrinations de sa protégée, la pensée que celle-ci avait seule trouvé la véritable voie s'empara si violemment de la princesse Marie, qu'elle résolut au fond de son cœur de suivre son exemple. Longtemps après le départ de Fédociouchka, elle resta plongée dans ses réflexions et décida, malgré l'étrangeté de cette résolution, qu'elle devait, elle aussi, vivre de cette vie. Gonflant ce désir à son confesseur, le moine Hyacinthe, elle obtint son approbation, et, prétextant un cadeau à faire l'une de ces voyageuses, elle s'offrit à elle-même le costume complet, la chemise de bure, les chaussures nattées, le caftan et le grand mouchoir de laine noire. Arrêtée devant la bienheureuse armoire qui contenait ces effets, elle se demandait souvent, avec hésitation, si le moment n'était pas déjà venu mettre son projet à exécution.

Que de fois elle avait été tentée de tout abandonner et de s'enfuir avec ces femmes, dont les récits naïfs, répétés machinalement et à satiété, avaient le don d'exciter son enthousiasme, en lui laissant entrevoir un sens profond et mystérieux ! Elle se voyait déjà cheminant avec Fédociouchka sur une route poudreuse, le bâton à la main, vêtues toutes deux de grossiers haillons, portant un petit sac sur les épaules, et traînant leur vie errante, de pèlerinage en pèlerinage, détachées de tout, ne ressentant ni envie, ni amour humain, ni désirs !

« Je m'arrêterai, pensait-elle, je prierai, et puis, sans me permettre de m'attacher à un endroit, d'y aimer... j'irai plus loin, j'irai ainsi jusqu'à ce que mes pieds se refusent à me porter ; alors je me coucherai pour mourir n'importe où, et je trouverai enfin ce refuge de paix où il n'y a ni douleur ni regrets, où règnent la joie et la béatitude éternelles ! »

Mais, à la vue de son père et de l'enfant, ses résolutions faiblissaient, et, versant en secret des larmes amères, elle s'accusait d'être une grande pécheresse et de les aimer tous deux plus que Dieu.

CHAPITRE II

I

La Bible nous apprend que le bonheur de l'homme avant sa chute consistait dans l'absence de travail. Cette même prédisposition se retrouve dans l'homme déchu, mais il ne saurait être inactif, non seulement à cause de l'anathème qui pèse sur lui et qui l'oblige à gagner son pain à la sueur de son front, mais encore par suite de l'essence même de sa nature morale. Une voix secrète l'avertit qu'il devient coupable en s'abandonnant à la paresse, et cependant s'il pouvait, en restant oisif, être utile et remplir son devoir, il jouirait certainement de l'une des conditions du bonheur primitif. C'est cependant ainsi que toute une classe de la société, celle des militaires, vit dans une oisiveté relative, qui leur est d'autant plus permise qu'elle leur est imposée, et qui a toujours été pour eux le grand attrait du service.

Depuis l'année 1807, Nicolas Rostow en savourait toutes les jouissances dans le même régiment, et commandait l'escadron que Denissow lui avait passé.

Il était devenu un bon garçon, avec les formes un peu rudes, que ses connaissances de Moscou auraient peut-être trouvées « mauvais genre » ; mais, estimé et aimé comme il l'était de ses camarades, de ses inférieurs et de ses chefs, son sort le satisfaisait pleinement. Seules les fréquentes lettres qu'il avait reçues en dernier lieu de sa mère, des lettres pleines de doléances sur l'état précaire des finances de la famille, où elle l'engageait à revenir faire la joie de ses vieux parents, troublaient sa quiétude habituelle.

Il pressentait avec terreur qu'on voulait l'arracher à ce milieu où, à l'abri de tous les soucis de l'existence, il vivait si doucement et si tranquillement ; il pressentait que, tôt ou tard, il serait forcé de rentrer dans ce dédale d'affaires embrouillées, de comptes à réviser, de querelles, d'intrigues, de rapports avec le monde extérieur, auquel se joignaient encore l'amour de Sonia et la promesse qu'il lui avait faite. Tout cela l'effrayait ; c'était confus, enchevêtré, difficile, et rendait ses réponses, qui commençaient par : « Ma chère maman, » et se terminaient par les mots consacrés : « Votre obéissant fils, » froides et muettes sur ses intentions. En 1810, on lui apprit que

Natacha était fiancée à Bolkonsky, et que le mariage, n'ayant pas encore obtenu l'approbation du vieux prince, était remis à un an. Cette nouvelle chagrina Rostow ; il voyait avec peine Natacha quitter le nid paternel, car elle était sa préférée, et il regrettait vivement, à son point de vue de hussard, de n'avoir pas été là pour donner à entendre à Bolkonsky que cette alliance n'était pas déjà un si grand honneur, et que, si son amour était sincère, il devait pouvoir se passer du consentement de son maniaque de père. Demanderait-il un congé pour revoir Natacha ? Il hésita, car c'était l'époque des manœuvres, et la perspective peu rassurante des complications qui l'attendaient le décida à rester ; mais, dans le courant du printemps, il reçut une nouvelle lettre de sa mère, une lettre écrite à l'insu de son mari, dans laquelle elle le suppliait de les rejoindre : leur état de fortune exigeait qu'il s'en occupât, autrement tout serait vendu à l'encan, et on se trouverait sur la paille ! Le comte, par bonté et par faiblesse, avait une confiance absolue en Mitenka, qui le trompait comme les autres, si bien que tout s'en allait à la dérive : « Au nom du ciel, viens à notre secours sans plus tarder, si tu tiens à mettre un terme à notre malheureuse situation. »

Cette lettre eut le résultat désiré : Nicolas comprit, avec le bon sens des intelligences moyennes, qu'il n'y avait plus à balancer et qu'il fallait partir !

Après sa sieste habituelle de l'après-midi, il fit seller son vieux Mars, un étalon vicieux qu'il n'avait pas monté depuis quelque temps, l'enfourcha, et, le ramenant tout en sueur quelques heures plus tard, il annonça à Lavrouchka, devenu son serviteur, et à ses camarades rassemblés chez lui, qu'il allait demander un congé pour revoir ses parents. S'éloigner avant de savoir s'il serait promu au grade de capitaine ou décoré de Sainte-Anne pour les dernières manœuvres, cela lui semblait aussi étrange que de se dire qu'il partirait sans avoir vendu au comte Goloukhovsky la troïka de chevaux rouans que le comte lui marchandait depuis des semaines et que lui, Rostow, avait parié vendre deux mille roubles. Ainsi donc il n'assisterait pas au bal donné par les hussards à Pani Pchasdetzka, pour faire la nique aux uhlans qui venaient de fêter Pani Borjozovska. Quelle tristesse enfin de quitter ce milieu si tranquille pour se retrouver en plein désordre et en plein désarroi ! Le congé lui fut accordé. Ses camarades de régiment et de brigade lui offrirent un dîner, à quinze roubles par tête, avec musique et chœurs ; Rostow et le major Bassow dansèrent le « trépak » ; les officiers, plus gris les uns que les autres, le bernèrent, l'embrassèrent et le laissèrent choir ; les soldats du 3ᵉᵐᵉ escadron en firent autant en criant hourra ! puis ils le couchèrent dans son traîneau, et on lui fit escorte jusqu'au premier relais.

Pendant la première moitié de son voyage, de Krementchoug à Kiew, Rostow fut tout entier à son escadron, mais plus il avançait, plus la troïka de ses chevaux rouans et la figure du maréchal des logis s'effaçaient insensiblement de son esprit, pour céder la place à une curiosité inquiète. Que trouverait-il à Otradnoë, qu'il entrevoyait de plus en plus nettement à mesure qu'il s'en rapprochait ? On aurait dit que cette sensation toute morale était soumise chez lui à la loi qui régit la chute des corps ; parvenu au dernier relais, il donna trois roubles de pourboire au postillon, et, une fois arrivé devant le perron, il sauta d'un bond hors de son traîneau, avec une émotion indicible.

Lorsque la première ivresse du retour se fut calmée, il ressentit ce malaise indéfinissable que laisse après elle la froide réalité, toujours au-dessous de ce qu'on peut en attendre, et il se prit même à regretter la hâte fiévreuse qu'il avait mise à son voyage, puisqu'il ne trouvait auprès des siens aucune nouvelle jouissance. Peu à peu, cependant, Nicolas se réhabitua à cet intérieur de famille où presque rien n'était changé. Père et mère avaient vieilli ; une vague inquiétude, une certaine mésintelligence, inconnues jusque-là et causées par leurs embarras d'argent, se trahissaient dans leurs rapports entre eux. Sonia avait vingt ans ; sa beauté était en pleine fleur, elle ne pouvait plus embellir, et, telle qu'elle était, elle charmait tous les regards. Depuis le retour de Nicolas, tout parlait en elle de bonheur et d'amour, et cet amour si fidèle, si dévoué, comblait de joie le hussard. Pétia et Natacha le surprirent par le changement qui s'était opéré en eux ; le petit garçon, qui venait d'avoir treize ans, était joli de figure, grandi, intelligent, espiègle, et sa voix commençait à muer. La transformation de Natacha le frappa davantage, et, tout en la suivant des yeux, il lui disait en riant :

« Sais-tu bien que tu n'es plus toi ?

– Suis-je donc enlaidie ?

– Au contraire, et quelle dignité, madame la princesse ! ajouta-t-il

CHAPITRE II

tout bas.

– Oui, oui, » dit-elle joyeusement ; et elle lui raconta aussitôt tout son roman avec le prince André, depuis l'apparition du prince à Otradnoë. En lui montrant sa dernière lettre, elle lui dit :

« Es-tu content ? Quant à moi, je suis si heureuse et me sens si calme !

– C'est parfait, reprit Nicolas, c'est un charmant homme ; en es-tu au moins bien éprise ?

– Que te dirai-je ? Je l'ai été de Boris, de mon professeur de chant, de Denissow, mais ceci ne ressemble en rien à tout Je reste. Je suis tranquille, je me sens sur la terre ferme. Je vois qu'on ne saurait être meilleur que lui, et je suis contente… ce n'est plus la même chose qu'autrefois ! »

Nicolas lui exprima son déplaisir sur le retard apporté au mariage, et Natacha lui répondit que c'était indispensable, qu'elle-même avait insisté pour que cela fût ainsi, désirant avant tout ne pas entrer dans la famille de son fiancé contre la volonté de son père. « Tu n'y comprends rien, » ajouta-t-elle. Nicolas lui donna raison et se tut.

En l'étudiant à son insu, il ne parvenait pas à découvrir chez elle la moindre trace de la douleur d'une amoureuse fiancée qui pleure l'absence de son futur. D'humeur égale et gaie, son caractère était le même que par le passé, et il en arrivait à douter que son mariage fût aussi définitivement arrêté qu'elle voulait bien le dire, d'autant plus qu'il ne les avait jamais vus ensemble, elle et le prince André, et il commençait à croire que quelque chose, sans qu'il pût dire quoi, clochait dans ce projet d'union. Pourquoi ce retard, pourquoi n'avait-on point fait de fiançailles ? Comme il en causait un jour à cœur ouvert avec sa mère, il fut tout surpris et presque satisfait de voir qu'au fond de son cœur elle partageait sa façon de penser, et que cet avenir ne lui inspirait pas de sécurité.

« Figure-toi, lui dit-elle en lui montrant la lettre du prince André, avec ce ton fâché que presque toutes les mères prennent involontairement lorsqu'elles parlent du bonheur futur de leur fille, figure-toi qu'il écrit qu'il ne peut revenir avant décembre. Qu'est-ce qui peut le retenir aussi longtemps ? Il est malade, bien sûr, car sa santé est loin d'être bonne. N'en dis rien au moins à Natacha :

tant mieux qu'elle soit gaie, ce sont derniers beaux jours de jeune fille, et, lorsqu'elle reçoit de ses lettres, je vois bien ce qui se passe en elle ! Du reste, qui sait ? c'est un parfait galant homme, et, Dieu aidant, elle sera heureuse !... » Ainsi se terminaient chaque fois les doléances de la comtesse.

II

À la suite de cette conversation, Nicolas resta triste et préoccupé pendant quelques jours. L'inévitable nécessité qui s'imposait à lui, pour complaire à sa mère, d'entrer dans les ennuyeux détails de l'administration des biens, le tourmentait au delà de toute expression ; aussi résolut-il, le surlendemain de son arrivée, d'en finir sans plus tarder et d'avaler au plus tôt cette amère pilule. Les sourcils froncés et la mine renfrognée, il se dirigea, sans répondre aux questions qu'on lui adressait, vers l'aile du château habitée par Mitenka et lui demanda à voir les « comptes de toute la fortune ». Ce qu'étaient ces « comptes de toute la fortune », Nicolas lui-même l'ignorait, et Mitenka, terrifié et stupéfait, ne le savait pas davantage ; aussi ses explications furent-elles des plus embrouillées. Le starosta, l'adjoint du maire du village et le starosta provincial, qui attendaient dans l'antichambre, entendirent tout à coup, avec effroi, mais non sans une certaine satisfaction, les éclats de voix du jeune comte, qui devenaient de plus en plus violents et qui étaient accompagnés d'une volée d'injures tombant dru comme grêle :

« Brigand, créature ingrate, chien que tu es, je t'assommerai ! » etc.

Puis, à la satisfaction et à l'effroi toujours croissants des auditeurs, ils virent Nicolas, la figure rouge de colère, les yeux injectés de sang, traîner Mitenka par le collet et le pousser au dehors à grands coups de pied et de genou, tout en lui criant à tue-tête :

« Va-t'en, misérable, va-t'en, débarrasse-moi de ta présence !

Mitenka, lancé en avant, dégringola les six marches du perron pour aller tomber dans un massif (ce massif était le refuge habituel et inviolable des gens d'Otradnoë, quand ils se trouvaient en faute ; le régisseur lui-même, quand il revenait gris de la ville, profitait parfois de cet asile protecteur, et bien d'autres comme lui en avaient éprouvé la vertu).

La femme et la belle-sœur de Mitenka, avec des figures bouleversées, entr'ouvrirent la porte de leur chambre, d'où s'échappait la vapeur d'un samovar et où se dressait un grand lit, sur lequel s'étalait une couverture piquée composée de chiffons d'étoffes de toutes couleurs. Rostow passa, haletant, devant elles, et s'achemina résolument vers la maison.

La comtesse ne tarda pas à apprendre, par les femmes de chambre, ce qui venait de se passer, et en tira la conclusion rassurante que leurs affaires s'arrangeraient sans peine ; mais, s'inquiétant de l'impression que cette scène avait pu produire sur son fils, elle alla à plusieurs reprises coller l'oreille à porte de sa chambre, où elle l'entrevit fumant silencieusement une pipe.

« Sais-tu, mon ami, dit en souriant le lendemain matin le vieux comte à son fils ; tu t'es emporté à tort, Mitenka m'a tout conté.

– Je savais bien, pensa Nicolas, que je ne tirerais rien au clair, dans ce monde de fous.

– Tu lui en as voulu de ne pas avoir inscrit les sept cents roubles, mais ils le sont dans le total... tu n'as pas regardé la page suivante.

– Écoutez, mon père, c'est un voleur, un misérable, je le sais, et ce que j'ai fait est bien fait... mais, si vous le désirez, je ne lui en reparlerai plus.

– Non, mon âme, non, je t'en supplie, occupe-toi des affaires, je suis vieux, et... » Le comte s'arrêta embarrassé ; il savait mieux que personne qu'il était un mauvais administrateur, et responsable par conséquent, devant ses enfants, des fautes qu'il commettait, mais incapable de les réparer.

« Je suis plus ignorant que vous dans tout cela ; ainsi donc, mon père, pardonnez-moi si ma conduite vous a fâché... Que le diable emporte tous les paysans et l'argent et les totaux inscrits sur « les pages suivantes » ! Je savais bien ce qu'autrefois signifiait « paroli à six levées » ; mais, quant aux reports d'une page à une autre, je n'y comprends goutte ! » Et il se jura à lui-même de ne plus se mêler de rien. Un jour cependant, sa mère lui demanda conseil ; elle avait une lettre de change de deux mille roubles qu'elle avait prêtés dans le temps à Anna Mikhaïlovna. Comment agirait-il en cette circonstance ?

« C'est tout simple, lui dit Nicolas, puisque vous me permettez de vous donner mon avis. Je n'aime ni Anna Mikhaïlovna, ni Boris, mais ils ont été traités par nous en amis, et ils sont pauvres. Voilà donc ce qu'il nous reste à faire ! » Et il déchira la lettre de change devant sa vieille mère, qui en sanglota de joie. À dater de ce jour, Nicolas, pour occuper ses loisirs, se passionna pour la chasse à courre, établie chez eux sur un très grand pied.

III

Les premières gelées blanches emprisonnaient sous leurs minces couches la terre trempée par les pluies d'automne ; l'herbe foulée, tassée, tranchait en touffes d'un vert vif sur les champs ravagés par le bétail, où les chaumes brunis des grands blés d'été se mariaient avec les teintes pâles des blés du printemps, entrecoupés par les bandes rougeâtres du sarrasin. Les forêts, formant encore à la fin d'août des îlots d'une épaisse verdure, entourés de champs moissonnés et de terres noires ensemencées, s'étaient dorées et rougies, et se détachaient, en nuances vives et brillantes, sur le fond vert tendre du jeune blé qui commençait à pousser. Le lièvre changeait de pelage, les jeunes renards se dispersaient de côté et d'autre, et les louveteaux avaient dépassé la taille d'un grand chien. C'était le plus beau moment de la chasse. La meute du jeune et ardent Nemrod Rostow, quoiqu'elle fût bien entraînée, avait déjà été mise sur les dents, au point qu'il fut décidé en grand conseil qu'on lui accorderait trois jours de repos et que, le 16 septembre, on partirait en chasse en commençant par Doubrava, où l'on était sûr de trouver une portée entière de louveteaux.

Dans la journée du 14 septembre, le froid devint vif et piquant, mais vers le soir l'air s'adoucit et il dégela ; aussi lorsque, le 18 de grand matin, Nicolas, en robe de chambre, jeta un coup d'œil au dehors, il fut ravi du temps, un vrai temps de chasse ; la voûte grise du ciel semblait se dissoudre, se fondre et s'abaisser graduellement ; aucun souffle n'agitait l'air, seules les gouttelettes à peine visibles du brouillard tombaient sans bruit sur les branches dépouillées, y scintillaient un moment et glissaient plus bas, jusque sur les feuilles qui s'en détachaient une à une. La terre du jardin, noire comme du jais, reluisait toute mouillée et se confondait à quelques pas avec le linceul terne et humide de la brume. Nicolas sortit sur le perron ruisselant d'eau et couvert de boue : l'air lui apporta l'odeur des chiens, et cette senteur particulière aux forêts en automne, lorsque tout se flétrit et se fane. Milka, la chienne noire aux taches de feu, au large arrière-train, aux grands yeux à fleur de tête, apercevant son maître, se leva, s'étira, se coucha comme un lièvre, et, se relevant tout à coup, sauta sur lui d'un bond et lui passa la langue sur la figure, pendant qu'un lévrier, la queue relevée, accourant du parterre à fond de train, venait se frotter contre ses jambes.

« Oh hoï ! » fit en ce moment quelqu'un, avec cet inimitable cri d'encouragement du chasseur où se mêlent les notes basses et aiguës, et l'on vit surgir, de derrière l'angle de la maison, Danilo le veneur, le visage ridé, et les cheveux gris coupés à la mode des Petits-Russiens. Il tenait à la main un long fouet ; ses traits exprimaient la plus parfaite indépendance et ce profond dédain pour toutes choses, qu'on ne rencontre en général que chez les chasseurs. Il ôta son bonnet tcherkesse devant son maître, en conservant la même expression dédaigneuse, qui du reste n'avait rien de blessant. Nicolas savait bien que ce grand gaillard, avec son extérieur hautain, était son homme, son chasseur à lui.

« Eh ! Danilo ! » s'écria-t-il, dominé par la passion irrésistible de la chasse, par cette journée faite à plaisir, par la vue de ses chiens et de son chasseur, et sans plus songer à ses résolutions précédentes, comme l'amoureux à genoux devant l'objet aimé.

« Qu'ordonnez-vous, Excellence ? » répondit une voix de basse, une vraie voix de diacre, enrouée à force d'exciter les chiens, et deux yeux noirs et brillants se fixèrent sur le maître, redevenu silencieux : « Y résistera-t-il ? » semblait dire ce regard.

« Bonne journée, hein ! pour chasser à courre, dit Nicolas en caressant les oreilles de Milka.

– Ouvarka est allé écouter à la pointe du jour, reprit la voix de basse après une pause ; il dit qu'elle a passé dans le bois réservé d'Otradnoë, ils y ont hurlé. »

Cela voulait dire qu'une louve, dont il avait suivi les voies, y était rentrée avec ses louveteaux ; ce bois, détaché du reste du domaine, était situé à deux verstes.

« Il faut y aller ! qu'en dis-tu ? Amène-moi Ouvarka !

– Comme il vous plaira.

– Attends un peu, ne leur donne pas à manger.

– Entendu ! »

Cinq minutes plus tard, Danilo et Ouvarka entraient dans le cabinet de Nicolas. Danilo était de taille moyenne, et pourtant, chose étrange, il produisait dans une chambre le même effet qu'aurait produit un cheval ou un ours au milieu des objets et des conditions de la vie domestique ; il le sentait d'instinct, et, se serrant contre la porte, il s'efforçait de parler bas, de rester immobile, dans la crainte de briser quelque chose, et se hâtait de vider son sac, pour retourner au grand air et échanger le plafond qui l'oppressait contre la voûte du ciel.

Après avoir terminé son interrogatoire et s'être bien fait répéter que la meute ne s'en trouverait que mieux (Danilo lui-même se mourait d'envie de chasser), Nicolas donna l'ordre de seller les chevaux. Au moment où le veneur quittait son cabinet, Natacha y entra vivement : elle n'était ni coiffée ni habillée, mais enveloppée seulement du grand châle de la vieille bonne.

« Tu pars ? Je le disais bien ! Sonia assurait le contraire. Je m'en doutais, car il faut profiter d'une journée pareille !

– Oui, répondit à contre-cœur Nicolas, qui avait en vue une chasse sérieuse et n'aurait voulu par suite emmener ni Pétia ni Natacha. Nous quêtons le loup, ça t'ennuiera.

– Au contraire, et tu le sais bien : c'est très mal à toi, tu fais seller les chevaux, et tu ne nous dis rien !

– Les Russes ne connaissent pas d'obstacles… en avant ! hurla Pétia, qui avait suivi sa sœur.

– Mais tu sais bien aussi que maman ne te le permet pas !

– J'irai, j'irai quand même, reprit Natacha d'un ton décidé.

– Danilo, fais seller mon cheval, et dis à Mikaïlo d'amener ma laisse de lévriers. »

Danilo, déjà mal à l'aise et gêné de se trouver dans une maison, fut encore plus décontenancé de recevoir des ordres de la demoiselle, et il essaya, en baissant les yeux, de se retirer comme s'il n'avait rien entendu, tout en prenant grand soin de ne pas coudoyer en passant sa jeune maîtresse et de ne pas lui faire de mal par quelque brusque mouvement.

CHAPITRE II

IV

Le vieux comte, dont la chasse avait toujours été tenue sur un grand pied, ne s'en occupait plus depuis qu'il l'avait remise entre les mains de son fils ; mais ce jour-là, 18 septembre, se sentant de bonne humeur, il se décida à y prendre part.

L'équipage de chasse et les chasseurs se trouvèrent bientôt réunis devant le perron. Nicolas, l'air soucieux et préoccupé, passa devant Pétia et Natacha, sans faire attention à ce qu'ils lui disaient... Pouvait-on, en cet instant solennel, penser à des futilités ? Il examina tout en détail, envoya en avant les chasseurs et la meute, enfourcha son alezan Donetz, et, sifflant à lui sa laisse de chiens, il franchit l'enclos, pour se diriger à travers champs vers le bois d'Otradnoë. Un domestique d'écurie menait par la bride une jument bai brun, à crinière blanche, appelée Viflianka : c'était la monture du vieux comte, qui devait se rendre en droschki au rendez-vous indiqué.

Cinquante-quatre chiens courants, quarante lévriers et plusieurs chiens en laisse, accompagnés de six veneurs et d'un grand nombre de valets de chiens, formaient un total de cent trente chiens et de vingt chasseurs à cheval. Chaque chien connaissait son maître et répondait à son nom ; chaque chasseur savait d'avance ce qu'il avait à faire et l'endroit où il devait se poster.

Dès que les cavaliers eurent dépassé l'enceinte, ils débouchèrent en silence sur la grande route et s'engagèrent sur les prairies, dont leurs chevaux foulaient sans bruit le tapis moelleux et faisaient jaillir sous leurs sabots l'eau des flaques des sentiers de traverse. Le ciel brumeux s'abaissait toujours imperceptiblement ; dans l'air calme et pur retentissaient parfois le sifflet d'un chasseur, le hennissement d'un cheval, le claquement d'un long fouet et le cri plaintif d'un chien flâneur qu'un valet rappelait à son devoir.

À une verste de distance, cinq autres chasseurs, à cheval, émergèrent tout à coup du brouillard avec leurs chiens et se joignirent aux premiers : ils avaient à leur tête un beau vieillard, de belle prestance, portant une longue et épaisse moustache grise.

« Bonjour, petit oncle, lui dit Nicolas.

– Affaire sûre !... en avant, marche ! Je le savais bien, répondit le nouveau venu, petit propriétaire voisin des Rostow et quelque peu leur parent ; je disais bien que tu n'y tiendrais pas, et tu as eu raison, morbleu ! Affaire sûre !… en avant, marche ! dit-il en répétant son expression favorite. Empare-toi du bois sans retard, car mon Guirtchik m'a annoncé que les Ilaguine sont en chasse du côté de Korniki, et alors il se pourrait bien faire qu'ils t'enlevassent toute la portée sous le nez… Affaire sûre ! en avant, marche !

– J'y vais tout droit ; faut-il assembler les meutes ? » lui demanda Nicolas.

L'ordre en fut donné, et les deux cavaliers s'avancèrent côte à côte. Natacha, enveloppée dans son châle, qui laissait à peine entrevoir ses yeux brillants et sa figure animée, les rejoignit bientôt, suivie de Pétia, de Mikaïlo, le chasseur, et d'un valet d'écurie qui remplissait auprès d'elle les fonctions de garde du corps. Pétia riait sans rime ni raison et agaçait sa monture par de légers coups de cravache. Natacha, gracieuse et ferme en selle, modérait d'une main assurée l'ardeur de son arabe, à la robe noire et lustrée.

Le « petit oncle » lança de côté un regard mécontent sur la jeunesse, car la chasse au loup était une entreprise sérieuse, qui ne comportait aucune espièglerie.

« Bonjour, petit oncle ! nous sommes des vôtres, s'écria Pétia.

– Bonjour, bonjour, n'écrasez pas les chiens, répliqua sévèrement le vieux.

– Nicolas, quel trésor de bête que Trounila ! Il m'a reconnue, dit à son tour Natacha, qui faisait des signes à son chien favori.

– D'abord Trounila n'est pas une bête, mais un chien de chasse, » répliqua Nicolas, en jetant à sa sœur un regard destiné à lui faire comprendre sa supériorité et la distance qu'il y avait entre eux deux. Elle comprit.

« Nous ne vous gênerons pas, petit oncle, reprit-elle, nous ne gênerons personne, nous resterons à nos places, sans bouger !

– Et ce sera parfait, petite comtesse ; seulement attention, n'allez pas tomber de cheval, car alors, affaire sûre !… en avant, marche !… pas moyen de se rattraper ! »

On n'était plus qu'à cent sagènes[1] du petit bois ; Rostow et le « petit oncle » ayant décidé de quel côté on devait lancer la meute, le premier indiqua à Natacha sa place, où, par parenthèse, il était à

1 Une sagène vaut 2 mètres 10 mil. (*Note du traducteur.*)

présumer qu'elle ne verrait rien passer, et poussa plus loin, au delà du ravin.

« Attention, petit neveu, c'est une louve mère ! Ne va pas la laisser échapper !

– On verra ! répondit Rostow... Hé, Karaë ! » dit-il en s'adressant à un vieux chien, à poil roux, que l'âge avait rendu fort laid, mais qui était connu pour se jeter à lui tout seul sur une louve.

Le vieux comte connaissait par expérience l'ardeur que son fils apportait à la chasse ; aussi se dépêchait-il d'arriver, et l'on avait à peine eu le temps de placer chacun à son poste, que le droschki, attelé de deux chevaux noirs et roulant sans secousse à travers la plaine, déposa le comte Ilia Andréïévitch à l'endroit qu'il s'était assigné à l'avance. Son teint était vermeil, son humeur joyeuse ; ramenant sur lui son manteau fourré, et prenant son fusil et ses munitions des mains de son chasseur, il se hissa lourdement en selle sur sa bonne et vieille Viflianka, en donnant l'ordre au droschki de retourner au château. Sans être un chasseur enragé, il observait cependant toutes les lois de la chasse, et, se plaçant sur la lisière même du bois, il rassembla les rênes dans sa main gauche, se mit bien d'aplomb, et, ses préparatifs une fois achevés, regarda autour de lui en souriant... il était prêt !

Il avait à ses côtés son valet de chambre, Sémione Tchekmar, bon cavalier, mais alourdi par l'âge, qui tenait en laisse trois grands lévriers gris à long poil (d'une race particulière à la Russie et spécialement destinés à chasser le loup), intelligents mais vieux, qui se reposaient à ses pieds. À cent pas plus loin se tenait l'écuyer du comte, Mitka, hardi cavalier et chasseur endiablé. Le comte, fidèle à ses habitudes, avala une « tcharka[1] » d'excellente et véritable eau-de-vie de chasseur, et mangea un petit morceau de viande, qu'il arrosa encore d'une demi-bouteille de son bordeaux favori. Le vin et la course lui donnèrent des couleurs, ses yeux s'animèrent, et, emmailloté dans sa bonne et chaude fourrure, il ressemblait à un enfant que l'on mène promener.

Tchekmar, maigre, les joues creuses, ayant aussi terminé sa besogne, examina son maître, avec lequel il ne faisait qu'une âme depuis trente ans, et, le voyant d'humeur si agréable, se prépara à entamer avec lui une conversation aussi agréable que son humeur.

1 Sorte de petit gobelet en métal pour boire l'eau-de-vie. (*Note du traducteur.*)

Un troisième personnage à cheval, un vieillard à barbe blanche, en cafetan de femme, portant une coiffure très élevée, s'approcha d'eux sans bruit et s'arrêta un peu en arrière du comte, c'était le bouffon Nastacia Ivanovna.

« Eh bien, Nastacia Ivanovna, lui dit tout bas le comte en clignant de l'œil, prends garde ; si tu as le malheur d'effrayer la bête, tu auras affaire à Danilo.

– J'ai, moi aussi, bec et ongles, répliqua Nastacia Ivanovna.

– Chut, chut ! » fit le comte.

Et, se tournant vers Sémione, il ajouta :

« As-tu vu Nathalie Ilinischna ?... où est-elle ?

– Elle est avec son frère près des halliers de Yarow, voilà un plaisir pour elle, et c'est une demoiselle pourtant !

– N'est-ce pas étonnant de la voir à cheval, Sémione, hein ? Comme elle monte, on dirait un homme !

– Comment ne pas s'en étonner ?... Peur de rien, et si ferme en selle !

– Et Nicolas, où est-il ?

– Au-dessus de Liadow... Pas de danger, il connaît les bons endroits, et quel cavalier ! Nous nous en émerveillons parfois avec Danilo, poursuivit Sémione, qui aimait à faire la cour à son maître.

– Oui, oui, comme il est bien en selle, hein ?

– Il est à peindre ! l'autre jour, par exemple, dans la plaine de Zavarzine, lorsqu'il forçait à fond de train le renard, sur un cheval de mille roubles ! Quant au cavalier, il n'y a pas de prix pour lui ! Un beau garçon comme celui-là, on chercherait longtemps sans en dénicher un autre !

– Oui, oui, répéta le comte, oui, oui !... »

Et, relevant les pans de sa fourrure, il fouilla dans sa poche pour en retirer sa tabatière.

« Et l'autre jour, reprit Sémione, en voyant tout le plaisir qu'il faisait à son maître, à la sortie de l'église, lorsque Mikhaël Sidorovitch l'a rencontré en grande tenue... »

Mais Sémione s'arrêta court, le bruit de la meute en chasse et le jappement de deux ou trois chiens avaient frappé ses oreilles, à travers le calme de l'atmosphère. Il baissa la tête, écouta et fit signe au comte de ne pas parler :

« Ils sont sur la piste, murmura-t-il, ils vont sur Liadow. »

Le comte, souriant encore des derniers mots de Sémione, regardait au loin devant lui et tenait sa tabatière entr'ouverte sans songer à priser. Le cor de Danilo résonna et annonça que la bête était en vue : les meutes rallièrent les trois limiers, et tous ensemble donnèrent de la voix de cette façon qui est particulière à la chasse au loup. Les valets de chiens ne les excitaient plus qu'en criant : « Velaut ! » Au-dessus de tout ce bruit de voix, à timbres différents, on entendait celle de Danilo passant de la basse la plus profonde aux notes les plus aiguës, et emplissant, à elle toute seule, de ses bruyants éclats la forêt et les champs d'alentour.

Quelques secondes d'attention suffirent au comte et à son écuyer pour comprendre que la meute s'était divisée : une moitié, celle qui jappait avec fureur, s'éloigna graduellement, tandis que l'autre, poussée par Danilo, passa sous bois à quelques pas d'eux, et les aboiements des deux meutes, en se confondant ensemble, leur indiquèrent bientôt que la chasse avait pris une autre direction. Sémione poussa un soupir et dégagea un des chiens pris dans la laisse ; le comte soupira de son côté, et, faisant seulement alors attention à sa tabatière, il l'ouvrit et y prit une pincée de tabac. « Derrière ! » s'écria Sémione à un de ses chiens qui s'était avancé au delà de la lisière. Le comte tressaillit et laissa tomber sa tabatière. Nastacia Ivanovna descendit de cheval et la ramassa.

Tout à coup, comme il arrive souvent, la chasse se rapprocha, et l'on aurait dit que toutes ces gueules qui glapissaient et aboyaient à l'envi étaient là, devant eux !

Le comte se retourna vers la droite et aperçut Mitka, les yeux sortant de leurs orbites, qui, lui faisant signe de son bonnet, lui montrait quelque chose du côté opposé.

« À vous ! » lui cria-t-il d'une voix dont l'éclat prouvait qu'elle demandait depuis longtemps à faire explosion.

Et il se dirigea vers lui au galop, en lâchant ses chiens.

Le comte et Sémione se précipitèrent hors du bois et virent à leur gauche le loup qui venait à eux, en se balançant sur ses hanches et en bondissant sans se presser. Les chiens excités donnèrent, et, s'arrachant à leurs laisses, s'élancèrent à sa poursuite.

Le loup s'arrêta, tourna gauchement de leur côté sa grosse et large tête, comme aurait fait quelqu'un qui souffrirait d'une angine, et, relevant la queue, reprit tranquillement sa course, pour disparaître bientôt en deux bonds dans le fourré. Au même moment, de la lisière opposée du bois sortit un chien, puis un second ; puis la meute entière, affolée, éperdue, traversa la clairière, pour s'élancer à son tour à la suite du loup, et entre les branches écartées des noisetiers apparut, couvert d'écume, le cheval alezan de Danilo. Penché en avant, ramassé sur lui-même, son cavalier, tête nue, ses cheveux gris au vent, la figure rouge et ruisselante de sueur, s'égosillait à crier de toutes ses forces : « Velaut ! velaut ! » À la vue du comte, ses yeux s'allumèrent de colère : « Sacré nom ! hurla-t-il en le menaçant de son fouet. Au diable les chasseurs !... Avoir laissé échapper la bête ! » Jugeant que son maître, encore tout ahuri, était indigne d'une plus longue conversation, il appliqua avec fureur le coup de fouet qu'il lui destinait sur les flancs haletants et mouillés de son innocente monture, et s'élança dans la forêt sur les traces de la meute ! Le comte, interdit de cette verte algarade, essaya de sourire en se tournant vers Sémione, qu'il espérait attendrir, mais Sémione n'était plus là : contournant les broussailles, il essayait de rejeter la bête hors du bois ; les lévriers le poursuivaient de droite et de gauche ; mais, se glissant dans le fourré, le loup ne tarda pas à se dérober aux regards des chasseurs.

V

Dans l'attente du loup, Nicolas n'avait pas quitté son poste, et en entendant la meute se rapprocher et s'éloigner tour à tour, les chiens aboyer de différentes façons suivant leurs impressions du moment, les cris et les voix montés à un diapason extraordinaire, il pressentait ce qui se passait. Il savait que dans la réserve se trouvaient deux vieux loups et leurs louveteaux. Il savait que la meute s'était divisée, après être tombée sur leurs pistes ; il comprit d'instinct que quelque mauvaise chance était venue se mettre en travers. Il faisait mille et une suppositions, et se demandait de quel côté il verrait paraître l'animal et comment il l'attaquerait ; mais rien ne venait. Passant de l'espérance au désespoir, il allait même jusqu'à implorer la Providence ; il priait, comme ceux qui prient sous l'influence d'une émotion violente, tout en s'avouant à eux-mêmes la futilité de l'objet de leur prière :

« Pourquoi ne pas me l'accorder ? murmurait-il. Tu es grand, je le sais, et c'est peut-être un péché de te le demander ; mais je t'en supplie, ô mon Dieu, fais en sorte qu'un des vieux loups vienne sur moi, afin que Karaë puisse, aux yeux du « petit oncle », qui voit tout de sa place, sauter à la gorge de la bête et la terrasser d'un bond ! » Son regard inquiet, scrutateur, fouilla, étudia mille fois pendant cette demi-heure les moindres replis du terrain qui s'étendait devant lui, la lisière du bois où deux chênes décharnés projetaient leurs branches au-dessus d'un massif de jeunes trembles, et le ravin aux bords creusés par l'eau, et le bonnet de l'oncle dépassant à sa droite la cime des halliers.

« Non, je n'aurai pas ce bonheur, c'est toujours ainsi, se disait-il ; à la guerre, au jeu, partout le malheur me poursuivit, à la journée d'Austerlitz comme à la soirée chez Dologhow ! »

L'oreille tendue, l'œil aux aguets, il épiait de tous côtés et s'efforçait de surprendre les plus légères inflexions dans les aboiements de la meute. Ramenant de nouveau son regard sur sa droite, il vit tout à coup quelque chose bondir à travers le champ désert et se diriger vers lui. « Serait-ce possible ? » se dit-il, en respirant à peine, sous le coup de l'émotion qu'il éprouvait en voyant son désir se réaliser ; et cependant cette bonne fortune inespérée, si impatiemment attendue, arrivait droit à lui sans bruit, sans éclat, sans aucun signe avant-coureur ! Il n'en croyait pas ses yeux, mais bientôt il ne put plus en douter. C'était bien le loup, un vieux loup au dos grisâtre, au ventre roux, qui courait tout à son aise, comme s'il était sûr de ne pas être traqué, et qui franchissait lourdement un fossé. Rostow, n'osant même respirer, regarda ses chiens : les uns étaient couchés, les autres debout, aucun n'avait aperçu la bête, pas même le vieux Karaë, qui, la tête renversée, le museau entr'ouvert, montrait ses dents jaunies et les faisait claquer, en cherchant ses puces sur une de ses cuisses : « Velaut ! velaut ! » murmura Rostow à mi-voix. Les chiens dressèrent les oreilles, et Karaë, cessant de se gratter, se leva comme s'il était mû par un ressort, et secoua vivement sa queue, d'où se détachèrent quelques touffes de poil.

« Faut-il lâcher les laisses ? se demanda Nicolas. Le loup, s'écartant de la forêt, s'avançait en droite ligne sur lui, sans se douter de rien. Tout à coup il tressaillit : il venait probablement de découvrir les yeux d'un homme, chose inconnue pour lui jusqu'à cette heure ; il s'arrêta indécis et eut l'air de réfléchir : rebrousserait-il, ou continuerait-il son chemin ? « En avant ! » sembla-t-il se dire, et, prenant une allure dégagée, mais modérée et résolue, il s'éloigna par bonds espacés et sans plus se retourner.

« Harloup, harloup ! » s'écria Nicolas, et son intelligente monture partit comme une flèche, en franchissant les ornières pour arriver au plus tôt à la plaine, à la suite du loup. Les lévriers, plus prompts que l'éclair, la distancèrent aussitôt. Nicolas ne se rendait compte de rien, ni du cri qu'il venait de lancer, ni du galop furieux qui l'emportait, ni du terrain qu'il traversait ; il ne voyait que le loup, qui, accélérant sa course sans changer de direction, se rapprochait du ravin. Milka, la grande chienne tachetée, au large arrière-train, fut la première à gagner de l'avance : plus près, toujours plus près, elle allait l'atteindre, lorsqu'il lui lança un regard de côté, et Milka, au lieu de se jeter sur lui comme d'habitude, releva la queue et tomba en arrêt.

« Harloup ! » criait Nicolas. Liubime, un grand chien au poil roux, qui suivait immédiatement Milka, s'élança sur la bête, la saisit à la cuisse, mais recula aussitôt avec terreur. Le loup s'affaissa un moment, grinça des dents, se releva et reprit son galop, poursuivi, à une archine[1] de distance, par les chiens qui n'osaient l'attaquer.

« Il nous échappera, c'est sûr ! » se disait Nicolas, en les excitant d'une voix enrouée, et, cherchant des yeux son vieux chien, son seul espoir, il l'appela d'un vigoureux : « Karaë, harloup ! »

Karaë, le corps aussi tendu que le lui permettaient ses forces affaiblies par l'âge, courait tout à côté de la terrible bête, avec l'intention évidente de la dépasser et de l'attaquer de front, mais il était facile de prévoir, aux élans rapides et légers du fauve, et aux bonds plus lourds du vieux chien, que ce calcul serait déjoué. Nicolas voyait avec effroi diminuer peu à peu la distance qui les séparait encore du fourré destiné à devenir le salut du loup. Mais l'espoir lui revint bientôt, car au même moment parurent en avant du loup et se dirigeant sur lui un chasseur et plusieurs chiens ; l'un d'eux, d'un brun foncé, qui était inconnu à Nicolas et faisait partie sans doute d'une meute étrangère, fondit impétueusement sur la bête et la renversa à demi. Celle-ci, retrouvant son équilibre, se jeta à son tour sur le

---

1 1 archine vaut 71 centimètres. (*Note du traducteur.*)

chien avec une agilité surprenante, l'empoigna avec les dents, et le malheureux assaillant, le flanc déchiré, ensanglanté, donna de la tête contre terre en hurlant de douleur.

« Karaë ! Oh ! mon Dieu ! » dit Nicolas avec désespoir.

Le loup, flairant un nouveau danger à la vue du vieux Karaë, qui, grâce à cet arrêt forcé, allait lui barrer le chemin, serra la queue entre les jambes et repartit à fond de train ; mais, ô prodige incroyable ! Nicolas vit tout à coup Karaë sauter sur le loup, le saisir à la gorge et rouler avec lui dans la fondrière qui était à leurs pieds.

La meute s'y précipita. Le spectacle du loup se débattant au milieu de ce fouillis de têtes qui laissaient entrevoir par instants, ou son pelage fauve, ou sa jambe de derrière arc-boutée, ou son museau haletant et ses oreilles couchées de terreur, – car Karaë le tenait encore à la gorge, – fut pour Rostow un des plus heureux moments de sa vie. Empoignant le pommeau de sa selle, il se disposait à descendre de cheval et à achever le loup, lorsque le carnassier, élevant sa large tête au-dessus des chiens, et se débarrassant de son agresseur, se dressa sur ses pieds de devant : ramenant sa queue et montrant les dents, il fit un bond et distança les chiens. Karaë, le poil hérissé, contusionné ou blessé, se hissa péniblement hors du trou où il avait roulé avec la bête.

« Mon Dieu, quel malheur ! » s'écria Nicolas désespéré.

Heureusement le chasseur du « petit oncle », suivi de tous ses chiens, s'élança au triple galop du côté du fuyard et l'arrêta au passage. Là il fut de nouveau entouré par Nicolas, son écuyer, le « petit oncle » et son chasseur ; tous tournaient autour de lui en criant à tue-tête : « Harloup ! », et ils s'apprêtaient, chaque fois qu'il s'affaissait, à sauter à terre, et lançaient de nouveau leurs chevaux en avant lorsque, se relevant il faisait quelques pas pour se rapprocher du taillis, sa seule et dernière chance de salut.

Danilo, qui, au commencement de la traque, s'était élancé hors de la lisière du bois, avait assisté à la lutte et regardait la victoire comme assurée ; mais, à la vue du loup qui continuait à fuir, il courut en ligne droite vers la forêt pour lui couper la voie. Grâce à cette manœuvre, il arriva sur lui au moment où les chiens du « petit oncle » le forçaient pour la seconde fois.

Danilo galopait sans rien dire, tenant de la main gauche son couteau hors de la gaine, et battant de son long fouet, comme avec un fléau, les flancs tendus de son bai brun couvert d'écume. Il avait à peine dépassé Nicolas, que celui-ci entendit comme le bruit de la chute d'un corps : c'était Danilo qui venait de s'abattre sur l'arrière-train du loup et le tenait par les oreilles. Tous, chasseurs, chiens, jusqu'au loup lui-même, se disaient que cette fois c'était bien fini ! Le loup tenta cependant un dernier effort pour se dégager, mais les chiens se ruèrent sur lui ; Danilo se releva, et se laissa de nouveau tomber de tout son poids sur la bête sans lui lâcher les oreilles. Nicolas allait frapper le loup qui râlait.

« C'est inutile, lui dit Danilo, nous lui enfoncerons le bâton dans la gueule, » et, appuyant son pied sur la gorge de l'animal, il passa un pieu, gros et court, entre ses mâchoires serrées ; on lui lia les pattes et Danilo le chargea sur ses larges épaules. Fatigués mais heureux, tous l'aidèrent à attacher le loup sur le dos de son cheval qui frémissait d'inquiétude, et, au bruit des hurlements de la meute, on l'emporta au rendez-vous de chasse ; chacun vint examiner le loup, dont la large tête carrée pendait entraînée par le poids du pieu fiché dans sa gueule, et dont les grands yeux vitreux regardaient encore cette foule de chiens et de chasseurs. Au moindre attouchement, ses jambes tremblaient, et ses yeux continuaient à regarder avec une étrange fixité ceux qui l'entouraient. Le comte Élie Andréïévitch fit comme les autres :

« Oh, le vieux loup ! C'est un vieux, n'est-ce pas ? demanda-t-il à Danilo.

– Certainement… un vieux ! répondit Danilo en se découvrant avec respect.

– Dis donc, sais-tu que tantôt tu t'es joliment emporté ? » Danilo ne répondit rien, et un sourire humble et confus d'enfant gâté passa sur ses lèvres.

VI

Le vieux comte retourna chez lui ; Pétia et Natacha lui promirent de le suivre de près. La matinée étant encore peu avancée, on en profita pour aller plus loin. On lâcha deux chiens dans un épais taillis au fond d'un ravin, et Nicolas de sa place eut l'œil sur tous les chasseurs.

En face de lui, son homme, enfoncé dans un fossé, se dérobait derrière un buisson de noisetiers. À peine lancés, les chiens donnèrent de la voix à intervalles rapprochés, et peu d'instants après, la trompe annonça la vue ; la meute se précipita dans la direction des prairies, et Nicolas, attendant que le renard parût dans la plaine, vit les piqueurs aux bonnets rouges se lancer au galop en avant.

Son écuyer venait de découpler ses chiens, lorsqu'il aperçut au même moment un renard roux, bas sur jambes, d'une physionomie particulière, qui fuyait à travers champs : la meute ne tarda pas à l'entourer. Balayant la terre de sa queue, le renard se mit à courir en décrivant des ronds qui se rétrécissaient de plus en plus, lorsqu'un chien blanc, puis un chien noir se jetèrent sur lui ; tout se confondit dans la mêlée, et les têtes des chiens, tournées vers leur proie, formèrent à leur tour un cercle confus dont les ondulations étaient à peine sensibles. Deux chasseurs, l'un avec un bonnet rouge, l'autre avec un caftan vert, s'en approchèrent.

« Que veut dire cela ? D'où est venu ce chasseur inconnu ? ce n'est pas celui du petit oncle ? » pensait Nicolas.

Les chasseurs donnèrent au renard le coup de grâce, et il lui sembla de loin qu'ils restaient groupés, à deux pas de leurs chevaux, sans songer à le lier ; quelques chiens s'étaient couchés pendant que les hommes gesticulaient avec chaleur, en se montrant la bête ; le cor fit entendre le signal convenu pour indiquer qu'il y avait querelle.

« C'est un des chasseurs d'Ilaguine, qui se querelle avec notre Ivan, » dit l'écuyer de Nicolas. Ce dernier l'envoya à la recherche de sa sœur et de Pétia, et se dirigea au pas vers l'endroit où les valets de chiens réunissaient la meute ; il descendit de cheval et attendit le résultat de l'altercation. Le chasseur qui avait été pris à partie par l'autre s'avança vers son jeune maître, le renard attaché à la selle de son cheval. Ôtant de loin son bonnet rouge, il essayait visiblement de rester respectueux, tout en étouffant de colère ; il avait l'œil poché, mais il semblait ne pas s'en douter.

« Que s'est-il passé entre vous ? demanda Nicolas.

– Est-ce qu'on va les laisser chasser avec nos chiens ?... et c'est encore ma chienne souris qui l'a pris !... Il n'entendait pas raison et empoignait déjà le renard... alors je les ai roulés tous deux ! Voici la bête proprement ficelée !… Et de cela, en veux-tu ? » ajouta-t-il d'un air farouche, en tirant son couteau ; il s'imaginait sans doute avoir encore affaire à son adversaire.

Nicolas, se tournant vers Natacha et Pétia, qui venaient de le rejoindre, les pria de l'attendre pendant qu'il irait tirer l'affaire au clair.

Le chasseur triomphant racontait à ses camarades, pleins d'une curiosité sympathique, tous les détails de son exploit.

Ilaguine, qui était en froid et même en procès avec les Rostow, chassait précisément ce jour-là sur les terres réservées par un long usage à ces derniers, et, comme par un fait exprès, il s'était dirigé vers le bois du rendez-vous, en permettant même à son chasseur de suivre les voies de la bête que les Rostow avaient levée.

Toujours extrême dans ses jugements et dans ses sentiments, Nicolas, qui ne l'avait jamais vu, mais qui tenait pour certains les actes de violence et d'arbitraire attribués à Ilaguine le détestait cordialement, le regardant comme son plus mortel ennemi, il se dirigeait vers lui, serrant avec colère son fouet dans sa main, prêt à en venir sans réflexion aux dernières extrémités.

À peine avait-il tourné le bois, qu'il vit venir à sa rencontre un gros cavalier coiffé d'un bonnet garni de castor, monté sur un beau cheval noir et suivi de deux écuyers : c'était Ilaguine en personne.

Au lieu de l'ennemi qu'il s'attendait à affronter, Nicolas trouva un voisin fort aimable, fort bien élevé et très désireux de faire sa connaissance, soulevant à demi son bonnet, Ilaguine lui exprima tous ses regrets de la querelle survenue entre leurs hommes, lui jura que son chasseur serait sévèrement puni pour avoir chassé avec une meute qui ne lui appartenait pas, et finit par lui proposer de chasser sur ses propres terres.

Natacha, fort inquiète, et daignant que cet entretien ne prit une mauvaise tournure avait suivi son frère de loin, elle se rapprocha en voyant les saints qu'on échangeait de part et d'autre, Ilaguine, se découvrant tout à fait devant elle, se récria sur sa grâce, et assura qu'elle était la vivante image de Diane, tant par son amour de la chasse, que par sa beauté.

Pour se faire pardonner l'infraction commise par son piqueur, il supplia instamment Rostow de venir lancer le lièvre chez lui,

CHAPITRE II

dans un endroit situé à une verste de là, qui, disait-il, fourmillait de lièvres. Nicolas y consentit volontiers, et l'équipage de chasse, ainsi augmenté de moitié, se mit en route.

Il fallut couper à travers champs ; les maîtres se réunirent, et chacun d'eux, étudiant à la dérobée les chiens de ses compagnons, tremblait rien qu'à l'idée d'en découvrir parmi eux de supérieurs aux siens, comme forme et comme flair.

Rostow fut surtout frappé de la beauté d'une chienne de race pure, au corps allongé, aux muscles d'acier, au museau fin et pointu, aux yeux noirs à fleur de tête, tachetée de roux, et appartenant à Ilaguine. Il avait entendu vanter la vitesse des chiens de sa meute, et devinait dans cette belle petite chienne une rivale à sa Milka. Au milieu d'une conversation insignifiante sur les récoltes, il dit à Ilaguine, en se tournant vers lui :

« Il me semble que vous avez là une bonne chienne ?... Pleine de feu ?

– Celle-là ? Oui, elle est bonne, elle chasse bien, » répondit Ilaguine du ton le plus indifférent... Et cependant, pour Erza, il avait cédé à son voisin trois familles de « dvorovy[1] ».

« Ainsi donc, comte, dit-il en reprenant le premier sujet de leur conversation, chez vous aussi le rendement a été assez maigre cette année ?... » Puis, croyant de son devoir de lui rendre sa politesse en examinant à son tour la meute de Rostow, il aperçut Milka :

« Mais c'est vous, comte, qui possédez une chienne superbe, celle qui a des taches noires !

– Oui, elle n'est pas mal, elle a du train... Tu verrais bien, se dit Nicolas à part lui, tu verrais bien quelle chienne est Milka, si nous tombons sur un vieux lièvre ! »... Et, se tournant vers son écuyer, il annonça qu'il donnerait un rouble de gratification à celui qui découvrirait un lièvre au gîte.

« Je ne puis comprendre, reprit Ilaguine, la jalousie des chasseurs entre eux à propos de leurs meutes et du gibier ? Quant à moi, je jouis de tout, de la promenade, d'une agréable société, comme aujourd'hui par exemple, – et il souleva de nouveau son bonnet à l'intention de Natacha, – mais compter avec envie les peaux ou les pièces tuées, ce n'est pas mon faible, vous l'avouerai-je, et je vous

1 Gens faisant partie de la domesticité. (*Note du traducteur.*)

dirai même que cela me touche fort peu.

– C'est parfaitement juste !

– Qu'est-ce que cela peut me faire si mon chien n'a pas de chance…
je n'en suis pas moins la chasse avec intérêt. Et puis… »

Le cri prolongé de l'un des valets de chiens l'interrompit ; debout
sur une légère éminence, le fouet levé, le valet répéta son cri avec
une nouvelle force : c'était le signal convenu pour dire qu'il avait
devant lui le lièvre couché à quelques pas.

« Ah ! je crois qu'il l'a levé, dit Ilaguine avec une feinte indifférence. Eh bien, allons, donnons-lui la chasse !

– Allons-y, allons-y ensemble, » répondit Nicolas en jetant un
regard de défiance sur Erza et sur Rougaï, les deux rivaux de sa
Milka, qui ne s'était jamais mesurée avec eux : « Et si elle allait se
couvrir de honte ? pensait-il en avançant.

– Est-ce un vieux ? demanda Ilaguine, en sifflant à lui Erza,
non sans émotion, et vous, Mikhaïl Niknorovitch ? ajouta-t-il en
s'adressant au « petit oncle », qui avait l'air fort maussade.

– Je n'irai pas me fourrer là dedans ! Vos chiens…, affaire sûre, …
en avant, marche !… ont été payés un village par tête et valent des
milliers de roubles !… Je regarderai, pendant que les vôtres se le
disputeront.

– Rougaï ! Rougaïouchka ! » ajouta-t-il en mettant dans cet appel
toute la tendresse et tout l'espoir que lui inspirait son favori.

Natacha devinait et partageait l'agitation de son frère et celle que
les deux vieux s'efforçaient en vain de dissimuler.

La meute et le reste de la société avançaient sans se presser ; le
chasseur posté sur l'éminence n'avait pas bougé, attendant ses
maîtres.

« Où est sa tête ? » lui demanda Nicolas ; mais le lièvre, pressentant la gelée du lendemain, ne donna pas au chasseur le temps de
répondre : il fit un bond et débloqua ; les chiens découplés et les
lévriers descendirent en hurlant le versant de la colline, et les piqueurs à cheval partirent à fond de train, les uns pour les aider à
se rabattre, les autres pour les pousser dans la direction voulue.
Ilaguine, Natacha et le petit « oncle » galopaient, sans même savoir où ils allaient, tantôt à la suite des chiens, tantôt à la suite du
gibier, mourant de peur de manquer la chasse. Le lièvre était vieux

CHAPITRE II

et agile : couchant d'abord ses oreilles pour écouter ces cris et ce piétinement de chevaux et de chiens qui l'avaient subitement entouré de partout, il fit ensuite une dizaine de sauts, laissa approcher les chiens, puis, comprenant enfin le danger, et choisissant sa voie, il dressa une oreille puis l'autre, détala à toute vitesse et se blottit dans les chaumes. À quelques pas de lui s'étendait une prairie marécageuse. Les deux chiens du chasseur qui l'avait levé avaient été les premiers à prendre sa piste, mais ils en étaient encore assez loin, lorsque Erza, la chienne rousse d'Ilaguine, les dépassa ; arrivée à quelques pas du lièvre, elle sauta à son tour pour essayer de l'attraper par la queue, mais, manquant son élan, elle tomba et roula sur elle-même, pendant que le lièvre accélérait sa course, et que Milka filait sur lui comme un trait et gagnait de l'avance.

« Miloucha, ma petite Miloucha ! » et la voix triomphante de Nicolas retentit dans l'air ; Milka semblait être au moment de le saisir, mais sa vitesse lui fit dépasser le but, le lièvre s'étant arrêté court ! Erza la belle chienne, renouvela aussitôt son attaque ; elle fit un saut en avant ; et l'on aurait dit que, suspendue en l'air, elle mesurait de l'œil, avec prudence cette fois, la distance à franchir, afin de retomber juste sur le dos de sa proie :

« Erza, ma bonne petite Erza ! » s'écria Ilaguine en adressant à sa chienne une touchante invocation qu'Erza ne daigna pas écouter, car, à l'instant où elle allait happer le lièvre, il repartit de plus belle et se mit à courir sur la lisière même du champ et de la prairie. Erza et Milka, galopant de front comme deux timoniers, s'en rapprochèrent encore, mais le terrain marécageux arrêtait leur course.

« Rougaï, Rougaïouchka !... affaire sûre... marche !... » s'écria une troisième voix, et Rougaï, le chien bossu du « petit oncle », s'étirant et courbant son dos comme un ressort, atteignit les deux autres, les dépassa, et, faisant un effort surnaturel, tomba sur le lièvre, qu'il lança d'un coup de gueule sur la prairie, le rattrapa par un nouveau bond, le renversa et se roula avec lui sur la terre fangeuse qui s'attachait à son corps par larges plaques. Les chiens et les chasseurs formèrent cercle autour d'eux. Seul « le petit oncle », tout jubilant, descendit de cheval, s'approcha du lièvre, et secoua en l'air sa patte droite pour en faire écouler le sang ; l'émotion qu'il éprouvait donnait à ses yeux, qui allaient en tous sens, une expression effarée, ses mouvements étaient saccadés, ses paroles entrecoupées et sans suite : « Affaire sûre… marche !… Voilà un chien ! Il les vaut tous, et les plus chers et les moins chers aussi… Affaire sûre… marche ! » disait-il en suffoquant, et l'on aurait dit, aux regards furibonds qu'il lançait autour de lui, qu'il se croyait entouré d'ennemis, et que, offensé et malmené par tous, il venait maintenant de se réhabiliter d'une façon éclatante : « Voilà les chiens de mille roubles ! Rougaï, voici pour toi, mon vieux, tu l'as mérité ! ajouta-t-il en lui jetant la patte crottée qu'il venait de couper.

– Elle s'est éreintée, elle lui a trois fois donné la chasse toute seule, criait Nicolas, sans s'adresser à personne et sans rien entendre de ce qui se disait autour de lui.

– Le prendre en travers, la belle affaire ! dit l'écuyer d'Ilaguine.

– Du moment qu'Erza l'avait forcé, tout chien, fût-ce même un chien de basse-cour, pouvait l'attraper, » ajouta à son tour Ilaguine, la figure empourprée et hors d'haleine, par suite de sa course folle.

Natacha, également excitée, poussait de son côté des cris de triomphe si aigus, et si sauvages, que peut-être ailleurs en aurait-elle eu honte, mais ils ne faisaient qu'exprimer ses impressions et celles des autres chasseurs. Le « petit oncle » lia son lièvre, le jeta adroitement sur la croupe de son cheval, et, sans se départir de son air rogue et maussade, s'éloigna sans proférer une parole. Nicolas et Ilaguine avaient été trop froissés dans leur amour-propre de chasseurs pour reprendre tout de suite leur air affecté d'indifférence, et ils suivirent longtemps des yeux Rougaï, le vieux chien bossu qui, l'échine crottée, marchait derrière le « petit oncle », avec le calme d'un triomphateur : « Vous voyez, je suis comme tout le monde, semblait-il leur dire, mais à la chasse c'est autre chose, attention ! »

Lorsque, après cet incident le « petit oncle » s'approcha de Nicolas et s'adressa à lui, Nicolas se sentit honoré de cette marque de condescendance, malgré tout ce qui venait de se passer.

VII

Quand Ilaguine prit, vers le soir, congé de Nicolas, celui-ci se rendit compte seulement alors de l'énorme distance qui les séparait d'Otradnoë ; aussi accepta-t-il avec empressement l'invitation du « petit oncle » de laisser son équipage de chasse passer la nuit chez lui, à Mikariovka :

« Et si vous veniez vous-même chez moi ? qu'en pensez-vous ?…
Affaire sûre, marche !… Le temps est humide, vous vous repose-
riez, et on ramènerait la jeune comtesse plus tard. » Sa proposition
fut acceptée avec joie, et l'un des gardes fut dépêché à Otradnoë
pour y chercher un droschki, pendant que la société, conduite par
le « petit oncle », entrait dans ses domaines et était reçue, à l'entrée
principale de sa maison, par les quatre ou cinq serviteurs mâles de
toute taille qui composaient son service particulier. Une dizaine
de femmes, vieilles et jeunes, se montrèrent aussitôt à une porte
de derrière, attirées par la curiosité qu'excitait la vue des cavaliers.
L'apparition de Natacha, d'une dame à cheval, y mit le comble ;
aussi, n'y résistant plus, elles s'avancèrent toutes pour l'examiner de
près, et les plus hardies allèrent jusqu'à la regarder dans le blanc des
yeux, en faisant tout haut leurs remarques, comme si elles avaient
devant elles un être surnaturel, qui ne pouvait ni les entendre ni les
comprendre.

« Vois donc, Arina, elle est assise de côté, tandis que sa robe flotte.
Et la corne donc, la corne !

– Seigneur Dieu !… et ce couteau encore !

– Comment ne tombes-tu pas ? » dit l'une d'elles, plus hardie que
ses compagnes, en s'adressant directement à Natacha.

Le « petit oncle » descendit de cheval devant le perron en bois de
sa rustique habitation, qui était enfouie au milieu d'un jardin in-
culte, et, jetant un regard à ses gens, leur commanda de s'éloigner ;
chacun d'eux ayant reçu les ordres nécessaires pour que rien ne
manquât à ses hôtes et à leur équipage de chasse, ils se dispersèrent
aussitôt.

Se tournant vers Natacha, il l'enleva de dessus sa selle et lui offrit
la main pour l'aider à monter les quelques marches vermoulues de
l'escalier. Dans l'intérieur de la maison, dont l'aspect général était
loin de briller d'une propreté irréprochable, les grosses poutres
des murs n'étaient pas même dissimulées comme d'habitude par
une couche de chaux, et l'on devinait aisément qu'un des moindres
soucis des habitants de cette demeure était d'en faire disparaître les
taches et les souillures qu'on y voyait de tous côtés. Une odeur fade
de pommes fraîchement cueillies remplissait un étroit vestibule,
où quelques peaux de loup et de renard étaient suspendues.

On traversait ensuite une petite salle à manger meublée d'une table à pliants en bois rouge et de quelques chaises, pour gagner le salon, dont le principal ornement consistait en une autre table ronde, en bois de bouleau, placée devant un canapé ; on arrivait enfin au cabinet de travail du propriétaire, qui sentait à plein nez le tabac et le chien. L'étoffe du mobilier, le tapis de la chambre étaient déchirés, sordides, et sur les murs, couverts comme tout le reste de taches sans nombre, étaient accrochés les portraits de Souvorow, du père et de la mère du « petit oncle », et celui du « petit oncle » en uniforme de l'armée. Après avoir engagé ses hôtes à s'asseoir, il les quitta un moment, pendant que Rougaï, bien lavé et bien nettoyé, faisait son entrée dans le salon, s'y emparait de sa place habituelle sur le divan, et y achevait sa toilette, en se bichonnant de la langue et des dents. Le côté opposé du cabinet donnait sur un petit corridor divisé en deux par un paravent dont l'étoffe flottait en lambeaux, et derrière lequel on entendait des éclats de rire et des voix de femmes. Natacha, Nicolas et Pétia se débarrassèrent de leurs vêtements fourrés et s'étendirent tout à leur aise sur le large canapé ; Pétia, la tête appuyée sur ses coudes, ne tarda pas à s'endormir. Bien qu'ils eussent la figure hâlée et brûlée par le vent, Natacha et Nicolas n'en étaient pas moins très gais, et de plus très affamés. N'ayant plus à faire montre de sa supériorité comme homme et comme chasseur, Nicolas répondit au regard espiègle de sa sœur par un franc éclat de rire, auquel elle se joignit, sans même s'inquiéter du motif.

Le « petit oncle » reparut bientôt en veston, en pantalon gros bleu et en bottines ; ce costume, qui avait jadis excité à Otradnoë l'étonnement et les railleries de Natacha, ne lui parut pas cette fois plus ridicule que l'habit et la redingote de tout le monde. Le « petit oncle », de joyeuse humeur, fit chorus avec eux :

« Voilà qui va bien, comtesse ! Ah ! la jeunesse, affaire sûre, marche !… pas vu sa pareille jusqu'à présent ! » s'écrie-t-il, et, offrant à Nicolas une longue pipe turque, il en prit une plus courte, qu'il se mit à manœuvrer avec amour entre trois doigts.

« Toute la journée en selle comme un homme, et comme si de rien n'était ! »

Sur ces entrefaites, une fillette qui marchait sans doute pieds nus, à en juger par le son étouffé de ses pas, ouvrit une des portes, pour laisser entrer une femme de quarante ans environ, un peu forte, avec un teint frais, un double menton, des lèvres rouges ; elle portait un énorme plateau. Son extérieur plein de prévenance, son cordial sourire, accompagné d'un respectueux salut adressé aux hôtes de son maître, étaient les symboles d'une franche hospitalité. Bien que la rotondité toute particulière de sa personne, fortement accentuée en avant, l'obligeât à tenir la tête penchée en arrière, elle n'en mettait pas moins à tous ses mouvements une agilité extrême. Après qu'elle eut mis le plateau sur la table, ses mains blanches et potelées y eurent bientôt disposé les bouteilles, les carafes, les assiettes garnies de « zakouska », dont il était chargé. Reculant ensuite jusqu'au seuil de la porte, elle s'y arrêta un instant, sans cesser de sourire : « Regardez-moi ! Comprenez-vous à présent le « petit oncle ? » sembla-t-elle leur dire, avant de disparaître. Comment ne pas le comprendre ? C'était si clair, si évident, que non seulement Nicolas, mais Natacha elle-même, devinèrent ce que signifiaient les sourcils froncés et l'expression satisfaite et fière d'Anicia Fédorovna, chaque fois qu'elle rentrait dans le salon !

Que de choses n'avait-elle pas entassées sur son plateau ? Une bouteille de liqueur d'herbes sauvages, une autre de fruits, des champignons au vinaigre, des galettes de farine de sarrasin, et du beurre, du miel frais, du miel cuit, de l'hydromel, des pommes, des noix fraîches, des noix séchées au four, des noix au miel, des confitures au sucre et à la mélasse ; et, de plus, un gros jambon et une belle poularde dorée !

Le tout soigné ; préparé par Anicia Fédorovna, avec l'odeur alléchante qui s'en exhalait, avec quelque chose du caractère appétissant de sa personne et de son exquise propreté :

« Goûtez un peu de cela, mademoiselle la comtesse, » disait-elle à Natacha… et de ceci, ajoutait-elle en lui offrant tantôt une chose, tantôt une autre, et Natacha dévorait à belles dents : il lui semblait n'avoir jamais ni vu, ni mangé des galettes aussi exquises, des confitures aussi parfumées, d'aussi bonnes noisettes au miel, ni même une volaille d'aussi belle apparence. Nicolas et le « petit oncle », tout en arrosant leur souper de liqueurs aux fruits, devisaient sur la chasse passée et sur la chasse à venir ; sur les mérites de Rougaï et sur la meute d'Ilaguine. Crânement campée sur le divan, Natacha suivait de ses yeux brillants leur conversation, tout en essayant parfois de réveiller Pétia pour lui donner sa part de toutes les friandises, mais ses réponses incohérentes prouvaient qu'il était profondément endormi. Elle ne se possédait pas de joie dans cet intérieur si nouveau pour elle, et la seule chose qu'elle craignît, c'était de voir arriver le droschki qui, à son grand regret devait l'emmener chez son père. Au bout d'un moment de silence, comme il en survient souvent entre un maître de maison et des hôtes qu'il reçoit pour la première fois, le « petit oncle », répondant à une de ses pensées intimes, s'écria :

« Oui, c'est ainsi que je finis de vivre… une fois mort, affaire sûre, marche !… il ne restera rien après moi ! »

Sa physionomie devint presque belle pendant qu'il parlait ainsi, et Nicolas se rappela tout le bien que son père lui avait toujours dit de lui. Il passait également dans tout le district pour le plus désintéressé et le plus noble des originaux, aussi le choisissait-on à chaque instant ou pour arbitre dans les discussions de famille, ou pour exécuteur testamentaire, ou enfin même pour confident. Presque toujours élu juge à l'unanimité, il avait également rempli d'autres fonctions électives, mais rien ne pouvait vaincre son refus d'accepter du service actif. Son temps se partageait ainsi : en automne et au printemps, il courait les champs sur son vieil étalon, ne quittait pas son petit réduit en hiver, et passait l'été étendu à l'ombre du sauvage fouillis qu'il appelait son jardin.

« Pourquoi ne vous décidez-vous pas à reprendre du service, petit oncle.

– J'ai servi, et c'est assez… bon à rien… affaire sûre, marche ! C'est votre affaire, à vous autres : quant à moi, je n'y comprends rien. Mais à la chasse, c'est autre chose… Affaire sûre, marche ! Hé là-bas, ouvrez donc la porte ! Qu'est-ce qui l'a fermée ? » La porte au fond du corridor (que l'oncle prononçait « colidor ») communiquait avec une chambre où les piqueurs et les valets de chiens prenaient ordinairement leurs repas. Les petits pieds nus de la fillette se rapprochèrent de nouveau, une main invisible ouvrit la porte, et les sons d'une « balalaïka[1] » dont les cordes vibraient sous les doigts d'un véritable artiste parvinrent jusqu'à eux :

« C'est mon cocher Mitka qui joue : aussi lui en ai-je acheté une excellente, cette musique me plaît ! » Il était d'habitude qu'au re-

1 Espèce ce guitare à trois cordes. (*Note du traducteur.*)

tour de la chasse, Mitka se livrât à ses fantaisies musicales, pendant que le « petit oncle » l'écoutait avec bonheur.

– C'est vraiment très joli, dit Nicolas avec une feinte indifférence, comme s'il était honteux d'avouer qu'il trouvait du charme à cette musique.

– Comment, très joli ? s'écria Natacha d'un ton de reproche, mais c'est charmant, mais c'est ravissant ! » Et en effet la chanson qu'elle écoutait lui semblait la plus idéale des mélodies, tout comme les champignons, le miel et les confitures d'Anicia lui avaient paru être les meilleurs qu'elle eût jamais mangés !

« Encore, encore, je t'en prie, » dit Natacha, lorsque la « balalaïka » se tut. Mitka l'accorda et reprit de nouveau *la Barina*, avec variations et changements de ton. L'oncle, la tête légèrement inclinée, un vague sourire sur les lèvres, écoutait religieusement. Le motif revint une centaine de fois sous les doigts exercés du musicien, et les cordes répétèrent à satiété les mêmes notes, sans fatiguer les oreilles de l'auditoire, qui ne cessait de les redemander. Anicia Fédorovna écoutait aussi, appuyée contre le linteau de la porte :

« Faites attention, mademoiselle, dit-elle avec un sourire qui rappelait celui de son maître. Il joue très bien !

– Voilà une mesure manquée, s'écria tout à coup le « petit oncle » en faisant un geste énergique. Ces notes-là doivent être plus vivement... enlevées, affaire sûre, marche !

– Sauriez-vous jouer de la balalaïka ? demanda Natacha surprise.

– Aniciouchka !... – et le « petit oncle » sourit malicieusement » – Vois un peu si les cordes de la guitare y sont toutes, il y a si longtemps que je ne l'ai eue entre les mains. »

Anicia exécuta cet ordre avec une visible satisfaction, et lui apporta la guitare.

La prenant avec soin, il souffla dessus pour en enlever quelques grains de poussière, et en tendit les cordes de ses doigts osseux ; puis, s'asseyant bien à son aise, et arrondissant d'une façon un peu théâtrale son coude gauche, il saisit le manche de l'instrument, cligna de l'œil à Anicia Fédorovna, et, pinçant un accord plein et sonore, commença, sans la moindre hésitation, à improviser sur le thème d'une chanson très populaire. Le rythme en était lent, mais le refrain exprimait une gaieté si douce, si discrète, la gaieté d'Anicia, qu'il pénétra jusqu'au cœur de Nicolas et de Natacha... et leur cœur chanta à l'unisson ! Anicia, dont la figure rayonnait, rougit, se cacha la figure dans son mouchoir et quitta le cabinet en souriant toujours ; le « petit oncle » continuait avec précision et avec aplomb à moduler ses cadences et ses variations, et son regard vaguement inspiré se portait vers la place qu'elle avait occupée. Un léger sourire flottait sous sa moustache grise, et s'accentuait vivement, lorsqu'il accélérait la mesure, que la chanson redoublait d'entrain, et qu'une corde criait aux passages difficiles.

« Ravissant, ravissant !... » Et Natacha, sautant de sa place, entoura le « petit oncle » de ses bras et l'embrassa : « Nicolas, Nicolas ! » ajouta-t-elle en se retournant vers son frère, comme pour lui faire partager sa surprise.

Mais le « petit oncle » avait recommencé à jouer. Anicia Fédorovna et plusieurs autres gens de la maison montrèrent leurs figures dans l'entrebâillement de la porte, pendant qu'il attaquait le : « Là-bas, là-bas, derrière la source fraîche, la jeune fille m'a dit : attends ! », et, brisant un accord, il remua légèrement les épaules.

« Eh bien, eh bien après ! » dit Natacha d'un ton si suppliant, que sa vie semblait dépendre de ce qui allait suivre. Le « petit oncle » se leva ; on aurait dit qu'il y avait en lui deux hommes différents, dont l'un répondait par un grave sourire à la naïve et pressante invitation à la danse exécutée par l'autre, par le musicien :

« En avant, ma nièce ! s'écria-t-il tout à coup, et Natacha, se débarrassant vivement de son châle, s'élança au milieu de la chambre, posa ses mains sur ses hanches et attendit, en imprimant à ses épaules un balancement imperceptible.

Comment, par quel procédé inconnu cette petite comtesse, élevée par une émigrée française, avait-elle pu et su s'assimiler, sous la seule impression de son air natal, ces mouvements, inimitables et indescriptibles de l'enfant du peuple, si vrais, si typiques, si russes en un mot, et que le fameux pas du châle de Ioghel aurait dû depuis longtemps lui avoir fait oublier ? Lorsqu'on la vit se préparer à répondre au signal, avec ses yeux pétillants de malice et son air souriant et assuré, la défiance involontaire de Nicolas et du reste de l'auditoire s'envola comme par enchantement ; il n'y avait plus à en douter, elle justifierait leur attente, et ils pouvaient hardiment l'admirer !

Elle mit une telle perfection à tout ce qu'elle avait à faire, qu'Anicia Fédorovna, après lui avoir aussitôt donné le petit mouchoir, complètement indispensable à ses attitudes, se mit à rire de bon cœur et à s'attendrir en même temps, pendant qu'elle suivait des yeux les pas et les gestes de cette fine et gracieuse créature. C'est que Natacha, si supérieure à cette jeune comtesse élevée dans le velours et la soie, savait si bien comprendre et exprimer non seulement ce qu'elle, Anicia, comprenait et sentait, mais encore tout ce qui faisait aussi battre le cœur de son père, de sa mère, de tous les siens, en un mot et pour mieux dire, tout cœur véritablement russe !

« Bravo, petite comtesse, affaire sûre, marche ! s'écria le « petit oncle » à la fin de la danse… Il ne te manque plus qu'un beau garçon pour mari !

– Mais pas du tout, il est tout choisi, dit Nicolas.

– Ah bah ! » reprit le vieux, stupéfait. Natacha répondit d'un signe de tête avec un joyeux sourire : « Et comme il est bien, » ajouta-t-elle. Mais à peine eut-elle prononcé ces mots, qu'un nouvel ordre d'idées et de sensations s'empara d'elle instantanément : « Nicolas a l'air de croire, pensa-t-elle, que mon André n'aurait ni approuvé ni partagé notre gaieté de ce soir, et moi je suis sûre du contraire… Où est-il à présent ? »… Et son joli visage s'assombrit l'espace d'une seconde ; « Inutile de penser à cela ! »… Et, reprenant tout son entrain, elle s'assit à côté du « petit oncle », et le pria avec instance de leur chanter encore un air : il y consentit avec plaisir.

Il chantait comme chante le paysan, pour qui toute l'importance de la chanson est dans les paroles, pour qui le motif est un accessoire qui vient de lui-même sans effort et qui sert uniquement à marquer la cadence. Aussi ce chant presque inconscient, comme celui de l'oiseau, avait-il chez le « petit oncle » un charme et un attrait tout particuliers. Natacha déclara dans son enthousiasme qu'elle jetterait là la harpe et qu'elle étudierait désormais la guitare ; et elle parvint à pincer quelques accords sur celle du « petit oncle ».

Vers les dix heures on annonça l'arrivée d'une « lineïka[1] », d'un droschki et de trois hommes à cheval, envoyés à la recherche des jeunes gens. Le comte et la comtesse s'étaient fort inquiétés, ne sa-

1 Voiture très basse à quatre roues, formée de deux banquettes en long que divise le dossier et sur lesquelles on s'assied dos à dos. Ces voitures peuvent contenir une dizaine de personnes. (*Note du traducteur.*)

chant ce qu'ils étaient devenus, disait un des valets.

Pétia fut transporté tout endormi et déposé comme un mort dans la « lineïka » ; Nicolas et Natacha montèrent en droschki ; le « petit oncle » prit grand soin de l'envelopper chaudement avec une tendresse toute paternelle ; il les reconduisit à pied jusqu'au pont, qu'il fallait laisser de côté pour traverser la rivière à gué et où ses chasseurs avaient reçu l'ordre de se tenir avec des lanternes.

« Adieu, ma chère nièce, » lui cria encore une fois du milieu de l'obscurité la voix dont le chant résonnait encore aux oreilles de Natacha.

Quelques feux rougeâtres brillaient à l'intérieur des « isbas » du village qu'ils traversèrent, et le vent en rabattait gaiement la fumée.

« Quelle perle que cet oncle ! dit Natacha, dès qu'ils eurent atteint la grande route.

– Oui, répondit Nicolas. Ne sens-tu pas le froid ?

– Non, je suis si bien, si bien, si bien ! » répondit-elle, étonnée elle-même de la joie qu'elle éprouvait. Ils gardèrent longtemps le silence.

Une nuit noire et un brouillard assez épais permettaient à peine de distinguer les chevaux, dont on entendait le piétinement dans la boue.

Que se passait-il dans cette âme d'enfant, si impressionnable, toujours prête à saisir au vol les sensations les plus diverses de la vie ? Comment parvenait-elle à les éprouver toutes à la fois et à les accorder ensemble ? Elle se sentait heureuse, comme elle le disait, et à quelques pas de la maison elle lança tout à coup en l'air, d'une voix joyeuse, le refrain de la chanson, qu'elle avait vainement cherché jusque-là, et qu'elle venait de retrouver.

« C'est bien ça ! lui dit son frère.

– Nicolas, à quoi pensais-tu tout à l'heure ? lui dit-elle en lui faisant une question qu'ils s'adressaient souvent entre eux.

– Moi, j'ai d'abord pensé à Rougaï, chez qui j'ai découvert une certaine ressemblance avec « l'oncle » ; je crois que, s'il avait été homme, il aurait toujours gardé l'« oncle » auprès de le lui, aussi bien pour la chasse que pour la musique... N'est-ce pas vrai ? Et toi ?...

CHAPITRE II

– Moi ? attends un peu. Moi, je pensais à notre course : il me semblait qu'au lieu de nous retrouver bientôt à Otradnoë, nous passerions peut-être cette nuit noire dans un château féerique, et puis... Non, c'est tout...

– Je devine, tu as sûrement pensé à « lui » ?

– Non, repartit Natacha... » Et pourtant elle avait pensé à « lui », et à l'impression que le « petit oncle » lui aurait produite : Sais-tu, dit-elle, que je crois que jamais je ne serai aussi heureuse et aussi tranquille que je le suis dans ce moment !

– Bah ! quelle folie !... c'est de l'exagération pure, » lui répondit Nicolas pendant que tout bas il se disait : « Quel trésor que cette Natacha, c'est mon meilleur ami... Quel besoin a-t-elle de se marier, lorsque nous aurions pu passer notre vie ensemble à courir ainsi de droite et de gauche ! »

« Quel cœur que ce Nicolas, se disait Natacha de son côté. Ah ! regarde donc, il y a encore de la lumière au salon, ajouta-t-elle en lui montrant les fenêtres, qui se détachaient brillantes sur le fond brumeux et velouté de la nuit.

VIII

Le vieux comte Rostow avait renoncé à ses fonctions de maréchal de la noblesse du district, parce qu'elles l'entraînaient à de trop fortes dépenses, et cependant l'état de ses finances ne s'améliorait guère. Nicolas et Natacha surprenaient souvent leurs parents causant à voix basse, et d'un air agité, de la vente de leur hôtel à Moscou, ou du bien qu'ils avaient dans les environs. Rentré dans la vie privée, le comte ne donnait plus ni fêtes ni banquets ; aussi la vie à Otradnoë était-elle devenue plus calme que les années précédentes ; pourtant ni la maison ni ses dépendances ne désemplissaient, et il y avait chaque jour une vingtaine de personnes à table. C'étaient des habitués, des amis, des familiers, qui faisaient presque partie de la famille, ou qui du moins semblaient ne pouvoir plus s'en détacher ; entre autres un musicien nommé Dimmler avec sa femme, le maître de danse Ioghel avec sa famille, la vieille demoiselle Bélow, l'instituteur de Pétia, l'ancienne gouvernante des demoiselles, et d'autres encore qui trouvaient tout simple de vivre chez le comte plutôt que chez eux. Aussi, bien qu'il n'y eût plus de grandes réunions, la vie allait son train comme par le passé, et ni le maître ni la maîtresse de la maison n'auraient pu se la représenter autrement. Le train de chasse avait été augmenté par Nicolas ; on nourrissait toujours cinquante chevaux à l'écurie, on tenait toujours quinze cochers, on se faisait toujours des cadeaux de grand prix aux jours de fête, et ces jours-là se terminaient, selon l'antique usage, par un dîner monstre, auquel on invitait tout le voisinage ; le comte jouait comme d'habitude au boston et au whist, en laissant invariablement voir toutes ses cartes à ses amis, qui s'arrogeaient le droit de faire sa partie, et de l'alléger, sans scrupule aucun, de quelques centaines de roubles, qui constituaient le plus clair de leurs revenus.

Le comte marchait à l'aveuglette au milieu du réseau embrouillé de ses embarras pécuniaires, s'efforçant de se les dissimuler, ne parvenant qu'à les accroître, et ne se sentant ni la patience ni le courage nécessaires pour en délier un à un tous les nœuds. Le cœur aimant de la comtesse pressentait la ruine de ses enfants, sans en accuser son mari, trop âgé malheureusement pour se réformer, et cherchait les moyens de remédier à leur désastreuse situation. Il n'en existait, à son point de vue féminin, qu'un seul, le mariage de Nicolas avec une riche héritière ; elle se cramponnait à cette dernière planche de salut ; mais, si son fils refusait le parti qu'elle avait à lui proposer, tout espoir de relever leur fortune serait définitivement perdu. La personne qu'elle avait en vue était la fille de gens parfaitement honorables, que les Rostow connaissaient depuis son enfance, la jeune Julie Karaguine, qui, par suite de la mort de son second frère, était devenue subitement une très riche héritière.

La comtesse écrivit directement à Mme Karaguine, pour lui demander si cette union lui convenait, et en reçut une réponse des plus favorables : Mme Karaguine invitait même Nicolas à venir les voir à Moscou, afin que Julie pût se décider en toute liberté.

Nicolas avait plus d'une fois entendu sa mère exprimer devant lui, avec des larmes dans les yeux, son vif désir de le voir marier ; le sort de ses deux filles étant désormais assuré, l'accomplissement de ce dernier désir adoucirait les quelques jours qui lui restaient à vivre, disait-elle, en faisant de constantes allusions à une charmante jeune fille qu'elle lui destinait.

Un jour enfin elle lui parla sans détour des vertus de Julie et lui conseilla, aux approches de Noël, d'aller passer quelque temps à Moscou. Nicolas, qui avait deviné sans peine pourquoi elle le lui conseillait, amena un jour sa mère à s'en expliquer franchement avec lui ; elle ne lui cacha pas qu'elle espérait voir leur fortune relevée et redorée par son mariage avec sa chère Julie.

« Ainsi donc, maman, si j'aimais une jeune fille sans dot, vous auriez exigé le sacrifice de mon amour et de mon honneur, pour me faire faire un mariage d'argent ?

– Oh non, tu ne m'as pas compris, lui répondit-elle, ne sachant comment justifier son désir. Je ne cherche que ton bonheur ! » Et, sentant que ce n'était pas là son seul et véritable motif et qu'elle faisait fausse route, elle fondit en larmes.

« Ne pleurez pas, maman, dites-moi simplement que vous le désirez, et vous savez bien que je donnerais ma vie pour que vous ayez la paix, et que je sacrifierais tout, jusqu'à mon sentiment. »

Mais la comtesse ne l'entendait point ainsi ; elle ne demandait pas de sacrifice, elle se serait plutôt sacrifiée elle-même, si la chose avait été possible :

« N'en parlons plus, tu ne m'as pas comprise ! dit-elle en essuyant ses larmes.

– Comment a-t-elle pu me proposer ce mariage ? pensait Nicolas. Elle croit donc que je n'aime pas Sonia, parce que Sonia est pauvre, et cependant je serais mille fois plus heureux avec elle qu'avec une poupée comme Julie ! »

Il resta à la campagne ; sa mère ne revint plus sur ce sujet mais, voyant, non sans douleur et sans irritation, l'intimité croissante qui s'établissait entre son fils et Sonia, elle ne pouvait s'empêcher de tourmenter Sonia à tout propos, et de lui dire « vous » et « ma chère ». Parfois elle se reprochait ces continuels coups d'épingle, elle en voulait à sa pauvre petite nièce de les recevoir avec une douceur et une humilité sans égales, de lui témoigner en toute occasion un dévouement plein de reconnaissance, et d'aimer Nicolas d'un amour si fidèle et si désintéressé, qu'on ne pouvait s'empêcher de l'admirer.

On reçut à cette époque une lettre du prince André, datée de Rome ; c'était la quatrième depuis son départ ; il aurait été depuis longtemps en route pour la Russie, disait-il, si les chaleurs, qui avaient rouvert sa blessure, ne l'obligeaient à remettre son retour aux premiers jours de janvier. Natacha, bien qu'elle fût éprise de son fiancé, et que cet amour même eût calmé ses rêveries, ne s'en laissait pas moins aller à toutes les impressions joyeuses de la vie ; mais, vers la fin du quatrième mois après leur séparation, elle tomba dans une profonde mélancolie, et s'y abandonna tout entière. Elle pleurait sur son malheureux sort, elle pleurait sur le temps qui s'écoulait ainsi sans profit pour elle, tandis qu'elle sentait dans son cœur un invincible besoin d'aimer et de se faire aimer.

Le congé de Nicolas allait expirer, et l'approche de son départ ajoutait encore à la tristesse de ce morne intérieur.

<h1 style="text-align:center">IX</h1>

Noël était venu, et, sauf la messe en grande pompe et les cérémonies religieuses, avec les ennuyeux cortèges de félicitations des voisins et de la domesticité, sauf les robes neuves qui faisaient leur apparition à cette occasion, rien n'était survenu ce jour-là de plus particulier, de plus extraordinaire, qu'un froid de vingt degrés, par un temps calme, un soleil éblouissant, et une nuit étoilée et scintillante.

Après le dîner du troisième jour des fêtes, lorsque chacun fut rentré dans son coin, l'ennui s'installa en maître dans toute la maison. Nicolas, revenu d'une tournée de visites dans le voisinage, dormait d'un profond sommeil dans le grand salon. Le vieux comte suivait son exemple dans son cabinet. Sonia, assise à une table ronde du petit salon, copiait un dessin. La comtesse faisait une patience, et Nastacia Ivanovna, le vieux bouffon à figure chagrine, assis à une fenêtre entre deux vieilles femmes, ne soufflait mot. Natacha, qui venait d'entrer, se pencha un moment au-dessus du travail de Sonia, et, s'approchant de sa mère, s'arrêta devant elle en silence :

« Pourquoi erres-tu comme une âme en peine ? Que veux-tu ?

– Je le veux lui, lui, … ici, … tout de suite ! » répliqua Natacha, les yeux brillants, et d'une voix saccadée.

Le regard de sa mère plongea dans le sien.

« Ne me regardez pas ainsi, je vous en supplie, je vais pleurer !

– Assieds-toi là.

– Maman, il me le faut, lui ! Pourquoi dois-je ainsi périr d'ennui... » Sa voix se brisa, les larmes jaillirent de ses yeux, et, quittant brusquement le salon, elle se dirigea vers la chambre des filles de service, où une vieille femme de chambre en sermonnait une jeune, qui arrivait toute haletante du dehors.

« Il y a temps pour tout, grommelait la vieille, tu t'es amusée assez longtemps !

– Laisse-la tranquille, Kondratievna, dit Natacha. Va, Mavroucha, va ! »

Poursuivant sa tournée, Natacha arriva dans le vestibule. Un vieux domestique et deux jeunes laquais y jouaient aux cartes ; son entrée interrompit leur jeu et ils se levèrent : « Et ceux-ci, que vais-je en faire ? » se dit-elle.

« Nikita, va, je t'en prie... où pourrais-je bien l'envoyer ?... Ah ! va me chercher un coq quelque part, et toi, Micha, apporte-moi de l'avoine.

– Un peu d'avoine ? demanda gaiement Micha.

– Va, va donc vite ! dit le vieux.

– Et toi, Fédor, donne-moi un morceau de craie ! »

Arrivée ensuite à l'office, elle fit préparer le samovar, bien que ce ne fût pas encore l'heure du thé ; elle avait envie d'exercer son pouvoir sur le sommelier Foka, l'homme le plus morose, le plus grincheux de tous leurs serviteurs. Il n'en crut pas ses oreilles et s'empressa de lui demander si c'était bien sérieux :

« Ah not' demoiselle ! » murmura Foka en faisant semblant de se fâcher.

Personne ne donnait autant de commissions aux domestiques, personne ne les envoyait de tous côtés, comme Natacha. Dès qu'elle en apercevait un, elle s'ingéniait à lui trouver de la besogne : c'était plus fort qu'elle. On aurait dit qu'elle essayait sur eux sa puissance, qu'elle tenait à voir si l'un d'eux ne s'aviserait pas un beau jour de se révolter contre sa tyrannie, et pourtant c'étaient ses ordres qu'ils exécutaient toujours avec le plus d'empressement : « Et maintenant que ferai-je ? Où aller ? » se dit-elle en enfilant le long corridor, où le bouffon venait à sa rencontre : « Nastacia Ivanovna qu'est-ce que je mettrai au monde ?

– Toi ? des puces, des cigales et des grillons, c'est sûr !

– Mon Dieu, mon Dieu, mon Dieu, se dit Natacha, toujours la même chose, toujours le même ennui, où me fourrer ? » Sautant lestement de marche en marche, elle monta au second et entra chez Ioghel. Deux gouvernantes y étaient en train de causer avec M. et Mme Ioghel ; le dessert, composé d'un plat de quatre mendiants, était posé sur la table, et l'on discutait vivement sur la cherté de l'existence à Moscou et à Odessa. Natacha s'assit un instant, écouta d'un air pensif et se leva : « L'île de Madagascar !… Ma-da-gas-car ! » murmura-t-elle en scandant chaque syllabe, et elle sortit sans répondre Mme Schoss, qui était fort intriguée de sa mystérieuse exclamation. Rencontrant Pétia et son menin, fort occupés tous deux du feu d'artifice qu'on devait tirer à la tombée de la nuit :

« Pétia ! lui cria-t-elle, porte-moi jusqu'au bas !… » Et elle sauta sur le dos de Pétia, en lui enlaçant le cou de ses deux mains, et ils arrivèrent ainsi, l'un portant l'autre, en gambadant et en galopant jusqu'à l'escalier.

« Assez, merci… Madagascar ! » répéta-t-elle, et, sautant brusquement à terre, elle descendit les degrés en courant.

Après avoir exploré son royaume, fait acte de pouvoir, après s'être convaincue que ses sujets étaient obéissants et qu'il n'y avait que de l'ennui à en tirer, Natacha rentra dans la grande salle, prit une guitare et alla s'asseoir dans le coin le plus sombre, en effleurant de ses doigts les basses cordes, et en cherchant l'accompagnement d'un air d'opéra que le prince André et elle avaient entendu ensemble un soir à Pétersbourg. Les quelques accords, incertains et confus, qu'elle ébauchait timidement du bout de ses doigts auraient sans doute frappé l'oreille la moins exercée par leur manque d'harmonie et de sens musical, tandis que, grâce à la vivacité de son imagination, ils réveillèrent en elle une longue série de souvenirs. Adossée au mur et à moitié cachée par une petite armoire, les yeux fixés sur un filet de lumière qui venait de l'office, en glissant sous la porte, elle écoutait avec délices, et évoquait le passé.

Sonia traversa la salle, un verre à la main. Natacha lui jeta un coup d'œil et le reporta aussitôt sur la fente de la porte ; il lui sembla qu'elle s'était déjà trouvée dans cette même situation, entourée de ces mêmes détails, et regardant Sonia passer un verre à la main : « Oui, oui, c'était bien ainsi ! » pensa-t-elle.

« Sonia, qu'est-ce que cela ? ajouta-t-elle en faisant quelques notes.

CHAPITRE II

– Comment, tu es là ! dit Sonia en tressaillant et en s'approchant pour écouter… Je ne sais pas, est-ce *la Tempête* ? demanda-t-elle en hésitant, avec la certitude de se tromper.

– Oui, c'est bien ainsi, pensa Natacha, elle a tressailli alors et elle s'est approchée doucement en souriant et alors aussi j'ai pensé, comme je le pense à présent… qu'il y a en elle ce quelque chose qui me manque… Non, reprit-elle tout haut, tu n'y es pas, c'est le chœur dans le *Porteur d'eau* ; écoute !… et elle en fredonna le motif… Où allais-tu ?

– Changer l'eau du verre, je vais achever le dessin.

– Tu es toujours occupée, toi, et moi, jamais ! Où est Nicolas ?

– Il dort, je crois.

– Va le réveiller, Sonia. Dis-lui qu'il vienne chanter ! »

Sonia la quitta, et Natacha se prit de nouveau à songer, et à se demander comment tout cela avait pu se passer. N'ayant pu résoudre ce grave problème, elle retomba dans ses souvenirs : elle le revit, « lui », et sentit ses regards passionnés fixés sur elle : « Qu'il revienne au plus tôt ! J'ai si grand'peur qu'il ne tarde encore !… Et puis, il n'y a pas à dire, je vieillis, et je ne serai plus ce que je suis à présent… Qui sait ? Peut-être arrivera-t-il aujourd'hui ? Peut-être est-il déjà arrivé ? Peut-être est-il là, au salon ?… Ne serait-il pas par hasard ici depuis hier, et ne l'aurais-je pas oublié ?… » Elle se leva, déposa sa guitare, et passa dans la pièce voisine. Tout le monde était réuni autour de la table de thé, les professeurs, les gouvernantes, les invités ; les domestiques servaient les uns et les autres… mais le prince André n'y était point !

« Ah ! la voilà, dit le vieux comte, viens t'asseoir ici ! » Mais Natacha s'arrêta près de sa mère, sans répondre à l'invitation de son père ; ses yeux cherchaient quelqu'un.

« Maman… donnez-le-moi, donnez-le-moi plus vite, plus vite, » murmura-t-elle en retenant avec peine un sanglot. Elle s'assit et écouta la conversation : « Mon Dieu, se dit-elle, toujours les mêmes personnes, et toujours la même chose… Papa aussi tient sa tasse comme d'habitude, et souffle dessus comme hier, comme il soufflera demain… » Elle éprouva une sourde irritation contre eux tous, et elle leur en voulait de ce qu'il n'y avait rien de changé.

Après le thé, Nicolas, Sonia et Natacha se blottirent dans leur coin favori de la grande salle : c'était là qu'ils causaient entre eux à cœur ouvert.

X

« T'arrive-t-il quelquefois, dit Natacha à son frère, de sentir qu'on n'a plus rien devant soi, qu'on a déjà reçu toute sa part de bonheur, et d'être, non pas ennuyé, mais profondément triste ?

– Certainement ! Il m'est arrivé bien souvent de voir des amis et des camarades gais et en train, de l'être moi-même comme tous les autres, et de me trouver tout à coup envahi par une tristesse et un dégoût invincibles de la vie, au point de me demander si ce ne serait pas pour chacun de nous l'heure de mourir. Je me souviens, par exemple, qu'un jour, au régiment, la musique jouait, et j'étais plongé dans une telle mélancolie, que je n'ai pas même songé à aller parader à la promenade !

– Comme je te comprends ! Et moi, je me souviens, reprit Natacha, qu'une fois, étant toute petite, on m'avait punie pour avoir mangé des prunes, je crois… j'étais innocente, et vous autres vous dansiez… on m'avait laissée seule dans la chambre d'étude… je pleurais, je pleurais de chagrin et sur moi, et sur vous tous qui me faisiez tant de peine !

– Oui, je me rappelle même que je suis allé te consoler, et que je ne savais comment m'y prendre… nous étions très ridicules alors !… Je possédais un petit bonhomme à grelots, dont je t'ai fait cadeau à cette occasion.

– Te rappelles-tu aussi, poursuivit Natacha, bien avant cela, lorsque nous étions hauts comme la main, notre oncle nous a appelés dans son cabinet, il y faisait sombre, et tout à coup nous y avons vu…

– Un nègre ! acheva Nicolas avec un joyeux sourire. Certainement, je le vois comme s'il était là, et j'en suis encore à me demander si c'était un songe, une réalité ou un conte bleu inventé à plaisir.

– Il avait des dents blanches et nous regardait de ses yeux noirs.

– Vous le rappelez-vous, Sonia ?

– Oui, oui, mais bien vaguement.

– Papa et maman m'ont pourtant toujours assuré qu'il n'y a jamais eu de nègre chez nous… Et les œufs, te rappelles-tu les œufs que nous roulions à Pâques, et le jour où deux petites vieilles grimaçantes sont sorties du parquet, et se sont mises à tourner autour de la table ?

– Oui, oui, et papa qui, avec sa fourrure sur le dos, tirait des coups de fusil sur le perron… tu ne l'as pas oublié non plus ?… » Et ainsi défilaient l'un après l'autre devant eux, non pas les mélancoliques souvenirs de la vieillesse, mais ces doux et innocents tableaux de la première enfance, qui se perdent dans un vague lointain plein de poésie et flottent entre la réalité et le songe.

Sonia rappela aussi comme elle avait eu peur de Nicolas, à cause des brandebourgs de sa jaquette, et que sa bonne lui avait assuré que sa robe en serait un jour garnie de haut en bas :

« C'est alors qu'on m'a raconté que tu étais venue au monde sous un chou, dit Natacha… Je n'osais pas dire que c'était faux, mais cela me préoccupait beaucoup ! »

Une porte s'ouvrit à ce moment, et une femme, s'écria, en passant sa tête par l'entrebâillement :

« Mademoiselle, mademoiselle, on a apporté le coq !

– Inutile, Polïa, renvoie-le, » dit Natacha.

Dimmler, qui était entré sur ces entrefaites, s'approcha de la harpe reléguée dans un coin, et, en l'ôtant du fourreau, lui fit rendre un son discordant.

« Édouard Karlovitch, jouez-nous mon Nocturne favori, celui de M. Field, » lui cria la comtesse, de l'autre pièce.

Dimmler prit un accord, et se tournant de leur côté :

« Comme vous voilà tranquilles, jeunesse !

– Oui, nous philosophons, » répondit Natacha, et ils continuèrent à causer de leurs rêves.

Dimmler avait à peine commencé le Nocturne, que Natacha se leva, traversa la chambre à pas de loup, prit la bougie qui brûlait sur la table, l'emporta dans le salon voisin, et revint occuper sa place sur le canapé. Il faisait nuit noire dans la salle, dans leur coin surtout, mais les rayons argentés de la lune, pénétrant par les grandes fenêtres, se jouaient sur le parquet.

« Sais-tu, dit Natacha tout bas, pendant que Dimmler, après avoir exécuté le morceau demandé, laissait errer ses doigts au hasard sur les cordes, ne sachant à laquelle de ses réminiscences musicales s'arrêter ; sais-tu, Nicolas, que lorsqu'on remonte de souvenir en souvenir, on va si loin, si loin, qu'on en arrive à se rappeler ce qui a précédé notre propre venue en ce monde, et…

– Mais c'est de la métempsycose, dit Sonia, qui n'avait pas oublié ses leçons d'autrefois. Les Égyptiens croyaient que nos âmes avaient habité des corps d'animaux, et qu'elles y retournaient après notre mort.

– Je n'en crois rien, reprit Natacha tout bas, bien que la musique eût cessé depuis un moment ; mais je sais pour sûr que nous avons été des anges là-bas, quelque part, et même peut-être ici, et que c'est pour cela que nous avons gardé le souvenir d'une vie antérieure.

– Peut-on se joindre à vous ? demanda Dimmler, en s'approchant de leur groupe.

– Si nous avons été des anges, comment sommes-nous tombés plus bas ?

– Comment, plus bas ? Mais qui te dit que c'est plus bas ?… qui peut savoir ce que j'ai été ? reprit Natacha avec conviction. L'âme étant immortelle, si ma destinée est de vivre éternellement dans l'avenir, je dois avoir vécu dans le passé, et j'ai donc aussi une éternité derrière moi.

– Oui, mais il est difficile de se la représenter, cette éternité, objecta Dimmler, dont le sourire moqueur avait complètement disparu.

– Pourquoi difficile ? demanda Natacha. Après le jour d'aujourd'hui vient le jour de demain, et puis le surlendemain, et toujours ainsi : hier a été, demain sera, et…

– Natacha, c'est à ton tour maintenant, chante-moi quelque chose, lui dit sa mère… Que faites-vous là dans un coin, comme des conspirateurs ?

– J'en ai si peu envie, maman ! » Cependant elle se leva, et Nicolas se mit au piano. Se plaçant selon son habitude au milieu de la salle, à l'endroit le plus favorable pour la résonance, Natacha chanta la romance favorite de sa mère.

Quoiqu'elle eût déclaré ne pas se sentir bien disposée, de longtemps elle n'avait chanté, et de longtemps encore elle ne chanta comme ce soir-là. Le vieux comte, qui causait dans son cabinet avec Mitenka, se hâta de lui donner ses dernières instructions dès qu'il entendit la première note, comme un écolier pressé de finir sa tâche pour retourner à ses jeux ; mais comme il n'y parvenait pas, il se tut et écouta, pendant que Mitenka, debout devant lui, écoutait en silence et d'un air satisfait. Nicolas ne quittait pas sa sœur des yeux, et respirait avec elle aux mêmes pauses. Sonia, subissant le charme de cette voix idéale, songeait à l'immense différence qu'il y avait entre elle et son amie, et se disait que jamais elle n'exercerait une pareille fascination. La vieille comtesse avait interrompu sa patience, un doux et triste sourire voltigeait sur ses lèvres, ses yeux étaient humides de larmes, et elle branlait la tête au souvenir de sa propre jeunesse, à la pensée de l'avenir de sa fille, et à cette union d'un caractère si étrange et si inquiétant.

Dimmler, assis à côté d'elle, les yeux à moitié fermés, prêtait l'oreille avec ravissement :

« C'est véritablement un talent européen, lui disait-il ; elle n'a rien à apprendre… tant de force, de douceur, de moelleux !…

– Ah ! combien j'ai peur pour elle ! » répondit la comtesse, car son cœur de mère lui faisait deviner en Natacha une surabondance de sève qui nuirait à son bonheur. Elle chantait encore, que Pétia se précipita tout triomphant dans la salle, pour annoncer l'arrivée d'une troupe de masques.

« Imbécile ! » s'écria Natacha, en s'arrêtant court ; et, se jetant sur une chaise, elle se mit à sangloter si fort, qu'il lui fallut quelques minutes pour se remettre : « Ce n'est rien, maman, rien, je vous assure, ajouta-t-elle, en essayant de sourire ; – Pétia m'a effrayée, voilà tout !… » Et ses larmes coulaient de plus belle.

Toute la domesticité s'était costumée : les uns en ours, en Turcs, en cabaretiers, en dames ; les autres en monstres fantastiques. Apportant avec eux le froid du dehors, ils n'osèrent d'abord franchir le seuil du vestibule, mais, prenant peu à peu courage, se poussant mutuellement, et se cachant les uns derrière les autres, ils pénétrèrent tous bientôt dans la grande salle. Là leur timidité dégela enfin, ils se laissèrent aller à la plus franche gaieté, et les chants, les danses, les jeux de toutes sortes s'organisèrent à l'envi. La comtesse, après avoir examiné et reconnu tous les masques, rentra au salon, en leur laissant son mari, dont la figure réjouie les encourageait à s'amuser. La jeunesse s'était éclipsée.

Mais au bout d'une demi-heure on vit paraître une vieille marquise, avec des mouches, qui n'était autre que Nicolas ; une
Turque, Pétia ; un paillasse, Dimmler ; un hussard Natacha ; et un
Tcherkesse, Sonia, toutes deux avec des sourcils et des moustaches
charbonnés au bouchon.

Après avoir été reçus avec une surprise bien jouée, et reconnus
plus ou moins vite, les jeunes gens, fiers de leurs déguisements, dé-
cidèrent à l'unanimité qu'il fallait aller les montrer à des étrangers.

Nicolas, qui brûlait du désir de faire faire aux siens une longue
promenade en troïka[1], leur proposa, vu l'excellent état du chemin,
d'aller chez le « petit oncle », avec une dizaine de masques.

« Vous dérangerez le vieux, et voilà tout ! leur dit la comtesse, car
il n'aura même pas la place pour vous recevoir. Si vous voulez faire
une course, allez plutôt chez les Mélukow. »

Mme Mélukow était une veuve du voisinage, dont la maison,
pleine d'enfants de tout âge, de gouverneurs et de gouvernantes,
était située à quatre verses d'Otradnoë.

« C'est fort bien imaginé, ma chère, dit le comte enchanté ; je vais
aussi me costumer et me joindre à eux ; je saurai bien réveiller
Pachette. »

Mais la comtesse n'entendait pas de cette oreille-là : c'était de la folie ! Cela n'avait pas le sens commun d'exposer son pied malade au
froid ; le comte céda, et Mme Schoss s'offrit pour accompagner les
jeunes filles. Le costume de Sonia était le mieux réussi, ses sourcils
et sa moustache lui seyaient à merveille, sa jolie figure ressortait à
plaisir, et ses habits d'homme lui donnaient un aplomb et un entrain inusités. Une voix secrète lui disait que cette soirée déciderait
de son sort. Quelques instants après, quatre traîneaux attelés en
troïka, avec grelots et clochettes, et dont les patins grinçaient et
criaient sur la neige durcie, défilèrent un à un devant le perron.

Natacha fut la première à se mettre au diapason de cette folie de
carnaval, qui, après avoir peu à peu gagné chacun de proche en
proche, arriva enfin à sa plus bruyante expression, lorsque tous les
masques descendirent le perron, et finirent par se grouper dans les
différents traîneaux, en riant aux éclats et en s'interpellant les uns

---

1 Attelage russe à trois chevaux, (*Note du traducteur.*)

les autres.

Deux des troïkas étaient attelées de chevaux de fatigue, la troisième de ceux du comte, dont le cheval de brancard passait pour être un trotteur du haras d'Orlow ; la quatrième, avec son petit timonier noir et ébouriffé, appartenait en toute propriété à Nicolas. Debout dans son costume de vieille marquise, sur lequel il avait jeté son manteau de hussard, serré à la taille par une ceinture, il rassemblait les rênes.

Comme la lune brillait d'un vif éclat, les rayons se reflétaient dans les plaques de cuivre de l'attelage, et scintillaient dans la prunelle des chevaux, dont les yeux se portaient avec inquiétude sur le groupe bruyant qui s'agitait sous le sombre auvent de l'entrée.

Natacha, Sonia, Mme Schoss et deux filles de chambre s'assirent dans le traîneau de Nicolas ; Dimmler, sa femme et Pétia dans celui du comte, le reste des masques dans les deux autres :

« Zakhare ! va en avant ! » cria Nicolas au cocher de la troïka de son père, il voulait se donner le plaisir de le dépasser plus tard. Le traîneau du vieux comte s'ébranla ; ses patins, que la gelée semblait avoir soudés au sol, crièrent, la cloche tinta avec force, les chevaux se serrèrent contre le brancard, et partirent sur la neige brillante et ferme, en la rejetant à droite et à gauche, comme du sucre cristallisé.

Nicolas venait en second : les autres s'élancèrent après lui sur l'étroit chemin, en faisant entendre le même bruit et le même grincement. Pendant qu'ils longeaient le mur extérieur du parc, l'ombre des grands arbres dénudés se couchait en travers de la route, et interceptait par endroits la vive clarté de la lune ; mais à peine l'eurent-ils dépassé, que de tous côté s'étendit à leurs regards la vaste plaine de neige immobile qu'une lumière scintillante diaprait au loin des mille feux et des paillettes sans nombre de ses chatoyants reflets. Tout à coup une ornière imprima une violente secousse au premier traîneau, et fit bondir les suivants, qui s'espacèrent à la file en troublant de leur bruit insolent le calme immuable et souverain qui régnait autour d'eux :

« Des traces de lièvre ! » s'écria Natacha, dont la voix perça comme une flèche l'air immobile et glacé.

« Comme il fait clair, Nicolas ! » dit Sonia, Nicolas se retourna pour examiner cette jolie figure à moustaches et à sourcils noirs, qui, aux rayons de la lune et sous son bonnet de zibeline, lui semblait éloignée et rapprochée à la fois :

« Ce n'est plus Sonia, se dit-il en souriant.

– Qu'avez-vous, Nicolas ?

– Rien ! » lui répondit-il, et il reprit sa première position.

Arrivés sur la grand'route battue et labourée par les fers à crampons des chevaux, et sillonnée de longues traces d'apparence huileuse qui marquaient le passage des traîneaux, l'attelage tira sur les rênes et accéléra sa course. Le cheval de gauche, la tête penchée en dehors, avançait par bonds, tandis que le timonier, remuant les oreilles, paraissait hésiter et se demander si le moment était venu de s'élancer à son tour. Perdu dans le lointain, le traîneau de Zakhare faisait l'effet d'une tache noire qui se détachait sur la blancheur de la neige à mesure qu'il s'éloignait, le tintement de ses clochettes devenait de plus en plus indistinct, et les chants et les cris des masques retentissaient dans la nuit claire et pure.

« Eh là ! mes amis chéris ! » s'écria Nicolas, en ramenant les rênes d'une main et en levant de l'autre son fouet. Le traîneau partit comme un trait : la force du courant d'air qui frappait les visages, et les bonds toujours plus rapides des deux chevaux de volée, donnaient seuls l'idée de la vitesse de la course. Nicolas regarda en arrière les deux autres cochers, qui, criant et encourageant leurs chevaux du fouet et de la voix, faisaient galoper les timoniers, pour n'être pas distancés ; celui de Nicolas, se balançant sous la « douga[1] » du brancard, conservait l'égalité de son allure, tout prêt à doubler le mouvement au moindre signal.

Ils atteignirent bientôt la première troïka, et, après avoir descendu une pente, ils arrivèrent sur une large route de traverse qui longeait une prairie.

« Où sommes-nous ? se demanda Nicolas ; n'est-ce pas la prairie et la colline du bord de la rivière ? Mais non, vraiment, je ne m'y reconnais plus ! C'est du nouveau, de l'inconnu !… Dieu sait où nous sommes !… Enfin n'importe !… » Et, appuyant ses chevaux d'un vigoureux coup de fouet, il continua sa course droit devant lui.

---

1 Pièce de bois cintrée, fixée au-dessus du brancard dans les attelages russes. (*Note du traducteur.*)

Zakhare retint une seconde son attelage, et tourna son visage cou-vert de givre vers Nicolas, qui lança sa troïka à fond de train.

« Attention, maître ! » lui cria Zakhare, qui, penché en avant, les bras tendus et faisant claquer sa langue, partit à son tour comme une flèche.

Pendant un moment les deux troïkas volèrent de front, mais bien-tôt, malgré tous les efforts de Zakhare, Nicolas gagna de l'avance, et le dépassa enfin, rapide comme l'éclair ; un tourbillon de neige fine, soulevé par les pieds de ses chevaux, s'abattit sur la troïka rivale, les patins grincèrent, les femmes poussèrent des cris aigus, et les deux attelages, confondant et enchevêtrant leurs ombres fugitives, luttèrent entre eux de vitesse.

Nicolas, modérant l'ardeur des chevaux, regarda autour de lui ; devant, derrière, partout s'étendait à perte de vue la plaine féerique, parsemée d'étoiles d'argent et toute baignée de lumière : « Zakhare me crie de prendre à gauche… Pourquoi à gauche ? pensa-t-il. On dirait que nous allons chez les Mélukow ?… Pas du tout, nous al-lons à l'aventure, et à la grâce de Dieu !… Comme tout cela est étrange et charmant à la fois !… » Et il se retourna vers ceux qu'il menait.

« Vois donc sa barbe et ses cils, qui sont tout blancs, » dit tout à coup l'un des deux jolis et fantastiques jeunes gens, aux sourcils arqués et à la fine moustache.

« Celui qui vient de parler, c'est Natacha, je crois, se dit Nicolas, et ce Tcherkesse là-bas, qui est-ce donc ?… je ne le connais pas, mais je l'aime ! »

« N'êtes-vous pas transies ? » Elles lui répondirent par un éclat de rire. Dimmler s'égosillait de son côté ; ce qu'il disait devait être drôle, car on riait aux éclats dans son traîneau.

« De mieux en mieux, se disait à lui-même Nicolas, nous voilà maintenant dans une forêt enchantée… de grandes ombres noires se confondent dans un scintillement de pierreries et glissent sur un pavé de diamants… N'est-ce pas un palais magique que je vois là-bas avec ses larges dalles de marbre blanc et ses toits étince-lants ?… Ne viens-je pas d'entendre comme des cris de bêtes fauves se répondant dans le lointain ?… Mais, si c'était tout simplement Mélukovka que j'aperçois ? Ma foi, ce serait tout aussi miraculeux, de les avoir conduits au hasard et d'être arrivé à bon port ! »

C'était bien Mélukovka en effet, car il vit les gens de la maison sortir sur le perron avec des lumières, et s'avancer vers eux, tout joyeux de cette distraction imprévue.

« Qui est là ? cria une voix dans le vestibule.

– Des masques de chez le comte !... Ce sont ses attelages, répondirent les domestiques.

XI

Pélaguéïa Danilovna Mélukow, une forte et maîtresse femme en lunettes et en robe de chambre flottante, était assise dans son salon, au milieu de ses filles, qu'elle tâchait de divertir de son mieux, en fondant avec elles des figures de cire dont elles suivaient ensuite sur le mur les silhouettes indécises, lorsque des pas et des voix se firent entendre dans l'antichambre.

Des hussards, des sorcières, des paillasses, des ours, étaient en train de frotter leurs figures brûlées par le froid et couvertes de givre, et secouaient la neige attachée à leurs vêtements. Dès qu'ils se furent débarrassés de leurs fourrures, ils firent irruption dans la grande salle, où l'on allumait à la hâte des bougies. Dimmler le paillasse, et Nicolas en vieille marquise, exécutèrent un pas, tandis que les autres, entourés des enfants, qui criaient et sautaient de plaisir, déguisaient leurs voix, en saluant la maîtresse de la maison, et se rangeaient ensuite le long du mur.

« Impossible de reconnaître personne... mais vraiment est-ce Natacha ? Regardez-la donc, ne vous rappelle-t-elle pas quelqu'un ?... Édouard Karlovitch, comme vous voilà beau, et comme vous dansez bien ! Et ce Tcherkesse-là, il est charmant... Tiens, c'est Sonia ! Voilà une bonne et agréable surprise !... Et nous qui étions là à nous morfondre !... Ha, ha, ha ! Quel hussard, un vrai hussard et un vrai gamin, qui plus est !... Je ne puis pas la regarder sans rire... » Et tout le monde criait, riait et parlait à la fois.

Natacha, la favorite des demoiselles Mélukow, disparut aussitôt avec elles, et se fit apporter dans leur appartement particulier des bouchons, des robes de chambre et toutes sortes de vêtements d'homme, que le laquais passait par l'entrebâillement de la porte aux jeunes filles déshabillées ; elles les saisissaient vivement de leurs bras nus. Dix minutes plus tard, toute la jeunesse de la maison, également méconnaissable, se joignit aux masques.

Pélaguéïa Danilovna, allant et venant à droite et à gauche, les lunettes sur le nez et un sourire discret sur les lèvres, fit ranger les chaises et préparer le souper et les rafraîchissements pour les maîtres et leur nombreuse suite. Elle regardait chacun à tour de rôle dans le blanc des yeux et ne reconnaissait personne dans cette foule bigarrée, ni les Rostow, ni Dimmler, ni ses filles elles-mêmes, ni aucune partie de leurs costumes.

« Et celle-là, qui est-ce ? demanda-t-elle à sa gouvernante, en arrêtant au passage un Tartare de Kazan, qui n'était autre que sa propre fille ! C'est une des Rostow, n'est-ce pas ?... Et vous, monsieur le hussard, de quel régiment êtes-vous ? dit-elle en s'adressant à Natacha... De la « pastila[1] » à cette Turque ! criait-elle au sommelier. Leur religion ne la leur défend pas, n'est-ce pas ? »

À la vue des pas plus ou moins extravagants auxquels se livraient les danseurs sous l'impunité du masque, Pélaguéïa Danilovna ne put s'empêcher plus d'une fois de se cacher le visage dans son mouchoir, et sa puissante personne se laissait violemment secouer par un rire irrésistible, un rire de bonne et vieille matrone, plein de bienveillance et de franche gaieté.

Lorsqu'on en eut fini avec les danses russes et les « horovody[2] », elle rassembla tout son monde, maîtres et domestiques, en un grand rond, leur remit une corde, un anneau et un rouble, et les jeux innocents commencèrent à leur tour.

Une heure plus tard, quand les costumes furent bien fripés et bien chiffonnés, et que le charbon découla sur les figures en transpiration, Pélaguéïa Danilovna put enfin reconnaître chacun, complimenter les demoiselles sur leurs déguisements, et remercier toute la bande joyeuse pour l'amusement qu'elle lui avait procuré ! Le souper des maîtres fut servi dans le salon, et celui des gens dans la grande salle :

« Oh ! se faire dire la bonne aventure dans le bain, là-bas, c'est ça qui est effrayant ! dit une vieille fille qui était à demeure chez les Mélukow.

---

1 Pâte de fruits.
2 Nom d'une ronde russe. (*Note du traducteur.*)

– Pourquoi donc ? demanda l'aînée des demoiselles.

– Vous ne vous y risquerez pas, c'est sûr, il faut du courage !

– Eh bien, j'irai, dit Sonia.

– Contez-nous ce qui est arrivé à la demoiselle, vous savez ? s'écria la cadette des Mélukow :

– Une demoiselle alla une fois au bain, reprit la vieille fille, en emportant avec elle un coq et deux couverts, comme cela se fait toujours, et elle attendit ;... tout à coup elle entendit un bruit de grelots... quelqu'un arrive, et ce quelqu'un s'arrête, monte, et elle voit entrer un véritable officier, un officier en chair et en os, – on l'aurait cru du moins, – qui s'assied en face d'elle devant le second couvert !

– Ah ! ah ! quelle terreur ! s'écria Natacha, en ouvrant de grands yeux.

– Et il a parlé, il a vraiment parlé ?

– Oui, tout comme s'il était un homme... il se mit à la prier, à la supplier de céder à ses instances... Quant à elle, elle devait résister et faire durer l'entretien jusqu'au premier chant du coq... mais la peur la prit, elle se couvrit la figure de ses mains ! Alors... il se précipita pour la saisir ; heureusement que quelques fillettes, qui étaient aux aguets, accoururent à ses cris.

– Pourquoi les effrayez-vous ainsi ? dit Pélaguéïa Danilovna.

– Maman, mais vous aussi, vous avez voulu vous faire dire la bonne aventure.

– Et dans la grange, comment cela se passe-t-il ? demanda Sonia.

– C'est tout simple : il faut y aller, maintenant par exemple, et écouter... Si vous entendez battre le blé, c'est mal ; si vous entendez tomber le grain, c'est bien.

– Maman, dites-nous ce qui vous est arrivé dans la grange ?

– Il y a de cela si longtemps, dit Pélaguéïa Danilovna en souriant, que je l'ai tout à fait oublié, et puis d'ailleurs aucune de vous n'aura le courage d'y aller.

– Eh bien, moi, j'irai, dit Sonia ; laissez-moi y aller.

– Va, si tu n'as pas peur.

– Vous permettez, madame Schoss ? » dit Sonia à la gouvernante. Que l'on jouât aux petits jeux, ou que l'on causât tranquillement,

Nicolas n'avait pas quitté Sonia d'une seconde pendant toute la soirée ; il lui semblait la voir pour la première fois, et l'apprécier à toute sa valeur. Gaie, jolie comme un cœur sous son étrange costume, excitée, ce soir-là, comme elle l'était rarement, elle le fascina tout à fait.

– Quel imbécile j'ai été ! pensait-il, en répondant mentalement à ces yeux brillants, et à ce sourire triomphant, qui creusait sous la moustache du joli masque une petite fossette, entrevue par lui pour la première fois.

– Je n'ai peur de rien ! » reprit-elle. Elle se leva, se fit donner des explications et sur la situation de la grange, et sur ce qu'elle devait y attendre dans le plus profond silence, jeta une fourrure sur ses épaules, s'en enveloppa tout entière et lança un coup d'œil à Nicolas.

Elle sortit par le corridor et l'escalier dérobé, pendant que ce dernier, sous prétexte qu'il était fatigué par la chaleur de l'appartement, disparut de son côté par la grande entrée.

Le froid était toujours le même, et la lune semblait briller d'un éclat encore plus vif. Des myriades d'étoiles scintillaient sur la neige à ses pieds, tandis que leurs sœurs brillaient au loin sur la voûte triste et sombre du firmament, et les yeux s'en détournaient bien vite, pour se reporter sur la terre resplendissante de clarté et revêtue de son manteau d'hermine.

Nicolas descendit en courant le péristyle, tourna l'angle de la maison et passa devant l'entrée latérale, par laquelle devait sortir Sonia. À moitié chemin, des piles de bois, éclairées en plein par la lune, projetaient leur ombre sur le chemin, sur lequel de vieux tilleuls étendaient les lignes noires de leurs branches dénudées, qui se croisaient et s'enchevêtraient sur le blanc sentier de la grange. Les grosses poutres de la maison et son toit couvert de neige paraissaient avoir été taillés dans un bloc de pierre précieuse, dont les facettes s'irisaient à la lumière argentée de la lune. Un tronc d'arbre se fendit tout à coup avec bruit dans le jardin, puis tout retomba dans le silence. La poitrine de Sonia se soulevait d'aise : on aurait dit qu'elle buvait à longs traits, non pas l'air de tous les jours, mais une essence vivifiante de jeunesse et de bonheur éternels.

« Tout droit, mademoiselle, tout droit et ne regardez pas en arrière.

– Je n'ai pas peur, » répondit Sonia, dont les petits souliers réson-
nèrent sur la pierre de l'escalier, et avancèrent en craquant sur le
tapis de neige, dans la direction de Nicolas, qu'elle venait d'apercevoir à deux pas devant elle. Elle courut à lui, mais ce n'était pas
non plus son Nicolas de tous les jours ! Qu'est-ce qui pouvait l'avoir
transformé à ce point ? Était-ce son costume de femme avec ses
cheveux ébouriffes, ou ce sourire heureux, qui lui était si peu habituel, et qui dans ce moment rayonnait sur ses traits ?

Mais Sonia est tout autre, toute différente de ce qu'elle est d'ordinaire, et cependant c'est bien la même ! se disait de son côté Nicolas,
en regardant sa jolie petite figure éclairée par un rayon de lune. Ses
deux bras se glissèrent sous la pelisse qui l'enveloppait, enlacèrent
sa taille, l'attirèrent à lui, et il baisa ses lèvres, sur lesquelles il sentit
encore l'odeur de bouchon brûlé de sa moustache d'emprunt.

« Sonia ! Nicolas ! » murmurèrent-ils tous deux, et les petites
mains de Sonia étreignirent à leur tour le visage de Nicolas ; puis,
en entrelaçant leurs doigts, ils coururent jusqu'à la grange, et revinrent sur leurs pas, pour rentrer chacun par la porte qui les avait
vus sortir.

XII

Natacha, qui avait tout observé, arrangea les choses de telle façon
qu'au retour, elle, Mme Schoss et Dimmler se mirent dans le même
traîneau, pendant que Nicolas, Sonia et les filles de service montaient dans un autre.

Nicolas ne songeait plus à faire courir ses chevaux : ses yeux se
fixaient involontairement sur Sonia, et cherchaient à découvrir,
sous cette moustache noire et ces sourcils arqués, sa Sonia d'autrefois, sa Sonia dont rien ne pourrait plus désormais le séparer !
La lumière féerique et changeante de la lune, le souvenir du baiser
sur ces lèvres adorées, l'aspect de la terre brillante qui fuyait sous
les pas de leurs chevaux, ce ciel noir semé de clous de diamant,
qui s'étendait au-dessus de leurs têtes, cet air de glace qui remplissait ses poumons d'une force inconnue, tout lui faisait croire
qu'ils étaient rentrés dans le monde de la magie. « Sonia, n'as-tu
pas froid ?

– Non, et toi ? » répondit-elle.

Nicolas arrêta sa troïka à moitié route, et, confiant les rênes à son cocher, courut vers le traîneau de Natacha :

« Écoute, lui dit-il tout bas et en français, je me suis décidé à tout dire à Sonia !

– Tu lui as tout dit ? s'écria Natacha rayonnante de joie.

– Ah ! Natacha, quelle étrange figure te fait cette moustache... Es-tu contente ?

– Comment, contente ?... mais j'en suis ravie... Je n'en disais rien, sais-tu ? mais je t'en voulais beaucoup !... c'est un cœur d'or que le sien. Moi, je suis souvent mauvaise, aussi me faisais-je scrupule à présent d'être heureuse toute seule. Va, va la rejoindre.

– Non, attends un moment ? Dieu, que tu es drôle ainsi ! » répéta-t-il en l'examinant curieusement et en découvrant aussi dans ses traits une expression inusitée, une tendresse émue qui le frappa :

« Natacha, n'y a-t-il pas de la magie là dedans, hein ?

– Oui, tu as très bien fait, va. »

« Si j'avais vu Natacha telle que je la vois dans ce moment, se disait-il, je lui aurais demandé conseil, et je lui aurais obéi, quoi qu'elle m'eût ordonné... et tout aurait bien marché !... »

« Ainsi donc tu es contente ?... Ai-je bien agi ?

– Oui, mille fois oui ! Je me suis fâchée avec maman l'autre jour à cause de toi. Maman soutenait que Sonia te courait après... et je ne permettrai à personne, non seulement de dire, mais de penser du mal d'elle, car c'est la bonté et la droiture mêmes !

– Eh bien, tant mieux !...» Et Nicolas, sautant à terre, regagna en quelques enjambées son traîneau, où le même petit Tcherkesse de tout à l'heure le reçut en souriant de dessous son capuchon de zibeline... et ce Tcherkesse était Sonia, et Sonia, sans aucun doute, allait devenir sa femme chérie !

Les jeunes filles passèrent, en rentrant, chez la comtesse pour lui rendre compte de leur excursion, et se retirèrent ensuite dans leur chambre. Tout en conservant leurs moustaches, elles se déshabillèrent et bavardèrent longtemps : elles ne tarissaient pas sur leur mutuel bonheur, sur leur avenir, sur l'amitié qui lierait leurs maris :

« Mais quand cela arrivera-t-il ? J'ai si grand'peur qu'il n'en soit rien, dit Natacha, en s'approchant de sa table où étaient posés deux miroirs.

– Eh bien, assieds-toi, Natacha, et regarde dans la glace, tu le verras peut-être. » Natacha s'assit après avoir allumé deux bougies qu'elle plaça de chaque côté. « Je vois bien une paire de moustaches, dit-elle en riant.

– Il ne faut pas rire, mademoiselle, » répliqua Douniacha. Natacha se remit enfin à fixer, sans broncher, ses yeux sur la glace ; elle prit un air recueilli, se tut et resta longtemps à attendre et à se demander ce qu'elle allait voir. Serait-ce un cercueil ou serait-ce le prince André, qui lui apparaîtrait tout à coup sur cette plaque miroitante et confuse ; car ses yeux fatigués ne distinguaient plus qu'avec peine la lumière vacillante des bougies ? Mais, malgré toute sa bonne volonté, elle ne voyait rien : aucune tache ne dessinait soit l'image d'un cercueil, soit celle d'une forme humaine. Elle se leva.

« Pourquoi les autres voient-ils, et moi rien, jamais rien ! Mets-toi à ma place, Sonia ; il le faut pour toi et pour moi aussi… car j'ai si grand'peur, si tu savais ! »

Sonia s'assit et fixa à son tour ses yeux sur la glace.

« Sofia Alexandrovna verra bien certainement, dit Douniacha tout bas, mais vous, vous riez toujours ! »

Sonia entendit cette réflexion et la réponse murmurée par Natacha :

« Oui, elle verra, c'est sûr ! L'année dernière, elle a vu. » Trois minutes s'écoulèrent au milieu du plus profond silence.

« Elle verra, c'est sûr, » répéta Natacha en tremblant.

Sonia fit un mouvement en arrière, se couvrit la figure d'une main, et s'écria :

« Natacha !

– Tu as vu ? qu'as-tu vu ? » Et Natacha se précipita pour soutenir la glace.

Sonia n'avait rien vu, ses yeux commençaient à se troubler et elle allait se lever, lorsque le « c'est sûr » de Natacha l'arrêta ; elle ne voulait point tromper leur attente, mais rien n'est fatigant comme de rester ainsi immobile. Aussi ne put-elle jamais s'expliquer pourquoi elle avait crié, et pourquoi elle s'était caché la figure dans les mains. « Tu l'as vu, lui ? demanda Natacha.

– Oui, mais attends : je l'ai vu, lui ! » répondit Sonia, ne sachant
trop à qui ce *lui* devait se rapporter, si c'était à Nicolas ou au prince
André : « Pourquoi ne pas leur raconter que j'ai vu, cela arrive bien
à d'autres, et personne ne pourra me démentir. » – Oui, je l'ai vu,
poursuivit-elle.

– Comment l'as-tu vu, couché ou debout ?

– Je l'ai vu, il n'y avait rien d'abord, et tout à coup je l'ai vu couché.

– André couché ? il est donc malade ?... et Natacha arrêta sur
Sonia un regard effaré.

– Mais non, pas du tout, il semblait au contraire fort gai, répondit-elle en finissant par croire à ses propres inventions.

– Et après, Sonia, après ?

– J'ai vu ensuite quelque chose de vague, de rouge, de bleu...

– Quand reviendra-t-il, Sonia ? Quand le reverrai-je ? Mon Dieu,
que j'ai peur pour lui ! Pour moi, j'ai peur de tout !... » Et, sans
répondre aux consolations que lui prodiguait Sonia, Natacha se
glissa dans son lit, et, longtemps après qu'elle eut éteint la lumière,
elle resta immobile et rêveuse, les yeux fixés sur les rayons de la
lune qui pénétraient à travers les vitres gelées des fenêtres.

XIII

Quelque temps après les fêtes, Nicolas avoua à sa mère son amour
pour Sonia et sa ferme résolution de l'épouser. La comtesse, qui
avait l'œil sur eux depuis longtemps, s'attendait à cette confidence ;
elle l'écouta en silence jusqu'au bout et lui annonça à son tour qu'il
était libre de se marier comme bon lui semblerait, mais que ni
elle, ni son père, ne donneraient leur consentement à ce mariage.
Nicolas, atterré, sentit pour la première fois que sa mère, malgré
l'affection qu'elle lui avait toujours témoignée, était sérieusement
fâchée contre lui, et ne reviendrait pas sur sa décision. Elle fit venir
son mari, et essaya de lui communiquer avec calme la confidence
de son fils, mais la colère prit bientôt le dessus et elle sortit en san-
glotant de dépit. Le vieux comte engagea Nicolas avec une certaine
hésitation à renoncer à son projet, mais celui-ci lui répondit que
sa parole était engagée ; son père, fort troublé par cette déclaration formelle, poussa un long soupir, changea de conversation, et

le quitta bientôt après, pour aller retrouver sa femme. Comme il se sentait responsable envers lui du mauvais état de sa fortune, il ne pouvait, au fond, lui en vouloir de refuser un riche parti, et de préférer Sonia sans dot, Sonia qui aurait été la perle des femmes, si, par la faute de Mitenka et de leurs ruineuses habitudes, ils n'avaient dilapidé cette belle fortune.

Un calme de quelques jours suivit cette scène, mais un matin la comtesse appela chez elle Sonia, l'accusa d'ingratitude, et lui reprocha, avec une dureté qu'elle ne lui avait jamais témoignée, de faire des avances à son fils. Sonia, les yeux baissés, écoutait sans mot dire ces injustes paroles, et ne pouvait comprendre ce qu'on exigeait d'elle ; elle qui se sentait prête à tous les sacrifices pour ceux qu'elle regardait comme ses bienfaiteurs : rien ne lui paraissait plus simple que de se dévouer pour eux, mais dans le cas présent elle ne voyait plus comment elle devait agir. Ne pouvant s'empêcher de les aimer tous, d'aimer Nicolas, qui avait besoin d'elle pour être heureux, que lui restait-il donc à faire ? Après cette douloureuse sortie, Rostow essaya d'effrayer sa mère en la menaçant d'épouser Sonia en secret, et finit par la supplier encore une fois de consentir à son bonheur.

Elle lui répondit avec une indifférence glaciale, bien extraordinaire, bien inusitée chez elle, qu'il était majeur, et que, le prince André se mariant aussi sans le consentement de son père, il pouvait suivre cet exemple, mais qu'elle ne recevrait jamais comme sa belle-fille cette petite intrigante.

Indigné de l'expression que venait d'employer sa mère, Nicolas changea de ton, et lui reprocha de vouloir le forcer à vendre son cœur ; il lui déclara que, si elle ne revenait point sur sa résolution, c'était la dernière fois qu'ils se... mais il n'avait pas encore prononcé le mot fatal que sa mère ne pressentait que trop et qui aurait peut-être laissé entre eux un souvenir ineffaçable, quand la porte s'ouvrit et Natacha entra, pâle et sérieuse... elle avait tout entendu.

« Nicolas, tu ne sais ce que tu dis, tais-toi, tais-toi ! s'écria-t-elle avec violence, comme pour l'empêcher de continuer... Et vous, maman, pauvre chère maman, ce n'est pas cela... vous l'avez mal compris ! »

La comtesse, au moment d'une rupture définitive avec son fils chéri, le regardait avec terreur ; mais elle ne pouvait et ne voulait

CHAPITRE II

pas céder, entraînée, excitée par l'obstination qu'il mettait à lui résister.

« Nicolas, je t'expliquerai tout plus tard... Et vous, écoutez-moi, petite mère... »

Ses paroles n'avaient évidemment aucun sens, mais elles atteignirent leur but.

La comtesse fondit en larmes, et cacha sa figure sur l'épaule de sa fille, pendant que Nicolas sortait en se prenant avec désespoir la tête entre les mains.

Natacha poursuivit son œuvre de réconciliation, et obtint de sa mère la promesse qu'elle ne tourmenterait plus Sonia. Nicolas, de son côté, donna sa parole qu'il n'agirait point à l'insu de ses parents ; quelques jours plus tard, triste et fâché de se sentir en opposition avec eux, il partit pour rejoindre son régiment, bien résolu à quitter le service et à épouser à son prochain retour Sonia, dont il se croyait passionnément amoureux.

L'intérieur des Rostow redevint sombre, la comtesse tomba malade.

Sonia, affligée de l'absence de son ami, supportait avec peine l'inimitié de sa bienfaitrice, qui se trahissait involontairement à chaque parole. Le comte, plus préoccupé que jamais du piteux état de ses affaires, se vit forcé d'avoir recours aux moyens extrêmes, et de vendre une de ses terres et son hôtel de Moscou ; il aurait fallu pour cela qu'il allât lui-même sur les lieux, mais le mauvais état de santé de sa femme retardait leur départ de jour en jour.

Natacha, qui avait supporté patiemment et presque gaiement pendant les premiers mois d'être séparée de son fiancé, devenait d'heure en heure plus triste et plus nerveuse, en pensant que ces longues semaines, qu'elle aurait si bien su employer à aimer, se perdaient ainsi sans profit pour son cœur. Elle en voulait au prince André de vivre d'une vie prosaïque, de visiter de nouveaux pays, de faire de nouvelles connaissances, tandis qu'elle ne pouvait que penser à lui et rêver ! Plus ses lettres lui témoignaient d'intérêt, plus elles l'irritaient, car elle ne trouvait aucune consolation à lui écrire. Les siennes, dont sa mère corrigeait habituellement les fautes d'orthographe, n'étaient que des compositions sèches et banales. Elle se sentait dans l'impuissance d'énoncer sur la feuille de papier blanc, posée là devant elle, ce qu'elle aurait si bien dit d'un mot, d'un regard ou d'un sourire. Aussi elle ne faisait en écrivant que remplir un ennuyeux devoir, et n'y attachait plus la moindre importance ! Cependant un voyage à Moscou devenait indispensable ; sans parler des ventes à régulariser, il fallait y commander le trousseau, et s'y rencontrer avec le prince André, que l'on attendait de jour en jour. Le vieux prince devait y passer l'hiver, et Natacha assurait à qui voulait l'entendre que son fiancé était bien certainement déjà revenu de l'étranger.

En attendant, la comtesse ne se remettait pas, et il fut décidé que le comte partirait seul avec les jeunes filles, à la fin de janvier.

CHAPITRE III

I

Quoique Pierre eût une foi absolue dans les vérités que lui avait révélées le Bienfaiteur, et malgré la joie profonde qu'il avait ressentie pendant les premiers mois de son apprentissage, lorsqu'il se livrait avec un réel enthousiasme au travail de sa régénération intérieure, enfin malgré tous ses efforts pour y persévérer, cette nouvelle existence perdit subitement pour lui tout son charme, après les fiançailles du prince André, et la mort de Bazdéïew, arrivée à la même époque. Il ne lui en resta plus que le squelette, c'est-à-dire sa maison, sa femme, plus que jamais en faveur auprès d'un grand personnage, ses nombreuses et peu intéressantes connaissances, et le service avec son cortège d'ennuyeuses formalités ! Aussi fut-il saisi d'un profond dégoût en pensant à sa vie : il interrompit son journal, évita la société de ses frères, reparut au club, recommença à boire et à mener la vie de garçon, et fit tant parler de lui, que la comtesse Hélène se vit obligée de lui adresser de sévères reproches. Pierre lui donna raison en tous points, et se réfugia à Moscou pour ne pas la compromettre par sa conduite.

Lorsqu'il se retrouva dans son immense hôtel, avec ses cousines les princesses, qui séchaient sur pied et tournaient à la momie, avec sa nombreuse domesticité qui y grouillait dans tous les coins ; lorsqu'il aperçut la chapelle de la Vierge d'Iverskaïa rayonnante de la lumière des mille cierges qui brûlaient dévotement devant les saintes images enchâssées d'or et d'argent ; lorsqu'il eut traversé la grande place du Kremlin couverte d'un tapis de neige immaculée ; qu'il eut revu les izvostchiki et les boutiques du Kitaïgorod, les vieux et les vieilles de Moscou vivotant doucement dans leur coin, sans rien désirer, et qu'il eut pris part de nouveau aux bals et aux dîners du club Anglais... alors il se sentit enfin arrivé au port. Moscou, en lui rendant son chez lui et sa maison, lui fit éprouver cette sensation de bien-être qu'on ressent lorsque, après une journée de fatigue, on passe avec bonheur une bonne vieille robe de chambre bien chaude, bien commode, voire même un peu graisseuse.

Toute la société, les vieux et les jeunes, le reçurent à bras ouverts ; sa place restée vacante l'attendait, il n'avait qu'à la reprendre, car, aux yeux de tous ces braves gens, Pierre était le meilleur enfant du monde, l'original le plus gai et le plus intelligent, le vrai type du grand seigneur du Moscou d'autrefois, distrait, bienveillant, et la bourse toujours à sec, parce que chacun y puisait sans scrupule.

Les représentations données au bénéfice d'artistes sans talent, les croûtes et les statues des rapins du dernier ordre, les œuvres de bienfaisance, les chœurs de Bohémiens, les souscriptions pour des dîners, les réunions de francs-maçons, les quêtes pour les églises, la publication d'ouvrages de prix, tout cela trouvait accueil auprès de lui : il ne savait jamais refuser, et se serait complètement dévalisé de ses propres mains, si, pour son bonheur, deux de ses amis, auxquels il avait prêté une très forte somme, ne l'eussent pris en tutelle. Au club, pas de dîner, pas de soirée, sans lui. À peine venait-il d'étendre son gros corps sur un des larges divans, après avoir vidé deux bouteilles de Château-Margaux, qu'il se voyait entouré d'un cercle nombreux qui le choyait, riait et causait autour de lui. Si la conversation dégénérait en dispute, son bon sourire et une bienveillante plaisanterie, dite à propos, ramenaient la paix ; s'il n'était pas là, toute réunion maçonnique, même était triste et morose. Au bal, lorsque les cavaliers faisaient défaut, on venait le choisir, et il dansait. Jeunes femmes et jeunes filles l'aimaient, parce que, sans témoigner une attention particulière, à aucune d'elles, il était aimable avec toutes : « Il est charmant, disait-on de lui, il n'a pas de sexe ! »

Comme il aurait pleuré sur lui-même si, sept ans auparavant, à son arrivée de l'étranger, on lui eût dit qu'il n'avait besoin ni de rien chercher, ni de rien inventer, que sa route était toute tracée, sa destinée toute marquée, et qu'en dépit de tous ses efforts il ne deviendrait pas meilleur que la plupart de ceux qui se seraient trouvés dans sa position !... Certes, il ne l'aurait pas cru !

N'était-ce donc pas lui qui avait désiré avec ardeur voir la Russie en république, qui avait souhaité devenir philosophe tacticien... qui avait regretté de ne pas être Napoléon ou l'homme qui le vaincrait ? N'était-ce donc pas lui qui avait cru possible la régénération de l'humanité, et travaillé à atteindre le degré le plus élevé du perfectionnement moral ? N'était-ce donc pas lui qui avait créé des écoles, ouvert des hôpitaux, et donné la liberté à ses paysans ?

Et de fait qu'était-il devenu ? Le possesseur d'une grande fortune, le mari d'une femme infidèle, un chambellan en retraite, un membre du club Anglais et l'enfant gâté de la société de Moscou ; un homme qui aimait surtout à bien manger et à bien boire, et qui se donnait parfois le plaisir de critiquer le gouvernement, bien à son aise, après dîner. Il fut longtemps avant de se faire à la pensée qu'il était, ni plus, ni moins, le type accompli du chambellan en retraite, vivant sans but et sans soucis, ce type qu'il avait en si grand mépris sept ans auparavant, et dont Moscou offrait de nombreux spécimens.

Il cherchait parfois à se consoler, en se disant que ce genre de vie ne durerait pas, mais l'instant d'après il passait en revue avec terreur tous les gens de sa connaissance qui, entrés comme lui dans cette existence de club avec toutes leurs dents et tous leurs cheveux, en étaient sortis sans cheveux et sans dents.

Parfois aussi il tâchait de se persuader par orgueil qu'il ne ressemblait en rien à ces chambellans qu'il méprisait, à ces personnages bêtes, incolores et satisfaits d'eux-mêmes : « La preuve, se disait-il, c'est que, moi, je suis mécontent, toujours mécontent, toujours tourmenté du désir de faire quelque chose pour le bien de l'humanité !... Qui sait ? ajoutait-il ensuite avec humilité, n'ont-ils pas, eux aussi, cherché, tout comme moi, à se frayer une nouvelle route dans la vie, et la force des choses, du milieu qui les entourait, des éléments contre lesquels l'homme est impuissant à lutter, ne les a-t-elle pas amenés là où elle m'a amené moi-même ? À force de raisonnements de ce genre, il avait fini, après quelques mois de séjour à Moscou, par ne plus mépriser, mais au contraire par aimer, respecter et plaindre, tout comme il se plaignait lui-même, le sort de ses compagnons d'infortune.

Pierre n'avait plus d'accès de désespoir ni de dégoût de la vie, mais le mal dont il souffrait, et qu'il refoulait vainement à l'intérieur, le travaillait toujours : « Quel est le but de l'existence ? Pourquoi vit-on ? Que fait-on en ce monde ? » se demandait-il avec stupeur mille fois par jour. Mais, sachant par expérience que ses questions resteraient sans réponse, il s'en détournait au plus vite en prenant un livre, ou il courait au club, ou chez un de ses amis, pour y récolter les petites nouvelles du jour.

« Ma femme, se disait-il, qui n'a jamais aimé autre chose que son beau corps, et qui est une des plus sottes créatures que je connaisse, passe pour avoir de l'esprit comme personne, et tous se prosternent devant elle. Bonaparte, bafoué alors qu'il était un grand homme, est pressé par l'empereur François, maintenant qu'il n'est plus qu'un misérable comédien, de vouloir bien accepter la main de sa fille. Les Espagnols remercient la Providence, par l'entremise du clergé catholique, de la victoire remportée le 14 juin sur les Français ; les Français, de leur côté, la remercient, toujours par l'entremise de ce même clergé, de la victoire remportée par eux, à la même date, sur les Espagnols. Mes frères les francs-maçons prêtent serment de tout sacrifier pour le prochain et refusent un rouble à la quête. « Astrée » intrigue contre « les chercheurs de la manne céleste », et l'on se met en quatre pour obtenir la charte de la loge d'Écosse, dont personne n'a besoin et dont personne ne comprend le sens, pas même celui qui l'a écrite. Nous nous disons tous disciples de l'Évangile, nous proclamons l'oubli des injures, l'amour du prochain, et, comme preuve à l'appui, nous élevons quarante fois quarante églises à Moscou, tandis qu'hier on a fouetté un déserteur, et le représentant de la loi divine d'amour et de pardon donne à baiser la croix au condamné avant le supplice ! » Ainsi songeait Pierre, et cette hypocrisie perpétuelle, cette hypocrisie professée et acceptée par tous, l'indignait chaque fois comme un fait nouveau : « Je la sens, je la vois, se disait-il encore, mais comment leur en expliquer la puissance ? Je l'ai essayé en vain : je me suis convaincu qu'ils s'en rendaient compte comme moi, mais qu'ils s'aveuglent volontairement. Donc cela doit être ainsi ! Mais, moi, que dois-je faire ? Que vais-je devenir ? » Comme beaucoup de gens, comme beaucoup de ses compatriotes surtout, il avait le triste privilège de croire au bien, et en même temps de voir si distinctement le mal, qu'il ne lui restait plus la force nécessaire pour prendre une part active dans la lutte. Ce mensonge continuel, qu'il retrouvait dans tout travail à entreprendre, paralysait son activité, et cependant il fallait vivre et s'occuper quand même. Se sentir obsédé par ces questions vitales, sans parvenir à les résoudre, cela lui était si pénible, qu'il se plongeait, pour les oublier, dans toutes les distractions imaginables.

Il dévorait des livres par douzaines, et lisait tout, ce qui lui tombait sous la main, même lorsque son valet de chambre l'aidait le soir à se déshabiller ; il allait ainsi de la veille au sommeil, pour se livrer de nouveau le lendemain aux oiseux bavardages des salons et des clubs, et passer son temps entre les femmes et le vin. La boisson devenait de plus en plus pour lui un besoin physique aussi bien que moral, et il s'y adonnait avec passion, en dépit des avertissements des médecins, qui, vu sa corpulence, y trouvaient un danger sérieux pour sa santé. Il ne se sentait heureux et véritablement à son aise que lorsqu'il avait avalé plusieurs verres de spiritueux : la douce chaleur, la tendre bienveillance pour son prochain, qu'il éprouvait alors, le rendait capable de s'assimiler toute pensée sans toutefois l'approfondir. Alors seulement le nœud gordien si compliqué de la vie perdait à ses yeux de son effrayant mystère, et lui paraissait même facile à dénouer ; alors seulement il se disait : « Je le déferai, je l'expliquerai... tout à l'heure j'y penserai ! » Mais ce « tout à l'heure » ne venait jamais, et il n'y repensait que pour voir de nouveau ces énigmes se dresser devant lui, plus terribles et plus insolubles que jamais, et il se hâtait de reprendre ses lectures pour chasser les pensées pénibles.

Pierre se souvenait parfois d'avoir entendu raconter que les soldats exposés au feu de l'ennemi dans les retranchements s'ingéniaient à se créer une occupation quelconque afin d'oublier le danger. Il se disait que chacun faisait de même, que chacun, ayant peur de la vie, tâchait, comme ces soldats, de l'oublier, les uns avec l'ambition, la politique, le service de l'État, les autres avec les femmes, le jeu, le vin, les chevaux et la chasse : « Donc, concluait-il, rien n'est puéril, et rien n'est important !... tout revient au même, tâchons seule-

CHAPITRE III

ment de nous soustraire à l'implacable réalité, et de ne jamais nous rencontrer face à face avec elle ! »

II

Le prince Nicolas Andréïévitch Bolkonsky était venu s'installer à Moscou au commencement de l'hiver ; son passé, son esprit et son originalité peu commune, ses opinions antifrançaises et archipatriotiques, à l'unisson d'ailleurs avec celles de Moscou, peut-être aussi un refroidissement sensible de l'enthousiasme qu'avaient fait naître les débuts de l'Empereur Alexandre, contribuèrent à le rendre l'objet d'un respect tout particulier, et le centre de l'opposition moscovite.

Le prince avait beaucoup vieilli : son grand âge s'accusait souvent par des assoupissements soudains, par l'oubli des événements récents, la vivacité des souvenirs d'un temps déjà bien éloigné, et par la vanité toute juvénile qui lui faisait accepter le rôle de chef de parti. Cependant, lorsqu'il se montrait le soir, à l'heure du thé, en redingote doublée de fourrure, les cheveux poudrés, et qu'il se laissait aller à conter, par saccades comme toujours, des anecdotes de sa jeunesse, ou à juger d'une façon incisive et mordante les événements et les gens du moment, il inspirait à tous ceux qui l'écoutaient un égal sentiment de respect. Son vaste hôtel, encombré d'un mobilier qui datait de la moitié du XVIIIème siècle, les laquais toujours en grande tenue, lui-même le représentant brusque, hautain, mais intelligent, d'une époque disparue, sa fille douce et timide et la jolie Française, toutes deux le craignant et le vénérant à la fois : tout cet ensemble formait un tableau imposant, d'un coloris étrange et saisissant pour les visiteurs. Ils oubliaient alors que la journée ne se composait pas seulement des deux heures intéressantes qu'ils passaient dans la société du maître de la maison, mais de bien d'autres encore, pendant lesquelles la vie intime des habitants de cette demeure continuait à marcher lourdement et retombait de tout son poids sur la pauvre princesse Marie. Privée de ses plaisirs les plus chers, de la causerie avec « les âmes du bon Dieu » et de la solitude, le grand calmant à toutes ses peines, ne frayant avec personne, elle ne retirait aucun avantage de cette nouvelle résidence. On avait même cessé de l'inviter, sachant que son père ne permettait pas qu'elle sortît sans lui, et que, pour cause de santé, il se refusait constamment à l'accompagner. Tout espoir de mariage s'était évanoui, car le mauvais vouloir et l'irritation avec lesquels il conduisait tous ceux qui pouvaient devenir des partis pour sa fille, n'étaient que trop visibles. D'amies, elle n'en avait point : depuis son arrivée à Moscou, elle était même bien revenue sur le compte de deux personnes qui avaient eu toute son affection : l'une, Mlle Bourrienne, que, pour certaines raisons, elle croyait maintenant devoir tenir à l'écart ; l'autre, Julie Karaguine, avec laquelle elle avait correspondu pendant cinq longues années, pour en arriver à découvrir, dès leur première entrevue, qu'il n'y avait rien de commun entre elles. Cette dernière, devenue, par la mort de ses deux frères, une très riche héritière, se donnait à cœur joie de tous les plaisirs, et cherchait un mari ; un peu de temps encore, et elle allait compter parmi les demoiselles très mûres ; le moment était donc venu pour elle de jouer sa dernière carte, et elle pressentait que son sort se déciderait incessamment. La princesse Marie souriait avec tristesse au retour de chaque jeudi, en pensant que, non seulement elle n'avait plus à qui écrire, mais encore que les visites hebdomadaires de sa chère correspondante d'autrefois lui étaient devenues complètement indifférentes. Elle se comparait involontairement à ce vieil émigré qui refusait de se marier avec l'objet de sa tendresse, en disant : « Si je l'épousais, où donc passerais-je mes soirées ? » Tout comme lui, elle regrettait que la présence de Julie eût mis fin à leurs épanchements, et elle n'avait plus personne à qui confier les chagrins qui l'accablaient davantage tous les jours. Le prince André allait revenir ; l'époque fixée pour son mariage approchait, mais son père n'y était guère mieux disposé ; tout au contraire, ce sujet l'irritait au point que le nom seul des Rostow le mettait hors des gonds, et que son humeur, déjà si difficile, devenait presque insupportable. Les leçons que la princesse Marie donnait à son neveu de six ans n'étaient qu'un souci de plus, car, à sa grande consternation, elle avait découvert en elle-même une irritabilité analogue à celle de son père. Que de fois ne s'était-elle pas reproché ses emportements ? Et pourtant, chaque fois, son ardent désir de faciliter à l'enfant ses premiers pas dans l'étude de l'A B C français, de l'initier à tout ce qu'elle savait elle-même, se trouvait paralysé par la certitude que l'enfant, effrayé de sa colère, répondrait tout de travers. Alors, s'embrouillant dans ses explications, elle s'impatientait, élevait la voix, s'emportait, et, le tirant par la main, elle le mettait dans « le coin ». La punition infligée, elle fondait en larmes, s'accusait de méchanceté, et le petit garçon, pleurant à son tour, quittait « le coin » sans sa permission, et, prenant ses mains couvertes de larmes, il la consolait et l'embrassait. Le plus difficile à supporter était le caractère de son père, qui devenait chaque jour de plus en plus dur envers elle. S'il l'avait obligée à passer ses nuits en prière, s'il l'avait battue, s'il l'avait forcée à porter le bois et l'eau, elle se serait soumise à ses ordres sans murmurer ; mais ce terrible tyran, qui l'aimait, n'en était que plus cruel, à cause même de son affection. Non seulement il excellait à la blesser et à l'humilier à tout propos, mais encore à lui démontrer avec bonheur qu'elle avait tort en tout et toujours. Les attentions dont il entourait Mlle Bourrienne étaient devenues plus marquées depuis quelques mois, et l'idée baroque qu'il avait eue, pour irriter sa fille, de parler de son mariage avec cette étrangère, lorsque son fils lui avait demandé son consentement, commençait à avoir pour lui un certain attrait ; mais la princesse Marie persistait à n'y voir qu'une nouvelle invention de sa part pour la chagriner.

Un jour, en sa présence, le vieux prince baisa la main de Mlle Bourrienne, et, l'attirant à lui, l'embrassa. La princesse rougit, et quitta la chambre, persuadée que son père avait fait cela exprès devant elle pour lui être encore plus désagréable. Quelques instants plus tard, lorsque Mlle Bourrienne la rejoignit, toute souriante, elle essuya vivement ses larmes, se leva, s'approcha d'elle, et, ne pouvant plus se contenir, elle l'accabla des plus violents reproches :

« C'est laid, c'est vil, c'est inhumain, de profiter ainsi de la faiblesse !... Allez, sortez d'ici ! » s'écria-t-elle d'une voix étranglée par la colère et par les sanglots.

Le lendemain, son père ne lui dit pas un mot, mais elle remarqua, à dîner, que Mlle Bourrienne était servie la première ; lorsque le vieux sommelier, oubliant pour son malheur ce nouveau caprice de son maître, présenta le café à la princesse Marie avant de l'offrir à Mlle Bourrienne, le prince eut un accès de rage. Jetant sa canne à la figure du coupable, il déclara à Philippe qu'il allait être fait soldat sur l'heure :

« Tu l'as oublié, oublié, quand je te l'avais dit ! Elle est la première dans ma maison, entends-tu bien... elle est ma meilleure amie,

criait-il avec fureur... Et si tu te permets, ajouta-t-il en se tournant vers sa fille, toi aussi, de l'oublier devant elle, comme tu l'as
fait hier soir, je te ferai voir qui est le maître ici... Va-t'en, que je
ne te voie plus, ou demande-lui pardon ! » Et la princesse Marie
fit des excuses à Mlle Amélie et n'obtint qu'à grand'peine la grâce
du malheureux sommelier. À la suite de ces scènes déplorables, il
s'élevait dans le cœur de la pauvre fille une lutte terrible entre l'orgueil froissé de victime et le remords intime de la chrétienne. Ce
père qu'elle osait accuser, n'était-il pas faible et débile ? Cherchant à
tâtons ses lunettes, perdant la mémoire, marchant d'un pas mal assuré, inquiet de laisser surprendre sa faiblesse, ne le voyait-elle pas
s'assoupir à table, sa vieille tête branlant au-dessus de son assiette,
lorsqu'il n'y avait personne pour le tenir en haleine ?... « Ce n'est
donc pas à moi de le juger ! » se disait-elle alors, en se reprochant,
dans son humilité, son premier mouvement de révolte.

III

Il y avait à Moscou, à cette époque, un médecin français, très bel
homme, de haute taille, aimable comme ses compatriotes savent
l'être au besoin, et qui s'était fait en peu de temps une grande réputation dans les cercles les plus aristocratiques de la ville, où on le
traitait même en égal et en ami.

Le vieux prince, très sceptique en fait de médecine, l'avait toutefois
consulté, d'après le conseil que lui en avait donné Mlle Bourrienne,
et il s'habitua si bien à Métivier, qu'il finit par le recevoir régulièrement deux fois par semaine.

Le jour de la Saint-Nicolas, tout Moscou se porta à son hôtel pour
lui présenter ses félicitations, mais personne ne fut reçu, à l'exception de quelques intimes, invités à dîner et inscrits sur une liste
qu'il avait remise à la princesse Marie.

Métivier crut bien faire, en sa qualité de docteur, de forcer la
consigne et d'entrer chez son malade, dont l'humeur ce matin-là
était véritablement massacrante. Se traînant de chambre en
chambre, s'accrochant au moindre mot, il faisait semblant de ne
rien comprendre de ce qu'on lui disait, comme pour se ménager
une occasion de se fâcher. La princesse Marie ne connaissait que
trop par expérience cette irritation sourde, toujours prête à faire

explosion dans un accès de fureur, et aussi inévitable que le coup de feu d'une arme chargée ; toute la matinée se passa dans l'angoisse de ces pressentiments, mais il n'y eut point d'éclat jusqu'à la visite du médecin. Après l'avoir laissé pénétrer chez son père, elle s'assit, un livre à la main, dans le salon, d'où elle pouvait aisément écouter, ou tout au moins deviner, ce qui se passait dans le cabinet.

La voix de Métivier se fit d'abord entendre, puis celle du vieux prince, puis les deux voix s'élevèrent à la fois, et la porte, ouverte avec violence, laissa voir sur le seuil le docteur terrifié, et le vieillard, en robe de chambre, le visage bouleversé par la colère :

« Tu ne le comprends pas, criait-il, et, moi, je le comprends, espion français, esclave de Bonaparte !… hors d'ici ! hors de ma maison !… » Et il referma la porte avec fureur.

Métivier haussa les épaules, s'approcha de Mlle Bourrienne, qui, à ce bruit, était accourue de l'autre pièce, et lui dit : « Le prince n'est pas tout à fait dans son assiette, la bile le travaille, tranquillisez-vous, je repasserai demain. » Puis il sortit du salon, en enjoignant le plus grand silence, pendant qu'à travers la porte on entendait le bruit des pantoufles qui traînaient sur le parquet, et les exclamations réitérées de : « Traîtres ! Espions ! Traîtres partout ! pas un instant de repos ! »

Quelques minutes plus tard, la princesse fut appelée chez son père pour y recevoir l'explosion à bout portant. N'était-ce pas sa faute, à elle, lui dit-il, et à elle seule, si l'on avait laissé entrer cet espion ?… Et la liste qu'il lui avait remise, qu'en avait-elle fait ?… Par sa faute, à elle, il ne pouvait ni vivre ni mourir tranquille !… « Il faut donc nous séparer, nous séparer, sachez-le, sachez-le ! Je n'en puis plus ! » Il sortit un moment de sa chambre, mais, craignant sans doute qu'elle ne prît point cette résolution au sérieux, il revint sur ses pas, en s'efforçant de paraître calme : « Ne pensez pas, ajouta-t-il, que je sois en colère : j'ai bien pesé mes paroles : nous nous séparerons. Cherchez-vous un gîte ailleurs, n'importe où ! » Et, mettant de côté la tranquillité qu'il avait affectée un moment, pour se laisser aller de nouveau à un emportement terrible, il la menaça du poing et s'écria : « Dire qu'il ne se trouve pas un imbécile pour l'épouser ! » Rentrant précipitamment chez lui, il ferma de nouveau la porte avec fracas, fit appeler Mlle Bourrienne, et le silence se rétablit aussitôt dans son appartement.

Les six personnes invitées à dîner arrivèrent à la fois vers les deux heures. C'étaient : le comte Rostoptchine, le prince Lapoukhine et son neveu, le général Tchatrow, vieux militaire et camarade d'armes du prince Bolkonsky, Pierre, et Boris Droubetzkoï. Tous l'attendaient au salon.

Boris, qui était venu à Moscou en congé, avait demandé à lui être présenté, et avait si bien su conquérir ses bonnes grâces, que le vieux prince fit une exception en sa faveur et le reçut chez lui, malgré sa qualité de jeune homme à marier.

La maison Bolkonsky n'était pas classée dans ce que l'on était convenu à Moscou d'appeler « le monde », mais le seul fait d'être admis dans ce cercle exclusif et intime était considéré comme une distinction des plus flatteuses ; Boris avait saisi cette nuance, lorsque quelques jours auparavant le comte Rostoptchine, invité à dîner, devant lui, par le général gouverneur, pour le jour de la Saint-Nicolas, lui avait répondu par un refus, en ajoutant : « Il me faudra, vous savez, aller saluer les reliques du prince Nicolas Andréïévitch.

– Ah oui, c'est vrai !... Et comment se porte-t-il ? » avait répliqué le général gouverneur.

Le petit groupe réuni en attendant l'heure du dîner, dans l'antique et vaste salon démodé, faisait l'effet d'un conseil de juges délibérant sur une grave question, car tantôt ils se taisaient, et tantôt ils se parlaient à voix basse. Le prince Bolkonsky parut enfin, taciturne et sombre ; sa fille, plus intimidée et plus embarrassée que jamais, répondait du bout des lèvres aux hôtes de son père, et ils pouvaient voir facilement qu'elle ne prêtait aucune attention à ce qui se disait autour d'elle. Le comte Rostoptchine seul tenait le dé la conversation et racontait tour à tour les nouvelles de la ville et les nouvelles politiques. Lapoukhine et le vieux Tchatrow parlaient peu. Le prince Nicolas Andréïévitch écoutait en juge suprême, et de temps en temps, par son silence, par une inclination de tête, ou par un mot, donnait à entendre qu'il prenait acte de ce qu'on soumettait à son appréciation. Il s'agissait de politique, et au ton général de la conversation il était aisé de s'apercevoir qu'on blâmait unanimement notre conduite de ce côté-là et qu'on n'hésitait pas à trouver que tout marchait de travers, et de mal en pis. La seule limite devant laquelle le causeur s'arrêtait ou était arrêté dans ses jugements, c'était lorsque, pour les motiver, il aurait dû s'en prendre directement à la personne de l'Empereur.

On parla de l'occupation par Napoléon du grand-duché d'Oldenbourg, de la dernière note russe, fort hostile au conquérant, envoyée à toutes les puissances de l'Europe :

« Bonaparte se comporte avec l'Europe comme un corsaire avec un vaisseau capturé, dit le comte Rostoptchine, en citant une phrase qu'il répétait volontiers depuis quelques jours. La longanimité ou l'aveuglement des Souverains est incompréhensible ! C'est le tour du Pape, à présent ; Bonaparte travaille sans se gêner à renverser la religion catholique, et pas une voix ne s'élève ! Notre Empereur est le seul qui ait protesté contre l'occupation du grand-duché d'Oldenbourg, et encore... » Le comte s'arrêta court ; il était arrivé à la limite extrême au delà de laquelle personne n'osait s'engager.

« Il lui a proposé un autre territoire en échange du grand-duché, ajouta le vieux prince Bolkonsky. Déposséder des grands-ducs, c'est pour lui chose aussi simple que pour moi de transporter des paysans de Lissy-Gory à Bogoutcharovo !

– Le duc d'Oldenbourg supporte son malheur avec une force de caractère et une résignation admirable, dit Boris en prenant part à la conversation d'un air respectueux. Il avait été présenté au grand-duc à Pétersbourg, et il lui plaisait de laisser entendre qu'il le connaissait. Le prince lui jeta un coup d'œil, et fut sur le point de lui lancer une épigramme, mais il n'en fit rien. Le trouvant sans doute trop jeune, il ne daigna pas s'occuper de lui.

– J'ai lu notre protestation à ce sujet et je suis étonné que la rédaction en soit si mauvaise, » dit le comte Rostoptchine, avec la nonchalance assurée d'un homme parfaitement au courant de la question.

Pierre le regarda avec une stupéfaction naïve :

« Qu'importe le style, comte, si les paroles sont énergiques !

– Mon cher, avec nos cinq cent mille hommes de troupes il serait facile d'avoir un beau style, lui répondit Rostoptchine, et Pierre comprit le sens et la portée de sa critique.

– Chacun aujourd'hui noircit du papier, dit le maître de la maison, ils ne font que cela à Pétersbourg. Mon « Andrioucha » a composé tout un volume pour le bien de la Russie... Ils ne savent que griffonner. »

La conversation languissait, mais le vieux général Tchatrow, après avoir fait force « hem ! hem ! », lui donna une nouvelle impulsion :

« Connaissez-vous l'incident qui s'est passé à la revue l'autre jour à Pétersbourg, et la conduite du nouvel ambassadeur de France ?

– Il me semble avoir entendu blâmer sa réponse à Sa Majesté.

– Jugez-en plutôt... L'Empereur daigna attirer son attention sur la division des grenadiers et sur la beauté du défilé ; l'ambassadeur y resta complètement indifférent, et l'on dit même qu'il se permit de faire observer que chez eux, en France, on ne s'occupait point de ces vétilles. Sa Majesté ne lui répondit rien, mais, à la revue suivante, elle feignit d'ignorer sa présence. »

Tous se turent : ce fait touchait l'Empereur : aucune critique n'était donc possible !

« Insolents ! dit le vieux prince. Vous connaissez Métivier ? Eh bien, je l'ai chassé de chez moi ce matin. On l'avait laissé pénétrer, malgré ma défense, car je ne voulais voir personne...» Et, jetant un regard de colère à sa fille, il leur conta son entretien avec le docteur, qui, d'après lui, n'était qu'un espion, et détailla les raisons qu'il avait de le croire, raisons très peu convaincantes, à vrai dire, mais que personne ne se risqua à réfuter.

Quand on servit le champagne en même temps que le rôti, les convives se levèrent pour féliciter l'amphitryon, et sa fille s'approcha également de lui.

Il la toisa d'un air dur, méchant, en lui tendant sa joue ridée, rasée de frais ; on voyait, à son air, qu'il n'avait point oublié la scène du matin, que sa décision restait inébranlable, et que seule la présence des invités l'empêchait de la lui signifier une seconde fois ! Se déridant enfin un peu, lorsque le café fut servi au salon, il exposa, avec une vivacité toute juvénile, son opinion sur la guerre qui allait s'engager :

« Nos guerres avec Napoléon, dit-il, seront toujours malheureuses tant que nous rechercherons l'alliance de l'Allemagne, et que, par une conséquence déplorable du traité de paix de Tilsitt, nous nous mêlerons des affaires de l'Europe. Il ne fallait prendre parti ni pour ni contre l'Autriche, et c'est vers l'Orient que nous devons exclusivement nous porter. Quant à Bonaparte, une conduite ferme et des frontières bien gardées seront suffisantes pour l'empêcher de mettre le pied en Russie, comme il l'a fait en 1807.

– Mais comment nous décider à faire la guerre à la France, prince ? demanda Rostoptchine. Comment nous lèverions-nous contre nos maîtres, contre nos dieux ? Voyez notre jeunesse, voyez nos dames ! Les Français sont leurs idoles, Paris est leur paradis ! » Il éleva la voix, pour être bien entendu de tous : « Tout est français, les modes, les pensées, les sentiments ! Vous venez de chasser Métivier, tandis que nos dames se traînent à ses genoux. Hier, à une soirée, j'en ai compté cinq de catholiques qui font de la tapisserie le dimanche en vertu d'une dispense du saint-père, ce qui ne les empêche pas d'être à peine vêtues, et dignes de servir d'enseignes à un établissement de bains. Avec quel plaisir, prince, n'aurais-je pas retiré du Musée la grosse canne de Pierre-le-Grand, pour en rompre, à la vieille manière russe, les côtes à toute notre jeunesse !... Je vous jure que leur sot engouement serait bien vite allé à tous les diables ! »

Il se fit un silence : le vieux prince approuvait de la tête et souriait à la boutade de son convive :

« Et maintenant, adieu, Excellence... et soignez-vous ! ajouta Rostoptchine, en se levant avec sa brusquerie habituelle, et en lui tendant la main.

– Adieu, mon ami, tes paroles sont une vraie musique ; je m'oublie toujours à t'écouter, » et, le retenant doucement, il lui offrit à baiser sa joue parcheminée. Les autres, imitant l'exemple de Rostoptchine, se levèrent également.

IV

La princesse Marie n'avait pas saisi un mot de la conversation : une seule chose la tourmentait, elle craignait qu'on ne s'aperçût de la contrainte qui régnait entre son père et elle, et n'avait même pas prêté la moindre attention aux amabilités de Droubetzkoï, qui en était à sa troisième visite.

Le prince et ses invités quittèrent le salon, Pierre s'approcha d'elle le chapeau à la main :

« Peut-on rester encore quelques instants ? lui demanda-t-il.

– Oui certainement... » Et son regard inquiet semblait lui demander s'il n'avait rien remarqué.

Pierre, dont l'humeur était toujours charmante après le dîner, souriait doucement en regardant dans le vague :

« Connaissez-vous ce jeune homme depuis longtemps, princesse ?

– Quel jeune homme ?

– Droubetzkoï.

– Non, depuis peu…

– Vous plaît-il ?

– Oui, il me paraît agréable… mais pourquoi cette question ? répondit-elle, pensant toujours, malgré elle, à la scène du matin.

– Parce que j'ai observé qu'il ne venait jamais à Moscou que pour tâcher d'y trouver une riche fiancée.

– Vous l'avez remarqué ?

– Oui, et l'on peut être sûr de le rencontrer partout où il y en a une ! Je le déchiffre à livre ouvert… Pour le moment, il est indécis : il ne sait trop à qui donner la préférence, ou à vous, ou à Mlle Karaguine. Il est très assidu auprès d'elle.

– Il y va donc beaucoup ?

– Oh ! beaucoup !… Il a même inventé une nouvelle manière de faire la cour, poursuivit Pierre avec cette malice, pleine de bonhomie, qu'il se reprochait parfois dans son journal. « Il faut être mélancolique pour plaire aux demoiselles de Moscou…, et il est très mélancolique auprès de Mlle Karaguine.

– Vraiment ! reprit la princesse Marie, qui, les yeux sur sa bonne figure, se disait : « Mon chagrin serait assurément moins lourd si je pouvais le confier à quelqu'un, à Pierre par exemple ; c'est un noble cœur, et il m'aurait donné, j'en suis sûre, un bon conseil !

– L'épouseriez-vous ? continua ce dernier.

– Ah ! mon Dieu, il y a des moments où j'aurais été prête à épouser n'importe qui, le premier venu, répondit, presque malgré elle, la pauvre fille, qui avait des larmes dans la voix. – Il est si dur, si dur d'aimer et de se sentir à charge à ceux qu'on aime, de leur causer de la peine, et de ne pouvoir y remédier ; il ne reste plus alors qu'une chose à faire, les quitter… Mais où puis-je aller ?

– Mais, princesse, au nom du ciel, que dites-vous ?

– Je ne sais ce que j'ai aujourd'hui, ajouta-t-elle en fondant en larmes… N'y faites pas attention, je vous prie. »

La gaieté de Pierre s'évanouit : il la questionna affectueusement, en la suppliant de lui confier son secret, mais elle se borna à lui répéter que ce n'était rien, qu'elle avait oublié de quoi il s'agissait, et que son seul ennui était le prochain mariage de son frère, qui menaçait de brouiller le père et le fils.

« Que savez-vous des Rostow ? continua-t-elle en changeant de sujet : on m'a assuré qu'ils allaient arriver… André aussi est attendu de jour en jour. J'aurais voulu qu'ils se vissent ici.

– Comment envisage-t-il à présent la chose ? » demanda Pierre, en faisant allusion au vieux prince.

La princesse Marie secoua tristement la tête : « Toujours de même, et il ne reste plus que quelques mois pour finir l'année d'épreuve ; j'aurais désiré la voir de plus près… Vous les connaissez de longue date ? Eh bien ! dites-moi franchement, la main sur le cœur, comment elle est et ce que vous en pensez… mais bien franchement, n'est-ce pas ? André risque tant en agissant contre la volonté de son père, que j'aurais voulu savoir… »

Pierre crut entrevoir, dans cette insistance de la princesse à lui demander la vérité, rien que la vérité, une disposition malveillante à l'égard de la fiancée de son ami ; il était évident que la princesse Marie attendait de lui un mot de blâme.

« Je ne sais comment répondre à votre question, dit-il en rougissant sans cause, et en lui faisant part sincèrement de ses impressions. Je n'ai pas analysé son caractère, et je ne sais pas ce qu'il vaut, mais je sais qu'elle est la séduction même : ne me demandez pas pourquoi, je ne saurais vous le dire. »

La princesse Marie soupira ; ses craintes se confirmaient de plus en plus :

« Est-elle intelligente ? »

Pierre réfléchit :

« Peut-être non, peut-être oui, mais elle ne tient pas à en faire preuve, car elle est la séduction même, et rien de plus.

– Je désire l'aimer de tout cœur ! dites-le lui si vous la voyez avant moi, reprit la princesse Marie avec tristesse.

– Ils seront ici dans peu de jours, » ajouta Pierre.

Elle lui dit alors que son projet bien arrêté était de la voir dès son arrivée, et de faire tout ce qui lui serait possible auprès de son père pour lui faire accepter de bon gré sa future belle-fille.

V

Boris, qui n'avait pas réussi à trouver une riche héritière à Pétersbourg, poursuivait à Moscou les mêmes recherches, et il hésitait entre les deux partis les plus brillants de la ville, Julie Karaguine et la princesse Marie ; cette dernière lui inspirait, malgré sa laideur, plus de sympathie que l'autre ; mais, depuis le dîner du jour de la Saint-Nicolas, il essaya en vain d'aborder le sujet délicat qu'il avait en vue ; ses assiduités furent également en pure perte, car la princesse Marie ne lui prêtait qu'une oreille distraite, ou lui répondait au hasard.

Julie, au contraire, acceptait ses hommages avec plaisir, bien qu'elle y mît une manière d'être toute particulière.

Elle avait vingt-sept ans ; la mort de ses frères l'avait rendue très riche, mais sa beauté n'était plus la même, bien qu'elle fût persuadée, malgré tout, que jamais elle n'avait été plus belle et plus séduisante : sa nouvelle fortune contribuait à entretenir ses illusions. Son âge la rendant moins dangereuse pour les hommes, ils profitaient de ses dîners, de ses soupers, de l'agréable société qu'elle réunissait autour d'elle, sans craindre de se compromettre, ou de s'engager par trop avec elle. Celui qui l'aurait évitée avec soin dix ans plus tôt, y allait hardiment aujourd'hui, et la traitait, non plus comme une demoiselle à marier, mais comme une bonne connaissance, dont le sexe lui était indifférent.

Le salon Karaguine était cette année le plus brillant et le plus hospitalier de la saison. En dehors des dîners et des soirées à invitations spéciales, on y trouvait tous les jours une nombreuse réunion, composée d'hommes surtout, avec un excellent souper à minuit, et l'on ne se séparait guère avant les trois heures du matin. Julie ne laissait passer ni un bal, ni une représentation, ni un pique-nique, sans y prendre part, et ses toilettes sortaient de chez la meilleure faiseuse ; elle se donnait cependant le genre d'être blasée, de ne plus croire ni à l'amitié, ni à l'amour, ni à aucune joie en ce monde, et de n'aspirer qu'au repos « là-bas, là-bas ». On aurait dit qu'elle avait eu une violente et cruelle déception en amour, ou qu'elle avait perdu un être adoré ; rien de pareil ne s'était pourtant produit dans son existence. Mais, ayant fini par se persuader à elle-même que sa vie avait été éprouvée par de grandes douleurs, elle en avait peu à peu convaincu les autres. Tout en s'amusant et en amusant la jeunesse qui l'entourait, elle s'adonnait à une constante et douce mélancolie ; aussi, après avoir tout d'abord fait chorus avec elle, chacun se livrait-il avec entrain à la causerie, à la danse, aux jeux d'esprit, aux bouts-rimés, qui étaient surtout fort en vogue chez les Karaguine.

Seuls quelques jeunes gens, Boris entre autres, prenaient une part plus intime à la tristesse de Julie, et devisaient longuement avec elle de la vanité de ce monde, en regardant ses albums pleins d'images, de pensées et de poésies sur des sujets graves et solennels.

Elle témoignait une faveur marquée à Boris, compatissait à son désillusionnement précoce, et lui offrait les consolations de sa précieuse amitié, car elle aussi avait tant souffert dans sa vie ! Son album n'avait pas de mystères pour lui, et Boris y dessina, sur un feuillet, deux arbres avec l'inscription suivante : « Arbres rustiques, vos sombres rameaux secouent sur moi les ténèbres et la mélancolie ; » sur un autre, un cercueil, au-dessous duquel il écrivit ces vers :

« La mort est secourable et la mort est tranquille…

« Ah ! contre les douleurs il n'est pas d'autre asile. »

Julie, enchantée, trouva les vers délicieux, et lui répondit par une phrase de roman qu'elle se rappela pour la circonstance :

« Il y a quelque chose de si ravissant dans le sourire de la mélancolie ! C'est un rayon de lumière dans l'ombre, une nuance entre la douleur et le désespoir, qui laisse entrevoir l'aurore de la consolation. »

Boris, reconnaissant de ce touchant à-propos, lui répliqua aussitôt par cette stance :

« Aliment préféré d'une âme trop sensible,
Toi, sans qui le bonheur me serait impossible,
Tendre mélancolie, ah ! viens me consoler,
Viens calmer les tourments de ma sombre retraite,
Et mêle une douceur secrète

À ces pleurs que je sens couler[1]. »

Julie jouait souvent de la harpe, et choisissait tout exprès, pour son ami, les nocturnes les plus plaintifs ; celui-ci, à son tour, lui lisait l'histoire de la « pauvre Lise[2] », et l'émotion le forçait souvent à s'arrêter au milieu de sa lecture. Lorsqu'ils se rencontraient dans le monde, leurs regards se disaient qu'ils étaient les seuls à se comprendre, et à s'apprécier à leur juste valeur.

Anna Mikhaïlovna multipliait ses visites ; se constituant la partenaire assidue de Mme Karaguine, elle trouvait de première main auprès d'elle tous les renseignements désirables sur la dot de Julie. Elle sut bientôt que cette dot se composait de deux biens dans le gouvernement de Penza, et de superbes forêts dans celui de Nijni-Novgorod. Toujours humble et résiliée aux décrets de la Providence, elle découvrait même, dans la douleur éthérée qui unissait l'âme de son fils à l'âme de la riche héritière, le témoignage certain de la volonté du Très-Haut.

« Boris m'assure que son cœur ne trouve de repos qu'ici, chez vous… Il a perdu tant d'illusions dans sa vie, et il est si sensible ! disait-elle à la mère. – Toujours charmante et mélancolique, cette chère Julie, disait-elle à la fille. – Ah, mon ami, comme je me suis attachée à Julie, disait-elle à son fils ; je ne puis t'exprimer à quel point je l'aime, et comment ne pas l'adorer, c'est un être céleste ! Sa mère aussi me fait tant de peine : je l'ai trouvée l'autre jour toute préoccupée des comptes-rendus de ses terres et des lettres reçues de Penza ; elles ont une très belle fortune, mais comme elle la régit toute seule, on la pille, on la vole… à ne pas s'en faire une idée ! »

Boris souriait imperceptiblement en écoutant ces doléances cousues de fil blanc, mais ne s'en intéressait pas moins aux détails de la gestion de Mme Karaguine.

Julie attendait de pied ferme la demande de son ténébreux adorateur, bien décidée à l'accueillir favorablement ; mais son manque complet de naturel, son envie par trop visible de se marier, et l'obligation inévitable de renoncer à un sentiment peut-être plus sincère, causaient à Boris une répulsion secrète qui l'empêchait de faire un pas de plus en avant. Cependant son congé tirait à sa fin. Chaque <u>soir, en revenant</u> de chez les Karaguine, il remettait sa déclaration

1 En français dans l'original. (*Note du traducteur.*)
2 Roman de Karamzine. (*Idem.*)

CHAPITRE III

au lendemain ; mais le lendemain, après avoir contemplé la figure couperosée de Julie, la rougeur de son menton, dissimulée sous une couche de poudre, ses yeux langoureux, sa physionomie affectée, prête à échanger son masque de mélancolie contre l'expression exaltée de bonheur que sa proposition lui aurait inévitablement donnée, il sentait son ardeur se glacer ; c'était au point que l'attrait des belles propriétés et de leurs revenus, dont il se considérait déjà comme l'heureux propriétaire, ne parvenait pas à la raviver. Julie remarquait son indécision, et parfois elle craignait de lui avoir inspiré une antipathie insurmontable, mais son amour-propre féminin chassait bientôt cette pensée de sa cervelle, et elle attribuait sa timidité à l'amour qu'elle lui inspirait. Sa mélancolie tournait cependant à l'irritation, et elle se décida à prendre des mesures énergiques, dont l'arrivée inopinée d'Anatole Kouraguine lui facilita bientôt l'exécution. Sa langueur disparut comme par enchantement, elle devint d'une gaieté charmante, et témoigna à ce dernier une bienveillance des plus marquées.

« Mon cher, dit Anna Mikhaïlovna à son fils, je sais de bonne source que le prince Basile envoie son fils à Moscou pour lui faire épouser Julie… Tu ne saurais croire combien ce projet me fait de peine, je l'aime tant !… qu'en penses-tu ? »

L'idée d'en être pour ses frais, de perdre le fruit de tout un mois de pénible vasselage, et de voir passer dans les mains d'un imbécile comme Anatole les revenus qu'il aurait su si bien employer, exaspérait Boris. Aussi résolut-il fermement d'aller sans plus tarder demander la main de Julie ! Elle le reçut d'un air dégagé et souriant, lui raconta combien elle s'était amusée la veille, et le questionna sur son prochain départ. Malgré son intention de lui déclarer ses sentiments et d'être du dernier tendre, Boris ne put s'empêcher de se récrier, et d'accuser les femmes d'inconstance, de frivolité, et de changement d'humeur, suivant les personnes dont il leur plaisait d'agréer les hommages. Julie, offensée, lui répliqua qu'il avait parfaitement raison, et que rien n'était plus ennuyeux que la monotonie. Boris allait lui répondre par un mot piquant, lorsque l'humiliante perspective de quitter Moscou sans avoir atteint son but, ce qui ne lui était jusqu'à présent jamais arrivé, arrêta ce mot sur ses lèvres. Il baissa les yeux pour mieux en cacher l'expression irritée et indécise, et lui dit à demi-voix : « Je ne suis point venu pour me fâcher avec vous… au contraire, je…, » et, en la regardant pour voir s'il devait oser poursuivre, il rencontra ses yeux inquiets, suppliants, fixés sur lui dans une attente fiévreuse…, toute trace de dépit en avait disparu : « Il me sera facile, se dit-il à part lui, de m'arranger de façon à la voir rarement… C'est commencé, il faut aller jusqu'au bout ! »… Et, rougissant de plus en plus, il continua « Vous avez deviné mes sentiments pour vous… » Ces paroles auraient assuré-ment pu suffire, car Julie rayonnait d'un orgueil triomphant, mais elle ne lui fit pas grâce d'une seule syllabe et il fut obligé de débiter tout ce qui se dit en pareil cas, qu'il l'aimait, et qu'il n'avait jamais aimé aucune femme avec cette violence… etc. … etc. … Sachant fort bien ce qu'elle pouvait exiger en échange des forêts de Nijni et des terres de Penza, elle en reçut le prix qu'elle souhaitait en avoir. « Les arbres dont les rameaux secouaient les ténèbres et la mélancolie » furent bien vite oubliés, et les heureux fiancés, tout entiers à leurs projets d'avenir et à l'arrangement en espérance de leur luxueuse demeure, firent ensemble leurs nombreuses visites, et s'apprêtèrent à célébrer au plus tôt leur brillant mariage.

VI

Le comte Rostow, ayant laissé sa femme souffrante à la campagne, arriva à Moscou vers la fin de janvier, avec Natacha et Sonia. On attendait le prince André : il fallait donc s'occuper du trousseau, vendre des biens et profiter de la présence du vieux prince pour lui présenter sa future belle-fille. L'hôtel des Rostow n'étant ni prépa-ré, ni chauffé pour les recevoir convenablement, le comte accep-ta l'offre cordiale de Marie Dmitrievna Afrossimow, et descendit d'autant plus volontiers chez elle, qu'il ne comptait pas faire un long séjour.

Un soir, à une heure assez avancée, les quatre voitures qui me-naient la famille Rostow firent leur entrée dans la cour d'une liaison de la rue des Vieilles-Écuries. Cette maison appartenait à Marie Dmitrievna, qui l'occupait toute seule, depuis que sa fille était mariée, et que ses quatre fils servaient à l'armée.

L'âge n'avait pas courbé sa taille : sa parole haute, ferme et brève, disait franchement son opinion à chacun, et toute sa personne sem-blait être une protestation vivante contre les faiblesses, les passions et les entraînements de l'humanité, que pour sa part elle se refusait

à admettre. Levée chaque matin de bonne heure, elle passait un ca-
saquin, et vaquait aux soins de son ménage ; ensuite, quand c'était
jour de fête, elle sortait en voiture, pour aller à la messe, et visiter
les prisons, ce dont elle ne soufflait jamais mot. Les autres jours,
après avoir achevé sa toilette, elle recevait, sans distinction de rang,
tous ceux qui venaient s'adresser à sa charité. Ses audiences ter-
minées, elle dînait. Trois ou quatre bonnes connaissances partageaient avec elle un repas copieux et bien préparé invariablement
suivi d'une partie de boston. Vers la soirée, elle tricotait, pendant
qu'on lui lisait les journaux ou les livres nouvellement parus. Elle
n'acceptait aucune invitation, et ne faisait que fort rarement une
exception à sa règle de conduite, en faveur des gros bonnets de la
ville.

Elle n'était pas encore couchée, lorsque les Rostow arrivèrent en
faisant crier sur ses gonds la massive porte d'entrée et remplirent
le vestibule de froid et de neige. Debout, sur le seuil de la grande
salle, ses lunettes abaissées sur le nez, la tête rejetée en arrière,
Marie Dmitrievna examinait les voyageurs avec son air habituel
de sévérité. On aurait pu la croire profondément irritée contre eux,
mais les ordres qu'elle donnait successivement à ses gens, à propos des bagages et des nouveaux venus, contredisait bien vite cette
supposition :

« Est-ce au comte, cela ?... Alors, ici, ici ! » criait-elle sans même
leur souhaiter la bienvenue, tant elle était occupée à faire mettre
où il fallait les malles qu'on apportait. « Quant à celles des demoiselles, ... à gauche ! Voyons, que faites-vous là bouche béante !
ajoutait-elle en s'adressant aux femmes de chambre, allez, chauffez
le samovar !... Eh ! mais, te voilà engraissée et embellie, dit-elle
en attirant à elle Natacha, qui était toute rouge de froid sous son
capuchon.

« Dieu, quel glaçon ! Déshabille-toi donc plus vite... » et, se tournant vers le comte, qui lui baisait la main : « Toi aussi, tu es gelé, ma
parole ! Vite du rhum avec le thé !... Soniouchka, « bonjour »... et
elle souligna par cette locution française la façon légèrement cava-
lière, quoique affectueuse, dont elle traitait Sonia d'habitude.

Lorsque tous les arrivants se furent débarrassés de leurs vêtements
fourrés, on se réunit autour de la table à thé, et Marie Dmitrievna
embrassa chacun à tour de rôle :

« Je me réjouis de vous voir chez moi, ... il en est temps ce me semble, car, ajouta-t-elle en regardant Natacha, le vieux est ici et l'on attend le fils. Il faut faire sa connaissance, il le faut ; mais nous en causerons plus tard... » Et elle s'arrêta en jetant un coup d'œil à Sonia, comme pour indiquer son intention de ne pas aborder ce sujet devant elle. « À propos... qui enverras-tu chercher demain ? continua-t-elle en s'adressant au comte et en comptant sur ses doigts ; Schinchine d'abord n'est-ce pas ? ensuite Anna Mikhaïlovna... cette pleurnicheuse, son fils est ici, il se marie... Qui donc encore ? Besoukhow, qui est également ici avec sa femme... il l'a fuie, mais elle l'a relancé !... Il a dîné chez moi mercredi. Quant à celles-là, dit-elle en désignant les jeunes filles, je les mènerai demain saluer la « Iverskaïa » et de là chez la Aubert Chalmé, car elles n'ont rien à mettre, j'en suis sûre, et ce n'est pas moi qui pourrais leur servir de modèle !... La mode change tous les jours, c'est à faire frémir ! L'autre jour j'ai pu m'en convaincre en voyant une demoiselle avec des manches de robe grosses comme des tonneaux... Et toi, quelles affaires as-tu ? ajouta-t-elle en reprenant son air sévère.

– Un peu de tout, des chiffons à commander, la maison et le bien à vendre, celui qui est dans les environs, vous savez : aussi, vous demanderai-je la permission d'aller faire une petite pointe de ce côté... Je vous confierai ces fillettes, et j'irai y passer un jour.

– Bien, bien, elles seront en sûreté chez moi, j'en réponds, aussi en sûreté que si on les confiait au conseil de tutelle ; je les chaperonnerai, je les gronderai, je les gâterai, » dit Marie Dmitrievna, en effleurant de sa grande main la joue de Natacha, sa favorite et sa filleule.

Le lendemain, le programme de la veille fut exécuté de point en point : on fit d'abord une visite à la Sainte-Vierge, puis une autre à Mme Aubert Chalmé, la fameuse couturière, à laquelle Marie Dmitrievna inspirait une telle terreur, que, pour s'en débarrasser plus vite, elle lui cédait à perte ses plus jolis objets ; cette fois cependant une bonne partie du trousseau lui fut commandée. Quand elles furent rentrées, Marie Dmitrievna renvoya Sonia, et prit Natacha à part :

« À présent, causons... Je te félicite, tu as accroché un charmant fiancé, j'en suis ravie pour toi ; quant à lui, je le connais depuis son enfance… » Natacha rougit de plaisir. « Je l'aime, lui et toute la famille… Écoute-moi bien ! Le vieux prince, qui est d'un caractère fantasque, désapprouve ce mariage ; mais le prince André n'est pas un enfant, et peut fort bien se passer de son consentement. Seulement, c'est toujours une chose fâcheuse que d'entrer dans une famille qui vous reçoit à contre-cœur… La conciliation est préférable : mets-y du bon vouloir de ton côté, et comme tu n'es pas une sotte, tu sauras, j'en suis sûre, avec du tact et de la douceur, les bien disposer en ta faveur… et tout ira bien ! »

Natacha se taisait, non par timidité, comme le supposait peut-être Marie Dmitrievna, mais parce qu'il lui était toujours pénible qu'un tiers se mêlât de ses affaires de cœur. Son amour pour le prince André était chose si à part, si en dehors de ce monde, que personne, d'après elle, ne pouvait le comprendre. Elle l'aimait et ne connaissait que lui, lui l'aimait aussi et il allait arriver… Que lui importaient alors les autres ?

« Marie, ta future belle-sœur est bonne, en dépit du dicton : « belles-sœurs ont laides querelles », car celle-là ne ferait pas de mal à une mouche. Elle m'a demandé à te voir, tu pourras donc y aller demain avec ton père… tâche de lui plaire : tu es la plus jeune, tu sais, la connaissance sera au moins faite pour son arrivée, à lui ; son père et sa sœur auront le temps de s'attacher à toi. N'est-ce pas vrai ? Ne sera-ce pas mieux ainsi ?

– Oui, sans doute, » répondit Natacha à contre-cœur.

VII

Le conseil fut suivi, la visite au vieux prince décidée, mais le comte Rostow n'y allait pas de bon gré : il avait peur de l'entrevue. Il ne se rappelait que trop bien la mercuriale qu'il avait reçue du vieux prince lors de l'organisation de la milice, pour n'avoir pas fourni le nombre réglementaire d'hommes, et cela en réponse à une invitation à dîner qu'il lui avait adressée. Natacha, au contraire, vêtue de sa plus belle robe, était d'une humeur charmante : « Impossible qu'ils se refusent à m'aimer, cela ne m'est jamais arrivé ; et puis, je suis prête à faire tout ce qui leur plaira, à aimer le vieux parce qu'il est son père, à l'aimer, elle, parce qu'elle est sa sœur, à les aimer tous enfin ! »

À peine furent-ils entrés dans le vestibule du vieil et sombre hôtel Bolkonsky, que le comte ne put s'empêcher de pousser un soupir et de murmurer ; « Que Dieu nous protège ! » Son agitation était visible, et ce fut d'un ton bas et humble qu'il demanda à voir le prince et la princesse Marie. Un laquais courut les annoncer, mais il se produisit aussitôt une étrange confusion : celui qui s'était chargé du message fut arrêté par un autre domestique à l'entrée de la grande salle ; ils chuchotèrent tous deux ; la femme de chambre de la princesse survint au même instant, leur dit quelques mots d'un air ahuri, et enfin le vieux majordome au visage renfrogné et maussade revint dire au comte que le prince ne pouvait avoir l'honneur de les recevoir, mais que la princesse les priait de passer chez elle. Mlle Bourrienne, venue au-devant d'eux, les conduisit, avec une amabilité empressée, à l'appartement de la princesse Marie. Cette dernière, intimidée et toute rouge d'émotion, s'avança lourdement à leur rencontre, en faisant de vains efforts pour garder son sang-froid. Natacha lui déplut du premier coup d'œil : sa mise lui sembla trop élégante, elle-même trop frivole, trop vaine ; une jalousie inconsciente de sa beauté, de sa jeunesse, de l'amour que lui portait son frère, l'avait, de tout temps, mal disposée à son égard, et ce sentiment s'était accru encore ce jour-là grâce à la tempête soulevée par l'annonce de la visite des Rostow. Le vieux prince avait déclaré à sa fille, avec force jurons, qu'il ne se souciait pas de les voir, qu'il ne les recevrait pas ; libre à elle d'ailleurs d'agir à sa guise. Tremblante d'émotion, et craignant même que son père ne fît un coup de tête, elle se décida pourtant à les faire entrer chez elle.

« Je vous ai amené, chère princesse, ma petite chanteuse, dit le comte en la saluant et en jetant autour de lui un regard inquiet, où l'on devinait trop combien il redoutait l'apparition du vieux prince, et je suis on ne peut plus heureux que vous vouliez bien faire sa connaissance… Le prince est donc toujours souffrant, c'est bien triste, bien triste… Me permettez-vous, dit-il en se levant, et après avoir débité quelques autres lieux communs, de vous laisser ma fille pour un petit quart d'heure… j'ai une course à faire à deux pas d'ici, je reviendrai la chercher. »

Le comte venait d'inventer cette ruse diplomatique afin de procurer, comme il l'avoua plus tard, l'occasion aux futures belles-sœurs de causer à cœur ouvert, et pour s'épargner à lui-même la rencontre si redoutée du maître de la maison. Sa fille le devina, en fut humiliée et changea de couleur ; dépitée d'avoir ainsi rougi, elle se tourna vers la princesse Marie d'un air provocant. Celle-ci accéda volontiers au désir du comte, dans l'espoir de rester seule avec Natacha ; mais Mlle Bourrienne ne voulut rien entendre au coup d'œil qu'elle lui adressa, et continua à discuter avec sa volubilité habituelle sur les plaisirs de la saison. Natacha, déjà mal disposée par l'incident du vestibule, blessée surtout par la peur qu'avait témoignée son père, sentit tout son être moral se crisper et se contracter, et prit involontairement un ton d'indifférence et de laisser-aller qui froissa la princesse Marie ; la princesse, de son côté, lui parut sèche et raide. Cette conversation laborieuse durait depuis cinq minutes, lorsque l'on entendit des pas précipités avec un bruit de pantoufles qui traînaient sur le parquet ; le visage de la princesse Marie blêmit de terreur : la porte s'ouvrit, et le vieux prince entra, vêtu d'une robe de chambre blanche, avec un bonnet de coton sur la tête.

« Ah ! mademoiselle, comtesse, comtesse Rostow, si je ne me trompe, veuillez m'excuser... j'ignorais, mademoiselle... Dieu m'en est témoin, que vous nous aviez honorés de votre visite !... Je venais chez ma fille... c'est pourquoi ce costume... Veuillez m'excuser, comtesse. Dieu m'en est témoin... j'ignorais que vous fussiez là, » répétait-il en appuyant sur ces mots d'un ton forcé et désagréable. La princesse Marie, debout, les yeux baissés, n'osait regarder ni son père, ni Natacha, qui s'était levée pour le saluer, en rougissant jusqu'au blanc des yeux. Seule Mlle Bourrienne continuait à sourire : « Veuillez excuser, veuillez excuser... Dieu m'en est témoin, je l'ignorais... » grommela encore le vieillard, et, toisant Natacha de la tête aux pieds, il se retira. Mlle Bourrienne fut la première à se remettre, et parla de la mauvaise santé du prince. La princesse Marie et Natacha se regardèrent, interdites, sans proférer une parole, et s'abstinrent de toute explication, tandis que ce silence prolongé ne faisait qu'aigrir de plus en plus leurs dispositions à une mutuelle antipathie.

Le comte étant rentré sur ces entrefaites, Natacha se hâta de faire ses adieux, avec un empressement voisin de l'impolitesse. Elle avait pris en grippe cette vieille fille, comme elle l'appelait en elle-même ; elle lui en voulait mortellement de l'avoir placée dans une aussi fausse situation, et de ne lui avoir rien dit de son fiancé : « Ce n'était pas à moi à en parler la première, et devant cette Française encore, » se disait Natacha, pendant que la même pensée tourmentait la princesse Marie. Celle-ci sentait assurément qu'elle devait dire quelque chose à propos du mariage, mais si, d'un côté, la présence de Mlle Bourrienne la gênait, de l'autre le sujet par lui-même était si pénible, qu'elle ne savait comment l'aborder. Enfin, au moment où le comte sortait du salon, elle s'approcha résolument de Natacha, lui saisit les mains, et murmura :

« Un instant, chère Natacha, il faut que… il faut que je vous dise combien je suis heureuse que mon frère… ait trouvé son bonheur… » Elle s'arrêta, comme si elle s'accusait intérieurement de fausseté, et Natacha, qui la regardait d'un air railleur, devina aussitôt le motif de son hésitation.

« Il me semble, princesse, que le moment d'en parler est mal choisi, » dit-elle en s'éloignant avec dignité, tandis que des larmes lui montaient aux yeux : « Qu'ai-je fait ? Qu'ai-je dit ? » pensa-t-elle.

Ce jour-là on l'attendit longtemps à l'heure du dîner ; assise dans sa chambre, elle sanglotait comme une enfant ; Sonia, debout à côté d'elle, lui baisait les cheveux.

« Natacha, pourquoi pleurer ? Qu'est-ce que cela peut te faire ? ça passera !

– Mais si tu savais, quelle humiliation !

– N'en parlons plus, ma petite colombe, tu n'y es pour rien ; ainsi… embrasse-moi ! »

Natacha releva la tête, leurs lèvres se rencontrèrent, et elle appuya son petit visage mouillé de pleurs contre celui de son amie.

« Je n'en sais rien, ce n'est la faute de personne, c'est peut-être la mienne, mais c'était terrible !… Ah ! pourquoi n'est-il pas ici ?… » Elle descendit enfin, mais sans pouvoir cacher qu'elle avait les yeux rouges de larmes. Marie Dmitrievna, sachant à quoi s'en tenir sur la réception faite au père et à la fille, fit semblant de ne point remarquer sa figure bouleversée et continua à plaisanter et à causer avec ses convives, à haute voix, comme d'habitude.

VIII

Ce même soir, les Rostow allèrent à l'Opéra, où Marie Dmitrievna leur avait procuré une loge.

Natacha n'y tenait guère, mais, comme cette attention était à son adresse, il ne lui était pas possible de refuser. Elle s'habilla, et, en allant à la grande salle pour y attendre son père, elle passa devant une psyché, qui refléta son image : elle ne put s'empêcher de se regarder dans la glace et de se trouver jolie, si jolie même qu'en se voyant elle se sentit pénétrée d'une amoureuse langueur.

« Mon Dieu, si au moins il était ici !... Je ne me serais pas contentée de l'embrasser, comme je faisais alors avec la timidité que me causait une sensation si nouvelle pour moi... Non, non, je l'aurais entouré de mes bras, je me serais serrée contre son cœur, je l'aurais forcé à plonger dans mes yeux ses regards pénétrants, ses regards que je vois là vivants devant moi, » se disait-elle... « Et que m'importent sa sœur et son père ! C'est lui, lui seul que j'aime, sa figure, son regard, son sourire d'homme et d'enfant tout à la fois !... Il vaut mieux ne pas y penser, il vaut mieux l'oublier pour un certain temps..., car autrement je ne supporterais jamais cette attente... » Et elle se détourna de la glace, retenant avec peine ses sanglots : « Comment Sonia peut-elle aimer Nicolas avec cette placide tranquillité ? Comment peut-elle attendre avec cette constance inébranlable ? Je ne lui ressemble pas, je suis toute différente !... » Et elle regarda fixement son amie, qui venait à elle, en jouant avec un éventail.

Dans ce moment d'émotion et de tendresse contenues, il ne lui suffisait plus d'aimer et de se savoir aimée : elle sentait le besoin irrésistible de se suspendre au cou de celui qu'elle aimait, et d'entendre tomber de ses lèvres les paroles d'amour dont son cœur débordait. Pendant leur trajet, assise à côté de son père, elle suivait des yeux les réverbères qui scintillaient à travers les vitres gelées, oubliant ce qui l'entourait et s'abandonnant de plus en plus à une mélancolie pleine de rêves et d'amour. Leur voiture entra dans la file, et arriva tout doucement, au bruit des roues qui grinçaient sur la neige, devant le péristyle du théâtre ; relevant leurs robes de la main droite, Natacha et Sonia sautèrent légèrement à terre, pendant que le comte descendait de la calèche, en se faisant soutenir par ses gens. Tous trois traversèrent tant bien que mal le flot du public qui arrivait du dehors, sans prendre garde aux offres des crieurs d'affiches, et sans se préoccuper des préludes de l'orchestre qu'on entendait vaguement à travers les portes closes.

« Nathalie, tes cheveux ! murmura Sonia, pendant que le « capeldiener[1] » leur ouvrait avec empressement leur baignoire. La musique éclata à leurs oreilles ; et les loges remplies de femmes décolletées, et le parterre tout chamarré de brillants uniformes papillotèrent devant leurs yeux éblouis. Une voisine se retourna, et jeta sur Natacha un coup d'œil empreint d'une envie toute féminine. La toile n'était pas encore levée, on jouait l'ouverture. Natacha et Sonia s'assirent sur le devant, arrangèrent leurs robes froissées par le trajet, et portèrent leurs regards sur les loges d'en face. Tous ces regards fixés sur elles, sur leurs bras, sur leurs épaules, firent éprouver à Natacha une sensation à la fois agréable et pénible, qu'elle ne connaissait plus depuis longtemps, et qui réveilla en elle tout un monde d'émotions, de désirs, et de souvenirs en harmonie avec cette impression.

Ces deux jeunes filles, toutes deux remarquablement jolies, accompagnées du vieux comte Rostow, qu'on n'avait pas vu à Moscou depuis longtemps, attirèrent aussitôt l'attention générale. On savait confusément que sa fille était fiancée au prince André, et que depuis les fiançailles les Rostow n'avaient pas quitté la campagne : aussi examinait-on avec une vive curiosité celle qui allait épouser un des plus beaux partis de Russie !

Natacha, déjà fort embellie à cette époque, était particulièrement en beauté ce soir-là, grâce à l'émotion intérieure qu'elle éprouvait, et qui se traduisait chez elle par le contraste frappant d'une exubérance de vie et de jeunesse, avec une complète indifférence pour tout ce qui l'entourait. Ses yeux noirs erraient sur la foule sans chercher personne, tandis que sa main fine et mignonne, posée sur le rebord de velours de la baignoire, se fermait et s'ouvrait tour à tour, en chiffonnant machinalement l'affiche.

« Regarde, il me semble voir là-bas Mme Alénine avec sa fille ! lui dit Sonia.

– Dieu du ciel ! Michel Kirilovitch a encore engraissé ! s'écria le comte.

---

1 Domestique de la cour, employé dans les théâtres impériaux. (*Note du traducteur.*)

– Voyez donc notre Anna Mikhaïlovna, quel béret elle a sur la tête !

– Elle est avec les Karaguine et Boris... des fiancés, cela se voit tout de suite.

– Comment donc ? Droubetzkoï a été accepté aujourd'hui même ! » dit Schinschine, qui venait d'entrer dans la loge des Rostow.

Natacha, suivant la direction du regard de son père, aperçut en effet le visage souriant et heureux de Julie, assise à côté de sa mère : sur son cou rouge et couvert de poudre se prélassait un collier de perles ; derrière elle on entrevoyait la jolie tête et les cheveux lisses de Boris, qui, souriant comme elle, se penchait vers les lèvres de sa Julie, et il lui murmurait quelques mots à l'oreille, en lui indiquant les Rostow.

« Ils parlent de nous, de moi, se dit Natacha, il rassure sa jalousie à mon égard... peine bien inutile, vraiment ! S'ils savaient comme ils me sont tous indifférents ! »

Sur le second plan se détachait la toque de velours vert qui encadrait la physionomie d'Anna Mikhaïlovna, triomphante sans doute, mais comme toujours résignée à la volonté du ciel. Natacha connaissait par expérience cette atmosphère de joie et d'amour qui entoure toujours les fiancés, aussi sentit-elle sa tristesse s'accroître à leur vue, et le souvenir de l'humiliation qu'elle avait subie le matin même lui revint plus poignant. Elle se détourna brusquement.

« De quel droit ce vieux refuse-t-il de m'accepter ?... Mais pourquoi y penser ?... Chassons toutes ces idées noires jusqu'à son arrivée !... » Et elle se mit à passer gaiement en revue les figures connues et inconnues que le parterre offrait à son inspection. Au beau milieu du premier rang, appuyé contre la rampe et tournant le dos à la scène, se tenait Dologhow en costume persan : ses cheveux bouclés et relevés en l'air lui faisaient une coiffure énorme et étrange. Très en vue, sachant à merveille qu'il attirait sur lui l'attention de toute la salle, entouré de la jeunesse dorée de Moscou, envers laquelle il prenait des airs protecteurs, il semblait aussi à son aise que s'il eût été seul dans sa chambre.

Le comte Rostow poussa du coude Sonia, pour lui montrer son ex-adorateur.

« L'aurais-tu reconnu ?... Et d'où sort-il ? demanda-t-il à Schinschine, il avait complètement disparu !

– Complètement, répliqua ce dernier. Il a été au Caucase, il en a décampé, puis on assure qu'il a été ministre, en Perse, de je ne sais quel prince souverain, qu'il y a tué le frère du Schah, et à présent toutes nos dames perdent la tête pour le beau Dologhow le Persan !... Il n'y en a que pour lui, on ne jure que par lui, et l'on est invité pour le voir, tout comme s'il s'agissait de savourer un sterlet ! Dologhow et Anatole Kouraguine les ont toutes affolées ! »

Au même moment, une grande et belle personne entra dans la loge voisine ; une magnifique natte de cheveux blonds était posée en diadème sur sa tête ; elle avait autour du cou un collier de grosses perles à double rang, et ses épaules, très décolletées, étaient remarquables par leur blancheur et leur forme irréprochable. Elle mit beaucoup de temps à s'asseoir, et étala avec fracas la riche étoffe de sa robe.

Natacha admirait les détails et l'ensemble de cette splendide créature, lorsque, le regard de la splendide créature ayant rencontré celui du comte Rostow, elle le salua d'un sourire et d'un mouvement de tête amical. C'est la femme de Pierre, la comtesse Besoukhow. Le comte, qui connaissait toute la ville, se pencha vers elle.

« Y a-t-il longtemps que vous êtes arrivée, comtesse, lui dit-il... Permettez-moi d'aller vous baiser la main dans un moment... Quant à moi, je suis venu ici pour affaires, et j'ai amené mes fillettes... On dit la Séménova parfaite... Et le comte, est-il ici ?

– Oui, il avait l'intention de venir, » répondit Hélène, en examinant Natacha avec attention.

Le comte Ilia Andréïévitch se rassit.

« Elle est belle, n'est-ce pas ? dit-il tout bas à Natacha.

– Merveilleusement belle, répliqua Natacha. Je comprends qu'on se prenne de passion pour elle. »

L'ouverture finie, le chef d'orchestre frappa les trois coups de rigueur. Chacun gagna sa place dans le parterre, le rideau se leva, et il se fit un grand silence. Les jeunes, les vieux, les militaires, les civils, les femmes aux épaules et aux bras nus, couverts de bijoux, tous fixèrent les yeux du côté de la scène, et Natacha suivit leur exemple.

CHAPITRE III

IX

Des décors figurant des arbres s'élevaient de chaque côté du plancher de la scène ; des jeunes filles en jupon court et en corsage rouge se tenaient groupées au milieu ; l'une d'elles, très forte, et habillée de blanc, assise à l'écart de ses compagnes sur un escabeau, était adossée à un morceau de carton peint en vert. Toutes chantaient en chœur. Lorsqu'elles eurent fini, la grosse fille en blanc s'avança vers le trou du souffleur ; un homme avec un maillot de soie qui dessinait des jambes énormes, plume au bonnet et poignard à la ceinture, s'approcha d'elle, et se mit à chanter un solo avec force gestes. Puis, ce fut le tour de la grosse fille en blanc, puis ils se turent tous deux, et enfin, sur une reprise de l'air par l'orchestre, l'homme au plumet s'empara de la main de la demoiselle, comme s'il voulait s'amuser à en compter les doigts, et attendit avec résignation la mesure qui devait leur permettre cette fois de s'égosiller ensemble ! Le public, ravi, applaudit, trépigna des pieds, et les deux chanteurs, qui représentaient, à ce qu'il paraît, un couple d'amoureux, répondirent à ces trépignements par des sourires et des saluts à droite et à gauche, en manière de remerciements.

Pour Natacha, qui arrivait tout droit de la campagne, et que sa disposition d'esprit rendait ce soir-là particulièrement pensive, tout ce spectacle était surprenant et bizarre : elle ne pouvait ni suivre les péripéties du sujet, ni saisir les nuances de la musique ; elle voyait des toiles grossièrement peintes, des hommes et des femmes étrangement accoutrés, se mouvant, parlant, et chantant dans une zone d'éclatante lumière ; elle comprenait sans doute l'intention de tout cela, mais le ridicule et l'absence de naturel de l'ensemble lui donnaient une telle impression qu'elle en était honteuse et embarrassée pour les acteurs ! Elle chercha à découvrir sur les physionomies de ses voisins l'expression de sentiments analogues aux siens, mais tous les regards, dirigés vers la scène, suivaient avec un intérêt croissant ce qui s'y passait, et exprimaient un enthousiasme tellement exagéré, qu'il lui sembla, à vrai dire, être un enthousiasme de convention. « Il faut probablement que cela soit ainsi, » pensa-t-elle, en continuant à examiner les têtes frisées et pommadées du parterre, les femmes décolletées des loges, et surtout sa belle voisine Hélène, qu'on aurait pu croire presque déshabillée, et qui, les yeux fixés sur la scène, souriait avec une placidité olympienne, jouissant de la lumière qui l'éclairait en plein, et aspirant avec satisfaction l'air chaud qui se dégageait de la foule. Natacha se sentit peu à peu envahir par une sorte d'ivresse qu'elle n'avait pas éprouvée depuis longtemps ; oubliant le lieu où elle se trouvait, et le spectacle qu'elle avait devant les yeux, elle regardait sans voir, pendant que les pensées les plus incohérentes, les plus fantasques, lui traversaient le cerveau : « Ne pourrait-elle pas, par exemple, sauter de sa loge sur la scène et répéter l'air que venait de finir la cantatrice, ou bien donner un coup d'éventail à ce petit vieillard qu'elle voyait au premier rang, ou bien encore se pencher sur Hélène et la chatouiller dans le dos ? »

Pendant une des pauses qui précédaient toujours un nouveau morceau, la porte du parterre, du côté de la loge des Rostow, s'ouvrit avec un léger bruit, pour laisser entrer un retardataire, dont les pas se firent entendre dans l'étroit passage : « Voilà Kouraguine ! » murmura Schinschine. La comtesse Besoukhow se retourna, et Natacha la vit sourire à un superbe militaire, en uniforme d'aide de camp, qui s'avançait dans la direction de sa loge, d'un air à la fois assuré et bien élevé ; elle se rappela l'avoir vu au bal à Pétersbourg. Il y avait du conquérant dans sa démarche, ce qui aurait pu être ridicule s'il n'avait été aussi beau, et si ses traits réguliers n'avaient pas eu une expression avenante et empreinte d'une cordiale bonne humeur.

Bien que la toile fût déjà levée, il avançait tranquillement le long du tapis, en choquant légèrement son sabre contre ses éperons et en portant haut et avec grâce sa tête, à la chevelure parfumée. Jetant un coup d'œil à Natacha, il s'approcha de sa sœur, posa sa main bien gantée sur le rebord de sa baignoire, la salua de la tête, se pencha en avant, et lui adressa tout bas une question, en lui désignant sa jolie voisine :

« Charmante ! » répondit-il en parlant d'elle évidemment, et elle le devina sans l'entendre. Il gagna ensuite sa place au premier rang, et, en s'y asseyant, toucha amicalement du coude ce même Dologhow que les autres traitaient avec une envieuse déférence.

« Comme le frère et la sœur se ressemblent, dit le vieux comte ; ils sont beaux tous deux ! »

Schinschine lui conta à demi-voix l'histoire qui circulait en ce moment à propos d'une intrigue de Kouraguine, et Natacha n'en perdit pas un mot, justement parce qu'il l'avait trouvée charmante. Le premier acte terminé, le public se leva et ne fit que sortir et rentrer tour à tour.

Boris vint prier les Rostow, dont il accepta les félicitations de la façon la plus naturelle du monde, de vouloir bien accepter l'invitation de sa fiancée d'assister à leur mariage. Natacha causa gaiement avec lui : c'était pourtant ce charmant Boris dont elle avait été éprise autrefois ; mais, dans son état de surexcitation anormale, tout lui paraissait simple et naturel.

La belle Hélène souriait à chacun de son éternel sourire, et Natacha se mit à sourire comme elle, en parlant à Boris.

La loge de la comtesse Besoukhow remplit bientôt d'hommes intelligents et distingués ; ces gens tenaient évidemment à faire voir au public qu'ils avaient l'insigne bonheur d'être connus de celle qui l'occupait.

Kouraguine, appuyé contre la rampe de l'orchestre à côté de Dologhow, fixa ses regards pendant tout l'entr'acte sur la loge des Rostow. Natacha devina qu'ils parlaient d'elle, et elle en fut flattée : elle se plaça même de façon à leur montrer son profil, ce qui, dans son sentiment intime, devait mieux faire valoir sa jolie figure. Un peu avant le second acte, on vit paraître Pierre, que les Rostow n'avaient pas encore aperçu. Il semblait triste et il avait encore engraissé. À la vue de Natacha, il pressa le pas, s'approcha d'elle, et ils échangèrent quelques mots. Se retournant par hasard, elle rencontra au même moment le regard du beau Kouraguine. Ses yeux ne la quittaient pas et exprimaient une admiration si enthousiaste, et en même temps si affectueuse, qu'elle fut tout interdite de le voir de si près, de sentir qu'elle lui plaisait, et de ne point le connaître.

Au second acte, le décor représentait un cimetière couvert de monuments funèbres, et au milieu de la toile de fond on voyait un trou qui figurait la lune. La nuit se fit sur la scène, au moyen d'abat-jour abaissés sur les quinquets ; les cors et les contrebasses jouèrent en sourdine, et une foule de gens, drapés de longs manteaux noirs, sortirent des coulisses. Ils se mirent à agiter les bras comme des fous, et ils étaient en train de brandir un objet pointu qui ressemblait de loin à un poignard, lorsque d'autres hommes accoururent, en traînant de force la demoiselle en blanc, qui maintenant était en bleu ; mais, heureusement pour elle, ils se mirent à chanter tous ensemble avant de l'emmener plus loin. À peine avaient-ils fini que trois coups de tam-tam retentirent dans la coulisse, et aussitôt les hommes noirs s'agenouillèrent et entonnèrent un cantique, aux applaudissements réitérés des spectateurs, qui interrompirent même à plusieurs reprises ces épisodes touchants et variés.

Chaque fois que Natacha regardait le parterre, elle y voyait involontairement le bel Anatole, le bras appuyé sur le dossier du fauteuil de Dologhow, les yeux dirigés vers elle, et, sans y attacher la moindre importance, elle éprouvait un véritable plaisir à l'avoir subjugué à ce point.

La comtesse Besoukhow profita de l'entr'acte pour se lever, et, tournant vers le comte ses belles épaules, elle lui fit un signe du petit doigt et causa avec lui, sans prêter la moindre attention à ceux qui venaient lui présenter leurs hommages :

« Faites-moi donc faire la connaissance de vos charmantes filles ; toute la ville en parle, et je ne les connais pas encore. »

Natacha se leva et fit une révérence à la superbe comtesse, dont la louange lui fut si douce, qu'elle ne put s'empêcher d'en rougir.

« Je tiens aussi à devenir une Moscovite, continua la belle Hélène ; quelle honte d'avoir enfoui ces deux perles à la campagne ! » La comtesse passait avec raison pour être une femme séduisante : elle avait le don de dire toujours le contraire de ce qu'elle pensait, et surtout de manier la flatterie avec le naturel le plus parfait. « Il faut que vous me permettiez, cher comte, de m'occuper de ces demoiselles ; mon séjour ici ne sera, comme le vôtre, que de courte durée, il est vrai… aussi faut-il bien vite les amuser !… J'ai beaucoup entendu parler de vous, dit-elle en s'adressant à Natacha, avec son charmant sourire stéréotypé : à Pétersbourg par Droubetzkoï, mon page, et par l'ami de mon mari, le prince Bolkonsky… » Et elle appuya sur ce nom pour bien lui faire comprendre qu'elle était au courant de leurs relations. Puis, afin de faire plus ample connaissance, elle engagea Natacha à passer dans sa loge.

Au troisième acte, la scène représentait un palais éclairé *a giorno*, dont les grandes salles étaient ornées de portraits en pied de chevaliers barbus. Au milieu se tenaient deux personnages, qui, selon toute probabilité, étaient un roi et une reine. Le roi fit quelques gestes, et entonna avec hésitation un grand air, dont, à vrai dire, il se tira fort mal ; à la suite de quoi il s'assit sur un trône amarante. La jeune fille vêtue de blanc d'abord, de bleu ensuite, n'avait plus qu'une chemise : ses cheveux étaient dénoués, et elle exprimait son désespoir en adressant ses chants à la reine ; mais, le roi ayant levé la main d'un air sévère, une foule d'hommes et de femmes, les jambes nues, sortirent de tous les coins et se mirent à danser. Les violons raclèrent un air gai et léger : une des jeunes filles, qui avait de gros pieds et des bras maigres, se détacha du groupe de ses compagnes, se déroba dans les coulisses pour y arranger son corsage, revint se placer au milieu de la scène, et commença à sauter en l'air et à frapper ses pieds l'un contre l'autre. Les spectateurs l'applaudirent de toutes leurs forces. Un homme, toujours les jambes nues, se plaça alors dans le coin de droite ; les chapeaux chinois et les trompettes redoublèrent d'entrain, et il s'élança à son tour en gigotant dans les airs : c'était Duport, qui touchait 60 000 francs par an pour exécuter ces entrechats. À ce moment, l'enthousiasme du parterre, du paradis, des loges, ne connut plus de bornes : on battit des mains, on cria, on trépigna, et le danseur s'arrêta pour sourire et saluer dans toutes les directions. Les danses recommencèrent jusqu'au moment où le roi prononça quelques paroles en cadence, et tous chantèrent en chœur. Mais voilà que tout à coup une tempête éclate, avec accompagnement de gammes et d'accords en mineur à l'orchestre : la foule se disperse en courant, entraîne avec elle la jeune fille en chemise, et la toile tombe ! Le public se reprit à crier de plus belle et à rappeler Duport avec un enthousiasme indescriptible. Non seulement Natacha ne trouvait plus à cela rien de bizarre, mais elle souriait, au contraire, à tout ce qu'elle voyait.

« N'est-ce pas qu'il est admirable, ce Duport ? lui demanda Hélène.

– Oh oui ! » répondit Natacha.

X

La porte de la loge de la belle comtesse s'ouvrit pendant l'entr'acte ; un courant d'air froid y pénétra en même temps qu'Anatole, qui, le corps incliné, s'avançait avec précaution pour ne rien déranger :

« Laissez-moi vous présenter mon frère, » dit Hélène, dont les yeux se portèrent avec une vague préoccupation de Natacha sur

Anatole. Natacha tourna sa jolie tête vers ce beau garçon, qui lui parut aussi beau de près que de loin, et lui sourit par dessus son épaule. Il s'assit derrière elle, et l'assura qu'il désirait depuis long-temps lui être présenté, depuis qu'il avait eu le plaisir de la voir au bal des Naryschkine. Kouraguine causait tout autrement avec les femmes qu'avec les hommes ; naturel et, bon enfant avec les premières, il surprit agréablement Natacha par sa simplicité et la naïve bienveillance de son abord, et, malgré tout ce qui se débitait sur son compte, il ne lui inspira aucune crainte.

Anatole lui demanda quelle impression lui avait produite l'opéra, et lui raconta comment la Séménovna était tombée à la dernière représentation.

« Savez-vous, comtesse, lui dit-il tout à coup du ton d'une an-cienne connaissance, qu'il s'organise un carrousel en costumes ; il faut que vous y preniez part, ce sera très amusant... On se réunira chez les Karaguine ; venez, je vous en prie... Vous viendrez, n'est-ce pas ? » murmura-t-il, pendant que ses regards répondaient aux yeux de Natacha qui lui souriaient, et se reportaient avec complai-sance sur ses épaules et sur ses bras. Elle les sentait peser sur elle, même en regardant ailleurs, et elle en éprouvait un double senti-ment de vanité satisfaite et d'embarras naturel. Se retournant bien vite, elle cherchait à mettre un terme à leur indiscrète curiosité, en les forçant à se fixer de préférence sur ses yeux, et elle se demandait alors avec anxiété ce qu'était devenue cette pudeur instinctive qui s'élevait comme une barrière entre elle et tous les hommes, et qui n'existait pas entre elle et lui ! Comment avait-il suffi de quelques instants pour la rapprocher à ce point d'un étranger ? Comment en était-elle venue, en causant de choses indifférentes, à redouter de se trouver si près de lui, à craindre de lui voir saisir sa main à la dérobée, ou même de le voir se pencher sur son épaule et y déposer un baiser ? Jamais aucun homme ne lui avait fait éprouver ce senti-ment d'intimité spontanée : ses regards interrogateurs semblaient en demander l'explication à son père et à la belle Hélène ; mais cette dernière ne songeait qu'à son cavalier, et le visage épanoui de son père, avec son air de contentement habituel, semblait lui dire : « Tu t'amuses, n'est-ce pas ? Eh bien, j'en suis fort aise ! »

Pendant un de ces moments de silence, qu'Anatole mettait à pro-fit pour fixer sur elle ses beaux grands yeux, Natacha, ne sachant comment se tirer de là, lui demanda si Moscou lui plaisait, et rougit aussitôt, car il lui sembla qu'elle avait eu tort de renouer l'entretien. « La ville ne m'a pas trop plu à mon arrivée, lui répondit-il en souriant. Ce qui rend une ville agréable, ce sont les jolies femmes, n'est-il pas vrai ? et il n'y en avait pas. À présent, c'est autre chose : je m'y trouve à merveille. Venez au carrousel, comtesse, vous serez la plus jolie, et, comme gage, donnez-moi cette fleur. »

Natacha, sans comprendre l'intention cachée sous ces paroles, en sentit cependant toute l'inconvenance. Ne sachant que répondre, elle se détourna et feignit de ne point les avoir entendues. Mais la pensée qu'il était là tout près, derrière elle, tourmenta de nouveau : « Que fait-il ? se disait-elle. Est-il confus ? fâché contre moi ? ou bien est-ce à moi de réparer un tort... que je n'ai pas eu ? » Elle finit par se retourner, le regarda en face, et se sentit vaincue par son affectueux sourire, sa parfaite assurance et sa cordialité sympathique. Cette irrésistible attraction la remplit de terreur, en lui révélant, une fois de plus, l'absence de toute barrière morale entre elle et lui.

Le rideau se leva, Anatole sortit de la loge, heureux et calme, et Natacha rentra dans celle de son père, emportant l'impression d'un monde nouveau qu'elle venait d'entrevoir... Le souvenir de son fiancé, sa visite du matin, sa vie à la campagne, tout fut oublié !

Au quatrième acte, un grand diable chanta et gesticula jusqu'à ce qu'il en vînt à s'abîmer dans une trappe. Ce fut le seul incident qu'elle remarqua. Elle se sentait émue et bouleversée, et, il faut bien le dire, Kouraguine, qu'elle suivait involontairement des yeux, était la cause de son agitation ! Il reparut à leur sortie, fit avancer leur voiture, les aida à y monter, et profita de cet instant pour presser le bras de Natacha au-dessus du coude. Rougissante et confuse, elle leva les yeux, et rencontra son regard passionné et tendre qui brillait dans l'ombre et lui souriait.

À la rentrée du théâtre, on se réunit autour du samovar, et Natacha, sortant de sa stupeur, commença seulement alors à comprendre ce qui s'était passé en elle. Le souvenir du prince André la frappa comme un coup de foudre, le sang afflua à sa figure, et, poussant un cri, elle s'enfuit dans sa chambre : « Mon Dieu, je suis perdue ! Comment ai-je pu lui permettre cela... ?» pensait-elle avec effroi. Cachant ses joues en feu dans ses mains, elle chercha pendant longtemps, sans y parvenir, à voir clair dans le chaos de ses impressions. Là-bas, dans cette grande salle éclairée, où Duport, en veston cousu de paillettes, sautait au son de la musique sur le plancher humide, pendant que vieillards et jeunes gens, jusqu'à la placide Hélène, avec son corsage outrageusement décolleté et son sourira dominateur, criaient bravo avec un bruyant enthousiasme... Là-bas sous l'influence de ce milieu enivrant, tout lui avait semblé naturel et simple ; mais ici, seule avec elle-même, tout était, au contraire, redevenu confus et sombre : « Qu'ai-je donc ? se demandait-elle... D'où venait l'inquiétude qu'il m'inspirait tout à l'heure, et que veulent dire les remords que je ressens ? »

Sa mère, la seule personne à qui elle aurait pu confier et avouer ses pensées, n'était pas là ; Sonia n'y aurait rien compris, et son jugement sévère et entier s'en serait effrayé. Natacha se trouvait donc réduite à chercher dans son propre cœur la cause de ses angoisses.

« Suis-je devenue indigne de l'amour du prince André ? » se demandait-elle, et elle reprenait aussitôt, en se raillant d'elle-même : « Allons donc, je suis vraiment sotte de m'adresser pareille question !... Il ne m'est rien arrivé du tout... ce n'est pas de ma faute, je n'ai rien fait qui ait pu lui donner cette idée !... Personne ne le saura et je ne le verrai plus jamais ! Il est clair que je n'ai rien à me reprocher, et que le prince André peut m'aimer toujours telle que je suis... Telle que je suis ?... Mais comment suis-je ? Mon Dieu, mon Dieu, pourquoi n'est-il pas ici ? » Elle essayait de se rassurer, mais un secret instinct lui rendait ses doutes : elle sentait, en dépit de toutes les raisons qu'elle se donnait, que la pureté de son amour pour son fiancé s'était évanouie à jamais, et son imagination lui répétait de nouveau chaque détail de son entretien avec Kouraguine, chaque trait de sa figure, chacun de ses gestes, et le sourire plein de séduction de cet homme beau et audacieux, lorsqu'il lui avait serré le bras.

XI

Anatole Kouraguine avait été renvoyé de Pétersbourg par son père, parce qu'il dépensait une vingtaine de mille roubles par an, sans compter une somme égale de dettes, dont le payement lui était incessamment réclamé par ses créanciers.

Le père annonça à son fils qu'il les payerait pour la dernière fois à condition qu'il irait vivre à Moscou, où il lui avait obtenu une place d'aide de camp auprès du général gouverneur, et qu'il se déciderait enfin à épouser une riche héritière, la princesse Marie par exemple, ou Julie Karaguine.

Anatole accepta, se rendit à Moscou et s'arrêta chez Pierre : celui-ci le reçut d'abord à contre-cœur, mais il s'habitua bientôt à lui, partagea parfois ses orgies, et lui donna même de l'argent sans en exiger le moindre reçu.

Schinschine avait dit vrai : Anatole tournait la tête à toutes les demoiselles, grâce à l'indifférence qu'il leur témoignait, et à la préférence qu'il affichait pour les bohémiennes et pour les actrices, pour Mlle Georges surtout, avec laquelle on le disait en relations très intimes. Il ne manquait aucun souper, pas plus ceux de Danilow que ceux des autres viveurs de Moscou, buvait sec, mettait ses compagnons sous la table, et se montrait à toutes les soirées, à tous les bals, où il faisait ostensiblement la cour à plusieurs dames du grand monde, avec lesquelles il était, plus ou moins, en commerce de galanterie. Quant à faire un choix, il n'y songeait nullement, par l'excellente raison, ignorée de tous, sauf de quelques intimes, qu'il était déjà marié. Un propriétaire polonais, chez qui il avait été en garnison deux ans auparavant, l'avait forcé à épouser fille.

Il abandonna sa femme peu de temps après, et acheta à son beau-père, moyennant une certaine somme qu'il s'engagea lui envoyer, le droit de continuer sa vie de garçon et de passer pour célibataire.

Toujours satisfait de sa situation, de lui-même et des autres, il n'admettait pas qu'il eût pu mener une autre existence, et il n'avait, pensait-il, que des peccadilles à se reprocher. Selon lui, la Providence, qui avait donné au canard la faculté de nager, lui avait donné, à lui Anatole Kouraguine, celle de posséder 30 000 roubles de revenu, et d'occuper partout et toujours le premier rang. Cette conviction était si fermement enracinée dans son esprit, qu'elle s'imposait par cela même à son entourage : on lui cédait le pas en tout et pour tout, et on lui prêtait de l'argent, qu'il trouvait tout simple de recevoir et de ne jamais rembourser.

Joueur, il ne l'était pas, le gain le tentait peu : dépourvu de tout amour-propre, il était complètement indifférent à l'opinion qu'on pouvait avoir de lui ; sans l'ombre d'ambition, il faisait le désespoir de son père par ses incartades continuelles, qui compromettaient son avenir, et par ses railleries incessantes à l'endroit des dignités et des honneurs. Il n'était non plus avare, car il ne refusait jamais de rendre un service. Ce qu'il aimait par-dessus tout, c'était le plaisir et les femmes : ne voyant dans ce goût rien de répréhensible ou de vil, incapable, aussi bien pour lui-même que pour autrui, de calculer les conséquences de ses actes et de ses passions, il se considérait, en somme, comme un homme irréprochable, méprisait franchement les coquins, et portait haut la tête avec une conscience tranquille.

La plupart des viveurs, Madeleines-hommes et Madeleines-femmes, ont une assurance secrète et naïve de leur innocence, fondée sur l'espoir du pardon : « Il lui sera beaucoup pardonné parce qu'elle a beaucoup aimé ! » – « Il lui sera beaucoup pardonné parce qu'il s'est beaucoup amusé ! »

Dologhow, revenu depuis peu à Moscou d'où il avait été exilé, menait, après ses aventures en Perse, un train de vie des plus fastueux, jouait gros jeu et se livrait à tous les plaisirs. Il ne lui en fallut pas davantage pour se rapprocher de son ancien compagnon de folies, et pour profiter de ce rapprochement dans des vues toutes personnelles.

Anatole appréciait son intelligence et sa bravoure, et l'aimait sincèrement, tandis que Dologhow avait besoin de lui et de ses relations pour attirer dans ses filets des jeunes gens riches, ce qu'il se gardait bien, du reste, de lui laisser soupçonner. À part ces motifs d'un ordre tout spécial, il trouvait une jouissance, une habitude, presque une nécessité, à diriger ainsi à sa fantaisie une volonté étrangère.

Natacha produisit sur Anatole une impression violente. En soupant après le spectacle, il détailla une à une, en connaisseur émérite, toutes les beautés de ses bras, de ses épaules, de ses pieds, de sa chevelure, et annonça son intention arrêtée de lui faire une cour assidue, sans se donner la peine de penser à ce qui pourrait en résulter pour eux deux : ces vulgaires considérations n'entraient pas dans ses habitudes.

« Elle est très jolie, mon ami, mais elle n'est pas pour nous, lui dit Dologhow.

– Je vais dire à ma sœur qu'elle l'invite à dîner, répliqua Anatole.

CHAPITRE III

Qu'en penses-tu ?

– Attends plutôt qu'elle soit mariée…»

– Tu sais bien que j'adore les petites filles, elles perdent la tête tout de suite.

– Prends garde, tu as déjà été attrapé par une petite fille, répondit Dologhow en faisant allusion à son mariage.

– C'est pour cela que pareille chose ne m'arrivera pas une seconde fois, » repartit Anatole en riant de bon cœur.

XII

Les Rostow ne sortirent pas le lendemain, et personne ne vint les voir. Marie Dmitrievna s'entretint longuement et en secret avec le comte : ils se concertèrent sur une démarche à tenter auprès du vieux prince ; Natacha devina leur projet et en fut blessée et inquiète. Elle attendait d'heure en heure le retour du prince André, et envoya deux fois dans la journée un de leurs gens pour s'en informer. Vain espoir ! L'attente ne faisait qu'accroître son accablement, et le pénible souvenir de son entrevue avec la princesse Marie et son père ajoutait à sa fiévreuse impatience le sentiment d'une terreur indéfinissable. Il lui semblait parfois que le prince André ne reviendrait jamais, ou bien qu'il lui arriverait, à elle, quelque chose de fatal ! Il ne lui était plus possible de rêver à lui comme par le passé, car ses récentes impressions venaient aussitôt se mêler à ses pensées ; elle se redemandait pour la centième fois si elle n'avait pas été coupable, si sa fidélité était toujours la même, et elle se retraçait, en dépit d'elle-même, les moindres détails de la soirée du théâtre, les moindres nuances de la physionomie de cet homme, qui avait su lui inspirer un sentiment aussi redoutable qu'incompréhensible ! À en juger par son extérieur, elle semblait être devenue plus vive et plus gaie que jamais, tandis qu'au fond elle avait perdu son bonheur et son repos d'autrefois !

Marie Dmitrievna proposa, le dimanche matin, à tout son jeune monde d'aller à l'église de sa paroisse : « Car je n'aime pas, disait-elle, les églises à la mode, Dieu est le même partout ! Le prêtre y est excellent et officie d'une manière parfaite, le diacre aussi, et je ne vois pas que les chœurs et les morceaux d'ensemble qui se chantent ailleurs fassent ressortir davantage la sainteté du lieu !…

Je n'aime pas cela… c'est se donner trop d'aises ! »

Marie Dmitrievna aimait et fêtait religieusement le dimanche ; chaque samedi, sa maison était lavée du haut en bas ; ni elle ni ses domestiques ne travaillaient le jour du Seigneur, et chacun allait entendre la messe. Elle faisait ajouter un plat de plus à son dîner, et donner de l'eau-de-vie aux gens de l'office, en y joignant pour rôti une oie, ou un petit cochon de lait.

Nulle part la solennité de ce jour ne se traduisait aussi visiblement que sur la figure large et pleine, et habituellement sérieuse, de la maîtresse de la maison.

Lorsqu'après la messe on eut servi le café dans le salon, dont les meubles étaient débarrassés de leurs housses, on vint lui annoncer que sa voiture était avancée ; drapée dans son châle des grands jours de fête, elle se leva et annonça qu'elle allait faire une visite au vieux prince Bolkonsky, afin de s'expliquer avec lui à propos de Natacha.

Bientôt après, Mme Aubert Chalmé, la fameuse couturière, vint essayer des robes à cette dernière, qui, acceptant avec joie cette diversion, se retira avec elle dans sa chambre. Au moment où, la tête penchée en arrière, elle examinait dans la psyché le dos du corsage, qui était seulement faufilé et sans manches, elle entendit la voix de son père et celle d'une dame, qu'elle reconnut, non sans une vive émotion : c'était la voix d'Hélène. Elle n'avait pas eu encore le temps de passer sa robe, que la porte s'ouvrit, et que la comtesse Besoukhow entra, plus souriante que jamais, vêtue d'une robe de velours violet à larges revers :

« Ah ! ma charmante, ma toute belle ! s'écria-t-elle, je suis venue pour dire à votre père que c'est vraiment incroyable d'être ici, et de ne voir âme qui vive… Aussi j'insiste pour que vous veniez chez moi ce soir… J'aurai quelques personnes, Mlle Georges déclamera…, et si vous ne m'amenez pas vos jolies filles, ajouta-t-elle en s'adressant au comte, qui venait d'entrer sur ses talons, je me brouillerai tout à fait avec vous. Mon mari est parti pour Tver ; sans cela, je l'aurais envoyé vous chercher… Sans faute, n'est-ce pas ?… sans faute, vers les neuf heures ? » Puis, saluant d'un signe de tête la couturière, qu'elle connaissait de longue date, et qui lui répondit par une profonde révérence, elle s'assit dans un fauteuil près de la glace, et, tout en donnant aux plis de sa belle robe un tour plein

de grâce, elle continua à bavarder avec la plus affectueuse cordialité, à s'extasier sur la beauté de Natacha, à admirer ses nouvelles
toilettes, à faire ressortir la sienne, et finit par lui conseiller d'en
commander une pareille à celle qu'elle venait de recevoir de Paris :
« Figurez-vous, ma charmante, qu'elle est en gaze à reflets métal-
liques… Mais peu importe !… vous embellissez tout ce que vous
portez ! »

La figure de Natacha rayonnait de plaisir : elle se sentait renaître
et recevait avec bonheur les éloges de cette aimable comtesse, qui
lui avait paru, au premier abord, si imposante, si inabordable, et
qui maintenant lui témoignait une bonne grâce si parfaite. Elle en
avait la tête tournée ; Hélène, de son côté, était sincère, mais cette
sincérité n'excluait point son arrière-pensée de l'attirer chez elle :
en effet son frère l'en avait priée, et, tout en se faisant une joie de
servir ses intérêts, elle y mettait toute la bonne foi imaginable. Elle
avait été jalouse autrefois de Natacha à propos de Boris, mais aujourd'hui elle n'y pensait plus, et elle lui souhaitait sérieusement
tout ce qu'elle désirait pour elle-même. Elle la prit à part au moment de la quitter.

« Mon frère a dîné chez nous hier, et il nous a fait mourir de rire…
Il ne mange rien, ne fait que soupirer… Il est fou, amoureux fou de
vous, ma belle ! »

Natacha devint pourpre à ces mots.

« Oh ! comme elle rougit, la chère enfant… vous viendrez, bien
sûr ?… Si vous aimez quelqu'un, ce n'est pas une raison pour vous
cloîtrer, et, à supposer que vous soyez fiancée, je suis sûre que votre
futur serait charmé de savoir que vous allez dans le monde en son
absence plutôt que de périr d'ennui. »

« Elle sait que je suis fiancée, se disait Natacha, et cependant elle
a plaisanté de tout cela avec Pierre, avec Pierre qui est la droiture
même !… Donc, il n'y a rien de mal là dedans. » Grâce à l'influence
qu'Hélène exerçait sur elle, ce qui lui avait paru effrayant jusque-
là redevint tout à coup simple et naturel : « C'est une vraie grande
dame, elle est charmante, et l'on voit qu'elle m'aime de tout son
cœur. Pourquoi donc ne pas m'amuser un peu ? » se demandait
Natacha en la regardant de ses yeux grands ouverts, qui exprimaient une vague surprise.

Marie Dmitrievna revint pour dîner : il était facile de voir, à son silence et à son air absorbé, qu'elle avait subi une défaite. Trop émue pour parler avec calme des incidents de son entrevue avec le vieux prince, elle répondit au comte que tout marchait bien, et qu'il en saurait davantage le lendemain. Seulement, quand elle apprit la visite et l'invitation de la comtesse Besoukhow, elle dit carrément qu'elle n'aimait pas à la voir chez elle, et déconseilla toute intimité de ce côté.

« Mais, ajouta-t-elle en se tournant vers Natacha, puisque tu as promis, vas-y, cela te distraira ! »

XIII

Le comte se rendit donc avec les deux jeunes filles à la soirée des Besoukhow. Bien que la société y fût très nombreuse, la majeure partie en était inconnue aux Rostow, et le comte remarqua même avec déplaisir qu'elle était presque exclusivement composée d'hommes et de femmes dont les allures se faisaient remarquer par un extrême laisser-aller. La jeunesse, parmi laquelle on voyait plusieurs Français, et entre autres Métivier, qui était devenu l'intime de la maison depuis l'arrivée d'Hélène à Moscou, faisait cercle autour de Mlle Georges. Aussi le comte prit-il, à part lui, la résolution de ne pas jouer, de ne pas quitter ses filles, et de les emmener aussitôt que la grande artiste aurait fini de déclamer.

Anatole, qui s'était placé près de la porte pour ne pas manquer leur entrée, s'approcha d'eux, les salua, et suivit Natacha, déjà en proie à la même étrange émotion de vanité satisfaite et d'effroi indicible qu'elle avait éprouvée au théâtre.

Hélène la reçut avec force démonstrations de joie, et la complimenta très haut sur sa beauté et sa jolie toilette. Pendant que Mlle Georges était allée se costumer dans une pièce voisine, on aligna les chaises, on s'assit, et Anatole se disposait à occuper une place à côté de Natacha, lorsque le comte, qui ne quittait pas sa fille des yeux, s'en empara, et l'obligea ainsi à se mettre derrière eux.

Mlle Georges ne tarda pas à reparaître, drapée d'un châle rouge, relevé sur l'épaule, de manière à laisser voir, dans toute leur beauté, ses gros bras à fossettes ; elle s'arrêta au milieu de l'espace qui lui avait été ménagé devant l'auditoire, prit une attitude affectée,

188

qui souleva néanmoins un murmure enthousiaste, et, jetant autour d'elle un regard profond et sombre, elle se mit à déclamer en français une longue tirade de vers, dans laquelle elle exprimait l'amour coupable qu'elle nourrissait pour son fils : enflant et baissant la voix tour à tour, tantôt elle redressait la tête d'un air superbe ; tantôt, roulant des yeux hagards, elle laissait échapper des sons rauques de sa puissante poitrine, et semblait prête à étouffer !

« Adorable ! divin ! délicieux ! » criait-on de tous côtés. Natacha, le regard fixé sur la forte tragédienne, ne voyait ni ne comprenait rien ; elle sentait seulement qu'elle était plongée de nouveau dans ce monde étrange, insensé, à mille lieues du réel, où le bien et le mal, l'extravagant et le raisonnable, se mêlaient et se confondaient. Effrayée et émue, elle attendait quelque chose.

Le monologue terminé, on se leva et l'on acclama Mlle Georges à tout rompre.

« Comme elle est belle ! dit Natacha à son père, qui essayait aussi de se frayer un chemin dans la foule jusqu'à l'éminente artiste.

– Je ne suis pas de votre avis, lorsque je vous vois…, murmura Anatole à l'oreille de Natacha, de façon à être entendu d'elle seule.
– Vous êtes ravissante, et, depuis l'instant où vous m'êtes apparue, je n'ai plus…

– Allons, viens donc, Natacha, » s'écria le comte en se retournant.

Elle se rapprocha de son père et fixa sur lui un regard éperdu.

Mlle Georges récita plusieurs autres scènes, et prit ensuite congé de la société, qui fut aussitôt engagée à passer dans la grande salle.

Le comte se disposait à partir, mais Hélène vint le supplier avec tant d'insistance de ne point lui gâter le plaisir de ce petit bal improvisé, en emmenant ses filles, qu'il céda à ses prières et resta. Anatole s'empressa d'engager Natacha pour un tour de valse, et ne cessa de lui répéter, tout en lui pressant la taille et la main, qu'elle était ravissante et qu'il l'aimait. Pendant « l'écossaise » qu'ils dansèrent ensemble, il garda le silence, et sa danseuse se demanda avec stupeur si elle n'avait pas rêvé la déclaration qu'elle en avait reçue pendant la valse ; mais, à la fin de la première figure, elle sentit qu'il lui serrait de nouveau la main, et elle allait lui adresser un reproche, lorsque l'expression tendre et assurée de son regard l'arrêta tout court sur ses lèvres :

« Ne me parlez pas ainsi, je suis fiancée, j'en aime un autre, dit-elle vivement en baissant les yeux.

– Pourquoi me le dire ? repartit Anatole que cet aveu ne parut troubler en rien : – Que m'importe ? Je sais que je vous aime, et que je vous aime follement… Est-ce ma faute si vous êtes si séduisante !… À nous à faire la figure ! »

Natacha regardait autour d'elle d'un air effaré, et paraissait plus agitée que de coutume. Après « l'écossaise » vint le tour du « Grossvater » ; son père voulut l'emmener, elle le pria de la laisser danser encore, et cependant, de quelque côté qu'elle se tournât, elle se sentait sous le feu des yeux d'Anatole. Au moment où elle entrait dans la chambre de toilette des dames pour arranger un volant de sa robe qui venait de se découdre, elle fut rejointe par Hélène, qui lui reparla, en riant, de l'amour de son frère. Elles passèrent ensemble dans le boudoir à côté, Anatole s'y trouvait : sa sœur disparut, et elle se trouva seule avec lui.

« Il m'est impossible, lui dit-il d'une voix attendrie, de vous voir chez vous : me condamnerez-vous alors à ne vous voir jamais ? Je vous aime à la folie. Je ne pourrais donc jamais… » et, l'empêchant d'avancer, il pencha sa figure au-dessus de la sienne. Ses yeux brillants et passionnés plongeaient dans ceux de Natacha, qui ne pouvaient s'en détacher : « Nathalie ! murmura-t-il en pressant fortement ses mains dans les siennes… Nathalie !

– Je ne comprends rien, je ne puis rien vous dire, » sembla lui répondre le regard éperdu de Natacha… Des lèvres brûlantes effleurèrent les siennes…, mais au même instant il s'arrêta et Natacha se sentit délivrée… Le frou-frou d'une robe et un bruit de pas venaient de se faire entendre à l'entrée du boudoir… c'était Hélène ! Natacha la vit s'approcher : interdite et frémissante, elle se retourna vers lui comme pour lui demander une explication, et alla à la rencontre de la comtesse.

– Un mot, un seul mot ! » poursuivit Anatole.

Elle ralentit le pas, car elle avait hâte de lui entendre prononcer ce mot, qui éclaircirait leur situation, et qui lui permettrait enfin de répondre.

« Nathalie, un mot, un seul ! » répétait-il, ne sachant en réalité ce qu'il voulait dire. Sa sœur parut, et ils rentrèrent tous trois au

CHAPITRE III

salon. Les Rostow déclinèrent l'invitation au souper, et firent leurs adieux.

Natacha passa une nuit blanche, tourmentée par le problème qu'elle ne parvenait pas à résoudre : lequel des deux aimait-elle ? Assurément, elle aimait le prince André et n'avait point oublié sa vive affection pour lui…, mais elle aimait aussi Anatole, c'était indiscutable : « Autrement cela aurait-il pu avoir lieu ? aurais-je répondu l'autre soir par un sourire à son sourire ? Si je l'ai fait, c'est que je l'ai aimé tout de suite, à première vue… Cela veut donc dire qu'il est bon, généreux et beau, et que par conséquent je ne pouvais m'empêcher de l'aimer ! Qu'y faire ? J'aime l'un, et j'aime l'autre, » et elle se répétait cela mille fois, sans trouver une réponse plausible aux questions qui l'épouvantaient !

XIV

Le jour ramena les soucis et le remue-ménage habituels : on se leva, on s'habilla, on bavarda, les couturières et les modistes parurent à tour de rôle, Marie Dmitrievna sortit de son appartement et l'on se réunit enfin pour le déjeuner du matin. Natacha, les yeux agrandis par l'insomnie, cherchait à arrêter au vol tout regard indiscret, et faisait son possible pour paraître telle que d'habitude.

Après le thé, Marie Dmitrievna s'installa dans son fauteuil, et appela à elle Natacha et le vieux comte :

« Eh bien, mes amis, tout bien pesé, voici mon conseil : hier j'ai vu, comme vous le savez, le vieux prince Bolkonsky, je lui ai parlé, et croiriez-vous qu'il a élevé la voix… mais il n'est pas facile de me fermer la bouche, je lui ai défilé tout mon chapelet.

– Qu'a-t-il dit ? demanda le comte.

– Lui, c'est un fou, il ne veut rien entendre, mais à quoi bon en parler ? Cette fillette en est déjà bien assez tourmentée. Mon conseil est donc de terminer au plus vite vos affaires, de retourner à Otradnoë, et d'y attendre…

– Non, non ! s'écria Natacha.

– Si, si ! répliqua Marie Dmitrievna. Il faut partir et attendre ! Si ton fiancé était ici, une brouille serait inévitable, tandis que, seul avec le vieux, il parviendra à le retourner comme un gant, et il ira te chercher. »

Le comte comprit la sagesse de ce plan, et l'approuva. Si le vieillard devenait plus maniable, on pourrait toujours revenir à Moscou, ou aller à Lissy-Gory ; dans le cas contraire, s'il persistait à refuser son consentement, le mariage ne pouvait avoir lieu qu'à Otradnoë.

« C'est parfaitement juste, et je regrette maintenant, continua-t-il, d'avoir mené Natacha chez eux.

– Il n'y a pas à le regretter, il aurait été difficile de ne pas lui donner ce témoignage de respect… Il ne veut pas, c'est son affaire ! Le trousseau est prêt, pourquoi attendre davantage ? Je me charge de vous envoyer les objets en retard, je regrette de vous voir partir, mais cela vaut mieux : partez, et que Dieu vous garde ! » Puis, tirant de son « ridicule » une lettre écrite par la princesse Marie, elle la remit à Natacha :

« C'est pour toi ! La pauvrette s'inquiète. Elle craint que tu ne doutes de son affection.

– C'est vrai, elle ne m'aime pas, dit Natacha.

– Quelle folie ! mais tais-toi donc ! s'écria Marie Dmitrievna avec emportement.

– Je ne m'en rapporte à personne… Je le sais, elle ne m'aime pas, repartit Natacha en prenant la lettre d'un air irrité et décidé, qui frappa Marie Dmitrievna : elle l'examina et fronça les sourcils.

– Tu me feras le plaisir, ma très chère, de ne point me contredire : ce que j'ai dit est vrai… va lui répondre. » Natacha quitta le salon sans répliquer.

La princesse Marie lui dépeignait en quelques lignes tout son chagrin du malentendu survenu entre elles, et la suppliait, quels que fussent les sentiments de son père, de croire à l'affection qu'elle portait à celle qu'avait choisie son frère, pour qui elle était prête à tout sacrifier : « Ne croyez pas, écrivait-elle, que mon père soit mal disposé envers vous ; il est vieux et malade, il faut l'excuser ; mais il est foncièrement bon, et il finira par aimer celle qui doit rendre son fils heureux. » Elle terminait sa lettre en la priant de lui indiquer l'heure où elles pourraient se voir.

Natacha s'assit et traça machinalement ces deux mots :

« Chère princesse… » Alors elle déposa la plume. Comment continuer ? Qu'avait-elle à lui dire après la soirée de la veille ?…
« Oui, c'est fini, tout est changé maintenant ; il faut lui envoyer un

CHAPITRE III

refus… mais dois-je le faire ?… C'est horrible !… » Et, pour ne pas s'abandonner plus longtemps à ces effrayantes pensées, elle rejoignit Sonia, qui était occupée à choisir des dessins de tapisserie. Après dîner, elle reprit la lecture de la lettre de la princesse Marie : « Est-ce vraiment fini ? se disait-elle, bien fini ?… Ce passé est-il donc véritablement effacé de mon cœur ? » Elle ne méconnaissait pas la violence du sentiment qu'elle avait éprouvé pour le prince André, mais aujourd'hui elle aimait Kouraguine, et son imagination lui représentait tour à tour, et le bonheur mille fois caressé dans ses rêves qui devait être son partage, quand elle serait mariée à Bolkonsky, et les moindres incidents de la veille, dont le seul souvenir suffisait pour enflammer tout son être : « Pourquoi ne puis-je aimer les deux à la fois ? se disait-elle avec égarement : alors seulement j'aurais pu être heureuse ; tandis qu'il m'est impossible de choisir entre eux ? Comment le dirai-je, ou plutôt comment le cacher au prince André ? Dois-je dire adieu à jamais à son amour qui a si longtemps fait tout mon bonheur ? »

« Mademoiselle ! murmura la femme de chambre d'un air mystérieux. Un petit homme m'a remis cela pour vous… – et elle lui tendit une lettre : – Seulement, au nom du ciel… » Natacha prit machinalement la lettre, la décacheta, la lut, et ne comprit qu'une chose, c'est que la lettre était de « lui », de celui qu'elle aimait : « Oui, je l'aime, se dit-elle. S'il en était autrement, garderais-je entre les mains cette lettre brûlante de passion ? »

Tremblante d'émotion, elle la dévorait des yeux, et découvrait dans chaque ligne un écho de ses propres sensations… Cette lettre, faut-il l'avouer, avait été composée par Dologhow : elle commençait ainsi :

« Mon sort s'est décidé hier soir : être aimé de vous, ou mourir !… Je n'ai pas d'autre issue !… » Anatole lui disait ensuite que ses parents, à elle, ne consentiraient pas à lui donner sa main, à cause de certaines raisons secrètes, qu'il ne pouvait dévoiler qu'à elle seule, mais que, si elle l'aimait, il lui suffirait de dire oui, et qu'aucune force humaine ne pourrait mettre alors obstacle à leur bonheur… L'amour triomphe de tout !… Il l'enlèverait et l'emmènerait au bout du monde !

– Oui, je l'aime ! » se répéta Natacha en relisant pour la vingtième fois ces phrases brûlantes, et en se pénétrant de plus en plus de l'ardeur dont elles étaient empreintes.

Marie Dmitrievna, qui avait été invitée chez les Arharow, proposa aux jeunes filles de l'accompagner ; mais Natacha prétexta une migraine, et se retira chez elle.

XV

Sonia revint fort tard de chez les Arharow : en entrant chez Natacha, elle fut toute surprise de la voir endormie sur le canapé, toute habillée. Une lettre décachetée était sur la table à côté d'elle et frappa sa vue : elle la prit et la parcourut, en jetant par intervalles un regard stupéfait sur la dormeuse, et en cherchant en vain une explication sur ses traits. Son visage était calme et heureux, tandis que Sonia, pâle, tremblante de terreur, et pressant son cœur de ses deux mains pour ne pas suffoquer, tombait dans un fauteuil et fondait en larmes.

« Comment n'ai-je rien vu ? se disait-elle ; comment cela a-t-il pu aller jusque-là ? N'aime-t-elle donc plus son fiancé ?... Et ce Kouraguine ? Mais c'est un misérable, il la trompe, c'est évident. Que dira Nicolas, ce bon et noble Nicolas, lorsqu'il saura tout ? C'est donc là ce que cachait le trouble de sa figure avant-hier, hier et aujourd'hui ?... Mais elle ne peut l'aimer, c'est impossible. Elle aura décacheté la lettre sans se douter de qui elle lui venait, elle en aura été offensée, bien sûr... » Sonia essuya ses larmes, s'approcha de Natacha, l'examina encore une fois, et l'appela doucement.

Natacha se réveilla en sursaut.

« Ah ! te voilà de retour ! » dit-elle, et elle l'embrassa avec effusion ; mais, remarquant aussitôt le trouble de son amie, sa figure trahit l'embarras et la défiance : « Sonia, tu as lu la lettre ?

– Oui, murmura Sonia.

– Sonia, dit-elle avec un sourire plein de bonheur et de joie, je ne puis te le cacher plus longtemps ! Sonia, Sonia, ma petite âme, nous nous aimons ; tu vois, il me l'écrit. »

Sonia n'en pouvait croire ses oreilles.

« Bolkonsky ? dit-elle.

– Sonia, Sonia, si tu pouvais comprendre combien je suis heureuse... Mais tu ne sais pas ce que c'est que l'amour. »

– Oh ! Natacha !… et l'autre, est-il donc déjà oublié ? » Natacha l'écoutait sans avoir l'air de la comprendre : « Quoi ! tu romps avec le prince André ?

– Ah oui ! je disais bien que tu n'y comprenais rien !… écoute-moi, répliqua Natacha avec emportement.

– Non, je ne le croirai jamais, répéta Sonia, et j'avoue que je n'y comprends rien… Comment ! pendant toute une année tu aimes un galant homme, et puis tout à coup… Mais lui, tu ne l'as vu que trois fois… C'est impossible, je ne te crois pas, tu veux te moquer de moi ! Comment ! en trois jours oublier tout ?…

– Trois jours ? Mais il me semble qu'il y a cent ans que je l'aime…, que je n'ai jamais aimé que lui. Mets-toi là, et écoute. » Alors elle l'attira à elle, en l'embrassant de force : « J'avais souvent entendu dire, et toi aussi sans doute, qu'un pareil amour existait, mais je ne l'avais pas encore éprouvé… il est tout différent de l'autre ! À peine l'ai-je entrevu, que j'ai deviné en lui mon maître, je me suis sentie son esclave ! il m'a fallu l'aimer ! Oui, son esclave ! Quoi qu'il m'ordonne, je le ferai… Tu ne comprends pas cela ? Ce n'est pas ma faute !

– Mais penses-y donc !… Je ne peux laisser les choses se passer ainsi… et cette lettre reçue en cachette ? Comment as-tu pu l'accepter ? poursuivit Sonia, qui ne pouvait parvenir à dissimuler ni sa frayeur ni sa répugnance.

– Je n'ai plus de volonté, je te l'ai dit, je l'aime, c'est tout ? s'écria Natacha avec une exaltation croissante, où se mêlait cependant une certaine crainte.

– S'il en est ainsi, j'empêcherai cela, je te le jure, je dirai tout. » Et des larmes jaillirent des yeux de Sonia.

– Au nom du ciel, ne le fais pas… Si tu en parles, je ne te connais plus… Tu veux donc mon malheur, tu veux que l'on nous sépare !… »

Sonia eut honte et pitié de sa terreur : « Qu'y a-t-il eu entre vous ? Que t'a-t-il dit ? Pourquoi ne vient-il pas ici, chez nous ?

– Sonia, je t'en supplie, dit Natacha sans répondre à sa question, ne me tourmente pas ; au nom du ciel, rappelle-toi que personne ne doit se mêler de cela, car je me suis confiée à toi.

– Mais pourquoi tous ces mystères ? Pourquoi ne demande-t-il pas tout simplement ta main ? Le prince André t'a laissée entièrement libre d'en disposer… As-tu pensé, as-tu cherché à découvrir quelles sont « les raisons secrètes » de sa conduite ? »

Natacha, stupéfaite, fixa ses regards sur Sonia ; cette question se présentait à elle pour la première fois, elle ne savait qu'y répondre :

« Ses raisons secrètes ? répéta-t-elle… il y en a, voilà tout ! »

Sonia soupira et secoua la tête :

« Si ses raisons étaient bonnes… » dit-elle. Natacha, devinant ce qu'elle allait dire, l'interrompit vivement.

« Sonia, on ne doit pas douter de lui, on ne le doit pas !

– Est-ce qu'il t'aime ?

– S'il m'aime ? répliqua Natacha en souriant avec mépris à l'aveuglement de son amie. Tu as lu sa lettre, tu l'as lue et tu le demandes ?…

– Mais si c'est un homme sans honneur ?…

– Lui, sans honneur ?… tu ne le connais pas !

– Si c'est un galant homme, reprit Sonia avec énergie, il doit déclarer ses intentions, ou cesser de te voir ; et, si tu ne le lui dis pas, c'est moi qui m'en charge : je lui écrirai et je raconterai tout à papa !

– Mais je ne puis pas vivre sans lui ! s'écria Natacha.

– Je ne comprends ni ta conduite ni tes paroles. Pense à ton père, à Nicolas !

– Je n'ai besoin de personne, je n'aime personne que lui ! Comment oses-tu le traiter d'homme sans honneur ? Ne sais-tu donc pas que je l'aime ? Va-t'en, je ne veux pas me brouiller avec toi… Va-t'en, va-t'en, je t'en supplie ; tu vois dans quel état tu me mets !… » Sonia sortit précipitamment de la chambre ; les sanglots l'étouffaient.

Natacha s'approcha de la table, et écrivit sans hésitation à la princesse Marie la réponse que, le matin encore, il lui avait été impossible de composer. Elle lui exposait en deux mots que, le prince André lui ayant laissé toute liberté d'action, elle profitait de sa générosité ; qu'après y avoir mûrement réfléchi, elle la priait d'oublier le passé, de lui pardonner ses torts, si elle en avait eu envers elle, et lui déclarait qu'elle ne serait jamais la femme de son frère. Tout, dans cet instant, lui paraissait simple, clair, et d'une exécution facile.

Le vendredi suivant fut fixé pour le départ des Rostow, qui retournaient à la campagne, et le mercredi, le comte, accompagné d'un acheteur, se rendit dans son bien près de Moscou.

Ce même jour Sonia et Natacha, invitées à un grand dîner chez les Karaguine, y furent chaperonnées par Marie Dmitrievna. Anatole s'y trouvait, et Sonia remarqua que Natacha lui parla d'une façon mystérieuse, et que son agitation s'accrut pendant le dîner. Natacha, à leur retour, alla au-devant de l'explication attendue par Sonia :

« Eh bien, Sonia, » commença-t-elle d'une voix insinuante, comme font les enfants quand ils veulent qu'on leur fasse un compliment. Apprends donc que nous nous sommes expliqués tout à l'heure... toi qui disais sur son compte tant d'absurdités.

– Et après, qu'en est-il résulté ? Je suis bien aise, Natacha, de voir que tu n'es pas fâchée contre moi ! Dis-moi la vérité ! »

Natacha se prit à réfléchir :

« Ah ! Sonia, si tu pouvais le connaître comme je le connais, moi ! Il m'a dit... il m'a demandé de quel genre était mon engagement avec Bolkonsky, et il a été si heureux d'apprendre qu'il dépendait de moi de le rompre ! »

Sonia soupira :

« Mais, tu n'as pas encore rompu...

– Et si je l'avais fait, si tout était fini entre Bolkonsky et moi ? Pourquoi donc as-tu si mauvaise opinion de moi ?

– Je n'ai pas mauvaise opinion de toi ; seulement je n'y comprends rien...

– Attends, tu vas tout comprendre, et tu verras quel homme c'est, tu verras ! »

Mais Sonia ne se laissait point influencer par la feinte douceur de Natacha ; elle devenait au contraire plus sévère et plus sérieuse à mesure que son amie y mettait plus de câlinerie.

« Natacha, dit-elle, tu m'avais priée de ne plus t'en parler, c'est toi qui es revenue sur ce sujet, j'ai donc le droit de te dire que je ne crois pas en lui ! Pourquoi encore tous ces mystères ?

– Encore le même soupçon ! reprit Natacha.

– J'ai peur pour toi.

– De quoi as-tu peur ?

– J'ai peur que tu ne te perdes, poursuivit Sonia avec fermeté, quoique effrayée elle-même de ses paroles. La figure de Natacha prit une expression méchante.

– Eh bien, oui, je me perdrai, je me perdrai le plus tôt possible : cela ne vous regarde pas, c'est moi qui en pâtirai, et pas vous, n'est-ce pas... ? Laisse-moi, laisse-moi, je te déteste, tu es mon ennemie pour toujours !» Et à ces mots elle quitta la chambre, et évita, le lendemain, avec soin de voir Sonia et de lui parler. Marchant à grands pas dans son appartement, elle essayait en vain de fixer son attention sur un travail quelconque : l'émotion qui la travaillait intérieurement se lisait sur ses traits fatigués, et il s'y mêlait un sentiment inavoué de culpabilité.

Malgré tout ce que cette tâche avait de pénible pour elle, Sonia ne la quitta pas des yeux tout le temps qu'elle resta auprès d'une des fenêtres du salon ; elle semblait attendre quelqu'un ou quelque chose, car elle la vit faire un signe à un militaire qui passait en traîneau, et que Sonia supposa devoir être Anatole.

Elle redoubla de surveillance, et remarqua l'excitation inaccoutumée de Natacha pendant le dîner et la soirée ; visiblement préoccupée, elle répondait de travers à tout ce qu'on lui disait, n'achevait pas les phrases qu'elle avait commencées, et riait sans raison et à tout propos.

Sonia aperçut après le thé du soir une femme de chambre qui entrait chez Natacha d'un air mystérieux ; revenant sur ses pas, elle appliqua son oreille au trou de la serrure, et devina qu'une nouvelle lettre venait de lui être remise ; comprenant soudain que Natacha cachait un projet inavouable, décidée à l'exécuter peut-être dans quelques heures, elle frappa violemment à la porte, mais n'obtint aucune réponse : « Elle va fuir avec lui, elle en est capable, se disait-elle avec désespoir. Elle était triste aujourd'hui, mais résolue, et l'autre jour elle a pleuré en prenant congé de son père... C'est bien cela : elle fuira avec lui, mais que dois-je faire ?... Le comte est absent !... Écrire à Kouraguine, lui demander une explication, mais pourquoi me répondrait-il ? Écrire à Pierre, comme l'avait demandé le prince André en cas de malheur, mais n'a-t-elle pas déjà rompu avec Bolkonsky, car hier soir elle a envoyé sa réponse à la princesse Marie ! Mon Dieu, que faire ? Parler à Marie Dmitrievna, dont la confiance en Natacha est si entière, ce serait une délation !... Quoi qu'il en soit, c'est à moi d'agir, se disait-elle en poursuivant ces réflexions dans le sombre couloir, c'est à moi de prouver ma reconnaissance pour les bienfaits dont ils m'ont comblée, et mon affection pour Nicolas... Dussé-je ne pas bouger de trois nuits, je ne dormirai pas, je l'empêcherai de force de sortir, je ne laisserai pas le déshonneur et la honte entrer dans la famille ! »

XVI

Anatole demeurait chez Dologhow depuis quelque temps. Le plan de l'enlèvement de Natacha avait été combiné par ce dernier, et devait s'exécuter le jour même où Sonia faisait serment de ne pas la perdre de vue. Natacha, de son côté, avait promis de se trouver à dix heures du soir à la porte de l'escalier dérobé, afin de rejoindre Kouraguine, qui l'y attendrait, pour l'emmener dans une troïka, à soixante verstes de Moscou, au village de Kamenka. Là un prêtre interdit devait les marier ; après cette cérémonie dérisoire, un second relais de chevaux les conduirait plus loin sur la route de Varsovie, où ils espéraient prendre la poste à la première station, et passer ensuite la frontière.

Anatole s'était muni d'un passeport, d'un permis pour la poste et de vingt mille roubles, que lui avaient procurés Dologhow et sa sœur.

Les deux témoins, Gvostikow, ex-clerc de chancellerie, et Makarine, hussard en retraite, sans volonté aucune, mais complètement dévoués à Kouraguine, prenaient le thé dans la première pièce, pendant que dans le grand cabinet voisin, dont les murs étaient recouverts de haut en bas de tapis persans, de peaux d'ours et d'armes de toutes sortes, le maître du logis, vêtu d'un « bechmel[1] » de voyage, les pieds chaussés de bottes montantes, assis devant un bureau ouvert, revoyait les factures, comptait les assignats alignés en paquets, et inscrivait des chiffres sur une feuille volante :

« Il faudra bien donner deux mille roubles à Gvostikow ?

– Donne-les, dit Anatole en rentrant de la pièce du fond, où un

---

1 Vêtement oriental. (*Note du Traducteur.*)

valet de chambre français emballait leurs effets.

– Quant à Makarka (c'était le petit nom donné à Makarine), il est désintéressé, et se jettera au besoin pour toi dans le feu. C'est fini, les comptes sont réglés… est-ce bien cela ? ajouta Dologhow en lui tendant la feuille.

– Mais sans doute, c'est bien cela, » répliqua Anatole, qui ne l'avait pas écouté, et dont les yeux souriants regardaient devant lui sans rien voir.

Dologhow referma le bureau :

« Sais-tu… lui dit-il d'un air moqueur, renonce à tout cela ; il en est temps encore.

– Imbécile ! repartit Anatole, ne dis donc pas de bêtises ; si tu savais…, mais le diable seul sait ce qui en est.

– Vrai, n'y pense plus, je te parle sérieusement… ce n'est pas une plaisanterie que tu entames là !

– Ne vas-tu pas encore me taquiner ? Va-t'en au diable !… – et Anatole fronça le sourcil : – Je n'ai plus le temps d'écouter tes sornettes. »

Dologhow le regarda d'un air hautain :

« Voyons, je ne plaisante pas… écoute ! »

Anatole revint sur ses pas en faisant un visible effort pour lui prêter attention, et par égard pour son ami, dont il subissait malgré lui l'influence.

« Écoute-moi, je t'en prie, pour la dernière fois. Pourquoi plaisanterais-je ? T'ai-je mis des bâtons dans les roues ? N'est-ce pas moi, au contraire, qui t'ai arrangé tout cela, qui t'ai déniché le prêtre interdit, qui ai obtenu le passeport, qui ai trouvé de l'argent ?

– Eh bien, je t'en remercie ; crois-tu donc que je ne t'en sois pas reconnaissant ? » Et il embrassa Dologhow.

– Je t'ai aidé, mais je te dois la vérité : l'entreprise est dangereuse, et, en y réfléchissant bien, elle est absurde ! Tu l'enlèveras ? à merveille. Après ? Le secret transpirera, on apprendra que tu es marié, et tu seras poursuivi au criminel !

– Folies, folies que tout cela, je te l'avais pourtant bien expliqué, » reprit Anatole, et avec cette complaisance que les intelligences bornées mettent à revenir sur leurs arguments, il lui répéta pour la centième fois toutes les raisons qu'il lui avait déjà débitées : « Ne t'ai-je pas dit : premièrement, que si le mariage est illégal, ce n'est pas moi qui en répondrai ; et secondement, que s'il est légal, c'est bien indifférent, puisque personne à l'étranger n'en saura rien... N'est-ce pas cela ? Et maintenant, plus un mot là-dessus !

– Crois-moi, renonces-y ! Tu t'engageras et...

– Au diable ! s'écria Anatole en se prenant la tête à deux mains. Vois un peu comme il bat ! » Et, saisissant la main de son ami, il l'appliqua sur son cœur : « Ah ! quel pied, mon cher, quel regard !... Une vraie déesse ! »

Les yeux effrontés et brillants de Dologhow le regardaient avec ironie :

« Et lorsque l'argent sera épuisé, alors...

– Alors, répéta Anatole légèrement interdit par cette perspective inattendue. Eh bien ! alors, je n'en sais rien... Mais assez causé ! Il est l'heure ! » ajouta-t-il en tirant sa montre, et il passa dans la pièce voisine. « En aurez-vous bientôt fini ? » dit-il en s'adressant avec colère aux domestiques.

Dologhow serra l'argent, appela un valet de chambre, lui ordonna de servir n'importe quoi avant le départ, et alla ensuite rejoindre Makarine et Gvostikow, en laissant là Anatole, qui, étendu sur le divan de son cabinet, souriait amoureusement dans le vague et murmurait des paroles sans suite.

« Viens donc prendre quelque chose ! lui cria-t-il de loin.

– Je n'ai besoin de rien, répondit Anatole.

– Viens, Balaga est arrivé ! »

Anatole se leva et entra dans la salle à manger. Balaga était un cocher de troïka, très réputé dans son métier, et qui leur avait constamment fourni des chevaux. Depuis six ans qu'il connaissait les deux amis, que de fois ne l'avait-il pas mené au petit jour de Tver à Moscou et ramené de Moscou à Tver la nuit suivante, lorsque Anatole y était en garnison ! Que de fois ne les avait-il pas conduits en nombreuse compagnie de bohémiennes et de petites dames ! Combien n'avait-il pas crevé à leur service de chevaux de prix, et écrasé de passants et d'izvotchiks ? Ses maîtres, comme il les appelait, le délivraient toujours des griffes de la police ; parfois, il est vrai, ils le rossaient, et ils l'oubliaient des nuits entières à la porte pendant leurs orgies ; mais, en revanche, parfois aussi ils lui versaient à flots du champagne et du madère, son vin favori. Il était dans leurs secrets et connaissait sur leur compte bien des histoires qui eussent valu la Sibérie à tout autre qu'eux... Aussi, que de milliers de roubles lui avaient passé par les mains ? Il les aimait à sa façon ; il aimait surtout avec frénésie cette course vertigineuse de dix-huit verstes à l'heure. Il aimait à culbuter les izvotchiks, à acculer les piétons dans le fossé, à lancer un coup de fouet en passant à un paysan qui se rejetait de côté plus mort que vif, à parcourir avec une vitesse extravagante les rues enchevêtrées de Moscou, et enfin à s'entendre talonner par les cris sauvages de leurs voix enrouées et avinées : « Oui, se disait-il avec orgueil, ce sont là de véritables seigneurs ! »

Anatole et Dologhow, de leur côté, faisaient grand cas de son talent de cocher, et ils l'aimaient par conformité de goûts. Balaga marchandait toujours avec tout le monde, prenait vingt-cinq roubles pour une promenade de deux heures, ne daignait que rarement conduire lui-même, et se faisait le plus souvent remplacer par ses aides. Mais avec ses « maîtres » il y allait de sa personne, et sans fixer de prix. Seulement, lorsqu'il apprenait par le valet de chambre que l'argent affluait à la maison, il venait chez eux plusieurs fois par mois le matin, et, après les avoir salués jusqu'à terre, les suppliait de le tirer d'embarras en lui avançant un ou deux milliers de roubles, jusqu'à ce qu'un beau jour on eût fait droit à sa requête.

Il avait vingt-sept ans : de petite taille, les cheveux roux, la figure rouge, le cou gros, le nez camus, des yeux brillants, une barbiche au menton, il portait un caftan en drap gros-bleu très fin, doublé de soie, et par-dessus, un vêtement fourré.

Il se signa en entrant, le visage tourné vers l'angle de droite, il tendit ensuite à Dologhow sa main hâlée :

« Salut à Fédor Ivanovitch, lui dit-il.

– Bonjour, mon ami.

– Salut à Votre Excellence, ajouta-t-il en s'adressant à Anatole et en lui tendant aussi la main.

– Écoute, Balaga, m'aimes-tu ?... Je te le demande ? – dit ce dernier en lui tapant sur l'épaule. – Eh bien, prouve-le-moi aujourd'hui !... Avec quels chevaux es-tu venu, dis ?...

– J'ai fait ce que vous m'avez ordonné : j'ai attelé les vôtres, les furieux !

– C'est bon, et tu n'hésiterais pas à les crever, pourvu qu'ils franchissent la distance en trois heures ?

– Mais si je les crève, comment marcherons-nous ? répondit Balaga en souriant de son mot.

– Je te casserai la mâchoire, tu entends… pas de plaisanteries ! s'écria Anatole en roulant de gros yeux.

– Pourquoi ne pas plaisanter ? On dirait vraiment que je suis homme à me ménager pour « mes maîtres »… On les lancera à fond de train, voilà tout !

– Vrai ? dit Anatole, alors assieds-toi !

– Assieds-toi donc, répéta Dologhow.

– Je resterai debout, Fédor Ivanovitch.

– Assieds-toi, et pas de bêtises, » reprit Anatole en lui versant un grand verre de madère. Les yeux de Balaga brillèrent à la vue de son vin bien-aimé. Après l'avoir d'abord refusé par politesse, il finit par l'avaler d'un seul coup et s'essuya la bouche avec le mouchoir de soie rouge chiffonné qu'il portait toujours dans le fond de son bonnet fourré.

« Quand partons-nous, Excellence ?

– Mais…, – Anatole regarda à sa montre – tout à l'heure ! Fais attention, Balaga, au moins pas de retard !

– Tout dépendra du départ, petit père ; s'il se fait heureusement, alors… Ne vous ai-je pas mené une fois, en sept heures, de Tver ici ? Tu ne l'as pas oublié, Excellence ?

– Figure-toi, dit Anatole en se souvenant avec bonheur de cette course, et en se tournant vers Makarine, qui le regardait avec une tendre vénération… Figure-toi qu'il m'a mené, un jour de Noël, de Tver ici avec une telle vitesse, que la respiration nous manquait… nous ne courions pas, je te le jure, nous volions… et ne voilà-t-il pas que nous tombons sur une file de chariots et que nous sautons par-dessus les deux derniers !

– Mais aussi quels chevaux ! J'avais attelé ensemble deux jeunes timoniers avec l'alezan clair, et, ma parole, Fédor Ivanovitch, poursuivit Balaga, ces fous furieux ont volé pendant soixante verstes à travers les airs. Pas moyen de les retenir, mes doigts se raidissaient de froid... Je jette les rênes... Tiens-toi bien, Excellence, que je crie, et je culbute dans le traîneau !... Il n'y avait plus qu'à les laisser faire et à nous cramponner de notre mieux..., et nous volâmes ainsi trois heures durant. Le cheval de volée de gauche seul en est crevé ! »

XVII

Anatole sortit un moment, et revint bientôt, vêtu d'une petite pelisse retenue à la taille par une ceinture en cuir avec des ornements en argent, et coiffé d'un bonnet garni de zibeline, posé de côté d'un air crâne, qui seyait à merveille à sa belle figure. Il se regarda dans la glace, se retourna et saisit un verre rempli de vin :

« Eh bien, mon cher Dologhow ! adieu, et merci pour tout ce que tu as fait ; adieu, vous aussi, mes chers compagnons de jeunesse, adieu ! »

Anatole savait fort bien qu'ils se disposaient tous à l'accompagner, mais il tenait à rendre cette scène attendrissante et solennelle. Il parlait haut, lentement, la poitrine tendue avant, et se balançait sur une jambe :

« Prenez des verres, toi aussi, Balaga... Oui, compagnons de ma jeunesse, nous avons vécu, nous nous sommes amusés, nous avons fait des folies ensemble ; et maintenant, quand nous reverrons-nous ? Je vais à l'étranger. Adieu, mes enfants... À votre santé, hourra !... » Et, avalant d'un trait le contenu de son verre, il le jeta à terre, où il se brisa en mille morceaux.

« À votre santé ! » dit Balaga en vidant le sien à son tour et en essuyant sa barbiche avec son mouchoir.

Makarine, les larmes aux yeux, embrassait Anatole :

« Ah ! prince, quel chagrin de nous séparer, murmurait-il, quel chagrin !

– En route, en route ! s'écria Anatole... Un moment ! ajouta-t-il en voyant Balaga se diriger vers la sortie : fermez bien les portes, et asseyons-nous[1]. » On les ferma et l'on s'assit... « Voilà qui est fait, et maintenant, mes enfants, en route ! » répéta-t-il en se levant.

1 Usage superstitieux, destiné en Russie à porter bonheur au voyage. (*Note du traducteur.*)

Joseph, le domestique, lui présenta sa sacoche et son sabre, et tous passèrent dans le vestibule.

« Où est la pelisse ? demanda Dologhow. Hé, Ignatka ! va demander à Matrena Matféïevna la pelisse de zibeline ; entre nous, je crains qu'elle ne l'emporte, ajouta-t-il plus bas... Tu verras, elle va accourir plus morte que vive sans rien mettre sur ses épaules, et, si tu t'attardes, il y aura des pleurs, papa et maman feront leur apparition... : aussi, prends bien vite la fourrure et fais-la mettre dans le traîneau. »

Le domestique revint avec une pelisse doublée de renard ordinaire.

« Imbécile ! je t'ai dit celle de zibeline ! Hé, Matrëchka, » s'écria-t-il avec tant de force, que sa voix retentit jusqu'au fond de l'appartement.

Une jolie bohémienne, maigre et pâle, avec des yeux d'un noir de jais, des cheveux bouclés à reflets aile de corbeau, enveloppée d'un châle rouge, se précipita dans l'antichambre en apportant la fourrure de zibeline.

« Eh bien, quoi ! la voici, prenez-la, je ne la regrette pas, » dit-elle d'un ton plaintif, en contradiction avec ses paroles ; elle était intimidée à la vue de son maître.

Dologhow lui jeta sur les épaules la pelisse de renard et l'en enveloppa :

« Comme cela d'abord, dit-il en relevant le collet, et comme cela ensuite, ajouta-t-il en le faisant retomber sur sa tête, de façon à ne laisser qu'un peu de sa figure à découvert... et enfin comme cela !... » Et il poussa vers elle Anatole, qui lui appliqua un baiser sur les lèvres.

« Adieu, Matrëchka, c'est fini de mes folies ici ! ma petite colombe, adieu, et souhaite-moi bonne chance !

– Que le bon Dieu vous donne du bonheur, beaucoup de bonheur, » répondit-elle avec son accent bohémien.

Deux troïkas, tenues par deux jeunes cochers, stationnaient devant la maison : Balaga monta dans le premier traîneau, leva haut les bras, et se mit, sans se hâter, à rassembler les rênes. Anatole et Dologhow s'assirent derrière lui. Makarine, Gvostikow et le domestique prirent place dans le second.

« Est-ce prêt ? demanda Balaga… Laissez aller ! » cria-t-il en enroulant les rênes autour de sa main, et les troïkas partirent, en les emportant à fond de train le long du boulevard Nikitski.

« Hé, gare, gare ! » criaient les cochers à pleins poumons. Sur la place Arbatskaïa, une des troïkas accrocha une voiture : il y eut un craquement suivi d'un cri, mais elle continua sa course effrénée, jusqu'au moment où Balaga, d'un vigoureux coup de poignet, arrêta tout court les chevaux, au carrefour des Vieilles-Écuries.

Anatole et Dologhow mirent pied à terre sur le trottoir et s'approchèrent d'une grande porte cochère. Ce dernier siffla, on lui répondit, et une fille de service accourut à sa rencontre.

« Entrez par ici, dans la cour, autrement on vous verra ; elle va venir ! » lui dit-elle. Dologhow s'arrêta devant la porte cochère, pendant qu'Anatole, suivant la fille, tournait l'angle de la maison ; il venait de franchir les quelques marches du perron, lorsque le grand laquais de Marie Dmitrievna se dressa tout à coup devant lui.

« Ma maîtresse vous attend, lui dit-il de sa voix de basse.

– Qui ? ta maîtresse ?… Que me veux-tu ? murmura Anatole haletant.

– Venez, elle m'a donné l'ordre de vous amener près d'elle.

– Kouraguine, filons !… nous sommes trahis ! » lui cria Dologhow, qui luttait corps à corps avec le dvornik, pendant que celui-ci s'efforçait de fermer la petite porte. Se dégageant enfin de son étreinte, et saisissant le bras d'Anatole, qui revenait à lui en courant, il l'entraîna au dehors, et s'élança avec lui dans la direction de leurs traîneaux.

XVIII

Marie Dmitrievna avait surpris dans le corridor la pauvre Sonia tout en larmes, l'avait confessée, et était allée aussitôt trouver Natacha en tenant à la main la réponse qu'elle avait adressée à Anatole, et qu'elle venait d'intercepter :

« Vilaine créature !… créature sans vergogne ! pas un mot, je ne veux rien entendre !… » Et, repoussant Natacha, qui suivait d'un œil sec tous ses mouvements, elle prit la clef et l'enferma à double tour. Appelant ensuite le dvornik, elle lui ordonna de laisser entrer dans la cour les personnes qui se présenteraient dans la soirée, de fermer derrière elles les issues, et de les lui amener au salon.

Lorsque Gavrilo vint lui annoncer qu'ils s'étaient enfuis, elle se leva, les sourcils froncés, et se mit à arpenter la chambre, les mains croisées derrière le dos, et réfléchissant à ce qui lui restait à faire. Vers minuit, tirant la clef de sa poche, elle retourna auprès de Natacha ; Sonia sanglotait à la même place :

« Marie Dmitrievna, de grâce, laissez-moi entrer chez elle ! »

Mais Marie Dmitrievna ouvrit la porte sans lui répondre et entra d'un pas résolu.

Sonia la suivit.

« C'est laid, c'est mal, se conduire ainsi sous mon toit, mais j'aurai pitié de son père, et je ne dirai rien, » se disait-elle en s'approchant de Natacha, qui était couchée sur le canapé, comme elle l'avait laissée. Natacha ne se retourna pas : ses sanglots étouffés trahissaient seuls l'émotion qui secouait tout son être.

« C'est bien, c'est joli ! dit Marie Dmitrievna, donner des rendez-vous à son amant dans ma maison !... Tu t'es couverte de honte comme la dernière des filles, et si je m'écoutais…, mais je veux ménager ton père, je ne lui en dirai pas un mot ! Heureusement pour lui qu'il s'est enfui, mais je saurai le découvrir ! ajouta-t-elle d'une voix dure… tu m'entends ?… » Et, s'asseyant à côté de Natacha, elle passa sa large main sous la tête de la jeune fille, et la força à se retourner de son côté. Sonia et Marie Dmitrievna furent saisies à la vue de son visage : ses yeux étaient secs et brillants, ses lèvres serrées, ses joues creuses.

« Laissez-moi, tout m'est égal, je mourrai !... » Et, se dégageant avec une violence sauvage, elle reprit sa première position.

« Nathalie, poursuivit Marie Dmitrievna, je te veux du bien ; reste couchée, reste ainsi, si cela te plaît : je ne te toucherai pas, mais écoute… : je ne te redirai pas à quel point je te trouve coupable, tu le sais, mais que dirai-je à ton père, qui sera ici demain ? »

Natacha ne répondit que par un sanglot.

« Il l'apprendra, bien sûr, ainsi que ton frère et ton fiancé !

– Je n'ai plus de fiancé, je l'ai refusé ! s'écria Natacha avec colère.

– Peu importe ! reprit Marie Dmitrievna. Que diront-ils, eux ? Je

connais ton père... il est capable de le provoquer ! Et alors qu'arrivera-t-il ?

– Laissez-moi, laissez-moi ! Pourquoi avez-vous tout dérangé,
pourquoi ? Qui vous en avait priée ? » Et Natacha, élevant la voix,
se souleva en jetant un regard farouche à Marie Dmitrievna.

« Mais où donc en voulais-tu venir ? répliqua celle-ci, qui ne se
contenait plus... T'enfermait-on à triple tour ? Qui l'empêchait, lui,
de te voir chez moi ? Pourquoi t'enlever comme une bohémienne ?
Tu crois donc qu'on ne t'aurait pas rattrapée ?... Quant à lui, c'est
un vaurien, un scélérat !

– Il vaut mieux que vous tous ! Si vous ne m'aviez pas empêchée...
Mon Dieu, mon Dieu, pourquoi tout cela ? Allez-vous-en, allez-
vous-en ! » Et elle pleurait avec ce désespoir sans bornes auquel
s'abandonnent ceux qui sentent qu'ils sont eux-mêmes la cause de
leur malheur.

Marie Dmitrievna essaya de la calmer, mais Natacha, se redressant tout à coup et retombant sur le canapé, s'écria : « Sortez, sortez, vous me méprisez, vous me détestez ! »

Marie Dmitrievna tint bon, et continua à la sermonner et à lui
répéter combien il était urgent de cacher ce déplorable scandale
à son père, et que personne n'en saurait rien si elle consentait à
ne pas se trahir. Natacha ne disait mot, ses larmes cessèrent, et
le frisson et le tremblement de la fièvre s'emparèrent d'elle. Marie
Dmitrievna lui glissa un oreiller sous la tête, la couvrit de deux
couvertures bien chaudes, et la quitta, persuadée qu'elle finirait
par s'endormir. Mais le sommeil ne lui vint pas : ses yeux restèrent
grands ouverts et fixes, son visage conserva une pâleur mate, elle
ne versa plus une larme, et Sonia, qui s'approcha d'elle à plusieurs
reprises pendant cette longue nuit, ne put en tirer un seul mot.

Le comte revint le lendemain pour l'heure du déjeuner. Il était
de très belle humeur : sa vente ayant été heureusement terminée,
rien ne le retenait plus à Moscou, et il avait hâte d'aller retrouver
la comtesse, qui lui manquait. Marie Dmitrievna lui annonça que,
sa fille s'étant trouvée sérieusement malade la veille, elle avait fait
venir un médecin, et que d'ailleurs elle allait maintenant beaucoup
mieux. Natacha gardait la chambre : assise à la croisée, les lèvres
serrées, les yeux secs et fiévreux, elle suivait des yeux, avec une cu-

riosité inquiète, les voitures et les piétons, et se retournait vivement chaque fois quelqu'un entrait chez elle. Elle attendait évidemment des nouvelles d'Anatole, elle espérait le voir arriver ou en recevoir un mot !

Le bruit des pas de son père la fit tressaillir, mais, à sa vue, l'expression de sa figure, un moment émue, redevint froide et irritée : elle ne se leva même pas.

« Qu'as-tu, mon ange, tu es malade ? lui dit-il.

– Oui, » répondit-elle après quelques instants de silence. Ses questions furent pleines de sollicitude, et il lui demanda si son abattement n'avait pas pour cause quelque pénible différend survenu entre elle et son fiancé : elle le rassura, et le pria de ne pas s'en préoccuper. Marie Dmitrievna lui confirma ces assurances. Cependant le comte ne fut dupe, ni de la prétendue maladie de sa fille, ni du changement qui s'était opéré en elle, ni du trouble des visages de Marie Dmitrievna et de Sonia : il devina qu'un grave événement avait dû se passer en son absence, mais la crainte d'apprendre qu'il n'était pas à l'honneur de sa fille, et de compromettre son insouciante gaieté, l'empêcha de questionner ; il se rassura, se persuada qu'il n'y avait là rien d'important, et se borna à regretter qu'une raison de santé retardât de quelques jours leur départ pour la campagne.

XIX

Pierre, depuis l'arrivée de sa femme à Moscou, projetait de s'en absenter afin de ne pas rester plus longtemps sous le même toit qu'elle ; la vive impression que Natacha avait produite sur lui, dans ces derniers temps, contribua également à précipiter l'exécution de son projet. Il alla à Tver rendre visite à la veuve de Bazdéïew, qui lui avait promis de lui donner certains mémoires du défunt.

On lui remit à son retour une lettre de Marie Dmitrievna, qui l'invitait à passer chez elle au plus tôt pour se concerter sur un sujet des plus graves qui concernait Bolkonsky et Natacha. Pierre avait évité depuis quelque temps de se trouver avec Natacha, vers laquelle il se sentait entraîné par un sentiment plus violent que ne le comportait sa double qualité d'homme marié et d'ami de son fiancé ; mais, en dépit de ses résolutions, il plaisait, à ce qu'il paraît, au hasard de les réunir : « Que s'est-il donc passé ? Qu'ai-je à y voir ? pensait-il en s'habillant. Pourvu qu'André arrive et que le mariage se fasse ! »

Au moment où il traversait un des boulevards, quelqu'un l'interpella :

« Pierre ! Depuis quand es-tu donc de retour ? »

Pierre se retourna. Une paire de magnifiques trotteurs gris, attelés à un traîneau de maître, emportaient dans une direction contraire, au milieu d'un nuage de neige, Anatole et son éternel compagnon Makarine. Le premier, dont le visage frais et coloré était à moitié caché par son collet de castor, se tenait droit et cambré dans la pose classique des élégants, et son tricorne à panache blanc, mis de côté sur sa tête légèrement inclinée en avant, laissait à découvert ses cheveux frisés et pommadés, que la fine poussière de la neige couvrait d'un reflet d'argent.

« Dieu me pardonne, voilà le vrai sage, se dit Pierre : il ne voit rien au delà du plaisir présent ; rien ne l'inquiète, aussi est-il toujours gai et dispos ! Que ne donnerais-je pour être comme lui ? »

Le laquais de Marie Dmitrievna lui annonça, en l'aidant à se débarrasser de sa pelisse, que sa maîtresse l'attendait dans sa chambre à coucher.

En arrivant dans la salle, il aperçut Natacha assise près de la fenêtre. Une expression de dureté inusitée était répandue sur ses traits pâles et défaits. Quand elle le vit entrer, elle se leva en fronçant les sourcils, et sortit sans se départir de sa réserve.

« Qu'y a-t-il demanda Pierre en entrant chez Marie Dmitrievna.

– Ah ! il se passe de jolies choses ! lui répondit-elle. Voilà cinquante-huit ans que je suis de ce monde et je n'avais pas encore vu pareille honte ! » Après avoir fait promettre à Pierre de garder le secret, elle lui raconta que Natacha avait rendu sa parole à son fiancé sans en prévenir ses parents, qu'une folle passion pour Kouraguine en était la cause, que sa femme y avait donné les mains et s'était plue à faciliter leurs entrevues, et qu'enfin, perdant la tête, Natacha, pendant l'absence du vieux comte, avait consenti à fuir avec Anatole, afin de se marier clandestinement avec lui. »

Pierre écoutait bouche béante, et n'en croyait pas ses oreilles ! Comment était-il possible que Natacha, cette charmante enfant si passionnément aimée de Bolkonsky, se fût éprise d'un imbécile comme cet Anatole, que lui, Pierre, savait être marié, et cela au point de rompre avec son fiancé et de se laisser enlever ! Il ne pouvait ni le comprendre ni l'admettre.

La sympathique figure de Natacha ne s'alliait pas dans son esprit avec autant d'abjection, de cruauté et de sottise : « Elles sont toutes les mêmes, se dit-il en pensant à sa femme ; je ne suis donc pas le seul qui se soit attaché à une vilaine créature !… » Et son cœur saignait pour son ami : « Quel coup, grand Dieu, porté à son orgueil ! » Plus il le plaignait, plus il sentait grandir en lui son mépris et son aversion pour Natacha, qui tout à l'heure avait passé devant lui en se drapant dans une dignité glaciale… Il ne se doutait pas, hélas ! que, sous ce masque de froideur hautaine, l'âme de la malheureuse enfant débordait de désespoir, de honte et d'humiliation !

« L'épouser ?… mais c'est impossible, il est marié !

– Marié ! s'écria Marie Dmitrievna. De mieux en mieux !… Misérable ! scélérat ! Elle qui l'attend, qui l'espère !… Cette fois du moins elle ne l'attendra plus, je me charge de tout lui dire ! »

Pierre la mit au courant de tous les détails de cette mystérieuse histoire, et Marie Dmitrievna, après avoir exhalé sa colère dans une bordée d'injures, le pria d'obtenir de son beau-frère qu'il s'éloignât de Moscou ; elle craignait de voir le comte ou le prince André, qui était sur le point d'arriver, le provoquer en duel, en apprenant sa conduite, et, avant tout, elle tenait absolument à la leur cacher à tous deux. Pierre, qui ne s'était pas encore rendu complètement compte des conséquences possibles de ce scandale, lui promit d'agir dans ce sens.

« Pas un mot au comte, tu entends, sois sur tes gardes si tu le vois, et moi je vais lui parler, à elle. Veux-tu rester à dîner ? »

Le comte entra peu après au salon avec un air chagrin et troublé : sa fille venait en effet de lui avouer sa rupture avec Bolkonsky :

« Un vrai malheur, mon cher, lorsque ces fillettes sont abandonnées à elles-mêmes, et que leur mère n'est pas là ! Je regrette beaucoup, je vous l'avoue, d'être venu ici… Savez-vous ce qu'elle a fait ? Je vais être franc avec vous : elle a rompu avec André, sans prendre conseil de personne. Ce mariage ne m'a jamais fort convenu, il est vrai, quoique le prince soit assurément très bien ; mais l'épouser en dépit de son père, cela me semblait de mauvais augure pour eux, et Natacha trouvera des partis à revendre. Ce qui me contrarie surtout dans tout cela, c'est que leur engagement durait déjà depuis plusieurs mois, et qu'on ne fait pas une démarche aussi décisive sans en prévenir son père et sa mère... Aussi, la voilà malade ! Dieu sait ce qu'elle a ! Oui, cher comte, tout va de travers quand la mère n'est pas là. » Pierre, le voyant si accablé, essaya de changer le sujet de la conversation, mais l'autre y revenait obstinément.

« Natacha est un peu souffrante, » dit Sonia, qui entrait à ce moment ; alors, s'adressant à Pierre avec une émotion contenue, elle ajouta : « elle désire vous voir : elle est dans sa chambre, Marie Dmitrievna y est aussi, et elle vous prie d'y passer.

– C'est ça, elle sait que vous êtes lié avec Bolkonsky, et elle tient sûrement à vous charger d'un message, dit le comte : – Mon Dieu, mon Dieu, tout allait si bien ; faut-il que... » Et il sortit en pressant de ses mains les rares mèches de cheveux gris qui flottaient sur son front.

Marie Dmitrievna avait appris à Natacha que Kouraguine était marié. Natacha avait refusé de la croire et insistait pour entendre la vérité de la bouche même de Pierre. Elle était pâle et comme pétrifiée ; son regard interrogateur se fixa sur lui à son entrée, avec un éclat fiévreux. Sans même le saluer d'un signe de tête, elle ne le quittait pas des yeux, comme si elle cherchait à deviner en lui un ami ou un ennemi de plus pour Anatole, car la personnalité de Pierre n'existait pas évidemment pour elle en ce moment.

« Il sait tout ! dit Marie Dmitrievna ; qu'il parle donc et tu verras si j'ai dit vrai. »

Natacha, semblable au gibier traqué qui voit venir sur lui les chasseurs et les chiens, portait de l'un à l'autre ses regards égarés.

« Natalia Ilinischna, dit Pierre en baissant les yeux, car il se sentait pris d'une profonde pitié pour elle et d'un invincible dégoût pour la mission qui lui était dévolue, – vrai ou faux, peu importe, car...

– C'est donc faux, il n'est pas marié !

– Non, c'est vrai, il est marié !

– Et marié depuis longtemps ? Donnez-m'en votre parole d'honneur. »

Pierre la lui donna.

CHAPITRE III

« Est-il encore ici ? demanda-t-elle d'une voix saccadée.

– Oui, je viens de l'apercevoir. »

Elle ne put en dire davantage : d'un geste de la main elle les supplia de la laisser seule, ses forces l'abandonnaient.

XX

Pierre ne resta pas à dîner, et s'en alla, dès qu'il eut quitté Natacha, à la recherche de Kouraguine, dont le nom seul faisait affluer tout son sang à son cœur avec une telle violence qu'il en perdait la respiration. Il le chercha partout, aux montagnes de glace et chez les bohémiens, et se rendit enfin au club, où tout marchait comme d'habitude : les membres se réunissaient pour dîner et causaient entre eux des nouvelles du jour ; le domestique de service, qui était au courant de ses habitudes, lui annonça que son couvert était mis dans la petite salle à manger, que le prince Michel Zakharovitch lisait dans la bibliothèque, mais que Paul Timoféitch n'était pas encore là ; une de ses connaissances, qui parlait de la pluie et du beau temps, s'interrompit pour lui demander s'il était vrai, comme on le racontait en ville, que Kouraguine eût enlevé Mlle Rostow. Pierre répondit en riant que c'était une pure invention, car il sortait à l'instant de chez les Rostow. Il s'enquit, à son tour, d'Anatole. On lui répondit qu'on ne l'avait pas encore vu, mais qu'on l'attendait. Il regardait curieusement cette foule indifférente et tranquille, qui se doutait si peu de ce qui se passait dans son âme, et il se mit à se promener dans les salons, jusqu'au moment où le dîner fut servi. Ne voyant pas venir Anatole, il retourna chez lui.

Anatole était resté à dîner chez Dologhow, avec lequel il avait à causer sur le moyen de reprendre l'entreprise manquée et de revoir Natacha. De là il se rendit chez sa sœur pour lui demander de lui ménager encore un rendez-vous. Lorsque Pierre revint enfin à la maison après ses infructueuses recherches, son valet de chambre lui apprit que le prince Anatole était chez la comtesse, où il y avait beaucoup de monde.

Sans s'approcher de sa femme, qu'il n'avait pas encore vue depuis son retour et qui dans ce moment lui inspirait la répulsion la plus profonde, il marcha droit sur Anatole.

« Ah ! Pierre, lui dit la comtesse, sais-tu la situation de notre pauvre Anatole ?... » Elle s'arrêta court, car le visage de son mari, ses yeux brillants et sa démarche décidée laissaient entrevoir la même colère et la même violence qu'elle avait éprouvées à ses dépens à la suite de son duel avec Dologhow.

« Le mal et la dépravation sont toujours à vos côtés, lui dit-il en passant. – Venez, Anatole, j'ai à vous parler. »

Le frère jeta un regard à sa sœur, et se leva sans mot dire ; son beau-frère le prit par le bras, et l'entraîna hors du salon.

« Si vous vous permettez chez moi... » lui murmura Hélène à l'oreille, mais Pierre ne daigna pas lui répondre. Bien qu'Anatole le suivît avec sa désinvolture habituelle, sa figure trahissait néanmoins une certaine inquiétude.

Entré dans son cabinet, Pierre en referma la porte, et, se retournant vers lui, le regarda en face :

« Vous vous êtes engagé à épouser la comtesse Rostow ?... Vous vouliez donc l'enlever ?

– Mon très cher, reprit Anatole en français, il ne me plaît pas de répondre à des questions posées sur ce ton. »

La figure déjà blême de Pierre se décomposa de fureur : empoignant son beau-frère de sa puissante main par le collet de son uniforme, il le secoua dans tous les sens, jusqu'à ce qu'une terreur indicible se peignît sur les traits de ce dernier :

« Quand je vous dis qu'il faut que je vous parle ? poursuivit Pierre.

– Mais voyons, est-ce bête tout cela ! dit Anatole une fois délivré de son étreinte, et tâtant son collet, qui avait perdu un bouton dans la lutte.

– Vous êtes un misérable, un scélérat !... et je ne sais ce qui m'empêche de vous aplatir le crâne avec cela ! » s'écria Pierre avec une violence qu'accentuaient encore les mots français qu'il employait, et en le menaçant d'un lourd presse-papiers, qu'il remit aussitôt sur son bureau. « Avez-vous promis mariage ?... Parlez !

– Je... je... ne crois pas... Du reste, je n'aurais pu le promettre...

– Avez-vous de ses lettres, en avez-vous ? » s'écria Pierre en l'interrompant et en se rapprochant de lui.

Anatole le regarda, plongea vivement sa main dans sa poche et en retira un portefeuille.

CHAPITRE III

Pierre saisit la lettre qu'il lui tendit, et, le poussant avec force de côté, se laissa tomber sur le divan :

« Je ne vous toucherai pas, ne craignez rien, » ajouta-t-il en répondant à un geste terrifié d'Anatole. « Les lettres d'abord ! continua Pierre avec une nouvelle insistance… Ensuite vous quitterez Moscou demain même !

– Mais comment pourrais-je… ?

– Troisièmement, vous ne direz jamais un mot, une syllabe de ce qui s'est passé entre vous et la comtesse : je n'ai pas sans doute le moyen de vous y contraindre, mais si vous avez conservé un reste d'honnêteté, vous… »

Il se leva et fit quelques pas en silence. Anatole, assis à une table, se mordait les lèvres et fronçait les sourcils.

« Vous devez pourtant comprendre qu'en dehors de vos plaisirs il y a le bonheur et le repos d'autrui, et que, pour vous amuser, vous ruinez toute une existence. Amusez-vous avec des femmes comme la mienne, si cela vous plaît : celles-là, du moins, savent ce qu'on attend d'elles, et avec elles vous êtes dans votre droit : elles ont, pour se défendre, les mêmes armes que vous, l'expérience que donne la corruption ! Mais promettre le mariage à une jeune fille, la tromper, lui voler son honneur… ! Comment ne voyez-vous pas que c'est aussi lâche que de frapper un vieillard ou un enfant !… » Pierre se tut et regarda sans colère Anatole d'un air interrogateur.

« Ma foi, je n'en sais rien, répliqua Anatole qui retrouvait son aplomb à mesure que Pierre se calmait. Je n'en sais rien et n'en veux rien savoir, mais vous m'avez dit des choses que, comme homme d'honneur, je ne saurais ni entendre ni ne laisser dire. »

Pierre le regarda stupéfait, et se demanda où il voulait en venir.

« Bien que vous me les ayez dites en tête-à-tête, je ne puis pas les…

– Vous me demandez satisfaction ? dit Pierre avec ironie.

– Vous pouvez au moins rétracter vos paroles… si vous tenez à ce que j'agisse comme vous le désirez… Hein ?

– Je les rétracte, je le les rétracte, et vous prie de m'excuser, murmura Pierre en regardant involontairement le trou qu'avait lissé après lui le bouton qu'il avait arraché. Et je puis même vus offrir de l'argent pour faire la route, s'il vous en faut ? »

Anatole sourit ; ce sourire banal et servile, si habituel à Hélène, l'exaspéra :

« Oh ! race infâme et sans cœur ! » s'écria-t-il en quittant la chambre.

Le lendemain matin, Anatole était parti pour Pétersbourg.

XXI

Pierre se rendit chez Marie Dmitrievna et lui annonça qu'il s'était conformé en tous points à sa volonté, et que Kouraguine n'était plus à Moscou. Il trouva toute la maison bouleversée et consternée. Natacha était très gravement malade, et Marie Dmitrievna lui confia, sous le sceau du plus grand secret, que dans la nuit qui avait suivi la révélation du mariage d'Anatole, elle s'était empoisonnée avec de l'arsenic qu'elle s'était procuré en cachette. Après en avoir avalé une petite dose, la terreur s'était emparée d'elle, et, réveillant Sonia, elle lui avait avoué ce qu'elle venait de faire. Comme on avait employé à temps les moyens les plus énergiques, tout danger était maintenant conjuré ; mais, comme son état de faiblesse s'opposait à un prochain départ, on avait prévenu la comtesse, et on l'attendait bientôt. Pierre rencontra le comte, effaré, abattu, et Sonia qui pleurait à chaudes larmes. Natacha était invisible.

Il dîna ce jour-là au club : chacun y parlait de l'enlèvement manqué, mais il persista à le nier avec opiniâtreté ; il se disait qu'il était de son devoir d'étouffer cette triste affaire, et de sauver la réputation de Natacha, et il assurait à qui voulait l'entendre qu'elle avait tout simplement refusé la main de son beau-frère.

Le retour du prince André lui inspirait une vive crainte.

Les bruits de la ville étant parvenus aux oreilles du vieux prince, grâce à Mlle Bourrienne, il avait exigé qu'on lui montrât la lettre de refus envoyée par Natacha à la princesse Marie. Cette lecture l'avait mis de belle humeur, et il attendait son fils avec une joyeuse impatience.

Peu de jours après le départ d'Anatole, Pierre reçut enfin un mot du prince André, qui le priait de passer chez lui.

Il était arrivé la veille au soir, et son père, lui remettant aussitôt le billet de Natacha, que Mlle Bourrienne avait traîtreusement enlevé à la princesse Marie, s'était plu à lui conter l'enlèvement de sa fiancée, en y ajoutant force détails de son invention.

Pierre, qui s'attendait à le trouver dans un état semblable à celui de Natacha, fut frappé de surprise, en entrant dans le salon, de l'entendre parler très haut et avec vivacité, dans la pièce voisine, d'une récente intrigue dont Spéransky avait été la victime. La princesse Marie vint à sa rencontre en soupirant ; indiquant du regard le cabinet de son frère, elle essayait de témoigner de la sympathie à sa douleur, mais Pierre lut sans peine sur sa figure la satisfaction que lui causait cette rupture, et l'effet qu'avait produit sur elle la trahison de Natacha.

« Il assure qu'il s'y attendait, dit-elle… Sans doute sa fierté l'empêche de dire tout ce qu'il pense, mais, quoi qu'il en soit, il se soumet avec beaucoup plus de philosophie que je ne m'y attendais.

– Est-ce que vraiment la rupture est complète ? » demanda Pierre.

La princesse Marie le regarda, étonnée : elle ne comprenait pas qu'on pût encore en douter. Pierre passa dans le cabinet ; son ami, en habit civil, debout en face de son père et du prince Mestchersky, discutait et gesticulait avec chaleur. Sa santé, on le voyait, s'était tout à fait rétablie, mais une nouvelle ride se creusait entre ses sourcils. Il parlait de Spéransky, de son exil imprévu, de sa prétendue trahison, dont le bruit venait seulement de parvenir à Moscou.

« Tous ceux qui, il y a un mois, le portaient aux nues, disait le prince André, ceux-là même qui étaient incapables d'apprécier ses desseins, l'accusent et le condamnent aujourd'hui ! Rien n'est facile comme de juger un homme en disgrâce et de le rendre responsable des fautes qu'un autre a commises ; quant à moi, je soutiens que, s'il a été fait quelque bien sous ce règne, c'est à lui seul qu'on le doit. » Il s'interrompit à la vue de Pierre : un tressaillement nerveux passa sur son visage, et une violente irritation se peignit sur ses traits : « La postérité lui rendra justice ! » ajouta-t-il.

« Ah ! te voilà ! continua-t-il en se tournant vers Pierre, tu vas bien ?… Il me semble que tu as encore engraissé ! » Et il reprit avec vivacité la discussion entamée, pendant que la ride de son front s'accentuait de plus en plus.

« Oui, je vais bien, » répondit-il à une question de Pierre, d'un air qui semblait dire : « Je me porte bien, mais qu'importe ma santé, qui intéresse-t-elle ? » Après avoir échangé quelques mots avec lui sur le mauvais état des routes depuis la frontière de Pologne, sur les personnes qu'il avait vues et qui connaissaient Pierre, sur le gouverneur suisse, M. Dessalles, qu'il avait ramené pour son fils, il se mêla de nouveau, avec une vivacité toujours croissante, à la conversation qui se continuait entre les deux vieillards.

« S'il y avait eu trahison, on aurait des preuves de ses relations secrètes avec Napoléon, et ces preuves seraient livrées à la publicité ! Personnellement, poursuivit-il, je n'ai jamais aimé Spéransky, mais j'aime la justice ! » Pierre devina que son ami éprouvait impérieusement le besoin, comme il l'avait si souvent éprouvé lui-même, de s'échauffer, et de disputer sur un sujet quelconque, afin d'oublier, si c'était possible, et de chasser loin de lui des pensées par trop accablantes.

Le prince Mestchersky ne tarda pas à les quitter, et le prince André, prenant le bras de Pierre, l'emmena dans sa chambre. Un lit de camp venait d'y être déballé, et des caisses, des malles ouvertes gisaient tout autour. S'approchant de l'une d'elles, il en retira une cassette, et y prit un paquet soigneusement enveloppé. Il garda le silence, et ses mouvements étaient brusques et saccadés ; se relevant avec vivacité, il hésita une seconde, et, tournant vers Pierre un visage sombre :

« Pardon de te déranger... » dit-il à travers ses lèvres serrées. Pierre, pressentant qu'il allait lui parler de Natacha, ne put dissimuler, sur sa bonne et large figure, un sentiment de sympathie et de compassion qui ne fit qu'augmenter la sourde irritation de son ami ; André s'efforçait de prendre un ton ferme, mais sa voix sonnait faux : « J'ai essuyé un refus de la part de la comtesse Rostow... J'ai vaguement entendu parler d'une proposition, ou de quelque chose de semblable, qui lui aurait été faite par ton beau-frère... Est-ce vrai ?

– C'est vrai, et ce n'est pas vrai, répondit Pierre.

– Voici ses lettres et son portrait, poursuivit le prince André en l'interrompant. Rends-les à la comtesse..., si tu la vois.

– Elle est très malade.

– Elle est donc ici ?... Et le prince Kouraguine ? demanda-t-il vivement.

– Il est parti il y a longtemps : elle a été à toute extrémité !...

CHAPITRE III

– Sa maladie me fait beaucoup de peine… » Et le sourire méchant de son père passa sur ses lèvres serrées : « Monsieur Kouraguine ne l'a donc point honorée de sa main ?

– Il ne pouvait l'épouser, étant marié.

– Et puis-je savoir où se trouve à présent Monsieur votre beau-frère ?

– Il est allé à Péters… je n'en sais rien au juste.

– Du reste, cela m'est indifférent. Tu diras à la comtesse Rostow qu'elle a toujours été et est encore parfaitement libre, et que je lui souhaite tout le bien possible. »

Pierre prit le paquet de lettres. Le prince André, qui semblait chercher s'il n'avait rien oublié de tout ce qu'il avait à dire, et attendre que Pierre lui fît quelque autre confidence, l'interrogea du regard :

« Écoutez-moi, rappelez-vous notre discussion à Pétersbourg…

– Je me la rappelle ; je soutenais qu'il fallait pardonner à la femme tombée, mais je ne suis pas allé jusqu'à dire que je le ferais, le cas échéant… Je ne le puis pas !

– Le cas n'est pas le même, » répliqua Pierre.

Le prince André, sans le laisser achever, s'écria :

« Oui, aller redemander sa main, être généreux, et ainsi de suite… C'est très noble certainement, mais je me sens incapable de marcher sur les brisées de « Monsieur » Kouraguine. Si tu tiens à rester mon ami, ne me parle plus jamais d'elle, ni de tout cela !… Et maintenant adieu… Tu lui remettras ces lettres, n'est-ce pas ? »

Pierre le quitta et alla trouver la princesse Marie ; elle était en ce moment auprès de son vieux père, qui lui parut plus gai que de coutume. Rien qu'à les voir, il comprit tout de suite de quel mépris et de quelle inimitié ils étaient animés contre les Rostow, et qu'il était impossible de prononcer devant eux le nom de celle qui aurait pu, à tout prendre, trouver facilement un autre parti que le prince André.

Il fut question à table de la guerre qui allait éclater. Le prince André parlait sans discontinuer, se querellant tantôt avec son père, tantôt avec Dessalles, poussé par une excitation fébrile, dont Pierre ne devinait que trop bien la cause.

XXII

Pierre retourna chez les Rostow dans la soirée pour remplir sa mission. Natacha était au lit, le comte au club ; il remit les lettres à Sonia, et passa chez Marie Dmitrievna, qui était très désireuse de savoir comment le prince André avait supporté sa déception. Sonia entra un instant après :

« Natacha tient à voir le comte, dit-elle.

– Mais comment le mener chez elle, où tout est en désordre ? demanda Marie Dmitrievna.

– Elle s'est levée, et attend le comte au salon, » répliqua Sonia.

Marie Dmitrievna haussa les épaules :

« Quand sa mère arrivera-t-elle ? Je suis à bout de forces. Quant à toi, ménage-la, ne lui dis pas tout ; elle fait tellement pitié, qu'on n'a pas le cœur de l'accabler. »

Natacha, amaigrie, pâle, mais n'ayant nullement l'air humilié, comme Pierre s'y attendait, le reçut debout au milieu du salon. Elle hésita en le voyant entrer, ne sachant si elle devait avancer ou rester en place.

Il pressa le pas, pensant que, comme toujours, elle allait lui tendre la main, mais elle s'arrêta tout à coup en suffoquant, et laissa retomber ses bras le long de son corps : c'était, sans qu'elle y songeât, sa pose habituelle, lorsque autrefois elle se préparait à chanter au milieu de la salle ; mais aujourd'hui, comme l'expression de sa figure était changée !

« Pierre Kirilovitch, lui dit-elle précipitamment, le prince Bolkonsky était votre ami... est votre ami, ajouta-t-elle en se reprenant, car il lui semblait, au milieu de ce chaos, que rien de ce qui avait été n'existait plus. Il m'a dit de m'adresser à vous si... »

Pierre la regardait en silence ; jusqu'à ce moment il l'avait, à part lui, accablée de reproches sanglants, il avait même essayé de la mépriser dans le fond de son cœur ; mais à présent, à mesure qu'il sentait grandir la compassion qu'elle lui inspirait, ses reproches s'envolaient un à un.

« Il est ici, dites-lui que je le prie de... me pardonner ! » Sa voix se brisa, elle était vaincue par l'émotion, mais elle ne pleurait pas.

« Oui, je le lui dirai, » murmura Pierre, ne sachant que lui répondre.

Natacha, effrayée de l'intention qu'il pouvait prêter à ses paroles, reprit vivement :

« Oh ! je sais que tout est fini, et que cela ne peut plus se renouer, mais je suis tourmentée du mal que je lui ai fait. Dites-lui qu'il me pardonne, qu'il me pardonne !... ajouta-t-elle en tremblant convulsivement, et en se laissant tomber sur un fauteuil.

– Oui, je lui dirai tout, répondit Pierre avec une profonde émotion, mais j'aurais désiré savoir une chose...

– Laquelle ?

– J'aurais voulu savoir si vous avez aimé ce... (il rougit, ne sachant comment qualifier Anatole...) si vous avez aimé ce vilain homme ?

– Oh ! ne l'appelez pas ainsi ! Je ne sais pas... je ne sais plus rien ! »

Une pitié, telle qu'il n'en avait jamais ressenti une pareille, un sentiment de profonde et ineffable tendresse, envahit si violemment l'âme de Pierre, que les larmes jaillirent de ses yeux : il les sentait couler sous les verres de ses lunettes, et espérait qu'elle ne les remarquerait pas :

« N'en parlons plus, mon enfant, » lui dit-il en se remettant peu à peu. Natacha fut frappée de la douceur et de la sincérité de sa voix.

« N'en parlons plus, mon enfant, répéta-t-il ; je lui dirai tout, mais au moins accordez-moi une chose : considérez-moi comme votre ami ; si jamais il vous faut un conseil, un appui, ou simplement si vous avez besoin d'épancher votre cœur dans un autre... pas à présent, mais lorsque vous verrez clair au dedans de vous-même, souvenez-vous de moi !... » Et, lui prenant la main, il la baisa. « Je serais heureux de pouvoir vous être utile...

– Ne me parlez pas ainsi, je ne le mérite pas ! » s'écria Natacha, en se levant pour s'en aller ; mais Pierre la retint : il avait encore quelque chose à lui dire, et lorsqu'il le lui eut dit, il s'étonna de sa hardiesse :

– C'est à vous que je redirai de ne pas parler ainsi, poursuivit-il, car vous avez encore toute une vie devant vous !

– Non, je n'ai plus rien, tout est perdu pour moi ! s'écria-t-elle.

– Non, tout n'est pas perdu, continua Pierre en s'animant : si j'étais un autre que moi, si j'étais le plus beau, le plus intelligent, le meilleur des hommes, si j'étais libre, je vous aurais demandé, à genoux, à l'instant même, votre main et votre amour ! »

Natacha, qui n'avait pas encore pu pleurer, fondit en larmes à ces paroles, et quitta l'appartement en le remerciant d'un regard reconnaissant et attendri.

Retenant ses pleurs avec peine, il sortit également en toute hâte et, après avoir passé sa pelisse tant bien que mal, il se jeta dans son traîneau.

« Où faut-il vous mener ? demanda le cocher.

– Où ? se dit Pierre à lui-même, mais où peut-on aller à présent ? Certainement pas au club, pour y voir cette foule d'indifférents ? ... » Tout lui semblait maintenant si misérable, comparé au sentiment d'affection et d'amour qui l'avait envahi, à ce long et doux regard qu'elle avait attaché sur lui à travers ses larmes !

« À la maison ! » cria Pierre, en rejetant derrière lui, malgré les dix degrés de froid, sa grosse fourrure d'ours, et en découvrant sa large poitrine qui se soulevait de bonheur.

Le temps était admirablement clair : au-dessus des rues sales et obscures, au-dessus des toits qui s'enchevêtraient les uns dans les autres, s'étendait la voûte foncée du ciel toute constellée d'étoiles. En contemplant ces hautes et mystérieuses sphères, si bien en harmonie avec l'état de son âme, il oubliait l'outrageante abjection de la terre. Au moment où il débouchait sur l'Arbatskaïa, un large espace du sombre horizon s'ouvrit devant ses yeux. Tout au milieu rayonnait une pure lumière, dont la brillante chevelure, entourée d'astres scintillants, se déployait majestueusement sur l'extrême limite de notre globe : c'était la fameuse comète de 1811, celle-là même qui, au dire de chacun, annonçait des calamités sans nombre et la fin du monde. Mais elle n'éveilla aucune terreur superstitieuse dans le cœur de Pierre, et ses yeux humides de pleurs l'admiraient au contraire avec extase. Ne semblait-elle pas être venue s'enfoncer dans ce coin de la terre comme une flèche dont la parabole aurait franchi avec une rapidité vertigineuse l'incommensurable espace, et qui maintenant, relevant au-dessus d'elle son long et lumineux panache, se jouait au loin dans l'infini ! Il lui sembla que sa céleste lueur dissipait les ténèbres de son âme, et lui laissait entrevoir les clartés divines d'une nouvelle existence !

CHAPITRE III

CHAPITRE IV

I

À la fin de l'année 1811, les souverains de l'Europe occidentale renforcèrent leurs armements, et concentrèrent leurs troupes. En 1812, ces forces réunies, qui se composaient de millions d'hommes, y compris, et ceux qui les commandaient, et ceux qui devaient les approvisionner, se mettaient en marche vers les frontières de la Russie, qui, de son côté, dirigeait ses soldats vers le même but. Le 12 juin, les armées de l'Occident entrèrent en Russie, et la guerre éclata !... C'est-à-dire qu'à ce moment eut lieu un événement en complet désaccord avec la raison et avec toutes les lois divines et humaines !

Ces millions d'êtres se livraient mutuellement aux crimes les plus odieux : meurtres, pillages, fraudes, trahisons, vols, incendies, fabrication de faux assignats... tous les forfaits étaient à l'ordre du jour, et en si grand nombre, que les annales judiciaires du monde entier n'auraient pu en fournir autant d'exemples pendant une longue suite de siècles !... Et cependant ceux qui les commettaient ne se regardaient pas comme criminels !

Où trouver les causes de ce fait aussi étrange que monstrueux ? Les historiens assurent naïvement qu'ils les ont découvertes dans l'insulte faite au duc d'Oldenbourg, dans la non observation du blocus continental, dans l'ambition effrénée de Napoléon, dans la résistance de l'Empereur Alexandre, dans les fautes de la diplomatie, etc., etc.

Il aurait donc suffi, s'il fallait les en croire, que Metternich, Roumiantzow ou Talleyrand eussent rédigé, entre une réception de cour et un raout, une note bien tournée, ou que Napoléon eût adressé à Alexandre un : « Monsieur mon frère, je consens à restituer le duché d'Oldenbourg... », pour que la guerre n'eût pas lieu !

On conçoit aisément que tel devait être le point de vue des contemporains. Ainsi qu'il l'a dit plus tard à Sainte-Hélène, Napoléon attribuait exclusivement la guerre aux intrigues de l'Angleterre, tandis que de leur côté les membres du Parlement anglais donnaient pour prétexte son ambition insatiable ; le duc d'Oldenbourg, l'insulte dont il avait été l'objet ; les marchands, le blocus continental qui

ruinait l'Europe ; les vieux soldats et les généraux, l'absolue nécessité de les employer activement ; les légitimistes, le devoir sacré de
soutenir les bons principes ; les diplomates, l'alliance austro-russe
de 1809, que l'on n'avait pas su dissimuler au cabinet des Tuileries,
et la difficulté que présenterait la rédaction d'un mémorandum,
portant, par exemple, le n° 178. Ces raisons, jointes à une foule
d'autres, d'une nature plus infime et provenant de la diversité des
points de vue personnels, ont pu sans doute satisfaire les contemporains, mais pour nous, pour nous qui sommes la postérité, et
qui envisageons dans son ensemble la grandeur de l'événement et
qui en approfondissons la vraie raison d'être dans sa terrible réalité, elles ne sauraient nous paraître suffisantes. Nous ne saurions
comprendre que des millions de chrétiens se soient entretués parce
que Napoléon était un ambitieux, parce qu'Alexandre avait montré
de la fermeté, l'Angleterre de la ruse, ou parce que le duc d'Oldenbourg avait été insulté ! Où est donc le lien entre ces circonstances
et le fait même du meurtre et de la violence ? Pourquoi les habitants des gouvernements de Smolensk et de Moscou ont-ils été,
en conséquence de semblables motifs, égorgés et ruinés par des
milliers d'hommes venus du bout opposé de l'Europe ?

Nous ne sommes pas des historiens, et nous ne nous laissons
pas entraîner à la recherche, plus ou moins subtile, des causes
premières : aussi, nous contentons-nous de juger les événements
avec notre simple bon sens, et plus nous les étudions de près, plus,
nous leur trouvons de motifs véritables. De quelque façon qu'on les
envisage, ils nous paraissent également justes ou également faux,
si l'on en compare l'infime valeur intrinsèque avec l'importance
des faits qui en ont été la conséquence, et nous restons convaincus
que leur ensemble seul peut en donner une explication plausible.
Pris isolément, le refus de Napoléon, qui ne veut pas rappeler ses
troupes en deçà de la Vistule, ou rendre le grand-duché au grand-
duc d'Oldenbourg, nous paraît aussi valable, comme argument,
que si l'on disait : S'il avait plu à un caporal français de quitter
le service, et si son exemple avait été suivi par un grand nombre
de ses camarades, le nombre des soldats aurait été trop réduit, la
guerre serait, en conséquence, devenue impossible.

Sans doute, si Napoléon ne s'était point offensé de ce qu'on exigeait de lui, si l'Angleterre et le duc dépossédé n'avaient pas intri-

gué, si l'Empereur Alexandre n'avait pas été profondément froissé, si la Russie n'avait pas été gouvernée par un pouvoir autocratique, si les raisons qui ont amené la révolution française, la dictature et l'Empire n'avaient point existé, il n'y aurait pas eu de guerre ; mais, de même aussi, qu'une de ces causes vînt à manquer, et rien de ce qui est arrivé n'aurait eu lieu !

C'est donc de leur ensemble, et non de l'une d'elles en particulier, que les événements ont été la conséquence fatale : ILS SE SONT ACCOMPLIS PARCE QU'ILS DEVAIENT S'ACCOMPLIR, et il arriva ainsi que des millions d'hommes, répudiant tout bon sens et tout sentiment humain, se mirent en marche de l'Ouest vers l'Est pour aller massacrer leurs semblables, comme, quelques siècles auparavant, des hordes innombrables s'étaient précipitées de l'Est vers l'Ouest, en tuant tout sur leur passage !

Considérés par rapport à leur libre arbitre, les actes de Napoléon et d'Alexandre étaient aussi étrangers à l'accomplissement de tel ou tel événement que ceux du simple soldat que le recrutement ou le tirage au sort obligeait à faire la campagne. Comment d'ailleurs aurait-il pu en être autrement ? Pour que leur volonté, maîtresse en apparence de tout diriger à leur gré, se fût exécutée, il aurait fallu le concours d'une infinité de circonstances ; il aurait fallu que ces milliers d'individus entre les mains desquels se trouvait la force agissante, que tous ces soldats qui se battaient, ou qui transportaient les canons et les vivres, consentissent à faire ce que leur ordonnaient ces deux faibles unités, et que leur soumission unanime fût motivée par des raisons aussi compliquées que diverses.

Le fatalisme est inévitable dans l'histoire si l'on veut en comprendre les manifestations illogiques, ou, du moins celles dont nous n'entrevoyons pas le sens et dont l'illogisme grandit à nos yeux, à mesure que nous nous efforçons de nous en rendre compte.

Tout homme vit pour soi, et jouit du libre arbitre nécessaire pour atteindre le but qu'il se propose. Il a, et il sent en lui la faculté de faire ou de ne pas faire telle ou telle chose, mais, du moment qu'elle est faite, elle ne lui appartient plus, et elle devient la propriété de l'histoire, où elle trouve, en dehors du hasard, la place qui lui est assignée à l'avance.

La vie de l'homme est double : l'une, c'est la vie intime, individuelle, d'autant plus indépendante que les intérêts en seront plus élevés et plus abstraits ; l'autre, c'est la vie générale, la vie dans la fourmilière humaine, qui l'entoure de ses lois et l'oblige à s'y soumettre.

L'homme a beau avoir conscience de son existence personnelle, il est, quoi qu'il fasse, l'instrument inconscient du travail de l'histoire et de l'humanité. Plus il est placé haut sur l'échelle sociale, plus le nombre de ceux avec qui il est en rapport est considérable, plus il a de pouvoir, plus sont évidentes la prédestination et la nécessité inéluctable de chacun de ces actes :

LE CŒUR DES ROIS EST DANS LA MAIN DE DIEU !

LES ROIS SONT LES ESCLAVES DE L'HISTOIRE !

L'histoire, c'est-à-dire la vie collective de toutes les individualités, met à profit chaque minute de la vie des rois, et les fait concourir à son but particulier.

Bien que Napoléon fût plus que jamais convaincu, en l'an de grâce 1812, qu'il dépendait de lui seul de verser ou de ne pas verser le sang de ses peuples, plus que jamais au contraire il était assujetti à ces ordres mystérieux de l'histoire qui le poussaient fatalement en avant, tout en lui laissant l'illusion de croire à son libre arbitre.

Ainsi donc, tout en obéissant, à leur insu, à la loi de la coïncidence des causes, ces hommes qui marchaient en foule vers l'Orient, pour tuer et massacrer leurs semblables, y étaient en même temps conduits par ces nombreuses et puériles raisons qui, aux yeux du vulgaire, motivaient cette terrible perturbation. Ces raisons, on les connaît, c'étaient : la violation du blocus continental, le démêlé avec le duc d'Oldenbourg, l'entrée des troupes en Russie pour en obtenir, comme le croyait Napoléon, une neutralité armée, son goût effréné pour la guerre, l'habitude qu'il en avait prise, jointe au caractère des Français, à l'entraînement général causé par le grandiose des préparatifs, aux dépenses qu'ils occasionnaient et à la nécessité par suite d'y trouver des compensations, aux honneurs enivrants qu'il avait reçus à Dresde, aux négociations diplomatiques qui, quoique animées, au dire des contemporains, d'un sincère désir de paix, n'avaient cependant abouti qu'à froisser les amours-propres de part et d'autre... et mille autres prétextes, plus ou moins bons, qui, tous réunis, n'avaient, en définitive, d'autre résultat que le fait qui devait fatalement s'accomplir.

Pourquoi une pomme tombe-t-elle quand elle est mûre ? Est-ce son poids qui l'entraîne ? Est-ce la queue du fruit qui meurt ? Est-ce le soleil qui la dessèche ? Est-ce le vent qui la détache, ou bien est-ce tout simplement que le gamin qui est au pied de l'arbre a une envie démesurée de la manger ?

Prise à part, aucune de ces raisons n'est la bonne. La chute de cette pomme est la résultante obligée de toutes les causes qui produisent l'acte le plus minime de la vie organique. Par conséquent le botaniste qui attribuera la chute de ce fruit à la décomposition du tissu cellulaire aura tout aussi raison que l'enfant qui l'attribuera à son désir de la croquer à belles dents et à la réalisation de son désir.

De même aura tort et raison à la fois celui qui dira que Napoléon a été à Moscou parce qu'il l'avait résolu, et qu'il y a trouvé sa perte parce que telle était la volonté d'Alexandre ; de même aura tort et raison celui qui assurera qu'une montagne pesant plusieurs millions de pouds[1] et sapée à sa base ne s'est écroulée qu'à la suite du dernier coup de pioche donné par le dernier terrassier !

Les prétendus grands hommes ne sont que les étiquettes de l'Histoire : ils donnent leurs noms aux événements, sans même avoir, comme les étiquettes, le moindre lien avec le fait lui-même.

Aucun des actes de leur soi-disant libre arbitre n'est un acte volontaire : il est lié à priori à la marche générale de l'histoire et de l'humanité, et sa place y est fixée à l'avance de toute éternité.

II

Napoléon quitta Dresde le 4 juin ; il y avait séjourné trois semaines, au milieu d'une cour composée de princes, de grands-ducs, de rois et même d'un empereur. Aimable avec les princes et les rois qui méritaient bien de lui, il avait fait la leçon à ceux dont il croyait avoir sujet d'être mécontent, offert en cadeau à l'impératrice d'Autriche des perles et des diamants enlevés à des souverains, et embrassé avec tendresse Marie-Louise, qui se considérait comme sa femme légitime, bien que la première fût à Paris, incapable, à ce qu'il semble, de se consoler du chagrin que lui causait leur séparation. Malgré la foi des diplomates dans la possibilité du maintien

1 Un poud vaut un peu moins de 20 kilogrammes. (*Note du traducteur.*)

de la paix, et leurs efforts en ce sens, malgré la lettre autographe de Napoléon à l'Empereur Alexandre commençant par ces mots : « Monsieur mon frère », contenant « l'assurance sincère qu'il ne voulait pas de guerre », et se terminant par des protestations d'affection et d'estime éternelles, il allait rejoindre l'armée, et donnait, à chaque nouveau relais, des ordres incessants à l'effet d'accélérer la marche des troupes dirigées de l'Occident vers l'Orient. Il voyageait dans une voiture fermée, attelée de six chevaux, accompagné de pages, d'aides de camp et d'une nombreuse escorte ; sa route était tracée par Posen, Thorn, Danzig, Kœnigsberg, et dans chacune de ces villes des milliers d'individus se portaient à sa rencontre avec un enthousiasme mêlé de terreur.

Suivant la même direction que ses troupes, il coucha, le 10 juin, à Wilkovisky, dans la maison d'un comte polonais, qui avait été préparée pour le recevoir, rejoignit et dépassa l'armée, arriva le lendemain sur les bords du Niémen, et, mettant un uniforme polonais, descendit de sa calèche pour examiner le lieu désigné pour le passage des troupes.

À la vue des cosaques postés sur la rive opposée, et des steppes qui s'étendaient à perte de vue jusqu'à Moscou, la ville sainte, cette capitale d'un Empire qui lui rappelait celui d'Alexandre le Grand, il ordonna pour le lendemain la marche en avant, contrairement à toutes les prévisions de la diplomatie et à toutes les dispositions de la stratégie… et ses troupes traversèrent le Niémen au jour fixé !

Le 24, de grand matin, il sortit de sa tente, placée sur la rive gauche du fleuve, pour suivre avec une lunette d'approche, du haut de l'escarpement, les mouvements de ses armées, dont les flots vivants s'écoulaient hors du bois et se répandaient par les trois ponts établis sur le Niémen. Ces armées savaient que l'Empereur était là, elles le cherchaient même du regard, et lorsqu'elles l'avaient aperçu sur la hauteur, avec sa redingote et son petit chapeau, se détachant de la suite qui l'entourait, elles jetaient en l'air leurs bonnets aux cris de : « Vive l'Empereur ! » et, continuant sans cesse à déboucher de l'immense forêt où elles étaient campées, elles franchissaient les ponts en masses compactes.

« On fera du chemin cette fois-ci… Oh ! quand il s'en mêle lui-même, ça chauffe, nom de… !… Le voilà ! Vive l'Empereur !…
– C'est donc là ces fameuses steppes de l'Asie ! Vilain ! tout de

même !... – Au revoir, Beauchet, je te réserve le plus beau palais de Moscou ! Au revoir, bonne chance !... L'as-tu vu, l'Empereur ?... prr !... – Si on me fait gouverneur aux Indes, Gérard, je te fais ministre du Cachemire, c'est arrêté !... Vive l'Empereur ! Vive l'Empereur !...– Oh ! les gredins de cosaques ! comme ils filent !... Vive l'Empereur ! Le vois-tu ?... Je l'ai vu deux fois comme je te vois, le petit caporal !... Je l'ai vu donner la croix à un ancien. Vive l'Empereur !...» Et mille autres propos semblables s'échangeaient dans tous les rangs entre les vieux et les jeunes soldats... et sur toutes ces figures basanées rayonnait un sentiment unanime de joie, causé par l'ouverture de la campagne si impatiemment attendue, et de dévouement exalté pour cet homme en redingote grise, placé là-haut sur la colline.

Le 25 juin, monté sur un petit cheval arabe pur sang, Napoléon arriva au galop jusqu'à un des trois ponts, au bruit des clameurs assourdissantes qui le saluaient au passage, et qu'il ne tolérait que parce qu'il lui était impossible d'interdire ces bruyants témoignages d'affection. On voyait cependant qu'ils le fatiguaient et détournaient son attention des préoccupations militaires qui l'absorbaient en ce moment. Traversant un ponton qui fléchit sous le galop de son cheval, il prit la direction de Kovno, précédé des chasseurs de la garde, qui lui frayaient, à grands cris, un passage à travers les troupes. Arrivé sur le bord du large Niémen, il s'arrêta devant un régiment de uhlans polonais :

« Vive l'Empereur ! » s'écrièrent les uhlans avec autant d'enthousiasme que les Français, et en rompant les rangs pour le mieux voir.

Napoléon examina le fleuve, descendit de cheval, s'assit sur une poutre qui gisait à terre, et, sur un signe de sa main, un page, rayonnant d'orgueil, lui remit une longue-vue, qu'il appuya sur l'épaule du jeune garçon, pour inspecter à son aise la rive opposée. Puis, étudiant la carte du pays qui était déployée devant lui entre des morceaux de bois, il murmura quelques mots sans lever la tête, et deux aides de camp s'élancèrent vers les uhlans :

« Qu'y a-t-il ? Qu'a-t-il dit ? » se demanda-t-on à l'instant dans les rangs du régiment dont le chef venait de recevoir l'ordre de découvrir un gué et de le passer.

Le colonel, un homme âgé et d'un extérieur agréable, demanda à l'aide de camp, en rougissant et en balbutiant d'émotion, l'autorisation de ne pas chercher de gué et de passer le fleuve à la nage avec tout son régiment. Il était facile de voir qu'un refus l'aurait désolé, aussi l'aide de camp s'empressa-t-il de l'assurer que l'Empereur ne saurait être mécontent de ce surcroît de zèle. À ces mots, le vieil officier, les yeux brillants de joie, brandit son sabre en criant vivat ! commanda à ses hommes de le suivre, et s'élança en avant en éperonnant sa monture ; celle-ci se raidissant, il la frappa avec colère, et tous deux sautèrent et plongèrent au fond de l'eau, emportés dans la direction du courant. Tous les uhlans suivirent son exemple : les soldats s'accrochaient, désarçonnés, les uns aux autres, quelques chevaux se noyèrent, quelques hommes aussi, et le reste des cavaliers continua à nager, cramponnés à leur selle ou à la crinière de leurs bêtes. Ils allaient, autant que possible, en ligne droite, tandis qu'à une demi-verste de là il y avait un gué ; mais ils étaient fiers de nager ainsi et de mourir, au besoin, sous les yeux de l'homme qui était assis là-haut sur une poutre, et qui ne daignait même pas les regarder !

Lorsque l'aide de camp revint auprès de l'Empereur, et qu'il se fut permis d'attirer son attention sur le dévouement des Polonais à sa personne, le petit homme en redingote grise se leva, appela Berthier, et marcha avec lui le long du fleuve en lui donnant ses ordres, et en jetant de temps à autre un coup d'œil mécontent sur les soldats qui, en se noyant, lui causaient des distractions. Ce n'était pas chose nouvelle pour lui d'être sûr que, depuis les déserts de l'Afrique jusqu'aux steppes de la Moscovie, sa présence suffisait pour exalter les hommes au point de lui faire, sans hésiter, le sacrifice même de leur vie. Il remonta à cheval, et retourna à son campement.

Quarante uhlans disparurent, malgré les bateaux envoyés à leur secours. Le gros du régiment fut refoulé vers le bord qu'il venait de quitter : seuls le colonel et quelques soldats passèrent heureusement, et grimpèrent tout ruisselants d'eau sur la rive opposée. À peine l'eurent-ils atteinte, qu'ils crièrent de nouveau vivat ! et qu'ils cherchèrent des yeux la place occupée par Napoléon. Bien qu'il n'y fût plus, ils se sentaient en ce moment complètement heureux !

Le soir même, Napoléon, après avoir lancé l'ordre d'accélérer l'envoi des faux assignats destinés à la Russie, et après avoir fait fusiller un Saxon sur lequel on avait saisi des renseignements sur la situation de l'armée française, décora de l'ordre de la Légion d'honneur, dont il était le chef suprême, le colonel des uhlans qui, sans nécessité, s'était précipité dans l'endroit le plus profond du fleuve !... *Quos vult perdere, Jupiter dementat !*

III

L'Empereur Alexandre, établi à Vilna depuis plus d'un mois, y employait tout son temps à des revues et des manœuvres. Rien n'était prêt pour la guerre, bien qu'elle fût prévue depuis longtemps, et c'était pour s'y préparer que l'Empereur avait quitté Pétersbourg. Il n'existait aucun plan général, et l'indécision quant au choix à faire entre tous ceux que l'on proposait ne fit qu'augmenter, à la suite des quatre semaines le séjour de Sa Majesté au quartier général. Chacune des trois armées avait son commandant en chef, mais il n'y avait pas de généralissime, et l'Empereur ne voulait pas en assumer les fonctions. Plus il restait à Vilna, plus les préparatifs traînaient en longueur, et il semblait que les efforts de l'entourage impérial n'eussent d'autre but que de faire oublier à Sa Majesté la guerre prochaine, et de rendre son séjour aussi agréable que possible.

Après une kyrielle de bals et de fêtes donnés par les magnats polonais, par les hauts personnages qui avaient des charges de cour, et par l'Empereur lui-même, il vint à la pensée d'un des aides de camp généraux polonais d'offrir à Sa Majesté un banquet et un bal au nom de tous ses collègues. Cette proposition, accueillie avec joie, obtint le consentement impérial ; l'argent fut réuni par souscriptions, et la dame qui inspirait le plus de sympathie à l'Empereur consentit à remplir les devoirs de maîtresse de maison. Le 25 juin fut fixé pour le bal, le dîner, les courses sur l'eau et le feu d'artifice organisés à Zakrety, propriété du comte Bennigsen, qui était située aux environs de Vilna, et qu'il avait mise à la disposition des ordonnateurs de la fête.

Le jour même où Napoléon donna l'ordre de traverser le Niémen et où son avant-garde, repoussant les cosaques, passa la frontière russe, l'Empereur Alexandre se trouvait au bal donné en son honneur par ses aides de camp généraux !

Cette brillante fête avait réuni sur le même point, au dire des experts, plus de belles personnes qu'on n'en avait jamais vues. La comtesse Besoukhow, venue tout exprès de Pétersbourg avec quelques autres dames, éclipsait, par sa luxuriante beauté russe, la beauté plus fine et plus distinguée des dames polonaises. L'Empereur la remarqua, et lui fit l'honneur de danser une fois avec elle.

Boris Droubetzkoï avait laissé sa femme à Moscou, et se trouvait à Vilna « en garçon », comme il disait ; quoiqu'il ne fût pas aide de camp général, il assistait à la fête, grâce à la somme assez ronde qu'il avait inscrite sur la liste de souscription ; devenu très riche et fort avancé en dignités de toutes sortes, il ne cherchait plus de protections, et se tenait sur un pied de parfaite égalité avec ses contemporains plus élevés que lui en grade.

On dansait encore à minuit ; Hélène, ne trouvant pas de cavalier digne d'elle, demanda à Boris de danser avec elle la mazourka, et ils formèrent le troisième couple. Boris regardait avec une calme indifférence les éblouissantes épaules d'Hélène, sortant d'un corsage de gaze d'une couleur sombre, lamé d'or, et causait de leurs anciennes connaissances, sans toutefois quitter des yeux une seconde l'Empereur, qui, debout près d'une porte, arrêtait au passage les uns et les autres, en leur adressant ces bienveillantes paroles que lui seul savait dire.

Il remarqua bientôt que Balachow, un des intimes du Tsar, s'arrêta familièrement à deux pas de lui pendant qu'il causait avec une dame polonaise ; l'Empereur lui jeta un coup d'œil interrogateur, et, comprenant qu'un grave motif devait seul l'avoir forcé à agir aussi librement, il salua la dame, se tourna vers Balachow, et sa figure exprima aussitôt une profonde surprise pendant qu'il l'écoutait ! Le prenant par le bras, il l'entraîna vivement dans le jardin, sans faire attention à la curiosité de la foule, qui aussitôt recula respectueusement devant lui. Boris, portant ses yeux sur Araktchéïew, avait remarqué son trouble à l'apparition de Balachow ; il le vit se placer en avant, comme s'il s'attendait à être interpellé par l'Empereur. À ce mouvement du ministre de la guerre, Boris comprit qu'il était jaloux de Balachow, et lui en voulait d'avoir la chance de transmettre à Sa Majesté une nouvelle de haute importance. Se voyant oublié, il les suivit, à vingt pas de distance, dans le jardin illuminé, en jetant autour de lui des regards furibonds.

Boris, tourmenté du désir d'apprendre un des premiers quelle était cette grave nouvelle, murmura tout à coup à l'oreille d'Hélène qu'il allait prier la comtesse Potocka de leur faire vis-à-vis ; la comtesse était en ce moment sur le perron : au moment où il arrivait près d'elle, il s'arrêta court à la vue de l'Empereur, qui rentrait avec Balachow. Faisant semblant de ne pas avoir le temps de s'écarter, il se serra contre la porte, inclina la tête avec respect, et entendit Alexandre dire, avec l'émotion d'un homme qui aurait reçu une offense personnelle :

« Entrer en Russie, sans avoir déclaré la guerre ! Je ne ferai la paix que lorsqu'il ne restera plus un seul ennemi sur le sol de mon Empire ! » Boris crut s'apercevoir que l'Empereur éprouvait une certaine satisfaction à s'exprimer ainsi, et à donner cette forme à sa pensée, mais qu'en même temps il était mécontent d'avoir été entendu par lui.

« Que personne n'en sache rien ! » ajouta-t-il en fronçant les sourcils. Boris, devinant que cette parole lui était adressée, baissa les yeux, et inclina de nouveau la tête. L'Empereur rentra dans la salle de bal et y resta encore une demi-heure environ.

Droubetzkoï, ayant ainsi été, grâce au hasard, le premier à connaître le passage du Niémen par les troupes françaises, profita de cette bonne fortune pour faire croire à quelques personnages importants qu'il en savait souvent plus long qu'eux, ce qui le grandit singulièrement dans leur opinion.

Cette nouvelle fut un coup de foudre ! Reçue pendant un bal et après un mois d'attente, elle semblait encore plus incroyable ! L'Empereur, sous la première impression d'indignation et de colère, avait trouvé la phrase, devenue plus tard célèbre, qu'il se plaisait à répéter et qui exprimait parfaitement ses sentiments. Rentré à deux heures de la nuit, il envoya chercher son secrétaire Schischkow, et lui dicta un ordre du jour aux troupes et un rescrit au maréchal prince Soltykow, dans lequel il déclarait sa ferme intention, dans les mêmes termes qu'il avait employés en parlant à Balachow, de ne pas faire la paix tant qu'il resterait un seul Français armé sur le sol de la Russie.

Il écrivit ensuite de sa propre main à Napoléon la lettre suivante :

« Monsieur mon Frère, j'ai appris hier que, malgré la loyauté avec laquelle j'ai maintenu mes engagements envers Votre Majesté, ses troupes ont franchi les frontières de la Russie, et je reçois à l'instant de Pétersbourg une note par laquelle le comte Lauriston, pour motiver cette agression, annonce que Votre Majesté s'est considérée comme en état de guerre avec moi dès le moment où le prince Kourakine demande ses passeports. Les motifs sur lesquels le duc de Bassano fondait son refus de les lui délivrer n'auraient jamais pu me faire supposer que cette démarche servirait de prétexte à l'agression. En effet, cet ambassadeur n'y a jamais été autorisé, comme il l'a déclaré lui-même, et aussitôt que j'en ai été informé, je lui ai fait connaître combien je le désapprouvais, en lui donnant l'ordre de rester à son poste. Si Votre Majesté n'est pas intentionnée de verser le sang de nos peuples pour un mésentendu (*sic*) de ce genre et qu'elle consente à retirer ses troupes du territoire russe, je regarderai ce qui s'est passé comme non avenu, et un accommodement entre nous sera possible. Dans le cas contraire, Votre Majesté, je me verrai forcé de repousser une attaque que rien n'a provoquée de ma part. Il dépend encore de Votre Majesté d'éviter à l'humanité les calamités d'une nouvelle guerre[1].

« Je suis, etc. … etc.

« Alexandre. »

IV

L'Empereur envoya ensuite chercher Balachow, lui lut sa lettre, le chargea d'aller la remettre en personne à l'Empereur des Français, et, lui répétant de nouveau les paroles qu'il lui avait dites au bal, lui ordonna de les rapporter telles quelles à Napoléon. Il ne les avait pas mises dans sa lettre, comprenant, avec son tact habituel, qu'il n'était pas convenable de les prononcer au moment où il faisait une dernière tentative pour le maintien de la paix ; mais il réitéra l'ordre à Balachow de les redire textuellement à Napoléon lui-même. Partant aussitôt avec un trompette et deux cosaques, Balachow arriva, au point du jour, au village de Rykonty, occupé par des avant-postes de cavalerie française, en deçà du Niémen.

Un sous-officier de hussards, en uniforme amarante et coiffé d'un colback, lui cria de s'arrêter ; Balachow se borna à ralentir le pas ; le sous-officier s'avança vers lui en marmottant un juron d'un air

---

1 En français dans le texte. (*Note du traducteur.*)

234

irrité, et, tirant son sabre, lui demanda grossièrement s'il était sourd ! Balachow se nomma : le Français, envoyant alors un de ses hommes chercher l'officier qui commandait le poste, reprit sa causerie avec ses camarades, sans plus faire attention à l'envoyé russe, qui éprouva un sentiment étrange en subissant, personnellement et dans son pays, cette manifestation irrespectueuse de la force brutale, si nouvelle pour lui, habitué aux honneurs et en rapports constants avec le pouvoir suprême, pour lui qui venait de causer pendant rois longues heures avec l'Empereur !

Le soleil perçait les nuages, l'air était frais et imprégné de rosée. Le troupeau du village s'en allait aux champs, où les alouettes s'élevaient dans l'espace, en gazouillant, l'une après autre comme des bulles d'air qui montent à la surface de l'eau. Balachow, en attendant l'officier, suivait leur vol d'un égard distrait, pendant que les cosaques et les hussards changeaient en silence des clins d'œil furtifs.

Le colonel français, qui venait évidemment de se lever, parut enfin, suivi de deux de ses hussards, et monté sur un beau cheval gris bien soigné et bien nourri : les cavaliers et leurs chevaux avaient une tournure élégante et respiraient le bien-être.

Ce n'était encore que la première période de la guerre, la période de la tenue d'ordonnance, la période de l'ordre comme en temps de paix, à laquelle se mêlaient pourtant une allure plus guerrière que de coutume, et cet entrain et cette gaieté qui sont l'accompagnement habituel des débuts d'une campagne !

Le colonel étouffait avec peine des bâillements, mais il fut poli envers Balachow, car il se rendait compte de son importance. Il lui fit franchir les avant-postes, et l'assura que, vu la proximité du quartier général de l'Empereur, son désir de lui être immédiatement présenté ne souffrirait aucune difficulté.

Traversant ensuite le village, au milieu de piquets de hussards, de soldats et d'officiers qui leur faisaient le salut militaire et regardaient avec curiosité l'uniforme russe, ils sortirent par l'extrémité opposée ; à deux verstes de là campait le général de division qui devait se charger de conduire l'envoyé d'Alexandre jusqu'à sa destination.

Le soleil était levé et éclairait gaiement les champs et les prairies.

À peine eurent-ils dépassé le cabaret situé sur la hauteur, qu'ils virent venir à eux plusieurs militaires, en avant desquels s'avançait, monté sur un cheval noir, dont le harnachement étincelait au soleil, un homme de haute taille ; un manteau rouge jeté sur les épaules, les jambes tendues en avant à la manière française, il était coiffé d'un énorme chapeau par dessous les bords duquel s'échappaient des boucles de cheveux noirs : l'air faisait onduler le plumet multicolore de sa coiffure, et les galons d'or de son uniforme scintillaient aux rayons ardents du soleil de juin.

Balachow ne se trouvait plus qu'à quelques pas de distance de ce cavalier à l'aspect théâtral, tout chamarré d'or et couvert de bracelets et de bijoux de toutes sortes, lorsque le colonel Julner lui murmura à l'oreille : « Le roi de Naples ! »

C'était en effet Murat, qu'on appelait ainsi, bien qu'il fût impossible de comprendre pourquoi dans ce moment il était « le roi de Naples ». Lui-même du reste se prenait tellement au sérieux, que lorsque, la veille de son départ de Naples, en se promenant dans les rues avec sa femme, il entendit quelques Italiens crier : « Viva il Re ! » il dit avec tristesse : « Les malheureux ! ils ne savent pas que je les quitte demain ! »

Malgré son intime conviction qu'il était bien toujours le roi de Naples, et que ses sujets pleuraient son absence, il reprit gaiement, au premier signal de son auguste beau-frère, la besogne qui lui avait été familière :

« Je vous ai fait roi pour régner à ma manière et non pas à la vôtre, » lui avait dit ce dernier à Danzig, et, pareil à un bel étalon qui folâtre même sous le harnais, il galopait sur les routes de la Pologne, paré des couleurs les plus voyantes et des plus riches bijoux, sans s'inquiéter, dans sa bruyante bonne humeur, de savoir où il allait.

En apercevant le général russe, il rejeta majestueusement sa tête bouclée en arrière d'une façon toute royale, et regarda le colonel français en le questionnant du regard. Celui-ci expliqua respectueusement à Sa Majesté ce que voulait Balachow, dont il ne parvenait pas à prononcer correctement le nom.

« De Balmacheve ? » dit le roi en surmontant, avec sa résolution habituelle, la difficulté qu'avait éprouvée le colonel de hussards.

236

« Charmé de faire votre connaissance, général, » ajouta-t-il d'un geste plein de grâce ; mais, dès que la voix de Sa Majesté devint plus haute et plus vive, elle perdit subitement toute sa dignité royale, et passa sans transition au ton qui lui était naturel, celui d'une bienveillante bonhomie. Posant la main sur le garrot du cheval de Balachow :

« Eh bien, général, tout est à la guerre, à ce qu'il paraît ! » comme s'il regrettait la nécessité de ce fait, qu'il ne se permettait pas de juger.

« Sire, l'Empereur mon maître ne désire pas la guerre, et comme Votre Majesté le voit... » poursuivit Balachow en lui donnant exprès à chaque mot, avec une affectation marquée, une qualification royale qu'il sentait lui être particulièrement agréable dans sa nouveauté, à en juger par la joie comique qui se peignait sur son visage. « Royauté oblige, » aussi Murat crut-il de son devoir de deviser avec Monsieur de Balachow, ambassadeur de l'Empereur Alexandre sur les affaires de l'État. Descendant de cheval et lui prenant le bras, il se mit à causer et à marcher avec lui de long en large, en s'efforçant de donner de l'importance à ses paroles. Il lui dit entre autres choses que l'Empereur Napoléon, offensé par la demande qu'on lui avait adressée de retirer ses troupes de la Prusse, l'était surtout de la publicité donnée à cette exigence, qui froissait la dignité de la France. Balachow lui répondit que cette exigence n'avait rien de blessant parce que..., mais Murat ne lui donna pas le temps d'achever :

« L'instigateur n'est donc point, selon vous, l'Empereur Alexandre ? » demanda-t-il subitement et avec un sourire gauche.

Balachow lui expliqua les raisons qui le forçaient à considérer Napoléon comme le fauteur de la guerre.

« Eh ! mon cher général, je souhaite de tout mon cœur que les Empereurs s'arrangent entre eux, et que cette guerre, commencée malgré moi, se termine le plus tôt possible, » poursuivit Murat, à la façon des serviteurs qui désirent rester amis malgré la querelle de leurs maîtres.

Il s'informa ensuite de la santé du grand-duc, parla du temps qu'ils avaient si joyeusement passé ensemble à Naples, puis, se ressouvenant de sa haute dignité, il se redressa avec solennité, se posa comme il l'avait fait le jour de son couronnement, et faisant un geste de la main :

« Je ne vous retiens plus, général, je vous souhaite tout le succès possible ! » dit-il en rejoignant sa suite, qui l'attendait respectueusement à quelques pas en arrière… et le manteau rouge brodé d'or, les plumes flottant au vent, et les pierres fines jetant mille feux au soleil, disparurent dans le lointain !

Balachow, croyant trouver Napoléon à peu de distance de là, continua son chemin, mais, arrivé au premier village, il fut arrêté cette fois par les sentinelles du corps d'infanterie de Davout, et l'aide de camp du chef de corps le conduisit jusqu'à l'habitation du maréchal.

V

Davout, l'Araktchéïew de l'Empereur Napoléon, en avait, avec la poltronnerie en moins, toute la sévérité, et toute l'exactitude dans le service, et, comme lui, ne savait témoigner son dévouement à son maître que par des actes de cruauté.

Les hommes de cette trempe sont aussi nécessaires dans les rouages de l'administration que les loups dans l'économie de la nature : ils existent, se manifestent et se maintiennent toujours, par le fait, quelque puéril qu'il puisse paraître, de leurs rapports constants avec le chef de l'État. Comment expliquer autrement que par son absolue nécessité, la présence et l'influence d'un être cruel, grossier, mal élevé, tel qu'Araktchéïew, qui tirait la moustache aux grenadiers dans les rangs, et qui s'éclipsait au moindre danger, auprès d'Alexandre, dont l'âme était tendre et le caractère d'une noblesse chevaleresque ?

Balachow trouva le maréchal Davout, avec son aide de camp à ses côtés, dans une grange de paysan, assis sur un tonneau, occupé à examiner et à régler des comptes. Il aurait pu sans doute se procurer une installation plus commode, mais il appartenait à la catégorie des gens qui aiment à se rendre les conditions de la vie difficiles, pour avoir le droit d'être sombres et taciturnes, et à feindre, à tout propos, une grande hâte, et un travail accablant :

« Y a-t-il moyen, je vous le demande, de voir la vie par ses côtés aimables, lorsqu'on est comme moi harassé de soucis et assis sur un tonneau dans une mauvaise grange ? » semblait dire la figure du maréchal.

Le plus grand plaisir de cette sorte de personnages, lorsqu'ils en rencontrent un autre sur leur chemin dans des conditions différentes de mouvement et de vie, consiste à faire parade de leur activité incessante et morose : c'est ce qui arriva à Davout à la vue de Balachow, et de sa physionomie animée par la course, la belle matinée et sa conversation avec Murat. Lui jetant un coup d'œil par-dessus ses lunettes, il sourit dédaigneusement, et, sans même le saluer, se replongea dans ses calculs, en fronçant méchamment les sourcils.

L'impression désagréable produite sur le nouveau venu par cette singulière façon de le recevoir n'échappa point au maréchal, qui releva la tête et lui demanda froidement ce qu'il voulait.

Ne pouvant attribuer cette réception qu'à l'ignorance de Davout sur sa double qualité d'aide de camp général et de représentant de l'Empereur Alexandre, Balachow s'empressa de lui faire part de l'objet de sa mission, mais, à sa grande surprise, Davout n'en devint que plus raide et plus grossier.

« Où est votre paquet ? Donnez-le-moi, je l'enverrai à l'Empereur. »

Balachow lui répondit qu'il avait l'ordre de ne le remettre qu'en mains propres.

« Les ordres de votre Empereur s'exécutent dans votre armée, mais ici, vous devez vous soumettre à nos règlements !... » Et, afin de faire mieux comprendre au général russe dans quelle dépendance de force brutale il se trouvait, il envoya chercher l'officier de service.

Balachow déposa le paquet contenant la lettre de l'Empereur sur la table, qui n'était autre qu'un battant de porte, auquel pendaient encore les gonds, placé en travers sur un tonneau. Davout prit connaissance de l'adresse écrite sur la dépêche.

« Vous avez pleinement le droit de me traiter avec ou sans politesse, dit Balachow, mais permettez-moi de vous faire observer que j'ai l'honneur de compter parmi les aides de camp généraux de Sa Majesté... »

Davout le regarda sans dire un mot : l'irritation empreinte sur les traits de l'envoyé lui causait évidemment un vif contentement :

« On vous rendra les honneurs qui vous sont dus, » reprit-il, et, mettant l'enveloppe dans sa poche, il le laissa seul dans la grange.

Un moment après, M. de Castries, son aide de camp, vint chercher Balachow, pour le conduire au logement qui lui était destiné ; le général russe dîna ensuite dans la grange avec le maréchal Davout ; Davout lui annonça qu'il partait le lendemain et l'engagea à rester avec le train des bagages : il devait le suivre, s'il recevait l'ordre d'avancer, et ne communiquer avec personne, sauf avec M. de Castries.

Au bout de quatre jours de solitude et d'ennui, pendant lesquels il s'était forcément rendu compte de sa nullité et de son impuissance à agir, d'autant plus sensible pour lui, qu'hier encore il était dans une sphère toute puissante ; après quelques étapes faites à la suite des bagages personnels du maréchal Davout et au milieu des troupes françaises, qui occupaient toute la localité, Balachow fut ramené à Vilna, et y rentra par la même barrière qu'il avait franchie quatre jours auparavant.

Le lendemain matin, un chambellan de l'Empereur, M. de Turenne, vint lui annoncer de la part de son maître qu'il lui accordait une audience.

Peu de jours auparavant, des sentinelles du régiment de Préobrajensky avaient monté la garde à l'entrée de la maison où l'on conduisit Balachow : il y avait maintenant deux grenadiers français, aux uniformes gros-bleu à revers et en bonnets à poils, une escorte de hussards, de lanciers, et une brillante suite d'aides de camp attendant la sortie de Napoléon. Ils étaient groupés au bas du perron près de son cheval de selle, dont le mamelouk Roustan tenait les brides. Ainsi, Napoléon le recevait dans la même maison où Alexandre lui avait confié son message.

VI

Le luxe et la magnificence déployés autour de l'Empereur des Français surprirent Balachow, bien qu'il fût habitué à la pompe des cours.

Le comte de Turenne l'amena dans une grande salle de réception où étaient réunis une foule de généraux, de chambellans, de magnats polonais, dont il avait vu déjà la plupart faire leur cour à l'Empereur de Russie ! Duroc vint lui dire qu'il serait reçu avant la promenade de Sa Majesté.

Quelques instants plus tard, le chambellan de service, le saluant avec courtoisie, l'engagea à le suivre dans un petit salon contigu au cabinet où il avait reçu les derniers ordres de l'Empereur Alexandre ; il y attendit quelques secondes : des pas vifs et fermes se rapprochèrent de la porte, dont les deux battants s'ouvrirent à la fois... Napoléon était devant lui ! Prêt à monter à cheval, en uniforme gros-bleu, ouvert sur un long gilet blanc qui dessinait la rotondité de son ventre, en bottes à l'écuyère et en culotte de peau de daim tendue sur les gros mollets de ses jambes courtes, il avait les cheveux ras, et une longue et unique mèche s'en détachait pour aller retomber jusqu'au milieu de son large front. Son cou blanc et gros tranchait nettement sur le collet noir de son uniforme, d'où s'échappait une forte odeur d'eau de Cologne. Sur sa figure, encore jeune et pleine, se lisait l'expression digne et bienveillante d'un accueil impérial.

La tête rejetée en arrière, il marchait d'un pas rapide, marqué chaque fois par un soubresaut nerveux. Toute sa personne forte et écourtée, aux épaules larges et carrées, au ventre proéminent, à la poitrine bombée, au menton fortement accusé, avait cet air de maturité et de dignité affaissées, qui envahit les hommes de quarante ans dont la vie s'est écoulée au milieu de leurs aises ; son humeur semblait être excellente.

Il inclina vivement la tête en réponse au salut profond et respectueux de Balachow, avec lequel il se mit tout de suite à parler, en homme qui connaît le prix du temps, et qui ne daigne pas préparer ses discours, convaincu d'avance que ce qu'il dira sera toujours juste et bien dit :

« Bonjour, général, j'ai reçu la lettre dont vous avait chargé l'Empereur Alexandre, et je suis charmé de vous voir ! »

Ses grands yeux le dévisagèrent un instant, et se portèrent aussitôt d'un autre côté, car Balachow par lui-même ne l'intéressait guère ; tout son intérêt était concentré, comme toujours, sur les pensées qui s'agitaient dans son esprit, et il n'accordait généralement au monde extérieur, dépendant, comme il le croyait, de sa seule volonté, qu'une très mince importance :

« Je n'ai pas désiré et je ne désire pas la guerre, dit-il, mais on m'y a forcé. Je suis prêt, même à présent (et il appuya sur ce mot), à accepter toutes les explications que vous me donnerez... » Et il lui exposa, en quelques paroles brèves et nettes, le mécontentement que lui causait la conduite du gouvernement russe.

Son ton modéré et amical persuada Balachow de la sincérité de son désir de maintenir la paix et d'entrer en négociations :

« Sire, l'Empereur mon maître... » commença-t-il avec une certaine hésitation et en se troublant sous le regard interrogateur que Napoléon fixait sur lui. – « Vous êtes embarrassé, général, remettez-vous ! » semblaient lui dire ces yeux qui examinaient, avec un imperceptible sourire, son uniforme et son épée. Il poursuivit néanmoins, et lui expliqua que l'Empereur Alexandre ne voyait point de *casus belli* dans la demande de passeports faite par Kourakine, que ce dernier avait agi ainsi de son propre chef, que l'Empereur ne voulait pas la guerre, et qu'il n'avait aucune entente avec l'Angleterre...

« Il n'en a pas encore... » dit Napoléon, et, dans la crainte de se trahir, il engagea, d'un mouvement de tête, l'envoyé russe à reprendre la parole.

Balachow, lui ayant dit tout ce qu'il avait eu ordre de lui transmettre, lui répéta que l'Empereur ne consentirait à des négociations qu'à de certaines conditions. Soudain il s'arrêta interdit, car il venait de se souvenir des paroles écrites dans le rescrit à Soltykow, et qu'il devait rapporter textuellement à l'Empereur des Français ; il les avait présentes à la mémoire, mais un sentiment, difficile à analyser, les retint sur ses lèvres, et il reprit avec embarras :

« À condition que les troupes de Votre Majesté repassent le Niémen. »

Napoléon remarqua son trouble, les muscles de son visage tressaillirent, et son mollet gauche se mit à trembler ! Sans changer de place, il parla plus haut et plus vite. Le regard de Balachow fut involontairement attiré par le tremblement du mollet, et il remarqua avec surprise qu'il s'accentuait de plus en plus, à mesure que l'Empereur élevait la voix :

« Je désire la paix autant que l'Empereur Alexandre. N'ai-je pas fait tout mon possible pour l'obtenir, il y a dix-huit mois ! Et voilà dix-huit mois que j'attends des explications ! Qu'exige-t-on de moi pour entrer en négociations ? » ajouta-t-il en accompagnant ces paroles d'un geste énergique de sa petite main blanche et potelée.

« La retraite des troupes au delà du Niémen, Sire, répliqua Balachow.

– Au delà du Niémen, rien que cela ? » dit Napoléon en le regardant en face.

Balachow inclina respectueusement la tête.

« Vous dites, répéta Napoléon en arpentant le salon, que, pour commencer les négociations, on ne me demande que de repasser le Niémen ? Il y a deux mois, ne m'a-t-on pas demandé de la même façon de repasser l'Oder et la Vistule, et vous parlez encore de paix ! »

Après avoir fait quelques pas en silence, il s'arrêta devant Balachow : son visage semblait s'être pétrifié, tant l'expression en était devenue dure, et sa jambe gauche tremblait convulsivement : « La vibration de mon mollet gauche est très significative chez moi, » disait-il plus tard.

« Des propositions comme celles d'abandonner l'Oder et la Vistule peuvent être faites au prince de Bade, mais pas à moi ! s'écria-t-il tout à coup. Si même vous me donniez Pétersbourg et Moscou, je n'accepterais pas vos conditions ! Vous m'accusez d'avoir commencé la guerre, et qui donc a rejoint le premier son armée ? L'Empereur Alexandre ! Et vous venez me parler de négociations lorsque j'ai dépensé des millions, que vous êtes allié avec l'Angleterre, et que votre position devient de plus en plus difficile ! Quel est le but de votre alliance anglaise ? Quel avantage en avez-vous retiré ? » continua-t-il, avec l'intention évidente d'en arriver à démontrer son droit et sa force et les fautes de l'Empereur Alexandre, au lieu de discuter la possibilité et les conditions de la paix.

Dans le premier moment il avait fait ressortir les avantages de sa situation, en donnant à entendre que, malgré ces avantages, il daignerait encore consentir à renouer ses relations avec la Russie, mais plus il s'échauffait, moins il restait maître de sa parole ; à la fin, on sentait qu'il n'avait plus qu'un but, celui de se grandir outre mesure et d'humilier Alexandre, tandis qu'au commencement de l'entretien il semblait vouloir tout le contraire :

« Vous avez, dit-on, conclu la paix avec les Turcs ! »

Balachow fit un signe de tête affirmatif :

« Oui, la paix est… » Mais Napoléon lui coupa la parole : il fallait qu'il parlât et qu'il parlât seul !

– Oui, je le sais, reprit-il avec cette intempérance de langage et ce ton d'irritation qu'on rencontre souvent chez les enfants gâtés de la fortune. Oui, je le sais : vous avez fait la paix avec les Turcs, sans avoir obtenu la Moldavie et la Valachie. Et moi, j'aurais donné ces provinces à votre Empereur, tout comme je lui ai donné la Finlande ! Oui, je les lui aurais livrées, car je les lui avais promises, et maintenant il ne les aura pas ! Il aurait pourtant été heureux de les joindre à son Empire et d'étendre la Russie du golfe de Bothnie aux bouches du Danube. La grande Catherine n'aurait pu faire plus ! – poursuivit-il avec une animation toujours croissante, et en répétant à Balachow, à peu de chose près, les mêmes phrases qu'il avait déjà dites lors de l'entrevue de Tilsitt : – Tout cela, il l'aurait dû à mon amitié. Ah ! quel beau règne, quel beau règne !… – et, tirant de sa poche une petite tabatière en or, il l'ouvrit, et en aspira vivement le contenu. – Quel beau règne aurait pu être celui de l'Empereur Alexandre ! – Il regarda Balachow avec un air de compassion, et se remit à parler aussitôt que celui-ci tenta de dire quelques mots : – Que pouvait-il désirer et chercher de mieux que mon amitié ? – poursuivit-il en haussant les épaules. – Non, il a trouvé préférable de s'entourer de mes ennemis, tels que les Stein, les Armfeldt, les Bennigsen, les Wintzingerode ! Stein, un traître chassé de sa patrie ; Armfeldt, un intrigant corrompu ; Wintzingerode, un déserteur français ; Bennigsen, plus militaire que les autres, mais tout aussi insuffisant, Bennigsen, qui n'a rien su faire en 1807, et dont la présence seule aurait dû lui rappeler d'horribles souvenirs !… Supposons qu'ils soient capables, – continua Napoléon, entraîné par les arguments qui se succédaient en foule dans son esprit à l'appui de sa force et de son droit, ce qui revenait au même à ses yeux. – Mais non, ils ne sont bons à rien, ni en temps de guerre, ni en temps de paix. Barclay est le meilleur d'entre eux, dit-on, mais je ne saurais être de cet avis, à en juger par ses premières marches… Et que font-ils tous ces courtisans ? Pfuhl propose, Armfeldt discute, Bennigsen examine et Barclay, appelé pour agir, ne sait quel parti prendre ! Bagration est le seul homme

CHAPITRE IV

de guerre : il est bête, mais il a de l'expérience, du coup d'œil et de la décision !... Et quel est, je vous prie, le rôle que joue votre jeune Empereur au milieu de toutes ces nullités, qui le compromettent et finissent par le rendre responsable des faits accomplis ? Un souverain ne doit être à l'armée que quand il est général ! – Et il lança ces paroles comme un défi à l'Empereur, sachant parfaitement à quel point celui-ci tenait à passer pour un bon capitaine. – Il y a huit jours que la campagne est commencée, et vous n'avez pas su défendre Vilna !... Vous êtes coupés en deux, chassés des provinces polonaises, et votre armée murmure !

– Pardon, Sire, – dit enfin Balachow, qui suivait avec peine ce feu roulant de paroles, – les troupes brûlent au contraire du désir...

– Je sais tout, dit Napoléon en l'interrompant de nouveau, tout, entendez-vous... Je connais aussi bien le chiffre de vos bataillons que celui des miens. Vous n'avez pas 200 000 hommes sous les armes, et, moi, j'en ai trois fois autant ! Je vous donne ma parole d'honneur, ajouta-t-il en oubliant que sa parole ne pouvait guère inspirer de confiance, que j'ai 530 000 hommes de ce côté de la Vistule... Les Turcs ne vous seront d'aucun secours, ils ne valent rien, et ils vous l'ont que trop prouvé, en faisant la paix avec vous ! Quant aux Suédois, ils sont prédestinés à être gouvernés par des fous ; dès que leur roi a eu perdu la raison, ils en ont choisi un autre, tout aussi fou que lui... Bernadotte ! car, quand on est Suédois, il faut être fou pour s'allier avec la Russie !... » Et Napoléon, souriant méchamment, porta de nouveau sa tabatière à son nez.

Balachow, dont les réponses étaient toutes prêtes, laissait involontairement échapper des gestes d'impatience, sans parvenir à arrêter ce déluge de paroles. À propos de la prétendue folie des Suédois, il aurait pu objecter qu'avec l'alliance de la Russie, la Suède devenait une île, mais Napoléon se trouvait dans cet état d'irritation sourde où l'on a besoin de parler et de crier, pour se prouver à soi-même qu'on a raison. La situation devenait pénible pour Balachow : il craignait d'être atteint dans sa dignité d'ambassadeur, s'il ne répliquait rien, mais, comme homme, il se repliait en lui-même devant l'aberration de cette colère sans cause ; il comprenait que tout ce qu'il venait d'entendre n'avait aucune valeur, et que Napoléon en aurait honte tout le premier lorsqu'il se serait calmé ; aussi tenait-il ses yeux baissés, afin d'éviter le regard du petit homme, dont il ne voyait que les grosses jambes qui se mouvaient et s'agitaient en tous sens.

« Et que me font, après tout, vos alliés ? J'en ai, moi aussi... j'ai les Polonais, avec leurs 80 000 hommes, qui se battent comme des lions... et ils en auront bientôt 200 000 sur pied ! »

Excité de plus en plus par la conscience même de son mensonge et par le silence de Balachow, qui continuait à garder un calme imperturbable, il se rapprocha brusquement, se planta droit devant lui, et, gesticulant de ses mains blanches, il s'écria, d'une voix saccadée, et blême de fureur :

« Sachez que si vous soulevez la Prusse contre moi, je l'effacerai de la carte de l'Europe !... et vous, je vous rejetterai au delà de la Dvina, et du Dniéper... et j'élèverai contre vous la barrière que l'aveugle et coupable Europe a laissé abattre !... Oui, voilà ce qui vous attend, et ce que vous aurez gagné en vous éloignant de moi ! »

Puis, recommençant à se promener de long en large, il prit de nouveau la tabatière qu'il venait de remettre dans sa poche, la porta plusieurs fois à son nez, et s'arrêta enfin devant le général russe, qu'il regarda d'un air ironique :

« Et pourtant, murmura-t-il, quel beau règne aurait pu avoir votre maître ! »

Balachow lui répondit que la Russie n'envisageait point les choses sous un aspect aussi sombre, et qu'elle comptait sur un succès certain. Napoléon daigna faire une inclination de tête qui voulait dire : « Je comprends, votre devoir est de parler ainsi, mais vous n'en croyez pas un mot, je vous ai convaincu du contraire ! »

Le laissant achever sa réponse, Napoléon huma une nouvelle prise de tabac, et frappa du pied le plancher. C'était un signal, car, à l'instant, les portes s'ouvrirent, et un chambellan offrit à l'Empereur son chapeau et ses gants, en s'inclinant avec respect devant lui, tandis qu'un autre lui tendait son mouchoir de poche. Il n'eut pas l'air de les voir.

« Assurez en mon nom votre Empereur, continua-t-il, que je lui suis dévoué comme par le passé ; je le connais, et j'apprécie hautement ses grandes qualités. Je ne vous retiens plus, général ; vous

CHAPITRE IV

recevrez ma réponse à l'Empereur... » Et, saisissant son chapeau, il marcha rapidement vers la sortie ; sa suite se précipita aussitôt sur l'escalier pour le précéder et l'attendre au bas du perron.

VII

Après cette explosion de colère et ces dernières paroles si sèches, Balachow resta convaincu que Napoléon ne le ferait plus demander, et éviterait même de le voir, lui, l'ambassadeur humilié, témoin de son emportement déplacé. Mais, à sa grande surprise, il fut invité par Duroc à la table de l'Empereur pour ce même jour. Bessières, Caulaincourt et Berthier y dînaient également.

Napoléon reçut Balachow avec affabilité et sans laisser percer dans son accueil plein de bonne humeur la moindre trace d'embarras : c'était lui, au contraire, qui tâchait de mettre son hôte à l'aise. Il était si convaincu d'être infaillible, que tous ses actes, qu'ils s'accordassent ou non avec la loi du bien et du mal, devaient forcément être justes, du moment qu'ils étaient siens.

Sa promenade à cheval par les rues de Vilna, où le peuple se portait en masse à sa rencontre en l'acclamant avec enthousiasme, où sur son passage toutes les fenêtres étaient pavoisées de tapis et de drapeaux, et où les dames polonaises agitaient leurs mouchoirs en le saluant, l'avait fort bien disposé.

Il s'entretint avec Balachow aussi cordialement que s'il faisait partie de son entourage, de ceux qui approuvaient ses plans, et qui se réjouissaient de ses succès. La conversation tombant entre autres sur Moscou, il le questionna sur la grande ville, comme aurait pu le faire un voyageur désireux de se faire renseigner sur un nouveau pays qu'il compte visiter, avec la persuasion que son interlocuteur devait, en sa qualité de Russe, se trouver flatté de l'intérêt qu'il témoignait :

« Combien Moscou possède-t-il d'habitants, de maisons, d'églises ? L'appelle-t-on vraiment la ville sainte ? » demanda-t-il, et à la réponse, que lui fit Balachow qu'il y avait plus de deux cents églises :

« À quoi bon cette quantité ? répliqua-t-il.

– Les Russes sont très pieux, dit le général.

– Il est du reste à observer qu'un grand nombre d'églises dénote toujours chez un peuple une civilisation arriérée, » repartit Napoléon en se retournant vers Caulaincourt.

Balachow exprima respectueusement un avis contraire :

« Chaque pays a ses usages, dit-il.

– Peut-être, mais rien de pareil ne se rencontre plus en Europe, objecta Napoléon.

– Que Votre Majesté veuille bien m'excuser, mais, en dehors de la Russie, il y a l'Espagne, où le chiffre des églises et des couvents est incalculable. »

Cette réponse, qui produisit grand effet à la cour de l'Empereur Alexandre, comme Balachow le sut plus tard, car elle rappelait la récente défaite des Français en Espagne, n'en fit aucun à la table de Napoléon, où elle passa inaperçue.

Les visages indifférents de messieurs les maréchaux disaient qu'ils n'en avaient compris ni le sel ni l'intention calculée : « Si cela avait été spirituel, nous l'aurions deviné, semblaient-ils dire, donc il n'en est rien ». Napoléon en saisit si peu la portée, qu'il s'adressa aussitôt à Balachow en le priant naïvement de lui indiquer les villes situées sur le parcours le plus direct entre Vilna et Moscou. L'ambassadeur, qui pesait chacune de ses paroles, répondit que, de même que tout chemin menait à Rome, tout chemin menait aussi à Moscou ; qu'il y en avait plusieurs, entre autres celui qui passait par Poltava, et que Charles XII avec choisi ! Il avait eu à peine le temps de s'applaudir, à part lui, de cet heureux à propos, que Caulaincourt changea de sujet de conversation en énumérant les difficultés de la route entre Pétersbourg et Moscou.

On prit ensuite le café dans le cabinet de Napoléon, qui, s'asseyant et portant à ses lèvres une tasse en porcelaine de Sèvres, indiqua un siège à Balachow.

Il existe dans l'homme une involontaire disposition d'esprit qui s'empare de lui généralement après le dîner ; elle a le privilège de le rendre satisfait et content de lui-même, et de lui faire trouver partout des amis ! Napoléon subissait cette influence : comme le commun des mortels, il lui semblait n'être entouré dans ce moment que d'adorateurs au même degré, sans en excepter Balachow.

« Ce cabinet, dit-il en s'adressant à lui avec un sourire aimable quoique railleur, est, à ce qu'il paraît, celui qu'occupait l'Empereur Alexandre. Avouez, général, que la coïncidence est au moins étrange. » Il semblait persuadé que cette réflexion, preuve évidente de sa supériorité sur l'Empereur de Russie, ne pouvait qu'être agréable à son interlocuteur.

Balachow se borna à lui faire une inclination de tête affirmative.

« Oui, dans cette pièce, il y a quatre jours, Stein et Wintzingerode se concertaient, poursuivit Napoléon d'un ton toujours railleur. Je ne puis vraiment comprendre que l'Empereur Alexandre se soit rapproché de mes ennemis personnels... je ne le comprends pas !... Il n'a donc pas réfléchi que je pouvais en faire autant ? » Ces derniers mots réveillèrent en lui l'irritation à peine calmée du matin.

« Qu'il sache que je le ferai, dit-il en se levant et en repoussant sa tasse. Je chasserai de l'Allemagne toute sa parenté, du Wurtemberg, de Bade, de Weimar... Oui, je les chasserai ! Qu'il leur prépare donc un refuge en Russie ! »

Balachow fit un mouvement qui exprimait à la fois son désir de se retirer et ce qu'il y avait de pénible dans l'obligation où il se trouvait d'écouter sans rien répondre, mais Napoléon ne le remarqua pas, et il continua à le traiter, non comme l'ambassadeur de son ennemi, mais comme un homme dont le dévouement lui était forcément acquis, et qui devait se réjouir, à coup sûr, de l'humiliation infligée à celui qui avait été son maître.

« Pourquoi l'Empereur Alexandre a-t-il pris le commandement de ses armées ? Pourquoi ?... La guerre est mon métier, le sien est de régner ! Pourquoi a-t-il assumé une telle responsabilité ? » Napoléon ouvrit sa tabatière, fit quelques pas dans la chambre, puis, tout à coup, marcha brusquement vers Balachow.

« Eh bien, vous ne dites rien, admirateur et courtisan du Tsar ? » lui demanda-t-il d'un ton moqueur, destiné à montrer clairement qu'il n'admettait pas qu'on pût, en sa présence, avoir la moindre admiration pour un autre que pour lui... Les chevaux pour le général sont-ils prêts ? ajouta-t-il en répondant par un signe de tête au salut de Balachow... Donnez-lui les miens, il a loin à aller ! »

Balachow, chargé par Napoléon d'une lettre pour l'Empereur Alexandre, la dernière qu'il lui écrivit, rendit compte au Tsar de l'accueil qui lui avait été fait... et la guerre éclata !

VIII

Le prince André quitta Moscou peu de temps après son entrevue avec Pierre, et se rendit à Pétersbourg ; il disait que c'était pour ses affaires, mais en réalité c'était pour y découvrir Kouraguine, avec qui il tenait à avoir une rencontre. Kouraguine, averti par son beau-frère, s'empressa de s'éloigner, et obtint du ministre de la guerre un emploi dans notre armée de Moldavie. Koutouzow, en revoyant le prince André, qu'il avait toujours beaucoup aimé, lui offrit de l'attacher à son état-major ; il venait d'être nommé général en chef de cette armée, et allait se rendre sur les lieux ; le prince André accepta, et ils partirent ensemble.

Son intention était de se battre en duel avec Kouraguine, mais pour cela il fallait trouver un prétexte plausible, autrement il compromettrait la réputation de la comtesse Rostow ; il cherchait donc à le rencontrer, mais il n'eut pas cette chance : Kouraguine était retourné en Russie dès qu'il avait eu vent de l'arrivée en Turquie du prince André. La vie lui sembla plus facile dans un nouveau pays et dans des conditions d'existence différentes du passé. La trahison de sa fiancée l'avait frappé d'un coup d'autant plus pénible, qu'il faisait tout son possible pour en cacher la violence, et le milieu qui avait été le témoin de son bonheur lui était devenu insupportable. Plus pénibles encore étaient pour lui cette liberté et cette indépendance qui jusque là lui avaient été si chères : il ne méditait plus sur les pensées que le ciel d'Austerlitz avait éveillées dans son âme, sur les pensées dont il aimait autrefois à s'entretenir avec Pierre, et qui avaient rempli sa solitude à Bogoutcharovo, en Suisse et à Rome ; il craignait au contraire de se reporter aux horizons lointains qu'il avait alors entrevus et qui lui étaient apparus si lumineux dans leur infini. Les intérêts matériels de tous les jours l'absorbèrent maintenant d'autant plus, qu'ils n'avaient aucun rapport avec ceux de son passé. On aurait dit que ce ciel sans fin, qui s'étendait jadis au-dessus de sa tête, s'était transformé en une voûte sombre, pesante, limitée, exactement définie dans ses contours, qui n'avait plus rien, pour lui, ni de mystérieux ni d'éternel !

De toutes les occupations actives qu'il avait en vue, il n'y en avait pas de plus simple et de plus familière pour lui que le service militaire. Nommé général de service à l'état-major de Koutouzow, il étonna ce dernier par l'exactitude et l'ardeur qu'il apporta à remplir ses fonctions. N'ayant pu rejoindre Anatole en Turquie, il ne jugea pas nécessaire de le poursuivre en Russie : il sentait que ni le temps, ni le sentiment de mépris que lui inspirait Kouraguine, ni les raisons qui lui démontraient combien il lui était impossible de s'abaisser jusqu'à une rencontre avec lui, ne l'empêcheraient de provoquer cet homme la première fois qu'il le verrait ; rien n'empêche, en effet, un homme affamé de se jeter sur la nourriture. Le sentiment de l'injure qu'il n'avait pas vengée, de la colère qu'il n'avait pas épanchée, et qui restait amassée dans le fond de son cœur, empoisonnait le calme factice avec lequel il remplissait les obligations multiples de son service.

Lorsque en 1812 arrivèrent à Bucharest (où depuis deux mois Koutouzow passait ses jours et ses nuits chez sa Valaque bien-aimée) les nouvelles de la guerre avec Napoléon, le prince André sollicita l'autorisation de passer à l'armée de l'Ouest. Koutouzow, qui lui en voulait de son zèle, et y voyait un reproche vivant à sa paresse, donna volontiers son consentement, et chargea Bolkonsky d'une mission pour Barclay de Tolly.

Avant de rejoindre l'armée, qui au mois de mai était campée à Drissa, il s'arrêta à Lissy-Gory, qui se trouvait sur son chemin. Durant les trois dernières années il avait tant pensé et tant réfléchi, passé par tant d'épreuves, et vu tant de choses dans ses voyages, qu'il ressentit une impression étrange en retrouvant à Lissy-Gory le même genre d'existence, immuable dans ses moindres détails. À peine eut-il franchi la massive porte en maçonnerie et l'allée qui menait au château, qu'il crut entrer dans une habitation enchantée où régnait le sommeil ; dans l'intérieur, c'était le même calme, la même exquise propreté, le même mobilier, les mêmes murs, les mêmes parfums et les mêmes visages, quoiqu'un peu vieillis. La princesse Marie, toujours opprimée, toujours timide et laide, voyait s'envoler une à une ses plus belles années, sans qu'un rayon de joie ou d'affection se mêlât à ses craintes et à ses inquiétudes. Mlle Bourrienne, au contraire, jouissant de chaque minute de son existence, se forgeait comme d'habitude les plus charmantes espérances. C'était toujours la même coquette personne, satisfaite d'elle-même, avec une dose d'assurance en plus ! L'instituteur amené de Suisse, nommé Dessalles, portait une redingote de drap russe, parlait russe tant bien que mal aux gens de la maison, mais, tout comme à son arrivée, c'était le même excellent homme, un peu pédant et quelque peu borné. Le vieux prince avait perdu une dent, une seule dent, mais le vide qu'elle avait laissé dans sa bouche n'y était que trop visible ; son moral n'avait point changé, son irritation et son scepticisme à l'endroit de toutes choses n'avaient fait plutôt que s'accroître avec l'âge. Seul Nicolouchka, avec ses joues roses et ses cheveux châtains tombant en boucles sur son cou, avait grandi et s'amusait à cœur joie ; lorsqu'il riait, la lèvre supérieure de sa jolie bouche se relevait exactement comme celle de sa mère : seul il se révoltait contre le joug de l'immuable dans ce château ensorcelé. Cependant, bien que les apparences fussent restées les mêmes, les rapports intimes entre les habitants de Lissy-Gory s'étaient sensiblement modifiés : il existait deux camps dans cet intérieur, deux camps ennemis, qui ne s'entendaient jamais, mais qui, pour le prince André, renoncèrent momentanément à leurs habitudes. L'un se composait du vieux prince, de Mlle Bourrienne et de l'architecte ; l'autre, de la princesse Marie, du petit Nicolas, de son gouverneur, de la vieille bonne et de toutes les femmes de la maison.

Pendant son séjour on dîna ensemble, mais, en voyant l'embarras général, il s'aperçut bientôt qu'on le traitait comme un étranger en l'honneur de qui on faisait une exception. Il le sentit si bien, qu'il en fut gêné à son tour, et se réfugia dans un silence absolu. Cette situation tendue, trop visible pour passer inaperçue, rendit son père morose et taciturne, et aussitôt après dîner il se retira chez lui. Lorsque le prince André alla le trouver dans le courant de la soirée, et essaya de l'intéresser au récit de la campagne du jeune comte Kamensky, le vieux prince, au lieu de l'écouter, se répandit en invectives sur la conduite de la princesse Marie, sur ses superstitions et sur son inimitié envers Mlle Bourrienne, le seul être, assurait-il, qui lui fût sincèrement attaché...

« Sa fille lui rendait la vie dure, c'est pour cela qu'il était toujours malade... et elle gâtait l'enfant par son excès d'indulgence et ses sottes idées ! »

Au fond de son cœur il sentait bien qu'elle ne méritait pas cette pénible existence, et qu'il était son bourreau, mais il savait aussi qu'il ne pourrait jamais cesser de l'être et de la tourmenter.

« Pourquoi André, qui a tout remarqué, ne me parle-t-il pas de sa sœur ? s'était-il dit. Il croit donc que je suis un monstre, un imbécile qui, pour me ménager les bonnes grâces de la française, me suis éloigné sans raison de ma fille ?... Il ne comprend rien, il faut tout lui expliquer, il faut qu'il me comprenne !

– Je ne vous en aurais pas parlé si vous ne me l'eussiez pas demandé, répondit le prince André à cette confidence inattendue, sans lever les yeux sur son père, qu'il condamnait pour la première fois de sa vie... Mais, puisque vous le désirez, je vous en parlerai franchement : s'il est survenu un malentendu entre vous et Marie, ce n'est pas elle que j'en accuse, car je sais combien elle vous respecte et vous aime... S'il y en a un, – poursuivit-il en s'échauffant peu à peu, ce qui du reste lui était devenu habituel depuis quelque temps, – je ne saurais en attribuer la cause qu'à la présence d'une femme indigne d'être la compagne de ma sœur ! » Le vieux prince, les yeux fixés sur lui, l'avait d'abord écouté sans mot dire : un sourire forcé laissait apercevoir la brèche causée par la dent absente, et à laquelle son fils ne parvenait pas à s'habituer.

« Quelle compagne, mon ami ? Ah ! on t'a déjà parlé ? Ah !...

– Mon père, je n'ai nulle envie de vous juger, répliqua le prince André d'un ton sec. C'est vous qui m'y avez forcé, j'ai dit et je dirai toujours que Marie n'est pas coupable : la faute en est à ceux qui..., à cette Française enfin !

– Ah ! tu me juges, tu me juges ! » dit le vieux d'une voix calme, dans le ton de laquelle son fils crut même deviner un certain embarras ; mais tout à coup, bondissant sur ses pieds, il s'écria avec fureur : « Hors d'ici, va-t'en ! Que je ne te voie plus ! Va-t'en ! »

Le prince André résolut de quitter Lissy-Gory sans retard, mais sa sœur le supplia de lui accorder encore un jour ; le vieux prince ne se montra plus, n'admit chez lui que Mlle Bourrienne et Tikhone, et demanda, à plusieurs reprises, si son fils était parti. Avant de se mettre en route, le prince André alla voir son enfant, qui lui sauta sur les genoux, lui demanda l'histoire de Barbe-Bleue, et l'écouta avec une attention soutenue ; mais son père s'arrêta soudain sans achever l'histoire, et tomba dans une profonde rêverie, dans laquelle Nicolouchka n'entrait pour rien : il pensait à lui-même, et sentait avec effroi que la querelle avec son père ne lui avait laissé aucun remords, et qu'ils se séparaient brouillés pour la première fois. Ce qui l'étonnait aussi et l'affligeait, c'est que la vue de son enfant n'éveillait plus en lui la tendresse accoutumée.

« Et après ? raconte-moi donc la fin, » lui disait le petit garçon ; mais son père, sans lui répondre, l'enleva de dessus ses, genoux, le posa à terre et sortit de la chambre.

Lorsque le prince André se retrouvait dans le milieu où il avait été heureux autrefois, il éprouvait un tel dégoût de la vie, qu'il avait hâte de s'éloigner de ces souvenirs et de se créer une occupation nouvelle : c'était là le secret de son apparente indifférence.

« André, tu nous quittes décidément ? lui dit sa sœur.

– Dieu soit loué ! Je suis libre de m'en aller ; je regrette que tu ne puisses pas en faire autant !

– Pourquoi parler ainsi, à présent que tu vas à la guerre, à cette terrible guerre ? reprit la princesse Marie. Il est si âgé ! Mlle Bourrienne m'a dit qu'il avait demandé après toi... » Et ses lèvres tremblèrent, et de grosses larmes roulèrent sur ses joues. Le prince André se détourna sans proférer une parole :

« Mon Dieu ! s'écria-t-il tout à coup, en marchant dans la chambre... Se dire que des choses ou des êtres aussi misérables peuvent causer le malheur d'autrui ! » La violence de son accent effraya sa sœur, qui comprit que sa réflexion s'appliquait non seulement à Mlle Bourrienne, mais aussi à l'homme qui avait tué son bonheur !

« André, je t'en supplie, – dit-elle, en lui touchant légèrement le bras, les yeux rayonnants au travers de ses larmes ; – ne crois pas que la douleur provienne des hommes... ils ne sont que les instruments de Dieu ! » Son regard, passant pardessus la tête de son frère, se fixa dans l'espace, comme s'il était habitué à y trouver une image chère et familière : « La douleur nous est envoyée par Lui : les hommes n'en sont pas responsables. Si quelqu'un te semble avoir eu des torts envers toi, oublie-les et pardonne. Nous n'avons pas le droit de punir : tu comprendras, toi aussi, un jour, le bonheur de pardonner.

– Si j'avais été femme, Marie, je l'aurais fait sans aucun doute : pardonner, c'est la vertu de la femme ; mais pour l'homme, c'est bien différent : il ne peut et ne doit ni oublier ni pardonner !... » Si ma sœur m'adresse cette prière, pensa-t-il, cela veut dire que j'aurais dû m'être vengé depuis longtemps !... Et sans plus écouter le sermon qu'elle continuait à lui faire, il se représenta avec une haineuse satisfaction l'heureux moment où il rencontrerait Kouraguine, qu'il savait être à l'armée.

La princesse Marie engagea son frère à rester encore vingt-quatre heures : elle était sûre, disait-elle, que son père serait malheureux de le voir partir sans s'être réconcilié avec lui. Mais il fut d'un avis contraire, et l'assura que leur brouille s'envenimerait s'il retardait son départ, que son absence serait courte, et qu'il écrirait à son père.

« Adieu, André, rappelez-vous que les malheurs viennent de Dieu, et que les hommes ne sont jamais coupables ! » Telles furent les dernières paroles de la princesse Marie.

« Cela doit sans doute être ainsi ! se dit le prince André en quittant la grande avenue de Lissy-Gory... Innocente victime, elle est destinée à être martyrisée par un vieillard à demi fou, qui sent ses torts, mais qui ne peut plus refaire son caractère... Mon fils grandit, sourit à la vie, et, tout comme un autre, il dupera et sera dupé !... Et moi je me rends à l'armée... pourquoi faire ? Je n'en sais rien, à moins que ce ne soit pour me battre avec l'homme que je méprise, et lui donner ainsi l'occasion de me tuer et de se moquer ensuite de moi ! »

Bien que les éléments qui composaient son existence fussent les mêmes qu'autrefois, ils ne lui apportaient plus aujourd'hui que des impressions sans lien entre elles, et isolées.

IX

Le prince André arriva à la fin de juin au quartier général. La première armée, celle que l'Empereur commandait, occupait sur la Drissa un camp retranché. La seconde, qui en était séparée, disait-on, par des forces ennemies considérables, se repliait pour la rejoindre. Il régnait des deux côtés un grand mécontentement, causé par la marche générale des opérations militaires, mais il ne venait à l'idée de personne de craindre une invasion étrangère dans les gouvernements russes, et de croire que la guerre pût être portée au delà des provinces polonaises de l'Ouest.

Le prince André trouva Barclay de Tolly établi sur les bords mêmes de la Drissa, à quatre verstes de l'endroit où était l'Empereur. Comme il n'y avait ni village ni bourg aux environs du camp, les nombreux généraux et les nombreux dignitaires de la cour s'étaient emparés des meilleures habitations sur les deux rives de la rivière, sur une longueur de plus de dix verstes. L'accueil de Barclay de Tolly fut sec et raide : il annonça à Bolkonsky qu'il en référerait à Sa Majesté pour lui procurer un emploi, et le pria, en attendant, de faire partie de son état-major. Kouraguine n'était plus à l'armée, mais à Pétersbourg, et cette nouvelle réjouit le prince André. Il fut heureux d'être délivré pour un temps des pensées que ce nom évoquait dans son âme, et de pouvoir s'abandonner en entier à l'intérêt qu'éveillait en lui la grande guerre qui commençait. Sans emploi auprès de personne, il consacra les quatre premiers jours à l'inspection du camp, dont il parvint à se former une idée exacte en s'aidant de ses propres lumières, et en questionnant ceux qui étaient capables de le renseigner. Les avantages de ce camp restèrent pour lui à l'état de problème : son expérience lui avait déjà plus d'une fois démontré que les plans les plus savamment combinés et les mieux étudiés n'ont souvent dans l'art militaire qu'une mince valeur… Il l'avait bien vu à Austerlitz, et il comprenait mieux que jamais, depuis ce jour-là, que la victoire dépend surtout de l'habileté à prévoir et à parer les mouvements inattendus de l'ennemi, et du coup d'œil et de l'intelligence des personnes chargées de la direction des opérations militaires. Afin de mieux éclairer cette dernière question, il ne négligea rien pour s'initier aux détails de l'administration et pour lire dans le jeu des généraux qui avaient voix au chapitre.

Pendant le séjour de l'Empereur à Vilna, l'armée avait été divisée en trois corps : le premier fut placé sous le commandement de Barclay de Tolly, le second sous celui de Bagration, le troisième sous celui de Tormassow. L'Empereur se trouvait avec le premier, sans y remplir toutefois les fonctions de commandant en chef, et l'ordre du jour annonçait sa présence, sans ajouter le moindre commentaire. Il n'avait avec lui aucun état-major spécial, mais seulement l'état-major du quartier général impérial, dont le chef était le général quartier-maître prince Volkonsky, et qui était composé d'une foule de généraux, d'aides de camp, de fonctionnaires civils pour la partie diplomatique et d'un grand nombre d'étrangers : par le fait, il n'existait donc pas d'état-major de l'armée. On voyait, auprès de la personne de l'Empereur, Araktchéïew, l'ex-ministre de la guerre, le Comte Bennigsen le doyen des généraux, le césarévitch grand-duc Constantin, le chancelier Comte Roumiantzow, Stein, l'ancien ministre de Prusse, Armfeld général suédois, Pfuhl, le principal organisateur du plan de campagne, Paulucci, général aide de camp, un réfugié sarde, Woltzogen, et plusieurs autres. Quoiqu'ils fussent tous attachés à Sa Majesté sans mission particulière, ils avaient cependant une telle influence, que le commandant en chef lui-même ne savait souvent de qui émanait le conseil reçu, ou l'ordre donné sous forme d'insinuation, par Bennigsen, par le grand-duc ou par tout autre ; s'ils parlaient de leur propre chef, ou s'ils ne faisaient que transmettre la volonté impériale, et en définitive s'il fallait, oui ou non, les écouter ? Ils faisaient partie de la mise en scène générale : leur présence et celle de l'Empereur, parfaitement définies à leur point de vue, comme courtisans (et tous le deviennent dans l'intimité du Souverain), signifiaient clairement que, malgré le refus de ce dernier de prendre le titre de général en chef, le commandement des trois corps d'armée n'en était pas moins entre ses mains et son entourage représentait, par suite, son conseil immédiat et intime. Araktchéïew, le garde du corps de Sa Majesté, était également l'exécuteur, de ses volontés ; Bennigsen, qui était grand propriétaire dans le gouvernement de Vilna, et qui semblait n'avoir eu d'autre souci que d'en faire les honneurs à son Souverain, jouissait d'une excellente réputation militaire, et on le gardait sous la main pour remplacer à l'occasion Barclay de Tolly. Le grand-duc y était pour son plaisir personnel ; l'ex-ministre Stein, comme conseiller, vu la haute estime que lui valaient ses qualités ; grâce à son assurance, et à la conviction qu'il avait de ses propres mérites, Armfeld, le haineux ennemi de Napoléon, était très écouté par Alexandre ; Paulucci faisait partie de la phalange, parce qu'il était hardi et décidé ; les aides de camp généraux, parce qu'ils suivaient l'Empereur partout, et enfin Pfuhl, parce qu'après avoir imaginé et fait le plan de campagne, il était parvenu à le faire accepter comme parfait dans son ensemble. C'était ce dernier en réalité qui menait la guerre. Woltzogen attaché à sa personne, plein d'amour-propre, de confiance en lui-même, et d'un mépris absolu pour toutes choses, n'était qu'un théoricien de cabinet, chargé de revêtir les idées de Pfuhl d'une forme plus élégante.

En dehors de tous ces hauts personnages, il y avait encore une quantité d'individus en sous-ordre, russes et étrangers, dépendant de leurs chefs respectifs : les étrangers se faisaient remarquer surtout par la témérité et la variété de leurs combinaisons militaires, conséquence toute naturelle du fait de servir dans un pays qui n'était pas le leur.

Au milieu du courant d'opinions si diverses qui agitait ce monde brillant et orgueilleux, le prince André ne tarda pas à constater l'existence de plusieurs partis qui se détachaient visiblement de la masse.

Le premier se composait de Pfuhl et de ses adhérents, les théoriciens de l'art de la guerre, ceux qui croyaient à l'existence de ses lois immuables, aux lois des mouvements obliques et des mouvements de flanc ; ceux-là voulaient que, conformément à cette prétendue théorie, on se repliât dans l'intérieur du pays, et considéraient la moindre infraction à ces règles fictives, comme une preuve de barbarie, d'ignorance et même de malveillance. Ce parti comprenait les princes allemands, les Allemands en général, Woltzogen, Wintzingerode, et plusieurs autres encore.

Le second parti, le parti adverse, tombait, comme il arrive souvent, dans l'extrême opposé, en demandant à marcher sur la Pologne, et à ne pas suivre un plan déterminé à l'avance : audacieux et entreprenant, il représentait la nationalité du pays, et n'en était par suite que plus exclusif dans la discussion. Parmi les Russes qui commençaient à s'élever, il y avait Bagration et Ermolow : il avait, dit-on, demandé un jour à l'Empereur la faveur d'être promu au grade d'« Allemand » ! Ce parti ne cessait de répéter, en se souvenant des paroles de Souvorow, qu'il était inutile de raisonner et de piquer des épingles sur les cartes, qu'il fallait se battre, mettre l'ennemi en déroute, ne pas le laisser pénétrer en Russie, et ne pas donner à l'armée le temps de se démoraliser.

Le troisième parti, celui qui inspirait le plus de confiance à l'Empereur, était composé de courtisans, médiateurs entre les deux premiers, peu militaires pour la plupart, qui pensaient et disaient ce que pensent et disent d'habitude ceux qui, n'ayant point de conviction arrêtée, tiennent cependant à ne pas le laisser paraître. Ils prétendaient donc que la guerre contre un génie comme Bonaparte (il était redevenu Bonaparte pour eux) exigeait sans aucun doute de savantes combinaisons, de profondes connaissances dans l'art de la guerre ; que Pfuhl y était certainement passé maître, mais que l'étroitesse de son jugement, ce défaut habituel des théoriciens, s'opposait à ce qu'on eût en lui une confiance absolue : qu'il fallait par conséquent tenir compte aussi de l'opinion de ses adversaires, des gens du métier, des gens d'action, dont l'expérience était certaine, afin de réunir les avis les plus sages, pour s'en tenir à un juste milieu. Ils insistaient sur la nécessité de conserver le camp de Drissa, d'après le plan de Pfuhl, en changeant toutefois les dispositions relatives aux deux autres armées. De cette façon, il est vrai, on n'atteignait aucun des deux buts proposés, mais les personnes de ce parti, auquel appartenait également Araktchéïew, pensaient que c'était là encore la meilleure des combinaisons.

Le quatrième courant d'opinion avait à sa tête le grand-duc césarévitch, qui ne pouvait oublier son désappointement à Austerlitz, lorsque, se préparant, en tenue de parade, à s'élancer sur les Français à la tête de la garde, et à les écraser, il s'était trouvé par surprise en première ligne devant le feu ennemi, et n'avait pu se retirer de la mêlée qu'au prix des plus grands efforts. La franchise de ses appréciations et de celles de son entourage était à la fois un défaut et une qualité : redoutant Napoléon et sa force, ils ne voyaient chez eux et autour d'eux qu'impuissance et faiblesse, et le répétaient hautement : « Il ne résultera de tout cela, disaient-ils, que le malheur, la honte et la défaite ! Nous avons abandonné Vilna, puis Vitebsk, voici maintenant que nous allons abandonner aussi la Drissa, … Il ne nous reste qu'une chose raisonnable à faire : conclure la paix le plus tôt possible, avant d'être chassés de Pétersbourg ! »

Cette opinion trouvait de l'écho dans les hautes sphères de l'armée, dans la capitale, et chez le chancelier comte Roumiantzow, partisan déclaré de la paix, pour d'autres raisons d'État.

Le cinquième parti soutenait Barclay de Tolly, tout simplement parce qu'il était ministre de la guerre et général en chef : « On a beau dire, assurait-on de ce côté, c'est, malgré tout, un homme honnête et capable… de meilleur, il n'y en a pas… La guerre n'étant possible qu'avec une unité de pouvoir, donnez-lui un pouvoir véritable, et vous verrez qu'il fera ses preuves, comme il les a faites en

Finlande. Si nous avons encore une armée bien organisée, une armée qui s'est repliée jusqu'à la Drissa sans subir de défaite, c'est à lui que nous en sommes redevables ; tout serait perdu si l'on nommait Bennigsen à sa place, car il a démontré en 1807 son incapacité. »

Le sixième groupe, au contraire, portait haut Bennigsen ; personne, à son avis, n'était plus actif, plus entendu que Bennigsen, et l'on serait bien obligé de l'employer : « La preuve, ajoutait-on, c'est que notre retraite de la Drissa n'était qu'une série ininterrompue de fautes et d'insuccès... et plus il y en aura, mieux cela vaudra : on comprendra alors qu'il est impossible de continuer. Ce n'est pas un Barclay qu'il nous faut, c'est un Bennigsen, un Bennigsen qui s'est distingué en 1807, à qui Napoléon lui-même a rendu justice, et aux ordres duquel on se soumettrait volontiers. »

La septième catégorie comprenait un assez grand nombre de personnes, comme il s'en rencontre toujours auprès d'un jeune empereur, des généraux et des aides de camp, passionnément attachés à l'homme plutôt qu'au Souverain, l'adorant avec sincérité et désintéressement, comme l'avait adoré Rostow en 1808, et ne voyant en lui que qualités et vertus. Ceux-ci exaltaient sa modestie qui se refusait à prendre en mains le commandement de l'armée, tout en le blâmant de cette défiance exagérée : « Il devait, disaient-ils, se mettre franchement à la tête des troupes, former auprès de sa personne l'état-major du commandant en chef, prendre conseil des théoriciens aussi bien que des praticiens expérimentés, et conduire lui-même au combat ses soldats, que sa seule présence exalterait jusqu'au délire ! »

Le huitième parti, le plus nombreux, dans la proportion de 99 à 1 par rapport aux précédents, se composait de ceux qui ne désiraient particulièrement ni la paix ni la guerre : faire un mouvement offensif, rester dans un camp retranché sur la Drissa ou ailleurs, leur était aussi indifférent que de se voir commandés par l'Empereur en personne, par Barclay de Tolly, par Pfuhl ou par Bennigsen ; leur but unique et essentiel était d'attraper au vol le plus, d'avantages et d'amusements possible. Se mettre, en avant, se faire valoir dans ce bas-fond d'intrigues ténébreuses et enchevêtrées qui s'agitaient au quartier impérial, leur était plus facile qu'ailleurs en temps de paix. L'un, pour ne pas perdre sa position, soutenait Pfuhl aujourd'hui, devenait son adversaire le lendemain, et, le jour suivant, assurait, pour se dégager de toute responsabilité et pour plaire à l'Empereur, qu'il n'avait aucune conviction, arrêtée à l'endroit de tel ou tel projet. Un autre, désireux de se bien poser, s'emparait d'une observation faite en passant par l'Empereur, pour la développer au conseil suivant, criait à tue-tête, gesticulait, se disputait, provoquait au besoin ceux qui étaient d'un avis contraire, afin d'attirer l'attention du Souverain et de témoigner de son dévouement au bien général. Un troisième profitait sans bruit d'une occasion favorable et de l'absence de ses ennemis pour demander, dans l'intervalle de deux conseils, et pour obtenir un secours d'argent en récompense de ses loyaux services, sachant à merveille qu'on aurait plus vite fait dans les circonstances présentes de lui accorder sa requête que de la lui refuser. Le quatrième se trouvait constamment, et par un pur effet du hasard, sur le chemin de l'Empereur, qui le voyait toujours accablé de travail. Le cinquième, afin de se faire inviter à la table impériale, défendait ou attaquait avec violence une opinion nouvellement adoptée, en se servant d'arguments plus ou moins justes.

Ce parti n'avait en vue que d'avoir à tout prix des croix, des rangs, de l'argent, et ne s'occupait que de suivre les fluctuations de la faveur impériale : à peine avait-elle pris une direction, que cette population de fainéants se portait tout entière de ce côté, si bien qu'il devenait parfois difficile à l'Empereur d'agir dans un autre sens ; à cause de la gravité du danger qui menaçait l'avenir et qui donnait à la situation un caractère d'agitation vague et fiévreuse, à cause de ce tourbillon de brigues, d'amours-propres, de collisions constantes d'opinions, de sentiments divers, ce dernier groupe, le plus considérable de tous, n'ayant que ses intérêts en vue, contribua singulièrement à rendre la marche de l'ensemble plus tortueuse et plus compliquée. Cet essaim de bourdons, se précipitant en avant dès qu'il s'agissait de débattre une nouvelle question, sans avoir même résolu la précédente, assourdissait leur monde au point d'étouffer la voix de ceux qui discutaient sérieusement et franchement.

Au moment de l'arrivée du prince André à l'armée, un neuvième parti venait de se constituer, et commençait à se faire entendre : c'était celui des hommes d'État âgés, sages, expérimentés, qui, ne partageant aucun des avis mentionnés ci-dessus, savaient juger sainement ce qui se passait sous leurs yeux dans l'état-major du quartier impérial, et cherchaient un moyen de sortir de l'indécision et de la confusion générales.

Ils pensaient et disaient que le mal provenait principalement de la présence de l'Empereur et de sa cour militaire, qui avait amené avec elle cette versatilité de rapports conventionnels et incertains, commode peut-être à la cour, mais fatale assurément à l'armée. L'Empereur devait gouverner, et ne pas commander les troupes ; son départ et celui de sa suite étaient la seule issue possible à cette situation, car sa présence seule entravait l'action de 80 000 hommes destinés à sa sûreté personnelle ; et, à leur sens, le plus mauvais général en chef, du moment qu'il serait indépendant, vaudrait le meilleur généralissime paralysé dans sa liberté d'action par la présence et la volonté du Souverain.

Schichkow, le secrétaire d'État, l'un des membres les plus influents de ce parti, adressa, de concert avec Balachow et Araktchéïew, une lettre à l'Empereur, dans laquelle, usant de la permission qui leur avait été accordée de discuter l'ensemble des opérations, ils l'engageaient respectueusement à retourner dans sa capitale, afin d'exciter l'ardeur guerrière de son peuple, de l'enflammer par ses paroles, de le soulever pour la défense de la patrie, et de provoquer en lui cet élan enthousiaste qui devint plus tard une des causes du triomphe de la Russie, et auquel contribua jusqu'à un certain point la présence de Sa Majesté à Moscou. Le conseil, présenté sous cette forme, fut approuvé et le départ de l'Empereur décidé.

X

Cette lettre n'avait pas encore été portée à la connaissance de l'Empereur, lorsque Barclay annonça un jour au prince André, pendant le dîner, qu'il devait se rendre le même soir, à six heures, chez Bennigsen, Sa Majesté ayant témoigné le désir de le questionner en personne au sujet de la Turquie.

Dans le courant de la matinée, on avait reçu l'information complètement erronée, comme on le sut plus tard, d'un mouvement offensif de Napoléon ; ce même jour, le colonel Michaud, en examinant avec l'Empereur les fortifications du camp de la Drissa, lui prouva que ce camp, élevé sur l'avis de Pfuhl, et regardé comme un chef-d'œuvre, était un non-sens et pouvait causer la perte de l'armée russe.

Le prince André se présenta à l'heure indiquée chez Bennigsen, qui était logé dans une petite propriété particulière sur les bords de la Drissa ; il n'y trouva que Czernichew, aide de camp de l'Empereur, qui lui raconta que celui-ci était allé une seconde fois, en compagnie du général Bennigsen et du marquis Paulucci, visiter les retranchements, sur l'utilité desquels on commençait à avoir des doutes très sérieux.

Czernichew lisait un roman près d'une des fenêtres de la première pièce, qui avait dû servir autrefois de salle de bal ; on y voyait encore un orgue sur lequel on avait entassé des rouleaux de tapis : dans un des coins de l'appartement l'aide de camp de Bennigsen, harassé par le travail ou par le souper qu'il venait de faire, sommeillait sur un lit. Cette salle avait deux issues : l'une donnait dans un cabinet, l'autre s'ouvrait sur un salon, où l'on entendait plusieurs voix qui causaient en allemand et parfois en français. Là, sur l'ordre de l'Empereur, on avait convoqué non pas un conseil de guerre (car l'Empereur n'aimait pas ces sortes de désignations précises), mais une simple réunion des quelques personnes qu'il désirait consulter dans ce moment critique, afin d'éclaircir certaines questions. C'étaient Armfeld le Suédois, le général aide de camp Woltzogen, Wintzingerode, que Napoléon appelait le transfuge français, Michaud, Toll, le baron Stein, qui n'était pas un homme de guerre, et enfin Pfuhl, la grande cheville ouvrière, que le prince André eut tout le loisir d'étudier à son aise, car, arrivé avant lui, il le vit entrer et s'arrêter quelques secondes à causer avec Czernichew.

Bien qu'il ne l'eût jamais rencontré, il lui sembla au premier coup d'œil qu'il le connaissait déjà depuis longtemps : il portait, aussi mal que possible, l'uniforme de général russe, et sa personne offrait une vague ressemblance avec les Weirother, les Mack, les Schmidt et une foule d'autres généraux théoriciens, qu'il avait vus agir en 1805. Celui-ci toutefois avait le don particulier de réunir en lui seul tout ce qui caractérisait les autres, et d'offrir à l'analyse du prince André le spécimen le plus complet d'un Allemand pur sang. De petite taille, maigre, mais carré d'épaules, d'une constitution solide, avec des omoplates larges et osseuses, il avait la figure sillonnée de rides et les yeux enfoncés dans leurs orbites. Ses cheveux, lissés avec soin sur les tempes, pendaient sur la nuque en petites houppes isolées. Il avait l'air inquiet et fâché, comme s'il eût redouté tout ce qui se trouvait sur son chemin. Retenant gauchement son épée, il demanda en allemand à Czernichew où était l'Empereur. On voyait qu'il avait hâte d'en finir au plus tôt avec les saluts d'usage, et de s'asseoir devant les cartes étalées sur la table, car là il se sentait dans son élément. Il écouta, en souriant ironiquement, le récit de la visite de l'Empereur aux retranchements, qui étaient sa création, et ne put s'empêcher de grommeler entre ses dents d'une voix de basse : « Imbécile ! tout sera perdu... ce sera du propre alors ! » Czernichew lui présenta le prince André, en ajoutant que ce dernier arrivait de Turquie, où la guerre s'était si heureusement terminée. Pfuhl daigna à peine l'honorer d'un regard : « Cette guerre-là vous aura sans doute offert un joli exemple de tactique ! » se borna-t-il à dire avec un mépris écrasant, et il se dirigea vers le salon voisin.

Pfuhl, toujours irritable, l'était encore plus ce jour-là, par suite de l'examen et de la critique dont ses fortifications étaient l'objet. Cette courte entrevue suffit au prince André, en y ajoutant ses souvenirs d'Austerlitz, pour se faire une idée assez juste de son caractère. Pfuhl devait nécessairement être une de ces natures entières, qui poussent jusqu'au martyre l'assurance que leur donne la foi dans l'infaillibilité d'un principe. Ces natures-là on ne les rencontre que chez les Allemands, seuls capables d'une confiance aussi absolue dans une idée abstraite, telle que la science, c'est-à-dire la connaissance présumée d'une vérité certaine.

Pfuhl était en effet un adepte de la théorie du mouvement oblique, déduite par lui des guerres de Frédéric le Grand, et tout ce qui ne s'accordait pas avec cette théorie dans les campagnes modernes constituait, à ses yeux, des fautes si grossières, et des non-sens si monstrueux, que cet ensemble de combinaisons barbares ne pouvait, à son avis, mériter le nom de guerre et être un sujet d'étude.

Il avait été en 1806 le principal organisateur du plan de campagne qui avait abouti à Iéna et à Auerstaedt, sans que l'insuccès lui eût démontré la fausseté de son système. Il assurait au contraire que la violation de certaines lois en avait été seule cause, et se plaisait à répéter, avec une ironie satisfaite : « Je disais bien que cela irait à la diable ! » Pfuhl poussait si loin l'amour de la théorie, qu'il arrivait à en perdre de vue le but pratique : l'application lui inspirait une profonde aversion, et il refusait de s'en occuper !

CHAPITRE IV

Les quelques mots qu'il échangea avec le prince André et Czernichew à propos de la guerre actuelle furent dits par lui du ton d'un homme qui prévoit un triste résultat et ne peut que le déplorer. Les houppettes de cheveux ébouriffés qui pendaient sur sa nuque, et les mèches bien lissées ramenées sur ses tempes étaient en harmonie avec l'expression de ses paroles, il passa ensuite dans le salon contigu, d'où l'on entendit aussitôt s'élever sa voix forte et grondeuse.

XI

Le prince André avait eu à peine le temps de tourner les yeux d'un autre côté, que le comte Bennigsen entra précipitamment, et, le saluant d'un signe de tête, passa dans la cabine en donnant des ordres à son aide de camp. Il avait précédé l'Empereur pour prendre quelques dispositions et le recevoir chez lui. Czernichew et Bolkonsky sortirent sur le perron : le Souverain descendait de cheval. Il avait l'air fatigué, et la tête inclinée en avant ; on voyait qu'il écoutait avec ennui les observations que lui adressait Paulucci avec une véhémence toute particulière : il fit un pas en avant pour y couper court, mais l'Italien, rouge d'excitation et oubliant toute convenance, le suivit sans s'interrompre :

« Quant à celui qui a conseillé d'établir ce camp, le camp de Drissa, – disait-il, pendant que l'Empereur montait les marches de l'entrée, les yeux fixés sur le prince André, qu'il ne parvenait pas à reconnaître. – Quant à celui-là, Sire, répéta Paulucci d'un ton désespéré, sans pouvoir s'empêcher de continuer, je ne vois pas d'autre alternative pour lui que la maison jaune ou le gibet ! »

Sans prêter la moindre attention à ces paroles, l'Empereur, qui avait enfin reconnu le nouveau venu, le salua gracieusement.

« Je suis charmé de te voir, lui dit-il. Va là-bas où ils sont tous réunis, et attends mes ordres. »

Le baron Stein et le prince Pierre Mikaïlovitch Volkhonsky le suivirent, et les portes du cabinet se refermèrent sur eux. Le prince André, profitant de l'autorisation impériale, se rendit avec Paulucci, qu'il avait déjà vu en Turquie, dans la salle des délibérations.

Le prince Pierre Volkhonsky, chargé alors des fonctions de chef d'état-major auprès de Sa Majesté, apporta des cartes et des plans, et, après les avoir étalés sur la table, formula successivement les questions sur lesquelles l'Empereur désirait avoir l'avis du conseil ; on venait de recevoir la nouvelle (reconnue inexacte plus tard) que les Français s'apprêtaient à tourner le camp de Drissa.

Le premier qui éleva la voix fut le comte Armfeld : il proposa, afin de parer aux difficultés de la situation, de réunir l'armée sur un point indéterminé entre les grandes routes de Pétersbourg et de Moscou, et d'y attendre l'ennemi. Cette proposition, qui ne répondait guère à la question posée au conseil, n'avait évidemment d'autre but que de prouver que lui aussi avait son plan combiné à l'avance, et il saisissait la première occasion pour le faire connaître. Soutenu par les uns, attaqué par les autres, ce projet était du nombre de ceux que l'on forme, sans tenir compte de l'influence des événements sur la tournure de la guerre. Le jeune colonel Toll le critiqua avec chaleur, et, tirant de sa poche un manuscrit, il demanda la permission d'en faire la lecture. Dans cet exposé, très détaillé, il proposait une combinaison toute contraire au plan de campagne du général suédois et de Pfuhl. Paulucci l'attaqua, et conseilla un mouvement offensif qui mettrait fin à l'incertitude, et nous tirerait de ce « traquenard », ainsi qu'il appelait le camp de Drissa. Pfuhl et son interprète Woltzogen avaient gardé le silence pendant ces discussions orageuses ; le premier se bornait à laisser échapper des interjections inintelligibles et se détournait même parfois, d'un air de dédain, comme s'il voulait faire bien constater qu'il ne s'abaisserait jamais à réfuter de pareilles sornettes. Le prince Volkhonsky, président des débats, l'interpella à son tour et le pria d'exprimer son avis ; il se contenta de lui répondre qu'il était inutile de le lui demander, car on savait sûrement mieux que lui ce qui restait à faire.

« Vous avez, dit-il, le choix entre la position si admirablement choisie par le général Armfeld, avec l'ennemi sur les derrières de l'armée, et l'attaque conseillée par le seigneur italien…, ou bien, ce qui serait encore mieux, une belle et bonne retraite ! » Volkhonsky, fronçant les sourcils à cette boutade, lui rappela qu'il lui parlait au nom de l'Empereur. Pfuhl se leva aussitôt, et reprit avec une excitation croissante :

« On a tout gâté, tout embrouillé ; on a voulu faire mieux que moi, et maintenant c'est derechef à moi que l'on s'adresse !… Quel est le remède, dites-vous ? Je n'en sais rien !... Je vous répète qu'il faut tout exécuter à la lettre, sur les bases que je vous ai précisées, s'écria-t-il en frappant la table de ses doigts osseux. – Où est la difficulté ? Elle n'existe pas !... Sornettes ! jeux d'enfants !... » Et, se rapprochant de la carte, il indiqua rapidement différents points, en démontrant au fur et à mesure qu'aucun hasard ne saurait ni déjouer son plan, ni annuler l'utilité du camp de Drissa, que tout était prévu, calculé à l'avance, et que si l'ennemi le tournait, il courrait nécessairement à sa perte.

Paulucci, qui ne parlait pas l'allemand, lui adressa quelques questions en français. Comme Pfuhl s'exprimait fort mal dans cette langue, Woltzogen vint à son secours, et traduisit, avec une extrême volubilité, les explications de Pfuhl, destinées uniquement à prouver que toutes les difficultés contre lesquelles on se heurtait dans ce moment, provenaient uniquement de l'inexactitude apportée à l'exécution de son plan. Enfin, semblable au mathématicien qui dédaigne de faire à nouveau la preuve d'un problème qu'il a résolu, et dont la solution lui paraît incontestable, il cessa de parler et laissa le champ libre à Woltzogen, qui continua à exposer, en français, les idées de son chef en lui adressant de temps à autre un : « N'est-ce pas ainsi, Excellence ? »

Pfuhl, échauffé par la lutte, lui répondait invariablement, avec une irritation toujours croissante : « Mais cela s'entend, il n'y a pas là matière à discussion ! »

De leur côté, Paulucci et Michaud attaquaient Woltzogen en français, Armfeld en allemand, et Toll expliquait le tout en russe au prince Volkhonsky. Le prince André observait et se taisait.

De tous ces hauts personnages, Pfuhl était celui qui éveillait en lui le plus de sympathie. Cet homme qui poussait jusqu'à l'absurde la confiance en lui-même, irascible mais résolu, était le seul, entre eux tous, qui ne désirait rien pour lui-même, qui ne détestait personne, et qui cherchait simplement à faire exécuter un plan fondé sur une théorie qui était le résultat de longues années de travail. Sans doute il était ridicule, et son persiflage désagréable au dernier point, mais il inspirait, malgré tout, un respect involontaire par son dévouement absolu à une idée. On ne sentait pas non plus dans ses discours cette espèce de panique que ses adversaires laissaient entrevoir, en dépit de leurs efforts pour la dissimuler. Cette disposition générale des esprits, dont le conseil de 1805 avait été complètement exempt, leur était inspirée aujourd'hui par le génie reconnu de Napoléon, et se trahissait dans leurs moindres arguments. On croyait que tout lui était possible ; il était capable même, disaient-ils, de les attaquer de tous les côtés à la fois, et son nom suffisait à battre en brèche les raisonnements les plus sages. Pfuhl seul le traitait de barbare, à l'égal de tous ceux qui faisaient de l'opposition à sa théorie favorite. Au respect qu'il inspirait au prince André se joignait un vague sentiment de pitié, car, à en juger d'après le ton des courtisans, d'après les paroles de Paulucci à l'Empereur et surtout d'après une certaine amertume d'expressions dans la bouche du savant théoricien, il était évident que chacun prévoyait, et qu'il pressentait lui-même sa disgrâce prochaine. Il cachait, on le voyait, sous une ironie dédaigneuse et acerbe, son désespoir de voir lui échapper l'occasion unique d'appliquer et de vérifier sur une grande échelle l'excellence de son système et d'en prouver la justesse au monde entier.

La discussion dura longtemps ; elle devint de plus en plus bruyante ; elle finit par dégénérer en attaques personnelles, et il n'en résulta aucune conclusion pratique. Le prince André, en présence de cette confusion des langues, de cette foule de projets, de propositions, de contre-propositions et de réfutations, ne put s'empêcher de s'étonner de tout ce qu'il entendait dire. Pendant son service actif, il avait souvent médité sur ce qu'on était convenu d'appeler la science militaire, qui, selon lui, n'existait pas et ne pouvait exister, et il en avait conclu que le génie militaire n'était qu'un mot de convention. Ces pensées, encore indécises dans son esprit, venaient de recevoir, pendant ces débats, une confirmation éclatante, et elles étaient devenues pour lui une vérité sans réplique : « Comment existerait-il une théorie et une science là où les conditions et les circonstances restent inconnues et où les forces agissantes ne sauraient être déterminées avec précision ? Quelqu'un peut-il deviner quelle sera la position de notre armée et celle de l'ennemi dans vingt-quatre heures d'ici ? N'est-il pas arrivé maintes fois, grâce à un cerveau brûlé bien résolu, à 5 000 hommes de résister à 30 !000 combattants, comme dans le temps à Schöngraben, et à une armée de 80 000 hommes de se débander et de prendre la fuite devant 8 000, comme à Austerlitz ; et cela parce qu'il avait plu à un seul poltron de crier : « Nous sommes coupés ! » Où peut donc être la science là où tout est vague, où tout dépend de circonstances innombrables, dont la valeur ne saurait être calculée en vue d'une certaine minute, puisque l'instant précis de cette minute est inconnu ? Armfeld soutient que nos communications sont coupées, Paulucci assure que nous avons placé l'ennemi entre deux feux, Michaud démontre que le défaut du camp de Drissa est d'avoir la rivière derrière nous, tandis que Pfuhl prouve que c'est là ce qui fait sa force ! Toll propose son plan, Armfeld le sien ; l'un et l'autre sont également bons et également mauvais, car leurs avantages respectifs ne pourront être appréciés qu'au moment même où les événements s'accompliront ! Tous parlent des génies militaires. En est-ce donc un celui qui sait approvisionner à temps son armée de biscuits, et qui envoie les uns à gauche, les autres à droite ? Non. On ne les qualifie ainsi de « génies » que parce qu'ils ont l'éclat et le pouvoir, et qu'une foule de pieds-plats à genoux comme toujours devant la puissance leur prêtent les qualités qui ne sont pas celles du génie véritable. Mais c'est tout l'opposé ! Les bons généraux que j'ai connus étaient bêtes et distraits, Bagration par exemple, et Napoléon cependant l'a proclamé le meilleur de tous !... Et Bonaparte lui-même ? N'ai-je pas observé à Austerlitz l'expression suffisante et vaniteuse de sa physionomie ? Un bon capitaine n'a besoin ni d'être un génie, ni de posséder des qualités extraordinaires : tout au contraire, les côtés les plus élevés et les plus nobles de l'homme, tels que l'amour, la poésie, la tendresse, le doute investigateur et philosophique, doivent le laisser complètement indifférent. Il doit être borné, convaincu de l'importance de sa besogne, ce qui est indispensable, car autrement il manquerait de patience, se tenir en dehors de toute affection, n'avoir aucune pitié, ne jamais réfléchir, ni se demander jamais où est le juste et l'injuste…, alors seulement il sera parfait. Le succès ne dépend pas de lui, mais du soldat qui crie : « Nous sommes perdus ! » ou de celui qui crie : « Hourra !… » Et c'est là dans les rangs, là seulement, que l'on peut servir avec la conviction d'être utile ! »

Le prince André se laissait aller à ces réflexions, lorsqu'il en fut brusquement tiré par la voix de Paulucci : le conseil se séparait.

Le lendemain, à la revue, l'Empereur lui demanda où il désirait servir, et le prince André se perdit à tout jamais dans l'opinion du monde de la cour en se bornant tout simplement à désigner l'armée active, au lieu de solliciter un emploi auprès de Sa Majesté.

XII

Nicolas Rostow reçut, un peu avant l'ouverture de la campagne, une lettre de ses parents ; ils l'informaient, en quelques mots, de la maladie de Natacha et de la rupture de son mariage, « qu'elle-même avait rompu, » disaient-ils ; ils l'engageaient de nouveau à quitter le service et à revenir auprès d'eux. Il leur exprima dans sa réponse tous les regrets que lui causaient la maladie et le mariage manqué de sa sœur, les assura qu'il ferait son possible pour réaliser leur souhait, mais se garda bien de demander un congé.

« Amie adorée de mon âme, écrivit-il en particulier à Sonia, l'honneur seul m'empêche de retourner auprès des miens, car aujourd'hui, à la veille de la guerre, je me croirais déshonoré non seulement aux yeux de mes camarades, mais aux miens propres, si je préférais mon bonheur à mon devoir et à mon dévouement pour la patrie. Ce sera, crois-le bien, notre dernière séparation ! La campagne à peine finie, si je suis en vie et toujours aimé, je quitterai tout, et je volerai vers toi, pour te serrer à tout jamais sur mon cœur ardent et passionné ! »

Il disait vrai. La guerre seule empêchait son retour et son mariage. L'automne d'Otradnoë avec ses chasses, l'hiver avec ses plaisirs de carnaval, et son amour pour Sonia lui avaient fait entrevoir une série de joies paisibles et de jours tranquilles qu'il avait ignorés jusque-là, et dont la douce perspective l'attirait plus que jamais : « Une femme parfaite, des enfants, une excellente meute de chiens courants, dix à douze laisses de lévriers rapides, le bien à administrer, les voisins à recevoir, et une part active dans les fonctions dévolues à la noblesse : voilà une bonne existence, se disait-il ! » Mais il n'y avait pas à y songer : la guerre lui commandait de rester au régiment, et son caractère était ainsi fait, qu'il se soumit à cette nécessité sans en éprouver le moindre ennui, et pleinement satisfait de la vie qu'il menait et qu'il avait su se rendre agréable.

Reçu avec joie par ses camarades à l'expiration de son congé, on l'envoya acheter des chevaux pour la remonte, et en amena d'excellents de la Petite-Russie ; on en fut enchanté, et ils lui valurent force compliments de la part de ses chefs. Nommé capitaine pendant cette courte absence, il fut appelé, lorsque le régiment se prépara à entrer en campagne, à commander son ancien escadron.

La campagne s'ouvrit, les appointements furent doublés ; le régiment, envoyé en Pologne, vit arriver de nouveaux officiers, de nouveaux soldats, de nouveaux chevaux, et il y régna cette joyeuse animation qui se manifeste toujours au début de toute guerre. Rostow, qui savait apprécier les avantages de sa position, s'adonna tout entier aux plaisirs et aux devoirs de son service, bien qu'il sût parfaitement qu'un jour viendrait où il le quitterait.

Les troupes quittèrent Vilna, par suite d'une foule de raisons politiques, de raisons d'État, et d'autres motifs, et chaque pas qu'elles faisaient en arrière donnait lieu, au sein de l'état-major, à de nouvelles complications d'intérêts, de combinaisons et de passions de toute sorte.

Quant aux hussards de Pavlograd, ils firent cette retraite par la plus belle des saisons, avec des vivres en abondance, et toute la facilité et l'agrément d'une partie de plaisir. Se désespérer, se décourager, et surtout intriguer, était le fait du quartier général, mais à l'armée on ne s'inquiétait pas de savoir où on allait et pourquoi on marchait. Les regrets causés par la retraite ne s'adressaient qu'au logement où l'on avait gaiement vécu, et à la jolie Polonaise qu'on abandonnait. S'il arrivait par hasard à un officier de penser que l'avenir ne promettait rien de bon, il s'empressait aussitôt, comme il convient à un vrai militaire, d'écarter cette crainte, de reprendre sa gaieté, et de reporter toute son attention sur ses occupations immédiates, afin d'oublier la situation générale. On campa d'abord aux environs de Vilna : on s'y amusa en compagnie des propriétaires polonais avec qui on avait noué connaissance, et en se préparant constamment à des revues passées par l'Empereur ou par d'autres chefs militaires. On reçut l'ordre de se replier jusqu'à Sventziany, et de détruire les vivres qu'on ne pouvait emporter. Les hussards n'avaient point oublié cet endroit, qui, pendant leur dernier séjour, avait été baptisé par l'armée du nom de « Camp des ivrognes ». La conduite des troupes, qui, en réquisitionnant l'approvisionnement nécessaire, prenaient où elles pouvaient des chevaux, des voitures, des tapis, et tout ce qui leur tombait sous la main, y avait soulevé de nombreuses plaintes. Rostow se souvenait fort bien de Sventziany pour y avoir mis à pied le maréchal des logis le jour même de leur arrivée, et n'avoir pu venir à bout des hommes de son escadron, soûls comme des grives parce qu'ils avaient, à son insu, emporté avec eux cinq tonnes de vieille bière ! De Sventziany, la retraite se continua jusqu'à la Drissa, et de la Drissa encore plus loin, en se rapprochant des frontières russes.

Le 13/25 juillet, le régiment de Pavlograd eut une sérieuse rencontre avec l'ennemi. La veille au soir, il avait été assailli par une épouvantable bourrasque accompagnée de grêle et de pluie, prélude des tempêtes et des bourrasques qui se renouvelèrent si souvent en l'année 1812.

Deux escadrons bivouaquaient dans un camp de seigle, dont les épis, foulés et piétinés par le bétail et les chevaux, ne contenaient plus un atome de grain. La pluie tombait à verse ; Rostow et Iline, un jeune officier qu'il avait pris sous sa protection, s'abritaient dans une hutte de branchages élevée à la hâte. Un autre officier, dont les joues disparaissaient littéralement sous une énorme paire de moustaches, entra chez eux, surpris par l'orage.

« Je viens de l'état-major ! dit-il. Connaissez-vous, comte, l'exploit de Raïevsky ?... » Et il lui conta les détails du combat de Saltanovka.

L'officier aux grosses moustaches, nommé Zdrginsky, leur en fit un récit emphatique. À l'entendre, la digue de Saltanovka ne rappelait rien moins que le défilé des Thermopyles, et la conduite du général Raïevsky, s'avançant avec ses deux fils sur la digue, sous un feu terrible, pour commander l'attaque, était comparable à celle des héros de l'antiquité. Rostow l'écouta sans lui prêter grande attention ; il fumait sa pipe, faisait des contorsions chaque fois que l'eau lui glissait le long de la nuque, et regardait Iline du coin de l'œil ; entre lui et cet officier de seize ans, il y avait aujourd'hui les mêmes rapports que ceux qui avaient existé sept ans auparavant entre lui et Denissow. Iline avait pour Rostow une adoration toute féminine : c'était son Dieu et son modèle ! Zdrginsky ne parvint pas à communiquer son enthousiasme à Nicolas, qui garda un morne silence, et l'on pouvait deviner à l'expression de son visage que ce récit lui était souverainement désagréable. Ne savait-il pas, par sa propre expérience, après Austerlitz et la guerre de 1807, qu'on mentait toujours en citant des faits militaires, et que lui-même mentait aussi en racontant ses prouesses ? Ne savait-il pas

CHAPITRE IV

également qu'à la guerre rien ne se passe comme on se le figure, et comme on le raconte après coup ? Le récit ne lui plaisait donc en aucune façon, le narrateur encore moins ; car en parlant il avait la fâcheuse habitude de se pencher sur la figure de son voisin, jusqu'à la toucher presque de ses lèvres, et d'occuper en outre beaucoup trop de place dans l'étroite hutte ! « D'abord, se disait Rostow, les yeux fixés sur lui, la confusion et la presse devaient être telles sur cette digue, que si vraiment Raïevsky s'y est élancé avec ses deux fils, il n'a pu produire d'effet que sur les dix ou douze hommes tout au plus qui le serraient de près… Quant aux autres, ils n'auront certainement pas remarqué avec qui il était, et s'ils s'en sont aperçus, ils s'en seront d'autant moins émus, qu'ils avaient dans ce moment à songer à leur propre peau, et que, par suite, le sacrifice de sa tendresse paternelle leur importait fort peu… et d'ailleurs, le sort de la patrie ne dépendait pas de cette digue… ! La prendre ou la laisser à l'ennemi revenait au même, et, quoi qu'en puisse dire Zdrginsky, ce n'étaient pas les Thermopyles ! Pourquoi alors ce sacrifice ? Pourquoi mettre en avant ses propres enfants ? Je n'aurais certainement pas exposé ainsi Pétia, ni même Iline, qui est un étranger pour moi, mais un brave garçon… J'aurais au contraire tâché de les placer loin du danger. » Il se garda bien cependant de faire part à ses deux camarades de ses réflexions : l'expérience lui avait appris que c'était inutile, car, comme toute cette histoire devait contribuer à glorifier nos armées, il fallait feindre d'y ajouter une foi entière, et c'est ce qu'il fit sans hésiter.

« On ne peut plus y tenir, s'écria Iline, qui devinait la mauvaise humeur de Rostow : je suis mouillé jusqu'aux os… Voilà la pluie qui diminue, je vais m'abriter ailleurs. » Iline et Zdrginsky sortirent.

Cinq minutes ne s'étaient pas écoulées, que le premier revint en pataugeant dans la boue :

« Hourra ! Rostow, allons vite, j'ai trouvé ! Il y a un cabaret à deux cents pas d'ici, et les nôtres y sont déjà établis. Nous nous sècherons, et Marie Henrikovna y est aussi. »

Marie Henrikovna était une jeune et jolie Allemande que le docteur du régiment avait épousée en Pologne et qu'il menait partout avec lui. Était-ce parce qu'il n'avait pas les moyens de l'installer ailleurs, ou parce qu'il ne voulait pas s'en séparer pendant les premiers mois de leur mariage ? On l'ignorait. Le fait est que la jalousie du docteur était devenue, parmi les officiers de hussards, un thème de plaisanteries inépuisable. Rostow s'enveloppa de son manteau, appela Lavrouchka, lui donna de transporter ses effets, et suivit Iline ; ils glissaient, à qui mieux mieux, dans la boue, et s'éclaboussaient dans les flaques d'eau ; la pluie diminuait, l'orage s'éloignait, et la lueur blafarde des éclairs à l'horizon ne perçait plus les ténèbres qu'à de longs intervalles.

« Rostow, où es-tu ? criait Iline.

– Par ici, répondait Rostow... Vois donc, quels éclairs ! »

XIII

La kibitka du docteur stationnait devant le cabaret, où cinq officiers s'étaient réfugiés. Marie Henrikovna, une jolie blonde, un peu forte, en bonnet de nuit et en camisole, assise sur le banc, à la place d'honneur, cachait en partie son mari étendu derrière elle et dormant profondément. On riait, et l'on causait au moment de l'apparition des deux nouveaux venus.

« On s'amuse donc ici ? demanda Nicolas.

– Ah ! vous êtes dans un bel état, vous autres, lui répondit-on... de vraies gouttières !... N'allez pas inonder notre salon... N'abîmez pas la robe de Marie Henrikovna ! » Rostow et son compagnon se mirent en quête d'un coin où, sans blesser la pudeur de cette dernière, il leur fût possible de mettre du linge sec. Ils en trouvèrent un, séparé du reste par une cloison, mais il était déjà occupé par trois officiers qui en remplissaient, à eux seuls, l'étroit espace : ils y jouaient aux cartes, à la lueur d'une chandelle fichée dans une bouteille vide, et se refusèrent à leur céder la place. Marie Henrikovna, touchée de compassion, leur prêta son jupon, qui fit l'office de rideau, et, se dissimulant derrière ses plis et avec l'aide de Lavrouchka, ils se débarrassèrent enfin de leurs habits mouillés.

On fit du feu tant bien que mal dans un poêle à moitié démoli, on dénicha une planche, qui fut posée sur deux selles recouvertes d'une schabraque, on fit apporter un samovar, on ouvrit une cantine contenant une demi-bouteille de rhum, et Marie Henrikovna fut priée de remplir les devoirs de maîtresse de maison. Tous se groupèrent autour d'elle : l'un lui offrit un mouchoir de poche blanc pour essuyer ses jolies mains ; l'autre étendit son uniforme à ses pieds pour les préserver de l'humidité ; le troisième drapa son manteau sur la fenêtre pour intercepter le froid ; le quatrième enfin se mit à chasser les mouches qui auraient pu réveiller son mari.

« Laissez-le, dit Marie Henrikovna en souriant timidement... Laissez-le, il a toujours le sommeil dur après une nuit blanche.

– Impossible ! répliqua l'officier ; il faut avoir soin du docteur : on ne sait pas ce qui peut arriver, et il me rendra la pareille lorsqu'il me coupera un bras ou une jambe. »

Il n'y avait en tout que trois verres, et l'eau était si sale, si jaune, qu'on ne pouvait guère juger si le thé était trop fort ou trop faible. Le samovar n'en contenait que six portions, mais on ne s'en plaignait pas : on trouvait même fort agréable d'attendre son tour d'après l'ancienneté, et de recevoir le breuvage brûlant des mains grassouillettes de Marie Henrikovna, dont les ongles, il est vrai, laissaient légèrement à désirer sous le rapport de la propreté. Tous paraissaient et étaient réellement amoureux d'elle ce soir-là ; les joueurs mêmes sortirent de leur coin, et, laissant là le jeu, lui témoignèrent également les plus aimables attentions. Se voyant ainsi entourée d'une brillante jeunesse, Marie Henrikovna rayonnait d'aise, malgré toutes les frayeurs qu'elle éprouvait au moindre mouvement de son époux endormi.

Il n'y avait qu'une seule cuiller ; en revanche, le sucre abondait ; mais, comme il ne parvenait pas à fondre, il fut décidé que Marie Henrikovna le remuerait, à tour de rôle, dans chaque verre. Rostow, ayant reçu le sien, y versa du rhum et le lui tendit :

« Mais vous ne l'avez pas sucré ! » dit-elle en riant.

On aurait vraiment pu croire, à voir la bonne humeur de chacun, que tout ce qui se disait ce soir-là était du dernier comique et avait un double sens.

« Je n'ai pas besoin de sucre : je veux seulement que, de votre jolie main, vous trempiez votre cuiller dans mon thé ! »

Marie Henrikovna y consentit volontiers, et chercha sa cuiller, dont un autre officier s'était déjà emparé.

« Eh bien, alors, trempez-y votre petit doigt, cela me sera encore plus agréable, dit Rostow.

– Mais, il est brûlant ? » répliqua Marie Henrikovna en rougissant de plaisir.

Iline saisit un baquet plein d'eau, y jeta deux gouttes de rhum, et le lui apporta :

« Voilà ma tasse, s'écria-t-il, plongez-y seulement votre doigt, et je la boirai en entier. »

Lorsque le samovar fut à sec, Rostow sortit de sa poche un paquet de cartes, et proposa de jouer à l'écarté avec Marie Henrikovna. On tira au sort pour savoir à qui reviendrait ce bonheur, et il fut convenu que le gagnant ou celui qui aurait le roi, baiserait la main de Marie Henrikovna, et que le perdant s'occuperait de faire chauffer le samovar pour le thé du docteur.

« Mais si c'est Marie Henrikovna qui gagne et qui a le roi ? demanda Iline.

– Comme elle est toujours notre reine, ses ordres feront loi ! »

Le jeu venait à peine de commencer, que la tête ébouriffée du docteur s'éleva au-dessus des épaules de sa femme ; réveillé depuis un moment, il avait entendu tous les gais propos qui s'échangeaient autour de lui, et l'on voyait, à sa figure maussade et triste, qu'il n'y trouvait rien d'amusant ni de drôle. Sans échanger de salut avec les officiers, il se gratta la tête mélancoliquement, et demanda à sortir de sa retraite ; on le laissa passer et il quitta la chambre, au milieu d'un rire homérique. Marie Henrikovna ne put s'empêcher d'en rougir jusqu'aux larmes, et n'en fut que plus séduisante aux yeux de ses admirateurs. À sa rentrée, le docteur déclara à sa femme (qui n'avait plus envie de sourire et qui attendait avec anxiété son arrêt) que, la pluie ayant cessé, il fallait retourner dans leur kibitka, pour empêcher que tous leurs effets ne fussent volés.

« Quelle idée, docteur ! dit Rostow, je vais y faire mettre un planton, deux si vous voulez ?

– Je monterai moi-même la garde ! s'écria Iline.

– Grand merci, messieurs… vous avez tous bien dormi, tandis que j'ai passé deux nuits sans sommeil… !» Et il s'assit d'un air boudeur à côté de sa femme pour attendre la fin de la partie.

L'expression de la physionomie du docteur, qui suivait d'un œil farouche chacun de ses gestes, augmenta la gaieté des officiers, qui, ne pouvant retenir leurs rires, s'ingéniaient à leur trouver des prétextes plus ou moins plausibles. Lorsqu'il eut enfin emmené sa jolie moitié, les officiers s'étendirent à leur tour, en se couvrant

CHAPITRE IV

de leurs manteaux encore humides ; mais ils ne dormirent pas, et continuèrent longtemps à plaisanter sur la frayeur du docteur et sur la gaieté de sa femme ; quelques-uns même allèrent de nouveau sur le perron, pour tâcher de deviner ce qui se passait dans la kibitka. Rostow essaya bien, il est vrai, de s'endormir à différentes reprises, mais chaque fois une nouvelle plaisanterie l'arrachait au sommeil qui le gagnait, et la conversation recommençait de plus belle, au milieu de joyeux éclats de rire, sans rime ni raison, de vrais rires d'enfants !

XIV

Personne ne dormait encore à trois heures de la nuit, lorsque le maréchal des logis apporta l'ordre de se mettre en marche vers le bourg d'Ostrovna.

Les officiers firent leurs préparatifs à la hâte, sans interrompre leur causerie ; tandis qu'on faisait chauffer le même samovar avec la même eau jaunâtre, Rostow alla rejoindre son escadron, sans attendre que le thé fût prêt. Il ne pleuvait plus, l'aube blanchissait, les nuages se dispersaient peu à peu, il faisait humide et froid, et on le sentait d'autant plus vivement, que les uniformes n'avaient pas eu le temps de sécher. Iline et Rostow jetèrent en passant un regard sur la kibitka, dont le tablier, tout mouillé, laissait dépasser les jambes du docteur et apercevoir dans un coin, sur un oreiller, le petit bonnet de sa femme, dont ils entendirent la respiration ensommeillée.

« Elle est vraiment fort gentille, dit Rostow à son camarade.

– Ravissante ! » lui répondit Iline avec la conviction d'un enfant de seize ans.

Une demi-heure plus tard, l'escadron se tenait aligné sur le chemin.

« À cheval ! » commanda-t-on.

Les soldats se signèrent, et enfourchèrent leurs montures. Rostow, se plaçant en avant, s'écria :

« Marche !… » Et les hussards se mirent en mouvement, quatre par quatre, au bruit des fers de leurs chevaux piétinant dans la boue et du cliquetis de leurs sabres, en suivant l'infanterie et l'artillerie, qui étaient échelonnées sur la grand'route bordée de bouleaux.

Des nuages d'un gris violet, pourprés à l'Orient, couraient rapidement dans l'espace, le jour grandissait, on distinguait déjà l'herbe du fossé, encore toute mouillée de l'orage de la nuit, et les branches pendantes des bouleaux égrenaient une à une leurs brillantes gouttelettes. Les visages des soldats se dessinaient de plus en plus ! Rostow et Iline avançaient entre deux rangs d'arbres d'un côté du chemin ; le premier se donnait volontiers, en campagne, le plaisir de changer de monture, et passait volontiers du cheval de régiment à un cheval cosaque. Connaisseur et amateur, il avait acheté dernièrement un vigoureux alezan, à crinière blanche, des steppes du Don, qui ne se laissait jamais dépasser, et qu'il montait avec une véritable jouissance : il allait ainsi, rêvant à son cheval, à la matinée qui s'éveillait, à la femme du docteur, sans songer un seul instant au péril qui pouvait fondre sur eux d'un moment à l'autre.

Jadis il aurait eu peur en marchant au feu, maintenant il ne ressentait plus aucune crainte : l'habitude l'avait-elle aguerri ? Non, mais il avait appris à se gouverner, et à penser à toute autre chose qu'à ce qui semblait devoir l'intéresser le plus à cette heure, c'est-à-dire au danger qui s'approchait. Malgré tous ses efforts, malgré les reproches de lâcheté qu'il s'était bien souvent adressés, il n'avait jamais pu, durant les premières années de son service, vaincre la peur qui s'emparait instinctivement de lui, mais le temps l'y avait insensiblement amené. Il suivait donc avec tranquillité et insouciance son chemin sous les arbres, arrachait en passant quelques feuilles, effleurait parfois du bout de son pied le ventre de son cheval, et tendait, sans se retourner, la pipe qu'il venait de fumer au hussard qui cheminait derrière lui : on aurait dit à le voir qu'il s'agissait d'une simple promenade. La figure émue et inquiète d'Iline, qui exprimait au contraire tant de sentiments divers, lui inspirait une sérieuse compassion ; il connaissait par expérience cet état de fiévreuse angoisse, cette attente de la peur et de la mort, et il savait aussi que le temps seul pouvait y porter remède.

À peine le soleil apparut-il au-dessus d'une bande de nuages, que le vent s'apaisa ; il semblait vouloir respecter ce radieux lendemain d'une nuit d'orage. Quelques gouttes tombèrent encore, puis le calme se rétablit. Continuant son ascension, le disque de feu se déroba un moment derrière un étroit nuage, dont il déchira bientôt le bord supérieur pour reparaître dans tout son éclat ; le paysage

CHAPITRE IV

s'éclaira de nouveau, la verdure scintilla plus riante, et, comme une réponse ironique à ce flot d'éclatante lumière, les premiers grondements du canon se firent entendre à une certaine distance.

Rostow n'avait pas eu encore le temps de se rendre compte de la distance, lorsqu'un aide de camp du comte Ostermann-Tolstoy, arrivant de Vitebsk au galop, lui transmit l'ordre de prendre le trot accéléré.

Son escadron dépassa l'infanterie et l'artillerie, qui doublaient également leur allure, descendit une colline, et, traversant un village abandonné, remonta le versant opposé. Les chevaux et les hommes étaient couverts de sueur.

« Halte ! alignement ! commanda le divisionnaire. – Par file à gauche, marche ! » Les hussards longèrent la ligne des troupes et atteignirent le flanc gauche de la position, derrière les uhlans placés sur la ligne d'attaque. À droite, en colonnes serrées, se tenait massée la réserve de notre infanterie ; au-dessus d'elle, sur la hauteur, reluisaient nos canons, qui se détachaient sur le fond de l'horizon, éclairés par la lumière oblique du matin. Dans le vallon, les colonnes ennemies et leur artillerie échangeaient déjà gaiement les premiers coups de feu avec notre ligne d'avant-postes.

Le crépitement de la fusillade, que Rostow n'avait pas entendu depuis longtemps, produisit sur lui l'effet d'une joyeuse musique : il prêta de bonne humeur l'oreille à ce *trap, ta, ta tap* incessant qui éclatait en masse ou isolé, et qui, après un intervalle de silence, reprenait avec une nouvelle vigueur : on aurait dit qu'un enfant s'amusait à poser le pied sur des pétards.

Les hussards restèrent une heure environ sans bouger. La canonnade commença. Après avoir échangé quelques mots avec le commandant du régiment, le comte Ostermann passa avec sa suite derrière l'escadron, et s'éloigna dans la direction de la batterie placée à quelques pas de là.

Un peu après, on entendit le commandement donné aux uhlans de se former en colonne d'attaque, et l'infanterie qui les masquait fractionna ses bataillons pour leur livrer passage. Ils descendirent la hauteur, et s'élancèrent au trot, leurs flammes flottant au bout de leurs piques, vers la cavalerie française, qui venait de déboucher à gauche de la colline.

Dès qu'ils eurent quitté leur poste, les hussards s'avancèrent pour l'occuper, afin de couvrir la batterie. Quelques balles perdues passèrent au-dessus d'eux, en sifflant et en geignant dans l'air.

Ce bruit, en se rapprochant, excita encore plus l'ardeur et la gaieté de Rostow. Crânement campé sur sa selle, il voyait se dérouler à ses pieds tout le terrain du combat, et prenait part de tout son cœur à l'attaque des uhlans. Lorsque ceux-ci fondirent sur la cavalerie française, il y eut quelques instants de confusion générale dans un tourbillon de fumée ; puis il les vit revenir en arrière sur la gauche, et il aperçut soudain, au milieu d'eux et de leurs chevaux alezans, des groupes compacts de dragons bleus français, montés sur des chevaux gris pommelé, qui les repoussaient avec vigueur.

XV

L'œil exercé de Rostow avait été le premier à se rendre compte de ce qui se passait : les uhlans, poursuivis par l'ennemi, fuyaient à la débandade et se rapprochaient de plus en plus. Déjà on pouvait distinguer les gestes de ces hommes, si petits à distance ; on pouvait les voir se choquer, s'attaquer, se saisir mutuellement, en brandissant leurs sabres.

Rostow assistait à ce spectacle comme à une chasse à courre ; son instinct lui disait que, si les hussards attaquaient à l'instant les dragons, ces derniers n'y résisteraient pas, mais il fallait se décider sans hésitation : une seconde de plus, et il serait trop tard. Il se retourna : le capitaine, qui était à ses côtés, avait, comme lui, les yeux fixés sur la lutte :

« André Sévastianovitch, fit Rostow, nous pourrions les culbuter, qu'en dites-vous ?

– À coup sûr, car en effet... » Mais Rostow, sans attendre la fin de sa réponse, piqua son cheval de l'éperon, et se plaça à la tête de ses hommes, qui, mus par le même sentiment, s'élancèrent en avant sans attendre son commandement. Nicolas ne comprenait pas pourquoi et comment il agissait ainsi : il faisait cela sans préméditation, sans réflexion, comme il l'aurait fait à la chasse. Il voyait les dragons qui galopaient en désordre à une faible distance ; il savait qu'ils fléchiraient et qu'il fallait profiter à tout prix de cet instant favorable, car, une fois passé, on ne le retrouverait plus. Le sifflement des balles était si excitant, la fougue de son cheval si difficile à maîtriser, qu'il céda à l'entraînement général, et entendit aussitôt le piétinement de tout son escadron, qui le suivait au grand trot sur la descente. À peine eurent-ils atteint la plaine, que le trot se transforma en un galop de plus en plus rapide, au fur et à mesure qu'ils se rapprochaient des uhlans et des dragons français, qui les poursuivaient le sabre aux reins. À la vue des hussards, les premiers rangs ennemis se retournèrent indécis, et barrèrent la route à ceux qui les suivaient. Rostow, donnant pleine carrière à son cheval cosaque, se laissait emporter à l'encontre des Français, avec le sentiment du chasseur à la poursuite du loup. Un uhlan s'arrêta, un fantassin se jeta à terre pour éviter d'être écrasé, un cheval sans cavalier vint donner dans les hussards, et le gros des dragons français tourna bride au triple galop. Au moment où Rostow s'élançait à leur poursuite, il rencontra un buisson sur son chemin, mais son excellente bête s'enleva, et le franchit d'un bond. Nicolas s'était à peine remis en selle qu'il se trouva tout près de l'ennemi. Un officier français, à en juger par son uniforme, galopait à quelques pas de lui, penché en avant sur son cheval gris, qu'il frappait du plat de son sabre. Il ne s'était pas passé une seconde, que le poitrail du cheval de Rostow se heurtait de toute la force de son élan contre la croupe de celui de l'officier, et le culbutait à moitié ; au même instant, Rostow leva machinalement son sabre, et le laissa retomber sur le Français. L'ardeur qui l'emportait disparut aussitôt comme par enchantement. L'officier avait été renversé, grâce plutôt au choc des deux chevaux et à sa propre frayeur, qu'au coup de sabre de son assaillant, qui ne lui avait fait qu'une légère entaille au-dessus du coude. Rostow, retenant son cheval, chercha à voir celui qu'il venait de frapper : le malheureux dragon sautait à cloche-pied, sans pouvoir parvenir à retirer sa jambe, prise dans l'étrier. Il clignait des yeux, fronçait les sourcils comme quelqu'un qui s'attend à une nouvelle attaque, tout en jetant de bas en haut un regard terrifié sur le hussard russe. Son visage jeune, pâle, éclaboussé, avec ses yeux bleus et clairs, ses cheveux blonds, et une petite fossette au menton, était bien loin d'offrir dans son ensemble le type qu'on aurait pensé rencontrer sur le champ de bataille : ce n'était pas le visage d'un ennemi, mais bien la figure la plus naïve, la plus douce, la mieux faite pour un paisible intérieur de famille. Rostow en était encore à se demander s'il allait l'achever, lorsqu'il s'écria : « Je me rends ! » Sautant toujours sans arriver à se débarrasser de l'étrier, il se laissa dégager par quelques hussards, qui le remirent en selle. Plusieurs de ses camarades étaient prisonniers comme lui : l'un d'eux, couvert de sang, bataillait encore pour conserver sa monture ; un autre, soutenu par un Russe, se hissait sur le cheval de ce dernier et s'assoyait en croupe derrière lui ; l'infanterie française continuait à tirer en fuyant. Les hussards regagnèrent promptement leur poste, mais, tout en faisant comme eux, Rostow fut pris d'une sensation pénible qui lui serrait le cœur : quelque chose d'indéfini, de confus, qu'il ne pouvait analyser, et qu'il avait éprouvé en faisant l'officier prisonnier et surtout en le frappant !

Le comte Ostermann-Tolstoy vint à la rencontre des vainqueurs, fit appeler Rostow, le remercia, lui annonça qu'il ferait part de son héroïque exploit à Sa Majesté, et qu'il le présenterait pour la croix de Saint-Georges. Rostow, qui s'attendait au contraire à un blâme et à une punition, puisqu'il avait attaqué l'ennemi sans en avoir reçu l'ordre, fut tout surpris de ces flatteuses paroles, mais le vague, sentiment de tristesse qui ne cessait de lui causer une véritable souffrance morale, l'empêcha d'en être heureux ! « Qu'est-ce donc qui me tourmente ? se disait-il en s'éloignant. Est-ce Iline ? Mais non, il est sain et sauf ! Me suis-je mal conduit ? Non ! Ce n'est donc rien de tout cela !… C'est l'officier français, avec sa fossette au menton ! Mon bras s'est arrêté en l'air une seconde avant de le frapper… je me le rappelle encore ! »

Le convoi des prisonniers venait de se mettre en route ; il s'en approcha, pour revoir le jeune dragon : il l'aperçut monté sur un cheval de hussard, jetant autour de lui des regards inquiets. Sa blessure était légère ; il sourit à Rostow d'un air contraint, et le salua de la main ; sa vue fit éprouver à Rostow une gêne qui était presque de la honte.

Ce jour-là et le suivant, ses camarades remarquèrent que, sans être irrité ou ennuyé, il restait pensif, silencieux et concentré en lui-même, qu'il buvait sans plaisir, et qu'il recherchait la solitude, comme s'il était obsédé par une pensée constante.

Rostow réfléchissait à « l'héroïque exploit » qui allait, à son grand étonnement, lui valoir la croix de Saint-Georges, et qui lui avait acquis la réputation d'un brave ! Il y avait là dedans un mystère qu'il

CHAPITRE IV

ne parvenait pas à pénétrer : « Ils ont donc encore plus peur que nous, pensait-il. Ainsi, c'est donc cela, et ce n'est que cela qu'on appelle de l'héroïsme ? Il me semble pourtant que mon amour pour ma patrie n'y était pour rien !... Et mon prisonnier aux yeux bleus, en quoi est-il responsable de ce qui se passe ?... Comme il avait peur ! Il croyait que j'allais le tuer ! Pourquoi l'aurais-je tué ? Ma main du reste a tremblé, et l'on me décore du Saint-Georges ! Je n'y comprends rien, absolument rien ! »

Pendant que Nicolas Rostow s'absorbait dans ces questions, d'autant plus embarrassantes, qu'il n'y trouvait aucune réponse plausible, la roue de la fortune tourna subitement en sa faveur. Avancé à la suite de l'affaire d'Ostrovna, on lui donna deux escadrons de hussards, et dès ce moment, lorsqu'on eut besoin d'un brave officier, ce fut toujours à lui qu'on accorda la préférence.

XVI

À la nouvelle de la maladie de Natacha, la comtesse se mit en route, quoique encore souffrante et affaiblie, avec Pétia et toute sa suite ; arrivée à Moscou, elle s'établit dans sa maison, où le reste de sa famille s'était déjà transporté.

La maladie de Natacha prit une tournure tellement sérieuse, qu'heureusement pour elle, comme pour ses parents, toutes les causes qui l'avaient provoquée, sa conduite et sa rupture avec son fiancé, furent reléguées au second plan. Son état était trop grave pour lui permettre même de songer à mesurer la faute qu'elle avait commise : elle ne mangeait rien, ne dormait pas, maigrissait à vue d'œil, toussait constamment, et les médecins laissèrent comprendre à ses parents qu'elle était en danger. On ne pensa plus dès lors qu'à la soulager. Les princes de la science qui la visitaient, séparément ou ensemble, chaque jour, se consultaient, se critiquaient à l'envi, parlaient français, allemand, latin, et lui prescrivaient les remèdes les plus opposés, mais capables de guérir toutes les maladies qu'ils connaissaient.

Il ne leur venait pas à la pensée que le mal dont souffrait Natacha n'était pas plus à la portée de leur science que ne peut être un seul des maux qui accablent l'humanité, car chaque être vivant, ayant sa constitution particulière, porte en lui sa maladie propre, nouvelle, inconnue à la médecine, et souvent des plus complexes. Elle ne dérive exclusivement ni des poumons, ni du foie, ni du cœur, ni de la rate, elle n'est mentionnée dans aucun livre de science, c'est simplement la résultante d'une des innombrables combinaisons que provoque l'altération de l'un de ces organes. Les médecins, qui passent leur vie à traiter les malades, qui y consacrent leurs plus belles années et qui sont payés pour cela, ne peuvent admettre cette opinion, car comment alors, je vous le demande, le sorcier pourrait-il cesser d'employer ses sortilèges ? Comment ne se croiraient-ils pas indispensables, lorsqu'ils le sont réellement, mais tout autrement qu'ils ne l'imaginent. Chez les Rostow, par exemple, s'ils étaient utiles, ce n'est pas parce qu'ils faisaient avaler à la malade des substances pour la plupart nuisibles, dont l'effet, quand elles étaient prises à petites doses, était d'ailleurs à peu près nul ; mais leur présence y était nécessaire parce qu'elle satisfaisait les besoins de cœur de ceux qui aimaient et soignaient Natacha. C'est dans cet ordre d'idées que gît la force des médecins, qu'ils soient charlatans, homéopathes ou allopathes ! Ils répondent à l'éternel désir d'obtenir un soulagement, à ce besoin de sympathie que l'homme éprouve toujours lorsqu'il souffre, et qui se trouve déjà en germe chez l'enfant ! Voyez-le, en effet, quand il s'est donné un coup : il court auprès de sa mère ou de sa bonne, pour qu'elle l'embrasse et qu'elle frotte son « bobo », et, véritablement, il souffrira moins dès qu'on l'aura plaint et caressé ! Pourquoi ? Parce qu'il est convaincu que ceux qui sont plus grands et plus sages que lui ont le moyen de le secourir !

Les médecins étaient donc d'une utilité relative à Natacha, en lui assurant que son mal passerait dès que les poudres et les pilules rapportées de l'Arbatskaya dans une belle petite boîte, au prix d'un rouble soixante-dix kopecks, auraient été dissoutes dans de l'eau cuite, et qu'elle les aurait régulièrement avalées toutes les deux heures.

Que serait-il advenu de Sonia, du comte et de la comtesse, s'il n'y avait eu qu'à se croiser les bras, au lieu de suivre à la lettre les prescriptions, de faire prendre les potions aux heures indiquées, d'insister sur la côtelette de volaille, et de veiller à tout ce qui constitue une occupation et une consolation pour ceux qui entourent les malades ?

CHAPITRE IV

Comment le comte aurait-il supporté les inquiétudes que lui causait sa fille chérie, s'il n'avait pu se dire qu'il était prêt à sacrifier plusieurs milliers de roubles et à l'emmener même, coûte que coûte, à l'étranger, pour lui faire du bien et y consulter des célébrités ? Que serait-il devenu s'il n'avait pu raconter à ses amis comment Métivier et Feller s'étaient trompés, comment Frise avait deviné juste, et comment Moudrow avait admirablement compris la maladie de Natacha ? Qu'aurait fait la comtesse, si elle n'avait pu gronder sa fille, lorsque celle-ci refusait d'obéir aux ordonnances de la faculté ?

« Tu ne guériras jamais si tu ne les écoutes pas et si tu ne prends pas régulièrement tes pilules, lui disait-elle, avec un ton d'impatience qui lui faisait oublier son chagrin. Il ne faut pas plaisanter avec ton mal, qui peut, tu le sais, dégénérer en pneumonie !... » Et la comtesse trouvait une sorte de consolation à prononcer ce mot savant dont elle ne comprenait pas le sens, et Dieu sait qu'elle n'était pas la seule ! Et Sonia aussi, que serait-elle devenue, si elle n'avait pu se dire qu'elle ne s'était pas déshabillée les trois premières nuits, afin d'être toujours prête à exécuter les ordres du docteur, et que maintenant encore elle dormait à peine, pour ne pas manquer le moment de donner les pilules contenues dans la boîte dorée ? Natacha elle-même n'était-elle pas satisfaite, bien qu'elle assurât qu'elle ne guérirait jamais et qu'elle ne tenait pas à la vie, de voir tous les sacrifices qu'on faisait pour elle, et de prendre ses potions à heure fixe ?

Le docteur venait tous les jours, lui tâtait le pouls, examinait sa langue, et plaisantait avec elle, sans faire attention à l'abattement de son visage. Lorsqu'il la quittait, la comtesse le suivait à la hâte ; prenant alors un air grave, il secouait la tête, et tâchait de lui persuader qu'il comptait beaucoup sur le dernier remède ; qu'il fallait attendre et voir ; que, la maladie étant plutôt morale, il... » Mais la comtesse, qui s'efforçait de se cacher à elle-même ce détail, lui glissait bien vite dans la main une pièce d'or, et retournait chaque fois, le cœur plus allégé, auprès de sa chère malade.

Les symptômes du mal consistaient, chez Natacha, en un manque complet d'appétit et de sommeil, en une toux presque constante, et en une apathie dont rien ne la faisait sortir. Les médecins, ayant déclaré qu'elle ne pouvait se passer de leurs soins, la retinrent ainsi dans l'air méphitique de la ville, et les Rostow se virent par suite obligés d'y passer tout l'été de l'année 1812.

Cependant, en dépit de cette circonstance, et malgré l'innombrable quantité de flacons et de boîtes de pilules, de gouttes et de poudres, dont Mme Schoss, qui les aimait à la folie, se fit, pour son usage, une collection complète, la jeunesse finit par prendre le dessus : les impressions journalières de la vie atténuèrent peu à peu le chagrin de Natacha, la douleur aiguë qui avait brisé son cœur glissa doucement dans le passé, et ses forces physiques revinrent insensiblement.

XVII

Natacha devint plus calme, mais sa gaieté ne reparut pas. Elle évitait même tout ce qui aurait pu la distraire, les bals, les promenades, les théâtres et les concerts, et lorsqu'elle souriait, on devinait des larmes derrière son triste sourire. Chanter, elle ne le pouvait plus ! Les pleurs l'étouffaient au premier son de sa voix, pleurs de repentir, pleurs causés par le souvenir de ce temps si pur, passé à tout jamais ! Il lui semblait que le rire et le chant profanaient sa douleur ! Quant à la coquetterie, elle n'y pensait guère : les hommes lui étaient tous aussi indifférents que le vieux bouffon Nastacia Ivanovna, et elle disait vrai. Un sentiment intime lui interdisait encore tout plaisir : elle ne retrouvait plus en elle-même les mille et un intérêts de sa vie de jeune fille, de cette vie insouciante, pleine de folles espérances. Que n'aurait-elle donné pour faire revivre un jour, un seul jour de l'automne dernier passé à Otradnoë avec Nicolas, vers qui son cœur se reportait à tout instant avec une douloureuse angoisse ? Hélas ! c'était fini, et fini à jamais !... et son pressentiment ne l'avait pas trompée ! C'en était fait de sa liberté d'alors, de ses aspirations vers des joies inconnues, et cependant il fallait vivre !

Au lieu de se dire, comme autrefois, qu'elle était meilleure que les autres, elle trouvait du plaisir à s'humilier et se demandait souvent avec tristesse ce que le sombre avenir lui réservait. Elle s'efforçait de n'être à charge à personne ; quant à son agrément personnel, elle n'y songeait plus. Se tenant souvent à l'écart des siens, elle ne se sentait à son aise qu'avec son frère Pétia, qui parvenait parfois à la faire rire. Elle sortait peu, et de tous ceux qui venaient la voir de temps à autre, Pierre était le seul qui lui fût sympathique. Il était difficile de se conduire avec plus de prudence, avec plus de tendresse et de tact, que ne le faisait à son égard le comte Besoukhow ; elle le sentait sans se l'expliquer, et cela contribuait naturellement à lui rendre sa société agréable ; mais elle ne lui en savait aucun gré, tant elle était persuadée que la bonté un peu banale de Pierre n'avait aucun effort à faire pour lui témoigner de l'affection. Elle remarquait cependant en lui, de temps à autre, un certain trouble, surtout lorsqu'il craignait que la conversation ne vînt lui rappeler de douloureux souvenirs, et elle l'attribuait à son bon cœur et à sa timidité habituelle. Il ne lui avait plus reparlé de ses sentiments, dont l'aveu lui était échappé un jour sous le coup d'une profonde émotion, et elle y attachait aussi peu d'importance qu'aux paroles sans suite avec lesquelles on essaye de calmer la douleur d'un enfant. N'y voyant que le désir de la consoler, il ne lui venait jamais en tête de supposer que l'amour, ou même une sorte d'amitié tendre et exaltée, comme elle savait qu'il en existe parfois entre un homme et une femme, pût naître de leurs relations, non point parce que Pierre était marié, mais parce qu'entre elle et lui s'élevait dans toute sa force cette barrière morale qui lui avait fait défaut en présence de Kouraguine.

Vers la fin du carême de la Saint-Pierre, une voisine d'Otradnoë, Agrippine Ivanovna Bélow, arriva à Moscou, pour y saluer les saints martyrs. Elle proposa à Natacha de faire ensemble leurs dévotions ; Natacha y consentit avec joie, malgré l'avis du médecin, qui défendait les sorties matinales, et, pour s'y préparer autrement qu'on n'en avait l'habitude chez les siens, elle déclara qu'elle ne se contenterait pas de trois courts offices, mais qu'elle accompagnerait Agrippine Ivanovna à tous les services, aux vêpres, aux matines, à la messe, et cela durant toute la semaine.

Son zèle religieux plut à la comtesse : elle espérait, dans le fond de son cœur, que la prière serait pour elle un remède plus efficace que le traitement impuissant de la science ; aussi elle se rendit, à l'insu du docteur, au désir de sa fille, et la confia à la bonne voisine, qui, à trois heures de la nuit, venait chaque matin réveiller Natacha et la trouvait déjà levée, tant elle avait peur d'être en retard.

Sa toilette une fois faite à la hâte, elle passait sa robe la plus défraîchie, mettait son plus vieux mantelet, et, frissonnant à la fraîcheur de la nuit, elles traversaient ensemble les rues désertes, éclairées par l'aurore naissante. Se conformant au conseil de sa pieuse compagne, elle ne suivait pas les offices de sa paroisse, mais ceux d'une autre église, où le prêtre se distinguait par une vie des plus austères et des plus pures.

Les fidèles y étaient peu nombreux : Natacha et Agrippine Ivanovna allaient se placer devant l'image de la très sainte Vierge, qui séparait le chœur de l'assistance, et la jeune fille, les yeux fixés, à cette heure inusitée, sur l'image noircie, éclairée par les cierges et par les premières lueurs de l'aube qui pénétrait à travers les fenêtres, écoutait l'office avec un profond recueillement. Il s'éveillait alors dans son âme une disposition à l'humilité, qui jusque-là lui avait été inconnue, et qui était causée par la présence de quelque chose de grand et d'indéfinissable ! Lorsqu'elle comprenait les paroles prononcées par le chœur ou par l'officiant, ses sentiments intimes se mêlaient à la prière générale ; lorsque le sens de ces paroles lui échappait, elle pensait avec soumission que le désir de tout savoir provenait de l'orgueil ; qu'il fallait se borner à croire et à se confier au Seigneur, qu'elle sentait en cet instant régner en maître sur son âme. Elle priait, se signait et demandait à Dieu, avec une ferveur que redoublait l'effroi de son iniquité, de lui pardonner ses péchés. Elle se réjouissait de sentir se développer en elle la volonté de se corriger et d'entrevoir la possibilité d'une vie pure, d'une nouvelle et heureuse vie. En quittant l'église à une heure encore fort matinale, elle ne rencontrait sur sa route que des maçons qui allaient à leurs travaux et les dvorniks qui balayaient les rues devant les maisons endormies.

Le sentiment de sa régénération ne fit que s'accroître pendant toute la semaine, et le bonheur de communier, de s'unir à Lui, lui semblait si grand, qu'elle craignait de mourir avant ce bienheureux dimanche.

Mais ce jour si ardemment désiré arriva à son tour, et lorsque Natacha revint de la communion, vêtue d'une robe de mousseline blanche, elle se sentit, pour la première fois depuis bien longtemps, en paix avec elle-même et avec la vie qui l'attendait.

Le docteur, en lui faisant sa visite habituelle, lui ordonna de continuer les poudres prescrites par lui quinze jours auparavant.

« Continuez, il le faut, et bien exactement, je vous prie, dit-il en

CHAPITRE IV

souriant ; il était sincèrement convaincu de leur efficacité. – Soyez tranquille, madame la comtesse, continua-t-il en coulant adroitement dans la paume de sa main la pièce d'or qu'il venait de recevoir : elle chantera et dansera bientôt. Ce dernier remède a fait merveille, elle a beaucoup repris. »

La comtesse cracha en regardant ses ongles[1], et retourna, toute joyeuse, au salon.

XVIII

Des bruits de plus en plus inquiétants sur la marche de la guerre se répandirent à Moscou, vers le commencement de juillet. On parlait d'une proclamation de l'Empereur à son peuple et de sa prochaine arrivée ; on disait qu'il quittait l'armée parce qu'elle était en danger ; que Smolensk s'était rendu ; que Napoléon avait avec lui un million d'hommes, et qu'un miracle seul pouvait sauver la Russie.

On reçut le manifeste le 23 juillet ; mais, comme il n'était pas encore imprimé, Pierre promit aux Rostow de revenir dîner le lendemain, et de l'apporter de chez le comte Rostoptchine avec la proclamation qui y était jointe.

Le lendemain était un dimanche, une vraie journée d'été, d'une chaleur déjà accablante à dix heures du matin, heure à laquelle les Rostow venaient d'habitude entendre la messe à la chapelle de l'hôtel Rasoumovsky. On éprouvait à la fois une grande lassitude, jointe à cette plénitude de sensations et de vague malaise que provoque presque toujours une journée de forte chaleur dans une grande ville. Ces différentes impressions se reflétaient partout : dans les couleurs claires des vêtements de la foule, dans les cris des marchands de la rue, dans les feuilles couvertes de poussière des arbres du boulevard, dans le bruit du pavé, dans la musique et les pantalons blancs d'un bataillon qui allait à la parade, et encore plus dans l'ardeur brûlante d'un soleil de juillet. Toute l'aristocratie moscovite se trouvait réunie à la chapelle de l'hôtel, car la plupart des grandes familles, dans l'attente d'événements graves, étaient restées à Moscou au lieu de se rendre dans leurs terres.

---

1 Geste populaire usité en Russie pour conjurer le mauvais œil. (*Note du traducteur.*)

La comtesse Rostow descendit de voiture, et un laquais en livrée la précéda, afin de lui frayer un passage à travers la foule. Natacha, qui la suivait, entendit tout à coup un jeune homme inconnu dire assez haut à son voisin :

« Oui, c'est la comtesse Rostow, c'est bien elle !… Elle a beaucoup maigri, mais elle est très embellie !… » Elle crut comprendre, ce qui lui arrivait du reste constamment, qu'il prononçait les noms de Kouraguine et de Bolkonsky ; car il lui semblait que chacun, en la voyant, devait parler de son aventure. Touchée au vif, douloureusement émue, elle continuait à avancer dans sa toilette mauve avec le calme et l'aisance de la femme qui s'applique à en témoigner d'autant plus, qu'elle se meurt de honte et de chagrin au fond de l'âme. Elle se savait belle, et ne se trompait pas ; mais sa beauté ne lui causait plus la même satisfaction que par le passé, et par cette journée si lumineuse et si chaude, elle n'en était au contraire que plus vivement tourmentée : « Encore une semaine de passée, se disait-elle, et ce sera toujours ainsi, toujours la même existence triste et morne… ! Je suis jeune, je suis belle, je le sais… J'étais mauvaise et je suis devenue bonne, je le sais aussi… et mes plus belles années vont ainsi se perdre sans profit pour personne ! » Se plaçant à côté de sa mère, elle enveloppa d'un regard les personnes et les toilettes qui l'entouraient, critiqua par habitude la tenue de ses voisines et leur manière de se signer : « Elles me jugent aussi sans doute ? » se disait-elle pour s'excuser. Mais aux premiers chants de la messe, elle frémit de terreur, en comparant ces futiles pensées à celles que le jour de sa communion aurait dû lui inspirer… N'en avait-elle pas à tout jamais terni la radieuse pureté ?

Un digne et respectable vieillard officiait avec la douce onction qui pénètre et repose l'âme de ceux qui prient. Les portes saintes se refermèrent, et derrière le rideau lentement tiré une voix mystérieuse murmura quelques paroles. Les yeux de Natacha se remplirent involontairement de larmes, et une douce et énervante émotion envahit tout son être.

« Enseigne-moi ce que j'ai à faire, enseigne-moi à me résigner, enseigne-moi surtout à me corriger pour toujours, » pensait-elle.

Le diacre, sortant de l'iconostase, se plaça devant les portes saintes, retira ses longs cheveux de dessous la dalmatique, et, faisant un grand signe de croix, dit avec solennité :

CHAPITRE IV

« Prions en paix le Seigneur !... » Et Natacha ajoutait mentalement :

« Prions, sans différence de conditions, sans haine, unis tous ensemble dans l'amour fraternel !

– Prions, afin qu'il nous accorde la paix du ciel et le salut de nos âmes, » disait le diacre, et Natacha lui répondait du fond du cœur : « Prions pour obtenir la paix des anges, la paix de tous les êtres spirituels qui vivent au-dessus de nous. »

À la prière pour l'armée, elle invoqua le Seigneur pour son frère et pour Denissow ; à la prière pour les voyageurs sur terre et sur mer, elle pria pour le prince André, et demanda à Dieu pardon du mal qu'elle lui avait fait ; à la prière pour ceux qui nous aiment, elle pria pour les siens, et comprit, pour la première fois, les torts qu'elle avait eus envers eux ; à la prière pour ceux qui nous haïssent, elle se demanda quels pouvaient être ses ennemis et n'en trouva pas d'autres que les créanciers de son père. Un nom pourtant, celui d'Anatole, lui venait toujours aux lèvres à ce moment, et, bien qu'il ne fût pas de ceux qui l'avaient haïe, elle priait pour lui avec un redoublement de ferveur comme pour un ennemi. Il ne lui était possible de penser avec calme à lui et au prince André que lorsqu'elle se recueillait, car alors seulement la crainte de Dieu l'emportait sur ses sentiments à leur égard. À la prière pour la famille impériale et le saint synode, elle se signa plus dévotement encore, se disant que, puisque le doute lui était interdit, elle devait, sans comprendre le but de cette prière, prier avec amour pour « le synode dirigeant ».

« Recommandons-nous tous, chacun de nous mutuellement et à chaque instant de notre vie, à Jésus-Christ, notre Dieu ! » continua le diacre, et Natacha, s'abandonnant complètement à son élan religieux, répétait avec exaltation : « Prends-moi, mon Dieu, prends-moi ! »

On aurait dit, à voir son attitude, qu'elle se sentait sur le point d'être enlevée au ciel par une force invisible, et délivrée de ses regrets, de ses défauts, de ses espérances et de ses remords.

La comtesse, qui avait observé son visage recueilli et ses yeux brillants, demandait à Dieu, de son côté, qu'il daignât venir en aide à sa fille chérie.

Au milieu de l'office, et contrairement à toutes les habitudes, le sacristain plaça devant les portes saintes le petit escabeau sur lequel on posait ordinairement le livre contenant les prières que le prêtre récitait à genoux, le jour de la Pentecôte ; l'officiant, sa calotte de velours violet sur la tête, descendit de l'autel, et s'agenouilla péniblement ; son exemple fut aussitôt suivi par l'assistance étonnée. Il se préparait à lui lire la prière composée et envoyée par le saint synode pour demander à Dieu de délivrer la Russie de l'invasion étrangère.

« Ô Seigneur tout-puissant, Seigneur qui es notre délivrance », dit le prêtre lisant sans emphase, d'une voix douce et claire, la voix des ecclésiastiques du rite grec, dont l'effet est si puissant sur les cœurs russes : « Nous nous adressons humblement à Ta miséricorde infinie, nous confiant en Ton amour. Écoute notre prière, et viens à notre secours ! L'ennemi jette le trouble parmi Tes enfants, et veut transformer le monde en un désert ; lève-Toi contre lui ! Ces hommes criminels se sont réunis pour détruire Ton bien, pour réduire à néant Ta fidèle Jérusalem, Ta Russie bien-aimée, pour souiller Tes temples, renverser Tes autels, et profaner nos sanctuaires. Jusques à quand, Seigneur, les pécheurs triompheront-ils ? Jusques à quand auront-ils le pouvoir d'enfreindre Tes lois ? Seigneur, écoute ceux qui prient : que Ton bras soutienne Notre très pieux et autocrate Empereur Alexandre Pavlovitch ! Que sa loyauté, sa douceur, trouvent grâce à Tes yeux ! Récompense ses vertus, qui sont le rempart de Ton Israël bien-aimé ! Bénis et inspire ses résolutions, ses entreprises et ses œuvres ; affermis son règne de Ta main puissante, et donne-lui la victoire sur l'ennemi, comme à Moïse sur Amalek, à Gédéon sur Madian, à David sur Goliath ! Protège ses armées, soutiens l'arc des Mèdes sous l'aisselle de ceux qui se sont soulevés en Ton nom, et ceins-les de Ta force pour le combat. Arme-toi aussi du bouclier et de la lance, et lève-Toi pour nous secourir ! Que la confusion retombe sur ceux qui nous veulent du mal, qu'il en soit d'eux devant Tes armées fidèles, comme de la poussière que le vent disperse, et donné à Tes Anges le pouvoir de les abattre et de les poursuivre ! Que leurs desseins secrets se retournent contre eux au grand jour ! Qu'ils tombent dans un réseau inextricable, qu'ils tombent devant Tes esclaves, qui les fouleront aux pieds ! Seigneur, Tu peux sauver les grands et les petits, car Tu es Dieu, et l'homme ne peut rien contre Toi !

CHAPITRE IV

« Dieu de nos pères, Ta grâce et Ta miséricorde sont éternelles ; ne nous repousse pas loin de Ton visage à cause de nos iniquités, mais accorde-nous le pardon de nos péchés dans Ta bonté infinie. Élève en nous un cœur pur et un esprit droit ; raffermis notre foi et notre espoir ; souffle-nous l'amour mutuel, et unis-nous tous dans la défense du patrimoine que Tu nous as donné, à nous et à nos pères, afin que le sceptre des méchants ne règne pas sur la terre de ceux que tu as bénis.

« Seigneur Dieu, nous croyons en Toi : ne nous couvre pas de honte, et que notre attente dans Tes bienfaits ne soit pas déçue. Fais un signe, afin que nos ennemis et ceux de notre sainte religion puissent le voir, et périr de confusion ! Que tous les peuples puissent se convaincre que Ton nom est le Seigneur, et que nous sommes Tes enfants ! Témoigne-nous Ta miséricorde, et accorde-nous la délivrance ! réjouis-en le cœur de Tes esclaves, frappe nos ennemis et renverse-les aux pieds de Tes fidèles. Car Tu es le secours, l'appui et la victoire de ceux qui se confient en Toi. Gloire au Père, au Fils et au Saint-Esprit maintenant et dans les siècles des siècles « Amen ! »

Impressionnable et fortement troublée comme elle l'était en ce moment, Natacha fut profondément remuée par cette prière. Elle en écouta religieusement les passages où il était question des victoires de Moïse, de Gédéon, de David, de la destruction de Jérusalem, et pria Dieu, d'un cœur attendri et ému, mais sans se rendre bien compte de ce qu'elle lui demandait. Lorsqu'il s'agissait pour elle d'en obtenir un esprit pur, le raffermissement de sa foi, de lui rendre l'espoir et de lui inspirer l'amour fraternel, elle y mettait toute son âme ; mais comment pouvait-elle demander à Dieu de lui laisser fouler aux pieds ses ennemis, lorsque peu d'instants auparavant elle avait souhaité d'en avoir beaucoup, afin de pouvoir les aimer tous et de prier pour eux ? Comment, d'un autre côté, douterait-elle de la vérité de la prière qu'on venait de lire à genoux ? Une terreur pleine de recueillement la pénétra à la pensée des punitions qui frappent les pécheurs ; elle pria avec élan, afin d'obtenir leur pardon et le sien, et il lui sembla que Dieu avait entendu sa prière et qu'il lui accorderait le repos et le bonheur en ce monde.

XIX

Depuis le jour où Pierre avait emporté l'impression du regard reconnaissant de Natacha, depuis le jour où il avait contemplé la comète brillant dans l'espace, un horizon nouveau s'était entr'ouvert devant lui : le problème du néant et de la sottise humaine, qui le tourmentait toujours, cessa de le préoccuper. Les terribles énigmes qui à tout moment surgissaient menaçantes dans son esprit s'effacèrent comme par enchantement devant son image. Causait-il ou écoutait-il les propos les plus indifférents, entendait-il citer une action lâche ou une absurdité monstrueuse, il ne s'en effrayait plus comme jadis : il ne se demandait plus pourquoi les hommes s'agitaient ainsi, lorsque à la vie déjà si courte succédait l'inconnu. Mais il se la représentait, elle, telle qu'il venait de la voir, et ses doutes s'envolaient ; son souvenir relevait et le transportait dans le monde idéal et pur, où il ne trouvait plus ni pécheurs ni justes, mais où régnaient la beauté et l'amour, ces deux seules raisons d'être de l'existence. Quelque grandes que fussent les misères morales qu'il venait à découvrir, il se disait : « Que m'importe, après tout, que celui qui a volé l'État et l'Empereur soit comblé d'honneurs, puisqu'*elle* m'a souri hier, qu'*elle* m'a prié de retourner chez eux aujourd'hui, que je l'aime, et que personne n'en saura jamais rien ! »

Pierre continuait à fréquenter le monde, à boire comme par le passé, et à mener une vie complètement désœuvrée. Mais lorsque les nouvelles du théâtre de la guerre devinrent de jour en jour plus alarmantes, lorsque la santé de Natacha se rétablit et qu'elle cessa de lui inspirer l'inquiète sollicitude qui servait de prétexte à ses visites, une vague agitation, sans cause apparente, s'empara de lui ; il pressentait que le courant de sa vie allait changer de direction, qu'une catastrophe était imminente, il cherchait avec impatience à en découvrir les signes avant-coureurs. Un des frères de son ordre lui fit part d'une prophétie relative à Napoléon, et tirée de l'Apocalypse.

Dans le verset 18 du chapitre, 13, il est dit : « Ici est la sagesse : que celui qui a de l'intelligence compte le nombre de la Bête, car c'est un nombre d'homme, et son nombre est six cent soixante-six. » Et au verset 5 du même chapitre : « Et il lui fut donné une bouche qui proférait de grandes choses et des blasphèmes, et il lui fut aussi donné le pouvoir d'accomplir quarante-deux mois. »

En appliquant les lettres françaises au calcul hébraïque, en donnant aux dix premières la valeur d'unités, et aux autres celle de dizaine :

a b c d e f g h i k l m n o
1 2 3 4 5 6 7 8 9 10 20 30 40 50

p q r s t u v w x y z
60 70 80 90 100 110 120 130 140 150 160

on obtenait, en écrivant d'après cette clef, ces deux mots : « L'Empereur Napoléon, » et, en additionnant le total, le chiffre 666 ; Napoléon était par conséquent la Bête dont parle l'Apocalypse. Ensuite la somme du chiffre quarante-deux, limite indiquée à son pouvoir, équivalait de nouveau, en suivant ce système, au même nombre 666, ce qui indiquait que l'année 1812, la quarante-deuxième de son âge, serait la dernière de sa puissance. Cette prophétie avait frappé l'imagination de Pierre : souvent il cherchait à deviner ce qui mettrait un terme à la puissance de la Bête, autrement dit de Napoléon, et il s'ingéniait même à découvrir dans les différentes combinaisons de ces nombres une réponse à cette mystérieuse question. Il essaya d'y arriver en les combinant avec « l'Empereur Alexandre » ou « la nation russe », mais l'addition de leurs lettres ne donnait plus le nombre fatal. Un jour qu'il travaillait, toujours sans résultat, sur son propre nom, en en changeant l'orthographe, et en en supprimant le titre, l'idée lui vint enfin que, dans une prophétie de ce genre, l'indication de sa nationalité devait y trouver place, mais il n'obtînt encore une fois que le numéro 671, 5 de trop ; le 5 figurait la lettre « e » : il la supprima dans l'article, et alors son émotion fut profonde lorsque, écrit de la sorte, l'*Russe Bésuhof*, son nom lui donna exactement le nombre 666.

Comment, et pourquoi se trouvait-il ainsi rattaché au grand événement annoncé par l'Apocalypse ?... Bien qu'il n'y pût rien comprendre, il n'en douta pas un seul instant ! Son amour pour Natacha, l'Antéchrist, la comète, l'invasion de la Russie par Napoléon, le chiffre 666 découvert dans son nom et dans le sien, tout cet ensemble de faits étranges provoqua en lui un travail moral plein de trouble, qui, arrivé à sa maturité, devait éclater et l'arracher violemment à la vie futile dont les chaînes lui pesaient, pour l'amener à accomplir une action héroïque et à atteindre un grand bonheur !

Pierre, qui avait promis aux Rostow de leur communiquer le manifeste, se rendit le lendemain dimanche chez le comte Rostoptchine,
pour lui en demander un exemplaire, et s'y rencontra avec un
courrier qui arrivait en droite ligne de l'armée ; c'était une ancienne
connaissance à lui, et l'un des danseurs les plus infatigables des
bals de Moscou.

« Rendez-moi, je vous en prie, un service, lui dit le courrier ; j'ai
ma sacoche pleine de lettres, aidez-moi à les distribuer. »

Pierre y consentit, et, dans le nombre, en trouva une que Nicolas
Rostow adressait à ses parents. Le comte Rostoptchine lui remit
ensuite la proclamation de l'Empereur, les ordres du jour envoyés
à l'armée et la dernière affiche[1] qu'il venait de publier. En parcourant les ordres du jour, il remarqua, dans la longue nomenclature
des hommes tués, blessés ou récompensés, le nom de Nicolas
Rostow, décoré du Saint-Georges de 4ème classe, pour sa bravoure
à l'affaire d'Ostrovna, et, quelques lignes plus bas, la nomination
de Bolkonsky comme chef du régiment des chasseurs. Désirant
faire savoir au plus tôt à ses amis la bonne nouvelle du glorieux fait
d'armes de leur fils, il s'empressa de leur envoyer sa lettre et l'ordre
du jour, bien que le nom du prince André se trouvât sur la même
page ; il se réservait de leur porter plus tard la proclamation et l'affiche du comte Rostoptchine.

Sa conversation avec ce dernier, dont l'air soucieux et affairé trahissait les graves préoccupations, le récit du courrier qui apportait
avec insouciance de mauvaises nouvelles de l'armée, le bruit que
l'on avait découvert des espions à Moscou même, la lecture d'un
imprimé anonyme qu'on se passait de main en main, et qui annonçait pour l'automne la présence de Napoléon dans les deux capitales, l'attente de l'arrivée de l'Empereur fixée au lendemain, tout
continuait à entretenir la surexcitation de Pierre, dont l'agitation
ne faisait que croître depuis la nuit de la comète et le commencement de la guerre.

S'il n'eût été membre d'une société qui prêchait la paix éternelle, il
aurait pris du service sans balancer, la vue même des Moscovites
devenus militaires et chauvins exaltés, tout en lui inspirant une

1 Nom appliqué, à cette époque, aux proclamations du comte Rostopchine. (*Note du traducteur.*)

certaine fausse honte, ne l'eût pas empêché de suivre leur exemple. Toutefois son abstention était principalement motivée par la conviction où il était que lui « l'Russe Bésuhof », dont le nombre égalait celui de la Bête, et qui était prédestiné de toute éternité à la grande œuvre de sa destruction, devait se borner à attendre et à voir venir.

XX

Les Rostow avaient l'habitude de réunir à dîner, le dimanche, quelques amis : Pierre se rendit donc chez eux avant l'heure habituelle, pour être plus sûr de les trouver seuls.

Singulièrement engraissé pendant ces derniers mois, il aurait été monstrueux s'il n'avait été bâti en Hercule, et si, par suite il n'avait porté avec légèreté le poids de sa lourde personne.

Soufflant comme un phoque et marmottant quelques mots entre ses dents, il s'engagea dans l'escalier, sans que son cocher lui demandât s'il devait l'attendre, car il savait que son maître ne sortait jamais de chez les Rostow avant minuit. Les valets de pied le débarrassèrent avec empressement de son manteau, de son chapeau et de sa canne, que, par une habitude prise au club, il laissait toujours dans l'antichambre.

La première personne qu'il vit fut Natacha, ou plutôt l'entendit avant de la voir, car elle faisait des exercices de solfège dans la grande salle. Il savait que depuis sa maladie elle y avait renoncé, aussi en fut-il à la fois surpris et satisfait. Il ouvrit doucement la porte, et l'aperçut qui marchait en chantant. Elle avait gardé la robe de soie mauve qu'elle avait mise le matin pour la messe ; arrivée au bout de la salle, elle se retourna, et, se trouvant subitement en face de la grosse figure de Pierre, elle rougit et s'avança vivement vers lui.

« J'essaye de chanter, comme vous voyez ; c'est une occupation, s'empressa-t-elle de dire, comme pour s'excuser.

– Et vous faites très bien de la reprendre, lui répondit Pierre.

– Comme je suis contente de vous voir ; je suis si heureuse aujourd'hui, poursuivit-elle avec la même vivacité : Nicolas a reçu la croix de Saint-Georges, et j'en suis si fière !

– Je le sais, c'est moi qui vous ai envoyé l'ordre du jour. Mais je vous laisse, je ne veux pas vous déranger, j'irai au salon.

– Comte, lui demanda Natacha en l'arrêtant, ai-je tort de chanter ?... » Et elle leva sur lui les yeux en rougissant.

– Non, pourquoi serait-ce mal ?... Au contraire !... Mais pourquoi me le demandez-vous, à moi ?

– Je n'en sais rien, reprit Natacha en parlant rapidement, mais cela me désolerait de faire quelque chose qui pût vous déplaire. Ma confiance en vous est absolue ! Vous ne vous doutez guère à quel point votre opinion m'est précieuse et ce que vous avez été pour moi ! J'ai vu, – continua-t-elle sans remarquer l'embarras de Pierre, qui rougissait à son tour, – j'ai vu son nom dans l'ordre du jour : Bolkonsky (et elle prononça tout bas ce nom, comme si elle craignait de manquer de force pour achever sa confession), Bolkonsky est de nouveau en Russie, et il a repris du service... Croyez-vous qu'il me pardonne jamais ? Croyez-vous qu'il m'en voudra éternellement, le croyez-vous ?

– Je crois, reprit Pierre, qu'il n'a rien à vous pardonner. Si j'étais à sa place... » Et les mêmes paroles d'amour et de pitié qu'il lui avait déjà adressées, se retrouvèrent sur ses lèvres, mais Natacha ne lui donna pas le temps d'achever :

– Oh ! vous, c'est bien différent ! s'écria-t-elle avec exaltation. Je ne connais pas d'homme meilleur et plus généreux que vous, il n'en existe pas ! Si vous ne m'aviez soutenue alors, et maintenant encore, je ne sais ce qui serait advenu de moi !... » Les larmes remplirent ses yeux, qu'elle déroba derrière un cahier de musique, et, se détournant brusquement, elle recommença à solfier et à se promener.

Pétia accourut sur ces entrefaites : c'était maintenant un joli garçon de quinze ans, avec un teint vermeil, des lèvres rouges et un peu fortes ; il ressemblait à Natacha. Il se préparait à entrer à l'Université ; mais, en dernier lieu et en secret, il avait décidé, entre camarades, de se faire hussard. S'emparant du bras de son homonyme, pour l'entretenir de ce grave projet, il le pria de s'informer si la chose était possible.

Mais le gros Pierre l'écoutait si peu, que le gamin fut obligé de le tirer par la manche pour forcer son attention.

« Eh bien, Pierre Kirilovitch, où en est mon affaire ? Vous savez que tout mon espoir est en vous ?

– Ah oui ! tu veux entrer dans les hussards ?... Oui, j'en parlerai aujourd'hui même !

– Bonjour, mon cher, lui cria de loin le vieux comte, apportez-vous le manifeste ? Ma petite comtesse a entendu ce matin, à la messe chez les Rasoumovsky, une nouvelle prière, qu'elle dit être très belle !

– Voici le manifeste et les nouvelles : l'Empereur sera ici demain ; on réunit une assemblée extraordinaire de la noblesse, et l'on parle d'un recrutement de dix sur mille. Permettez-moi maintenant de vous féliciter !

– Oui, oui, Dieu soit loué ! Et de l'armée, quelles nouvelles ?

– Les nôtres se retirent toujours, ils sont déjà à Smolensk, lui répondit Pierre.

– Mon Dieu, mon Dieu !... Donnez-moi donc le manifeste, mon cher !

– Ah ! j'oubliais !... » Et Pierre le chercha, mais en vain, dans toutes ses poches, tout en baisant la main à la comtesse, qui venait d'entrer, et en regardant avec inquiétude du côté de la porte, dans l'espoir de voir apparaître Natacha. « Je ne sais vraiment pas où je l'ai fourré : je l'ai bien certainement oublié à la maison. J'y cours !

– Mais vous serez en retard pour le dîner ?

– Vous avez raison, d'autant mieux que mon cocher n'est plus là. »

Natacha entra au même moment : l'expression de sa physionomie était douce et émue, et la figure de Pierre, qui continuait à chercher le manifeste, s'illumina à sa vue. Sonia, qui avait poussé ses perquisitions jusqu'à l'antichambre, en rapporta triomphalement les papiers, qu'elle avait fini par trouver soigneusement cachés dans la doublure du chapeau de Pierre.

« Nous lirons tout cela après le dîner, » dit le vieux comte, qui se promettait une grande jouissance de cette lecture.

On but du champagne à la santé du nouveau chevalier de Saint-Georges, et Schinchine raconta les nouvelles de la ville, la maladie de la vieille princesse de Géorgie, la disparition de Métivier, et la capture d'un malheureux Allemand, que la populace avait pris pour un espion français, mais que le comte Rostoptchine avait fait relâcher.

« Oui, oui, on les empoigne tous, dit le comte, et je conseille à la comtesse de moins parler français ; ce n'est plus de saison.

– Savez-vous, dit Schinchine, que le précepteur français de Galitzine apprend le russe ? Il est dangereux, à ce qu'il dit, de parler maintenant français dans les rues !

– Que savez-vous de la milice, comte Pierre Kirilovitch, car vous allez sans doute monter à cheval ? dit le vieux comte en s'adressant à Pierre, qui, silencieux et pensif, ne comprit pas tout de suite de quoi il s'agissait.

– Ah ! la guerre ?... oui, mais je ne suis pas un soldat, vous le voyez bien... Du reste, tout est si étrange, si étrange, que je m'y perds ! Mes goûts sont antimilitaires, mais, vu les circonstances actuelles, on ne peut répondre de rien ! »

Le dîner fini, le comte, commodément établi dans un fauteuil, pria d'un air grave Sonia, qui avait la réputation d'être une excellente lectrice, de leur lire le manifeste :

« À notre première capitale, Moscou !

« L'ennemi a franchi les frontières de la Russie avec des forces innombrables, et se prépare à ruiner notre patrie bien-aimée... » etc... etc... Sonia lisait de sa voix fluette, en y mettant tous ses soins, et le vieux comte écoutait, les yeux fermés, en poussant de longs soupirs à certains passages.

Natacha regardait curieusement tour à tour son père et Pierre ; ce dernier, sentant qu'elle le regardait, évitait de se tourner de son côté ; la comtesse désapprouvait par des hochements de tête les expressions solennelles de la proclamation, car elle n'y entrevoyait qu'une chose : le danger auquel son fils continuerait à être exposé, et qui durerait longtemps encore ! Schinchine, qui écoutait d'un air railleur, s'apprêtait évidemment à répondre par une épigramme à la lecture de Sonia, aux réflexions que ferait le vieux comte, ou au manifeste même, si du moins il ne s'offrait rien de mieux à son humeur satirique.

Après avoir lu les passages relatifs aux dangers qui menaçaient la Russie, aux espérances fondées par l'Empereur sur Moscou et surtout sur la vaillante noblesse, Sonia, dont la voix tremblait parce qu'elle se sentait écoutée, arriva enfin à ces dernières paroles :

« Nous ne tarderons pas à paraître au milieu de notre peuple, ici, à Moscou, dans notre capitale, et aussi partout où il sera nécessaire dans notre Empire, afin de délibérer et de nous mettre à la tête de toutes les milices, aussi bien de celles qui aujourd'hui déjà arrêtent la marche de l'ennemi, que de celles qui vont se former pour le frapper partout où il se montrera ! Que le malheur dont il espère nous accabler retombe sur lui seul, et que l'Europe, délivrée du joug, glorifie la Russie !

– Voilà qui est bien ! Dites un seul mot, Sire, et nous sacrifierons tout sans regret ! » s'écria le comte en rouvrant ses yeux mouillés de pleurs, et en reniflant légèrement comme s'il aspirait un flacon de sels anglais.

Natacha se leva d'un bond, et se suspendit au cou de son père avec un tel élan, que Schinchine n'osa pas plaisanter l'orateur sur son patriotisme.

« Papa, vous êtes un ange ! s'écria-t-elle en l'embrassant, et en jetant à Pierre un regard empreint d'une coquetterie involontaire.

– Bravo ! Voilà ce qui s'appelle une patriote ! dit Schinchine.

– Pas du tout, reprit Natacha d'un air offensé. Vous vous moquez de tout et, toujours, mais ceci est trop sérieux pour que vous en plaisantiez.

– Des plaisanteries ? s'écria le comte. Qu'il dise un mot, un seul, et nous nous lèverons tous en masse… Nous ne somme pas des Allemands !

– Avez-vous remarqué, fit observer Pierre à son tour, qu'il y est dit : « pour délibérer… »

Pétia, à qui on ne faisait nulle attention, s'approcha à ce moment de son père.

« Maintenant, dit-il d'un air intimidé et d'une voix tantôt rude et tantôt perçante : Papa et maman, je vous dirai que… c'est comme il vous plaira, mais… il faut absolument que vous me laissiez être militaire, parce que je ne puis pas, je… ne puis pas… voilà, c'est tout !… »

La comtesse leva les yeux au ciel avec épouvante, joignit les mains, et, se tournant vers son mari d'un air mécontent :

« Voilà ; il s'est déboutonné ! » dit-elle.

Le comte, dont l'émotion s'était subitement calmée :

« Oh ! oh ! dit-il, quelles folies ! Un joli soldat, ma foi !... mais, avant tout, il faut apprendre !

– Ce ne sont pas des folies ! poursuivit Pétia. Fédia Obolensky est plus jeune que moi et il se fait aussi militaire : quant à apprendre, je ne le pourrais pas maintenant, lorsque... – il s'arrêta, et ajouta, en rougissant jusqu'à la racine des cheveux : – lorsque la patrie est en danger !

– Voyons, voyons, assez de bêtises !

– Mais, papa, vous-même venez de dire que vous êtes prêt à tout sacrifier ?

– Pétia, tais-toi, – s'écria le comte, en jetant un coup d'œil inquiet à sa femme, qui, pâle et tremblante, regardait son fils cadet !

– Je vous répète, papa, et Pierre Kirilovitch vous dira...

– Je te dis que ce sont des bêtises ! Tu as encore le lait de ta nourrice au bout du nez, et tu veux déjà te faire militaire !... Folies ! folies ! je te le répète... » Et le comte se dirigea vers son cabinet, en emportant la proclamation, afin de s'en bien pénétrer encore une fois avant de faire sa sieste : « Pierre Kirilovitch, ajouta-t-il, venez avec moi, nous fumerons. »

Pierre, embarrassé et indécis, subissait l'influence des yeux de Natacha, qu'il n'avait jamais vus aussi brillants et aussi animés que dans ce moment.

« Mille remerciements... Je crois que je vais retourner chez moi.

– Comment, chez vous ? mais ne comptiez-vous pas passer la soirée ici ? Vous êtes devenu si rare !... Et cette enfant-là ? ajouta le comte avec bonhomie : elle ne s'anime qu'en votre présence.

– Oui, mais c'est que j'ai oublié... j'ai quelque chose à taire, à faire chez moi, murmura Pierre.

– Si c'est ainsi, alors, au revoir ! » dit le comte, et il sortit du salon.

– Pourquoi nous quittez-vous ? Pourquoi êtes-vous soucieux ? demanda Natacha à Pierre en le regardant en face.

– Parce que je t'aime ! aurait-il voulu pouvoir lui répondre ; mais il garda un silence embarrassé, et baissa les yeux.

– Pourquoi ? dites-le-moi, je vous en prie ? » poursuivit Natacha d'un ton décidé ; mais soudain elle se tut, et leurs regards se ren-

CHAPITRE IV

contrèrent confus et effrayés.

Pierre essaya en vain de sourire : son sourire exprimait la souffrance ; il lui prit la main, la baisa, et sortit sans proférer une parole : il venait de prendre la résolution, de ne plus remettre les
pieds chez les Rostow !

XXI

Pétia, après avoir été brusquement éconduit, s'enferma dans sa
chambre et y pleura à chaudes larmes, mais aucun des siens n'eut
l'air de remarquer qu'il avait les yeux rouges lorsqu'il reparut à
l'heure du thé.

L'Empereur arriva le lendemain. Quelques gens de la domesticité des Rostow demandèrent à leurs maîtres la permission d'aller
assister à son entrée. Pétia mit beaucoup de temps à s'habiller ce
matin-là, et fit son possible pour arranger ses cheveux et son col
à, la manière des grandes personnes ! Debout devant son miroir, il
faisait force gestes, haussait les épaules, fronçait les sourcils, et enfin, satisfait de lui-même, il se glissa hors de la maison par l'escalier
dérobé, sans souffler mot à qui que ce fût de ses projets.

Sa résolution était prise : il lui fallait trouver à tout prix l'Empereur, parler à un de ses chambellans (il s'imaginait qu'un Souverain
en était toujours entouré par douzaines), lui faire expliquer qu'il
était le comte Rostow, que, malgré sa jeunesse, il brûlait du désir
de servir sa patrie, et une foule d'autres belles choses qui, d'après
lui, devaient être d'un effet irrésistible sur l'esprit du chambellan
en question.

Bien qu'il comptât aussi beaucoup, pour assurer le succès de sa
démarche, sur sa figure d'enfant, et sur la surprise qu'elle ne manquerait pas de provoquer, il n'en cherchait pas moins, en arrangeant
ses cheveux et son col, à se donner l'apparence et la tournure d'un
homme fait. Mais plus il marchait, plus il s'intéressait au spectacle
de la foule qui se pressait autour des murs du Kremlin, et moins il
songeait à conserver le maintien des personnes d'un certain âge.

Force lui fut aussi de jouer des coudes pour ne pas se laisser par
trop bousculer. Quand il fut enfin à la porte de la Trinité, la foule,
qui ne pouvait deviner le but patriotique de sa course, l'accula si
bien contre la muraille, qu'il fut obligé de s'arrêter, pendant que des

voitures, à la suite l'une de l'autre, franchissaient la voûte en maçonnerie. À côté de Pétia, et refoulés comme lui, se tenaient une grosse femme du peuple, un laquais et un vieux soldat. L'impatience commençant à le gagner, il se décida à aller de l'avant, sans attendre la fin du défilé et essaya de se frayer un chemin en donnant une forte poussée à sa grosse voisine.

« Eh ! dis donc, mon petit Monsieur ! lui cria la voisine en l'interpellant d'un air furieux… Tu vois bien que personne ne bouge ! Où veux-tu donc te fourrer ?

– S'il ne faut que rosser les gens pour se faire faire place, c'est pas malin ! » dit le laquais en appliquant à Pétia un vigoureux coup de poing, qui l'envoya rouler dans un coin, d'où s'exhalaient des odeurs d'une nature plus que douteuse.

Le malheureux enfant essuya sa figure couverte de sueur, releva tant bien que mal son col, que la transpiration avait complètement défraîchi, et se demanda avec angoisse si, dans un pareil état, le chambellan ne l'empêcherait pas d'arriver jusqu'à l'Empereur. Il lui était impossible de sortir de cette maudite impasse et de réparer le désordre de sa toilette : il aurait pu sans doute s'adresser à un général que ses parents connaissaient, et dont la voiture venait de le frôler, mais il lui sembla que ce ne serait pas digne d'un homme comme lui, et, bon gré mal gré, il lui fallut se résigner à son triste sort !

Enfin la foule s'ébranla, en entraînant Pétia avec elle, et le déposa sur la place, encombrée de curieux. Il y en avait partout, et jusque sur les toits des maisons. Arrivé là, il put entendre à son aise la joyeuse sonnerie des cloches et le murmure confus du flot populaire qui envahissait chaque recoin de la vaste étendue.

Tout à coup les têtes se découvrirent, et le peuple se rua en avant. Pétia, à moitié écrasé, assourdi par des hourras frénétiques, faisait de vains efforts, en s'élevant sur la pointe des pieds, pour se rendre compte de la cause de ce mouvement.

Il ne voyait que des visages émus et exaltés : à côté de lui, une marchande pleurait à chaudes larmes.

« Mon petit père ! mon ange ! » s'écriait-elle en essuyant ses pleurs avec ses doigts. La foule, arrêtée une seconde, continua à avancer.

Pétia, entraîné par l'exemple, ne savait plus ce qu'il faisait : les dents

CHAPITRE IV

serrées, roulant les yeux d'un air furibond, il donnait des coups de poing à droite et à gauche, criait hourra comme les autres et paraissait tout prêt à exterminer ses semblables, qui, de leur côté, lui rendaient ses coups, en hurlant de toutes leurs forces. « Voilà donc l'Empereur ! se dit-il... Comment pourrais-je songer à lui adresser moi-même ma requête, ce serait trop de hardiesse ! » Néanmoins il continuait à se frayer un chemin, et il finit par entrevoir au loin un espace vide, tendu de drap rouge. La foule, dont les premiers rangs étaient contenus par la police, reflua en arrière ; l'Empereur sortait du palais et se rendait à l'église de l'Assomption. À ce moment, Pétia reçut dans les côtes une telle bourrade, qu'il en tomba à la renverse sans connaissance. Quand il reprit ses sens, il se trouva soutenu par un ecclésiastique, un sacristain sans doute, dont la tête presque chauve n'avait pour tout ornement qu'une touffe de cheveux gris descendant sur la nuque ; ce protecteur inconnu essayait, du bras qui lui restait libre, de le protéger contre de nouvelles poussées de la foule.

« On a écrasé un jeune seigneur, disait-il... faites donc attention... on l'a écrasé, bien sûr ! »

Lorsque l'Empereur eut disparu sous le porche de l'église, la foule se sépara, et le sacristain put traîner Pétia jusqu'au grand canon qu'on appelle « le Tsar », où il fut de nouveau presque étouffé par la masse compacte de gens, qui le prenant en compassion, lui déboutonnaient son habit, tandis que d'autres le soulevaient jusque sur le piédestal où était placé le canon, sans cesser d'injurier ceux qui l'avaient mis dans cet état. Pétia ne tarda pas à se remettre, les couleurs lui revinrent et ce désagrément passager lui valut une excellente place sur le socle du formidable engin. De là il espérait apercevoir l'Empereur ; mais il ne songeait plus à sa demande : il n'avait plus qu'un désir, celui de le voir !... Alors seulement il serait heureux !

Pendant la messe, suivie d'un Te Deum chanté à l'occasion de l'arrivée de Sa Majesté et de la conclusion de la paix avec la Turquie, la foule s'éclaircit : les vendeurs de kvass, de pain d'épice, de graines de pavot, que Pétia aimait par-dessus tout, se mirent à circuler, et des groupes se formèrent sur tous les points de la place. Une marchande déplorait l'accroc fait à son châle et disait combien il lui avait coûté, pendant qu'une autre assurait que les soieries seraient bientôt hors de prix. Le sacristain, le sauveur de Pétia, discutait avec un fonctionnaire civil sur les personnages qui officiaient ce jour-là avec Son Éminence. Deux jeunes bourgeois plaisantaient avec deux jeunes filles, en grignotant des noisettes. Toutes ces conversations, surtout celles des jeunes gens et des jeunes filles, qui dans d'autres circonstances n'auraient pas manqué d'intéresser Pétia, le laissaient complètement indifférent ; assis sur le piédestal de son canon, il était tout entier à son amour pour son Souverain, et l'exaltation passionnée qui succédait chez lui à la peur et à la douleur physique qu'il venait d'éprouver, donnait une émouvante solennité à cet instant de sa vie.

Des coups de canon retentirent soudain sur le quai : la foule y courut aussitôt, pour voir comment et d'où l'on tirait, Pétia voulut en faire autant, mais il en fut empêché par le sacristain qui l'avait pris sous sa protection. Les canons grondaient toujours, lorsque des officiers, des généraux, des chambellans, sortirent précipitamment de l'église ; on se découvrit à leur vue, et les badauds qui avaient couru du côté du quai revinrent en toute hâte. Quatre militaires, en brillant uniforme et chamarrés de grands cordons, apparurent enfin.

« Hourra ! hourra ! hurla la foule.

– Où est-il ? où est-il ? » demanda Pétia d'une voix haletante, mais personne ne lui répondit : l'attention était trop tendue. Choisissant alors au hasard un des quatre militaires que ses yeux pleins de larmes pouvaient à peine distinguer, et concentrant sur lui tous les transports de son jeune enthousiasme, il lui lança un formidable hourra, en se jurant mentalement qu'en dépit de tous les obstacles il serait soldat !

La foule s'ébranla de nouveau à la suite de l'Empereur, et, après l'avoir vu rentrer au palais, se dispersa peu à peu. Il était tard. Bien que Pétia fût à jeun, et que la sueur lui coulât du front à grosses gouttes, il ne lui vint même pas à l'idée de retourner chez lui, et il resta planté devant le palais au milieu d'un petit groupe de flâneurs ; il attendait ce qui allait se passer, sans trop savoir ce que ce pourrait être, et il portait envie non seulement aux grands dignitaires qui descendaient de leurs voitures pour aller s'asseoir à la table impériale, mais encore aux fourriers qu'il vit ensuite passer et repasser derrière les croisées pour leur service. Pendant le ban-

quet, Valouïew, jetant un regard sur la place, fit observer que le
peuple paraissait désirer revoir encore Sa Majesté.

Le repas terminé, l'Empereur, qui finissait de manger un biscuit,
sortit sur le balcon. Le peuple l'acclama aussitôt, en criant de nouveau à pleins poumons :

« Notre père ! notre ange ! hourra !... » Et les femmes, et les bourgeois, et Pétia lui-même, se remirent à pleurer d'attendrissement.
Un morceau du biscuit que l'Empereur tenait à la main, étant venu
à glisser entre les barreaux du balcon, tomba à terre aux pieds
d'un cocher ; le cocher le ramassa, et quelques-uns de ses voisins
se ruèrent sur l'heureux possesseur du biscuit pour en avoir leur
part ! L'Empereur, l'ayant remarqué, se fit donner une pleine as-
siettée de biscuits, et les jeta au peuple. Les yeux de Pétia s'injec-
tèrent de sang, et, malgré la crainte d'être écrasé une seconde fois,
il se précipita à son tour pour attraper à tout prix un des gâteaux
qu'avait touchés la main du Tsar. Pourquoi ? il n'en savait rien, mais
il le fallait ! Il courut, renversa une vieille femme qui était sur le
point d'en saisir un, et, malgré ses gestes désespérés, parvint à l'atteindre avant elle ; il lança un hourra formidable, d'une voix, hélas ! fortement enrouée. L'Empereur se retira, et la foule finit par
se disperser.

« Tu vois que nous avons bien fait d'attendre, » se disaient joyeusement entre eux les spectateurs, en s'éloignant.

Si heureux qu'il fût, Pétia était mécontent de rentrer, et de penser
que le plaisir de la journée était fini pour lui. Aussi préféra-t-il aller
retrouver son ami Obolensky, lequel était de son âge, et à la veille
de partir pour l'armée. De là il fut pourtant obligé de regagner la
maison paternelle ; à peine arrivé, il déclara solennellement à ses
parents qu'il s'échapperait, si on ne le laissait pas agir à sa guise.
Le vieux comte céda ; mais, avant de lui accorder une autorisation formelle, il alla le lendemain même s'informer, auprès de gens
compétents, où et comment il pourrait le faire entrer au service,
sans trop l'exposer au danger.

XXII

Dans la matinée du 15 juillet, trois jours après les événements que
nous venons de raconter, de nombreuses voitures stationnaient

devant le palais Slobodski.

Les salles étaient pleines de monde : dans l'une d'elles se trouvait la noblesse ; dans l'autre, les marchands médaillés. La première était très animée. Autour d'une immense table placée devant le portrait en pied de l'Empereur, siégeaient, sur des chaises à dossier élevé, les grands seigneurs les plus marquants, tandis que les autres circulaient en causant dans la salle.

Les uniformes, tous à peu près du même type, dataient, les uns de Pierre le Grand, les autres de Catherine ou de Paul, les plus récents du règne actuel, et donnaient un aspect bizarre à tous ces personnages, que Pierre connaissait plus ou moins, pour les avoir rencontrés soit au club, soit chez eux. Les vieux surtout frappaient étrangement le regard : édentés pour la plupart, presque aveugles, chauves, engoncés dans leur obésité, ou maigres et ratatinés comme des momies, ils restaient immobiles et silencieux, ou bien, s'ils se levaient, ils ne manquaient jamais de se heurter contre quelqu'un. Les expressions de physionomie les plus opposées se lisaient sur leurs visages : chez les uns, c'était l'attente inquiète d'un grand et solennel événement ; chez les autres, le souvenir béat et placide de leur dernière partie de boston, de l'excellent dîner, si bien réussi par Pétroucha le cuisinier, ou de quelque autre incident, tout aussi important, de leur vie habituelle.

Pierre, qui avait endossé avec peine, dès le matin, son uniforme de noble, devenu trop étroit, se promenait dans la salle, en proie à une violente émotion. La convocation simultanée de la noblesse et des marchands (de vrais états généraux) avait réveillé en lui toutes ses anciennes convictions sur le Contrat social et la Révolution française ; car, s'il les avait oubliées depuis longtemps, elles n'en étaient pas moins profondément enracinées dans son âme. Les paroles du manifeste impérial où il était dit que l'Empereur viendrait « délibérer » avec son peuple, le confirmaient dans sa manière de voir, et, convaincu que la réforme espérée par lui depuis de longues années allait enfin s'accomplir, il écoutait avidement tout ce qui se disait autour de lui, sans y rien trouver cependant de ses propres pensées.

La lecture du manifeste fut acclamée avec enthousiasme, et l'on se sépara en causant. En dehors des sujets habituels de conversation, Pierre entendit discuter sur la place réservée aux maréchaux de noblesse à l'entrée de Sa Majesté, sur le bal à lui offrir, sur l'urgence de se diviser par districts ou par gouvernements, etc. ; mais dès qu'on touchait à la guerre, et au but essentiel de la réunion, les discours devenaient vagues et confus, et la majorité se renfermait dans un silence prudent.

Un homme entre deux âges, encore bien de figure, en uniforme de marin retraité, parlait assez haut à quelques personnes qui s'étaient groupées avec Pierre autour de lui pour mieux l'entendre. Le comte Ilia Andréïévitch, revêtu de son caftan du règne de Catherine, marchait en souriant au milieu de la foule, où il comptait de nombreux amis. Il s'arrêta également devant l'orateur, et l'écouta avec satisfaction, en manifestant son approbation par des signes de tête. Il était facile de voir, à la physionomie de ceux qui entouraient l'orateur, qu'il s'exprimait avec hardiesse ; aussi les gens paisibles et timorés ne tardèrent-ils pas à s'en éloigner peu à peu, en haussant imperceptiblement les épaules. Pierre, au contraire, découvrait dans son discours un libéralisme peu conforme sans doute à celui dont il faisait lui-même profession, mais qui ne lui en était pas moins agréable pour cela. Le marin grasseyait en parlant, et le timbre de sa voix, quoique agréable et mélodieux, trahissait toutefois l'habitude des plaisirs de la table et du commandement.

« Que nous importe, disait-il, que les habitants de Smolensk aient proposé à l'Empereur de former des milices ! Leur décision, fait-elle loi pour nous ? Si la noblesse de Moscou le trouve nécessaire, elle a d'autres moyens à sa disposition pour lui témoigner son dévouement. Nous n'avons pas encore oublié les milices de 1807 !... Les voleurs et les pillards y ont seuls trouvé leur compte. »

Le comte Rostow continuait à sourire d'un air d'assentiment.

« Les milices ont-elles, je vous le demande, rendu des services à la patrie ? Aucun. Elles ont ruiné nos campagnes, voilà tout ! Le recrutement est préférable : autrement, ce n'est ni un soldat ni un paysan qui vous reviendra, ce sera la corruption même !... – La noblesse ne marchande pas sa vie : nous irons tous, s'il le faut, nous amènerons des recrues, et que l'Empereur nous dise un mot, nous mourrons tous pour lui ! » conclut l'orateur, avec un geste plein d'énergie.

Le comte Rostow, au comble de l'émotion, poussait Pierre du coude ; celui-ci, éprouvant le désir de parler à son tour, fit un pas en avant, sans savoir lui-même au juste ce qu'il allait dire. Il avait à peine ouvert la bouche, qu'un vieux sénateur, d'une physionomie intelligente, prit la parole avec l'irritation et l'autorité d'un homme habitué à discuter et à diriger les débats : il parlait doucement mais nettement.

« Je crois, monsieur, dit-il en commençant, que nous ne sommes point appelés ici pour juger quelle serait dans l'intérêt de l'Empire la mesure la plus opportune à prendre, le recrutement ou la milice... Nous devons répondre à la proclamation dont nous a honorés notre Souverain, et laisser au pouvoir suprême le soin de décider entre le recrutement et... »

Pierre l'interrompit : il venait de trouver une issue à son agitation dans la colère qu'excitaient en lui les vues étroites et par trop légales du sénateur au sujet des devoirs de la noblesse, et, sans se rendre compte à l'avance de la portée de ses expressions, il se mit à parler avec une vivacité fébrile, en entrecoupant son discours de phrases françaises et de phrases russes trop littéraires.

« Veuillez m'excuser, Excellence, dit-il en s'adressant au sénateur (quoiqu'il le connût intimement, il croyait bien faire en cette circonstance de prendre le ton officiel). Bien que je ne partage pas la manière de voir de Monsieur, – poursuivit-il avec hésitation, et il brûlait du désir de dire « du très honorable préopinant », mais il se borna à ajouter « de Monsieur, que je n'ai pas l'honneur de connaître, – je suppose que la noblesse est non seulement appelée à exprimer sa sympathie et son enthousiasme, mais aussi à « délibérer » sur les mesures qui pourraient être utiles à la patrie. Je suppose aussi que l'Empereur lui-même serait très mécontent de ne trouver en nous que des propriétaires de paysans, que nous offririons avec nos personnes en guise de... chair à canon, alors que nous aurions pu être pour lui un appui et un conseil. »

Plusieurs membres de la réunion, effrayés de la hardiesse de ces paroles et du sourire méprisant de l'Excellence, se détachèrent du groupe ; le comte Rostow seul approuvait le discours de Pierre, car il entrait dans ses habitudes de donner toujours la préférence au dernier interlocuteur.

« Avant de discuter ces questions, reprit Pierre, nous devons demander respectueusement à Sa Majesté de daigner nous communiquer le chiffre exact de nos troupes, la situation de nos armées, et alors... »

Il ne put continuer. Assailli de trois côtés à la fois par de violentes interruptions, il se vit obligé d'en rester là de sa péroraison. Le plus virulent de ses interlocuteurs était un certain Etienne Stépanovitch Adrakcine, un de ses partenaires habituels au boston, très bien disposé pour lui, d'ailleurs, quand il s'agissait d'une partie de jeu, mais méconnaissable aujourd'hui, peut-être à cause de son uniforme, ou peut-être aussi à cause de la colère qui paraissait l'animer.

« Je vous ferai d'abord observer, s'écria-t-il avec emportement, que nous n'avons pas le droit d'adresser cette demande à l'Empereur, et quand bien même la noblesse russe aurait ce droit, l'Empereur ne pourrait y répondre, car la marche de nos armées est subordonnée aux mouvements de l'ennemi, et le nombre de leurs soldats aux exigences stratégiques...

– Ce n'est pas le moment de discuter, il faut agir ! » reprit un autre personnage, que Pierre avait rencontré autrefois chez les Bohémiens ; ce personnage jouissait au jeu d'une réputation plus que douteuse ; lui aussi, l'uniforme l'avait complètement métamorphosé...

– La guerre est en Russie, l'ennemi s'avance pour anéantir le pays, pour profaner la tombe de nos pères, pour emmener nos femmes et nos enfants (ici l'orateur se frappa la poitrine)... Nous nous lèverons tous, nous irons tous défendre le Tsar, notre père !... Nous autres Russes, nous ne ménagerons pas notre sang pour la défense de notre foi, du trône et du pays... Si nous sommes de vrais enfants de notre patrie bien-aimée, mettons de côté les rêvasseries... Nous montrerons à l'Europe comment la Russie sait se lever en masse ! »

L'orateur fut chaleureusement applaudi, et le comte Ilia Andréïévitch se joignit de nouveau à ceux qui témoignaient hautement leur satisfaction.

Pierre aurait volontiers déclaré que lui aussi se sentait prêt à tous les sacrifices, mais qu'avant tout il était urgent de connaître la véritable situation des choses, afin de pouvoir y porter remède. On ne lui en laissa pas le temps : on criait, on hurlait, on l'interrompait à chaque mot, on se détournait même de lui comme d'un ennemi ; les groupes se formaient, se séparaient et se rapprochaient tour à tour, et finirent par retourner dans la grande salle, en parlant tous à la fois avec une surexcitation indicible. Leur émotion ne provenait pas, comme on aurait pu le croire, de l'irritation causée par les paroles de Pierre, déjà oubliées, mais de ce besoin instinctif qu'éprouve la foule de donner un objectif visible et palpable à son amour ou à sa haine ; aussi, dès ce moment, le malheureux Pierre devint-il la bête noire de la réunion. Plusieurs discours, dont quelques-uns étaient pleins d'esprit et fort bien tournés, succédèrent à celui du marin en retraite, et furent vivement applaudis.

Le rédacteur du *Messager russe*, Glinka, déclara que « l'enfer devait être repoussé par l'enfer... Nous ne devons pas, disait-il, nous borner, comme des enfants, à sourire aux éclairs et aux roulements du tonnerre ! »

« Oui, oui, c'est bien ça !... Nous ne devons pas nous contenter de sourire aux éclairs et aux roulements du tonnerre, » répétait-on jusque dans les derniers rangs de l'auditoire avec une approbation marquée et bruyante, pendant que les vieux dignitaires, assis béatement autour de la grande table, se regardaient entre eux, regardaient le public, et laissaient voir tout simplement sur leur physionomie qu'ils avaient terriblement chaud ! Pierre, très ému, sentait qu'il avait fait fausse route, mais il ne renonçait pas pour cela à ses convictions ; aussi le désir de se justifier, et le désir plus grand encore de montrer que lui aussi, à cette heure solennelle, était prêt à tout, le décida à essayer encore une fois de se faire écouter :

« J'ai dit, s'écria-t-il avec force, que les sacrifices seraient plus faciles lorsqu'on connaîtrait les besoins... ! » Mais personne ne l'écoutait plus, et sa voix fut couverte par le brouhaha général.

Seul un petit vieux se pencha un instant vers lui, mais il se détourna aussitôt, attiré par les exclamations qui partaient d'un point opposé.

« Oui, Moscou sera livré !... Moscou sera notre libérateur !

– Il est l'ennemi du genre humain !...

– Je demande la parole...

– Faites donc attention, Messieurs, vous m'écrasez ! » criait-on à la fois de tous les côtés.

XXIII

À ce moment, le comte Rostoptchine, portant l'uniforme de général, avec un cordon en sautoir, fit son entrée dans la salle, et la foule se recula devant lui. Des yeux perçants et un menton des plus accusés accentuaient tout particulièrement son visage.

« Sa Majesté l'Empereur va arriver, dit-il. Je pense que dans les circonstances actuelles il n'y a pas de temps à perdre en discussions : l'Empereur a daigné nous réunir, nous et les marchands. Des millions lui seront versés de là-bas, ajouta-t-il en indiquant la salle où étaient les marchands… Quant à nous, nous devons offrir la milice et ne pas nous ménager… C'est le moins que nous puissions faire ! »

Les vieux seigneurs, assis autour de la table, se consultèrent à voix basse, des groupes se formèrent, se consultèrent de leur côté, et chacun donna ensuite son opinion.

« Je consens, disait l'un.

– Je partage votre avis, » répondait un autre, pour ne pas dire absolument la même chose, et ces voix grêles de vieillards, s'élevant une à une dans le silence après le bruit de tout à l'heure, produisaient un effet étrange et presque mélancolique.

Le secrétaire reçut l'ordre d'écrire la résolution suivante : « La noblesse de Moscou, à l'exemple de celle de Smolensk, offre dix hommes sur mille, avec leur équipement complet. »

Les vieux, comme s'ils étaient heureux de s'être déchargés d'un lourd fardeau, se levèrent en repoussant leurs sièges avec bruit, et en étirant leurs jambes engourdies…, et, saisissant au passage la première connaissance venue, ils se mirent à se promener bras dessus, bras dessous, en causant de choses et d'autres.

« L'Empereur ! l'Empereur ! » s'écria-t-on soudain, et la foule se précipita vers la sortie. Sa Majesté traversa la grande salle entre deux haies de curieux qui s'inclinaient devant lui, d'un air respectueux et inquiet à la fois. Pierre entendit l'Empereur dépeindre le danger qui menaçait l'État, et exprimer les espérances qu'il fondait sur la noblesse. On lui communiqua en réponse la résolution que venait de prendre la noblesse de Moscou.

« Messieurs, reprit le Souverain d'une voix émue, je n'ai jamais douté du dévouement de la noblesse russe, mais en ce jour il a dépassé mon attente. Je vous remercie au nom de la patrie, Messieurs… Agissons de concert, le temps est précieux ! » L'Empereur se tut, on se pressa autour de lui, et on l'acclama avec enthousiasme.

« Oui, oui, c'est bien ça !... Il n'y a de précieux que la parole du Souverain ! » répétait en pleurant le comte Ilia Andréïévitch, qui n'avait rien entendu et comprenait tout à sa façon.

De la salle de la noblesse, l'Empereur passa dans celle des marchands, et y resta une dizaine de minutes. Pierre le vit sortir de là, les yeux pleins de larmes d'attendrissement ; on sut plus tard qu'en leur parlant il avait pleuré et achevé son discours d'une voix tremblante. Deux marchands l'accompagnaient : Pierre en connaissait un, un gros fermier d'eau-de-vie ; l'autre était le maire, dont la figure maigre et jaune se terminait par une barbe pointue ; tous deux pleuraient, le gros fermier surtout sanglotait comme un enfant, en répétant :

« Notre vie, notre fortune, prenez-les, Sire ! »

Pierre, en attendant, ne pensait plus qu'à une chose, au désir de montrer que rien ne lui coûterait en fait de sacrifices, et, se reprochant amèrement son discours à tendances constitutionnelles, il chercha de nouveau le moyen de le faire oublier. Apprenant que le comte Mamonow offrait tout un régiment, il déclara, séance tenante, au comte Rostoptchine qu'il fournirait mille hommes, et en plus se chargerait de leur entretien.

Le vieux comte Rostow raconta à sa femme en pleurant ce qui s'était passé, et, donnant enfin son consentement formel à Pétia, il alla lui-même l'inscrire sur les contrôles du régiment des hussards.

Le lendemain, l'Empereur quitta la ville ; les nobles de Moscou ôtèrent leurs uniformes, rentrèrent dans leurs habitudes, reprirent leurs places chez eux et au club, et ordonnèrent à leurs intendants respectifs, non sans geindre quelque peu, et en s'étonnant eux-mêmes de ce qu'ils avaient voté, de prendre les mesures nécessaires pour former les milices.

CHAPITRE IV

CHAPITRE V

I

Pourquoi Napoléon faisait-il la guerre à la Russie ? Parce qu'il était écrit qu'il irait à Dresde, qu'il aurait la tête tournée par la flatterie, qu'il mettrait un uniforme polonais, qu'il subirait l'influence enivrante d'une belle matinée de juin, et enfin qu'il se laisserait emporter par la colère en présence de Kourakine d'abord, et de Balachow ensuite.

Alexandre, se sentant personnellement offensé, se refusait à toute négociation ; Barclay de Tolly mettait tous ses soins à bien commander son armée, afin de remplir son devoir et de conquérir la réputation d'un grand capitaine ; Rostow s'était lancé à la poursuite des Français, parce qu'il n'avait pu résister au désir de faire un bon temps de galop sur une plaine unie…, et c'est ainsi qu'agissaient, en conséquence de leurs dispositions particulières, de leurs habitudes, de leurs désirs, les individus qui prenaient part à cette guerre mémorable. Leurs appréhensions, leurs vanités, leurs joies, leurs critiques ; tous ces sentiments, provenant de ce qu'ils croyaient être leur libre arbitre, étaient les instruments inconscients de l'histoire, et travaillaient, à leur insu, au résultat dont aujourd'hui seulement on peut se rendre compte. Tel est le sort invariable de tous les agents exécuteurs, d'autant moins libres dans leur action qu'ils sont plus élevés dans la hiérarchie sociale.

Aujourd'hui les hommes de 1812 ont depuis longtemps disparu : leurs intérêts du moment n'ont laissé aucune trace, les effets historiques de cette époque nous sont seuls visibles, et nous comprenons comment la Providence a fait concourir chaque individu, agissant dans des vues personnelles, à l'accomplissement d'une œuvre colossale, dont ni eux ni même Alexandre et Napoléon n'avaient certainement l'idée.

Il serait oiseux, à l'heure qu'il est, de discuter sur les causes qui ont amené les désastres des Français : ce sont évidemment, d'un côté, leur entrée en Russie dans une saison trop avancée, et l'absence de tous préparatifs pour une campagne d'hiver, et, de l'autre, le caractère même imprimé à la guerre par l'incendie des villes et l'excitation à la haine de l'ennemi chez le peuple russe. Une armée de 800 000 hommes, la meilleure du monde, ayant à sa tête le plus grand capitaine et devant elle un ennemi deux fois plus faible, guidé par des généraux inexpérimentés, ne devait et ne pouvait succomber que par l'action de ces deux causes. Mais ce qui nous frappe aujourd'hui, ne frappait pas les contemporains, et les efforts des Russes et des Français tendaient au contraire à paralyser constamment leurs seules chances de salut.

Dans les ouvrages historiques sur l'année 1812, les auteurs français se donnent beaucoup de mal pour prouver que Napoléon se rendait compte du danger qu'il y avait pour lui, en faisant cette campagne, à s'étendre dans l'intérieur du pays, qu'il cherchait à livrer bataille, que ses maréchaux l'engageaient à s'arrêter à Smolensk... etc... etc... Les auteurs russes, de leur côté, appuient avec autant de force sur le plan arrêté, d'après eux, dès le début de l'invasion, et destiné à attirer, à la façon des Scythes, Napoléon au cœur même de l'Empire, et ils produisent, à l'appui de leur opinion, bon nombre de suppositions et de déductions tirées des événements qui se passaient à cette époque ; mais ces suppositions et ces déductions appartiennent évidemment à la catégorie des « on dit » sans valeur sérieuse, que l'historien ne saurait admettre sans s'écarter de la vérité, et tous les faits sont là pour les démentir.

Que voyons-nous en effet tout d'abord ? Nos armées sans communications entre elles, cherchant à se réunir, bien que : cette réunion n'offre aucun avantage, à supposer surtout que l'on eût songé à attirer l'ennemi dans l'intérieur du pays ; le camp de Drissa fortifié d'après la théorie de Pfuhl, dans l'idée bien arrêtée de ne pas se retirer au delà ; l'Empereur suivant l'armée, non pas pour opérer une retraite, mais pour exciter les soldats par sa présence, et défendre chaque pouce de terrain contre l'invasion étrangère, et adressant de violents reproches au général en chef qui continue à se retirer. Comment alors aurait-il pu imaginer un moment que Moscou serait incendié, ou même que l'ennemi fût déjà entré à Smolensk ? Aussi son irritation éclate-t-elle quand il apprend qu'aucune grande bataille n'a été livrée, malgré la jonction des deux armées, et que Smolensk est pris et brûlé ! Les militaires et le peuple s'indignent également de cette retraite continue... et pendant ce temps les faits s'accomplissent, non par hasard ou en vertu d'un plan auquel personne ne croit, mais en conséquence des intrigues, des désirs et des efforts de toutes sortes, de ceux qui agissent dans leur propre intérêt ou sans préméditation.

Que faisons-nous cependant ? Nous cherchons à concentrer nos deux armées avant de livrer bataille, et à cet effet nous nous retirons jusqu'à Smolensk, en entraînant les Français à notre suite ; mais cette manœuvre n'a pas le résultat désiré, parce que Barclay de Tolly est un Allemand impopulaire, parce que Bagration, qui commande la seconde armée, et qui le déteste, ne tient pas à se trouver sous les ordres d'un inférieur, et retarde, autant que possible, cette jonction de nos forces. Quant à la présence de l'Empereur, au lieu de faire naître l'enthousiasme, elle fomente la discorde et détruit toute unité d'action : Paulucci, qui ambitionne le grade de général, parvient à l'influencer ; le plan de Pfuhl est abandonné, et la direction de l'ensemble des opérations est remise à Barclay de Tolly, dont on limite cependant le pouvoir, à cause du peu de confiance qu'il inspire. Grâce à ces divisions intestines, à ces rivalités, à l'impopularité du général en chef, il devient impossible de livrer un combat décisif, et pendant que l'irritation générale s'en accroît, et avec elle la haine des Allemands, le sentiment patriotique se réveille de tous côtés avec violence.

L'Empereur quitte enfin l'armée, sous le prétexte, le seul et le meilleur qu'on ait pu trouver, de chauffer à blanc l'enthousiasme du peuple dans les deux capitales, et son séjour inattendu à Moscou contribue puissamment à organiser la résistance future du pays.

Bien que l'Empereur ne soit plus là, la position du commandant en chef se complique de jour en jour : Bennigsen, le grand-duc et un essaim de généraux restent auprès de lui, afin de surveiller ses actes et de soutenir au besoin son énergie, mais Barclay de Tolly, se sentant de plus en plus sous la surveillance incessante des « *yeux de l'Empereur* », n'en devient que plus prudent et évite toute bataille.

Sa prudence est blâmée par le césarévitch, qui va jusqu'à parler de trahison à mots couverts, et qui exige un engagement immédiat. Lubomirsky, Bronnitzky, Vlotzky et d'autres en font tant de bruit, que, sous prétexte de documents importants à remettre à l'Empereur, Barclay renvoie peu à peu les aides de camp généraux polonais, et entre en lutte ouverte avec le grand-duc et Bennigsen.

Enfin, et malgré l'opposition de Bagration, les armées se réunissent à Smolensk.

Bagration arrive en voiture à la maison occupée par Barclay de Tolly, qui met son écharpe pour le recevoir, et pour faire son rapport à son ancien en grade. Bagration, dans un élan patriotique d'abnégation, se soumet à Barclay, ce qui ne l'empêche pas d'avoir un avis complètement opposé au sien. Il correspond directement avec l'Empereur, selon les ordres de Sa Majesté, et écrit ceci à Araktchéïew : « Malgré le désir de mon Souverain, je ne puis rester plus longtemps avec le ministre (c'est ainsi qu'il nommait Barclay). Au nom de Dieu, envoyez-moi n'importe où ; donnez-moi un régiment à commander, mais, de grâce, tirez-moi d'ici ; le quartier général est plein d'Allemands, qui rendent la vie impossible aux Russes ; c'est un gâchis complet. Je croyais servir l'Empereur et la patrie, mais il se trouve que je ne sers que Barclay. Je vous avoue que je m'y refuse. » Les Bronnitzky et les Wintzingerode continuent à semer la zizanie entre les commandants en chef, et à empêcher par suite toute unité de vues. On se prépare à attaquer les Français devant Smolensk ; on envoie un général pour examiner la position, et ce général, ennemi de Barclay, passe la journée chez un des commandants de corps, et critique, en revenant, le champ de bataille, qu'il n'a pas même vu.

Pendant que l'on intrigue et que l'on discute sur le terrain où doit avoir lieu l'engagement, et qu'on cherche à découvrir où sont les Français, ceux-ci tombent sur la division de Névérovsky, et arrivent sous les murs mêmes de Smolensk.

Il n'y a plus à hésiter : pour sauver nos communications, il faut accepter, bon gré, mal gré, le combat. Il est livré : des milliers d'hommes tombent des deux côtés, et Smolensk est abandonné, en dépit de la volonté souveraine et du désir du peuple ! La ville est brûlée par ses habitants, que le gouverneur a trompés. Ruinés, et ne pensant qu'à leurs malheurs personnels, ils vont à Moscou servir d'exemples à leurs frères, et les exciter à la haine de l'ennemi. Pendant ce temps nous continuons notre retraite, et Napoléon continue de son côté à s'avancer en triomphateur, sans se douter du danger qui le menace... et c'est ainsi que se décident, contre toute attente, et sa perte et notre salut !

II

Le lendemain du départ du prince André, le prince Bolkonsky fit

CHAPITRE V

appeler sa fille :

« Te voilà, je l'espère, satisfaite ; tu m'as brouillé avec André, c'est ce que tu voulais : quant à moi, j'en suis triste et affligé ; je suis vieux, je suis faible, je suis seul… mais c'est ce que tu voulais… Va-t'en ! » Il la renvoya sur ces paroles, et il se passa une semaine sans qu'elle le vît, car il tomba malade et ne quitta pas son cabinet.

La princesse Marie remarqua, à sa grande surprise, que Mlle Bourrienne n'y avait plus ses entrées comme autrefois : son père n'acceptait plus que les soins du vieux Tikhone.

Au bout de huit jours, il se remit, reprit son existence habituelle, s'occupa avec une nouvelle activité de ses constructions et de ses jardins, et dès ce moment son intimité avec Mlle Bourrienne cessa complètement ! Toujours froid et dur avec sa fille, il semblait lui dire : « Tu m'as calomnié auprès d'André, tu m'as brouillé avec lui à cause de cette Française, et tu vois bien que je n'ai besoin de personne, pas plus d'elle que de toi ! »

La princesse Marie passait une partie de la journée chez le petit Nicolas, assistait à ses leçons, lui en donnait elle-même, et causait avec Dessalles : elle consacrait le reste du temps à lire, à causer avec sa vieille bonne, et avec les pèlerins, qui continuaient à venir la voir en passant par l'escalier dérobé.

Elle songeait à la guerre, comme y songent les femmes : elle craignait pour son frère, elle déplorait la cruauté des hommes qui s'égorgeaient les uns les autres, sans accorder toutefois à cette dernière plus d'importance qu'aux précédentes. Dessalles, qui en suivait la marche avec un vif intérêt, lui exposait cependant de temps à autre ses opinions, et la tenait au courant des nouvelles. De leur côté, les « pèlerins » lui faisaient part de leurs terreurs, lui racontaient à leur façon la venue de l'Antéchrist personnifié dans Napoléon, et la belle Julie, devenue princesse Droubetzkoï, lui écrivait des lettres pleines d'un patriotisme exalté.

« Je vous écris en russe, ma chère amie, car je hais les Français, et leur langue, que je ne puis plus entendre parler ! Nous sommes à Moscou, et tout le monde y est d'un enthousiasme indescriptible pour notre Empereur adoré.

« Mon pauvre mari supporte la faim et les privations dans de sales trous où il n'y a que des Juifs, et les nouvelles que j'en reçois ajoutent encore à mon exaltation.

« Vous aurez entendu parler de l'héroïque exploit de Raïevsky, embrassant ses deux fils et leur disant : « Je mourrai avec vous, mais nous ne faillirons pas !... » Et en vérité, quoique l'ennemi fût deux fois plus nombreux, nous n'avons pas failli ! Nous passons le temps comme nous pouvons... à la guerre comme à la guerre ! Les princesses Aline et Sophie viennent chaque jour chez moi, et nous causons alors, pauvres veuves de paille que nous sommes, sur des sujets édifiants, en préparant de la charpie. Vous seule, mon amie, vous me manquez, » etc... etc...

Si la princesse Marie ne se rendait pas suffisamment compte de l'importance extrême des derniers événements, la faute en était à son père, qui ne lui en parlait jamais : il faisait semblant de les ignorer, et se moquait, à table, de Dessalles et de ses nouvelles à sensation ; son ton assuré et calme inspirait à sa fille une confiance aveugle, et, sans réfléchir, elle croyait à tout ce qu'il disait.

Plein d'activité et d'énergie, il dessina pendant le mois de juillet un nouveau jardin, et posa la première pierre d'une nouvelle habitation pour sa nombreuse domesticité. Un symptôme inquiétait cependant la princesse Marie : il dormait peu, et changeait de chambre chaque nuit ; il faisait placer son lit de camp tantôt dans la galerie, tantôt dans la salle à manger, ou bien, s'établissant dans un fauteuil du salon, il sommeillait, au son de la voix du petit domestique Pétroucha, qui avait remplacé Mlle Bourrienne comme lecteur.

Le premier du mois d'août, il reçut une lettre de son fils, qui lui avait déjà écrit pour le supplier de lui pardonner, et d'oublier ce qu'il s'était permis de lui dire ; le vieux prince avait répondu par quelques mots affectueux. Dans cette seconde missive, le prince André lui racontait en détail l'occupation de Vitebsk par les Français et les incidents de la campagne, lui en donnait même le plan, avec toutes les combinaisons qu'il pouvait ultérieurement entraîner, et terminait en l'engageant vivement à s'éloigner du théâtre de la guerre, qui se rapprochait de plus en plus de Lissy-Gory, et à se retirer à Moscou.

Dessalles, auquel on venait d'apprendre que les Français étaient à Vitebsk, s'empressa de l'annoncer, à table, au vieux prince, qui se souvint alors seulement de la lettre de son fils.

CHAPITRE V

« J'ai eu une lettre du prince André ce matin, dit-il en se tournant vers sa fille, l'as-tu lue ?

– Non, mon père, » répondit-elle effrayée. Comment en effet aurait-elle pu lire une lettre dont elle avait même ignoré l'arrivée ?

« Il m'écrit au sujet de cette guerre, » poursuivit son père, en souriant avec dédain, comme toujours, lorsqu'il abordait ce sujet.

« Elle doit être fort intéressante, dit Dessalles ; le prince est à même de savoir...

– Oh ! sûrement, s'écria Mlle Bourrienne.

– Allez me la chercher, dit le vieux prince : elle est sur la petite table, sous le presse-papiers. »

Mlle Bourrienne se leva avec un empressement marqué.

« Non, non ! reprit-il en fronçant les sourcils. Allez-y, vous, Michel Ivanovitch !... » Michel Ivanovitch obéit, mais à peine eut-il quitté la chambre, que le prince se leva avec impatience, et jetant sa serviette sur la table :

« Il ne trouve jamais rien, et il me mettra tout en désordre ! » murmura-t-il en sortant vivement. La princesse Marie, Mlle Bourrienne et le petit Nicolas se regardèrent en silence : le vieux prince, suivi de Michel Ivanovitch, revint bientôt, rapportant avec lui le plan de la nouvelle construction et la lettre de son fils : il les posa à côté de son assiette, et le dîner s'acheva sans qu'il fît la lecture de la lettre.

Lorsqu'ils furent au salon, il la donna à sa fille, qui, après l'avoir lue à haute voix, regarda son père : celui-ci, absorbé dans la contemplation de son plan, semblait n'avoir rien entendu.

« Que pensez-vous de tout cela, prince ? lui demanda timidement Dessalles.

– Moi ? moi ? dit le prince brusquement, sans lever les yeux.

– Il serait possible que le théâtre de la guerre se rapprochât de nous, poursuivit Dessalles.

– Ha ! ha ! ha ! le théâtre de la guerre ? répliqua le prince. Je l'ai dit et je le répète : le théâtre de la guerre est en Pologne, et l'ennemi n'ira jamais plus loin que le Niémen. »

Dessalles le regarda stupéfait : parler du Niémen lorsque l'ennemi se trouvait déjà sur le Dnièpre ! Seule la princesse, oubliant sa géographie, acceptait à la lettre les paroles de son père.

« À la fonte des neiges, ils seront tous engloutis dans les marais de la Pologne ; Bennigsen aurait dû depuis longtemps entrer en Prusse, l'affaire aurait marché autrement, » continua le prince, qui se reportait évidemment à la campagne de l'année 1807.

– Mais, prince, dit Dessalles encore plus timidement, dans cette lettre il est question de l'occupation de Vitebsk…

– Dans la lettre ?… Ah oui, oui ! reprit-il… et sa physionomie s'assombrit : – C'est vrai, il écrit… que les Français ont été battus, je ne sais où… près d'une rivière quelconque ! »

Dessalles baissa les yeux :

« Le prince André ne parle pas de cela, dit-il doucement.

– Il n'en parle pas ?… Je ne l'ai pas inventé, pourtant. »

Un long silence suivit ces mots :

« Eh bien, eh bien, Michel Ivanovitch, dit-il tout à coup, explique-moi comment tu penses remédier à ce défaut dans notre plan ? »

Michel Ivanovitch ne se le fit pas répéter, et le prince, après l'avoir écouté quelques instants, quitta le salon, en jetant à sa fille et à Dessalles un regard irrité.

La princesse Marie surprit sur le visage du gouverneur un profond étonnement, mais elle n'osa ni lui en demander la cause, ni chercher à la deviner. La fameuse lettre fut oubliée par son père sur la table du salon… Michel Ivanovitch vint la réclamer dans le courant de la soirée ; la princesse Marie la lui donna, et s'informa, bien que la question l'embarrassât singulièrement, de ce que faisait son père.

« Il s'agite !… répondit l'architecte, avec un sourire respectueux mais ironique, qui la fit pâlir. La construction de la nouvelle maison le préoccupe beaucoup… il a lu quelques pages, et maintenant il est à farfouiller dans son bureau… il fait probablement son testament. » Depuis quelque temps le classement des paperasses qui devaient voir le jour après sa mort était devenu le passe-temps favori du vieux prince.

« Vous dites qu'il envoie Alpatitch à Smolensk ? demanda la princesse Marie.

– Oui, Alpatitch est prêt à partir, il attend ses ordres. »

III

Michel Ivanovitch retrouva le prince assis devant son bureau ouvert, avec ses lunettes sur le nez et un abat-jour sur les yeux ; il tenait à la main un gros cahier, dans une pose quelque peu théâtrale ; il lisait « Ses Remarques » : c'était ainsi qu'il appelait les papiers destinés à être envoyés après sa mort à l'Empereur ; le souvenir du temps où il les avait écrites lui faisait monter des larmes aux yeux. Prenant la lettre de son fils, il la glissa dans sa poche, remit son cahier à sa place, et fit entrer Alpatitch, auquel il donna ses instructions :

« D'abord, dit-il en parcourant la liste de tout ce qu'il fallait lui rapporter de Smolensk, d'abord tu m'achèteras du papier à lettres, huit rames, tu entends bien, doré sur tranche comme celui-ci, ensuite de la cire à cacheter, du vernis... Puis tu remettras ma lettre au gouverneur en personne, » poursuivit-il sans cesser de marcher. Il lui recommanda aussi de ne pas oublier les verrous pour la nouvelle maison, d'après le modèle inventé par lui, et de plus un grand carton pour y déposer son testament et « Ses Remarques ».

Cette conversation durait déjà depuis deux heures, lorsqu'il s'assit, ferma les yeux, et sommeilla un instant. Au mouvement que fit Alpatitch pour sortir, il se réveilla :

« Eh bien, va-t'en : je te rappellerai, si j'ai encore besoin de quelque chose. »

Le prince retourna à son bureau, y jeta un coup d'œil, classa avec soin ses papiers, et s'assit à sa table pour écrire la lettre au gouverneur. Lorsqu'il l'eut achevée et cachetée, il était tard ; le sommeil et la fatigue le gagnaient, mais il sentait qu'il ne pourrait dormir et que les plus tristes pensées ne manqueraient pas de l'assaillir dès qu'il serait couché. Il appela Tikhone, pour faire avec lui le tour des chambres et lui indiquer l'endroit où il devait placer son lit pour cette nuit : chaque coin fut mesuré et inspecté avec soin, mais aucun ne lui convenait ; son divan habituel, surtout, lui inspirait une aversion insurmontable ; il en avait peur, à cause sans doute des cauchemars qui l'y avaient accablé. Enfin, après une longue et mûre délibération, il choisit dans le salon l'espace compris entre le piano et le mur, où jamais il n'avait encore dormi. Tikhone reçut l'ordre d'y placer le lit, ce qu'il fit aussitôt avec l'aide du valet de chambre.

« Pas ainsi, pas ainsi ! s'écria le vieux prince, en attirant à lui sa couchette et en la reculant ensuite. « Je vais donc pouvoir me reposer ! » se dit-il en se laissant déshabiller par son fidèle serviteur. Après avoir ôté avec peine son caftan et son pantalon, il se laissa tomber sur sa couche, et sembla s'abîmer dans la contemplation de ses jambes desséchées et jaunes. Il réfléchissait et hésitait devant le suprême effort qu'il lui restait à faire pour les soulever et les étendre : « Dieu ! que c'est lourd ! se disait-il. Que ne mettez-vous plus vite, « vous autres », un terme à mes maux ? Que ne me laissez-vous m'en aller ?... » Et il ramena enfin à lui ses vieilles jambes, en poussant un long soupir. À peine couché, son lit se mit à onduler et à se soulever sous lui, en avant, en arrière : on aurait dit que le meuble avait pris vie, et qu'il s'agitait violemment : il en était ainsi presque toutes les nuits. Le prince rouvrit les yeux, qu'il venait de fermer.

« Pas de repos, pas de repos avec eux, ces maudits ! s'écria-t-il en colère, comme s'il s'adressait à quelqu'un. Mais n'avais-je pas réservé quelque chose de grave pour y songer à présent à mon aise ? Les verrous ? Non, je les ai commandés ! ce n'était pas ça ! Qu'ai-je donc oublié tout à l'heure au salon, où la princesse Marie et cet imbécile de Dessalles disaient des sornettes... et puis, et puis, n'ai-je rien mis dans ma poche ?... et après ? je ne me le rappelle plus... Tikhone, eh ! de quoi a-t-il été question à table ?

– Du prince André...

– Tais-toi, tais-toi... Ah ! je sais, la lettre de mon fils !... La princesse Marie l'a lue, Dessalles a parlé de Vitebsk, je vais la lire à mon tour. »

Il se la fit apporter et ordonna à Tikhone de rapprocher le guéridon, sur lequel étaient posés son verre de limonade et son bougeoir ; il mit ensuite ses lunettes et lut attentivement ce que lui écrivait son fils. Alors, dans le calme de la nuit, à la faible lueur de la lumière qui s'échappait de dessous un abat-jour vert, il comprit pour la première fois et pour un instant toute l'importance des nouvelles qu'il lui donnait : « Les Français sont à Vitebsk ?... En quatre marches ils peuvent être à Smolensk, ils y sont peut-être !... Eh ! Tichka !... » Tikhone se leva en sursaut : « Non, ce n'est rien, rien ! » s'écria-t-il, et, glissant la lettre sous le bougeoir, il ferma les yeux... Il revoit le Danube étincelant, avec ses rives couvertes

CHAPITRE V

de grands joncs, le camp russe éclairé par un beau soleil ; et lui-même, jeune général, gai, plein de vigueur, entrant dans la tente de Potemkine ; à ce souvenir, toute la jalousie que lui inspirait alors le favori se réveille en lui avec la même violence... Il croit entendre encore les paroles échangées à cette première entrevue... Il entrevoit à ses côtés une femme au teint jaune, d'une taille moyenne, d'un embonpoint prononcé... c'est notre mère l'Impératrice !... Elle lui sourit, elle lui parle..., et au même moment il aperçoit sa figure de cire, entourée de cierges, couchée sous le dais mortuaire.

« Ah ! si je pouvais revenir à cette époque, si le présent pouvait disparaître, et si « eux » surtout me laissaient en paix ! » murmurait le vieillard en rêvant.

IV

Pendant la conférence que le prince avait eue avec son majordome, Dessalles était allé chez la princesse Marie, et lui avait exposé respectueusement, en s'appuyant sur la lettre du prince André, qui laissait entrevoir le danger du séjour à Lissy-Gory, situé à soixante verstes seulement de Smolensk et à trois verstes de la grande route de Moscou, que, la santé de son père l'empêchant de prendre les mesures nécessaires à leur sécurité, elle ferait sagement d'envoyer, par Alpatitch, une lettre au gouverneur de la province, avec prière de l'informer de la véritable situation des choses, et de lui dire franchement s'il y avait péril à rester à la campagne. Dessalles écrivit la lettre, la princesse Marie la signa, et la remit à Alpatitch, avec ordre de revenir sans perdre une minute.

Alpatitch, muni de toutes ces instructions, fut enfin prêt à partir, et, après avoir reçu les adieux des gens de la maison, monta dans une grande kibitka à capote de cuir, attelée d'une troïka de vigoureux chevaux rouans.

Les clochettes de l'attelage, bourrées de papiers, étaient muettes, car le prince ne permettait à personne d'en faire usage dans sa propriété ; mais Alpatitch, qui aimait à les entendre tinter, comptait bien leur rendre la liberté dès qu'il serait à quelque distance du château. Son entourage, composé du teneur de livres, de sa cuisinière, de deux vieilles femmes et d'un enfant habillé en cosaque, s'empressait autour de lui.

Sa fille disposait dans la kibitka des oreillers en édredon, recouverts de taies de perse, et une des vieilles y glissa en tapinois un
gros paquet au moment où Alpatitch se disposait à y monter, avec
l'aide respectueuse d'un des cochers.

« Eh, eh ! qu'est-ce que tout cela ? Provisions de femmes !... Oh !
les femmes, les femmes ! » s'écria-t-il en s'asseyant, et en parlant
d'une voix aussi essoufflée et aussi brusque que celle de son maître.
Après avoir fait ses dernières recommandations au sujet des travaux et des constructions, il se découvrit, et fit trois fois de suite le
signe de la croix (en cela, il faut l'avouer, il s'écartait singulièrement
des habitudes du prince).

« S'il y a la moindre des choses, vous nous reviendrez bien vite,
n'est-ce pas, Jakow Alpatitch ? » lui cria sa femme, à qui les bruits
de guerre causaient une frayeur indicible. « Ayez pitié de nous, au
nom du ciel !

– Oh ! les femmes, les femmes ! » murmurait-il encore, pendant
que la kibitka roulait le long des champs, qu'il examinait en passant
d'un œil connaisseur. Là-bas le seigle commençait déjà à jaunir ;
ici l'avoine encore verte s'élançait en touffes fortes et serrées. Les
blés d'été, exceptionnellement beaux cette année, réjouissaient la
vue du vieil Alpatitch, qui les contemplait avec orgueil. On mois-
sonnait de côté et d'autre, et chemin faisant il récapitulait dans sa
tête son programme de travaux de semailles et de moisson, tout en
se demandant avec inquiétude s'il n'avait pas par malheur oublié
quelque commission de son maître.

Deux fois il s'arrêta pour faire manger et reposer ses chevaux, et
enfin, dans la soirée du 16 août, il arriva à la ville. Pendant le trajet
il avait dépassé plusieurs trains de bagages et même des troupes
en marche. En approchant de Smolensk, il lui sembla entendre
des coups de feu à une grande distance, mais il n'y prêta aucune
attention. Ce qui lui causa une bien autre surprise, ce fut de voir
un camp établi dans un superbe champ d'avoine, que des soldats
fauchaient sans doute pour la nourriture de leurs chevaux ; mais,
absorbé comme il l'était par ses affaires et par ses calculs, il oublia
bientôt ce singulier incident.

Il y avait environ trente ans que tout l'intérêt de son existence se
concentrait dans l'exécution de la volonté de son maître ; aussi ce
qui ne s'y rapportait pas directement ne l'occupait guère, et n'exis-

tait même pas pour lui.

Arrivé dans le faubourg de la ville, il s'arrêta devant une espèce d'auberge, tenue par un certain Férapontow, chez qui il logeait d'habitude. Ce Férapontow avait acheté autrefois, de la main légère d'Alpatitch, un bois appartenant au prince, et la vente en détail lui avait si bien profité que de fil en aiguille il s'était bâti une maison, une auberge, et faisait maintenant un commerce considérable de farine. Ce paysan à cheveux noirs, à physionomie avenante, âgé de quarante ans environ, avait un gros ventre, des lèvres épaisses, un nez camard, et deux bosses au-dessus de ses deux gros sourcils, qu'il fronçait presque constamment. Il se tenait debout contre la porte de sa boutique, en chemise de couleur, avec un gilet par-dessus.

« Sois le bienvenu, Jakow Alpatitch ; tu viens en ville, lorsque les autres la quittent.

– Comment cela ?

– Est-il bête, ce peuple ? Il craint les Français !

– Bavardages de femmes ! reprit Alpatitch.

– C'est ce que je leur répète. Je leur ai dit aussi que l'ordre a été donné de ne pas « le » laisser entrer ; donc c'est sûr, il n'entrera pas !… Et croirais-tu que ces brigands de paysans profitent de la panique pour demander trois roubles par chariot de transport. »

Jakow Alpatitch, qui l'écoutait avec distraction, l'interrompit pour faire donner du foin à ses chevaux et préparer le samovar ; puis il se coucha, après avoir savouré une bonne tasse de thé.

Pendant toute la nuit, des régiments passèrent devant l'auberge, mais Alpatitch ne les entendit pas : le lendemain, il alla, selon son habitude, vaquer à ses affaires. Le soleil brillait, et il faisait déjà chaud à huit heures du matin : « Quelle belle journée pour la moisson ! » se disait le voyageur. Le bruit de la fusillade et le grondement du canon s'entendaient dès l'aube en dehors de la ville. Les rues étaient pleines d'une foule de soldats, et d'izvostchiks qui allaient et venaient comme toujours, tandis que les marchands se tenaient paresseusement à l'entrée de leurs boutiques ; dans les églises on disait la messe. Alpatitch fit sa tournée accoutumée, se rendit aux différents tribunaux, à la poste, et chez le gouverneur, partout on parlait de la guerre, et de l'ennemi qui attaquait la ville, on se questionnait les uns les autres, et chacun faisait son possible pour rassurer son voisin.

Devant la maison du gouverneur, Alpatitch vit un grand rassemblement, un groupe de cosaques, et la voiture de voyage de ce haut fonctionnaire, qui évidemment l'attendait. Sur le perron il rencontra deux messieurs dont il connaissait l'un, qui était un ancien chef de district.

« Ce ne sont pas des plaisanteries ! disait-il avec violence, pour un célibataire, c'est une autre affaire ! Une tête, une misère... mais avec treize enfants, et toute sa fortune en jeu ?... Que dites-vous de nos autorités, qui laissent venir les choses au point qu'il ne nous reste plus qu'à crever !... Il faudrait les pendre, ces scélérats !

– Voyons, voyons, du calme !

– Qu'est-ce que cela me fait ? Qu'ils m'entendent, s'ils veulent, nous ne sommes pas des chiens !

– Tiens, Jakow Alpatitch ! que fais-tu ici ?

– Je suis venu, par ordre de Son Excellence, voir M. le gouverneur, » répondit ce dernier en relevant fièrement la tête, et en fourrant sa main dans son gilet, ce qu'il faisait toujours lorsqu'il parlait de son maître : J'ai ordre de m'informer de la situation.

– Va l'informer, tu sauras qu'il n'y a plus ni un chariot ni aucun moyen de transport. Tu entends ce bruit là-bas ... Eh bien, voilà ! Ces brigands nous ont conduits à notre porte ! »

Alpatitch secoua la tête et monta l'escalier. Des marchands, des femmes et des employés se trouvaient dans le salon d'attente. La porte du cabinet s'ouvrit : tous se levèrent et firent un pas en avant ; un fonctionnaire civil sortit d'un air effaré, échangea quelques mots avec un marchand, appela un gros employé décoré d'une croix au cou, et, sans répondre aux questions et aux regards interrogateurs qu'on lui adressait de tous côtés, il l'entraîna vivement et disparut avec lui. Alpatitch se plaça en avant, et, lorsque le même fonctionnaire reparut une seconde fois, il lui tendit ses deux lettres, après avoir préalablement fourré sa main gauche dans son gilet :

« À Monsieur le baron Asch, de la part du général prince Bolkonsky, » dit-il d'une façon si solennelle et si significative, que l'employé se retourna et prit les lettres qu'il lui présentait. Quelques secondes après, le gouverneur fit appeler Alpatitch.

CHAPITRE V

« Tu répondras au prince et à la princesse, dit-il avec hâte, que je ne sais rien, et que, selon mes instructions supérieures... Tiens, voici !... » et il lui donna un imprimé. « Le prince est souffrant, je lui conseille d'aller à Moscou ; j'y vais moi-même : tu lui diras aussi que je n'ai agi... » mais il n'acheva pas : un officier couvert de poussière et de sueur se précipita dans la chambre, lui dit quelques mots en français, et la figure du gouverneur prit une expression d'épouvante.

– Va, va ! » ajouta-t-il en congédiant Alpatitch d'un signe de tête. Ce dernier sortit aussitôt, et tous les regards, avides de nouvelles, se portèrent sur lui avec une inquiétude marquée. Retournant en toute hâte à son auberge, il prêta cette fois l'oreille au bruit de la fusillade, qui se rapprochait. L'imprimé contenait ce qui suit :

« Je puis vous assurer qu'aucun danger ne menace encore la ville de Smolensk, et il n'est pas probable qu'elle y soit jamais exposée. Moi d'un côté, le prince Bagration de l'autre, nous marchons vers la ville pour nous y réunir, le 22 de ce mois, et les armées défendront alors conjointement, et leurs compatriotes, et le gouvernement confié à vos soins, jusqu'à ce que leurs efforts aient repoussé les ennemis de la patrie, ou jusqu'à ce qu'il ne nous reste plus un seul soldat. Vous voyez donc que vous pouvez, en toute sécurité, rassurer les habitants de Smolensk, car, lorsqu'on est défendu par deux armées aussi vaillantes que les nôtres, on peut être sûr de la victoire ! (Ordre du jour de Barclay de Tolly au gouverneur de Smolensk baron Asch. – 1812). »

Le peuple inquiet errait dans les rues.

On voyait à tout instant des chariots pleins de meubles, d'armoires et d'ustensiles de toute sorte, sortir des cours des maisons et se diriger vers les portes de la ville. Quelques-uns, prêts à partir, stationnaient devant la boutique qui touchait à celle de Férapontow ; les femmes criaient et pleuraient en échangeant leurs dernières recommandations, et un roquet aboyait en sautant à la tête des chevaux.

Alpatitch entra dans la cour, et s'approcha avec une vivacité inaccoutumée de sa voiture et de son attelage : le cocher dormait ; il le réveilla, lui ordonna de mettre les chevaux à la kibitka et alla chercher ses effets dans la maison. On entendait dans la chambre du propriétaire des braillements d'enfants, des cris de femmes, que dominait la voix irritée et rauque de Férapontow. La cuisinière, pareille à une poule effarée, courait en tous sens dans la pièce d'entrée.

« Il l'a battue, battue ! not'maîtresse, jusqu'à la mort ! criait-elle.

– Pourquoi ? demanda Alpatitch.

– Parce qu'elle l'a supplié de la laisser partir ! « Emmène-moi, lui disait-elle… ne me laisse pas mourir, moi et mes enfants… tu vois bien que tout le monde s'en va, pourquoi restons-nous ? » Et il l'a battue, battue !… Oh ! oh ! mon Dieu ! »

Alpatitch, peu curieux d'en entendre davantage, se contenta de faire un mouvement de tête affirmatif, passa outre et ouvrit la porte de la chambre qui contenait ses emplettes.

« Scélérat ! monstre ! » s'écria en ce moment une femme pâle, maigre, qui, les vêtements déchirés, et tenant un enfant sur son sein, se précipita sur le palier et descendit l'escalier en courant. Férapontow la poursuivait, mais, à la vue d'Alpatitch, il s'arrêta brusquement, arrangea son gilet, bâilla, s'étira les bras, et entra avec lui dans sa chambre :

« Comment, tu pars ? »

Sans lui répondre, Alpatitch examina ses emplettes, et lui demanda son compte.

« Plus tard, nous verrons ! Mais, dis-moi, que fait le gouverneur ? Qu'a-t-on décidé ? »

Alpatitch lui conta comme quoi le gouverneur s'était exprimé très vaguement.

« Notre commerce s'en trouvera peut-être bien, sais-tu ? Sélivanow a vendu l'autre jour de la farine à l'armée, à neuf roubles le sac… Prendrez-vous du thé ? »

Pendant qu'on attelait, Alpatitch et Férapontow en avalèrent quelques tasses, en causant amicalement sur le prix du blé, sur la moisson à venir, et sur la belle apparence de la récolte.

« Il me semble, dit Férapontow, que le bruit s'est calmé ; les nôtres auront eu le dessus, bien sûr ! On a déclaré qu'on ne le laisserait pas entrer : donc nous sommes forts ! L'autre jour Maïveï Ivanovitch Platow en a jeté à l'eau dix-huit mille ! »

Alpatitch régla ses comptes avec son hôte ; le tintement des clochettes de sa kibitka, qui sortait de la cour de l'auberge et venait se placer devant la porte de la maison, l'attira à la fenêtre ; il regarda dans la rue, dont le soleil éclairait d'aplomb un côté : il était midi passé.

Tout à coup un sifflement lointain et étrange, suivi d'un coup sec, fendit l'air, et un roulement ininterrompu fit trembler les vitres. Alpatitch quitta la fenêtre, et descendit dans la rue, au moment où deux hommes passaient en courant dans la direction du pont. On n'entendait de tous côtés que des sifflets stridents, le bruit sourd des boulets qui tombaient, et l'explosion des grenades qui pleuvaient en masse sur la ville ; mais les habitants n'y prêtaient qu'une mince attention, la fusillade en dehors des murs les intéressait davantage... C'était le bombardement de la ville, ordonné par Napoléon ! Depuis cinq heures du matin, cent trente bouches à feu tiraient sans relâche.

La femme de Férapontow, qui n'avait pas encore cessé de pleurer dans un coin de la remise, se calma subitement... s'avança sous la porte cochère, pour mieux se rendre compte de tout ce brouhaha, et regarder les passants, dont la curiosité s'éveillait de plus en plus à l'aspect des boulets et des obus.

La cuisinière et le marchand d'à côté se joignirent à elle, et tous trois suivirent des yeux avec un vif intérêt la course des projectiles qui passaient au-dessus de leurs têtes. Quelques hommes apparurent au tournant de la rue : ils causaient avec vivacité.

« Quelle force ! disait l'un ; le toit, les plafonds, tout a été réduit en miettes !...

– Et il a labouré la terre comme un pourceau avec son groin, ajoutait un autre.

– J'ai heureusement sauté de côté à temps, autrement il m'aurait aplati, » dit un troisième.

La foule les arrêta, et ils racontèrent comment des boulets étaient tombés tout près d'eux. Pendant ce temps, les sifflements aigus des boulets et le son moins perçant des grenades et des obus redoublaient d'intensité : presque tous les projectiles volaient par-dessus les toits.

Alpatitch monta enfin dans la voiture, et son hôte suivait de l'œil ses derniers préparatifs, lorsqu'il vit sa cuisinière, les manches retroussées, et se balançant sur ses hanches, s'avancer jusqu'au coin de la rue pour écouter ce qu'il s'y disait, et s'émerveiller, elle aussi, du spectacle.

« Que diable vas-tu regarder là ? » lui cria-t-il rudement. Au son de cette voix impérieuse, elle se retourna et revint sur ses pas, en laissant retomber son jupon rouge, qu'elle avait relevé.

À ce moment, un nouveau sifflement traversa l'air à une si faible distance, qu'on aurait cru entendre le vol rapide d'un oiseau rasant la terre et l'effleurant de son aile ; quelque chose brilla au milieu de la rue, une violente détonation eut lieu, et il s'éleva aussitôt une épaisse fumée. La cuisinière tomba en gémissant au milieu d'un cercle de gens pâles et épouvantés. Férapontow courut à elle ; les femmes s'enfuyaient en criant, les enfants pleuraient, mais les cris de la pauvre blessée dominaient toutes les voix.

Cinq minutes plus tard, la rue était déserte. La malheureuse femme, dont les côtes avaient été brisées par un éclat d'obus, avait été transportée dans la cuisine de l'auberge. Alpatitch, son cocher, la femme de Férapontow, ses enfants, le dvornik se réfugièrent, épouvantés, dans la cave. Le grondement sourd du canon, le sifflement des grenades, mêlés aux gémissements de la cuisinière, ne discontinuaient pas. La femme de Férapontow essayait en vain de calmer et d'endormir son enfant, et questionnait avec effroi les survenants, pour savoir ce qu'était devenu son mari : il était allé, lui dit-on, à la cathédrale, où le peuple se portait en masse pour demander qu'on fît une procession avec l'image miraculeuse de la Sainte Vierge.

La canonnade diminua à la tombée du jour ; le ciel du soir se dérobait sous un épais rideau de fumée, dont les déchirures laissaient entrevoir de temps à autre le croissant argenté de la nouvelle lune. Au roulement continu des bouches à feu succéda pendant quelques minutes un semblant de calme, mais un bruit semblable au piétinement d'une foule en marche, des gémissements, des cris et le craquement sinistre des incendies ne tardèrent pas à l'interrompre de toutes parts. La pauvre cuisinière avait cessé de se plaindre. Des soldats passaient en courant dans la rue, non plus en files bien alignées, mais comme des fourmis qui s'échappent en désordre d'une fourmilière envahie. Quelques-uns entrèrent dans la cour de l'auberge pour éviter un régiment qui leur barrait le chemin, en revenant brusquement sur ses pas. Alpatitch, qui avait quitté la cave, se tenait sous la porte cochère.

« La ville se rend !... partez au plus vite, » lui cria un officier, et, apercevant les soldats qui sortaient de la cour : « Je vous défends d'entrer dans les maisons, » ajouta-t-il avec colère. Alpatitch appela son cocher, et lui ordonna de monter sur le siège. Toute la famille de Férapontow arriva successivement dans la cour, mais, lorsque les femmes aperçurent les lueurs sinistres des incendies, que le crépuscule rendait encore plus visibles, elles éclatèrent en lamentations, auxquelles répondirent aussitôt des cris de douleur partis de la rue. Alpatitch et son cocher dénouaient sous l'auvent, de leurs mains tremblantes, les rênes et les brides emmêlées de l'attelage ; enfin tout fut prêt, la voiture s'ébranla doucement, et Alpatitch, en passant devant la boutique ouverte de Férapontow, put y voir encore une dizaine de soldats bruyamment occupés à remplir de grands sacs de farine, de froment et de graines de tournesol. Le propriétaire, survenant sur ces entrefaites, fut sur le point de se jeter sur eux, mais il s'arrêta subitement, se prit les cheveux à poignées, et sa colère se changea en un rire plein de sanglots.

« Prenez, prenez, enfants, que cela ne tombe pas entre les mains de ces possédés !... » et, saisissant lui-même les sacs, il les jetait dans la rue. Quelques soldats effrayés s'enfuirent, d'autres continuèrent tranquillement leur besogne.

« Eh bien, Alpatitch, s'écria Férapontow, la Russie est perdue, elle est perdue !... je vais, moi aussi, allumer le feu !... » Et il se précipita d'un air égaré dans sa cour.

La route était tellement encombrée, qu'Alpatitch ne parvenait pas à avancer, et la femme de Férapontow et ses enfants, assis sur une charrette, attendaient comme lui le moment favorable.

Il faisait sombre et les étoiles brillaient au ciel, lorsqu'ils arrivèrent enfin, pas à pas, à la descente vers le Dnièpre, où ils furent forcés de s'arrêter : les soldats et les voitures barraient le passage. Près du carrefour où ils firent balte, les derniers débris d'une maison et de quelques boutiques brûlaient encore : la flamme, s'éteignant tout à coup dans la noire fumée, se rallumait ensuite plus brillante, et éclairait d'un reflet sinistre, jusque dans leurs moindres détails, les figures silencieuses et terrifiées de la foule. Des ombres passaient et repassaient devant le feu ; des pleurs, des cris se mêlaient au craquement incessant du bois, qui éclatait. Des soldats allaient et venaient au milieu du brasier ; deux d'entre eux, aidés d'un homme en manteau, traînèrent une poutre flambante dans la cour d'une maison voisine, et d'autres y portèrent des brassées de foin.

Alpatitch, descendu de sa voiture, se joignit à un groupe qui regardait brûler un magasin de blé, dont les flammes léchaient les murs : l'un d'eux s'écroula sous l'action du feu, la toiture s'effondra, et les poutres incandescentes roulèrent à terre.

À ce moment, une voix connue l'appela par son nom :

« Mon Dieu, Excellence ! » répondit-il en reconnaissant avec stupeur son jeune maître.

Le prince André, monté sur un cheval noir, se tenait un peu en arrière de la foule.

« Que fais-tu ici ?

– Votre Excellence, reprit Alpatitch, en fondant en larmes, je, je... sommes-nous donc perdus ?

– Que fais-tu ici ? » répéta le prince André.

Une gerbe de flammes, ravivée pour une seconde, laissa voir à Alpatitch sa figure pâle et défaite. Il lui raconta en peu de mots pourquoi il avait été envoyé, et la difficulté qu'il éprouvait à sortir de la ville.

« Dites-moi, Excellence, répéta-t-il, sommes-nous donc perdus ? »

Le prince André, sans lui répondre, tira son calepin, en arracha un feuillet, le posa sur son genou, et griffonna au crayon ces quelques mots à sa sœur :

« Smolensk se rend... Lissy-Gory sera occupé par l'ennemi dans une semaine, quittez-le au plus vite, allez à Moscou... Réponds-moi de suite par un exprès à Ousviage, et informe-moi de votre départ. » Il venait à peine de remettre ce billet à Alpatitch et d'y ajouter des instructions verbales, qu'un chef d'état-major à cheval, accompagné de sa suite, l'interpella.

« Vous êtes colonel, lui dit-il avec un accent allemand, des plus prononcés... on met le feu aux maisons en votre présence, et vous laissez faire !... Qu'est-ce que cela veut dire ? Vous en répondrez ! » poursuivit Berg, car c'était Berg lui-même, qui, devenu adjoint au

CHAPITRE V

chef de l'état-major du commandant en chef de l'infanterie du flanc gauche de la première armée, occupait là une place fort agréable et très en vue, comme il disait souvent.

Le prince André le regarda sans dire mot, et, se retournant vers Alpatitch :

« Tu leur diras donc, continua-t-il, que j'attendrai une réponse jusqu'au 10 ; si alors j'apprends qu'ils ne sont pas partis, je serai forcé de tout quitter et de courir à Lissy-Gory.

– Mille excuses, prince, dit Berg qui venait de le reconnaître ; j'ai reçu des ordres : c'est pour cela que je me suis permis... et vous savez que je les exécute ponctuellement, mille excuses ! »

Un formidable craquement éclata, le feu s'éteignit subitement, de gros tourbillons de fumée s'élevèrent de dessous le toit... et un second craquement ébranla l'énorme masse, qui s'écroula avec fracas ! C'était la toiture du magasin qui s'effondrait, aux acclamations frénétiques de la foule surexcitée. Le feu se ralluma avec une nouvelle vigueur, et éclaira de nouveau les visages pâles et fatigués de ceux qui l'avaient si laborieusement activé ! L'homme au manteau leva le bras et s'écria :

« Hourra ! hourra !... C'est fait, mes enfants, la voilà qui flambe !...

– C'est le propriétaire lui-même qui parle ainsi, chuchotèrent quelques voix.

– Ainsi donc, Alpatitch, poursuivit le prince André, sans faire attention à Berg, qui restait pétrifié à ses côtés, transmets-leur ce que je t'ai dit... adieu ! » Et, donnant un coup d'éperon à son cheval, il s'éloigna.

V

Après Smolensk, les troupes continuèrent leur retraite, suivies de près par l'ennemi. Le 10 août, le régiment commandé par le prince André arrivait, en suivant la grand'route, à la hauteur de Lissy-Gory, et dépassait l'avenue qui conduisait au château. Une chaleur accablante et une effroyable sécheresse duraient depuis trois semaines. Quelques gros nuages cachaient de temps à autre le soleil, mais il s'en dégageait aussitôt, et se couchait tous les soirs au milieu d'épaisses vapeurs d'un brun rougeâtre. Les blés non moissonnés s'égrenaient et séchaient sur pied dans les champs, et le bétail, mugissant de faim, cherchait en vain pour l'apaiser un brin d'herbe dans les prairies et dans les marais brûlés par l'ardeur du soleil. On ne respirait un peu de fraîcheur que la nuit, dans les forêts, mais l'action bienfaisante de la rosée ne s'étendait guère au delà de cette limite. Sur la grand'route poudreuse, d'énormes colonnes de poussière aveuglaient le soldat, dont la marche commençait au point du jour ; les trains de bagages et l'artillerie tenaient le milieu du chemin, tandis que l'infanterie s'avançait sur les bas côtés, dans la poussière suffocante et chaude que la rosée de la nuit n'avait pas abattue. Elle s'attachait par plaques aux pieds des soldats, aux roues des fourgons, s'étendait comme un nuage au-dessus des troupes, et pénétrait dans les yeux, dans les narines, et surtout dans les poumons des hommes et des animaux. Plus le soleil s'élevait, et plus s'élevait ce nuage sablonneux et brûlant, à travers lequel on entrevoyait le soleil comme un globe de feu rouge sang ! Pas un souffle d'air n'agitait cette lourde atmosphère, et les hommes, accablés de fatigue, se bouchaient le nez et la bouche pour ne pas y succomber. Lorsqu'on entrait dans un village, tous se précipitaient vers le puits : on se battait pour une goutte d'eau boueuse et sale, et on l'avalait avec avidité.

Le prince André s'occupait activement de son régiment, de la santé de ses soldats, de leur bien-être. L'incendie de Smolensk et l'abandon de la ville, en éveillant en lui la haine contre l'envahisseur, firent époque dans sa vie, et la force de cette haine lui fit oublier parfois ses propres douleurs. Son affabilité et sa bienveillance l'avaient rendu cher à ses subordonnés, qui ne l'appelaient pas autrement que « notre prince ». Il était bon et affectueux avec ses soldats et ses officiers, parce qu'ils ne connaissaient pas son passé, et qu'il les rencontrait dans un milieu différent du sien ; mais, dès que le hasard lui faisait retrouver une de ses anciennes connaissances, il se hérissait au moral et redevenait hautain et dédaigneux. Dans ses relations habituelles il se bornait au strict accomplissement de son devoir dans les limites de la plus stricte justice.

Il voyait tout, il est vrai, sous l'aspect le plus sombre : d'un côté, Smolensk que, selon lui, on aurait dû et pu défendre, abandonné le 18 août ; de l'autre, son père, malade, forcé de fuir et de quitter Lissy-Gory, ce Lissy-Gory que le vieux prince avait construit, arrangé à sa guise, et qu'il aimait par-dessus toutes choses. Heureusement pour le prince André, les soins à donner à son régiment, en l'obligeant à s'occuper des moindres détails du service, le détournaient de ces tristes pensées. Son détachement arriva à Lissy-Gory le. 22 du mois d'août : deux jours auparavant, il avait appris que son père et sa sœur l'avaient quitté pour aller se réfugier à Moscou. Rien ne l'attirait plus en ces lieux, mais le désir de goûter une amère jouissance, en ravivant sa douleur, le décida à y pousser une pointe.

Montant à cheval, il quitta ses soldats en marche, et prit le chemin du village qui l'avait vu, naître et grandir. En passant devant l'étang où d'ordinaire des femmes chantaient et bavardaient en lavant et en battant leur linge, il fut étonné de n'y voir personne ; le petit radeau, enfoncé en partie dans l'eau, se balançait, à moitié couché sur le bord ; il n'y avait âme qui vive dans la loge du garde, et la porte d'entrée était grande ouverte ; les mauvaises herbes envahissaient les allées du jardin ; des veaux et des poulains se promenaient à leur aise dans le parc anglais ; les vitres de l'orangerie étaient brisées, quelques arbres renversés avec leurs caisses ; quelques autres étaient complètement desséchés. Il appela Tarass le jardinier, personne ne répondit. Tournant l'angle de la serre, il remarqua que la clôture de planches était brisée, et que des branches de pruniers dépouillées de leurs fruits jonchaient la terre. Un vieux paysan, qu'il avait de temps immémorial vu assis devant l'entrée du jardin, s'était installé maintenant sur le banc favori du vieux prince. Il tressait des chaussons, et sur le tronc d'un beau magnolia, à moitié mort, pendait, à portée de sa main, l'écorce destinée à cette fabrication. Comme il était complètement sourd, il n'entendit pas venir le prince André. Celui-ci arriva enfin à la maison ; devant la façade quelques vieux tilleuls avaient été abattus, une jument pie et son poulain, caracolaient devant le perron au milieu du parterre et des massifs de rosiers. Les volets étaient fermés à toutes les fenêtres, à l'exception d'une seule au rez-de-chaussée : un gamin, qui semblait y être aux aguets, aperçut le cavalier, et disparut aussitôt dans l'intérieur de la maison.

Alpatitch était resté seul à Lissy-Gory après en avoir renvoyé sa famille, et lisait « la Vie des Saints » au moment où l'enfant vint l'avertir de la venue de son jeune maître. Boutonnant vivement son habit, il courut à sa rencontre, les lunettes encore sur le nez, et, sans prononcer une parole, se précipita sur le prince André, en fondant en larmes. Se détournant aussitôt comme s'il était honteux de s'être laissé aller à ce mouvement de faiblesse, il surmonta son émotion, et lui rendit compte de l'état des choses. Ce que le château contenait de précieux avait été expédié à Bogoutcharovo, ainsi que cent tchetverts environ de froment tirés de la réserve ; mais le foin et les blés d'été, d'une beauté extraordinaire cette année-là, avaient été fauchés avant leur maturité par les troupes. Les paysans étaient ruinés, et quelques-uns d'entre eux s'étaient même retirés à Bogoutcharovo.

« Quand mon père et ma sœur sont-ils partis ? demanda le prince André, qui avait écouté avec distraction ses doléances, et qui supposait les siens déjà à Moscou.

– Ils sont partis le 7, » reprit Alpatitch, persuadé qu'il les savait à Bogoutcharovo, et, reprenant sa conversation sur les affaires courantes, il lui demanda de nouvelles instructions. « Il nous reste encore une certaine quantité de blé. Faut-il le livrer aux troupes contre reçu ?

– Que dois-je répondre, » se disait le prince André, les yeux fixés sur le vieillard, dont le crâne chauve reluisait au soleil ; il voyait, à l'expression de sa physionomie, qu'il comprenait lui-même l'inutilité de ces questions, et ne les lui adressait que pour lui faire oublier un instant sa douleur.

– Oui, donne-le, répondit-il.

– Vous aurez remarqué le désordre du jardin ; il a été impossible, de l'empêcher : trois régiments ont couché ici ; les dragons, surtout se sont permis de… J'ai inscrit le rang et le nom du commandant, pour porter plainte et…

– Que feras-tu à présent ? lui demanda son maître : vas-tu rester ici ? »

Alpatitch le regarda, et, levant le bras vers le ciel d'un air recueilli :

« Il est mon, protecteur, répondit-il avec solennité. Que sa volonté soit faite !

– Eh bien, adieu ! dit le prince André, en se penchant vers son vieux serviteur. Va-t'en, toi aussi, emporte ce que tu pourras, et dis aux paysans de se réfugier dans la terre de Riazan, ou bien dans celle qui est près de Moscou ! »

Alpatitch, pleurant à chaudes larmes, se serra contre lui ; le prince

CHAPITRE V

André l'écarta doucement, et partit au galop par la grande avenue.

Il passa de nouveau devant le vieux paysan, toujours assis à la même place, et toujours absorbé par son ouvrage, comme une mouche sur la figure d'un mort. Deux petites filles, qui sortaient sans doute de la serre, s'arrêtèrent tout court à la vue du cavalier : elles tenaient dans leurs jupons retroussés des prunes arrachées aux espaliers. Leur terreur fut si vive que la plus grande, saisissant la main de sa compagne, l'entraîna brusquement, et se cacha avec elle derrière un bouleau, sans même ramasser les fruits encore verts qui avaient roulé de leurs tabliers. Le prince André tourna la tête, et feignit de ne pas les apercevoir... afin de ne pas les effaroucher davantage. Cette jolie fillette effarée lui faisait de la peine ! La vue de ces deux enfants venait d'éveiller en lui un sentiment tout nouveau qui le calmait et le reposait pour ainsi dire, en lui faisant entrevoir et comprendre qu'il existait d'autres intérêts dans la vie, des intérêts complètement étrangers aux siens, mais tout aussi humains et tout aussi naturels. Ces petites filles ne songeaient évidemment qu'à pouvoir emporter et manger leurs prunes à moitié mûres, et surtout à ne pas se laisser surprendre... Pourquoi dès lors s'opposer au succès de leur entreprise ? Il ne put cependant se refuser le plaisir de les regarder encore une fois, et il les vit, se croyant hors de danger, s'élancer hors de leur cachette et traverser en courant la pelouse, pieds nus, les jupons relevés, en riant et en babillant de leurs voix enfantines et grêles. Le prince André, que cette course loin de la poussière de la grand'route avait rafraîchi, rejoignit bientôt son régiment qui avait fait halte près d'un étang. Il était deux heures de l'après-midi ; un soleil ardent grillait le dos des soldats à travers leur uniforme de drap noir, et la poussière, qui continuait à s'étendre sur eux en une couche immobile et dense, assourdissait le bruit de leurs voix. Il n'y avait pas de vent. Comme il longeait la digue, une bouffée d'air frais et marécageux lui caressa la figure, et lui donna l'envie de se plonger dans l'eau, quelque bourbeuse qu'elle fût. Le petit étang d'où partaient des rires et des cris était couvert d'herbes de toutes sortes, et l'eau débordait jusque sur la chaussée, à cause de la quantité de soldats qui le remplissaient jusqu'aux bords ; leurs corps blancs, leurs mains, leurs figures et leurs cous d'un rouge brique, frétillaient dans cette mare verte et boueuse comme des poissons dans un arrosoir. Ce joyeux trémoussement, accompagné de bruyants éclats de rire, inspirait un sentiment de vague tristesse.

Un jeune soldat blond, du troisième escadron, une courroie nouée au-dessous du mollet, se signa, recula d'un pas pour mieux prendre son élan, et piqua une tête dans l'eau ; un sous-officier, à la chevelure ébouriffée, y étirait ses membres fatigués, s'y ébrouait comme un cheval, et de ses mains noires jusqu'au poignet faisait de copieuses ablutions. On n'entendait partout que le bruit de l'eau, et des plongeons, entremêlés de cris et d'exclamations ; on ne voyait de tous côtés, dans l'étang comme sur la berge, qu'une masse de chair humaine, blanche, saine, avec des muscles d'acier ! Timokhine, dont le nez était plus rouge que jamais, s'essuyait avec soin sur le talus : honteux d'être ainsi surpris par son colonel, il se décida pourtant à lui vanter les délices du bain.

« C'est fort agréable, Excellence, vous devriez vous baigner aussi.

– L'eau est sale, répliqua le prince André, en faisant la grimace.

– On vous fera place, on la nettoiera, s'écria Timokhine, et, s'élançant tout nu vers les baigneurs :

« Le prince désire se baigner, mes enfants !

– Quel prince ?

– Mais le nôtre, que diable !

– Notre prince ! » s'écrièrent plusieurs voix, et tous se mirent à s'agiter à tel point en tous sens, que le prince André eut toutes les peines du monde à les calmer, et à leur faire entendre qu'il se contenterait de prendre une douche dans la grange.

« De la chair, de la chair à canon ! » se disait-il en se regardant de la tête aux pieds, et en frissonnant à la pensée de cette foule de corps humains qui se trémoussaient gaiement dans l'eau trouble, sans pouvoir se rendre compte de l'impression, pleine de terreur et de dégoût, que ce tableau lui faisait éprouver.

La lettre suivante, écrite le 7 du mois d'août par le prince Bagration, et datée de son campement à Mikhaïlovka sur la route de Smolensk, était adressée à Araktchéïew. Sachant fort bien d'avance que cette lettre serait lue par l'Empereur, il en avait pesé chaque mot, autant du moins que ses capacités intellectuelles le lui avaient permis :

CHAPITRE V

« Monsieur le comte Alexis Andréïévitch, le ministre vous aura sans doute rendu compte de l'abandon de Smolensk à l'ennemi ; chacun en est affligé au delà de toute expression, et l'armée entière est au désespoir de ce qu'on ait ainsi livré, sans utilité aucune, une place de cette importance. De mon côté, je l'ai supplié personnellement de la façon la plus pressante, je lui ai même écrit, mais rien n'y a fait. Napoléon se trouvait, je vous en donne ma parole d'honneur, pris comme dans un sac, et si l'on m'avait écouté, au lieu de s'emparer de Smolensk, il aurait perdu la moitié de son armée. Nos troupes se sont battues et se battent comme toujours. J'ai résisté avec 15 000 hommes plus de trente-cinq heures, et j'ai écrasé l'ennemi, mais « Lui » n'a même pas voulu tenir quatorze heures ; c'est une honte et une flétrissure pour nos armées, et après cela « Il » ne devait plus être digne de vivre. S'« Il » vous a annoncé que les pertes sont grandes, c'est faux… Il y a tout au plus 4 000 morts et blessés… c'est tout ! L'ennemi, en revanche, a fait des pertes énormes !

« Qu'est-ce que cela lui aurait coûté de tenir encore deux jours ? Les Français se seraient certainement retirés les premiers, car ils n'avaient pas une goutte d'eau. « Il » m'avait solennellement juré de ne pas battre en retraite, et tout à coup « Il » m'envoie dire qu'il se retire la nuit même.

« On ne fait pas la guerre ainsi ; nous amènerons de la sorte l'ennemi aux portes mêmes de Moscou…

« On me dit que vous pensez à faire la paix. Que Dieu vous en garde ! Après tant de sacrifices, après tant de retraites incompréhensibles, il n'est pas permis d'y songer : vous vous mettrez toute la Russie à dos, et tous nous aurons honte de porter l'uniforme… Il faut, puisqu'il en est ainsi, se battre tant que la Russie le pourra, tant qu'il y aura des hommes !

« Un seul doit commander au lieu de deux ! Votre ministre peut être excellent dans son ministère, mais comme général ce n'est pas assez dire qu'il est mauvais… *Il est détestable !*… et cependant c'est à lui que le sort de la patrie a été confié ! La colère me monte à la tête, excusez la hardiesse de mes paroles ! Il est évident que celui qui conseille en ce moment la paix, et qui soutient le ministre, n'aime pas l'Empereur, et veut notre perte à tous. Je vous écris la vérité… organisez donc au plus tôt les milices ! M. l'aide de camp Woltzogen ne jouit pas de la confiance de l'armée, au contraire…

On le soupçonne de pencher pour Napoléon, et il est le grand conseiller du ministre. Quant à moi, j'obéis à ce dernier comme le premier caporal venu, quoique je sois plus ancien que lui ! Cela me blesse profondément, mais, dévoué, comme je le suis, à mon bienfaiteur et, à mon Souverain, je m'y soumets, en Le plaignant toutefois d'avoir mis sa belle armée entre de telles mains. Figurez-vous que, grâce à notre retraite, nous avons perdu de fatigue, et disséminé dans les hôpitaux, environ 15 000 hommes ; si nous avions marché en avant, cela n'aurait pas été le cas. Dites-leur là-bas que notre mère, la Russie, nous accusera de lâcheté, car nous livrons la patrie à la racaille, et nous attisons de la sorte dans le cœur de chacun la haine et le dépit. De quoi et de qui avons-nous peur ? Ce n'est pas ma faute si le ministre, indécis, craintif, absurde et lambin, réunit en lui seul tous les défauts. L'armée pleure, et l'accable d'injures !... »

VI

On pourrait, à notre avis, diviser en deux catégories bien distinctes les divers modes, si variés et si multiples, de la vie : la première se composerait de ceux où la forme l'emporte sur le fond ; l'autre, au contraire, de ceux où le fond domine la forme. Comparons, par exemple, la vie de campagne, la vie de province, la vie de Moscou même à celle de Pétersbourg, à celle du salon surtout, invariablement la même partout et toujours.

Depuis 1805, nous avions passé notre temps à nous quereller et à nous réconcilier avec Bonaparte, à faire et à défaire des constitutions, pendant que le salon d'Anna Pavlovna et celui de la belle Hélène étaient restés immuables et avaient gardé le même ton et la même allure que par le passé. Chez Anna Pavlovna, on s'exclamait avec la même stupeur sur les succès de Bonaparte, et l'on ne voyait dans la soumission des souverains de l'Europe entière qu'un complot haineux dont le seul but était de troubler et d'inquiéter le cercle de la Cour, dont Mlle Schérer se considérait comme le représentant incontestable. Chez Hélène, que Roumiantzow honorait de ses visites et qu'il appelait une femme remarquablement intelligente, on professait en 1812, comme en 1808, le même enthousiasme pour la grande nation, pour le grand homme, et l'on y déplorait la rupture avec la France, qui ne pouvait, assurait-on, se terminer autrement que par une paix prochaine.

Une agitation inusitée se manifesta dans ces réunions rivales lorsque l'Empereur revint de l'armée ; quelques démonstrations hostiles furent même tentées de salon à salon, mais chacun conserva strictement sa nuance. Anna Pavlovna ne recevait en fait de Français que quelques légitimistes pur sang, et son exaltation patriotique mettait à l'index le théâtre français, dont l'entretien, disait-elle, coûtait « ce que coûte un corps d'armée ». On y suivait avec un intérêt extrême les opérations militaires, on y répandait sur nos troupes les bruits les plus favorables, tandis que dans la coterie d'Hélène, où les Français étaient en majorité, on prenait note des tentatives faites par Napoléon en faveur de la paix, on niait la vérité des rapports sur la cruauté de l'ennemi, et l'on critiquait à outrance les conseils prématurés de ceux qui parlaient de la nécessité de se transporter à Kazan et d'y installer la cour et les Instituts. La guerre n'avait à leurs yeux qu'un caractère purement démonstratif ; la paix ne pouvait donc se faire attendre, et ils répétaient avec emphase l'axiome de Bilibine, devenu un habitué de la maison d'Hélène (car tout homme intelligent devait l'être ou l'avoir été), que « les questions épineuses ne se tranchaient point par la poudre, mais par ceux qui l'avaient inventée ». On s'y moquait avec esprit, tout en y mettant beaucoup de prudence, de l'exaltation moscovite, arrivée à son apogée durant la visite de l'Empereur à l'ancienne capitale.

Chez Mlle Schérer, au contraire, cet enthousiasme soulevait une admiration fanatique, semblable à celle de Plutarque pour ses héros ! Le prince Basile, qui continuait à occuper les mêmes postes importants, était le chaînon qui reliait ces deux cercles rivaux. Il fréquentait à la fois « ma bonne amie Anna Pavlovna » et « le salon diplomatique de ma fille » : aussi lui arrivait-il souvent, en passant d'un camp à l'autre, de s'embrouiller dans ce qu'il disait, et d'exprimer chez la première les opinions en honneur chez la seconde, et réciproquement. Un jour, peu de temps après le retour de l'Empereur, le prince Basile, qui s'était mis à censurer avec sévérité chez Anna Pavlovna la conduite de Barclay de Tolly, finit par avouer qu'il aurait été très embarrassé, dans le moment actuel, de nommer quelqu'un au poste de général en chef. Un des habitués du salon, connu sous le sobriquet d'un « homme de beaucoup de mérite », raconta qu'il avait vu le matin même le commandant de la milice de Pétersbourg recevant les volontaires dans la chambre des finances, et se permit d'avancer que c'était peut-être l'homme destiné à satisfaire toutes les exigences.

Anna Pavlovna sourit mélancoliquement, en déclarant que Koutouzow ne faisait que créer des ennuis à l'Empereur.

« Oui, je l'ai dit à l'assemblée de la noblesse, reprit le prince Basile ; je leur ai dit que son élection aux fonctions de commandant de la milice ne plairait pas à Sa Majesté ; mais ils ne m'ont pas écouté ; ils ont la manie de fronder. Et pourquoi ? Parce que nous tenons à singer l'absurde enthousiasme des Moscovites, » ajouta-t-il, en oubliant que ce propos, qui aurait été goûté dans le salon de sa fille, ne pouvait l'être dans celui d'Anna Pavlovna ; il le sentit aussitôt et essaya de réparer sa maladresse.

« Est-il convenable, je vous le demande, que le comte Koutouzow, le plus vieux des généraux russes, siège là-bas en personne ? Il en sera pour sa peine… Et, franchement, peut-on nommer général en chef un homme de mauvaises mœurs, un homme qui ne sait pas se tenir à cheval, et qui s'endort au conseil ? Oserait-on soutenir par hasard qu'il s'est distingué à Bucharest ? Je ne parle pas de ses qualités comme militaire, il y aurait trop à dire là-dessus ; mais comment serait-il possible de choisir dans la situation actuelle un homme impotent et qui n'y voit goutte ? Quel commandant sera-ce là ? Il serait bon tout au plus pour jouer à colin-maillard, car il est complètement aveugle ! »

Personne ne répliqua à cette violente sortie, à laquelle le prince Basile se livrait le 21 juillet, et qui, à cette date, était parfaitement fondée ; mais le 29, quelques jours plus tard, Koutouzow reçut le titre de prince. Cette faveur, qui indiquait peut-être, à la rigueur, le désir qu'on éprouvait, en haut lieu, de s'en débarrasser, n'inquiéta pas le prince Basile, mais elle eut pour effet de le rendre plus prudent dans ses critiques. Le 8 août, un conseil composé du feld-maréchal Soltykow, d'Araktchéïew, de Viasmitinow, de Lopoukhine et de Kotchoubey, fut réuni pour discuter la marche générale de la campagne. Le conseil décida que l'insuccès devait être attribué à la division du pouvoir, et proposa, après une courte délibération, et malgré le peu de sympathie de l'Empereur pour Koutouzow, d'élever ce dernier au poste de général en chef et de commandant de tout le rayon occupé par les troupes ; la proposition fut acceptée, et

CHAPITRE V

la nomination annoncée le soir même.

Le prince Basile se retrouva le lendemain chez Anna Pavlovna avec l'« homme de beaucoup de mérite », qui lui faisait une cour assidue afin d'obtenir par elle la place de curateur d'un institut de jeunes filles. Le prince Basile fit son entrée dans ce salon en véritable triomphateur, et comme si le succès avait couronné ses plus chères espérances : « Eh bien, vous savez la grande nouvelle ! Le prince Koutouzow est maréchal, tous les dissentiments sont finis… j'en suis si heureux ! Enfin voilà un homme ! » ajouta-t-il en lançant un regard sévère sur son auditoire. L'« homme de beaucoup de mérite » ne put s'empêcher, quoiqu'il fût candidat à une place, de rappeler à l'orateur le jugement qu'il avait porté lui-même peu de jours auparavant. C'était une double faute contre la bienséance, car Anna Pavlovna avait également reçu la nouvelle avec de grandes démonstrations de joie.

« Mais, mon prince, dit-il, ne pouvant retenir sa langue et employant les paroles du prince Basile, on le dit aveugle !

– Allons donc, il y voit assez clair, répondit le prince en parlant rapidement de sa voix de basse éraillée, et en toussant à plusieurs reprises (c'était son grand moyen pour faire bonne contenance lorsqu'il se trouvait embarrassé). Il y voit assez clair, vous dis-je, et je me réjouis surtout de ce que l'Empereur lui ait donné, sur les troupes et sur le pays, un pouvoir que jamais aucun général en chef n'a eu jusqu'ici. C'est un second autocrate !

– Dieu le veuille ! » dit en soupirant Anna Pavlovna.

L'« homme de beaucoup de mérite », très novice encore au langage des cours, s'imaginait flatter la vieille fille en défendant son ancienne opinion ; il s'empressa donc d'ajouter :

« On dit que l'Empereur ne l'a investi de ce pouvoir qu'à contrecœur ! On dit aussi qu'il a rougi comme une demoiselle à laquelle on lirait *Joconde*, en lui disant que le Souverain et la patrie lui décernaient cet honneur.

– Peut-être le cœur n'était-il pas de la partie ? fit observer Anna Pavlovna.

– Pas du tout, pas du tout, s'écria avec chaleur le prince Basile, qui ne permettait plus à personne d'attaquer Koutouzow. C'est impossible, car l'Empereur a toujours su apprécier ses hautes qualités.

– Dieu veuille alors que le prince Koutouzow ait véritablement le pouvoir entre les mains, et qu'il ne permette à personne de lui mettre des bâtons dans les roues, » dit Anna Pavlovna.

Le prince Basile, comprenant aussitôt à qui s'adressait cette allusion, reprit à voix basse :

« Je sais positivement que Koutouzow a posé comme condition *sine qua non* à l'Empereur l'éloignement du césarévitch. Savez-vous ce qu'il lui a dit : « Je ne saurais le punir s'il fait mal, ni le récompenser s'il fait bien. »

– Oh ! c'est un homme bien fin : je connais Koutouzow de longue date.

– On dit même, poursuivit l'« homme de beaucoup de mérite », continuant à faire fausse route, que Son Altesse a solennellement exigé de l'Empereur de ne pas venir séjourner à l'armée. »

À peine eut-il prononcé ces mots, que le prince Basile et Anna Pavlovna, se détournant comme poussés par un même ressort, échangèrent un regard plein de compassion en réponse à cette inconcevable naïveté, et poussèrent un long et profond soupir.

VII

Pendant que ceci se passait à Pétersbourg, les Français, laissant Smolensk derrière eux, avançaient toujours et se rapprochaient de Moscou. M. Thiers, l'historien de Napoléon, cherche, comme les autres, à atténuer les fautes de son héros, en soutenant qu'il avait été amené jusque sous les murs de Moscou contre sa volonté ! Ce serait vrai, si l'on pouvait donner comme cause aux événements de ce monde la volonté d'un seul homme, et nos historiographes auraient alors également raison, en prétendant, de leur côté, que Napoléon a été attiré en avant par l'habileté de nos généraux. En considérant même le passé comme le travail d'incubation des faits qui en sont la conséquence ultérieure, nous en arrivons à découvrir entre eux une certaine connexité qui ne fait que les rendre encore plus confus. Quand un bon joueur d'échecs a perdu une partie et qu'il est intimement convaincu de l'avoir perdue par son fait, il laisse de côté les fautes qu'il a pu commettre pendant le cours de la partie, pour ne rechercher que celle qu'il a faite au début, et qui, en tournant au profit de son adversaire, a causé sa défaite. Le jeu de la guerre, bien autrement compliqué, est influencé par les conditions du milieu où il s'agite, et, loin d'être dirigé par une volonté unique, il est le produit du frottement et du choc des mille volontés et des mille passions individuelles qui y prennent part.

Napoléon, après avoir quitté Smolensk, tenta, mais en vain, de livrer bataille d'abord à Dorogobouge sur la Viazma, ensuite à Czarevo-Zaïmichtché ; par suite de différentes circonstances, les Russes ne purent l'accepter qu'à Borodino, situé à 112 verstes de Moscou. À Viazma, Napoléon donna l'ordre de marcher droit sur cette ville, la capitale asiatique du grand Empire, la ville sacrée des peuples d'Alexandre ! Moscou, avec ses innombrables églises semblables à des pagodes chinoises, excitait son imagination. Il quitta Viazma monté sur son petit cheval isabelle, accompagné de sa garde, de ses aides de camp, et de ses pages ; Berthier, le major général, resté en arrière pour faire interroger un prisonnier russe par l'interprète Lelorgne d'Ideville, rejoignit peu après son maître, et, le visage rayonnant de joie, arrêta court son cheval devant lui.

« Qu'y a-t-il ? demanda Napoléon.

– Un cosaque qu'on vient de faire prisonnier, Sire, dit que les troupes commandées par Platow se réunissent au gros de l'armée, et que Koutouzow est nommé général en chef !... Ce gaillard est très bavard et paraît fort intelligent. »

Napoléon sourit, fit donner un cheval au cosaque, et se le fit amener, pour avoir le plaisir de le questionner lui-même. Quelques aides de camp partirent au galop pour faire exécuter cet ordre, et, un moment après, le serf de Denissow, celui qu'il avait cédé à Rostow, notre ancienne connaissance Lavrouchka, avec sa figure éveillée et légèrement avinée, en veste de domestique militaire, à cheval sur une selle de cavalerie française, s'approcha de Napoléon, qui le fit marcher à ses côtés, pour l'examiner à son aise.

« Vous êtes un cosaque ? lui demanda-t-il.

– Oui, Votre Noblesse »

« Le cosaque, ignorant en quelle compagnie il se trouvait, car la simplicité de Napoléon n'avait rien qui put révéler à une imagination orientale la présence d'un Souverain, s'entretint avec la plus extrême familiarité des affaires de la guerre actuelle[1] », dit

1 En français dans le texte. (*Note du traducteur.*)

M. Thiers en racontant cet épisode. Lavrouchka était ivre ou à peu près ; n'ayant pas préparé à temps le dîner de son maître le jour précédent, il avait été bel et bien fustigé, et envoyé faire main basse sur la volaille dans un village ; là, s'étant laissé entraîner par le charme de la maraude, il avait été enlevé par les français. Lavrouchka, qui avait vu beaucoup de choses dans sa vie, était une de ces natures effrontées, prêtes à toutes les fourberies imaginables, qui devinent d'instinct les plus mauvaises pensées de leurs maîtres et savent se rendre compte d'un coup d'œil de l'étendue de leur mesquine vanité.

Face à face avec Napoléon, qu'il n'avait pas tardé à reconnaître, il fit tout son possible pour gagner ses bonnes grâces. Sa présence ne l'intimidait pas plus que celle de Rostow, ou du maréchal des logis avec les verges à la main, car, du moment qu'il ne possédait rien, que pouvait-on lui prendre ?

Il lui rapporta, à peu de choses près, ce qui se disait parmi ses camarades ; mais, lorsque Napoléon lui demanda si les Russes croyaient vaincre Bonaparte, il flaira un piège dans cette question, et réfléchit en fronçant les sourcils.

« S'il doit y avoir prochainement une bataille, répondit-il d'un air soupçonneux, alors c'est possible, mais s'il se passe trois jours sans qu'il y en ait, cela traînera en longueur. »

Cette phrase sibylline fut ainsi traduite à l'Empereur par Lelorgne d'Ideville : « Si la bataille était donnée avant trois jours, les Français la gagneraient, mais si elle était donnée plus tard, Dieu sait ce qu'il en arriverait. » Napoléon, dont l'humeur était cependant excellente pour le moment, écouta sans sourire cet oracle, et se le fit répéter. Lavrouchka le remarqua, et continua à faire semblant d'ignorer qui il était.

« Nous savons bien que vous avez un certain Napoléon qui a déjà battu tout le monde, mais cela ne lui sera pas aussi facile avec nous ! » dit-il, laissant involontairement échapper cette vanterie patriotique, que l'interprète s'empressa du reste de passer sous silence, en ne traduisant à Sa Majesté que la première partie de la phrase.

« La réponse du jeune cosaque fit sourire son puissant interlocuteur, » dit M. Thiers. Faisant quelques pas en avant, Napoléon s'adressa à Berthier. Il lui exprima le désir d'éprouver sur cet enfant des steppes du Don l'émotion qu'il ressentirait en apprenant qu'il causait avec l'Empereur, avec ce même Empereur qui avait écrit sur les Pyramides son nom victorieux !

On avait à peine achevé de le lui dire, que Lavrouchka, devinant à merveille que Napoléon s'attendait à le voir terrifié, joua aussitôt la stupéfaction : il écarquilla les yeux, prit un air hébété, et donna à sa figure l'expression qui lui était habituelle lorsqu'on le menait recevoir quelques coups de verges en punition de ses fautes. « À peine l'interprète de Napoléon, dit M. Thiers, avait-il parlé, que le cosaque, saisi d'une sorte d'ébahissement, ne proféra plus une parole, et marcha les yeux constamment attachés sur ce conquérant, dont le nom avait pénétré jusqu'à lui à travers les steppes de l'Orient. Toute sa loquacité s'était subitement arrêtée pour faire place à un sentiment d'admiration naïve et silencieuse. Napoléon, après l'avoir récompensé, lui fit donner la liberté « comme à un oiseau qu'on rend aux champs qui l'ont vu naître[1] ».

Sa Majesté continua donc son chemin, rêvant à ce Moscou qui occupait si fort son imagination, tandis que l'« oiseau rendu aux champs qui l'ont vu naître » retournait aux avant-postes : il songeait au récit fantastique qu'il allait débiter à ses camarades, car il n'était pas homme à leur raconter les faits tels qu'ils s'étaient passés, et à leur dire tout simplement la vérité. Il demanda à des cosaques qu'il rencontra sur sa route où était son régiment, qui faisait partie du détachement de Platow, et le soir même il arriva à Jankow, où était le bivouac des siens, juste au moment où Rostow montait à cheval pour aller avec Iline faire une reconnaissance dans les environs. Lavrouchka reçut l'ordre de les suivre.

VIII

La princesse Marie n'était pas à Moscou, à l'abri de tout danger, comme le pensait le prince André.

Lorsque son vieux serviteur revint de Smolensk, le prince se réveilla comme d'une léthargie. Il fit rassembler les miliciens, et écrivit au général en chef pour l'informer qu'il était bien décidé à rester à Lissy-Gory et à le défendre jusqu'à la dernière extrémité, en lui

---

1 En français dans le texte. (*Note du traducteur.*)

laissant le soin de prendre ou de ne pas prendre les mesures nécessaires pour protéger un endroit « où serait fait prisonnier ou tué un des plus anciens généraux russes » ! Il annonça ensuite solennellement à toute sa maison son intention de ne pas quitter Lissy-Gory ! Quant à sa fille, elle devait, disait-il, emmener le petit prince à Bogoutcharovo, et il s'occupa immédiatement de son départ et de celui de Dessalles. La princesse Marie, sérieusement effrayée de l'activité fiévreuse qui succédait chez lui à l'apathie des dernières semaines, ne pouvait se décider à le laisser seul, et se permit de lui désobéir pour la première fois de sa vie. Elle refusa de partir, et s'exposa par là à une scène des plus violentes. Son père furieux lui reprocha ses torts imaginaires, l'accabla des reproches les plus sanglants, l'accusa d'avoir empoisonné son existence, de l'avoir brouillé avec son fils, d'avoir fait sur son compte des suppositions abominables, et finit par la renvoyer de son cabinet, en lui disant qu'elle pouvait faire ce qui lui semblerait bon, qu'il ne voulait plus la connaître, et lui défendait de se montrer désormais devant ses yeux. La princesse Marie, heureuse de ne pas avoir été mise de force en voiture, vit dans cette concession la preuve irrécusable de la satisfaction cachée que causait à son père sa résolution de rester auprès de lui. Le lendemain du départ de son petit-fils, le vieux prince revêtit sa grande tenue, et se disposa à aller voir le général en chef. Sa calèche étant avancée, sa fille l'aperçut, tout chamarré de décorations, s'acheminer vers une allée du jardin, pour y passer en revue les paysans et la domesticité qu'il avait armés. Assise à sa fenêtre, elle prêtait une oreille attentive aux ordres qu'il donnait, lorsque tout à coup quelques hommes, la figure bouleversée, se mirent à courir du jardin vers la maison ; s'élançant aussitôt au dehors, elle allait s'engager dans l'allée, lorsqu'elle vit venir à elle une troupe de miliciens, et au milieu d'eux le vieux prince en uniforme, soutenu par eux et laissant traîner ses pieds sans force sur le sable. Elle fit quelques pas, mais les rayons de lumière qui se jouaient sur le groupe, à travers l'épais feuillage des tilleuls, l'empêchèrent d'abord de se rendre compte du changement survenu dans ses traits. En s'approchant davantage, elle en fut profondément saisie : l'expression dure et résolue de sa figure s'était fondue en une expression soumise et humble. À la vue de sa fille, il remua ses lèvres impuissantes, et il s'en échappa quelques sons rauques et inintelligibles. On le porta jusque dans son cabinet, et on le déposa sur le divan qui lui avait tout dernièrement encore causé de si folles terreurs.

Le docteur, qu'on alla chercher à la ville voisine, le veilla toute la nuit, et déclara que le côté droit avait été frappé de paralysie. Le séjour à Lissy-Gory devenant de jour en jour plus dangereux, la princesse Marie fit transporter le malade à Bogoutcharovo, et envoya son neveu à Moscou sous la garde de Dessalles.

Le vieux prince passa ainsi trois semaines dans la maison de son fils, toujours dans le même état. Il n'avait plus sa tête : étendu sans mouvement, presque sans vie, il ne cessait de murmurer des mots inarticulés, et l'on ne pouvait parvenir à deviner s'il se rendait compte de ce qui se passait autour de lui. Il souffrait, et s'efforçait évidemment d'exprimer un désir que personne n'arrivait à comprendre. Était-ce une fantaisie de malade, ou l'idée d'un cerveau affaibli ? Voulait-il parler de ses affaires de famille ou de celles du pays ? On l'ignorait.

Le docteur soutenait que cette agitation ne voulait rien dire, et qu'elle provenait de causes purement physiques ; mais la princesse Marie était sûre du contraire, et l'inquiétude que le vieux prince témoignait, quand elle était en sa présence, la confirmait dans cette supposition.

Il n'y avait plus à espérer de le guérir, et il était impossible de le transporter, car on aurait risqué de le voir mourir pendant le trajet. « La fin, la fin elle-même ne serait-elle pas préférable à cet état ? » se disait parfois la princesse Marie. Elle ne le quittait ni jour ni nuit, et, faut-il l'avouer ? elle épiait ses moindres mouvements, non pour y découvrir un symptôme rassurant, mais souvent au contraire pour y surprendre quelque signe avant-coureur d'une mort prochaine. Ce qui était encore plus terrible, et ce qu'elle ne pouvait se dissimuler à elle-même, c'est que, depuis la maladie de son père, toutes ses aspirations intimes, toutes ses espérances, oubliées depuis tant d'années, s'étaient tout à coup réveillées en elle : le rêve d'une vie indépendante, pleine de joies nouvelles et affranchie du joug de la tyrannie paternelle, la possibilité d'aimer et de jouir enfin du bonheur conjugal, se représentaient constamment à son imagination comme autant de tentations du démon. Malgré ses efforts pour les chasser loin d'elle, elle y revenait sans cesse et se surprenait souvent à rêver et à combiner le plan de sa nouvelle existence, quand « lui » ne serait plus là ! Pour repousser la séduction de ces pensées, elle avait recours à la prière : S'agenouillant et fixant les yeux sur les images saintes, elle priait, mais sans ferveur et sans foi. Elle se sentait emportée par un autre courant, le courant de la vie active, difficile mais libre, en contraste complet avec l'atmosphère morale qui l'avait entourée et emprisonnée jusqu'à ce jour. La prière avait été alors son unique consolation ; aujourd'hui, elle se sentait sollicitée par les soucis de la vie matérielle. Il n'était pas non plus sans danger de demeurer plus longtemps à Bogoutcharovo ; les Français approchaient, et déjà une propriété voisine venait d'être dévastée par les maraudeurs.

Le docteur insistait pour que l'on transportât le malade ; le maréchal de noblesse envoya un de ses fonctionnaires pour engager la princesse Marie à partir promptement ; l'ispravnik arriva en personne lui annoncer la présence des troupes françaises à quarante verstes : « les villages avaient déjà reçu, disait-il, les proclamations ennemies, et il ne répondait de rien si elle ne partait immédiatement. »

Elle s'y décida enfin, et fixa son départ au 15 septembre ; les préparatifs et les ordres à donner l'occupèrent toute la journée du 14, mais elle passa la nuit suivante, comme d'habitude, sans se déshabiller, dans la chambre contiguë à celle de son père. Ne pouvant dormir, elle s'approcha plus d'une fois de la porte pour écouter, et elle l'entendait souvent geindre et se plaindre tout bas, pendant que Tikhone et le docteur le soulevaient et le changeaient de position. Elle aurait voulu entrer chez lui, mais la crainte l'en empêchait ; elle savait par expérience combien tout signe de terreur était désagréable à son père, qui se détournait chaque fois qu'il rencontrait son regard effaré involontairement fixé sur lui ; elle savait que son apparition, la nuit, à une heure inusitée, lui causerait une violente irritation !… Et jamais cependant il ne lui avait inspiré autant de compassion. Un revirement s'était opéré en elle : elle redoutait maintenant de le perdre, et, en repassant dans sa mémoire les longues années de leur vie commune, elle découvrait dans chacun de ses actes une preuve de son affection pour elle. Si la perspective de sa future existence se glissait au milieu de son attendrissement rétrospectif, elle la chassait bien vite avec horreur comme une ob-

CHAPITRE V

session du mauvais esprit ; enfin, n'entendant plus de bruit chez le malade, elle s'endormit, épuisée, vers le matin, et ne se réveilla que fort tard.

La netteté de perception qui accompagne habituellement le réveil lui démontra clairement alors quelle était sa préoccupation constante, et, prêtant l'oreille et n'entendant derrière la porte que le même murmure, elle se dit avec un soupir de fatigue :

« C'est donc toujours la même chose !... Mais qu'est-ce donc que je désire, qu'est-ce donc qui doit arriver ? Sa mort ? » s'écria-t-elle avec dégoût à cette pensée involontaire. Se levant à la hâte, elle s'habilla, fit sa prière et sortit sur le perron : on mettait les chevaux à la voiture, et l'on y emballait les derniers effets.

Le temps était doux et couvert ; le docteur s'approcha de la princesse.

« Il a l'air un peu mieux ce matin, lui dit-il. Je vous cherchais : il est possible de le comprendre un peu, il a la tête assez fraîche. Venez, il vous demande. »

Elle pâlit et s'appuya contre le chambranle de la porte... Son cœur battit avec violence ; rien qu'à l'idée de le voir, de lui parler, lorsque son âme était remplie de pensées coupables, elle éprouvait une joie mêlée de douleur et d'angoisse.

« Allons, » répéta le docteur.

Elle le suivit et s'approcha du lit de son père. Le malade était couché sur le dos et soutenu par des oreillers ; ses mains amaigries et osseuses, couvertes d'un réseau de veines bleuâtres et noueuses, étaient posées devant lui sur la couverture ; l'œil gauche fixe, l'œil droit tiré et hagard, les lèvres et les sourcils immobiles, il avait la figure singulièrement ridée, et son apparence desséchée et malingre inspirait une pitié profonde. La princesse Marie s'approcha de lui et lui baisa la main ; la main gauche de son père serra aussitôt la sienne..., on voyait qu'il l'attendait. Il répéta ce mouvement, tandis que ses sourcils et ses lèvres se contractaient avec impatience.

Elle le regarda effrayée... Que désirait-il ? Elle se plaça de façon qu'il pût l'apercevoir de son œil gauche... Il se tranquillisa aussitôt, et fit des efforts surhumains pour parler ; la langue remua cette fois, des sons inarticulés se firent entendre, et enfin il prononça quelques mots, lentement, timidement, sans cesser de regarder sa fille d'un air suppliant et craintif... Il avait si grand'peur de n'être pas compris ! La difficulté presque comique qu'il éprouvait à parler força la princesse Marie à baisser les yeux pour lui dérober la vue des sanglots qu'elle avait peine à réprimer. Il répéta à différentes reprises les mêmes syllabes, mais elle ne parvenait pas à en saisir le sens. Le docteur crut enfin comprendre qu'il demandait si elle avait peur, mais à cette supposition, émise à haute voix, le malade secoua négativement la tête.

« Il veut dire que c'est son âme qui souffre ! » s'écria la princesse Marie, et son père, répondant à ce cri par un signe affirmatif, lui serra la main, et l'appliqua sur sa poitrine à différents endroits, comme s'il cherchait une meilleure place.

– Je pense toujours à toi, » dit-il presque distinctement, satisfait d'avoir été compris, et, passant son autre main sur les cheveux de sa fille, qui inclina la tête afin de lui cacher ses larmes : « Je t'ai appelée toute la nuit, murmura-t-il.

– Si j'avais su, répondit-elle... Je craignais de venir. »

Il lui serra la main.

« Tu ne dormais donc pas ?

– Non, » répondit-elle en faisant un signe de tête négatif. Subissant malgré elle l'influence du malade, elle essayait de parler comme lui, et paraissait éprouver la même difficulté à exprimer sa pensée.

– Ma petite âme, murmura-t-il, ou ma petite amie ! » La princesse Marie ne put saisir au juste l'expression dont il s'était servi, mais son regard lui disait bien qu'il venait d'employer une expression affectueuse et tendre, ce qui ne lui arrivait jamais. « Pourquoi n'es-tu pas venue ?

– Et moi, moi qui souhaitais sa mort ! se disait la pauvre fille.

– Merci, ma fille, mon amie, merci ! pour tout, pardonne-moi... merci ! » Et deux larmes brûlantes jaillirent de ses yeux... « Appelez Andrioucha ! dit-il tout à coup d'un air égaré...

– J'ai reçu une lettre de lui, » répondit la princesse Marie.

Il la regarda avec surprise.

« Où donc est-il ?

– À l'armée, mon père, à Smolensk ! »

Longtemps il garda le silence, les paupières closes, puis il les releva et fit un signe affirmatif, comme pour dire à sa fille qu'il avait enfin retrouvé la mémoire, et qu'il se souvenait de tout.

« Oui, dit-il lentement et distinctement, la Russie est perdue, ils l'ont perdue ! » Et il sanglota.

S'apaisant et refermant les yeux, il fit de la main un léger mouvement dont Tikhone devina le sens, car il lui essuya ses larmes, pendant qu'il prononçait de nouveau quelques mots confus. S'agissait-il de la Russie, de son fils, de son petit-fils, ou de sa fille ? Nul n'aurait pu le dire. Une heureuse inspiration éclaira Tikhone : il avait deviné !

« Va mettre ta robe blanche, je l'aime...

– C'est cela ! » dit-il en se tournant vers la princesse Marie. À ces paroles, elle se prit à pleurer avec une telle violence, que le docteur l'emmena hors de la chambre jusque sur le balcon, pour lui donner le temps de maîtriser son émotion et de terminer ses préparatifs de départ. Le vieux prince continua à parler de son fils, de la guerre, de l'Empereur, et, fronçant les sourcils d'un air irrité, il élevait de plus en plus sa voix enrouée, lorsque soudain il fut frappé d'un second et dernier coup de paralysie.

Le temps s'était éclairci, le soleil brillait dans toute sa splendeur, mais la princesse Marie, arrêtée sur le balcon, ne se rendait compte de rien, ne pensait à rien et n'éprouvait qu'une chose, un redoublement de tendresse pour son père, elle ne l'avait jamais autant aimé qu'en ce moment-là. Elle descendit les marches du perron et marcha vivement vers l'étang, en passant par l'allée de tilleuls nouvellement plantée par son frère.

« Oui, j'ai souhaité sa mort, disait-elle tout haut dans son émotion. J'ai désiré voir finir cela plus vite, pour me reposer... Mais à quoi me servira ce repos, lorsqu'il ne sera plus ? » Elle fit le tour du jardin, se retrouva devant la maison, et vit alors venir à elle, en compagnie d'un inconnu, Mlle Bourrienne, qui avait déclaré ne pas vouloir quitter Bogoutcharovo. C'était le maréchal de la noblesse du district, qui arrivait tout exprès pour représenter à la princesse Marie l'urgence du départ. Elle l'écouta sans l'entendre, l'invita à la suivre dans la salle à manger, lui proposa de déjeuner et le fit asseoir à côté d'elle. Au bout d'une seconde, elle se leva, agitée et inquiète, s'excusa auprès de son hôte et se dirigea vers l'appartement de son père ; le docteur parut sur le seuil de la porte.

« Vous ne pouvez pas entrer, princesse : allez-vous-en, allez ! » lui dit-il avec autorité.

Elle retourna au jardin, et alla s'asseoir sur le bord même de l'étang... On ne pouvait pas l'apercevoir de la maison. Jamais elle ne sut combien de temps elle y était restée. Tout à coup, un bruit de pas qui couraient sur le chemin sablé la tira brusquement de sa rêverie : c'était Douniacha, sa femme de chambre, qu'on avait envoyée à sa recherche, et qui s'arrêta, effarée, à sa vue.

« Venez, princesse !... le prince...

– J'y vais, j'y vais ! reprit la princesse Marie, qui, sans lui donner le temps d'achever sa phrase, courut vers la maison.

– Princesse, lui dit le docteur, qui l'attendait à l'entrée, la volonté de Dieu s'est accomplie !... Résignez-vous !

– Ce n'est pas vrai, laissez-moi ! » s'écria-t-elle avec une poignante angoisse.

Le docteur chercha à la retenir, mais elle le repoussa et passa outre.

« Pourquoi m'arrêtent-ils tous, pourquoi ces figures terrifiées ? se disait-elle... Je n'ai besoin de personne, que font-ils là ? »

Elle ouvrit la porte de la chambre de son père ; la lumière y entrait maintenant à flots, tandis qu'on y avait toujours maintenu une demi-obscurité ; elle éprouva une terreur indicible. La vieille bonne et quelques femmes entouraient le lit ; elles reculèrent à sa vue, et lui laissèrent voir, en s'écartant, la figure sévère mais calme du mort... Elle resta clouée sur le seuil.

« Non, il n'est pas mort, c'est impossible ! » se dit-elle.

Dominant sa terreur, elle approcha de la couche funèbre, et posa ses lèvres sur la joue de son père ; mais à ce contact elle tressaillit et se rejeta en arrière : toute la tendresse qu'elle venait de ressentir s'évanouit pour faire place à un sentiment d'horreur et de crainte causé par ce qu'elle voyait devant elle.

« Il n'est plus, il n'est plus, et à sa place quelque chose d'horrible, un mystère effrayant qui me glace et me repousse, murmurait la pauvre fille... Et, se cachant la figure dans les mains, elle tomba évanouie dans les bras du docteur qui l'avait suivie.

CHAPITRE V

Les femmes s'acquittèrent, en présence de Tikhone et du docteur, du soin de laver le corps ; elles lui bandèrent la mâchoire, pour l'empêcher, en se raidissant, de laisser la bouche ouverte, et attachèrent les pieds, pour les empêcher de s'écarter. Ensuite, elles le revêtirent de son uniforme orné de décorations, et le couchèrent sur une petite table. Tout fut exécuté selon l'usage, le cercueil se trouva prêt le soir comme par enchantement : on le recouvrit du drap mortuaire ; des cierges furent placés autour, on éparpilla du genièvre sur le plancher, et le lecteur commença à psalmodier des Psaumes. Beaucoup de gens de la localité, des étrangers même, entouraient le cercueil ; semblables aux chevaux qui frémissent et se cabrent à la vue d'un cheval mort, – car eux aussi avaient peur, – le maréchal de noblesse, le starosta du village, les femmes de la maison et du dehors, les yeux avidement fixés sur le corps, la terreur peinte sur le visage, se signaient avant de baiser la main froide et raidie du vieux prince.

IX

Bogoutcharovo n'avait jamais été dans les bonnes grâces de son vieux maître ; les paysans de cette terre différaient de ceux de Lissy-Gory par leur langage, leur costume et leurs mœurs : ils se disaient habitants de la steppe. Le prince rendait justice à leur assiduité au travail, et les faisait souvent venir à Lissy-Gory pour moissonner, pour creuser un étang ou un fossé ; mais il ne les aimait pas, à cause de leur sauvagerie.

Le séjour du prince André parmi eux, ses réformes, ses hôpitaux, ses écoles, la réduction de la redevance, au lieu de les adoucir, n'avaient fait au contraire qu'accentuer davantage ce que leur maître appelait le trait saillant de leur caractère, la sauvagerie. Les bruits les plus étranges trouvaient toujours créance parmi eux : tantôt on y racontait que toute leur population allait être inscrite dans les rangs des cosaques, qu'on allait la faire passer à une nouvelle religion ; tantôt, revenant sur le serment prêté à Paul Ier en 1797, on y parlait de la liberté qu'il leur aurait donnée, et que les seigneurs avaient reprise, ou bien encore on attendait le retour de Pierre III, qui reviendrait régner dans sept ans. Tous alors deviendraient libres, tout alors serait permis et tellement simplifié qu'il n'y aurait plus aucune loi. Aussi, la guerre avec Bonaparte et l'invasion ennemie s'étaient-elles alliées dans leur imagination à leurs vagues et confuses notions sur l'Antéchrist, sur la fin du monde et sur la liberté sans entraves.

Dans les environs de Bogoutcharovo, il y avait quelques grands villages appartenant à des particuliers et à la couronne, mais les particuliers vivaient peu sur leurs terres ; il s'y trouvait aussi fort peu de domestiques serfs (dvorovoï) et de gens sachant lire et écrire, de sorte que parmi ces paysans les courants mystérieux de la vie nationale et populaire, dont les sources restent si souvent des mystères pour les contemporains, prenaient une force et une intensité particulières. Ainsi, par exemple, une vingtaine d'années auparavant, les paysans de Bogoutcharovo, entraînés par ceux des districts voisins, avaient émigré en masse, comme un véritable passage d'oiseaux, allant du côté du Sud-Est vers certains fleuves imaginaires, dont les eaux, disait-on, étaient constamment chaudes. Des centaines de familles vendirent tout ce qu'elles possédaient et quittèrent leurs foyers en caravanes ; les uns se rachetèrent, les autres s'enfuirent en secret. Beaucoup de ces malheureux furent sévèrement punis et envoyés en Sibérie, d'autres périrent de faim et de froid en route, le reste revint à Bogoutcharovo, et le mouvement se calma peu à peu, de même qu'il avait commencé sans cause apparente. Dans ce moment, un courant d'idées analogue continuait à sourdre parmi les paysans ; et, pour peu que l'on fût en relations journalières avec le peuple, il était facile de constater en 1812 qu'il était profondément travaillé par ces influences mystérieuses, et qu'elles n'attendaient, pour se faire jour avec une nouvelle violence, qu'une occasion favorable.

Alpatitch, installé à Bogoutcharovo peu de jours avant la mort du vieux prince, remarqua une certaine agitation parmi les paysans, dont la manière d'agir formait un saisissant contraste avec celle de leurs frères de Lissy-Gory, dont ils n'étaient cependant séparés que par une distance de soixante verstes. Tandis que dans ce dernier endroit les paysans abandonnaient leurs foyers, en les laissant à la merci des cosaques pillards, ici ils restaient sur place et entretenaient des relations avec les Français, dont certaines proclamations circulaient parmi eux. Le vieil intendant avait appris, par des domestiques dévoués, qu'un nommé Karp, fort influent dans la commune, et qui venait de conduire un convoi de la couronne,

CHAPITRE V

racontait à ses amis que les cosaques détruisaient les villages déser-
tés par les habitants, mais que les Français les respectaient. Il savait
aussi qu'un autre paysan avait apporté du bourg voisin la proclamation d'un général français, où il était dit qu'il ne serait fait aucun
mal à quiconque resterait chez lui, qu'on payerait argent comptant
tout ce que l'on achèterait ; et à l'appui de cette nouvelle il montrait
les cent roubles-papier qu'il venait de toucher pour son foin ; il ne
savait pas que les assignats étaient faux.

Enfin, et c'était là le plus important, Alpatitch apprit que, le matin
même du jour où il avait ordonné au starosta de réclamer des chevaux et des charrettes pour le transport des effets de la princesse
Marie, les paysans, assemblés en conseil, avaient décidé de ne pas
obéir à cet ordre et de ne pas quitter le village. Il n'y avait pourtant
pas de temps à perdre : le maréchal de noblesse, venu tout exprès à
Bogoutcharovo, avait insisté sur le départ immédiat de la princesse
Marie, en disant qu'il ne répondait plus de sa sécurité au delà du
lendemain 16 août, et, malgré sa promesse de revenir assister à
l'enterrement du prince, il en fut empêché par suite d'un mouvement subit des Français, qui ne lui laissa que le temps d'emmener
sa famille et ses effets les plus précieux.

Le starosta Drone, que son défunt maître appelait Dronouchka, ad-
ministrait depuis tantôt trente ans la commune de Bogoutcharovo.
C'était un de ces hercules au moral comme au physique, qui, une
fois hommes faits, vivent jusqu'à soixante-dix ans sans un cheveu
blanc, sans une dent de moins, aussi forts et aussi vigoureux qu'ils
l'étaient à trente.

Drone fut appelé aux fonctions de starosta bourgmestre peu après
l'émigration vers les « Eaux chaudes », à laquelle il avait pris part
comme les autres, et il remplissait cette fonction, d'une façon, irréprochable depuis vingt-trois ans. Les paysans le craignaient plus
que leur maître, qui le respectait et l'appelait en plaisantant « le
ministre ». Jamais Drone n'avait été ni malade ni ivre ; jamais non
plus, malgré les travaux les plus pénibles, et les nuits passées quelquefois sans sommeil, il ne paraissait fatigué, et, bien qu'il ne sût
ni lire ni écrire, jamais il ne s'était trompé ni dans ses comptes,
ni dans le nombre des pouds de farine qu'il portait sur d'énormes
chariots pour les vendre à la ville voisine, ni dans la quantité de

gerbes de blé que donnait chacune des dessiatines[1] des champs de Bogoutcharovo. Ce même Drone reçut donc d'Alpatitch l'ordre de fournir douze chevaux pour les équipages de la princesse Marie, et dix-huit charrettes attelées pour le transport des bagages. Quoique les redevances se payassent en argent, l'exécution de cet ordre ne devait pas, selon Alpatitch, rencontrer la moindre difficulté, car on comptait dans le village 230 ménages, pour la plupart fort à leur aise. Drone baissa néanmoins les yeux, sans rien dire, en recevant ces instructions, qu'Alpatitch compléta, en lui indiquant les paysans auxquels il pourrait demander des chevaux et des charrettes.

Le starosta lui répondit alors que les chevaux de ces paysans étaient en course. L'intendant en nomma d'autres.

« Ceux-là n'en ont plus, ils sont loués à la couronne, répondit Drone ; quant au reste, ils sont épuisés de fatigue, et la mauvaise nourriture en a fait mourir beaucoup ; il est donc impossible d'en réunir un nombre suffisant, non seulement pour les bagages, mais même pour les voitures. »

Alpatitch, surpris, regarda Drone avec attention. Si Drone était un modèle de starosta bourgmestre, de son côté Alpatitch était un régisseur hors ligne ; il comprit donc aussitôt que ces réponses n'exprimaient pas les dispositions personnelles de Drone, mais celles de la commune, qui subissait l'entraînement d'un nouveau courant d'idées. Il n'ignorait pas non plus que les paysans détestaient Drone le richard et qu'au fond celui-ci hésitait entre les deux camps, le propriétaire et les paysans ; il en voyait un signe certain dans l'indécision de son regard. S'approchant avec impatience de son subordonné :

« Écoute, Drone, lui dit-il, assez de sornettes comme ça ! Son Excellence le prince André Nicolaïévitch m'a ordonné de vous faire tous partir, afin que vous ne pactisiez pas avec l'ennemi ; il y a même là-dessus un ordre du Tsar : Celui qui reste avec l'ennemi est un traître… Tu entends ?

– J'entends, » repartit Drone sans lever les yeux.

Alpatitch ne se contenta pas de cette réponse :

« Drone, Drone, ça ira mal ! ajouta-t-il en secouant la tête. Crois-moi, ne t'entête pas… Je vois clair en toi, je vois même, tu le sais,

1 Une dessiatine vaut 1 hectare 092. (*Note du traducteur.*)

à trois archines de profondeur sous tes pieds ! » Alors, tirant sa main de son gilet, il indiqua le plancher d'un geste théâtral. Drone le regarda de côté avec une certaine émotion, mais reporta aussitôt ses yeux sur le plancher. « Laisse là ces folies : dis-leur de lever le camp, et de se mettre en route pour Moscou... Que les charrettes soient également prêtes demain pour la princesse... Et toi, ne va pas à l'assemblée, tu entends ? «

Drone se jeta à ses genoux.

« Jakow Alpatitch, au nom du Seigneur, reprends-moi les clefs !

– Je t'ordonne, reprit sévèrement Alpatitch, de renoncer à ton projet ; je vois clair, tu sais, sous tes pieds !... »

Il savait que son habileté à élever les abeilles, sa connaissance du moment précis pour les semailles de l'avoine, et ses vingt années, de service auprès du vieux prince, lui avaient acquis la réputation de sorcier.

Drone se leva et essaya de parler, mais Alpatitch l'arrêta.

« Voyons, que vous a-t-il donc poussé dans la cervelle ? Hein ? Que vous êtes-vous imaginé ?

– Mais que ferai-je avec le peuple ? reprit Drone : il n'entend pas raison, je leur ai dit à tous que...

– Boivent-ils ? demanda brusquement le régisseur.

– Ils sont intraitables, Jakow Alpatitch : ils ont défoncé une seconde tonne.

– Eh bien, écoute : j'irai trouver l'ispravnik, et toi, va leur dire qu'ils ne pensent plus à toutes ces sottises et qu'ils fournissent les charrettes.

– C'est bien ! » répondit Drone.

Jakow Alpatitch n'insista plus : il avait trop longtemps gouverné tout ce monde-là pour ignorer que le meilleur moyen était encore de ne pas admettre la possibilité d'une résistance. Il eut donc l'air de se contenter de la soumission apparente de Drone mais il s'apprêta, sans rien dire, à aller requérir la force publique.

Le soir venu, pas de charrettes ! Une bruyante assemblée, réunie devant le cabaret du village, avait décidé de n'en pas livrer et d'envoyer tous les chevaux dans la forêt ! Alpatitch donna alors l'ordre de décharger les voitures qui avaient amené son bagage de Lissy-

Gory, de tenir prêts ses chevaux pour la princesse Marie, et partit en toute hâte pour rendre compte aux autorités de ce qui se passait.

X

La princesse Marie, retirée chez elle après l'enterrement de son père, n'y avait encore admis personne, lorsque sa femme de chambre vint lui dire, à travers la porte, qu'Alpatitch demandait ses ordres relativement au départ. (Ceci se passait avant sa conversation avec Drone le bourgmestre.) Étendue sur son divan, brisée par la douleur, elle lui répondit qu'elle ne comptait, ni aujourd'hui ni jamais, quitter Bogoutcharovo, et qu'elle demandait à être laissée en paix.

Couchée tout de son long, le visage tourné vers la muraille, elle passait et repassait ses doigts sur le coussin de cuir qui soutenait sa tête, et en comptait machinalement les boutons, pendant que ses pensées flottantes et confuses revenaient constamment aux mêmes sujets, à la mort, à l'irrévocabilité des décrets de Dieu, à l'iniquité de son âme, à cette iniquité dont elle avait eu conscience pendant la maladie de son père, et qui l'empêchait de prier... Elle resta longtemps ainsi.

Sa chambre, orientée vers le Sud, recevait les rayons obliques du soleil couchant. Pénétrant par les fenêtres, ils l'éclairèrent tout à coup, illuminèrent le coin du coussin qu'elle regardait fixement, et ses pensées changèrent soudain de cours : elle se leva machinalement, lissa ses cheveux, et s'approcha de la croisée, en aspirant instinctivement la fraîche brise de cette belle soirée.

« Tu peux donc à présent jouir en paix de la beauté du ciel ? se dit-elle. « Il » n'est plus, personne ne t'en empêchera désormais ! » Et, se laissant tomber sur une chaise, elle posa sa tête sur l'appui de la fenêtre.

Quelqu'un l'appela de nouveau en ce moment d'une voix affectueuse ; elle se retourna, et vit Mlle Bourrienne en robe noire bordée de pleureuses, qui, s'approchant doucement, l'embrassa et fondit en larmes. La princesse Marie se souvint aussitôt de son inimitié passée, de la jalousie qu'elle lui avait inspirée, du changement qui s'était opéré en « lui » dans ces derniers temps où il n'avait plus souffert la présence de la jeune Française... « N'était-ce pas là une

362

preuve évidente de l'injustice de mes soupçons ? Est-ce à moi, à moi qui ai souhaité sa mort, à juger mon prochain ? » pensa-t-elle en se retraçant vivement la pénible situation de sa compagne, traitée par elle avec une froideur marquée, dépendante de ses bontés, et obligée de vivre sous un toit étranger. La pitié l'emporta, et, levant sur elle un regard timide, elle lui tendit la main. Mlle Bourrienne la saisit, la baisa en pleurant et l'entretint de la grande douleur qui venait de les frapper toutes les deux. « L'autorisation qu'elle voulait bien lui accorder de la partager avec elle, l'oubli de leurs différends devant ce malheur commun, serait sa seule consolation !... Elle avait la conscience pure... et là-haut, « il » rendait sûrement justice à son affection et à sa reconnaissance ! » La princesse Marie écoutait avec plaisir le son de sa voix, et la regardait de temps en temps, mais sans prêter grande attention à ses paroles.

« Chère princesse, poursuivit Mlle Bourrienne, je comprends que vous n'ayez pu, et ne puissiez encore songer à vous-même ; aussi mon dévouement m'oblige-t-il à le faire pour vous... Alpatitch vous a-t-il parlé de votre départ ? »

La princesse Marie ne répondit pas : le vague de ses pensées l'empêchait de comprendre de quoi il s'agissait et qui devait partir. « Un départ ? Pourquoi ? Que m'importe à présent ? » se disait-elle.

« Vous ne savez peut-être pas, chère Marie, reprit Mlle Bourrienne, que notre situation est dangereuse, que nous sommes entourées par les Français... Si nous partions, nous serions infailliblement arrêtées, et Dieu seul sait ... » La princesse Marie la regarda stupéfaite.

« Ah ! si on savait combien tout cela m'est indiffèrent... Je ne m'éloignerai pas de « lui »... Parlez-en donc avec Alpatitch, quant à moi je ne veux rien.

– Nous en avons causé, il espère pouvoir nous faire partir demain, mais à mon avis il vaudrait mieux rester où nous sommes, tomber entre les mains des soldats ou des paysans révoltés serait affreux ! » Et Mlle Bourrienne tira de sa poche une proclamation du général Rameau, qui engageait les habitants à ne pas quitter leurs demeures, et leur promettait dans ce cas la protection des autorités françaises.

« Il serait préférable, je pense, de nous adresser directement à ce général, car il nous témoignera tout le respect possible. »

La princesse Marie parcourut la feuille, et son visage tressaillit convulsivement.

« De qui la tenez-vous ? dit-elle.

– On aura probablement su que j'étais Française, » reprit Mlle Bourrienne en rougissant.

La princesse Marie quitta la chambre sans mot dire, passa dans le cabinet de son frère, et y appela Douniacha.

« Envoie-moi, je t'en prie, lui dit-elle, Alpatitch ou Drone, n'importe qui, et dis à Amalia Karlovna que je veux être seule ! Il faut partir, partir au plus vite ! » s'écria-t-elle, épouvantée à l'idée de tomber entre les mains des Français.

Que dirait le prince André si cela arrivait ! À l'idée de demander, elle, la fille du prince Nicolas Bolkonsky, la protection du général Rameau, et de devenir son obligée, elle eut un frisson d'horreur : dans sa fierté révoltée, elle rougissait et pâlissait de colère tour à tour. Son imagination lui dépeignait l'humiliation qu'elle aurait à subir : « Les Français s'installeront ici, dans cette maison, ils s'empareront de cette pièce, ils fouilleront ses lettres pour s'amuser, Mlle Bourrienne leur fera les honneurs de Bogoutcharovo, et moi on me laissera par charité un petit coin !… Les soldats profaneront la tombe toute fraîche de mon père, pour voler ses croix et ses décorations… Je les entendrai se vanter de leurs victoires sur les Russes, je les verrai témoigner à ma douleur une fausse sympathie. » Voilà ce que pensait la princesse Marie en adoptant instinctivement dans cette circonstance les opinions et les sentiments de son frère et de son père ; car n'était-elle pas leur représentant, et ne devait-elle pas se conduire comme ils se seraient conduits eux-mêmes ? Comme elle cherchait à se rendre un compte exact de sa situation, les exigences de la vie, la nécessité, le désir même de vivre, qu'elle croyait à jamais éteint en elle par la mort de son père, l'envahirent soudain avec une violence toute nouvelle.

Émue, agitée, elle appelait et questionnait tour à tour le vieux Tikhone, l'architecte et Drone, mais personne ne savait si Mlle Bourrienne avait dit vrai au sujet du voisinage des Français. L'architecte, à moitié endormi, se borna à sourire et à répondre vaguement sans exprimer son opinion, selon l'habitude qu'il avait

CHAPITRE V

prise pendant les quinze années passées au service du vieux prince. La figure épuisée et fatiguée de Tikhone portait l'empreinte d'une douleur profonde ; il répondit, avec une obéissance passive, à toutes les questions de la princesse Marie, dont la vue redoublait son chagrin. Enfin Drone entra dans l'appartement, et, la saluant jusqu'à terre, s'arrêta sur le seuil de la porte.

« Dronouchka… » lui dit-elle, en s'adressant à lui comme à un vieil et fidèle ami, car n'était-ce pas ce bon Dronouchka qui, lorsqu'elle était encore enfant, lui rapportait son pain d'épice chaque fois qu'il allait à la foire de Viazma, et le lui remettait en souriant… « Dronouchka, aujourd'hui, après le malheur qui… » Elle s'arrêta suffoquée par l'émotion.

« Nous marchons tous sous l'égide de Dieu, dit Drone avec un soupir.

– Dronouchka, reprit-elle avec effort, Alpatitch est absent, je n'ai personne à qui m'adresser, dis-moi, est-ce vrai, on m'assure que je ne puis pas partir ?

– Pourquoi ne partirais-tu pas, Excellence ?… On peut toujours partir !

– On m'a assuré qu'il y avait du danger à le faire, à cause de l'ennemi, et moi, mon ami, je ne sais rien, je ne comprends rien, je suis seule… et cependant je tiens à quitter Bogoutcharovo sans retard, cette nuit ou demain au petit jour. »

Drone garda le silence, et lui lança un regard à la dérobée.

« Il n'y a pas de chevaux, je l'ai dit tantôt à Jakow Alpatitch.

– Pourquoi n'y en a-t-il pas ?

– C'est Dieu qui nous punit. Les uns ont été enlevés par les troupes, les autres sont morts, c'est une mauvaise année… Et ce n'est rien encore que les chevaux, pourvu que nous ne crevions pas de faim !… On reste parfois trois jours sans manger. On n'a plus rien, on est ruiné !

– Les paysans sont ruinés ?… Ils n'ont plus de blé ? demanda la princesse Marie, qui l'écoutait avec surprise.

– Il n'y a plus qu'à mourir de faim, reprit Drone : quant à des charrettes, il n'y en a pas.

– Mais pourquoi ne pas m'en avoir prévenue, Dronouchka ? Ne

peut-on les secourir ? Je ferai mon possible… »

Il lui paraissait si étrange de se dire qu'au moment où son cœur débordait de douleur, il y avait des gens pauvres et des gens riches vivant côte à côte, et que les riches ne secouraient pas les pauvres ! Elle savait confusément qu'il y avait toujours du blé en réserve, et que l'on distribuait parfois ce blé aux paysans ; elle savait aussi que ni son frère ni son père ne l'auraient refusé à leurs serfs, et elle était prête à prendre sur elle la responsabilité de cette décision :

« Nous avons ici, n'est-ce pas, du blé appartenant au maître, à mon frère ? poursuivit-elle, désireuse de connaître le véritable état des choses.

– Le blé du maître est intact, reprit Drone avec orgueil : le prince avait défendu de le vendre.

– Si c'est ainsi, donne aux paysans ce qu'il leur faut, je t'y autorise au nom de mon frère. » Drone soupira pour toute réponse. « Donne-le-leur tout s'il le faut, et dis-leur, au nom de mon frère, que ce qui est à nous est à eux. Nous n'épargnerons rien pour les aider, dis-le-leur. »

Drone l'avait regardée sans mot dire.

« Au nom de Dieu, relève-moi de mon emploi, notre petite mère, s'écria-t-il enfin. Ordonne-moi de rendre les clefs, j'ai servi honnêtement pendant vingt-trois ans… Reprends les clefs, je t'en supplie ! »

La princesse Marie, étonnée, ne comprenant rien à sa requête, l'assura que jamais elle n'avait douté de sa fidélité, qu'elle ferait tout son possible pour lui et les paysans, et le congédia sur cette promesse.

XI

Une heure plus tard, Douniacha vint dire à sa maîtresse que Drone était revenu annoncer que les paysans, rassemblés par lui sur l'ordre de la princesse, attendaient sa venue.

« Mais je ne les ai jamais appelés ! dit la princesse Marie interdite : j'ai simplement commandé à Drone de leur distribuer le blé.

– Mais alors, princesse, notre mère, renvoyez-les sans leur parler. Ils vous trompent, voilà tout, dit Douniacha ; lorsque Jakow

Alpatitch reviendra, nous partirons tout tranquillement, mais ne vous montrez pas, au nom du ciel !...

– Ils me trompent, dis-tu ?

– J'en suis sûre. Suivez mon conseil. Demandez à la vieille bonne, elle vous le dira aussi : ils ne veulent pas quitter Bogoutcharovo, c'est leur idée !

– C'est toi qui te trompes, tu as mal compris… Fais entrer Drone. »

Drone confirma les paroles de Douniacha : les paysans avaient été rassemblés sur l'ordre de la princesse.

« Mais, Drone, je n'ai jamais donné cet ordre : je t'ai prié de faire une distribution de blé, rien de plus. »

Drone soupira sans répondre.

« Ils s'en iront si vous le voulez, dit-il avec hésitation.

– Non, non, j'irai moi-même m'expliquer avec eux… » Et la princesse Marie descendit les degrés du perron, malgré les supplications de Douniacha et de la vieille bonne, qui la suivirent de loin avec l'architecte : « Ils s'imaginent sans doute que je leur offre du blé en échange de leur consentement à rester ici, et que, moi, je vais partir et les livrer aux Français ? se disait-elle, chemin faisant. Je leur annoncerai au contraire qu'ils trouveront des maisons là-bas, dans le bien de Moscou, ainsi que des provisions… car André, j'en suis sûre, aurait fait plus encore à ma place ! »

La foule rassemblée s'agita à sa vue, et se découvrit avec respect. Le crépuscule était tombé : la princesse Marie marchait les yeux baissés, s'embarrassant à chaque pas dans les plis de sa robe de deuil ; elle s'arrêta enfin devant ce groupe disparate de figures jeunes et vieilles ; leur grand nombre l'intimidait, et l'empêchait de les reconnaître… Elle ne savait plus que dire : enfin, coupant court à son hésitation, elle trouva dans la conscience de son devoir l'énergie nécessaire :

« Je suis bien aise que vous soyez venus, leur dit-elle, sans lever les yeux, pendant que son cœur battait avec violence. Dronouchka m'a appris que la guerre vous avait ruinés, c'est notre sort à tous ; soyez sûrs que je ferai tout ce qui dépendra de moi pour vous soulager. Il faut que je parte, car l'ennemi approche… et puis… enfin, mes amis, je vous donne tout !… prenez notre blé… Qu'il n'y ait pas de misère parmi vous ! Si on vous dit que je vous le donne pour que vous restiez ici, c'est faux, je vous supplie au contraire de partir, d'emporter tout ce que vous avez et d'aller chez nous, dans notre bien près de Moscou : là-bas vous ne manquerez de rien, je vous le promets… vous serez logés et nourris ! »

La princesse Marie s'arrêta, on entendait quelques soupirs dans la foule :

« J'agis au nom de mon défunt père, reprit-elle, il a été un bon maître, vous le savez, et au nom de mon frère et de son fils. »

Elle s'arrêta de nouveau ; personne ne prit la parole.

« Le même malheur nous frappe tous, partageons donc tout entre nous. Ce qui est à moi est à vous, » dit-elle en terminant ; et elle regardait ceux qui l'entouraient. Leurs yeux étaient toujours fixés sur elle, et leurs physionomies ne lui offraient qu'une seule et même expression dont elle ne pouvait se rendre compte. Était-ce de la curiosité, du dévouement, de la reconnaissance, ou de l'effroi ? Impossible de le discerner.

« Nous sommes très reconnaissants de vos bontés, dit enfin une voix… seulement nous ne toucherons pas au blé du seigneur.

– Pourquoi cela ? » reprit la princesse Marie. Elle ne reçut pas de réponse, et remarqua alors que tous les yeux s'abaissaient devant son regard : « Pourquoi le refusez-vous ? » Même silence. Elle sentit qu'elle se troublait ; enfin, avisant un vieillard appuyé sur un bâton, elle s'adressa directement à lui : « Pourquoi ne réponds-tu pas ? lui dit-elle. Y a-t-il encore autre chose que je puisse faire pour vous ? » Mais le vieillard détourna brusquement la tête, et, l'inclinant aussi bas que possible, murmura :

« Pourquoi accepterions-nous, nous n'avons que faire du blé ? Tu veux que nous abandonnions tout, et nous, nous ne le voulons pas !…

– Pars, pars seule, s'écrièrent à la fois plusieurs voix, et les visages reprirent la même expression : ce n'était plus assurément ni de la curiosité ni de la reconnaissance, mais bien une résolution irritée et opiniâtre.

– Vous ne m'avez pas comprise, sans doute, reprit la princesse Marie avec un triste sourire. Pourquoi ce refus de partir, lorsque je vous promets de vous loger et de vous nourrir ?… Si vous restez, l'ennemi vous ruinera ! »

CHAPITRE V

Les murmures et les exclamations de la foule couvrirent ses paroles.

« Nous n'y consentons pas... Qu'il nous ruine !... Nous ne voulons pas de ton blé, nous le refusons ! »

La princesse Marie essayait, mais en vain, de parler ; surprise et effrayée de leur inconcevable entêtement, elle baissa la tête à son tour, sortit à pas lents du groupe, et se dirigea vers la maison.

« Elle a voulu nous tromper !... A-t-elle été rusée, hein ?... Pourquoi veut-elle que nous abandonnions le village ? Pour que nous ne soyons pas plus libres qu'auparavant ?... Qu'elle garde son blé, nous n'en avons pas besoin ! » criait-on de tous côtés, pendant que Drone, qui l'avait suivie, recevait ses instructions.

Décidée plus que jamais à partir, elle lui réitéra l'ordre de lui fournir des chevaux, et se retira ensuite dans son appartement, où elle s'absorba dans ses douloureuses pensées.

XII

Elle resta longtemps, cette nuit-là, accoudée à la fenêtre. Un bruit confus de voix montait jusqu'à elle du village en révolte, mais elle ne songeait plus aux paysans, et ne cherchait plus à deviner quel pouvait être le motif de leur étrange conduite. Les tristes préoccupations du moment effaçaient de son cœur les amers regrets du passé, et, tout entière à sa douleur et au sentiment de son isolement qui l'obligeait à agir par elle-même, à peine pouvait-elle se souvenir, pleurer et prier. Le vent, qui était tombé au coucher du soleil, laissait la nuit s'étendre, tranquille et fraîche, sur toute la nature. Le bruit des voix s'éteignit peu à peu, le coq chanta, et la pleine lune s'éleva doucement au-dessus des tilleuls du jardin. Les épaisses vapeurs de la rosée enveloppèrent tous les alentours, et le calme se fit dans le village et dans l'habitation.

La princesse Marie rêvait toujours : elle rêvait à ce passé encore si proche d'elle, à la maladie, aux derniers moments de son père, en écartant toutefois de sa pensée la scène de sa mort, dont elle ne se sentait pas la force de se retracer les sinistres détails, à cette heure silencieuse et pleine de mystère.

Elle se rappela aussi la nuit qui avait précédé la dernière attaque, cette nuit où, pressentant la catastrophe prochaine, elle était restée fort tard, et malgré lui, auprès du malade. Ne pouvant dormir, elle était descendue sur la pointe des pieds, pour écouter à travers la porte qui donnait dans la serre, où son père couchait cette fois, et elle l'avait entendu parler au vieux Tikhone d'une voix fatiguée. Elle devinait son envie de causer. « Pourquoi donc ne m'a-t-il pas appelée ? Pourquoi ne m'a-t-il jamais permis de prendre, auprès de lui, la place de Tikhone ? J'aurais dû entrer dans ce moment, car je suis sûre de l'avoir entendu prononcer deux fois mon nom... Il était triste, abattu, et Tikhone ne pouvait le comprendre !... » Et la pauvre fille, prononçant tout haut les dernières paroles de tendresse qu'il lui avait adressées le jour de sa mort, éclata en sanglots ; cette explosion soulagea son cœur oppressé. Elle voyait nettement chaque trait de son visage, non pas celui dont elle se souvenait depuis sa naissance et qui lui causait une telle frayeur du plus loin qu'elle l'apercevait, mais ce visage amaigri, avec cette expression soumise et craintive, au-dessus duquel elle s'était penchée, pour deviner ce qu'il murmurait, et dont elle avait pu, pour la première fois, compter les rides profondes : « Que voulait-il dire en m'appelant « sa petite âme ?» À quoi pense-t-il à présent ? » se demanda-t-elle, et elle éprouva une terreur folle, comme lorsque ses lèvres avaient effleuré la joue glacée du mort : elle crut le voir apparaître, tel qu'elle l'avait vu, couché dans son cercueil, la tête bandée, et cette terreur, ce sentiment d'insurmontable horreur évoqué par ce souvenir, envahissaient tout son être. En vain essayait-elle de s'y soustraire en priant : ses grands yeux, démesurément ouverts, fixés sur le paysage éclairé par la lune, et sur les grandes ombres projetées par ses rayons, s'attendaient à voir surgir tout à coup la funèbre vision. Retenue, enchaînée à sa place par le silence solennel, par le calme magique de la nuit, elle se sentait comme pétrifiée.

« Douniacha ! murmura-t-elle d'abord, Douniacha ! » répéta-t-elle d'une voix rauque, avec un effort désespéré... et, s'arrachant brusquement à sa contemplation, elle s'élança à la rencontre de ses femmes, qui accouraient, effrayées, à son cri d'appel.

XIII

Le 17 du mois d'août, Rostow et Iline, accompagnés d'un planton et de Lavrouchka, renvoyé, comme on le sait, par Napoléon, se mirent en selle et quittèrent leur bivouac de Jankovo, situé à 15 verstes de Bogoutcharovo, pour essayer les chevaux qu'Iline venait d'acheter, et découvrir du foin dans les villages avoisinants. Depuis trois jours, chacune des deux armées était à une égale distance de Bogoutcharovo ; l'avant-garde russe et l'avant-garde française pouvaient donc s'y rencontrer d'un moment à l'autre : aussi, en chef d'escadron soigneux de la nourriture de ses hommes, Rostow désirait-il s'emparer le premier des vivres qui devaient probablement s'y trouver.

Rostow et Iline, de fort joyeuse humeur, se promettaient en outre de s'amuser avec les jolies femmes de chambre qui probablement étaient restées dans la maison du prince ; en attendant, ils questionnaient Lavrouchka sur Napoléon, riaient aux éclats de ses récits, et luttaient entre eux de vitesse, afin d'éprouver les mérites de leurs nouvelles acquisitions.

Rostow ne se doutait pas que le village dont il venait de traverser la grande rue appartînt à l'ancien fiancé de sa sœur. En le rejoignant, Iline lui fit de vifs reproches de l'avoir ainsi distancé.

« Quant à moi, s'écria Lavrouchka, si je n'avais craint de vous faire honte, j'aurais pu vous laisser tous les deux en arrière, car cette « française » (c'est ainsi qu'il appelait la rosse sur laquelle il était monté) est une merveille !... » Mettant leurs chevaux au pas, ils atteignirent la grange, autour de laquelle était rassemblée une foule de paysans.

Quelques-uns d'entre eux se découvrirent en les apercevant ; d'autres se bornèrent à les regarder avec curiosité. Deux grands vieux paysans, dont les visages ridés étaient ornés d'une barbe peu fournie, sortirent à ce moment du cabaret en titubant, et s'approchèrent des officiers, en chantant à tue-tête.

« Oh ! les braves gens ! dit Rostow… Y a-t-il du foin ?

– Et comme ils se ressemblent ! ajouta Iline.

– La gaie… la gaie cau… au… se… rie ! chantait l'un des deux vieux, avec un sourire béat.

– Qui êtes-vous ? demanda à Rostow un paysan, qui faisait partie du groupe.

– Nous sommes des Français ! repartit en riant Iline, et voilà Napoléon en personne ! ajouta-t-il en désignant Lavrouchka.

– Laissez donc, vous êtes des Russes, dit leur interlocuteur.

– Êtes-vous en grande force, ici ? demanda un second.

– Oui, en très grande force, répliqua Rostow... Mais que faites-vous donc là tous ensembles ? est-ce fête aujourd'hui ?

– Les vieux se sont réunis pour les affaires de la commune. » leur répondit le paysan en s'éloignant.

Dans ce moment, deux femmes et un homme coiffé d'un chapeau blanc se dirigeaient vers eux par la grand'route.

« La rose est à moi, gare à qui la touche ! s'écria Iline en remarquant que l'une des deux venait hardiment à lui : c'était Douniacha.

– Elle sera à nous ! répliqua Lavrouchka, en faisant un signe à Iline.

– Que désirez-vous, ma belle ? dit Iline en souriant.

– La princesse voudrait connaître le nom de votre régiment et le vôtre ?

– Voici le comte Rostow, chef d'escadron ; quant à moi, je suis votre très humble serviteur.

– La cau... au... se... rie, » chantait toujours gaiement le paysan ivre, qui les regardait d'un air abruti. Douniacha était suivie d'Alpatitch, qui s'était déjà découvert respectueusement :

– Oserais-je déranger Votre Noblesse, dit-il en mettant la main dans son gilet avec une politesse où se trahissait néanmoins un léger dédain, provoqué sans doute par la grande jeunesse de l'officier...

– Ma maîtresse, la fille du général en chef prince Nicolas Andréïévitch Bolkonsky, décédé le 15 courant, se trouve dans une situation difficile, et la faute en est à la sauvagerie de ces animaux, ajouta-t-il en désignant la foule qui les entourait. Elle vous prie de passer chez elle... veuillez faire quelques pas ; ce sera plus agréable, je pense, que de... » Et il montra, cette fois, les deux ivrognes, qui tournaient comme des taons autour des chevaux.

– Ah ! Jakow Alpatitch ! Ah ! c'est toi en personne !... Excuse-nous, excuse-nous, » disaient-ils en continuant à sourire bêtement. Rostow ne put s'empêcher de les regarder en souriant comme eux.

– À moins qu'ils n'amusent Votre Excellence... reprit Alpatitch avec dignité.

– Non, il n'y a pas là de quoi s'amuser, répondit Rostow en avançant de quelques pas… Voyons, de quoi s'agit-il ?

– J'ai l'honneur de déclarer à Votre Excellence que ces grossiers personnages ne veulent pas permettre à leur maîtresse de quitter la propriété, et qu'ils la menacent de dételer ses chevaux… Tout est emballé depuis ce matin, et la princesse ne peut pas se mettre en route !

– Impossible ? s'écria Rostow.

– C'est la pure vérité, Excellence ! »

Rostow descendit de cheval, confia sa monture au planton, et se dirigea, en questionnant Alpatitch sur les détails de l'incident, vers la demeure seigneuriale : la proposition faite la veille par la princesse Marie de leur distribuer le blé de la réserve, et son explication avec Drone, avaient empiré la situation, au point que ce dernier s'était définitivement joint aux paysans, avait rendu les clefs à l'intendant, et refusait de paraître devant lui. Lorsque la princesse avait donné l'ordre de mettre les chevaux aux voitures, les paysans, réunis en foule, lui avaient fait savoir qu'ils les dételleraient et qu'ils ne la laisseraient pas partir, « car il était défendu, disaient-ils, de quitter son foyer ». Alpatitch avait essayé en vain de leur faire entendre raison. Drone était invisible, mais Karp avait déclaré qu'ils s'opposeraient au départ de la princesse, que c'était agir contre les ordres reçus, et que, si elle restait, ils continueraient, comme par le passé, à la servir et à lui obéir.

La princesse Marie s'était cependant résolue, en dépit des représentations d'Alpatitch, de la vieille bonne et de ses femmes de service, à partir coûte que coûte, et l'on mettait déjà les chevaux aux voitures, lorsque la vue de Rostow et d'Iline, passant au galop sur la grand'route, fit perdre la tête à tout le monde ; les prenant pour des Français, les gens de l'écurie s'enfuirent à toutes jambes, et il s'éleva dans la maison un chœur de lamentations désespérées. Aussi Rostow fut-il reçu en libérateur.

Il entra dans le salon où la princesse Marie, terrifiée et ahurie, attendait son arrêt. N'ayant même plus la force de penser, elle put à peine comprendre au premier moment qui il était et ce qu'il lui voulait. Mais à sa physionomie, à sa démarche, au premier mot qu'elle l'entendit prononcer, elle se rassura et comprit qu'elle avait devant elle un compatriote, un homme de sa société. Fixant sur lui

ses yeux lumineux et profonds, elle prit la parole d'une voix saccadée et tremblante d'émotion. « Quel étrange caprice du hasard me
fait ainsi rencontrer cette pauvre fille abîmée de douleur, et aban-
donnée seule, sans protection, à la merci de grossiers paysans révoltés…, se disait Rostow, qui ne pouvait s'empêcher de donner un
coloris romanesque à cette entrevue, et qui examinait la princesse
pendant qu'elle lui faisait son timide récit… Quelle douceur, quelle
noblesse dans ses traits et dans leur expression ! » Lorsqu'elle lui
fit part de l'incident qui avait eu lieu le lendemain de l'enterrement
de son père, l'émotion fut la plus forte et elle détourna un moment
la tête comme si elle craignait de laisser croire à Rostow qu'elle
cherchait à l'attendrir outre mesure sur son sort. Mais quand elle
vit des larmes briller dans les yeux du jeune officier, elle lui adressa
aussitôt un regard de reconnaissance, un de ces regards profonds
et doux qui faisaient oublier sa laideur.

« Je ne saurais vous exprimer, princesse, combien je sais gré au
hasard qui m'a amené ici, et qui me permet de me mettre à votre
entière disposition. Partez… Je vous réponds, sur mon honneur,
que personne n'osera vous causer le moindre désagrément ; accordez-moi seulement l'autorisation de vous escorter… » Et, la saluant
aussi respectueusement que si elle avait été une princesse du sang,
il se dirigea vers la porte.

Son respect semblait dire qu'il aurait été heureux de nouer plus
ample connaissance avec elle, mais que sa discrétion l'empêchait
de profiter de sa douleur et de son abandon pour continuer l'entretien.

C'est ainsi que la princesse Marie comprit et apprécia sa conduite.

« Je vous suis bien reconnaissante, reprit-elle en français : j'espère
encore n'être victime que d'un malentendu, et j'espère surtout que
vous ne trouverez pas de coupables ! » Et elle fondit en larmes :
« Pardon ! » dit-elle avec vivacité.

Rostow fit un geste pour cacher son émotion, et sortit après lui
avoir adressé encore un profond salut.

XIV

« Eh bien, est-elle jolie ? Oh ! la mienne, mon cher, la rose, est
ravissante !… on l'appelle Douniacha, » s'écria Iline en apercevant

son ami ; mais l'expression de sa figure le fit taire immédiatement. Il devina que son chef et son héros n'était pas d'humeur à plaisanter, car il en reçut un coup d'œil irrité, et le vit s'éloigner rapidement dans la direction du village.

« Je leur en ferai voir, à ces brigands ! » murmurait Rostow.

Alpatitch, allongeant le pas, le rejoignit enfin à grand'peine :

« Quelles sont les mesures que vous avez daigné prendre ? lui demanda-t-il humblement.

– Quelles mesures, vieil imbécile ? dit le hussard, en le menaçant de ses poings fermés. Qu'as-tu fait, toi ? Les paysans se révoltent, et tu te bornes à les regarder, tu ne sais même pas te faire obéir ! Tu es un traître... Je vous connais tous, et tous je vous ferai écorcher vifs ! »

Là-dessus, comme s'il eût craint d'épuiser la colère amassée dans son cœur, il continua brusquement sa route. Alpatitch, refoulant le sentiment d'une offense imméritée, se mit à le suivre, tant bien que mal ; il lui communiquait en marchant ses réflexions sur les paysans révoltés, il cherchait à lui faire comprendre que, grâce à leur opiniâtre endurcissement, il serait dangereux et impolitique d'entrer en lutte ouverte avec eux sans le secours de la force armée, et que dès lors il serait préférable de la requérir.

« Je leur en donnerai de la force armée ! Ils verront, ils verront ! » répétait Nicolas, sans penser à ce qu'il disait. En proie à une irritation violente et irréfléchie, il marchait résolument vers la foule groupée autour de la grange. Bien que Rostow n'eût pas de plan prémédité, Alpatitch pressentait que cet acte extravagant amènerait un bon résultat ; sa démarche ferme et hardie, son visage contracté par la colère, firent également comprendre aux paysans que le moment de rendre compte de leur conduite était venu. Pendant l'entretien de Rostow avec la princesse Marie, un certain désarroi s'était déjà manifesté parmi eux ; plusieurs, que la peur commençait à gagner, assuraient que les nouveaux venus étaient bien réellement des Russes et qu'ils se fâcheraient de ce qu'on osait retenir la demoiselle. Drone, qui était de cet avis, n'hésita pas à l'exprimer à haute voix, mais Karp et ses adhérents le prirent aussitôt à partie.

« Pendant combien d'années n'as-tu pas dévoré la commune à

belles dents ? s'écria Karp... Tu t'en moques pas mal... Tu as enfoui quelque part un vase plein d'argent, tu le déterreras, tu t'en iras... Que peut donc te faire, à toi, le pillage de nos maisons ?

– Nous savons qu'il a été ordonné, criait un autre, de ne pas quitter son village, et de ne rien emporter, pas même un grain de blé, et la voilà, elle, qui veut partir !

– C'était à ton dadais de fils d'être soldat, mais ça t'a fait de la peine, et c'est mon Vania, à moi, qui a été rasé, dit à son tour un petit vieillard avec violence...

– Il ne nous reste plus qu'à mourir !... Oui, à mourir !

– On ne m'a pas encore enlevé mes fonctions, répliqua Drone.

– C'est ça, c'est ça, tu n'es pas encore renvoyé, mais tu t'es repu ! »
Aussitôt que Karp vit venir Rostow, accompagné de Lavrouchka, d'Iline et d'Alpatitch, il alla à sa rencontre, les doigts passés dans sa ceinture, et le sourire aux lèvres. Drone, au contraire, s'était dissimulé dans les derniers rangs, et la foule se resserra.

« Hé ! vous autres, qui est ici le staroste ? demanda Rostow, en marchant droit sur eux.

– Le staroste ? Que lui voulez-vous ? » demanda Karp. Il n'eut pas le temps d'achever sa phrase, que son bonnet vola en l'air et que sa tête vacilla sous le coup qui l'avait frappé.

– À bas les bonnets, traîtres ! cria Rostow d'une voix foudroyante.

– Où est le staroste ? répéta-t-il.

– Le staroste ? il demande le staroste !... Drone Zakharovitch, on t'appelle ! dirent vivement et tout bas plusieurs voix, et les têtes se découvrirent une à une.

– Nous ne nous révoltons pas, nous obéissons aux ordres reçus, reprit Karp, qui se sentait encore soutenu par quelques-uns...

– Nous avons suivi les conseils des anciens.

– Vous osez me répondre, tas de brigands ! s'écria Rostow en saisissant au collet le grand Karp.

– Holà, mes amis, garrottez-le ? »
Lavrouchka s'élança sur lui et s'empara de ses mains.

« Il faudrait que les nôtres, qui sont au bas de la montée, vinssent nous aider, dit-il.

CHAPITRE V

– C'est inutile, » répondit Alpatitch, et, se tournant vers les paysans, il en appela deux par leur nom et leur commanda de détacher leurs ceintures pour lier les bras du prisonnier ; les paysans obéirent en silence.

– Où est le staroste ? » répétait Rostow.

Drone, le visage pâle et les sourcils froncés, se décida enfin à paraître.

« C'est toi ? Garrotte-le, lui aussi, Lavrouchka ! » s'écria Rostow avec autorité, comme si cet ordre ne pouvait rencontrer de résistance. Et en effet deux autres hommes du groupe s'approchèrent, et Drone dénoua lui-même sa ceinture pour se faire attacher les mains.

« Quant à vous, poursuivit Rostow, écoutez-moi tous… : vous allez retourner chez vous à l'instant, et que je n'entende plus un mot !

– Nous n'avons rien fait de mal, nous avons agi sottement, voilà tout !

– Je vous l'avais bien dit, c'était contre les ordres, murmurèrent plusieurs paysans à la fois, en s'adressant mutuellement des reproches.

– Je vous en avais prévenu, dit Alpatitch, qui se sentait rentrer en pleine possession de son droit : c'est mal, très mal à vous, mes enfants !

– Oui, Jakow Alpatitch, la sottise est de notre côté, » lui répondit-on, et la foule se sépara tranquillement.

Chacun regagna son logis pendant qu'on emmenait les prisonniers dans la cour de l'habitation de la princesse Marie ; les deux ivrognes les suivirent :

« Cela te va bien, disait l'un d'eux à Karp, je vais te regarder à mon aise !… A-t-on jamais vu parler ainsi aux maîtres, à quoi songeais-tu ?

– Tu es un imbécile, voilà tout, un imbécile ! » répétait le second d'un air gouailleur.

Deux heures plus tard, les chariots pour le bagage étaient attelés, et les paysans transportaient et emballaient les effets de leurs maîtres, sous la surveillance de Drone, qui avait été relâché sur la demande de la princesse.

« Attention à ceci ! » disait l'un des paysans, un jeune garçon, de haute taille et d'une physionomie avenante, à son camarade qui venait de recevoir une cassette des mains de la femme de chambre… « Elle vaut cher… ne va pas la jeter tout bêtement ou la ficeler sans soin, elle s'éraillera… Il faut que tout se fasse honnêtement et bien… Voilà, comme cela !… recouverte de foin et de nattes, ce sera parfait.

– Oh ! les livres, les livres, ce qu'il y en a ! disait un autre, pliant sous le poids des armoires de la bibliothèque… Ne me pousse pas !… Dieu que c'est lourd, mes enfants, quels livres, quels gros et beaux livres !…

– Ma foi, ceux qui les ont écrits n'ont pas flâné ! » reprit le jeune garçon en indiquant des dictionnaires couchés en travers.

Rostow, ne voulant pas s'imposer à la princesse Marie, ne retourna pas chez elle, mais attendit son départ au village. Lorsque les voitures se mirent en route, il monta à cheval et l'accompagna à douze verstes de distance jusqu'à Jankovo, qui était occupé par nos troupes. Arrivé au relais, il prit respectueusement congé d'elle, et lui baisa la main.

« Vous me remplissez de confusion, lui répondit-il en rougissant aux effusions de sa reconnaissance. Le premier ispravnik[1] aurait agi de même… Si nous n'avions eu que des paysans à combattre, l'ennemi ne se serait pas avancé aussi loin dans le pays, » ajouta-t-il d'un ton embarrassé, et, passant à un autre sujet : « Je suis heureux d'avoir eu l'occasion de faire votre connaissance. Adieu, princesse. Permettez-moi de vous souhaiter tout le bonheur possible et puissions-nous nous revoir dans des circonstances plus favorables ! »

Le visage de la princesse Marie rayonnait d'une émotion attendrie ; elle sentait qu'il méritait ses remerciements les plus vifs, car sans lui que serait-elle devenue ? N'aurait-elle pas été infailliblement la victime des paysans révoltés, ou ne serait-elle pas tombée entre les mains des Français ? Pour la sauver, ne s'était-il pas exposé aux plus grands dangers, et son âme, pleine de noblesse et de bonté, n'avait-elle pas su compatir à sa position et à sa douleur ? Ses yeux, si bons, si honnêtes, s'étaient remplis de larmes, lorsqu'elle

1 Commissaire de police du district. (*Note du traducteur.*)

lui avait parlé, et ce souvenir restait gravé dans son cœur. En lui disant adieu, elle éprouva à son tour une émotion étrange, et elle se demanda si elle ne l'aimait pas déjà. Sans doute elle avait honte de s'avouer à elle-même qu'elle s'était subitement éprise d'un homme qui peut-être ne l'aimerait jamais ; mais elle se consolait à la pensée que personne ne le saurait, et qu'il n'y avait aucun crime à aimer en secret, toute sa vie, celui qui serait son premier et son dernier amour. « Il a fallu qu'il arrivât à Bogoutcharovo pour me rendre service, il a fallu que sa sœur refusât mon frère, » se disait-elle, en entrevoyant le doigt de Dieu dans cet enchaînement de circonstances, et en caressant tout bas l'espoir que ce bonheur, à peine entrevu, pourrait un jour devenir une réalité !

Elle aussi avait fait une douce impression sur Rostow, et lorsque ses camarades, qui avaient eu vent de ses aventures, se permirent de le taquiner en le complimentant sur ce qu'en allant chercher du foin il avait eu le talent de découvrir une des plus riches héritières de Russie, il se fâcha sérieusement ; mais au fond du cœur il s'avouait qu'il ne pouvait désirer ni faire rien de mieux que d'épouser la sympathique princesse Marie. Ce mariage ne ferait-il pas le bonheur de ses parents et le sien, – il le sentait instinctivement, – celui de la douce créature qui le considérait comme son sauveur !... Et, d'un autre côté, ne trouverait-il pas dans sa magnifique fortune le moyen de rétablir celle de son père ?... Mais alors que deviendraient Sonia, et le serment qu'il lui avait fait ? C'était précisément ce souvenir qui l'irritait, lorsqu'on le plaisantait sur son excursion à Bogoutcharovo.

CHAPITRE VI

I

Koutouzow, ayant accepté le commandement en chef des armées, se souvint du prince André et le manda au quartier général.

Ce dernier arriva à Czarevo-Saïmichtché le jour même où Koutouzow passait pour la première fois les troupes en revue. Il s'arrêta dans le village, s'assit sur un banc devant la porte de la maison du prêtre, et attendit « Son Altesse », ainsi que tous appelaient aujourd'hui le général en chef. Dans les champs, derrière le village, retentissaient des fanfares militaires, couvertes par de formidables acclamations en l'honneur du nouveau commandant. À dix pas du prince André, deux domestiques militaires de la suite de Koutouzow, dont l'un remplissait les fonctions de courrier et l'autre celles de maître d'hôtel, profitaient du beau temps et de l'absence de leur maître pour prendre le frais. À ce moment arriva à cheval un lieutenant-colonel de hussards : il était de petite taille, brun de teint et portait d'énormes moustaches et d'épais favoris ; à la vue du prince André il s'arrêta, et lui demanda si c'était bien là que Son Altesse était descendue et si on l'attendait bientôt.

André lui répondit qu'il ne faisait point partie de l'état-major du prince, et qu'il n'était là que depuis quelques minutes. Le hussard s'adressa alors à l'un des domestiques ; le domestique répondit à sa question avec cet air dédaigneux qu'affectent d'ordinaire les gens des commandants en chef en s'adressant à des officiers subalternes.

« Qui ? Son Altesse ? Elle sera ici tout à l'heure. Que demandez-vous ? »

Le lieutenant-colonel sourit dans sa moustache à ce ton impertinent, descendit de cheval, jeta la bride à son planton et s'approcha de Bolkonsky, qu'il salua.

Bolkonsky lui rendit son salut, et lui fit place à côté de lui sur le banc.

« Vous aussi, vous attendez le commandant en chef ? lui demanda le nouveau venu. On le dit accessible, c'est bien heureux ! poursuivit-il en grasseyant… Autrement, si on avait encore affaire aux mangeurs de saucisses, ce serait la mer à boire ; ce n'est pas pour rien que Yermolow a demandé à être compté parmi les Allemands.

Espérons que les Russes auront maintenant voix au chapitre. Le diable seul sait où l'on voulait en venir avec toutes ces retraites... Avez-vous fait la campagne ?

– Non seulement j'ai eu le plaisir de la faire, répliqua le prince André, mais aussi de perdre, grâce à elle, tout ce que j'avais de plus cher, mon père, qui vient de mourir de chagrin, sans compter ma maison et mon bien... Je suis du gouvernement de Smolensk.

– Ah ! vous êtes sans doute le prince Bolkonsky... Charmé de faire votre connaissance. Je suis le lieutenant-colonel Denissow, plus connu sous le nom de Vaska Denissow, » dit le hussard, en serrant cordialement la main au prince André, et en le regardant avec un affectueux intérêt. « Oui, je l'avais appris, dit-il d'un ton plein de sympathie... C'est bien là une guerre de Scythes, ajouta-t-il en re-prenant, après un court silence, le fil de ses pensées. Tout cela peut être parfait, mais pas pour celui qui paye les pots cassés... Ah ! vous êtes le prince André Bolkonsky ? je suis vraiment bien aise de faire votre connaissance, » répéta-t-il, en hochant la tête avec un triste sourire, et en lui serrant de nouveau la main.

Le prince André connaissait Denissow par ce que lui en avait dit Natacha. Cette réminiscence, en réveillant en lui les pénibles pen-sées qui, dans ces derniers mois, commençaient à s'effacer de son esprit, lui fit de la peine et du plaisir à la fois. Il avait éprouvé de-puis lors tant d'autres secousses morales, – l'abandon de Smolensk, sa visite à Lissy-Gory, la nouvelle de la mort de son père, – que ses anciens souvenirs ne revenaient plus aussi souvent à sa mé-moire, et il sentit qu'ils avaient perdu de leur douloureuse intensi-té. Pour Denissow aussi, le nom de Bolkonsky évoquait un passé lointain et poétique, la soirée où, après le souper et la romance de Natacha, il avait, sans savoir comment, fait une déclaration à cette fillette de quinze ans. Il sourit en songeant à son roman et à son amour, et reprit aussitôt le thème qui seul l'intéressait et le passion-nait aujourd'hui : c'était un plan de campagne que, durant la re-traite, il avait composé, étant de service aux avant-postes. Il l'avait présenté à Barclay de Tolly, et comptait le soumettre également à Koutouzow. Son plan était fondé sur les considérations suivantes : la ligne d'opération des Français étant beaucoup trop étendue, il fallait, tout en les attaquant de front pour les empêcher d'avancer, rompre leurs communications. « Ils ne peuvent soutenir une aussi grande ligne d'opérations, se disait-il, c'est impossible !... Qu'on me donne 500 hommes, et je me fais fort de l'enfoncer... parole d'honneur ; il n'y a qu'un moyen d'en venir à bout... la guerre de partisans, et pas autre chose ! »

Denissow s'était levé pour mieux exposer son projet avec sa viva-cité accoutumée, lorsqu'il fut interrompu par les cris et les hourras qui partaient de la plaine, plus violents que jamais, et se confon-daient avec la musique et les chants, qui se rapprochaient de plus en plus. Un bruit de chevaux se fit au même moment entendre à l'entrée du village.

« C'est lui ! » s'écria un cosaque qui se tenait à l'entrée de la maison.

Bolkonsky et Denissow se levèrent et se dirigèrent vers la porte où se trouvait une escouade de soldats : c'était la garde d'honneur, et ils aperçurent à l'autre bout de la rue Koutouzow monté sur un pe-tit cheval bai, s'avançant vers eux suivi d'un nombreux cortège de généraux. Barclay de Tolly, également à cheval, marchait à côté de lui, et une foule d'officiers criant hourra caracolaient autour d'eux. Les aides de camp de Koutouzow s'élancèrent en avant, le dépas-sèrent et entrèrent les premiers dans la cour de l'habitation. Le commandant en chef talonnait avec impatience son cheval fatigué, qui s'était mis à aller l'amble sous son poids, et il saluait à droite et à gauche en portant la main à sa casquette blanche, bordée de rouge et sans visière. S'arrêtant devant la garde d'honneur, composée de beaux grenadiers, décorés et chevronnés pour la plupart, qui lui présentèrent aussitôt les armes, il garda un instant le silence en les examinant d'un regard scrutateur. Une expression ironique passa sur son visage, et, se tournant vers les officiers et les généraux qui l'entouraient, il haussa légèrement les épaules.

« Et dire cependant, murmura-t-il avec un geste d'étonnement, que c'est avec de pareils gaillards qu'on se retire devant l'ennemi !... Au revoir, messieurs ! ajouta-t-il en entrant par la grande porte et en effleurant le prince André et Denissow.

– Hourra ! hourra ! » criait-on derrière lui.

Koutouzow s'était singulièrement épaissi et alourdi depuis la der-nière fois que le prince André l'avait vu, mais son œil blanc, sa ci-catrice et l'expression ennuyée de sa physionomie étaient toujours les mêmes. Une étroite courroie passée en sautoir laissait pendre

CHAPITRE VI

un fouet sur sa capote militaire. En entrant dans la cour, il poussa un soupir de soulagement, comme un homme heureux de se reposer après s'être donné en spectacle. Puis il retira de l'étrier son pied gauche, en se renversant pesamment en arrière, et, fronçant les sourcils, il le ramena avec peine sur la selle, plia le genou, et se laissa glisser en gémissant dans les bras des cosaques et des aides de camp qui le soutenaient. Une fois sur ses pieds, il jeta de son œil à moitié fermé un regard autour de lui, aperçut le prince André, sans toutefois le reconnaître, et fit en se balançant quelques pas en avant. Arrivé au perron de la maison, il toisa de nouveau le prince André, et, comme il arrive souvent aux vieillards, il lui fallut quelques secondes pour mettre enfin un nom sur cette figure qui l'avait frappé tout d'abord.

« Ah ! bonjour, prince, bonjour, mon ami… allons, viens ! » dit-il avec effort, en montant péniblement les marches, qui craquaient sous son poids. Déboutonnant ensuite son uniforme, il s'assit sur un banc, et lui dit :

– Et ton père ?

– J'ai reçu hier la nouvelle de sa mort, » répondit brièvement le prince André.

Koutouzow le regarda d'un air surpris et effrayé, se découvrit et se signa :

« Que la paix soit avec lui ! Que la volonté de Dieu s'accomplisse sur nous tous ! »

Un profond soupir s'échappa de sa poitrine : « Je l'aimais, je l'estimais, reprit-il après un moment de silence, et je prends une part sincère à ta douleur ! »

Il embrassa le prince André et le tint longtemps serré contre sa grosse poitrine. André remarqua que les lèvres gonflées de Koutouzow tremblaient, et qu'il avait les yeux pleins de larmes.

« Viens, viens chez moi, nous causerons, » dit-il, et il essayait de se lever en s'appuyant des deux mains sur le banc, lorsque Denissow, aussi hardi en face de ses chefs qu'en face de l'ennemi, monta résolument les marches du perron et s'avança vers lui, en dépit des observations des aides de camp. Koutouzow, toujours appuyé sur ses deux mains, le regardait s'approcher avec impatience. Denissow se nomma, et lui déclara qu'il avait à communiquer à Son Altesse une affaire de haute importance, pour le bien de la patrie ! Koutouzow croisa ses mains sur son ventre d'un air de mauvaise humeur, et répéta nonchalamment : « Pour le bien de la patrie, dis-tu ? Qu'est-ce que ça peut être ?… Parle ! » Denissow rougit comme une jeune fille ; cette rougeur forma un étrange contraste avec son épaisse moustache et son visage aviné et vieilli. Il n'en entama pas moins, sans broncher, l'exposition de son plan, dont le but était de couper la ligne de l'ennemi entre Smolensk et Viazma : il connaissait la localité sur le bout du doigt, car il l'habitait ; la chaleur et la conviction qu'il mettait dans ses paroles faisaient ressortir les avantages de sa combinaison. Koutouzow, les yeux baissés, regardait à terre, en jetant parfois un coup d'œil furtif vers la cour de l'izba voisine, comme s'il s'attendait de ce côté à quelque chose de désagréable. En effet, un général en sortit bientôt avec un gros portefeuille sous le bras et se dirigea vers lui.

« Qu'y a-t-il ? demanda Koutouzow au beau milieu du plaidoyer de Denissow. Vous êtes prêt ?

– Oui, Altesse, » répondit le général.

Koutouzow hocha mélancoliquement la tête, comme s'il voulait dire qu'il était impossible à un seul homme de suffire à tout, et continua à écouter le hussard.

« Je vous donne ma parole d'honneur de bon officier, disait Denissow, que je romprai les lignes de communication de Napoléon ! »

Koutouzow l'interrompit :

« Kirylle Andréïèvitch, de l'intendance, est-il ton parent ?

– C'est mon oncle, répliqua Denissow.

– Nous étions amis, reprit gaiement Koutouzow. Bien, très bien, mon ami, reste ici à l'état-major !… Demain nous reparlerons de cela. » Le saluant d'un signe de tête, il se détourna, et tendit la main vers les papiers que lui apportait Konovnitzine.

« Votre Altesse ne serait-elle pas mieux dans une chambre ? demanda un général de service : il y a des plans à revoir et des papiers à signer. »

Un aide de camp parut au même moment sur le seuil de la maison, et annonça que l'appartement était prêt pour recevoir le commandant en chef. Celui-ci fronça le sourcil à cet avis, car il ne voulait y entrer qu'après avoir expédié toute sa besogne.

« Non, dit-il, faites-moi apporter ici une petite table, et toi, ne t'en va pas, » ajouta-t-il en se tournant vers le prince André.

Pendant que le général de service faisait son rapport, le frou-frou d'une robe de soie arriva jusqu'à eux par la porte entre-bâillée de la maison. Le prince André regarda et aperçut une femme, jeune, jolie, habillée de rose, et coiffée d'un mouchoir de soie mauve ; elle tenait un plateau. L'aide de camp de Koutouzow expliqua tout bas au prince André que c'était la maîtresse du logis, la femme du prêtre, dont le mari avait déjà reçu Son Altesse avec la croix à la main, et qui tenait à lui souhaiter la bienvenue avec le pain et le sel.

« Elle est très jolie, » ajouta l'aide de camp avec un sourire.

Koutouzow, que ces derniers mots avaient frappé, se retourna. Le rapport du général de service avait pour objet principal de critiquer la position prise à Czarevo-Saïmichtché, et Koutouzow lui prêtait la même attention distraite qu'il avait prêtée à Denissow, et sept ans auparavant aux discussions du conseil militaire, la veille de la bataille d'Austerlitz. Il n'écoutait que parce qu'il avait des oreilles, et qu'elles entendaient malgré lui et malgré le petit morceau de câble de vaisseau[1] qu'il portait dans l'une d'elles. On voyait du reste qu'il n'était surpris ni intéressé par rien, qu'il savait d'avance ce qu'on pourrait lui raconter, et qu'il se contentait de le subir jusqu'au bout, comme on subit un *Te Deum* d'action de grâces. Denissow lui avait dit des choses sensées et sages, le général de service lui en disait d'autres encore plus sensées et encore plus sages, mais Koutouzow dédaignait le savoir et l'intelligence : ce n'était pas là, à son avis, ce qui trancherait le nœud de la situation, c'était quelque chose d'autre, complètement en dehors de ces deux qualités. Le prince André suivait attentivement l'expression de sa physionomie, qui marqua d'abord l'ennui, puis la curiosité éveillée par le frou-frou de la robe, et enfin le désir d'observer les convenances. Il était évident que, s'il témoignait du dédain pour le patriotisme intelligent de Denissow, c'est qu'il était vieux et qu'il avait l'expérience de la vie. Il ne prit qu'une seule disposition, concernant les maraudeurs. Le général de service présenta à sa signature l'ordre aux chefs de corps de payer une indemnité pour les dégâts commis par les soldats, à la suite des plaintes d'un propriétaire dont ils avaient saccagé l'avoine

1 Remède usité en Russie contre les maux de dents. (*Note du traducteur.*)

encore verte. Koutouzow serra les lèvres et secoua la tête.

« Au feu, au feu ! s'écria-t-il. Une fois pour toutes, mon ami, jette toutes ces balivernes dans le poêle ! Qu'on coupe le blé, qu'on brûle le bois tant qu'on voudra ! Je ne l'ordonne, ni ne l'autorise mais il n'est en mon pouvoir ni de l'empêcher, ni d'indemniser les gens... Lorsqu'on fend le bois, les copeaux volent... à la guerre comme à la guerre ! »

Il parcourut encore une fois le rapport :

« Oh ! dit-il, cette minutie allemande ! »

II

« C'est tout, n'est-ce pas ? » ajouta-t-il après avoir signé le dernier papier ; alors, se levant avec effort, en redressant son gros cou tout plissé, il se dirigea vers la porte de la maison.

La femme du prêtre, rouge d'émotion, saisit à la hâte le plat sur lequel étaient le pain et le sel, et, faisant une profonde révérence, s'approcha de Koutouzow, qui cligna des yeux, lui caressa le menton et la remercia.

« La jolie femme ! dit-il. Merci, merci, ma belle ! »

Tirant de son gousset quelques pièces d'or qu'il déposa sur le plateau :

« Te trouves-tu bien ici ? » lui demanda-t-il en entrant dans la chambre qui lui était préparée, et en précédant la maîtresse du logis toute souriante.

L'aide de camp engagea le prince André à déjeuner avec lui ; une demi-heure plus tard, Koutouzow le fit demander. André le trouva étendu dans un fauteuil, l'uniforme déboutonné, lisant un roman français, *les Chevaliers du Cygne*, de Mme de Genlis.

« Assieds-toi, lui dit Koutouzow en glissant un couteau à papier entre les pages du livre et en le mettant de côté. C'est bien triste, bien triste, mais rappelle-toi, mon ami, que je suis pour toi un second père ! »

Le prince André lui raconta ce qu'il savait des derniers moments de son père, et lui dépeignit l'état dans lequel il avait trouvé Lissy-Gory.

« À quoi nous ont-ils amenés ! » dit soudain Koutouzow d'une voix émue, en songeant à la situation de son pays ; « mais le moment viendra... » reprit-il avec colère, et, ne voulant pas continuer ce sujet qui l'émouvait, il ajouta : « Je t'ai fait venir pour te garder auprès de moi.

– Je remercie Votre Altesse, répondit le prince André, mais je ne vaux plus rien pour le service dans les états-majors. »

Koutouzow, qui remarqua le sourire dont il accompagnait ces paroles, le regarda d'un air interrogateur.

« Et d'ailleurs, poursuivit Bolkonsky, je tiens à mon régiment ; je me suis attaché aux officiers, je crois que mes hommes ont de l'affection pour moi et j'aurais du chagrin à m'en séparer. Si je refuse l'honneur de rester auprès de votre personne, croyez bien que ... »

Une expression bienveillante, spirituelle et légèrement railleuse passa en ce moment sur la grosse figure de Koutouzow, qui l'interrompit en disant :

« Je le regrette, tu m'aurais été utile, mais tu as raison ! Ce n'est pas ici que nous avons besoin d'hommes ; si tous les conseillers, ou prétendus tels, servaient comme toi dans les régiments, ça vaudrait beaucoup mieux... Je me souviens de ta conduite à Austerlitz... Je te vois encore avec le drapeau à, la main ! »

À ces paroles une fugitive rougeur, causée par la joie, illumina la figure du prince ; Koutouzow l'attira à lui, l'embrassa, et André put voir que ses yeux étaient de nouveau humides. Il savait que le vieillard avait la larme facile, et que la mort de son père le portait naturellement à lui témoigner une sympathie et un intérêt tout particuliers ; cependant l'allusion le flatta, et lui fit un plaisir extrême.

« Suis ton chemin, à la garde de Dieu !... Je sais qu'il est celui de l'honneur !... Tu m'aurais été bien utile à Bucharest, reprit-il après un moment de silence : je n'avais personne à envoyer... Oui, ils m'ont accablé de reproches là-bas, et pour la guerre et pour la paix... et pourtant tout a été fait à son heure, car tout vient à point à qui sait attendre. Là-bas aussi, les conseillers pullulaient tout comme ici... Oh ! les conseillers ! Si on les avait écoutés, nous n'aurions pas conclu la paix avec la Turquie, et la guerre durerait encore ! Kamensky serait perdu, s'il n'était mort... lui qui avec 30 000 hommes prenait d'assaut les forteresses !... Prendre une forteresse n'est rien, mais mener à bonne fin une campagne, voilà le difficile.

Pour en arriver là, il ne suffit pas de livrer des assauts et d'attaquer. Ce qu'il faut avoir, c'est « patience et longueur de temps ». Kamensky a envoyé des soldats pour prendre Roustchouk, et moi, en n'employant que le temps et la patience, j'ai pris plus de forteresses que lui, et j'ai fait manger aux Turcs de la viande de cheval... Crois-moi, ajouta-t-il en secouant la tête et en se frappant la poitrine, les Français aussi en tâteront, crois-en ma parole !

– Il faudra pourtant accepter une bataille ? dit le prince André.

– Sans doute il le faudra, si tous le désirent, mais, je te le répète, rien ne vaut ces deux soldats qui s'appellent le temps et la patience ; ceux-là arriveront à tout, mais les conseillers n'entendent pas de cette oreille, voilà le mal ! Les uns veulent une chose, les autres une autre ! Que faire ?... que faire, je te le demande ?... répéta-t-il, comme s'il attendait une réponse, et ses yeux brillaient et s'éclairaient d'une expression profonde et intelligente... Je te dirai, si tu veux, ce qu'il y a à faire et ce que je fais. Dans le doute, mon cher, abstiens-toi, poursuivit-il en scandant ces paroles. Eh bien, adieu, mon ami, rappelle-toi que je partage ta douleur, et cela de tout cœur ; je ne suis pour toi ni le prince ni le commandant en chef, je te suis un père ! Si tu as besoin de quelque chose, viens à moi. Adieu, mon ami ! » Et il l'embrassa.

Le prince André n'avait pas encore franchi le seuil de la chambre, que Koutouzow, harassé de fatigue, poussa un soupir, se laissa choir dans son fauteuil, et reprit tranquillement la lecture des *Chevaliers du Cygne*.

Chose étrange et inexplicable, cet entretien eut sur le prince André une action calmante ; il retourna à son régiment, rassuré sur la marche générale des affaires et confiant en celui qui les avait en main. L'absence de tout intérêt personnel chez ce vieillard, qui n'avait plus, en fait de passions, que l'expérience, résultat des passions, et chez qui l'intelligence, destinée à grouper les faits et à en tirer les conclusions, était remplacée par une contemplation philosophique des événements, le rassurait ; et il emporta avec lui la conviction qu'il serait à la hauteur de sa mission : il n'inventera ni n'entreprendra rien, mais il écoutera et se rappellera tout, il saura s'en servir au bon moment, n'entravera rien d'utile, et ne permettra rien de nuisible. Il admet quelque chose de plus puissant que sa volonté, la marche inévitable des faits qui se déroulent devant lui ;

CHAPITRE VI

il les voit, il en saisit la valeur, et sait faire abstraction de sa personne, et de la part qu'il y prend. Il inspire de la confiance, parce
que, malgré le roman de Mme de Genlis et ses dictons français, on
sent battre en lui un cœur russe ; sa voix a tremblé lorsqu'il a dit :
« À quoi nous ont-ils amenés ? » et lorsqu'il les a menacés « de leur
faire manger du cheval » ! C'était ce sentiment patriotique, ressenti
par chacun à un degré plus ou moins grand, qui avait puissamment
contribué à faire nommer Koutouzow général en chef, malgré la
violente opposition de la camarilla ; et une approbation unanime
et nationale avait confirmé ce choix d'une façon éclatante.

III

Après le départ de l'Empereur, Moscou reprit le train ordinaire
de sa vie journalière, il rentra complètement dans ses habitudes,
et l'entraînement des derniers jours ne parut plus qu'un songe. Au
milieu du silence qui succédait aux clameurs de la veille, personne
n'eut plus l'air de croire à la réalité du danger qui menaçait la Russie,
et de penser que parmi ses enfants les membres du club Anglais
étaient les premiers prêts à tous les sacrifices. Un seul témoignage
de l'exaltation générale produite par la présence de l'Empereur se
manifesta cependant aussitôt après : ce fut la mise à exécution de la
demande d'hommes et d'argent, qui, en revêtant une forme légale
et officielle, devint par suite inévitable.

L'approche de l'ennemi ne rendit point les Moscovites plus sérieux : ils envisagèrent au contraire leur situation avec une légèreté
croissante, ainsi qu'il arrive souvent à la veille d'une catastrophe. Il
s'élève alors dans l'âme, en effet, deux voix également puissantes :
l'une prêche sagement la nécessité de se rendre bien compte du
danger imminent et des moyens de le conjurer ; l'autre, plus sagement encore, trouve qu'il est trop pénible d'y songer, puisqu'il n'est
pas donné à l'homme d'éviter l'inévitable, et qu'il est dès lors plus
simple d'oublier le danger et de vivre gaiement jusqu'au moment où
il arrive. Dans l'isolement, c'est la première des voix qu'on écoute,
tandis que les masses obéissent à la seconde, et les Moscovites en
offrirent un nouvel exemple, car jamais on ne s'était tant amusé à
Moscou que cette année-là.

On lisait et l'on discutait les dernières affiches de Rostoptchine,
comme on discutait les bouts-rimés de Vassili Lvovitch Pouschkine.

L'en-tête de ces affiches représentait le cabaret d'un certain barbier, nommé Karpouschka Tchiguirine, ancien soldat et bourgeois de la ville, qui, ayant entendu, soi-disant, raconter que Bonaparte marchait sur Moscou, s'était campé d'un air colère sur le seuil de sa boutique, et avait tenu à la foule un discours plein d'injures contre les Français. Dans ce discours, admiré par les uns et critiqué par les autres au club Anglais, il assurait entre autres que les choux dont les Français se nourriraient les gonfleraient comme des ballons, que la kascha[1] les ferait crever, que le stchi[2] les étoufferait ; qu'il n'y avait parmi eux que des nains, et qu'une femme pourrait en lancer trois en l'air d'un seul coup avec une fourche. On disait aussi au club que Rostoptchine avait renvoyé de Moscou tous les étrangers, sous prétexte qu'il se trouvait parmi eux des espions et des agents de Napoléon, et l'on citait à cette occasion les bons mots du général gouverneur à l'adresse des expulsés. « Rentrez en vous-mêmes, entrez dans la barque et n'en faites pas une barque à Caron[3]. » On disait encore que tous les tribunaux avaient été transportés hors de la ville, et l'on ajoutait à cette nouvelle la plaisanterie de Schinchine assurant que, pour ce fait seul, les habitants de Moscou devaient une vive reconnaissance au comte Rostoptchine. On disait enfin que le régiment promis par Mamonow coûterait à ce dernier 800 000 roubles, que Besoukhow en dépenserait davantage pour le sien, et que ce qui lui faisait le plus d'honneur dans ce sacrifice, c'est qu'il endosserait l'uniforme, marcherait à la tête de ses hommes et se laisserait admirer gratis par qui voudrait.

« Vous n'épargnez personne, » disait Julie Droubetzkoï à Schinchine, en ramassant et en serrant entre ses doigts fluets et garnis de bagues un petit tas de charpie qu'elle venait de faire. Elle donnait une soirée d'adieu, car elle quittait Moscou le lendemain… « Besoukhow est ridicule, poursuivit-elle en français, mais il est si bon, si aimable !… Quel plaisir trouvez-vous à être si caustique ?

– À l'amende ! » s'écria un jeune homme habillé en milicien, que Julie appelait « son chevalier » et qui l'accompagnait à Nijni. Dans sa coterie, comme dans beaucoup d'autres, on s'était donné le mot pour ne plus parler français, et, chaque fois qu'on manquait à cet

---

1 Graines de sarrazin grillées (*Note du correcteur.*)
2 Potage au chou (*Note du correcteur.*)
3 En français dans le texte, (*Note du traducteur.*)

engagement, on payait une amende, qui allait grossir les dons volontaires.

« Vous payerez double ! dit un littérateur russe, car vous venez de faire un gallicisme.

– J'ai péché et je paye, dit Julie, pour avoir employé le mot « caustique » ; quant aux gallicismes, je n'en réponds pas, je n'ai ni assez d'argent ni assez de temps pour imiter le prince Galitzine et prendre comme lui des leçons de russe. Ah ! mais le voilà, dit-elle. Quand on parle du soleil, – et elle allait citer le proverbe en français, lorsque, s'arrêtant court, elle se mit à rire et le traduisit en russe : – Vous ne m'attraperez plus !... – Nous parlions de vous, continua-t-elle en se retournant vers Pierre ; nous disions que votre régiment serait sans contredit plus beau que celui de Mamonow, ajouta-t-elle avec cette facilité de mensonge particulière aux femmes du monde.

– De grâce, ne m'en parlez pas, dit Pierre en lui baisant la main et en s'asseyant à ses côtés, si vous saviez comme il m'ennuie !

– Vous le commanderez en personne, bien certainement ? – poursuivit Julie en lançant au milicien un regard moqueur. Mais ce dernier n'y répondit pas : la présence de Pierre et sa bienveillante bonhomie mettaient toujours un terme aux moqueries dont il était l'objet.

– Oh non ! – dit-il en éclatant de rire à la question de Julie, et en avançant son gros corps : – Les Français auraient trop beau jeu, et puis je craindrais de ne pouvoir me hisser à cheval ! »

Leur causerie, qui effleurait tous les sujets, tomba sur la famille Rostow.

« Savez-vous, dit Julie, que leurs affaires sont tout à fait dérangées ? Le comte est un imbécile : les Razoumovsky lui ont proposé d'acheter la maison et le bien de Moscou, et l'affaire traîne en longueur parce qu'il en demande un prix trop élevé.

– Il me semble pourtant, dit quelqu'un, que la vente va être conclue, quoique ce soit, à l'heure qu'il est, une vraie folie d'acheter des maisons.

– Pourquoi ? demanda Julie ; croyez-vous que Moscou soit en danger ?

– Mais alors pourquoi partez-vous ?

– Moi ? voilà qui est étrange... Je pars parce que tout le monde s'en va, et puis je ne suis ni une Jeanne d'Arc ni une amazone !

– Si le comte Rostow, reprit le milicien, sait s'arranger, il pourra liquider toutes ses dettes... C'est un brave homme, mais un pauvre sire... Qu'est-ce qui les retient ici si longtemps ? Je les croyais partis pour la campagne.

– Nathalie s'est complètement remise, n'est-il pas vrai ? demanda Julie en s'adressant à Pierre avec un malicieux sourire.

– Ils attendent leur fils cadet, qui est entré au service comme co-saque, et qui a été envoyé à Biélaïa-Tserkow ; on l'a maintenant ins-crit dans mon régiment... Le comte serait parti malgré cela, mais la comtesse n'y consent pas avant d'avoir revu son fils.

– Je les ai rencontrés, il y a trois jours, chez les Arharow. Nathalie est fort embellie et de très bonne humeur, reprit Julie... Elle a chanté une romance... Comme tout s'efface vite chez certaines personnes !

– Qu'est-ce qui s'efface ? » demanda Pierre, dépité.

Julie sourit.

« Vous savez fort bien, comte, que les chevaliers comme vous ne se rencontrent que dans les romans de Mme de Souza.

– Quels chevaliers ? je ne comprends pas, dit Pierre en rougissant.

– Oh ! oh ! comte, ne me dites pas cela, tout Moscou connaît l'his-toire ; je vous admire, ma parole d'honneur !

– À l'amende ! à l'amende ! s'écria le milicien.

– Bien ! bien ! repartit Julie impatientée, on ne peut donc plus causer à présent... mais vous le savez, comte, vous le savez...

– Je ne sais rien, dit Pierre de plus en plus irrité.

– Et moi, je me rappelle fort bien que vous étiez au mieux avec Natacha, tandis que ma préférée a toujours été Véra, cette chère Véra !

– Non, madame, reprit Pierre sans changer de ton, je n'ai point assumé le rôle de chevalier de la comtesse Rostow : il y a un mois que je ne les ai vus.

– Qui s'excuse s'accuse, – répondit Julie en souriant et en jouant avec la charpie, mais elle changea aussitôt de sujet, afin d'avoir le dernier mot : – Devinez qui j'ai rencontré hier soir... La pauvre Marie Bolkonsky ! Elle a perdu son père, le saviez-vous ?

CHAPITRE VI

– Non, vraiment, mais où demeure-t-elle ? je serais heureux de la voir !

– Tout ce que je sais, c'est qu'elle part demain pour leur terre dans les environs, et qu'elle y emmène son neveu.

– Comment est-elle ?

– Très affligée ! Mais devineriez-vous qui l'a sauvée ? c'est tout un roman !... Nicolas Rostow ! On l'avait entourée, on allait la tuer après avoir blessé ses gens, lorsqu'il s'est jeté dans la mêlée et l'a tirée d'affaire !

– C'est un vrai roman, reprit le milicien, et l'on dirait que cette débandade générale est inventée à plaisir pour marier les vieilles filles, Catiche d'abord, et la princesse Marie ensuite.

– Je suis convaincue d'une chose, dit Julie, c'est qu'elle est un peu amoureuse du jeune homme.

– Vite, vite, une amende ! s'écria de nouveau le milicien.

– Mais comment aurais-je pu, s'il vous plaît, dire cela en russe ? »

IV

En rentrant chez lui, Pierre trouva sur une table les deux dernières petites affiches du comte Rostoptchine : dans l'une il niait avoir défendu aux habitants de quitter la ville, comme on en faisait courir le bruit. Il engageait donc les dames de la noblesse et les femmes des marchands à ne pas s'éloigner, car, disait-il, ce sont toutes ces fausses nouvelles qui causent la panique, et je réponds sur ma vie que le scélérat n'entrera pas à Moscou ! Cette déclaration fit clairement comprendre à Pierre, pour la première fois, que les Français y viendraient assurément. La seconde affiche disait que notre quartier général était à Viazma, que le comte Wittgenstein avait battu l'ennemi, et que ceux qui désiraient s'armer trouveraient à l'arsenal un grand choix de fusils et de sabres à prix réduits. Cette dernière proclamation n'avait plus le ton de persiflage habituel aux discours que l'on prêtait à Tchiguirine, le barbier orateur. Pierre se dit, à part lui, que l'orage qu'il appelait de tous ses vœux, malgré l'effroi qu'il lui inspirait, s'approchait à pas de géant : « Que faire ? se demandait-il pour la centième fois... Entrer au service et rejoindre l'armée, ou bien attendre sur place ? » Il étendit la main et prit un jeu de cartes sur la table : « Faisons une patience ! Si elle réussit, cela voudra dire… Qu'est-ce que cela voudra dire ? » se demandait-il en mêlant les cartes, et en levant les yeux au ciel pour y chercher une solution. Il n'avait pas eu encore le temps de la trouver, que la voix de l'aînée des trois princesses, la seule qui demeurât chez lui, depuis le mariage des cadettes, se fit entendre derrière la porte.

« Entrez, ma cousine, entrez ! lui cria Pierre… Si la patience réussit, se dit-il, je partirai pour l'armée !

– Mille excuses, mon cousin, de vous déranger à cette heure ; mais il faut prendre une décision. Tout le monde quitte Moscou, le peuple se soulève, il se prépare quelque chose d'effroyable… pourquoi restons-nous ?

– Mais au contraire, ma cousine, tout me semble aller à merveille ! répondit Pierre sur le ton de plaisanterie qu'il avait adopté avec elle, afin d'éviter l'embarras que lui causait toujours son rôle de bienfaiteur.

– Comment, à merveille ? Où voyez-vous donc cela, je vous prie ? Pas plus tard que ce matin, Varvara Ivanovna m'a raconté les exploits de nos troupes, cela leur fait honneur… mais ici le peuple se mutine et n'écoute personne… témoin ma femme de chambre qui devient insolente ! On nous battra bientôt ; si cela continue ainsi, on ne pourra plus sortir, et… et ce qu'il y a de plus grave, c'est que les Français vont arriver à coup sûr… Pourquoi les attendre ? Je vous en supplie, mon cousin, donnez vos ordres pour qu'on me conduise au plus tôt à Saint-Pétersbourg, car je ne saurais rester ici et me soumettre au pouvoir de Bonaparte !

– Mais quelles folies, ma cousine ! Où prenez-vous vos nouvelles : au contraire…

– Je ne m'inclinerai pas, je vous le répète, devant votre Bonaparte ; les autres sont libres d'agir comme bon leur semble, et si vous ne voulez pas vous occuper de moi…

– Mais comment donc ! je vais préparer votre départ. »

La princesse, irritée de n'avoir personne à qui s'en prendre, s'assit sur le bord d'une chaise, en murmurant entre ses dents.

« Vos rapports sont faux, continua Pierre : la ville est calme, et il n'y a pas de danger… Lisez plutôt ! » Et il lui montra l'affiche.

« Le comte écrit que l'ennemi n'entrera pas à Moscou, il en répond sur sa vie !

CHAPITRE VI

– Oh ! votre comte ! s'écria la vieille demoiselle avec colère, c'est un hypocrite, un misérable, c'est lui qui pousse le peuple à l'émeute. N'est-ce pas lui qui, dans ses sottes affiches, a promis honneur et gloire à celui qui empoignerait par le toupet n'importe qui et le fourrerait au violon ? Est-ce assez bête ? Et voilà le résultat de ses belles paroles ! Varvara Ivanovna a failli être tuée par le peuple pour avoir parlé français dans la rue.

– N'y a-t-il pas là un peu d'exagération ? Il me semble que vous prenez les choses trop à cœur, » dit Pierre, qui continuait à étaler ses cartes.

La patience réussit, et cependant il ne rejoignit pas l'armée, et resta à Moscou, qui se dépeuplait tous les jours, à attendre, dans une indécision pleine à la fois de satisfaction et de terreur, l'effroyable catastrophe qu'il pressentait. La princesse le quitta le lendemain même. L'intendant en chef vint annoncer à Pierre que l'argent demandé pour équiper le régiment ne pourrait être fourni qu'au moyen de la vente d'un de ses biens, et lui représenta que cette fantaisie le mènerait à sa ruine »

« Vendez-le, répondit Pierre en souriant : je ne peux pas revenir sur une parole donnée ! »

La ville était déserte. Julie était partie, ainsi que la princesse Marie ; de toutes ses connaissances intimes, les Rostow seuls étaient encore là, mais Pierre ne les voyait plus. Il eut alors l'idée, pour se distraire, d'aller dans un village des environs, à Vorontzovo, pour y examiner un énorme aérostat construit sous la direction de Leppich, par ordre de Sa Majesté, et destiné à servir contre l'ennemi, pour aider à sa défaite. Pierre savait que l'Empereur avait particulièrement recommandé l'inventeur et l'invention aux soins du comte Rostoptchine en ces termes :

« Aussitôt que Leppich sera prêt, composez-lui pour sa nacelle un équipage d'hommes sûrs et intelligents et dépêchez un courrier au général Koutouzow pour l'en prévenir. Je l'en ai déjà avisé. Recommandez, je vous prie, à Leppich de faire bien attention à l'endroit où il descendra la première fois, pour qu'il n'aille pas se tromper et tomber dans les mains de l'ennemi. Il est indispensable qu'il combine ses mouvements avec le général en chef. »

En revenant de Vorontzovo, Pierre vit une grande foule sur la place des exécutions : il s'arrêta et descendit de son droschki. On venait de passer par les verges un cuisinier français, accusé d'espionnage. Le bourreau détachait du gibet le condamné, un gros homme à favoris roux, en bas gros-bleu et en habit vert, qui gémissait piteusement. Son compagnon d'infortune, maigre et pâle, attendait son tour ; à en juger par leurs physionomies, ils étaient bien réellement Français. Pierre, terrifié et aussi pâle qu'eux, se fraya un chemin à travers la cohue de bourgeois, de marchands, de paysans, de femmes, de fonctionnaires de tout rang, dont les regards suivaient avec une attention avide le spectacle qu'on leur offrait. Ses questions réitérées et pleines d'une curiosité anxieuse n'obtinrent aucune réponse.

Le gros homme fit un effort, se souleva, haussa les épaules et essaya, mais en vain, de se montrer stoïque, en passant les manches de son habit : ses lèvres tremblèrent convulsivement, il éclata en sanglots, et pleura avec colère de sa propre faiblesse, comme pleurent les hommes à tempérament sanguin. La foule, silencieuse jusque-là, se mit aussitôt à crier, comme pour étouffer le sentiment de pitié qui s'éveillait en elle.

« C'est le cuisinier d'un prince ! disait-on.

– Eh ! dis donc, « moussiou, » on voit que la sauce russe est trop forte pour un palais français, elle t'agace les dents, hein ? » dit un employé de chancellerie tout ridé ; et il regardait autour de lui pour voir l'effet de sa plaisanterie. Les uns se mirent à rire ; les autres, les yeux rivés sur le bourreau qui déshabillait l'autre patient, suivaient ses mouvements avec terreur.

Pierre poussa un rugissement sourd, ses sourcils se foncèrent, et, se détournant brusquement, il rebroussa chemin en articulant des paroles inintelligibles. Il remonta en droschki, et ne cessa durant le trajet d'être agité par des soubresauts convulsifs et de pousser des exclamations étouffées.

« Où vas-tu ? s'écria-t-il tout à coup, s'adressant à son cocher.

– Vous m'avez ordonné de vous mener chez le général gouverneur ?

– Imbécile, idiot ! vociféra Pierre : je t'ai dit d'aller à la maison !...
Il faut partir, partir sans retard, aujourd'hui même, » ajouta-t-il entre ses dents.

CHAPITRE VI

Cette exécution au milieu d'une foule curieuse avait produit sur lui une telle impression, qu'il s'était décidé à quitter immédiatement Moscou.

Revenu chez lui, il ordonna à son cocher d'envoyer sur l'heure ses chevaux de selle à Mojaïsk, où se trouvait l'armée ; pour leur donner de l'avance, il remit son départ au lendemain.

Le 24, Pierre quitta Moscou dans la soirée. En arrivant, quelques heures plus tard, au relais de Perkhoukow, il apprit qu'une grande bataille avait été livrée : on racontait qu'à Perkhoukow même la terre tremblait du bruit de la canonnade, mais personne ne put lui dire de quel côté était restée la victoire (c'était le combat de Schevardino). Pierre arriva à Mojaïsk au point du jour.

Toutes les maisons étaient occupées par les troupes ; dans la cour de l'auberge, il trouva son domestique et son cocher, qui l'attendaient, mais de chambres, point : elles étaient toutes pleines d'officiers, et les troupes ne cessaient de défiler. De tous côtés on ne voyait que fantassins, cosaques, cavaliers, fourgons de bagages, caissons et bouches à feu. Pierre s'empressa de continuer sa route. Plus il s'éloignait de Moscou, plus il pénétrait dans cet océan de troupes, plus il se sentait envahi par une agitation inquiète et par cette satisfaction intime qu'il avait éprouvée pendant le séjour de l'Empereur à Moscou, lorsqu'il s'était agi de se décider à un sacrifice ! Il sentait, à ce moment, que tout ce qui constitue d'habitude le bonheur, le confort de la vie, les richesses, la vie elle-même, était bien peu de chose en comparaison de ce qu'il entrevoyait, d'une façon assez vague, il est vrai, et qu'il n'essayait même pas d'analyser. Sans se demander ni pour qui, ni pourquoi, le fait du sacrifice en lui-même lui faisait éprouver une jouissance indicible.

FIN DU DEUXIÈME VOLUME

ISBN : 978-3-96787-187-6

Ingram Content Group UK Ltd.
Milton Keynes UK
UKHW040943240323
419106UK00004B/296